Foundation's Edge
파운데이션의 끝

브릿G britg.kr

종이책의 감성을 온라인으로
황금가지의
온라인 소설 플랫폼

인기 출판소설 무료 연재 중!

FOUNDATION SERIES 04

Foundation's Edge
파운데이션의 끝

Isaac Asimov
아이작 아시모프

황금가지

FOUNDATION'S EDGE
by Isaac Asimov

Copyright © 1982 by Nightfall, Inc.
All rights reserved.

Korean edition is published by arrangement with
Doubleday, an imprint of The Knopf Doubleday Publishing Group,
a division of Random House, Inc., through EYA.

이 책의 한국어 판 저작권은 EYA를 통해
The Knopf Doubleday Group과 독점 계약한 ㈜민음인에 있습니다.
저작권법에 의해 한국 내에서 보호를 받는 저작물이므로 무단 전재와 무단 복제를 금합니다.

차례

서문 — 7

제1부 **의원** — 11
제2부 **시장** — 41
제3부 **역사학자** — 64
제4부 **우주** — 98
제5부 **발언자** — 126
제6부 **지구** — 160
제7부 **농부** — 187
제8부 **여자 농부** — 212
제9부 **초공간** — 243
제10부 **테이블** — 264
제11부 **세이셸** — 308
제12부 **정보원** — 331
제13부 **대학** — 375
제14부 **전진!** — 414
제15부 **가이아-S** — 448
제16부 **수렴** — 471
제17부 **가이아** — 510
제18부 **충돌** — 558
제19부 **결단** — 590
제20부 **결말** — 622

서문

 제1은하제국이 몰락한다. 몇백 년에 걸쳐 하나하나 썩으면서 분해되는 중이다. 이런 사실을 충분히 파악한 사람은 한 명밖에 없다. 제1은하제국 최후의 위대한 과학자 해리 셀던이다. 그래서 심리역사학을 완성시켰다. 인간 행위를 수학 방정식에 대비해서 미래를 예견하는 학문이다. 인간 개인을 예측하는 건 불가능하지만 인간 집단은 통계를 통해서 미래 행동을 예측할 수 있다는 사실을 발견한 것이다.
 인간 집단이 클수록 정확성도 늘어난다. 그런데 셀던이 연구하는 대상은 수십 조에 달하는 은하제국 인구 전체이다!
 셀던은 방정식을 계산한 결과, 이대로 가다간 제국이 망하고 인류는 3만 년 동안 무정부 상태에서 다양한 고난과 고통을 겪을 터이며 그런 다음에 비로소 제2제국이 폐허를 딛고 일어선다는 사실을 깨닫는다. 그리고 현존하는 조건 가운데 몇 개만 조정하면 무정부 기간을 불과 1000년이란 세월로 줄일 수 있다는 사실도 깨닫는다.
 그래서 해리 셀던은 과학자를 모아 '파운데이션'이라는 식민 행성 두 개를 만들었다. 그는 파운데이션 두 개를 일부러 '은하계 반대 끝'에 세웠다. 그래서 자연과학에 초점을 맞춘 제1파운데이션을 만천하에 드러냈다. 하지만 또 하나는, 심리역사학과 정신과학에 초점을 맞춘 제2파운데이션은 완벽한 비밀로 삼았다.

파운데이션 3부작에서는 무정부 상태가 벌어진 이후 처음 400년에 대한 이야기를 다루었다. 제1파운데이션은 (다른 파운데이션이 있다는 사실 자체를 비밀로 했기 때문에 그냥 '파운데이션'이라는 이름으로 알려졌는데) 은하계 외곽성역에 있는 황폐한 행성에서 정착해 조그만 공동체를 만드는 것으로 시작했다. 그래서 사회적·경제적으로 다양한 세력과 교류하다가 정기적으로 위기를 겪는다.

이들은 오직 한 가지 길을 나아가야 한다. 그 방향으로 계속 나아가면 새로운 문화의 지평선이 나타난다. 모든 게 옛날에 죽은 해리 셀던이 계획한 그대로이다.

제1파운데이션은 우수한 과학기술을 활용해서 야만적으로 변한 주변 행성을 장악한다. 쇠락한 제국에서 떨어져 나온 군벌이 덤비지만 결국에는 물리친다. 쇠락하는 제국에서 마지막으로 등장한 강력한 황제와 강력한 장군이 마지막 힘을 긁어모으며 덤비지만 이들 역시 결국에는 물리친다.

'셀던 프로젝트'는 순조롭게 진행되는 것처럼 보인다. 제2제국이 무난하게 나타나서 인류가 겪는 고통을 최소한으로 줄일 것 같다.

하지만 심리역사학은 통계과학이다. 독특한 변수가 나타나서 해리 셀던이 예측할 수 없는 문제를 일으킬 가능성은 항상 존재한다.

뮬이라고 하는 인간이 갑자기 등장한 것이다. 그는 독특한 정신력을 가졌다. 그래서 인간의 마음속으로 파고들어 마음대로 조종해, 가장 어려운 상대를 가장 충실한 하인으로 바꿀 수 있다. 군대도 맞서 싸울 수가 없다. 아니, 싸우려 들지를 않는다. 마침내 제1파운데이션은 무너지고 셀던이 세운 계획도 망가질 것처럼 보인다.

그런데 아직까지 신비에 싸인 제2파운데이션이 있다. 처음에 이들은 뮬과 같은 인물이 등장할 거란 예상을 조금도 못하다가 허를 찔렸으나, 서서히 반격을 시작한다. 이들한테 최대의 방어 전략은 위치 자체를 드러내지 않는 것이다. 하지만 뮬은 은하계를 완전히 정복하기 위해서 이들을 찾아야 한다. 아직까지 남아 있는 제1파운데이션 세력 역시 도움을 받기 위해 이들을 찾아야 한다.

그러나 아무도 찾을 수가 없다. 베이타 다렐이란 여성은 뮬을 방해하면서 충분한 시간을 벌어 주고 제2파운데이션은 적절한 준비를 하다가 결국엔 뮬을 영원히 제어한다. 그리고 셀던 프로젝트를 다시 가동시킬 준비에 들어간다.

그런데 문제는 그런 과정을 통해 제2파운데이션이 노출되었다는 사실이다. 제1파운데이션은 제2파운데이션이 있다는 사실을 깨달았는데, 전자는 후자한테 감독받는 사회를 원치 않는다. 제1파운데이션은 물리적인 힘이 우수한 반면에 제2파운데이션은 그런 점에서 밀릴 뿐 아니라 제1파운데이션을 통제하면서도 동시에 정체를 드러내면 안 된다는 어려운 상황에 직면했다.

하지만 제2파운데이션은 아주 위대한 제1발언자 프림 팔버가 이끄는 가운데 아주 어려운 임무를 간신히 수행했다.

겉으로는 제1파운데이션이 승리한 것처럼, 제2파운데이션을 물리친 것처럼 보인다. 그래서 제2파운데이션이 존재한다는 사실을 까마득히 잊어버린 채 은하계 전역으로 끊임없이 뻗어 나가며 세력을 키운다.

이제 제1파운데이션이 세상에 태어나고 498년이 되었다. 세력은 절정을 향해 치닫지만 그런 현상을 있는 그대로 받아들일 수 없는 사내가 있다…….

제1부
의원

1

 골란 트레비스는 셀던 홀의 넓은 계단에서 태양빛을 받아 반짝이는 도시를 먼발치로 내려다보며 말했다.
 "물론 믿지 않아."
 터미너스는 육지에 비해 바다가 넓고 기후가 온화한 행성이다. 트레비스는 기후 조정장치를 도입해서 생활을 더욱 안락하게 만들었지만 그만큼 무미건조하게 만들었다는 생각이 들었다.
 "절대로 믿을 수 없어."
 트레비스는 입가에 미소를 띠면서 다시 말했다. 하얗고 가지런한 치아가 젊은 얼굴과 조화를 이루면서 반짝였다.
 친구이자 동료 의원 먼 리 콤포는 불안스레 고개를 가로저었다. 터미너스의 전통과 관습에 걸맞지 않게 중간 이름이 있는 사람이었다.
 "믿을 수 없다니, 무얼 말인가? 우리가 이 도시를 구했다는 사실?"
 "아냐, 나 역시 그걸 의심하지는 않네. 그건 사실이니까, 그렇지 않나? 셀던도 우리가 그렇게 할 거란 말을 했지. 우리가 제대로 해낼 거라는 말도 하고. 그는 500년 전에 모든 걸 파악했어."

콤포는 목소리를 낮추어서 속삭이는 어투로 말했다.

"이봐, 나한테는 이런 이야기를 해도 괜찮아. 하지만 자네가 이런 의견을 아무 데서나 떠들어 대면 많은 사람이 들을 터인데……, 솔직히 말해서 나는 번개가 칠 때에 옆에 있고 싶은 생각이 없네. 자네 목적이 무언지 도무지 알 수 없어."

이런 말을 들으면서도 트레비스는 계속 미소를 머금더니, 이렇게 말했다.

"도시를 구했다고 말하면 안 되는 건가? 전쟁도 안 치르고 그렇게 했는데?"

"싸울 상대가 없었지."

콤포가 말했다. 머리칼은 버터 같은 느낌이 감도는 노란색이고 눈은 하늘처럼 파랬다. 그래서 시대에 뒤떨어진 색깔을 바꾸고 싶은 충동을 지속적으로 느꼈다.

"내전에 대해서 들어 본 적이 있나, 콤포?"

트레비스가 물었다. 키가 크고, 웨이브가 진 검은 머리칼이 멋있는 사내였다. 그는 항상 부드러운 섬유로 만든 멜빵을 걸치고 거기에 양손 엄지손가락을 끼운 채 이리저리 거니는 습관이 있었다.

"수도 위치를 둘러싼 내전 말인가?"

"그 문제는 셀던 위기를 불러올 정도로 커다란 문제였지. 하니스의 정치 생명이 끝났을 정도였으니까. 그래서 자네와 내가 지난번 의회 선거에서 의회로 진출하게 되었는데, 아직도 그 문제는……."

트레비스는 저울추가 균형을 잡으며 흔들리는 것처럼 한 손을 앞뒤로 천천히 흔들었다.

그때 셀던 홀에서 셀던이 출현한 광경을(실제로는 셀던 영상이지만) 보기 위해 온갖 수완을 발휘해서 초대받은 인기 영합형 사교계 사람은 물론이고 정부와 언론 기관에서 일하는 사람들이 홀에서 쏟아져 나왔다. 트레비스는 그들을 가볍게 무시한 채 계단에서 걸음을 멈췄다.

그들은 하나같이 웃음꽃을 피우면서 모든 게 제대로 진행되어서 다행이라며 입이 마르도록 셀던을 찬양하며 계단을 내려갔다.

트레비스는 그대로 멈춰서 사람들이 빠져나가기를 기다렸다. 두 걸음 정도 앞서 가던 콤포도 멈췄다. 그들 사이에서 눈에 보이지 않는 갈등이 감돌았다.

"자네는 안 갈 건가?"

"서두를 필요 없네. 항상 그렇듯이 브라노 시장이 상황을 다시 검토할 때까지는 회의를 시작하지 않을 테니까. 셀던 홀에서도 그랬는데, 의회에서도 지루한 연설을 들으려고 서두를 필요가 있겠나. 콤포, 저 도시를 바라보게!"

"그래, 보고 있네. 어제도 보았고."

"그래, 하지만 자네는 이 시를 처음 설립한 500년 전에는 어떤 모습이었을지 상상한 적이 있나?"

콤포가 곧바로 수정하며 말했다.

"498년 전이지. 앞으로 2년이 지난 다음에 500주년 기념식을 여니까. 우리가 바라지만 일어날 가능성은 적은 일이 그때까지 안 일어난다면 브라노 시장이 여전히 자리를 차지하겠지."

트레비스가 차갑게 말했다.

"그렇겠지. 하지만 500년 전에 이 도시는 어땠을까? 도시 하나! 백과사전을 준비했지만 끝내 완성을 못 시킨 사람들이 살던 조그만 도시 하나!"

"백과사전은 완성시켰어."

"지금 우리가 사용하는 은하대백과사전 말인가? 그건 그들이 작업한 게 아니야. 우리가 지금 사용하는 내용은 컴퓨터에 입력해서 매일 매일 수정하고 있네. 자네는 미완성 상태의 원본을 본 적이 있나?"

"하딘 박물관에 있는 것 말인가?"

"샐버 하딘 기원 박물관. 자네가 연대를 정확히 밝히는 걸 좋아하니, 이왕이면 박물관 이름도 정확히 밝히자고. 아무튼 그걸 본 적이 있나?"

"아니, 꼭 봐야 하나?"

"아냐, 그럴 필요는 없네. 여하튼 500년 전에는 백과사전 학자들이 아주 조그만 마을을 형성했네. 다른 행성이랑 동떨어진 은하계 제일 끝에서 태양 주위를 도는, 금속이라고는 찾아볼 수 없는 조그마한 행성에서. 그리고 500년이 흐른 지금도 우리 터미너스는 여전히 전원 행성이지. 도시 전체가 커다란 공원이며 필요한 금속도 다 있지. 이제 우리는 모든 행성의 중심에 섰어."

콤포가 말했다.

"중심, 과연 그럴까? 우리는 여전히 은하계 다른 부분과 동떨어진 태양 주위를 돌아. 여전히 은하계에서 제일 끝이라고."

"아니야, 자네는 아무 생각 없이 말하는군. 바로 그것이 이번에 약간의 셀던 위기가 나온 핵심 이유야. 이제는 우리는 터미너스라는 작은 행성 하나가 아니야. 우리는 파운데이션이며, 은하계 전역에 영향력을 미칠 뿐 아니라 제일 끝에 있는 바로 이 자리에서 은하계를 지배하네. 우리가 그럴 수 있는 건 고립이 안 됐기 때문이야. 위치가 문제인데, 그것도 아주 중요한 건 아니야."

"좋아. 인정하네."

콤포는 아무래도 상관없다는 표정으로 계단을 하나 내려갔다. 눈에 안 보이는 갈등이 더욱 깊어졌다.

트레비스가 동료를 계단 위로 끌어올리려는 듯이 한 손을 내밀며 말했다.

"아직도 중요성을 모르겠나, 콤포? 그동안 이렇게 커다란 변화가 일었는데 우리는 그런 현실을 받아들이지 않아. 우리 마음은 아직도 조그만 파운데이션을 좋아해. 이제는 오랜 옛날이 되어 버린 강인한 영웅과 위대한 성인들이 활약하던 조그만 세상을."

"그만 좀 하게!"

"진심일세. 셀던 홀을 보게. 샐버 하딘 시절, 최초의 위기가 발발할 당시에 셀던 홀은 시간 유품관, 즉 셀던이 입체 영상으로 나타나는 조그만 강당에 불과했어. 그게 전부였네. 그런데 지금은 거대한 능처럼 변하고 말았어. 하지만 거기에 자기장 이동 트랩이 있던가? 활주 보도가 있던가? 중력 승강기가 있던가? 아니야, 이런 계단밖에 없어서 하던이 그런 것처럼 우리도 여길 걸어서 오르고 걸어서 내려가야 하네. 앞일을 한 치 앞도 못 보는 이렇게 독특한 시대에는 우리는 공포에 젤어서 과거에 매달리네."

트레비스는 팔을 앞으로 힘껏 내밀며 계속 말했다.

"철로 된 구조물이 하나라도 보이는가? 하나도 없네. 샐버 하딘이 살던 시절에는 철을 생산할 수도 없고 수입할 수도 없었네. 이렇게 거대한 건축물을 세울 때에는 철물처럼 보이게 하려고 오래되어 불그스레하게 변색된 플라스틱까지 사용했지. 다른 행성에서 온 사람들이 여기를 바라보면서 '아! 플라스틱으로 세운 정말 아름답고 오래된 건축물이군!' 하고 말하도록 말이야. 분명히 말하는데, 콤포, 이건 정말 엉터리야."

"골란, 자네가 믿을 수 없다고 말한 게 바로 셀던 홀이란 말인가?"

"그곳에 들어 있는 모든 게 그렇다네."

트레비스는 격앙된 듯이 말했다.

"나는 우리 선조들이 그랬기 때문에 우리 역시 여기 은하계 변두리에 숨어야 한다고 생각하지 않아. 우리는 여기에서 벗어나 모든 행성의 중심으로 진출해야 해."

"하지만 셀던은 자네가 틀렸다고 말해. 셀던 프로젝트는 지금까지 합당하게 작동했어."

"나도 알아, 알고말고. 터미너스에서 자란 아이는 모두 그렇게 배우면서 자라지. 해리 셀던이 5세기 전에 모든 변수를 예상해서 프로젝트를 세웠으며 파운데이션이 모든 위기를 포착하고 극복하도록 만들었으며, 위기가 발생할 때마다 셀던이 입체 영상으로 나타나서 우리가 다음 위기로 나아가기 위해 최소한으로 알아야 할 내용을 알려 줄 것이며, 그래서 우리가 5세기 전에 이미 몰락하고 대략 2세기 전에 산산이 흩어진 제국의 낡은 잔해를 딛고 훨씬 위대한 은하제국을 새롭게 튼튼히 세우도록 1000년이란 역사를 이끌어 줄 거라고 말일세."

"골란, 그런 이야기를 나에게 하는 이유가 뭔가?"

"모든 게 엉터리라는 말을 하려는 거야. 이건 완전히 엉터리야. 아니, 처음엔 진짜일지 모르지만 지금은 엉터리가 되었어. 우리는 우리 자신을 결정하는 주인이 아닐세. 셀던 프로젝트에 따르는 사람은 우리가 아니야."

콤포는 무언가를 찾으려는 표정으로 상대방을 물끄러미 바라보며 말했다.

"자넨 전에도 비슷한 이야기를 했어, 골란. 하지만 그럴 때마다 나는 자네가 나를 놀리려고 농담을 한다고 생각했네. 그런데 지금은 자네가 진심으로 말하는 것처럼 들리는군."

"물론 나는 진지하네!"

"그렇지 않아. 나를 골탕 먹이려고 장난치는 게 아니라면 자네는 머리가 돌아 버린 게 분명해."

트레비스는 진지한 열정을 나타내기 위한 제스처 같은 건 더 이상 필요 없다는 듯 엄지손가락 두 개를 멜빵에 걸친 채 조용히 말했다.

"아니야, 아니야, 둘 다 아니야. 오래전부터 이런 생각을 했어. 하지만 직관에 불과했지. 그런데 오늘 아침에 코미디를 보니까 갑자기 모든 게 분명하게 이해되는 거야. 의회에서 다룰 정도로 선명하게 말이야."

콤포가 소리쳤다.

"자네 정말 돌았군!"

"좋아, 이제 가서 이야기를 들어 보세."

두 사람은 계단을 내려갔다. 두 사람이 마지막으로 남은 사람이었다. 나머지는 완전히 내려간 상태였다. 그래서 트레비스는 앞에서 가볍게 나아가고, 콤포는 그 등에다 대고 "바보!"라고 중얼거리면서 쫓아갔다.

2

여성으로서 시장이란 중책을 맡은 할라 브라노가 행정 위원회 개회를 선언했다. 그리고 참석한 의원들을 관심이 조금도 없다는 표정으로 쳐다보았다. 하지만 브라노 시장이 참석한 의원과 불참한 의원에 대해서 정확하게 파악한다는 사실을 의심하는 사람은 아무도 없었다.

브라노 시장은 희끗한 머리칼은 가지런히 빗겼지만 여성적이라고 단언하기도 그렇고 남성 머리를 본떴다고 말하기도 애매했다. 그냥 항상 하고 다니던 스타일이었다. 사무적이고 딱딱한 얼굴에서 아름다운 느낌을 찾기는 힘들겠지만 사람들이 그곳에서 아름다움을 찾은 적 역시 한 번도 없었다.

브라노 시장은 이 행성 전역에서 가장 탁월한 행정가였다. 파운데이션을 건설한 이후 처음 2세기 동안 파운데이션에 활기를 불어넣은 샐버 하딘이나 호버 말로라는 뛰어난 인물에 빗대어서 브라노 시장을 비난하는 사람이나 비난할 수 있는 사람은 아무도 없었다. 또한 뮬 시대가 도래하기 직전에 파운데이션을 어리석게 통치한 세습시장 인드버와 관련지어서 생각하는 사람도 없었다.

브라노 시장은 심금을 울리는 연설을 하거나 극적인 제스처를 구사하는 재능이 없지만, 차분하게 결정해서 옳다는 확신이 드는 동안 흔들리지 않고 밀어붙이는 저력이 있었다. 탁월한 카리스마는 없지만 자신이 차분하게 판단해서 결정을 내린 건 옳다는 사실을 유권자에게 설득하는 기교가 있었던 것이다.

셀던 독트린에 따르면 역사적인 변화는 궤도를 벗어날 가능성이 아주 적기 때문에(뮬이 갑자기 출현해서 역사 흐름을 엉망진창으로 만든 사례가 있는데도, 셀던 추종자 대부분은 예측 불가능한 사태가 충분히 일어날 수 있다는 사실을 망각했다.), 어떤 상황에서든 파운데이션은 터미너스를 수도행성으로 존속시킬 가능성이 높았다. 하지만 그것은 '가능성'이었다. 5세기 만에 나타나 조금 전에 끝난 영상에서 셀던은 수도가 계속 터미너스일 가능성을 87.2퍼센트라고 차분하게 언급했다.

그 말을 뒤집어 보면 파운데이션 연방 중심으로 수도를 옮길 가능성도 12.8퍼센트나 된다는 것을 뜻했다. 셸던은 만약 수도를 옮길 경우 엄청난 결과를 가져올지도 모른다는 것을 개략적으로 설명한 바 있다. 이 8분의 1이라는 가능성이 실현되지 않은 것은 분명히 브라노 시장 때문이었다.

브라노 시장은 그런 일이 일어나도록 하지 않을 게 분명했다. 인기가 그렇게 안 높을 때에도 브라노 시장은 터미너스는 파운데이션 수도라는 오랜 전통을 이었으니, 앞으로도 그래야 한다는 결정을 조금도 굽히지 않았다. 정적들은 브라노 시장의 밑으로 처진 단단한 턱을 화강암 벽돌로(그럴싸하게 과장해서) 묘사하여 그녀의 옹고집을 비꼬기도 했다.

그런데 지금 셸던이 브라노 시장의 견해를 받쳐주었으니, 적어도 당분간 시장은 압도적인 정치적 주도권을 쥘 수밖에 없었다. 브라노 시장은 1년 전에 신문 인터뷰를 하면서, 만일 앞으로 나타날 셸던 영상이 자기 생각을 지지한다면 자신은 맡은 일을 성공적으로 마무리할 수 있을 거라고, 그런 다음에 자신은 끊임없이 일어나는 정치 분쟁에 매몰당하는 위험을 겪느니 차라리 정치 일선에서 물러나 원로 정치인 역할이나 할 생각이라고 말했다.

하지만 그 말을 액면 그대로 믿는 사람은 하나도 없었다. 브라노 시장만큼 정치 분쟁에 익숙한 사람은 찾기가 힘들 정도인 데다, 셸던 영상이 나타났다가 사라진 지금 브라노 시장이 물러날 거라는 조짐은 어디에도 없기 때문이다.

브라노 시장은 나무랄 데 없는 파운데이션 악센트를 구사하며 아주 또렷한 목소리로 말했다(예전에 맨드레스 행성 주재 대사로 근무한 적이 있는데, 당시에 브라노는 고대 제국 분위기가 묻어 나오게 말하는 법을 안 배웠다. 현재 아주 커다랗게 유행하는 어투로, 중앙 성역을 지향하는 부류와 제국 건설을 지향하는 부류가 주로 사용했다.).

"셀던 위기는 끝났으며 따라서 엉뚱한 세력을 지원한 사람들에 대해 말이든 행동이든 어떤 식으로도 보복하지 않는 건 우리 전통, 아주 현명한 전통입니다. 정직한 사람 대부분은 셀던이 원치 않은 일을 그들이 원한 데에는 그럴 만한 이유가 있었다고 믿습니다. 셀던 프로젝트 자체를 공공연하게 비난하는 식으로 자존심을 세우려고 애쓴 사람을 비난하고 모욕하는 건 의미가 없습니다. 그보다는 엉뚱한 세력을 지지한 사람들이 패배를 기꺼이 받아들임으로써 논쟁을 더 이상 안 벌이는 편이 훨씬 바람직하며 자랑스러운 우리 전통입니다. 이제 그 문제는 양쪽 모두 영원히 해결했습니다."

브라노 시장이 말을 멈추고 참석자들을 잠시 훑어보다가 이야기를 계속했다.

"이제 절반의 시간이 지났습니다, 의원 여러분! 두 제국을 연결하는 1000년이라는 세월 가운데에서 절반이 흘렀습니다. 지난 500년은 어려운 시기였지만 우리는 마침내 여기까지 왔습니다. 우리는 이미 은하 제국과 비슷하게 성장했으며, 외부에서 우리를 위협할 세력은 더 이상 없습니다.

셀던 프로젝트가 없었다면 이런 공백 기간이 3만 년으로 늘어나겠지요. 3만 년 동안 모든 게 해체되고 나면 새로운 제국을 세울 여력도 없을 것입니다. 남은 거라곤 고작해서 서로 고립된 채 죽어 가는 행성이 전부겠지요.

오늘날 우리가 여기까지 온 건 해리 셀던 덕분이며, 남은 500년 동안도 우리는 셀던 정신을 지켜야 합니다. 의원 여러분, 앞으로 다가올 위험은 외부가 아니라 바로 우리 자신한테서 오게 됩니다. 그러니 지금부터는 셀던 프로젝트의 가치에 대해 공식적으로 문제를 제기하는 사태는 없어야 하겠습니다. 셀던 프로젝트를 공식적으로 문제시하거나 비판하거나 비난하는 사태는 없어야 한다고 우리 모두 시끌벅적하면서도 차분하고 단호하게 동의합시다. 우리는 셀던 프로젝트를 전적으로 지지해야 합니다. 셀던 프로젝트는 옳다는 사실을 500년 동안 증명했습니다. 그것은 인류한테 가장 소중한 안전장치이며 따라서 더 이상 소홀히 다루는 일이 없어야 하겠습니다. 모두 동의하십니까?"

수군거리는 소리가 조그맣게 일어났다. 시장은 동의한다는 표시를 직접 눈으로 확인하기 위해 고개를 들지 않았다. 브라노 시장은 의원 한 사람 한 사람을 속속들이 꿰찼기 때문에, 눈으로 안 보아도 각자가 어떤 반응을 보일지 훤히 알았다. 승리한 여세로 몰아붙였으니 반대는 없을 터였다. 내년에는 어떨지 몰라도 지금은 아니다. 내년 문제는 내년에 다루면 된다. 그러나 예외는 항상 있는 법이니…….

"사상 통제인가요, 브라노 시장님?"

골란 트레비스가 큰 소리로 질문하며 통로를 성큼성큼 내려왔다. 다른 모든 의원의 침묵을 보상하려는 것 같았다. 그래서 자기 자리에 앉으려고 하지도 않았다. 신참 의원이라서 뒷줄에 있는 자리였다.

브라노 시장이 여전히 고개를 들지 않은 상태로 말했다.

"트레비스 의원, 의견을 말씀하시오."

"정부는 언론 자유를 제한할 수 없습니다. 이런 목적으로 선출된 남녀 의원은 말할 것도 없고 다른 모든 사람도 현재 우리가 겪는 정치적 문제에 대해서 토론할 권리가 있습니다. 그리고 셀던 프로젝트와 관련이 안 된 정치적 문제는 없습니다."

브라노 시장이 팔짱을 끼더니, 고개를 들며 말했다. 아무런 표정도 찾아볼 수 없는 얼굴이었다.

"트레비스 의원, 이런 식으로 토론하는 건 규칙 위반이오. 하지만 의견을 말씀하시오. 그러면 내가 답변하겠소.

셀던 프로젝트에 관해서 언론 자유를 제한하는 건 없소. 프로젝트가 지닌 독특한 성격 때문에 제한하는 것뿐이오. 셀던 영상이 최종 결론을 내리기 전까지는 이런저런 문제를 다양하게 해석할 수 있지. 하지만 일단 셀던이 결정을 내리면 위원회에서 그것에 대해 더 이상 의문을 제기할 수 없소. '해리 셀던이 이러저러하게 말했다면 그건 틀렸다.'는 식으로 문제를 제기할 수도 없소."

"하지만 누군가 솔직히 그렇게 느꼈다면 어떻게 하지요, 시장님?"

"어떤 사람이 전적으로 사적인 자리에서 개인적으로 토론하는 거라면 그렇게 말할 수도 있겠지."

"그럼 시장님께서 말씀하신 언론 자유에 대한 제한이라는 게 오직 정부 관리에게만 적용된다는 말씀입니까?"

"그렇소. 이것은 파운데이션 헌법에서 새로운 원칙이 아니오. 예전에도 모든 정당 출신 시장들도 이런 원칙을 적용했소. 개인적인 의견은 아무것도 아니지만 공식적으로 의견을 드러내는 건 비중이 있어서 그만큼 위험할 수 있소. 우리는 지금 그런 위험을 감수할 정도로 발전한 게 아니오."

"시장님, 한 가지만 지적하겠습니다. 시장님이 제시한 원칙은 때때로 가뭄에 콩 나듯 의회에서 구체적으로 의결한 경우에만 적용되었습니다. 셀던 프로젝트처럼 막연하면서도 방대한 걸 대상으로 적용한 적이

한 번도 없습니다."

"셀던 프로젝트에 대한 문제 제기는 아주 치명적인 결과를 낳을 수 있기 때문에 아주 적극적으로 보호할 필요가 있소."

시장이 반박하자, 트레비스는 몸을 돌려서 나란히 앉은 의원들을 향해 발언했다. 그들은 논쟁 결과를 기다리는 듯 하나같이 숨을 죽이며 지켜보고 있었다.

"브라노 시장님, 의원 여러분. 여러분은 셀던 프로젝트라는 건 존재하지 않는다고 생각할 근거가 아주 많다는 생각을 한 적이 없으신가요?"

트레비스가 웅변을 하듯 목소리를 키우자, 브라노 시장은 훨씬 차분한 목소리로 말했다.

"우리는 오늘 셀던 프로젝트가 작동하는 모습을 직접 보았소."

"그렇습니다, 의원 여러분, 오늘 우리가 그동안 교육을 받은 그대로 셀던 프로젝트가 작동하는 모습을 보았기 때문에 우리는 그게 존재하지 않을 수 있다는 사실을 깨달을 수 있는 것입니다."

"트레비스 의원, 규칙 위반이오. 당장 발언을 중지하시오!"

"시장님, 저는 업무상 특권이 있습니다."

"의원, 지금 이 순간부터 특권을 박탈하겠소!"

"시장님 마음대로 특권을 빼앗을 순 없습니다. 자유로운 발언을 제한하겠다는 시장님의 발언 역시 원칙적으로 법률적 구속력이 없습니다. 의회에서 공식적으로 표결한 게 없습니다, 시장님. 설사 있었다 해도 저는 그 적법성에 대해 문제를 제기할 권리가 있습니다."

"의원, 특권 박탈은 셀던 프로젝트를 보호하기 위해서 내가 한 발언과 아무런 관련이 없소."

"그럼 어떤 근거에서 특권을 박탈하는 겁니까?"

"당신은 반역죄를 저질렀소. 나는 의회에서 당신을 체포하지 않는 예의를 지키고 싶소. 하지만 보안 요원들이 문 밖에서 기다리다가 당신이 여기를 나갈 때에 체포할 것이오. 나는 지금 당신이 조용히 떠나길 바라오. 온당치 못한 다른 행동을 한다면 나는 당신을 위험인물로 간주하고 보안 요원을 들어오게 할 것이오. 당신이 그런 무모한 짓은 하지 않을 것이라고 믿소."

트레비스는 이맛살을 찌푸렸다. 홀에는 긴장된 침묵만 감돌았다.

'나랑 콤포를 뺀 나머지 의원 모두가 이런 결과를 예상했단 말인가?'

트레비스는 몸을 돌려서 출구를 바라보았다. 아무도 없었다. 하지만 브라노가 허풍을 떠는 거란 생각은 안 들었다. 그는 분을 못 이겨 더듬거렸다.

"브라노 시장님, 저는 중요한 지역구를 대, 대표하는 의원입니다."

"그렇소. 하지만 그들 역시 당신에게 실망할 게 분명하오."

"어떤 근거로 그렇게 무례한 비난을 퍼붓는 건가요?"

"적절한 절차를 통해서 증명하겠지만 입증할 만한 증거를 모두 가지고 있소. 당신은 매우 분별없는 청년이기에, 설사 당신 친구라고 할지라도 당신이 선택한 반역의 길에 기꺼이 동참하지는 않을 거라는 사실을 깨달아야 하오."

트레비스는 장내를 훑어보다가 콤포의 푸른 눈과 마주쳤다. 하지만 푸른 눈에서는 차가운 냉기만 내뿜어져 나왔다.

브라노 시장은 냉랭한 어조로 말했다.

"내가 방금 전에 말했을 때 트레비스 의원이 돌아서서 콤포 의원을 쳐다본 것을 여러분이 증언해 줄 것을 요청합니다. 트레비스 의원, 지금 바로 의회를 떠나 주기 바라오. 그렇지 않으면 어쩔 수 없이 여기서 당신을 체포하는 품위 없는 행동을 하지 않을 수 없다는 것을 경고합니다."

골란 트레비스는 돌아서서 다시 계단을 올라갔다. 문의 양쪽에서 제복을 입은 두 명의 보안 요원이 무장을 하고 대기하고 있었다.

할라 브라노는 트레비스의 뒷모습을 태연히 쳐다보면서 입술도 거의 들썩이지 않은 채 씹어 뱉었다.

"바보 같은 놈!"

3

리오노 코델은 브라노 시장의 취임 이후 쭉 공안국장을 지냈다. 자신도 즐겨 말하듯이 그 직책은 그리 힘들지 않았다. 하지만 그가 거짓말을 하는지 어떤지는 물론 아무도 알 수 없었다. 그는 거짓말을 할 사람처럼 보이지는 않았지만 그렇다고 해서 그런 인상이 거짓말을 하지 않으리라는 보장은 없었다.

그는 편안하고 친근한 느낌을 주었다. 이러한 특성은 그의 직무에 어울리는 것이었다. 키는 평균보다 작았지만 몸무게는 그 이상이었다. 그는 덥수룩한 콧수염을 기르고 있었는데, 그렇게 콧수염을 기르는 것은 터미너스 시민들에게 매우 유별난 일이었다. 그 수염은 회색보다 흰색에 더욱 가까웠으며 눈은 밝은 갈색이었다. 칙칙한 색깔의 작업복에 뚜렷한 원색 주머니가 달려 있는 것도 사람들의 눈길을 끌었다.

그가 말했다.

"앉으시오, 트레비스. 가능하면 우호적인 관계 속에서 문제를 풀어봅시다."

"우호적이라고요? 반역자와 말입니까?"

그는 엄지손가락을 멜빵에 깊숙이 집어넣은 채 계속 서 있었다.

"반역죄로 고발되었을 뿐이오. 고발이 곧 유죄 선고는 아니니까. 시장도 그렇게 생각하지는 않소. 우리는 결코 그렇게 하지 않을 거요. 가능한 한 당신의 용의점을 풀어 주는 것이 나의 직무요. 아직 실질적인 해를 끼친 것은 아니기 때문에 그렇게 하고 싶은 거요. 물론 당신은 자존심이 상당히 상했을 테지. 하지만 재판정에서 어쩔 수 없이 모든 것을 털어놓는 것보다는 낫지 않겠소?"

트레비스는 여전히 태도를 누그러뜨리지 않은 채 말했다.

"비위를 맞추려고 애쓸 필요는 없어요. 나를 반역자로 보고 나를 괴롭히는 것이 당신의 직무 아닌가요? 하지만 나는 반역자가 아닙니다. 그리고 당신이 만족할 때까지 그 점을 당신에게 증명해야 하는 것이 원망스럽군요. 왜 내가 만족할 때까지 당신의 충성심을 증명하지는 않는 겁니까?"

"원칙적으로 있을 수 없는 일이오. 하지만 유감스럽게도 칼자루는 당신이 아니라 내가 쥐고 있소. 따라서 질문은 나의 특권이고, 당신에게는 질문을 던질 권한이 없소. 여담이지만 나에게 반역의 혐의가 조금이라도 있다면 나는 의원 자리에서 교체됨과 동시에 누군가에 의해 조사를 받을 거요. 만일 그런 상황에 직면한다면, 그 누군가가 지금 당신에게 내가 하는 것보다 더 나쁘지만 않게 대해 준다면 좋겠소."

"나를 어떻게 다룰 셈입니까?"

"당신이 나를 친구나 동료처럼 대할 의향이 있다면 나도 그렇게 대우할 생각이오."

"술 한잔 살 수 있겠습니까?"

트레비스는 괴로운 심정으로 물어보았다.

"나중에 합시다. 지금은 일단 앉으시오. 그럼 친구로서 묻겠소."

트레비스는 머뭇거리다가 앉았다. 더 이상 반항하는 것이 갑자기 무의미하게 여겨졌다. 그가 말했다.

"지금 무얼 하자는 겁니까?"

"나의 질문에 성실하고 완벽하게, 그리고 둘러대지 않고 답변해 주겠는지 물어도 되겠소?"

"그렇게 하지 않는다면 어떤 위협 수단이 있죠? 정신 탐침기로 검사라도 할 생각입니까?"

"그런 일은 없을 거외다."

"그럴 테지요. 의원에게 그런 짓은 하지 못하게 되어 있으니까. 또 그렇게 한다 해도 반역죄를 밝히지는 못할 것이고, 또 내가 무죄 석방이 되기라도 한다면 당신의 정치적 생명은 그날로 끝장날 겁니다. 그건 시장도 마찬가지겠지요. 그렇게 되기를 바란다면 정신 검사를 시도할 수도 있을 테지만……."

코델은 눈살을 찌푸리며 머리를 약간 흔들었다.

"천만에! 그럴 생각은 전혀 없소. 그건 뇌를 손상시킬 위험이 너무 크기 때문이오. 때로는 회복이 잘 안 되기도 하거든. 당신에게 그런 번거로운 검사를 할 필요는 없소. 그건 분명한 사실이오. 더군다나 잘 알다시피 격앙된 상태에서 정신 검사를 하면 그렇게 될 확률이 더 높소."

"지금 협박하는 겁니까, 코델 국장?"

"난 사실을 말했을 뿐이오, 트레비스 의원. 오해하지 마시오. 그러나 만약 정신 검사를 해야 할 필요가 있으면 그렇게 할 거요. 그렇게 되면 죄가 없더라도 당신은 그 검사를 거부할 수 없게 되오."

"도대체 무얼 알고 싶습니까?"

코델은 책상 위의 스위치를 누르고는 말했다.

"내가 묻고 당신이 대답하는 장면과 소리가 모두 기록될 거요. 내가 묻기 전에는 말하지 마시오. 또한 책임질 수 없는 말도 하지 마시오. 자, 시작하겠소, 내 말을 이해하리라 믿고……."

"당신이 바라는 것만 기록하겠다는 말로 이해하겠습니다."

트레비스는 경멸하는 투로 말했다.

"맞소. 하지만 내 말을 오해하지 마시오. 당신의 어떤 말도 왜곡할 생각은 없으니까. 그걸 채택하거나 그렇지 않거나 할 뿐이지요. 그게 전부요. 당신은 곧 내가 무엇을 채택하지 않는지 알게 될 것이고, 그렇게 되면 피차 시간을 낭비하는 일은 없을 거요."

"글쎄, 어떨지……."

"트레비스 의원, 우리는 당신의 셀던 프로젝트의 존재를 믿지 않는다고 여러 번 공개적으로 말했다고 여길 만한 증거들을 가지고 있소."

그의 목소리에 힘이 들어가 있다는 것만으로도 트레비스는 그가 공식적인 기록을 하고 있다는 것을 충분히 알아차릴 수 있었다.

트레비스는 천천히 입을 열었다.

"내가 공개적으로, 그것도 여러 번 그렇게 말했다는 것을 안다면서 더 이상 무얼 필요로 하는 겁니까?"

"농담 따위로 시간을 낭비하지 맙시다, 의원. 내가 원하는 것은 강제가 아니라 완전히 자기 자신을 제어할 수 있는 상태에서 당신 자신의 목소리로 공개적으로 시인하는 것 정도라는 걸 당신도 잘 알지 않소? 그 목소리에는 당신의 독특한 성문(聲紋)이 있을 거요."

"내 생각에는 화학적 방법이나 또 다른 수단을 통한 최면 효과를 쏠 경우 성문이 바뀔 거라고 보는데, 그렇지 않습니까?"

"확연히 달라지오."

"당신은 한 의원을 합법적인 수단을 사용하여 심문하고 있다는 것을 드러내고 싶어 안달인 것 같습니다. 비난하고 싶은 생각은 없지만……."

"비난하지 않아서 고맙소이다, 의원. 그럼 계속합시다. 당신은 공개적으로 여러 번 셀던 프로젝트의 존재를 믿지 않는다고 말했소. 그 사실을 시인하는 거요?"

트레비스는 단어를 신중히 골라 천천히 말했다.

"나는 셀던 프로젝트라는 것이 우리가 지금 비중을 두는 만큼 중요성이 있다고는 믿지 않습니다."

"모호한 진술이오. 좀 더 상세하게 말할 수 없소?"

"나의 의견은 500년 전에 해리 셀던이 심리역사학이라는 수학을 사용하여 인간사의 전후를 상세하게 밝혀 놓았으며, 우리는 최대한의 확률에 따라 제1제국에서 제2제국으로 데려다 줄 계획된 코스를 쫓아간다는, 현재 모든 사람들이 받아들이고 있는 그러한 개념이 순진하기 짝이 없는 생각이라는 것입니다. 그렇게 될 수 없습니다!"

"당신은, 그렇다면 해리 셀던이 결코 존재하지 않았다는 말이오?"

"전혀 그렇지 않습니다. 분명 그는 존재했지요."

"그러면 그가 심리역사학이라는 과학을 전혀 발전시키지 못했다는 말이오?"

"아니, 물론 그런 뜻도 전혀 아닙니다. 이것 보세요, 국장. 내게 그런 기회가 주어진다면 의회에서 설명하려고 했던 문제이지만 당신에게도 말해 주겠습니다. 내가 말하려는 진실은 아주 단순한 것입니다."

공안국장은 조용하지만 단호한 태도로 녹음 장치를 껐다.

트레비스는 잠시 말을 끊고 얼굴을 찡그렸다.

"왜 그러는 거죠?"

"당신은 내 귀중한 시간을 허비하고 있소, 의원. 나는 당신에게 장황한 연설을 요구한 것이 아니오."

"내 견해를 설명해 달라는 것이 아니란 말입니까?"

"물론이오. 그저 질문에 답변만을 요청했을 뿐. 그것도 아주 간단명료하고 직접적인 답변을 원하는 것이오. 요청하지 않은 것은 빼고 질문에만 답변해 주시오. 그렇게 하면 시간을 절약할 수 있을 거요."

트레비스는 말했다.

"나의 행위라고 간주되는 공식적인 견해를 뒷받침할 진술만을 뽑아내겠다는 의도로군요."

"우리는 당신에게 정직한 진술을 해 줄 것을 요청했을 뿐이오. 나는 당신의 진실을 왜곡하지 않을 것이라고 장담하오. 자, 다시 시작해 봅시다. 해리 셀던에 대해 이야기하고 있지 않았소?"

녹음장치는 다시 작동하기 시작했으며 코델은 차분하게 다시 반복해서 질문했다.

"그가 심리역사학이라는 과학을 발전시키지 못했다는 말이오?"

"물론 그는 우리가 말하는 심리역사학이라는 과학을 발전시켰습니다."

트레비스는 급한 성질을 감추지 못하고 분통이 터진다는 듯한 몸짓을 하면서 말했다.

"당신의 정의는 어떤 거요?"

"빌어먹을! 주어진 조건에서 주어진 자극에 대해 대규모 인간 집단이 보이는 전체적인 반응을 다루는 수학의 한 분야라고 보통 정의하고 있잖습니까? 다시 말해서 그것은 사회적, 역사적 변화를 예측한다고 여겨집니다만."

"'여겨지고 있다'고 말하는군. 수학적 전문 지식의 관점에서 문제 제기를 하는 거요?"

"아니요. 나는 심리역사학자는 아닙니다. 파운데이션 정부의 일원도 아니고 터미너스 일반 시민도 아니며 그리고……."

"의원, 제발!"

코델이 손을 올리면서 부드럽게 말했다. 그러자 트레비스는 말을 끊었다.

코델이 말했다.

"해리 셀던이 파운데이션을 통해 제1제국에서 제2제국으로 가는 경로에서 가장 짧은 기간과 가장 확률이 높은 요소들을 가능한 한 효과적으로 결합시키기 위해 필수적인 분석을 하지 않았다고 생각하는 이유가 무엇이오?"

"그때 거기에 있지 않았는데 어떻게 그걸 알 수 있겠습니까?"

트레비스는 빈정대듯 말했다.

"그가 그러한 분석을 하지 않았다는 것을 알 수 있소?"

"모릅니다."

"지난 500년 동안 수많은 역사적 위기가 닥칠 때마다 나타난 해리 셀던의 홀로그램 영상이 실제로 해리 셀던 자신이며, 그것은 파운데이션 설립 직전에, 즉 그가 생존한 마지막 해에 만들어졌다는 것을 부정하는 거요?"

"부정할 수는 없을 것 같군요."

"당신은 '없을 것 같다'는 표현을 했소. 그렇다면 그것은 어떤 목적을 위해 지나간 시절에 누군가가 날조한 가짜라고 말하고 싶은 거요?"

트레비스가 한숨을 쉬었다.

"아니요. 나는 그렇게 주장하지 않았습니다."

"어쨌든 해리 셀던의 메시지가 누군가에 의해 조작되었다고 주장하려는 것 아니오?"

"아니요. 그러한 조작이 가능하거나 유용하다고 생각할 까닭은 없습니다."

"알겠소. 당신도 가장 최근의 셀던 영상을 보았소. 그렇다면 500년 전에 행했던 그의 분석이 오늘날의 실제 상황과 정확하게 맞아떨어지지는 않는다는 것을 알아냈소?"

"그 반대입니다. 아주 딱 들어맞고 있습니다."

트레비스의 얼굴에 갑자기 기쁜 빛이 돌았다.

코델은 다른 사람의 감정에는 전혀 신경을 쓰는 것 같지 않았다.

"그런데도 의원은 셀던이 나타난 이후에도 여전히 셀던 프로젝트가 존재하지 않는다는 주장을 하는 거요?"

"물론. 나는 그것이 존재하지 않는다고 주장합니다. 그 이유는 바로 그의 분석이 너무 완벽하게 들어맞는다는 사실 때문이죠."

코델은 다시 녹음기를 끄고 머리를 흔들면서 말했다.

"의원, 당신 때문에 방금 녹음한 것을 지워야겠소. 나의 질문 요지는 아직도 그 괴상한 믿음을 주장하고 있느냐는 거였소. 질문을 다시 반복하겠소."

그가 다시 말했다.

"의원, 최근에 셀던이 출현한 이후에도 셀던 프로젝트가 존재하지 않는다는 주장을 계속하고 있는 거요?"

"어떻게 당신이 그걸 알고 있죠? 셀던 출현 이후에 내 친구인 밀고자 콤포와 이야기를 나눌 기회는 아무에게도 없었을 텐데."

"우리가 추측했다고 합시다, 의원. 그리고 당신이 이미 '물론 그렇겠지요.' 하고 답변을 했다고 합시다. 자진해서 다른 말을 덧붙이지 않고 다시 한 번 그렇게 말한다면 만사는 잘 진행될 거요."

"물론 그렇겠지요."

트레비스는 빈정대었다.

코델이 말했다.

"그럼 '물론 그렇겠지요.' 중에서 더 자연스럽게 들리는 쪽을 선택하겠소. 감사드리오, 의원."

코델은 녹음 장치를 다시 껐다.

트레비스가 말했다.

"다 끝난 겁니까?"

"그렇소. 내가 필요로 하는 것은."

"당신이 필요로 하는 것은 내가 셀던 프로젝트의 전설을 전적으로 받아들였다는 것을 보여 주기 위해 터미너스와 터미너스가 지배하는 모든 파운데이션 연합에 제출할 수 있는 질문과 답변인 것이 틀림없군요. 그렇게 된 상태에서 나중에 그걸 부정하면 나는 돈키호테나 완전히 정신 나간 사람이 될 테죠."

"셀던 프로젝트를 파운데이션의 안전에 필수불가결할 것으로 보는 흥분한 대중의 눈에는 반역죄를 저지른 것으로까지 비칠 것이오. 트레비스 의원, 우리가 서로를 어느 정도 이해할 수 있다면 이 테이프를 널리 공표할 필요는 없을 거요. 하지만 그것이 필요하다고 생각되면 연합에 알릴 작정이오."

트레비스는 얼굴을 찡그리며 말했다.

"국장, 당신은 내가 진짜로 말하고 싶은 사실에 대해서 아무런 관심이 없을 만큼 어리석지는 않을 텐데요?"

"나도 인간인 이상 매우 관심이 많소. 그리고 적절한 때가 오면 관심 정도가 아니라 귀를 활짝 열고 당신 이야기를 들어 보겠소. 하지만 공안국장으로서 내가 얻을 것만 얻었소."

"이것이 당신이나 시장에게 결코 좋지만은 않다는 것을 알기 바랍니다."

"이상할지 모르지만 나는 그런 의견에 전혀 동의하지 않소이다. 당신은 조금 후면 여기를 떠나게 될 거요. 물론 경호원과 함께."

"어디로 옮기는 겁니까?"

코델은 단지 미소를 지을 뿐이었다.

"안녕히 가시오, 의원. 당신은 완벽하게 협조해 주지는 않았소. 당신이 협조적일 것이라고 예측한 것 자체가 비현실적이었지만."

그는 손을 내밀었다. 트레비스는 그것을 무시하면서 일어섰다. 그는 허리띠의 주름을 펴면서 말했다.

"당신은 불가피한 일이 닥치는 것을 약간 늦출 뿐입니다. 다른 사람들은 틀림없이 나처럼 생각할 겁니다. 아니면 나중에라도 그렇게 되겠지. 나를 감옥에 처넣거나 죽인다면 그러한 의문을 조장하는 결과만 초래할 것이며, 그 결과는 그러한 생각이 퍼지는 것을 가속화할 겁니다. 결국 진실과 내가 승리하게 되지요."

코델은 손을 거두어들이고 머리를 천천히 저으면서 말했다.

"트레비스, 당신은 정말 바보요."

4

 취조를 받던 공안국 본부의 호화로운 방에서 그를 데려가기 위해 두 명의 경호원이 왔을 때는 한밤중이 가까워서였다. 그곳은 호화롭지만 폐쇄된 곳이었다. 달리 말해서 감옥인 셈이었다. 트레비스는 그곳에서 네 시간이 넘도록 자신의 행동을 돌이켜 보면서 후회와 번민으로 마음의 안정을 찾지 못하고 있었다.
 '왜 콤포를 믿었던가? 다른 방법이 없었던 것인가? 그는 분명히 내 생각에 동의하는 것처럼 보였는데……, 아냐, 그렇지 않았어. 그래도 설득을 하면 쉽게 찬성할 것처럼 보였는데……, 아니야, 그것도 틀렸어.'
 콤포는 그다지 영리하지 않은 사람이어서 트레비스가 말하는 대로 쉽게 따르고 자기 의견을 분명히 내세우지 않을 때가 많았기 때문에 트레비스는 그를 편하게 이야기할 수 있는 말상대로서 매우 좋아했던 것이다.
 콤포는 트레비스가 자신의 의견을 수정하고 더욱 발전시켜 가도록 도와주었다. 그런 면에서 그는 좋은 사람이었고, 트레비스는 단지 그를 편하게 대할 수 있다는 이유만으로 그를 믿었던 것이다.
 그러나 이제 와서 콤포의 정체를 꿰뚫어 볼 수 있었는지의 여부에 대해 아무리 따져본들 소용이 없었다. 가장 평범한 일반론 즉 '아무도 믿지 마라!'는 원칙을 따랐어야만 했다.
 하지만 일생 동안 아무도 믿지 않고 살 수 있을까?
 그러나 분명히 그래야만 했을지도 모른다.
 브라노가 뻔뻔스럽게 의원을 내쫓고, 다른 의원들마저 자신의 권리를 지키려 들지 않는 상황을 누가 상상이나 할 수 있었겠는가? 그들이 진심으로 트레비스의 생각에 동의하지 않았다 하더라도, 아니 설사 그들이 브라노 식의 정의를 위해 피를 흘릴 작정이었다 하더라도, 그들은 자신들의 특권이 짓밟히는 것에 대해 원칙적인 문제 제기를 해야만 하지 않았는가?

종종 청동(青銅) 브라노라는 별명으로 불리는 그녀는 오늘 진짜 금속이나 된 듯 혹독하게 행동했다.

'만일 그녀 자신이 이미 확고하게……, 아니야! 그렇게까지 생각하는 것 또한 과대망상증이야! 그런데……?'

그의 마음은 원을 그리듯 이리저리 갈피를 잡지 못했다. 경호원이 왔을 때에도 그는 머릿속에서 쓸데없이 되풀이되는 생각에서 벗어나지 못하고 있었다.

"같이 가시죠, 의원님."

두 명 가운데 선임자가 아무런 감정도 없이 엄격한 어조로 말했다. 그의 계급은 중위였는데 오른쪽 뺨에 작은 흉터가 있었다. 그는 마치 실적에 비해 오랜 근무에 시달린 사람처럼 몹시 지쳐 보였다. 1세기가 넘는 기간 동안 평화가 유지되었기 때문에 나타나는 어쩔 수 없는 현상일 수도 있겠다는 생각이 들었다.

트레비스는 움직이지 않았다.

"이름이 뭐지, 중위?"

"이반더 소펠로입니다, 의원님."

"지금 법을 위반하고 있다는 것을 알겠지, 중위? 자네에게는 의원을 체포할 수 있는 권한이 없어!"

중위가 말했다.

"상관으로부터 직접 명령을 받았습니다, 의원님."

"그건 중요하지 않아. 자네는 의원을 체포하라는 명령을 따를 수 없네. 그렇게 하면 군법회의 감이라는 것을 알아야 해!"

중위가 말했다.

"체포하는 것이 아닙니다, 의원님."

"그러면 자네와 함께 가지 않아도 된다는 말인가?"

"우리는 의원님을 집으로 잘 모시라는 명령을 받았습니다."

"길은 나도 아네."

"가는 도중에 의원님을 보호하기 위해서죠."

"무슨 위험이 있다고……, 누가 나를 해치기라도 한단 말인가?"

"군중들이 모일지도 모르는 일이니까요."

"한밤중에 말인가?"

"우리가 자정 가까이 기다려야 했던 이유가 바로 그것이었습니다, 의원님. 그래서 지금은 의원님을 보호하기 위해 함께 동행할 것을 요청하는 겁니다. 위협이 아니라 단지 통고해 드리는 것입니다만……, 필요하다면 강제력을 사용해도 좋다는 권한을 받았습니다."

트레비스는 그들이 무장하고 있는 신경 채찍에 대해서 알고 있었다. 그는 위엄을 잃지 않으려고 노력하면서 자리에서 일어섰다.

"그럼 우리 집으로 데려다 주게. 그런데 혹시 집으로 간다고 하면서 나를 감옥으로 데려가려는 건 아닌가?"

"거짓말을 하라는 명령은 받지 않았습니다."

중위가 나름대로의 자존심을 내세우며 말했다. 트레비스는 자기 앞에 서 있는 사람이 거짓말을 할 때에도 상관에게 직접 명령을 받아야만 하는 직업 군인이라는 사실을 깨달았고, 거짓말을 하더라도 표정이나 어조는 조금도 바뀌지 않으리라는 것도 느꼈다.

트레비스가 말했다.

"미안하군, 중위. 자네 말을 의심한다는 뜻은 아니었네."

지상용 자동차가 밖에서 대기하고 있었다. 거리는 비어 있었으며, 군중은커녕 사람 그림자도 찾아볼 수 없었다. 하지만 중위의 말은 진실이었다. 그는 밖에 군중이 있다거나 군중이 모일 것이라는 말은 하지 않았다. 그는 '모일지도 모르는 어떠한 군중'을 말했다. 그는 '모르는'이라는 말을 썼을 뿐이었다.

중위가 주의 깊게 트레비스를 자신과 차 사이로 밀어 넣었다. 트레비스는 몸을 돌려서 달아날 수가 없었다. 중위는 그의 뒤를 따라 곧 차에 올라 뒷좌석 그의 옆자리에 앉았다.

차가 움직였다.

트레비스가 말했다.

"일단 집으로 돌아가면 나는 자유롭게 업무를 볼 수 있겠지? 원하면 아무 데든 떠날 수 있고 말이야."

"의원님의 일에 간섭하라는 명령을 받지는 않았습니다. 의원님을 보호하라는 명령을 제외하고는 말입니다."

"보호하라는 명령 이외에는? 이번엔 또 무슨 이야기인가?"

"명령은 의원님이 일단 집으로 돌아가면 그곳을 떠날 수 없다는 것이었습니다. 거리는 의원님에게 위험천만입니다. 저는 의원님의 안전을 책임지고 있습니다."

"자네 말은 내가 가택연금을 당한다는 뜻이군."

"저는 법률가가 아닙니다, 의원님. 무슨 뜻인지 모르겠습니다."

그는 똑바로 앞을 쳐다보고 있었다. 하지만 그의 팔꿈치는 트레비스의 옆구리에 바싹 붙어 있었다. 트레비스는 중위 몰래 한 치도 움직일 수가 없었다.

차는 프랙스너의 교외에 위치한 트레비스의 작은 집 앞에서 멈추었다.

그에게 동거인은 없었다. 동거인이었던 플래벨라는 의원이라는 그의 직책 때문에 생기는 불규칙한 생활을 싫어했기 때문에 그의 집을 떠났다. 따라서 그는 당연히 집에서 자기를 기다리는 사람이 아무도 없을 것으로 여기고 있었다.

"지금 내려도 될까?"

트레비스가 말했다.

"제가 먼저 내리겠습니다, 의원님. 저희들이 호위하겠습니다."

"나의 안전을 위해서인가?"

"예, 그렇습니다."

현관 안쪽에 두 명의 경호원이 그를 기다리고 있었다. 야광등이 비치고 있었으나 창문이 불투명 유리였기 때문에 밖에서는 내부가 보이지 않았다.

잠시 동안 그는 이 침입자들에게 화가 치밀었으나 가까스로 억눌렀다. 의회가 의회 안에서조차 자기를 보호해 주지 못했는데, 자기 집이라고 해서 자기만의 성채로 남아 있을 수는 없지 않은가!

트레비스가 말했다.

"몇 명이나 더 있지? 1개 연대 병력이라도 풀어 놓았나?"

"그렇지 않소, 의원. 의원이 보는 사람 말고 한 사람이 더 있을 뿐이오. 나는 의원을 오랫동안 기다렸소."

변함없이 딱딱한 대답이었다.

터미너스 시장 할라 브라노가 거실로 통하는 문 옆에서 말했다.

"시간은 충분할 텐데 어때, 우리 이야기나 나누지 않겠소?"

트레비스가 노려보며 대답했다.

"무슨 말도 소용이 없을 터이니……"

하지만 브라노가 나지막하면서도 위엄 있는 목소리로 말을 막았다.

"조용히 하시오, 의원. 자네들 네 사람은 나가도록. 어서! 우리 두 사람만 있어도 충분하니까."

경호원이 네 명이 경례하고 뒤로 돌았다. 이제 트레비스와 브라노만 남았다.

제2부

시장

1

브라노는 피곤하지만 이런저런 생각을 하면서 한 시간을 기다리는 중이었다. 법률적으로 말하면 브라노는 무단 침입을 한 상태였다. 게다가 헌법까지 크게 위반하면서 의원의 권리를 짓밟았다. 인드버 3세와 뮬 시대 이후 거의 2세기 동안 시장을 엄격하게 규제하는 법률에 따르면 브라노 시장은 탄핵 대상이었다.

하지만 이날 하루는, 앞으로 24시간 동안은 무슨 짓을 해도 괜찮다.

하지만 이런 하루도 결국엔 지나갈 수밖에 없다. 브라노는 불안한 표정으로 몸을 뒤척였다.

처음 2세기는 파운데이션의 황금시대, 영웅의 시대였다. 당시에 불안에 떨며 힘들게 살았던 사람에게는 아닐지 모르지만 적어도 현재를 살면서 당시를 되돌아보면 그렇다는 뜻이다. 샐버 하딘과 호버 말로는 위대한 영웅으로, 전무후무한 해리 셀던과 어깨를 겨룰 정도로 신격화되었다. 세 사람은 파운데이션의 모든 전설은 물론 파운데이션 역사가지 받치는 세 기둥이었다.

하지만 그 시절에 파운데이션은 네 왕국을 그럭저럭 지배하는 보잘 것없는 행성이었으며, 셀던 프로젝트가 은하제국 잔존 세력한테서 자신들을 보호한다는 사실을 아주 막연하게 느낄 뿐이었다.

파운데이션이 정치적·상업적 제국으로 강력하게 성장할수록 파운데이션 통치자와 전사의 중요성은 계속 줄어드는 것 같았다. 사람들은 라산 데버즈를 거의 잊었다. 행여나 아직까지 기억하는 사람이 있다면, 그건 벨 라이오즈와 싸워서 승리했기 때문이 아니라 노예광산에서 비극적으로 죽었기 때문이었다.

파운데이션의 적 가운데 한 사람이었던 벨 라이오즈 역시 거의 잊혔다. 그는 적 가운데 유일하게 셀던 프로젝트를 파괴하고 파운데이션과의 싸움에서 이겨 지배자가 되었던 뮬의 그늘에 가려 빛을 보지 못한 인물이었다.

뮬은 과연 위대한 적이었다. 뮬이 오직 한 사람, 그것도 여성인 베이타 다렐에게 패배했다는 사실, 게다가 그녀가 누구의 도움도 없이, 심지어 셀던 프로젝트의 지원도 없이 승리했다는 사실마저 거의 잊혀졌다. 따라서 그녀의 아들인 토란과 손녀인 아르카디 다렐이 제2파운데이션에 패배를 안겨 주었고, 그럼으로써 파운데이션 즉 제1파운데이션을 최고의 지위에 올려놓았다는 사실도 거의 잊혀 가고 있었다.

이들 후세의 승리자들은 더 이상 영웅이 아니었다. 그들 시대는 너무 광대해져서 영웅들은 보통 인간으로 전락할 수밖에 없었다. 그러니 아르카디아가 쓴 할머니에 대한 전기는 그녀를 한 사람의 여걸로부터 소설 속의 한 인물로 축소할 수밖에 없었다.

그 이후로 영웅은 존재하지 않았다. 소설에 나오는 인물조차 없었다.

칼간 전쟁은 파운데이션을 끌어들인 최후의 전쟁이나 소규모 전투에 지나지 않았다. 거의 2세기에 걸쳐 실질적인 평화가 계속되었다. 우주선 하나 손상당하지 않은 채 평화가 120년이나 계속되었다.

그 기간은 정말 평화의 시기였다. 이 점은 브라노도 부정하지 않을 것이다. 또한 적지 않은 번영을 이룩하였다. 파운데이션은 아직 제2은하제국을 세우지 못한다. 셀던 프로젝트에 의하면 겨우 반 정도 진행되었을 뿐이다. 하지만 파운데이션은 파운데이션 연방으로서 은하계 여기저기에 흩어져 있는 나라들 중 3분의 1가량을 경제적으로 강력하게 지배하고 있었으며, 지배하지 못하는 곳이라 해도 영향력을 미치고 있었다. '나는 파운데이션 사람'이라고 말하는 사람이 존경을 받지 않는 곳은 거의 없었다. 사람이 살고 있는 수백만 개나 되는 모든 행성에서 터미너스 시장보다도 더 높은 지위에 있는 사람은 아무도 없었다.

시장! 그것은 여전히 하나의 칭호였다. 그것은 5세기 전 한 도시의 지도자로부터 유래하였다. 그 도시는 문명의 변방 지대에 홀로 동떨어진 세계에 존재하던 작고 보잘 것 없는 유일한 도시였다. 하지만 그 칭호를 바꾸려거나 조금이라도 화려하게 들리도록 해 보려는 사람들은 하나도 없었다. 외경심이라는 점에서 비견될 만한 것이라고는 '황제 폐하'라는 거의 잊힌 칭호뿐이었다.

시장의 권한을 조심스럽게 제한하는 터미너스는 좀 달랐다. 인드버 일족에 대한 기억이 아직 남았기 때문이다. 국민들이 잊을 수 없었던 것은 그들의 전제정치가 아니라 그들이 뮬에게 패배했다는 사실이었다.

그리고 지금은 할라 브라노, 뮬이 죽은 이후 가장 강력한 통치자로서 (그녀도 그 사실을 알고 있었다.) 그와 같은 권력을 휘두르는 사람 중 여성으로서는 겨우 다섯 번째였다. 오늘 처음으로 그녀는 자신의 힘을 공공연하게 사용했다.

그녀는 무엇이 옳고 어떤 것이 옳아야만 하는지에 대한 자신의 생각을 전면에 내세워, 권위로 가득 찬 은하의 중심부와 제국 권력의 향기를 그리워하는 사람들의 완고한 의견에 맞서 싸웠다. 그리고 그녀는 그 싸움에서 승리했다.

'아직 아니야.' 하고 그녀는 생각했다. '아직은 때가 아냐. 은하의 중심부로 너무 빨리 뛰어들면 여러 가지 이유로 인해 실패하고 말 것이다.' 그러자 셸던이 나타나 그녀의 주장과 거의 똑같은 이야기로 그녀의 의견을 지지하였다.

그것을 통해 그녀는 한동안 모든 파운데이션 사람들의 눈에 셸던만큼이나 현명한 사람으로 비쳤다. 하지만 그녀는 그들이 그 사실을 곧 잊어버릴 것이라는 점을 잘 알고 있었다.

그런데 오늘 이 젊은 친구가 감히 그녀에게 도전한 것이다. 그는 자신이 옳다고 감히 주장하고 나섰다! 위험한 것은 바로 그 때문이다. 그의 생각은 옳았다. 옳기 때문에 그는 파운데이션을 파괴할지도 몰랐다.

그녀는 처량한 목소리로 말했다.

"개인적으로 나를 만나러 올 수는 없었소? 나는 바보로 만들려는 그 욕망 때문에 의회에서 그렇게 떠들어야만 했소? 무슨 짓을 한 거요, 철부지 애들처럼?"

2

트레비스는 감정이 복받치는 것을 느끼면 분노를 삼키려고 애썼다. 시장은 다음번 생일이면 예순세 살이 되는 여자였다. 그는 자신의 나이보다 거의 두 배나 더 나이를 먹은 사람과 입씨름을 해도 되는 건지 망설이며 주춤거리고 있었다.

더구나 그녀는 정치적 싸움을 통해 잘 훈련된 사람으로서, 초반에 상대를 궁지로 모는 데 성공하면 그 싸움에서 절반은 이긴다는 점도 잘 알고 있었다. 하지만 그러한 전술적 효과를 내려면 청중이 필요한데, 지금은 창피를 충분히 구경해 줄 어떤 한 사람도 없었다. 오직 그들 두 사람뿐이었다.

그래서 그는 그녀의 말을 무시하고 냉정하게 그녀를 관찰하기 위해 최선을 다했다. 그녀는 두 세대에 걸쳐 유행했던 유니섹스 스타일의 옷을 입고 있었다. 은하계의 지도자라고 할 수 있는 시장은 머리를 자연스럽게 두지 않고 철회색 머리를 뒤로 바짝 묶은 것만 빼면 전통적인 남성 스타일로, 늙은 남자라고 착각할 수도 있는 그런 평범한 늙은 여자였다.

트레비스는 애교스러운 미소를 지었다. 나이가 많은 상대가 자기를 '애들'이라고 지칭함으로써 모욕감을 주려고 아무리 애를 쓴다 해도, 이 '애들'이라는 말에는 젊음의 매력을 나타내 주는 이점도 있었다. 하지만 그녀 역시 그 점을 잘 알고 있기도 했다.

트레비스는 말했다.

"맞습니다. 저는 서른두 살입니다. 어떤 의미에서는 소년이지요. 그러나 저는 의원입니다. 때문에 직무상 냉정할 수밖에 없어요. 첫 번째는 어쩔 수 없는 것이고, 두 번째는 저로서도 유감이라고밖에 할 수 없군요."

"당신이 무슨 짓을 했는지 알고 있소? 거기 그렇게 서서 고집부리지 말고 앉으시오, 될 수 있는 한 마음을 가다듬고 내 질문에 합리적으로 답변해 주시오."

"제가 무슨 짓을 했는지 잘 압니다. 저는 제가 보았던 대로 진실을 말했을 뿐입니다."

"당신은 그런 식으로 나에게 도전하려고 한 거요? 당신을 의회 밖으로 끄집어내어 체포하도록 해도 아무도 감히 나서서 막지 못할 정도로 나의 위엄이 높았던 오늘 말이오?"

"의회는 다시 힘을 되찾아 저항하게 될 겁니다. 이미 저항을 시작했는지도 모르죠. 시장님이 저를 고발했기 때문에 그들은 더욱더 내 말에 귀를 기울일 겁니다."

"당신 말에 귀를 기울일 사람은 아무도 없소. 왜냐하면 당신이 지금까지와 같은 식으로 계속 일을 저지른다고 여겨지는 한, 나는 당신을 법이 허용하는 한에서 최고의 반역자로 처리할 것이기 때문이오."

"그럼 저는 재판을 받겠죠. 그러나 법정에서는 이길 겁니다."

"그렇게 생각하지 않은 게 좋을 거요. 시장의 긴급조치권이 비록 잘 사용되지는 않지만 그 권한은 절대적이오."

"어떤 이유로 긴급조치를 내릴 겁니까?"

"이유는 만들면 되오. 그 정도 계략쯤은 있지. 그리고 나는 정치적 위기를 두려워하지 않소. 그러니 나를 너무 몰아세우지 마시오, 젊은이. 우리가 이 자리에서 무언가 협정을 맺지 못한다면 당신은 다시는 자유로운 몸이 되지 못할 거요. 여생을 감옥에서 지내게 되겠지. 그 점은 내가 보증할 수 있소."

브라노의 회색 눈과 트레비스의 어두운 갈색 눈이 격렬하게 부딪혔다.

트레비스가 말했다.

"무슨 협정을 말하는 거죠?"

"오, 흥미가 있는 게로군. 그래, 그편이 훨씬 낫지. 자, 그럼 대결은 그만두고 대화를 시작하도록 합시다. 당신 견해는 어떤 거요?"

"잘 아실 텐데요. 이제까지 콤포 의원을 끼고 비열한 짓을 해 오지 않았습니까?"

"당신의 생각을 직접 듣고 싶소. 지난 셀던 위기에 비추어서 말해 주시오."

"원하시는 게 그거라면……. 잘 알겠습니다, 여시장님!(하마터면 '늙은이!' 하고 내뱉을 뻔했다.)

셀던 영상이 전하는 말은 너무 정확하고, 500년이 지났다고 할 수 없을 정도로 너무나 생생했습니다. 내가 알기로 그의 출현은 이번으로 여덟 번째입니다. 현장에 있지 않아서 그의 말을 듣지 못한 적이 몇 번 있었지요. 인드버 3세 때는 그가 말한 것이 전혀 현실과 맞지 않았어요. 또 뮬 시대에도 그랬지 않았습니까? 그런데 이러한 경우들 중 지금만큼 그가 정확히 말한 적이 있었습니까?"

트레비스는 미소를 지어 보였다.

"시장님, 제가 가지고 있는 과거 기록에 따르면 이전의 어느 때에도 결코 셀던의 상황을 그렇게 완벽하게, 아주 세부적인 것까지 묘사했던 적은 없었어요."

브라노가 말했다.

"요컨대 이런 말을 하고 싶은 거요? 셀던의 출현, 즉 입체 영상은 조작된 것이고, 셀던 영상은 아마도 우리 시대의 어떤 사람인가가 만들었으며 어떤 배우가 셀던 역할을 했다고……."

"불가능한 일이 아니죠, 시장님. 하지만 제가 말하고자 하는 것은 그게 아닙니다. 진실은 그보다 더 심각합니다. 저는 셀던 영상이나 현재에 대한 그의 설명은 분명히 500년 전에 그가 준비한 것이라고 믿습니다. 이 이야기는 이미 시장님의 부하인 코델에게도 했습니다. 그는 주의 깊은 몸짓을 통해 나를 유도 심문했는데, 그 과정에서 그는 제가 생각 없는 파운데이션 사람들의 미신을 지지하고 있는 것이라고 여겼던 것 같습니다."

"알겠소. 그 기록은 당신이 반대할 이유가 없다는 것을 파운데이션인들에게 증명하는 데 필요하다면 사용할 거요."

트레비스는 양팔을 내저었다.

"하지만 저는 반대합니다. 우리들이 믿고 있는 것과 같은 의미로 본다면 셀던 프로젝트는 존재하지 않습니다. 아마도 2세기 전부터는 존재하지 않았을 겁니다. 저는 최근 몇 년 전부터 그 점을 의심해 왔습니다. 24시간 전에 시간유품관에 가서 본 것도 그 점을 증명하고 있습니다."

"셀던이 너무 정확했기 때문에?"

"바로 그렇습니다. 웃지 마세요. 그것이 확실한 증거인 셈이죠."

"보다시피 나는 웃고 있지 않소. 계속하시오."

"어떻게 그렇게 정확할 수 있죠? 2세기 전에는 그 당시의 시점에서 본다면 셀던의 분석이 완전히 틀렸습니다. 파운데이션이 설립된 후 300년밖에 흐르지 않았는데도 그의 예언은 한참 빗나갔습니다. 완전히!"

"그 점은……. 의원, 당신 자신이 조금 전에 설명한 대로요. 뮬 때문이었지. 뮬이 강력한 정신력을 가진 돌연변이체였기 때문에 프로젝트에서는 그것까지 고려할 방법이 없었던 거요."

"하지만 고려했든지 하지 않았든지 그가 거기에 있었다는 사실은 변함이 없습니다. 어쨌든 셀던 프로젝트는 궤도를 한참 벗어났습니다. 뮬이 지배한 기간은 오래지 않았으며, 따라서 그는 진정한 승자가 아니었어요.

파운데이션은 다시 독립했고 지배력을 회복했지요. 하지만 셀던 프로젝트는 기본 골격이 그렇게 크게 무너졌는데도 어떻게 원래의 적중력을 회복할 수 있었을까요?"

브라노의 얼굴이 갑자기 굳어졌다. 그녀는 두 손을 단단히 마주 잡으며 말했다.

"내가 대답하지 않아도 당신은 그 질문에 대한 답은 잘 알고 있지 않소? 우리는 두 개의 파운데이션 가운데 하나요. 당신도 이미 역사책을 읽었을 텐데……?"

"아르카디가 썼던 그녀의 할머니에 대한 전기를 읽어 보았죠. 학교 다닐 때 필독서였으니까요. 그녀의 다른 소설도 읽었어요. 그리고 뮬과 그 이후의 역사에 대한 공식적인 견해도 읽어 보았어요. 그 견해를 의심해도 상관없습니까?"

"어떤 점 말이오?"

"공식적인 견해에 따르면 우리 제1파운데이션은 물리학의 지식을 간직하여 그것을 발전시키게 되어 있죠. 우리는 공공연히 활동해 왔으며 그 역사적 발달은 우리가 알든 모르든 셀던 프로젝트를 따라갔어요. 하지만 심리역사학을 포함해서 정신과학을 보조하고 발전시켜 온 제2파운데이션이 존재합니다. 그 존재는 우리에게 비밀로 되어 있습니다. 제2파운데이션은 은하계 역사의 흐름이 프로젝트가 설정한 궤도에서 벗어날 때 그 흐름을 조정하는 역할을 하는, 말하자면 계획의 미세 조정 기관입니다."

시장이 말했다.

"그럼 당신은 스스로 대답을 한 셈이군. 그녀의 손녀딸은 그렇지 않다고 주장하지만 '베이타 다렐은 제2파운데이션의 영감을 받아서 뮬을 저지하였을 것이다. 뮬이 죽은 이후 은하계 역사를 셀던 프로젝트에 맞추어 회복하도록 애썼던 것은 틀림없이 제2파운데이션으로서 그들은 분명히 성공했다.' 이런 말 아니오? 일목요연하군. 그러면 대관절 당신은 무엇을 문제 삼는 거요, 의원?"

"시장님, 아르카디 다렐의 설명에 따르면 분명히 제2파운데이션은 은하계 역사를 수정하려고 하면서 셀던 프로젝트의 전체적인 골격을 무너뜨렸음이 틀림없습니다. 왜냐하면 은하계 역사를 수정하려고 하다 그들은 자신들의 비밀을 드러냈기 때문입니다. 그래서 우리 제1파운데이션은 제2파운데이션이 존재한다는 것을 알게 되었지요. 우리가 교묘하게 조종당하고 있다는 것을 생각하면 참을 수가 없습니다. 우리는 제2파운데이션을 찾아내어 그것을 파괴해 버려야 합니다!"

브라노는 고개를 끄덕였다.

"아르카디 다렐에 따르면 우리는 성공했소. 하지만 그것은 뮬이 파괴한 은하계 역사를 제2파운데이션이 원래의 궤도에 올려놓은 다음인 것이 분명하오. 그건 여전히 제 궤도를 잃지 않고 있소."

"그걸 믿을 수 있습니까? 다렐은 제2파운데이션의 위치가 알려졌고 그 구성원들이 처치되었다고 설명하고 있어요. 그때가 120년 전인 378FE(파운데이션 기원)입니다. 그 이후 5세대 동안 우리는 제2파운데이션 없이 성공적으로 움직여 왔지요. 프로젝트에 대해서 생각해 본다면, 당신과 셀던 영상이 거의 똑같은 말을 할 정도로 우리의 조준은 과녁에 딱 들어맞고 있습니다."

"그건 내가 날카로운 통찰력으로 발전하는 역사의 중요성을 간파하고 있다는 것으로 볼 수도 있지 않겠소?"

"용서하세요. 당신의 날카로운 통찰력을 의심할 생각은 아니지만 제가 보기에는 제2파운데이션이 결코 파괴되지 않았다는 것이 더 분명한 설명이 될 것 같군요. 그들은 여전히 우리를 지배하고 있으며 우리를 조종하고 있어요. 그것이 바로 우리가 셀던 프로젝트의 궤도로 돌아간 이유입니다."

3

시장이 그 말에 충격을 받았는지는 알 수 없지만, 그렇다고 해도 그녀는 그런 내색을 조금도 비치지 않았다.

새벽 1시가 넘어가자 그녀는 대화를 끝내기를 바랐으나 서두를 수는 없었다. '젊은이를 허우적거리도록 만들어야지.' 그녀는 그 젊은이를 걸고 있는 낚싯줄을 끊고 싶지는 않았다. 특히 초기에는 그가 어떤 일정한 역할을 맡아 줄 수 있을지도 모르기 때문에 그를 무익하게 처분해 버리고 싶지는 않았다.

"정말이오? 그럼 칼간 전쟁과 제2파운데이션 파괴에 대한 아르카디의 이야기는 당신 말대로라면 거짓이라는 이야기인데……, 이 모든 것이 조작? 계략? 거짓말?"

트레비스는 어깨를 으쓱했다.

"꼭 그렇다고 할 수는 없겠지요. 문제는 그게 아닙니다. 아르카디의 이야기는 그녀가 아는 한 완전한 사실이라 해도, 아르카디가 말한 대로 설령 제2파운데이션의 소굴이 발견되고 그들이 처치되었다 해도 제2파운데이션의 마지막 한 사람까지 모조리 근절시켰다고 어떻게 말할 수 있겠습니까? 제2파운데이션은 은하계를 다루고 있었습니다. 그들은 터미너스의 역사만을, 아니 파운데이션의 역사만을 조종했던 것이 아니에요. 그들은 우리의 수도행성 아니 우리의 연방 전체를 책임지고 관여하고 있었어요. 1000파섹 어쩌면 그보다 훨씬 멀리 떨어져 있는 곳에 몇 명의 제2파운데이션인들이 있었던 게 틀림없어요. 그 당시 우리가 과연 그들 모두를 없앨 수 있었을까요?

그리고 그들 모두를 없애는 데 실패했다면 우리가 이겼다고 말할 수 있을까요? 최전성기의 뮬도 그렇게 하지는 못했지요. 그는 터미너스를 접수하고 그것을 통해 모든 행성을 직접 지배했지만 독립 무역 행성은 그대로 남겨 두었죠. 곧이어 무역 행성들도 접수했지만 그래도 세 사람의 망명자는 여전히 남아 있었어요. 에블링 미스, 베이타 다렐, 그리고 그녀의 남편 말입니다. 뮬을 두 남자를 통제하였지만 베이타, 오직 그녀만은 통제하지 않은 채 그대로 두었지요. 아르카디의 소설을 믿을 수 있다면 그렇게 했던 것은 뮬의 어떤 감정 때문이었죠. 그것으로 충분하죠. 아르카디의 설명에 따르면 한 사람, 즉 베이타만이 자기 마음대로 할 수 있었던 사람이었는데, 그녀 때문에 뮬은 제2파운데이션의 위치를 끝까지 찾지 못했고 결국은 패배할 수밖에 없었죠.

단 한 사람의 감정만을 조작하지 않았는데 그 때문에 모든 것을 잃었다! 이것은 개인의 중요성을 나타내고 있어요. 개인은 아무것도 아니며 집단만이 모든 것이라는 셀던 프로젝트를 둘러싼 모든 전설에도 불구하고 말입니다.

분명히 그러리라고 생각하는데 만약 우리가 제2파운데이션 사람을 한 사람이 아니라 수십 명 남겨 두었다면, 그랬다면 어떻게 되었을까요? 그들은 함께 모여 자신들의 운명을 다시 개척하고, 직무를 다시 떠

말고, 충원과 훈련을 통해 수를 늘리고, 그리하여 다시 한 번 우리를 자신들의 수중에 두려 하지 않을까요?"

브라노가 엄숙한 표정으로 말했다.

"그것을 믿소?"

"저는 확신합니다."

"하지만 말해 보시오, 의원. 왜 그들은 그런 번거로운 일을 해야만 하는 거요? 왜 그 불쌍한 생존자들은 아무도 환영하지 않는 그 임무에 계속 필사적으로 매달리는 거요? 무엇이 그들을 움직여서 은하계가 제2은하제국으로 가는 길을 따라가도록 하는 거요? 그 임무를 완수하겠다고 고집하는 사람들이 얼마 안 된다면 그다지 걱정할 필요가 없지 않겠소? 당신은 왜 셀던 프로젝트의 경로를 인정하지 않는 거요? 우리가 헤매거나 길을 벗어나지 않도록 보살펴 주는 것에 대해 오히려 감사해야 하는 것 아니오?"

트레비스는 눈을 비볐다. 그는 시장보다도 훨씬 젊었지만 더 피곤을 느끼는 것 같았다. 그는 시장을 똑바로 쳐다보면서 말했다.

"믿을 수 없군요. 시장님은 왜 제2파운데이션이 우리를 위해 그렇게 한다고 생각하시나요? 그들이 무슨 이상주의자들인 줄 아십니까? 정치 즉 권모술수에 관한 지식에 비추어 볼 때 그들은 스스로를 위해 그런 일을 한다는 것쯤은 분명히 아실 텐데요.

우리는 예리한 칼날이지요. 엔진이고 힘입니다. 우리는 일하고 땀 흘리고 피 흘리고 울기도 합니다. 그런데 그들은 단지 통제만 하고 있어요. 한편에서는 증폭기를 조정하고 다른 한편에서는 접촉을 차단하면서 말입니다. 더욱이 어떤 위험 부담도 지지 않고 쉽게 그런 일들을 하고 있어요. 그러나 이 모든 일이 이루어졌을 때, 즉 1000년 동안 우리들의 고통과 수고가 끝나고 제2은하제국이 세워지면 그들은 지배 엘리트로 군림하려 들 것입니다."

브라노가 말했다.

"그럼 제2파운데이션이 없어지기를 바라는 거요? 이제 제2은하제국을 향해서 반 정도를 왔는데, 앞으로는 우리 스스로의 힘으로 그 임무를 완수하여 우리 자신이 엘리트가 될 기회를 갖고 싶다는 거요? 그런 거요?"

"맞습니다! 맞아요! 시장님이 원하는 것도 바로 그것 아닙니까? 시장님이나 저나 살아서 그걸 보지는 못할 테지만 시장님에겐 손자들이 있고 저도 언젠가는 그럴 테지요. 그리고 그들도 역시 손자를 갖겠고, 그런 식으로 계속 이어질 텐데 저는 그들이 우리가 땀 흘린 노동의 결실을 누리기를 바라고, 그들이 누리는 모든 것들의 원조로서 그들이 우리를 회상하며 우리가 이룩한 업적을 찬양하기를 바라는 것입니다. 그 모든 것이 셀던이 세워 놓은 숨겨진 음모자들에게 돌아가는 것을 그냥 보고만 있을 수는 없습니다. 셀던은 더 이상 제 영웅이 아닙니다. 그의 계획이 그대로 실행되도록 내버려 둔다면 그는 우리에게 뮬보다 더 커다란 위협이 될 겁니다. 뮬이 그 계획을 통째로 박살냈어야 하는 건데……. 아주 영원히 말입니다. 뮬 정도의 위협이라면 우리는 살아남을 수 있었습니다. 그는 아주 특별한 존재였지만 단명했으니까요. 하지만 제2파운데이션은 불사신과 마찬가지입니다."

"그런데도 제2파운데이션을 파괴하고 싶다, 그런 말이오?"

"방법만 안다면!"

"당신이 그 방법을 모르기 때문에 오히려 그들이 당신을 파괴할 가능성이 크다고 보는 게 현실적이지 않겠소?"

트레비스는 상대를 경멸하는 듯한 표정을 지었다.

"시장님조차 그들의 통제 아래 있을지도 모른다는 생각을 쭉 해 왔어요. 셀던 영상의 예언에 대한 당신의 정확한 추측과 그에 뒤이은 저에 대한 처분은 모두 제2파운데이션과 무관할 수 없다고 생각합니다. 실제로 시장님은 제2파운데이션이 조종하고 있는 빈껍데기일지도 모르죠."

"그럼 왜 나에게 그런 말을 하는 거요?"

"시장님이 제2파운데이션의 통제 아래 있다면 저는 어떤 경우라도 이길 수 없으며, 차라리 제 내부에 있는 분노를 버리는 편이 나을지도 모릅니다. 그러나 실제로 시장님은 그들의 통제 아래 있지 않으며, 단지 자신이 무슨 일을 하고 있는지 깨닫지 못하고 있을 뿐이라는 생각이 듭니다. 거기에 내기를 걸어도 좋습니다."

브라노가 말했다.

"그 내기에서는 당신이 이겼소. 나는 내 자신 이외에 누구의 통제도 받지 않소. 그렇다 해도 내가 진실을 말하고 있다고 확신할 수 있소? 내가 제2파운데이션의 통제를 받고 있다 하더라도 그 사실을 스스로 알 수 있을까?

하지만 그런 질문은 하나도 도움이 안 되오. 나는 내가 통제받지 않고 있다고 믿고 있고 당신 역시 그것을 믿을 수밖에 없소. 하지만 이점을 생각해 보시오. 제2파운데이션이 존재한다면, 그들이 가장 크게 바라는 것은 은하계에 존재하는 그 누구도 자신들의 존재를 전혀 알 수 없게 하는 거겠지. 셀던 프로젝트는 우리 같은 졸개들이 그것이 어떻게 작동하는지, 우리가 어떻게 조종되고 있는지 모른다면 아마 잘 작동할 거요. 제2파운데이션이 아르카디가 살던 시대에 파괴되었던 것은, 아니 거의 파괴되었다고 해야 하겠지. 그건 뮬이 파운데이션의 관심을 제2파운데이션으로 돌려놓았기 때문이오.

여기서 우리는 두 가지 추론을 도출해 낼 수 있소. 첫째는 그들이 되도록이면 간섭을 최소화한다고 가정하는 것이오. 우리 모두에게 간섭한다는 것은 불가능한 일일 것이오. 제2파운데이션이라 하더라도 그것이 이 세상에 존재하는 것이라면 그 힘에는 한계가 있소. 어떤 사람들을 간섭하고 있으면서 한편으로 어떤 이들로 하여금 그런 사실들을 추측할 수 있게 한다면 셀던 프로젝트에는 왜곡이 생길 수밖에 없소. 따라서 그들의 간섭은 가능한 교묘하게, 그리고 간접적이면서도 띄엄띄엄 이루어지고 있다고 결론을 내릴 수 있소. 결과적으로 나는 통제받고 있지 않소. 당신도 마찬가지이고."

트레비스는 말했다.

"있을 수 있는 추론으로 받아들이고 싶군요. 그렇다고 희망적인 추론은 아닌 것 같지만요. 다른 하나는 무엇입니까?"

"그건 더 간단하고 필연적인 거요. 제2파운데이션이 존재하고 자신의 존재를 비밀에 부치고 싶어 한다면 이 한 가지 사실만은 분명하오. 그것이 존재한다고 생각하고 그에 대해 모든 은하계에 대고 공공연히 떠들어 대는 사람이 있다면, 그자가 누구든지 교묘한 방법을 써서 곧바로 제거하여 흔적을 남기지 않으리라는 것이지. 당신의 결론도 그렇지 않소?"

트레비스가 말했다.

"그것이 저를 감금하고 있는 이유입니까, 시장 각하? 제2파운데이션으로부터 저를 보호하기 위해서?"

"어떤 의미에서는……, 어느 정도는 그렇소. 리오노 코델이 주의 깊게 기록해 둔 당신의 신념은 공개될 거요. 터미너스와 파운데이션 사람들이 당신의 분별없는 말 때문에 크게 혼란스러워 하는 것을 막기 위해서뿐만 아니라 제2파운데이션이 혼돈에 빠지는 것을 방지하기 위해서 말이오. 제2파운데이션이 존재한다면 나는 그들의 관심이 당신에게 쏠리는 것을 원하지 않소."

"진심입니까?"

트레비스는 빈정거리며 말했다.

"저를 위해서라고요? 제 아름다운 갈색 눈을 위해서요?"

브라노는 조용히 웃음을 짓더니 말했다.

"당신의 눈이 아름다운 갈색이라는 것을 알아채지 못할 정도로 나는 늙지 않았소, 의원. 30년 전이었다면 그것이 충분한 동기가 되었을지도 모르지. 하지만 지금은 그것들을, 아니 그밖에 당신이 소유한 것들을 구하기 위해서라면 1밀리미터도 움직이지 않을 거요. 그러나 제2파운데이션이 존재하고 있고 당신이 그들의 주위를 끈다면 그들은 당신을 해치우는 것으로 만족하지 않을 것이오. 내 생명도 고려해야 하며 당신보다 더욱 머리가 좋고 중요한 많은 사람들의 생명도, 그리고 우리가 세운 모든 계획들도 고려해야만 하오."

"예? 그러면 시장님은 제2파운데이션이 존재한다고 믿고 있군요. 그들이 움직일 가능성에 대해서 그렇게 민감한 반응을 나타내는 것을 보니……."

브라노는 앞에 있는 탁자를 주먹으로 두들겼다. 갑자기 그녀의 말투가 거칠어졌다.

"물론이지. 이 바보 멍텅구리 양반! 만약 제2파운데이션이 존재를 모르고 있거나, 가능한 한 효과적으로 그들과 싸우려 하고 있지 않다면 제2파운데이션에 대해 당신이 무슨 말을 떠들든지 신경 쓸 필요가 있겠나? 제2파운데이션이 존재하지 않는다면 당신이 그들의 존재에 대해 두려워하는 것이 뭐 그리 문제가 되겠느냐고. 나는 당신이 공공연히 떠들기 전에 어떻게 그 입을 막을 수 있을까를 놓고 몇 달 전부터 고민해 왔어. 하지만 그때는 의원을 거칠게 다룰 수 있는 정치적 힘이 내겐 없었지. 그러나 셀던이 출현함으로써 내 처지는 훨씬 나아졌고 비록 일시적이긴 하지만 그 힘이 생긴 거야. 바로 그 순간에 당신이 공공연히 떠들어 댄 거지. 그래서 나는 곧바로 행동에 옮겼고 지금도 일말의 양심의 가책 없이 당신을 죽일 작정이야. 만약 내가 말하는 대로 하지 않는다면 말이야.

잠을 자러 가고 싶은 생각이 굴뚝같지만 그것을 참고 당신과 나눈 한 시간 동안의 대화는 모두 이제부터 내가 말하는 것을 당신이 믿도록 하기 위해서였어. 유도 심문을 통해 당신이 하고 만 제2파운데이션에 관한 개략적인 진술은, 당신을 재판 절차 없이 두뇌 정지에 처할 수 있게 할 충분한 증거가 되지. 뿐만 아니라 당신은 내가 그런 조치를 취하고 싶은 기분을 느끼게 했다는 점을 알아 뒀으면 좋겠어."

트레비스는 의자에서 반쯤 일어섰다.

브라노가 말했다.

"아, 가만히 있어. 나는 늙은 여자일 뿐이지만 자네가 내 몸에 손을 대려고 하면 그 순간부터 당신은 이 세상에 존재하지 못하게 될 거야. 지금 여기는 내 부하들이 감시하고 있어, 이 바보 같은 양반아!"

트레비스는 엉거주춤 다시 앉으면서 약간 떨리는 목소리로 말했다.

"이해가 되질 않는군요. 제2파운데이션의 존재를 믿는다면 그것을 그렇게 자유롭게 말할 수는 없을 텐데요. 제가 위험에 노출되어 있다고 말하고 있지만 시장님 자신도 그와 똑같은 짓을 하고 있다고 생각지는 않으십니까?"

"당신보다는 내가 좀 더 양식 있는 사람이라는 점을 알아 둬. 당신은 바보라서 제2파운데이션이 존재한다는 당신의 믿음을 자유롭게 떠들어 대고 있는 거지. 나도 그것의 존재를 믿고 있으며 또한 자유롭게 말할 수 있지만 예방 조치를 마련한 경우에만 그렇지. 아르카디의 역사책을 주의 깊게 읽었다면 잘 알 텐데. 그녀의 아버지는 정신 정전 장치라는 것을 발명했지. 그것은 제2파운데이션이 가지고 있는 정신력을 차단하는 장치였어. 그것은 지금도 존재하며 비밀리에 계속 개량되어 왔네. 지금 이 집은 그들의 탐색에 대해 안전하다고 보아도 좋아. 자, 이제 이해가 간다면 당신이 하려고 하는 일을 말해 주게."

"무얼 말입니까?"

"당신 생각과 내 생각이 실제로 맞는지 어떤지 분명히 밝혀 주었으면 해. 제2파운데이션이 존재하는지, 존재한다면 어디에 있는지 조사하는 거야. 이 말은 이 터미너스를 떠나서 어딘가로 가라는 뜻이지. 예컨대 아르카디 시대처럼 결과적으로 우리들 내에 제2파운데이션이 존재한다고 판명될지라도 한번 찾아보게나. 무언가 우리에게 해 줄 이야기가 없으면 그땐 돌아오지 말게. 그러면 터미너스 인구 가운데 바보 한 명이 줄어드는 셈이지."

트레비스는 더듬거렸다.

"도대체 아무런 사실도 알려 주지 않으면서 어떻게 그들을 찾아내라는 거죠? 그들은 간단히 절 없애버릴 계획을 세울 것이고 그렇게 되면 당신은 결코 현명한 시장으로 남을 수 없을 겁니다."

"그러면 찾지 않는 게 낫겠군, 이 철부지야. 그렇다면 뭔가 다른 것을 찾아. 온 정신을 집중하여 무언가 다른 것을 찾으란 말이야. 그렇게 하면 그들이 당신에게 특별한 관심을 기울이지 않을 테니까. 만약 그러는 중에 그들과 만날 수 있다면 더 좋겠지! 그럴 경우 방호장치가 된 암호 하이퍼웨이브를 통해 우리에게 그 일을 알려 줘. 그러면 당신은 다시 돌아올 수 있지."

"무언가 생각해 둔 것이 있나요?"

"물론이지. 야노브 페롤랫을 아나?"

"아뇨. 전혀 모릅니다."

"내일 그를 만나게 될 거야. 무엇을 찾아야 하는지는 그가 가르쳐 줄 테니 우리가 가지고 있는 최신형 우주선을 타고 그와 함께 출발하는 거야. 그렇게 둘만 가도록 해. 위험에 몸을 맡기는 일에는 둘이면 충분하니까. 만약 우리가 원하면 정보를 가지고 오지 못한다면, 또 그 내용이 우리를 만족시키지 못했는데도 여기로 되돌아오려고 한다면 자네는 터미너스의 1파섹 이내에도 들어오지 못하고 우주 밖으로 사라지게 될 걸세. 영원히⋯⋯. 이걸로 이야기는 끝이야."

그녀는 일어서서 천천히 장갑을 끼었다. 그녀가 문 쪽으로 돌아서자 그 문으로 두 명의 경호원이 무기를 들고 들어왔다. 그들은 그녀가 지나가도록 양옆으로 물러났다.

문가에서 그녀가 돌아서며 말했다.

"밖에도 경호원이 있어. 그들을 귀찮게 굴지 말게. 잘못하면 그들은 자네 같은 짐 덩어리를 아예 없애 버릴지도 모른다고."

"그러면 시장님도 제가 가져다줄지도 모를 이익을 잃어버리겠죠."

트레비스는 힘겹게 말했다.

"자, 그건 운에 맡기자고!"

브라노는 무미건조한 미소를 지었다.

4

밖에서 리오노 코델이 그녀를 기다리고 있었다.
"다 들었습니다, 시장님. 굉장한 인내심을 발휘하시더군요."
"굉장히 피곤하군. 하루가 72시간인 것 같아. 나중에 이야기하세."
"알겠습니다. 그런데 정말로 이 집에 정신 정전 장치가 있는 겁니까?"
"오. 코델!"
브라노가 짜증스럽게 말했다.
"자네가 잘 알 텐데. 누군가 이 집을 감시할 가능성이 있나? 제2파운데이션이 모든 것, 모든 곳을 언제나 감시한다고 생각해? 나는 젊은 트레비스 같은 낭만주의자는 아닐세. 그는 그렇게 생각할지 모르지만 나는 아니야. 제2파운데이션의 눈과 귀가 모든 곳에 퍼져 있다면. 정신 정전 장치가 있다고 한들 우리가 붙잡히는 것을 막을 수 있겠나? 그런 장치를 사용하면 오히려 그들의 힘에 대한 차단 장치가 있다는 것을 제2파운데이션에게 가르쳐 주는 결과만 가져오지 않겠나. 차단 장치를 충분히 사용할 준비가 완료될 때까지 그것의 존재를 비밀로 하는 것이 트레비스 이상으로 가치 있는 일 아닐까? 그렇다 해도……."
그들은 지상차를 탔다. 코델은 운전대에 앉았다.
"그렇지만……."
코델이 말했다.
"그렇지만 무언가?"
브라노가 말했다.

"아, 그래. 그렇지만 그 젊은이는 똑똑하지. 그가 버릇없이 굴기에 기를 좀 꺾어 놓으려고 여러 번 바보라고 부르기는 했지만 그는 사실 바보가 아니야. 하지만 그는 젊고, 아르카디의 소설을 너무 많이 읽어서 그 영향으로 세상사라는 것이 모두 그와 같은 줄로만 생각하고 있지. 하지만 그는 빠른 통찰력을 지니고 있어. 그를 잃는다는 것은 유감일세."

"그러면 그를 잃어버릴 거라고 확신하고 있는 겁니까?"

"그럴 것 같구먼."

브라노는 씁쓸하게 말했다.

"하지만 그쪽이 더 나을 거야. 저돌적으로 돌진해서 우리가 몇 년 간에 걸쳐 쌓아놓은 것들을 일순간에 날려 버릴지도 모를 그런 젊은 낭만주의자는 필요 없네. 게다가 그는 어떤 목적에 사용될 걸세. 그는 분명히 제2파운데이션의 관심을 끌 걸세. 그들이 존재하고, 정말로 우리에게 관심을 기울이고 있다고 가정한다면 말일세. 그들이 그에게 관심을 기울이는 동안은 그들도 우리들을 무시할 거야. 무시당하는 행운 이상의 것을 얻을 수도 있겠지. 그들이 터미너스에 관심을 기울이면서 무의식중에 자신의 정체를 우리에게 드러낼지도 모르고. 그러면 우리는 대항책을 세울 수 있는 시간과 기회를 얻을 수 있지 않을까?"

"그러면 트레비스가 번개를 끌어들이는 셈이군요."

브라노의 입술이 비틀렸다.

"그것 참 적절한 비유군. 그래, 피뢰침일세. 번개를 흡수하여 우리를 벼락으로부터 보호해 주는 피뢰침 말일세."

"페롤랫 말인데요. 그 사람도 피뢰침의 역할에 속합니까?"

"그 역시 피해를 받을 걸세. 어쩔 수 없네."

코델은 고개를 끄떡였다.

"글쎄요, 샐버 하딘이 곧잘 하던 말을 잘 아실 텐데요? '도덕을 깨달아서 올바른 일을 하는 것을 피하지 말라'는 것 말이에요."

"지금으로서는 도덕에 대해서 생각하고 싶지 않네."

브라노가 중얼거렸다.

"뼈 속까지 피곤한 느낌이군. 하지만 잃어버려도 애석하지 않은 인간은 골란 트레비스 말고도 많이 있네. 그는 멋진 젊은이야. 물론 그도 그것을 알고 있지……."

마지막 말은 눈을 감고 얕은 잠에 빠지면서 한 것이라서 분명하게 들리지 않았다.

제3부

역사학자

1

야노브 페롤랫의 머리칼은 백발이었고, 멍하니 있을 때 그의 얼굴은 공허하게 보였다. 그가 멍하고 있지 않는 경우는 드물었다. 그의 키와 몸무게는 평균치였으며, 성급하게 행동하지 않았고 말도 신중하게 하는 편이었다. 그는 자기 나이인 쉰두 살보다 상당히 늙어 보였다.

그는 역사학자라는 직업을 가진 사람치고는 특이하게도 터미너스 밖으로 나가 본 적이 없었다. 한곳에만 머물러 있는 습관이, 역사에 사로잡혀 있기 때문에 생긴 것인지 아니면 그와는 상관없이 생긴 것인지는 알 수 없었다.

그가 역사에 빠지게 된 것은 열다섯 살 때였다. 그는 그 무렵 가벼운 병으로 자리에 누워 있었는데, 누군가로부터 전설에 대한 책을 받으면서 갑자기 역사에 푹 빠져 버렸다. 그 책에는 홀로 고립된 행성이라는 주제가 자주 등장했다. 그 행성은 다른 행성이 존재한다는 것을 알지 못함으로 인해서 고립되어 있다는 것을 깨닫지 못했다.

이틀 사이에 그는 그 책을 세 번이나 읽었고, 곧바로 침대에서 일어났다. 그다음 날 그는 컴퓨터 단말기로 터미너스 대학 도서관에 그와 비슷한 전설에 관한 기록이 있는지를 검색해 보았다.

그 이후로 그는 그런 전설에 매료되었다. 터미너스 대학 도서관은 그러한 면에서 별 도움이 되지 못했다. 하지만 나이가 들어감에 따라 도서관 상호 대출 제도의 즐거움을 맛볼 수 있었다. 이프니아와 같이 멀리 떨어진 세계로부터도 초방사통신(超放射通信)을 통해 쉽게 자료를 손에 넣을 수 있었다.

그는 고대역사학 교수가 되었다. 그리고 37년이 지난 지금, 그는 트랜터로 최초의 우주 여행을 하려고 첫 휴가를 얻었다.

페롤랫은 터미너스인으로서 우주에 나가 본 경험이 없는 사람은 거의 없다는 점을 잘 알고 있었다. 그렇다고 이런 특별한 방식으로 유명해지려고 의도한 것은 결코 아니었다. 다만 하필이면 그가 우주에 나가려고 할 때마다 새로운 책이라든가 새로운 연구, 새로운 분석 등이 발표되었다. 이 새로운 자료들을 정리하고 걸러 내기를 반복하여, 이제까지 수집한 산더미 같은 자료에 사실·추리·상상이라는, 한 항목이라도 더 덧붙일 때까지 여행을 뒤로 미루어 왔던 것이다. 결국 그가 유일하게 후회하는 것은 트랜터로 가는 특별한 여행이 한 번도 이루어지지 않았다는 점이었다.

트랜터는 제1은하제국의 수도였다. 그곳은 1만 2000년 동안 역대 황제들이 살던 곳이었다. 제국 이전에는 여러 왕국들 가운데서도 가장 중요한 왕국의 수도였다. 이 왕국이 조금씩 조금씩 다른 왕국들을 점령하거나 흡수하여 제1은하제국을 이룬 것이다.

트랜터는 하나의 행성을 띠 모양으로 둘러싼, 금속으로 뒤덮인 도시였다. 페롤랫은 해리 셀던 시대에 그곳을 방문했다고 하는 가알 도닉의 책에서 그 도시에 대해 읽어 보았다. 도닉의 책은 지금은 더 이상 유통되고 있지 않아서, 페롤랫이 소장하고 있는 것을 만약 누군가가 사려고 한다면 역사학자가 받은 연봉의 절반을 주어야 할 정도의 귀중품이 되어 있었다. 이것을 잃어버린다고 생각만 해도 그는 소름이 끼쳤다.

트랜터에 관해서 페롤랫이 가장 흥미를 느끼는 것은 은하 도서관이었다. 그 도서관은 제국시대에(그때는 제국 도서관이라고 불리었다.) 은하계에서 가장 큰 도서관이었다. 트랜터는 인류가 이제까지 형성했던 도시 중에서 가장 광대하고 인구도 많은 도시 세계였으며, 그 도서관은 인류의 모든 창조적인(창조적이지 않은 경우도 포함하여) 이들에 대한 기록이 모여 있으며 모든 지식들이 요약되어 있는 곳이었다. 게다가 도서관의 모든 자료들은 전문가들만이 다룰 수 있도록 복잡한 방식으로 전산화되어 있었다.

다른 어떤 사실보다도 이 도서관이 살아남아 있다는 사실이 페롤랫에게는 가장 놀라운 일이었다. 약 2세기 반 전, 함락되고 약탈당하는 운명을 맞은 트랜터는 처참하게 파괴되었다. 트랜터인이 겪은 비참함과 죽음은 두 번 다시 있을 수 없을 정도로 참혹했다. 그런데 이 도서관은 그런 소용돌이 속에서도 독창적인 무기를 고안하여 사용한 대학생들에 의해 보호받아 결국 살아남았다(어떤 사람들은 학생들이 이곳을 보호했다는 이야기가 철저히 미화되었다고 생각하고 있지만.).

어쨌든 도서관은 그 폐허의 시기를 견뎌 냈다(파운데이션 사람들은 지금도 믿고 있지만 역사가들은 항상 어떤 조건을 붙여 다루는 이야기에 따르면.). 에블링 미스는 그 폐허 속에서도 손상되지 않고 남아 있던 이 도서관에서 연구를 계속하여 거의 제2파운데이션의 위치를 알아냈다고 한다. 다렐 가의 3대(베이타, 토란, 아르카디)는 각각 어떤 시기엔가 이 트랜터에 있었다. 하지만 아르카디는 도서관을 방문하지 않았다. 그녀가 생존했던 시기 이후로 도서관은 은하 역사에 등장하지 않게 되었다.

120여 년간 트랜터에는 파운데이션 사람이 방문한 일이 없었다. 그렇다고 도서관이 그곳에 없다고 믿을 이유는 없었다. 역사에 등장하지 않았다는 사실은 그곳에 그것이 아직도 남아 있음을 나타내는 가장 확실한 증거였다. 만일 파괴되었다면 틀림없이 소동이 있었을 테니까 말이다.

그 도서관은 시대에 뒤떨어진 구식이었다. 에블링 미스 시절에도 그랬다. 하지만 바로 그 점이 바람직했다. 페롤랫은 시대에 뒤떨어진 낡은 도서관을 생각할 때마다 언제나 자기도 모르게 흥분하여 두 손을 비볐다. 오래되면 오래될수록, 시대에 뒤떨어진 것이면 뒤떨어진 것일수록 그에게 필요한 것이 더욱 많이 존재하고 있을 것이란 믿음이 생겼다. 그는 언제나 꿈속에서 그 도서관에 들어가 숨 막힐 정도로 불안해하며 물었다.

'도서관이 현대화되었습니까? 낡은 테이프와 전산화된 자료들을 혹시 내버리지는 않았습니까?'

그러고는 언제나 먼지같이 무미건조하고 고리타분한 사서가 다음과 같이 대답하는 것을 상상하곤 했다.

'옛날 그대로입니다, 교수님. 지금도 역시 그대로죠.'

이제 그 꿈이 실현될 것 같았다. 시장 본인이 직접 그렇게 하겠다고 단언했다. 페롤랫이 한 일을 브라노 시장이 어떻게 알았는지는 확실하지 않았다. 페롤랫은 지금까지 많은 논문을 발표한 것도 아니며, 발표한 논문 가운데에는 출판을 할 정도로 내용이 충실한 것도 거의 없고

출판한 논문은 아무런 주목도 받지 못했다. 그런데 청동처럼 강인한 브라노는 손가락과 발가락까지 눈이 달려 있어서 터미너스에서 일어나는 일은 모두 안다는 소문이 있었다. 페롤랫은 그런 소문을 믿었다. 하지만 패롤랫이 한 일을 브라노 시장이 이미 알고 있었다면, 어째서 더 빨리 이 일의 중요성을 인식하고 조금이라도 재정적 지원을 서두르지 않은 것일까?

파운데이션은 미래만 바라본다는 생각이 들었다. 씁쓸한 느낌이 강하게 몰려들었다. 언제나 그들을 사로잡는 건 제2제국이라는 최종 목적지였다. 그들은 과거를 돌아볼 시간도 없고 그럴 생각도 없었다. 그래서 그렇게 하는 사람들한테 짜증을 냈다.

물론 그건 아주 멍청한 짓이다. 하지만 그렇게 어리석은 행위를 페롤랫 혼자서 쓸어 낼 순 없었다. 어쩌면 그들을 그냥 그렇게 내버려 두는 편이 나을지도 몰랐다. 그의 위대한 연구 주제를 가슴 속에 감추어 둘 수 있고, 언젠가는 중요한 문제를 탐구한 위대한 선구자로서 기억될 날이 올지도 모르기 때문이었다.

이것이 페롤랫 또한 미래에 관심이 있다는 것을 뜻했다. 그는 양심적인 지성을 가진 사람이어서 그 점을 숨기려 하지 않았다. 그가 생각하는 미래에는 자신이 해리 셀던과 어깨를 겨룰 만한 영웅이 되어 있을지도 모른다. 어쩌면 그가 더 위대할지도 몰랐다. 그러나 1000년 앞의 일을 꿰뚫어 볼 수 있는 것과 적어도 2만 5000년 전의 잃어버린 과거를 밝혀내는 일을 어떻게 비교할 수 있겠는가?

오늘이 그날이었다. 오늘이 바로 그날이었다!

시장은 전에부터 셀던 영상이 나타난 그 다음 날이 출발하는 날이 될 것이라고 말해 왔다. 이것이 몇 달 동안 터미너스 사람들 모두를, 아니 연방 내의 거의 모든 사람들을 사로잡았던 셀던 위기에 대해 페롤랫이 관심을 가졌던 유일한 이유였다.

파운데이션의 수도를 이 터미너스에 그대로 둘 것인가 아니면 어딘가 딴 곳으로 옮길 것인가 하는 문제는 그에게는 아무래도 좋은 사소한 일로 여겨졌다. 이제 그 위기가 해결되었다고 해도 해리 셀던이 어느 쪽을 지지했는지, 아니면 문제가 과연 논의라도 되었는지 그는 여전히 모르고 있었다.

어쨌든 어제 셀던이 나타났고 오늘이 바로 그날인 것만으로도 그에게는 충분했다.

터미너스 중앙에서 약간 바깥쪽에 있는, 조금은 외진 그의 집 현관 앞 차도에 지상차가 멈춘 것은 오후 2시가 좀 지나서였다.

뒷문이 열리고 시장 경호대 복장을 한 경호원이 내렸다. 뒤이어 젊은이가, 그 다음에는 두 명의 경호원이 더 내렸다.

페롤랫은 그 광경을 보면서 자신도 모르게 깊은 인상을 받았다. 시장이 자신의 연구를 알고 있을 뿐만 아니라 확실히 그것을 가장 중요하게 여기고 있다는 인상을……. 시장은 그의 동반자가 될 사람에게 경호원을 하나 붙여 주었고, 그의 동반자에게 최고의 우주선을 배속시켜 주기로 그에게 약속을 해 주었기 때문이다. 정말 굉장한 특전 아닌가!

페롤랫의 가정부가 문을 열어 주었다. 젊은이가 들어오고 두 명의 경호원이 출입구 양쪽에 자리를 잡았다. 창문을 통해서 페롤랫은 또 다른 경호원이 한 명 밖에 있는 것을 보았다. 그리고 또 다른 지상차가 가까이 오고 있는 것이 보였다.

'경호원이 더 온다는 말인가? 이해할 수 없군!'

그는 돌아서서 젊은이를 쳐다보았다. 놀랍게도 본 적이 있는 얼굴이었다. 홀로캐스트에서 본 적이 있었다. 페롤랫이 입을 열었다.

"트레비스 의원 아니오?"

"예, 맞습니다. 야노브 페롤랫 교수님이죠?"

"예, 페롤랫이오만. 당신이 나와 함께 갈……?"

"그래요, 함께 여행하게 되었습니다."

트레비스는 무표정한 얼굴로 정정했다.

"아니, 그렇게 들었습니다."

"하지만 당신은 역사학자가 아니잖소?"

"예, 맞습니다. 교수님이 말한 대로 의원이죠, 말하자면 정치가입니다."

"아, 그렇지. 하지만 이게 어찌 된 일이오? 나는 역사학자이고 역사학자가 또 한 사람 필요한 게 아니었던가? 우주선을 조종할 수 있는 거요?"

"예, 아주 잘합니다."

"그럼 필요한 것은 그것이었군. 훌륭해! 유감이지만 나는 당신과 같이 실제적인 사고를 하는 사람은 아니오, 젊은 의원. 당신같이 뜻밖의 사람이 온 것이 오히려 우리를 더 훌륭한 팀으로 만들어 줄 것 같소."

그의 말에 트레비스가 답했다.

"아직은 제 사고의 뛰어남이 그리 실감 나지는 않는군요. 하지만 좋은 팀이 되도록 노력하는 것 외에는 다른 방법이 없을 것 같습니다."

"그럼 이제 우주에 대해 내가 느끼는 불안감을 극복할 수 있기를 기대해 보기로 합시다. 난 한 번도 우주에 나가 본 적이 없소, 의원. 난 지상에서만 살았소이다. 그건 그렇고, 차 한잔하실 거요? 클로다에게 준비시키겠소. 떠나기까지 몇 시간 정도는 남아 있을 테지만 당장 떠날 준비를 하도록 하겠소. 그리고 필요한 것은 전부 내게 있소이다. 시장은 우리의 최대 협력자이고, 이 계획에 대한 그녀의 관심은 놀라울 정도요."

트레비스가 말했다.

"그럼 교수님도 이 일에 대해 알고 있었단 말입니까? 언제 알았죠?"

"얼마 전에 시장이 내게 왔었다오."

여기서 페롤랫은 약간 얼굴을 찌푸리며 뭔가 계산을 하는 것처럼 보였다.

"2주, 아니 3주 전쯤이었나? 어쨌든 난 기쁘게 생각한다오. 내 머릿속에서 2류급 역사학자가 아니라 조종사가 필요하다는 생각이 분명해지고, 또 같이 갈 사람이 당신이라는 것을 알고 나니 더욱 기쁘오."

"2주나 3주 전이었다고요?"

트레비스가 약간 당황한 목소리로 되풀이하여 말했다.

"그러면 그녀는 이 모든 것들을 진작부터 준비하고 있었군요. 그런데 나는……!"

그가 말꼬리를 흐렸다.

"뭐가 잘못되었소?"

"아무것도 아닙니다, 교수님. 저 혼자 중얼거리는 나쁜 버릇이 있어요. 여행이 길어지면 차차 익숙해지셔야 할 제 습관이죠."

"그렇소……?"

페롤랫은 가정부가 준비한 향긋한 차가 있는 식당 테이블로 그를 이끌며 말했다.

"모든 것이 완전히 무제한이라고 시장이 말했소이다. 우리에게 마음대로 여행 기간을 잡으라고 했지. 우리 앞에는 광활한 은하가 펼쳐져 있거든. 그리고 우리가 어디를 가든지 파운데이션 기금을 요청할 수 있다고도 했소. 물론 합당한 이유를 가지고 있어야 하겠지만 말이오. 난 그렇게 하겠다고 약속했지.”

그는 혼자서 싱긋 웃으면 손을 문질렀다.

“앉으시게, 친구. 앞으론 친구처럼 지내야 할 테니……. 그리고 이것이 터미너스에서 하는 마지막 식사가 될 걸세.”

“가족들이 있습니까, 교수님?”

“아들이 하나 있지. 그 아이는 산태니 대학의 교수일세. 화학이나 아니면 그 비슷한 걸 할 걸세. 그 아이는 엄마 쪽을 닮았지. 애 엄마는 오래전부터 나와 떨어져서 살고 있다네. 그래서 보다시피 내겐 다행히 책임질 일도, 인질이 될 사람도 없지. 당신도 거느릴 가족이 하나도 없는 걸로 아는데? 자, 이 샌드위치를 맛보게.”

“홀몸입니다. 여자 몇이 있긴 하지만 가끔 만나는 정도죠.”

“그렇군. 잘되어 갈 때는 마음이 즐겁지. 심각해질 필요가 없으면 더 즐거운 거고. 아이도 없나?”

“없어요.”

“좋아, 난 지금 최상의 기분일세. 자네가 처음 이곳에 들어왔을 때 난 깜짝 놀랐네. 하지만 지금은 자네가 날 아주 즐겁게 해 주는군. 내가 필요한 것은 젊음과 열정, 그리고 은하에서 길을 잘 찾아갈 수 있는 사람일세. 알다시피 우리 임무는 탐색이잖아. 그것도 아주 멋진 탐색 말일세.”

페롤랫의 조용하던 얼굴과 목소리가 이상하게 활기를 띠었다. 특별히 표정이 바뀌거나 억양이 바뀌지는 않았지만.

“이 이야기를 들어 본 적이 있는지 모르겠군…….”

트레비스가 눈을 가늘게 떴다.

"멋진 탐색이라고요?"

"그렇네. 정말 멋진 일이지. 은하계에는 사람이 사는 행성들이 수천만 개나 되고 거기에는 값나가는 보물들이 숨겨져 있네. 하지만 그것을 확실히 찾도록 해 줄만 한 증거는 하나도 없다네. 그렇지만 만일 우리가 그걸 찾아낼 수만 있다면, 아마 우린 놀랄 만한 찬사와 보답을 받게 되겠지. 자네와 내가 이 일을 해낼 수만 있다면, 우리의 이름은 시간이 다할 때까지 영원히 후세에 남을 것이야. 이건 생색을 내기 위해 하는 말이 아닐세."

"교수님이 말하는 보배, 값나가는 진주라면……?"

"내 말이 제2파운데이션에 대해서 언급한 소설가 아르카디 다렐의 말처럼 들리나? 하지만 그렇게 놀라는 것도 무리는 아니겠지."

페롤랫은 마치 커다란 웃음이라도 터뜨릴 것처럼 고개를 뒤로 젖히더니 간신히 미소만 지었다.

"이번 일이 그렇게 어리석은 일이라고 생각했었나?"

페롤랫의 질문에 트레비스가 되물었다.

"제2파운데이션에 대해서 이야기하는 것이 아니라면 도대체 무엇에 대해서 말하고 있는 건가요?"

페롤랫이 갑자기 침통한 목소리로 사과라도 하려는 듯 말했다.

"그러면 시장이 자네에게는 이야기하지 않았단 말인가? 이상하군. 난 지난 수십 년 동안 내가 하고 있는 일을 이해하지 못하는 정부를 항상 불쾌하게 생각해 왔다네. 그런데 이제 브라노 시장이 이 일에 대해 눈에 띄게 관대해졌거든."

"그래요. 그녀는 놀랄 만한 박애 정신을 가진 여성이지요. 하지만 이번 일에 대해서는 나에게 한 마디도 하지 않았어요."

트레비스는 빈정거리는 억양을 숨기려 하지 않았다.

"그럼 내 연구를 모르고 있단 말인가?"

"네, 모릅니다. 죄송합니다."

"사과할 필요까지는 없네. 정말 괜찮아, 그다지 놀란 것도 아니니까. 그러면 말해 주겠네. 자네와 나는 지구를 찾아가고 있네. 내 생각으로는 그곳이 가능성이 가장 큰 것 같은데……, 우린 지구를 찾아갈 걸세!"

2

그날 밤 트레비스는 제대로 잠을 이루지 못했다.

그는 늙은 여시장이 자신을 가두어 놓은 감옥의 벽을 부수려고 몸부림쳤다. 그러나 탈출구는 어디에도 없었다.

이제 곧 그는 추방당할 것이다. 하지만 그 상황에 대해서 아무런 손도 쓸 수 없었다. 그녀는 냉혹할 만큼 가차 없이 행동했고, 심지어는 그러한 모든 일들이 위험이라는 사실을 숨기고 있으면서도 아무런 양심의 가책을 느끼지 않는 듯했다. 그는 의회 의원이자 파운데이션 연방 시민이라는 자신의 권리에 기대 보려고 했지만 그러한 그의 주장에 대해 그녀는 아예 대꾸조차 하지 않으려 했다.

그리고 방금 만난 페롤랫, 마치 이 세계에 살고 있으면서도 그곳에 전혀 속해 있지 않은 듯한 이 괴상한 학자는 자신에게 그 무시무시한 늙은 여인이 몇 주일 전부터 이번 일을 위한 준비를 해 왔다고 말해 주었다.

그는 브라노 시장이 자신을 부른 것처럼 '어린아이'가 된 느낌이었다. 그는 자신한테 '친구'라고 계속 말하는 역사학자와 함께 추방을 당할 예정이었다. 지구를 찾기 위해 은하계 탐사에 나서는 사람이 있다는 사실에 대해 마냥 기뻐서 어쩔 줄 모르는 사람이었다.

풀의 할머니 이름에 대고 묻건대 대체 지구란 뭐란 말인가?

물론 그는 그것을 물었다. 그런 언급이 나오는 순간에 바로 이렇게.

"실례지만, 교수님. 저는 교수님이 연구하는 내용에 대해서 잘 모르지만 간단한 용어 하나를 물어도 괜찮겠습니까? 도대체 지구란 무엇입니까?"

페롤랫은 진지한 표정으로 트레비스를 쳐다보다가 이렇게 대답했다.

"행성 이름일세. 근원이 되는 행성……. 인류가 처음으로 출현한 곳이라네, 친구."

트레비스는 물끄러미 바라보며 다시 물었다.

"처음으로 출현해요? 어디에서요?"

"다른 데서 온 게 아니야. 그 행성에서 하등 동물이 진화를 거치며 인류로 발전한 거야."

트레비스는 이 말을 골똘히 생각하다가 머리를 흔들며 말했다.

"무슨 말씀인지 모르겠군요."

잠깐 귀찮다는 표정이 교수의 얼굴을 스쳐 갔다. 그는 목을 가다듬은 다음 이렇게 말했다.

"한때 터미너스에 사람은 하나도 안 살던 시절이 있었지. 여기에 사람이 살기 시작한 건 인간이 다른 곳에서 건너왔기 때문일세. 내 말을 이해하겠나?"

"물론 이해합니다."

트레비스는 조바심을 내며 말했다. 다른 사람한테 갑자기 주제넘은 강의를 듣게 되었다는 생각에 짜증이 일었다.

"좋아. 그건 다른 모든 행성도 마찬가지야. 아나크레온, 산태니, 칼간 등 모든 행성은 과거 어느 시점에 건설을 한 거야. 사람들이 다른 행성에서 건너갔다는 말이지. 심지어 트랜터도 똑같아. 2만 년이란 오랜 세월 동안 거대한 수도행성으로 존재했지만, 그러기 전에는 아니었네."

"그렇다면 그러기 전에는 무엇이었나요?"

"텅 비었지. 최소한 인간은 없었으니까."

"믿기 어려운 일이군요."

"하지만 사실일세. 오랜 기록을 보면 알 수 있지."

"그렇다면 처음에 트랜터에 정착한 사람은 어디에서 왔나요?"

"확실히 아는 사람은 없어. 아득히 먼 옛날 행성 수백 개에서 이주했다는 주장이 있지. 그래서 저마다 자기네가 처음 도착한 인류라는 그럴싸한 전설을 늘어놓지. 하지만 역사학자들은 그런 주장을 부인하면서 '근원에 대한 의문'을 곰곰이 생각하는 경향이 있네."

"'근원에 대한 의문'이란 무엇인가요? 그런 말은 들은 적이 없어요."

"당연히 그렇겠지. 이제는 그다지 잘 알려져 있는 역사적 문제가 아니니까. 하지만 제국이 붕괴해 가고 있을 때 그 문제는 지식인들 사이에서 상당한 흥미를 끌었던 것 같네. 샐버 하딘의 자서전 속에서도 그 문제가 간단하게나마 언급되고 있지. 그것은 어느 한 행성이 우리 인류의 출발점이라는 것과 그 행성의 위치를 확인하고자 하는 문제였다네. 만약 우리가 시간을 거슬러 올라갈 수만 있다면 가장 최근에 형성된 세계로부터 그 이전 세계로, 그리고 다시 그 이전 세계로 인류가 유입되어 왔던 과정을 돌이켜 볼 수 있을 것이고, 마침내 한곳으로 집중되는 것을 발견할 수 있을 텐데……. 그곳이 물론 근원이겠지."

트레비스는 그의 말 속에 명백한 오류가 있다는 것을 쉽게 발견할 수 있었다.

"그 근원이 여러 곳이었을 가능성은 없나요?"

"절대 그럴 수는 없네. 은하계 전체에 퍼져 있는 모든 인류는 오직 한 종족일 뿐이니까. 단일한 종족이란 하나의 행성 이외엔 여러 곳에서 나올 수 없지. 암! 그런 일은 절대로 불가능하고말고."

"그걸 어떻게 아십니까?"

"첫째로……."

그는 말을 잠시 끊고 오른손 첫째 손가락으로 왼손 첫째 손가락을 눌러 뚝 소리를 내며 꺾었다. 그러고는 잠시 동안 어쩌다가 이렇게 길고도 복잡한 설명에 빠져들게 되었는가에 대해 생각하는 듯했다. 그는 양손을 의자 옆에 가지런히 놓고는 매우 진지한 어조로 이렇게 말했다.

"이보게, 맹세코 내가 말한 것은 모두 진실이라네."

트레비스는 공손하게 머리를 숙이면서 말했다.

"페롤랫 교수님. 저는 교수님이 하신 말씀을 의심하지 않습니다. 그래서 근원이 되는 행성 하나가 있다고 한다면 그런 영광을 자신의 것으로 돌리려는 행성은 수백 개가 나타날 수 있는 거 아닌가요?"

"있을 수 있는 게 아니라 실제로 있어. 행성 수백 개에서 그런 주장을 펴니까 말이야. 하지만 그런 주장은 하등 귀담아들을 가치가 없어. 자신들이 근원이라고 주장하는 수백 개 행성들 가운데에서 초공간 사회 이전의 흔적을 지닌 곳은 하나도 없네. 그러니까 인간 이전의 유기체한테서 인간으로 진화한 족적이 아무 데도 없다는 건 두말할 필요가 없지."

"그렇다면 근원이 되는 행성은 있지만 뭔지 모를 이유 때문에 그곳이 근원이라는 확실한 증거는 없다는 말씀입니까?"

"맞아. 자네가 정확하게 지적했어."

"그래서 교수님이 지금 그곳을 찾으러 가는 건가요?"

"우리 두 사람이 가는 거지. 그게 우리 임무야. 브라노 시장이 모든 것을 계획하고 결정했지. 자네는 우리 우주선을 트랜터로 몰아야 하네."

"트랜터로요? 그곳은 근원 행성이 아니잖아요. 교수님이 조금 전에 그렇게 말했잖아요."

"물론 트랜터는 아니지. 기원은 바로 지구야."

"그렇다면 저한테 우주선을 지구로 몰고 가라고 하지 않는 이유가 뭡니까?"

"나 자신도 지구에 대해 분명히 알고 있는 것은 아니야. 지구는 단지 전설적인 이름일 뿐이라네. 지구라는 이름은 고대 신화 속에 깊이 간직되어 있지. 그 단어는 우리가 분명히 알 수 있는 어떤 의미도 가지고 있지 않아. 하지만 우리로서는 '인간 종족의 근원이 되는 행성'이라는 말과 같은 의미를 지니는 말로 이해하는 편이 낫겠지. 하지만 실질적인 공간에 존재하는 어떤 행성이 지구인지는 아직 알려져 있지 않네."

"트랜터에서는 알 수 있을까요?"

"내 생각으로는 그곳에서 분명히 어떤 정보를 얻을 수 있을 것 같아. 트랜터에는 은하 도서관이 있지. 그것은 전체 은하 도서관 중에서도 가장 방대한 규모야."

"제1제국 시절에 '근원에 대한 의문'에 관심을 가진 사람들이 있었다고 말씀하셨지요? 그렇다면 틀림없이 그들은 그 도서관에서 연구를 했겠군요?"

페롤랫은 신중하게 머리를 끄떡였다.

"그래. 하지만 그 정도로는 충분치 못해. 나는 '근원에 대한 의문'에 대해서 많은 것을 연구해 왔네. 내가 연구한 것들은 5세기 전의 제국에서는 몰랐던 내용들이야. 자네도 알다시피 나는 내 모든 관찰력을 동원해서 과거의 기록들을 조사해 왔어. 나는 오랫동안 그 문제에 대해 생각해 왔고, 나름대로 상당한 자신감을 갖고 있지."

"제 생각으로는 교수님이 그 모든 것들을 브라노 시장에게 보고한 것으로 아는데요. 시장은 교수님의 생각과 계획을 승인했겠지요?"

"승인이라고? 이보게, 시장은 내 연구에 매료될 정도였어. 그녀는 내가 트랜터에서 원하는 모든 것을 발견할 수 있을 것이라고 말했네."

"그랬을 테지요."

트레비스는 툴툴거리는 투로 말했다.

그날 밤 잠을 설치게 만들면서 그를 사로잡았던 생각 중 일부는 바로 그것이었다. 브라노 시장은 제2파운데이션에 대해서 발견할 수 있는 모든 정보를 수집하라고 트레비스를 내보내려 하고 있다. 그녀는 그를 페롤랫 교수와 동행하게 만들어서 지구를 찾는다는 그럴 듯한 구실로 자신의 진정한 목표를 은폐시키려 했다. 어쨌든 지구를 찾는다는 명분만으로도 은하계 어디에든 갈 수 있을 테니까. 그것은 완벽한 위장이었다. 그는 시장의 영리한 술책에 감탄했다.

하지만 트랜터라니! 그곳으로 가는 게 무슨 의미가 있을까? 일단 트랜터에 도착하면 페롤랫은 은하 도서관에 처박힌 채 평생을 안 나올 수도 있다. 끝없이 쌓인 책과 필름, 무수한 레코드, 셀 수도 없을 정도로 엄청난 전산 기록과 기호로 만든 기록 더미에 파묻혀서 그곳을 안 떠나려고 할 가능성이 많았다.

게다가……

언젠가 에블링 미스가 트랜터에 간 적이 있었다. 당시는 뮬이 통치하고 있던 시대였다. 전해지는 이야기로는 그가 그곳에서 제2파운데이션의 위치를 알아냈지만 그것을 밝히기 전에 죽었다고 한다. 그리고 그후 아르카디 다렐도 똑같은 일을 했고 그녀 또한 제2파운데이션의 위치를 알아내는 데 성공했다. 그러나 그녀가 발견한 위치는 터미너스였다. 그로 인해 그곳에 있는 제2파운데이션 사람들의 은신처는 깡그리 파괴되고 말았다. 그렇다면 만약 제2파운데이션이 다른 어느 곳이라 하더라도 이제 과연 트랜터가 무엇을 더 이야기해 줄 수 있겠는가? 그렇다면 그가 제2파운데이션을 찾으려면 트랜터를 제외한 다른 곳에 가는 편이 더 나을 것이다.

더구나 그는 브라노가 어떤 계획을 더 가지고 있는지는 알지 못했다. 브라노는 이 일에 매우 열성적인 태도를 보였지만 트레비스는 그녀에게 복종하고 싶은 생각이 들지 않았다. 브라노는 과연 어째서 그들의 트랜터 행을 그토록 원했던 것일까? 그렇다. 브라노가 트랜터를 원한다면 그들은 트랜터로 가지 않을 것이다! 다른 아무 곳에라도 가야겠다. 트랜터만은 절대 아니다.

밤을 꼬박 새우고 새벽이 밝아오자 지칠 대로 지친 트레비스는 마침내 곯아떨어지고 말았다.

3

브라노 시장은 트레비스를 체포한 다음 날 매우 기분이 좋았다. 그녀는 자신의 공적에 비해 과도할 정도로 칭송을 받았다.

그럼에도 불구하고 그녀는 의회가 곧 마비 상태에서 벗어날 것이고, 이어 여러 가지 의문이 제기될 것이라는 사실을 잘 알고 있었다. 보다 신속하게 움직일 필요가 있었다. 따라서 산적한 문제들을 한쪽으로 밀어 둔 채 그녀는 트레비스의 문제를 집중적으로 파고들었다.

트레비스와 페롤랫이 지구에 대한 토론을 벌이고 있을 즈음, 그녀는 시장실에서 의회 의원인 먼 리 콤포와 마주 앉아 있었다. 그가 그녀의 책상 옆 비스듬한 위치에 자리를 잡고 편안한 자세로 앉자 그녀는 새삼 그의 모습을 천천히 뜯어보면서 다시 한 번 그를 평가해 보았다.

그는 트레비스보다 키가 작았고 몸무게도 덜 나가는 듯싶었으며 나이는 그보다 두 살 연상이었다. 두 사람 모두 초선 의원이어서 젊고 성급했다. 하지만 그 점만이 유일한 공통점일 것이다. 왜냐하면 그들은 다른 모든 점에서 현격한 차이를 보였기 때문이었다.

트레비스는 상대방을 노려보는 듯한 강력함을 내쏘는 반면 콤포는 잔잔하게 전해져 오는 자신감이 돋보였다. 그러한 특성은 필경 파운데이션 사람들에게는 흔치 않은 그의 금발과 푸른 눈동자에서 비롯되는 것이리라. 그 때문에 그에게는 여성적인 섬세함마저 느껴졌고(브라노가 판단하기로는.), 그래서 트레비스보다 여성들에게 인기가 덜한지도 몰랐다. 그럼에도 불구하고 그는 자신의 외모에 대해 매우 강한 자부심을 느끼고 있었고 그중에서도 머리칼을 제일 자신 있어 했다. 그는 항상 머리칼을 세심하게 손질하여 약간 길고 부드럽게 웨이브가 진 금발을 유지하고 있었다. 또 자신의 눈 색깔을 강조하기 위해서 눈썹 아래쪽에 푸른색 아이섀도를 칠하고 있었다(지난 10년 동안 남자들 사이에서는 여러 가지 색깔의 아이섀도를 칠하는 것이 유행이었다.).

그는 여자를 밝히는 편은 아니었다. 그는 자신의 부인과 조용히 살아왔다. 아직까지 아이는 없었지만 그렇다고 남의 눈을 피해 다른 상대와 외도를 했다는 소문도 없었다. 그 점 역시 트레비스와는 달랐다. 트레비스는 그의 화려한 색깔의 전대띠를 바꾸는 것만큼이나 자주 여자를 갈아치웠고 그 점에서는 매우 악명 높았다. 공안국에서는 그들 두 사람 모두에 대해 모르는 것이 거의 없었다. 공안국장 코델은 언제나처럼 아주 편안한 미소를 지으면서 방 한구석에 조용히 앉아 있었다.

브라노가 말했다.

"콤포 의원, 당신은 파운데이션에 많은 공헌을 했소. 하지만 불행하게도 공식적인 표창이나 통상적인 방식의 보상을 할 수 있는 것이 아니라서 유감이오."

콤포는 희고도 고른 치아를 내보이며 빙그레 웃음을 지었다. 순간 브라노는 시리우스 성구(星區) 거주자들이 모두 그런 모습을 하고 있는 것이 아닌가 하는 공연한 생각을 해 보았다. 콤포가, 조금 변방에 속하는 그 특수한 지역 출신이라는 이야기는 그의 외할머니로부터 비롯된 것으로서, 그의 외조모 역시 금발에 푸른 눈을 하고 있었으며 그의 어머니는 자신이 시리우스 성구 출신이라고 주장했다. 하지만 코델은 콤포가 그런 사실을 입증할 만한 아무런 확실한 증거가 없다고 했다. 여자들이란 대개 매력적으로 보이기 위해서 먼 이국의 선조를 자기 조상이라고 갖다 붙이기를 좋아하는 법이라는 것이 그의 설명이었다.

콤포가 말했다.

"파운데이션 사람들이 내가 한 일에 대해 알아야 할 이유는 전혀 없습니다. 시장님만 알고 있으면 되는 것이니까요."

"물론 내가 알고 있소. 앞으로도 결코 잊지 않을 거요. 하지만 나는 당신이 자기 임무가 끝났다고 생각하지 않기를 바라오. 당신은 매우 복잡한 경로로 일을 수행해 왔고 앞으로도 계속 나가야 할 테니까 말이오. 우리에겐 트레비스에 대한 더 많은 정보가 필요하다오."

"그에 관해 내가 알고 있는 모든 것은 이미 시장님에게 다 이야기했습니다."

"내가 그렇게 믿도록 만들고 싶으시겠지. 아니 어쩌면 당신 스스로 정말 그렇다고 믿고 있을지도 모르지만. 아무튼 내 질문에 대답하시오. 당신은 야노브 페롤랫이라는 이름의 신사분을 알고 있소?"

잠시 콤포의 이마에 주름이 잡혔다가 이내 펴졌다. 그는 조심스럽게 말했다.

"보면 혹시 알 수 있을지 모르겠지만 이름만 들어서는 잘 모르겠군요."

"그는 학자요."

콤포는 자신이 학자들에 대해 잘 알고 있으리라는 것을 이미 시장이 짐작하고 있었다는 점에 대해 적이 놀랐지만, 짐짓 조소를 띠며 입을 동그랗게 오므렸다. 하지만 '오? 그래요?' 하는 소리를 입 밖으로 내지는 않았다.

브라노는 다시 말했다,

"페롤랫은 자기 목적을 위해 트랜터를 방문할 만큼 야심만만하고 아주 흥미 있는 인물이오. 그런데 트레비스 의원이 그와 동행하지. 당신은 트레비스와는 좋은 친구였으니까 그의 사고방식에 대해서는 잘 알고 있지 않소? 트레비스가 트랜터에 가는 것에 대해 만족한다고 생각하시오?"

"만약 시장님이 트레비스가 우주선에 동승하도록 조치했고 그 우주선이 트랜터를 향해 향해하도록 되어 있다면, 그가 그곳으로 가는 것 이외에 무슨 다른 방법이 있겠습니까? 시장님은 그가 반란을 일으켜서 우주선을 접수하려 한다고 가정하지는 않았겠지요?"

"당신은 내 말을 이해하지 못하는군. 우주선에는 그와 페롤랫, 단둘만 있고 우주선을 조종하는 것은 바로 트레비스란 말이오."

"그가 자발적으로 트랜터로 갈 것인지 여부에 대해 내게 묻고 있는 것입니까?"

"그렇소. 그것이 바로 내 질문의 요점이오."

"시장 각하. 그가 어떤 행동을 보일지 내가 어떻게 예측할 수 있겠습니까?"

그는 빈정대듯 말했다.

"콤포 의원, 그동안 당신은 트레비스와 아주 친하게 지냈소. 당신은 제2파운데이션의 존재에 대한 그의 신념을 잘 알고 있지 않소? 지금까지 당신은 그가 제2파운데이션이 어디에 존재할 것이라고 떠드는 소리를 들어 보지 못했단 거요?"

"한 번도 들어 보지 못했습니다, 시장 각하."

"당신은 그가 제2파운데이션을 발견할 것이라고 생각하오?"

그는 피식 웃었다.

"저는 제2파운데이션이 무엇이고 또 얼마나 중요하게 생각되어 왔는지는 상관없이 이미 아르카디 다렐 시절에 깡그리 파괴된 것으로 믿고 있습니다. 저는 그녀의 이야기를 믿거든요."

"진정이오? 그렇다면 왜 당신은 친구를 배신했소? 그가 찾았던 것이 실제로 존재하지 않는 것이라면······. 유별난 이론을 제출했다는 것만으로 그가 어떤 해악을 끼칠 수 있다고 생각하오?"

그러자 콤포가 입을 열었다.

"해를 끼칠 수 있는 정도가 아니죠. 그 이상입니다. 그의 이론들은 그저 별스러운 것에 지나지 않을 수도 있겠지만, 그 때문에 터미너스에 사람들이 거주하지 못하게 만들었고 은하 역사라는 거대한 드라마 속에서 차지하는 파운데이션의 지위에 대해 공포와 의구심을 심어 줌으로써 연방 내에서 파운데이션의 지도력을 약화시키고 제2은하제국을 건설해야 한다는 꿈을 훼손시켰습니다. 그런 사실들은 시장님도 분명히 알고 있을 텐데요. 그렇지 않다면 시장님은 그를 의회 내에서 체포하지도 않았을 것이고, 또한 재판도 거치지 않은 채 그를 강제로 추방하려 들지도 않았을 것 아닙니까? 왜 그렇게 하셨는지에 대해 물어봐도 되겠습니까, 시장님?"

"그가 옳았을 가능성은 희박하고, 그가 자신의 견해를 피력하는 것이 매우 위험한 일이라는 것을 알아차릴 정도는 되었다고 말한다면 그에 대한 답변이 되겠소?"

콤포는 아무런 대꾸도 하지 않았다.

브라노가 다시 입을 열었다.

"나는 당신 생각에 동의하오. 하지만 내가 그건 가능성까지도 고려해야 하는 직책에 있기 때문에 어쩔 수 없이 동의하는 것뿐이오. 다시 한 번 묻겠는데 당신은 그가 제2파운데이션이 어디에 위치하고 있다고 생각하는지, 또한 그가 과연 어디로 갈 것인지에 대해 어떤 징후도 느끼지 못했소?"

"아무것도……."

"자신이 어느 쪽으로 갈 것인지에 대해 조그만 암시도 주지 않았다는 말이오?"

"물론 아무런 암시도 없었지요."

"정말이오? 콤포 의원, 이 문제를 너무 쉽게 생각하지 마시오. 다시 한 번 생각해 보시오. 정말 아무런 단서도 없단 말이오?"

"예, 정말 아무것도 없습니다."

콤포는 단호하게 잘라 말했다.

"아무런 징후도 느끼지 못했다고? 농담처럼 한 말도 없었단 말이오? 낙서조차 하나도 없고? 그와 함께 지내는 동안 어느 한 순간에 의미심장한 이야기를 추상적으로라도 흘린 적이 있었는지 잘 생각해 보시오."

"아무것도 없습니다, 시장님. 제2파운데이션에 대한 그의 꿈은 어떤 성운에서 흘러나오는 별빛과도 같은 것입니다. 시장님도 그것을 아시지 않습니까? 그런데도 그 문제에 매달려 귀중한 시간과 감정을 낭비하고 계십니까."

"당신, 기회를 노렸다가 갑작스럽게 입장을 바꾸어서, 내 손에 인계했던 친구를 보호해 주려는 것 아니오?"

"천만에요! 제가 그를 시장님에게 인계한 것은 그것이 옳은 일이었고 애국적인 일이었기 때문이었습니다. 저는 그 행동에 대해 전혀 후회하지 않아요. 더욱이 내 태도를 바꿀 생각도 없고요."

"그렇다면 왜 그가 어디로 갈 것인지에 대해 내게 아무런 암시도 주지 않는 거요?"

"그건 이미 제가 말했듯이……."

"의원, 내가 알고 싶은 것은 그가 어디로 갈 것이냐 하는 점이오."

그녀가 이 말을 하는 순간 얼굴 주름은 너무도 깊게 패어서 불만스러움을 나타내 주었다.

"그 문제가 그렇게 알고 싶었다면 미리 그의 우주선에 초공간추적기를 달았어야 하지 않겠습니까?"

"의원, 그 문제에 대해서도 생각했소. 하지만 그는 의심이 아주 많은 사람이어서 아무리 교묘하게 설치한다고 해도 발각될 가능성이 많소. 물론 우주선을 아주 못 쓰게 망가뜨리지 않는 한 제거할 수 없는 장치를 설치해서 알면서도 어쩔 수 없게 만드는 방법도 있지만……."

"아주 좋은 생각이군요."

"문제는 그럴 경우에 그 사람이 행동을 자제할 거란 사실이오. 그래서 자신을 방해하고 규제하는 세력이 있다고 느끼면 자신이 가려고 하던 곳으로 안 갈 게 분명하오. 그렇게 된다면 나는 유익한 정보를 얻을 수가 없소."

"그렇다면 어디로 가는지 알아낼 방법이 없다는 말처럼 들리는군요."

"그럴지도 모르지. 나는 아주 단순하고 원시적인 방법을 좋아하는 편이오. 가장 복잡한 것을 예상하고 그에 대비하고 있는 사람은 오히려 가장 단순한 문제를 놓치는 경향이 있거든. 그래서 나는 트레비스를 미행하는 방법을 생각하고 있소."

"미행이라고요?"

"맞소. 다른 우주비행사에게 시켜 그를 미행하게 하는 것이지. 그것 보시오. 당신도 그 말을 듣고 그토록 놀라잖소? 그도 마찬가지로 놀랄 것이오. 자기를 따라오는 하나의 물체를 찾기 위해서 우주공간을 수색할 생각은 꿈에도 하지 못할 것 아니겠소? 더군다나 우리는 그의 우주선에는 아무런 질량탐지기도 장착하지 않았거든."

그러자 콤포가 말했다.

"시장님. 저는 일어날 수 있는 모든 가능성을 염두에 두고 말하지만, 시장님의 생각에는 분명히 우주 전투에 대한 경험이 결여되어 있습니다. 한 우주선으로 다른 우주선을 뒤쫓게 한다는 것은 거의 불가능합니다. 트레비스는 단 한 차례의 초공간 도약만으로도 추적자를 따돌릴 수 있을 것입니다. 설사 자신이 미행당하고 있다는 사실을 눈치 채지 못한다 하더라도, 첫 번째 이루어지는 도약은 그의 경로를 완전히 자유롭게 만들어 줄 것입니다. 설사 그가 우주선에 초공간추적기를 싣고 있다 하더라도 그를 추적한다는 것은 불가능한 일입니다."

"나도 내게 경험이 없다는 것을 인정하오. 당신이나 트레비스처럼 우주 항해 훈련을 쌓지는 못했으니까. 하지만 나는 당신들만큼 풍부한 경험을 갖고 있는 조언자들로부터 이런 이야기를 들었소. 만약 어떤 우주선이 막 도약을 하려는 순간을 잘 관찰한다면 그 방향과 속도, 그리고 가속 등을 종합해서 대략 어디쯤으로 도약하려는 것인지를 추측하는 것은 가능하다는 것이지. 훌륭한 컴퓨터와 탁월한 판단력을 갖춘다면 뒤쫓는 우주선은 목표가 되는 우주선을 거의 따라잡을 수 있을 정도로 근접한 위치까지 갈 수 있을 거요. 물론 뒤쫓는 우주선에 성능이 우수한 최신 질량탐지기가 장착되어 있어야 한다는 건 당연한 일이겠지."

"한 번 정도는 가능하겠군요. 아니 추적자가 아주 운이 좋다면 두 번까지도 가능할지도 모르지요. 하지만 그 정도로 끝입니다. 그런 식의 어설픈 방법으로는 어림도 없습니다."

콤포의 말투는 열기조차 띠고 있었다.

"콤포 의원, 우리는 할 수 있소. 당신은 한창때에 초공간 레이스에 출전한 적이 있지 않았소? 이것 보시오. 나는 당신에 대해 많은 것을 알고 있소. 당신은 매우 탁월한 우주비행사였고 여러 차례의 도약을 거쳐 경쟁자를 추적하는 묘기를 보여 많은 사람들을 놀라게 했었지 않소?"

눈이 휘둥그레진 콤포는 거의 의자에서 몸을 일으킬 정도로 움찔했다.

"그때는 제가 대학에 다니던 시절이었어요. 이제 저는 그런 일을 하기에는 너무 나이를 먹었어요."

"그 정도로 나이를 먹지는 않았지. 이제 겨우 서른넷이잖소? 의원, 당연히 당신이 트레비스를 뒤쫓아야 하지 않겠소? 그가 어디로 가든 당신은 그를 뒤쫓아야 하고 내게 즉시 보고해야 하오. 당신은 트레비스가 출발한 직후에 떠나게 될 것이오. 트레비스는 몇 시간 후면 출발할 예정이오. 만약 이 임무를 거절한다면 당신은 반역죄로 감옥에 갇히는 신세가 될 거요. 그러나 당신이 우주선에 승선한다면 우리는 당신에게 만반의 준비를 갖추어 주겠소. 만약 당신이 추적에 실패한다면 당신은 힘들여 이곳으로 되돌아올 필요가 없게 될 것이오. 당신이 우리를 속이려 든다면 우주 공간에서 곧바로 처형될 테니까."

콤포는 자리에서 벌떡 일어섰다.

"제게는 삶이 있고 할 일도 많이 남아 있습니다, 더군다나 제게는 아내도 있단 말입니다. 그 모든 것들을 두고 떠날 수는 없습니다!"

"의원! 당신은 반드시 떠나야 하오. 우리들처럼 파운데이션을 위해 봉사하도록 선택받은 사람들은 언제든 파운데이션을 위해 희생할 준비가 되어 있어야 한단 말이오. 설사 그것이 많은 시일을 요하고 불편을 감수해야 하는 임무라 하더라도, 필요할 일일 경우에는 반드시 수행해야만 하오!"

"그렇다면……, 제 아내도 함께 갈 수 있겠지요?"

"아니, 지금 나를 바보로 취급하는 거요? 그녀는 당연히 이곳에 남아 있어야 하오!"

"인질로?"

"굳이 그런 용어를 쓰고 싶다면 그렇게 말해도 좋소. 하지만 당신의 임무에는 위험이 뒤따르기 때문에, 내 따뜻한 배려에 의해서 그녀를 이곳에 머무르게 하는 것이라고 하는 편이 더 부드럽겠지. 자, 이제 더 이상 토론을 벌일 여유가 없소. 당신은 트레비스와 마찬가지로 내게 체포된 몸이오. 그리고 내가 재빨리 움직여야 한다는 것은 당신도 잘 알고 있으리라 믿소. 터미너스를 뒤덮고 있는 행복감이 없어지기 전에 말이오. 나는 내가 지배하고 있는 이 행운의 행성이 얼마 안 있어 내리막길을 걷게 되지 않을까 두려워하고 있거든!"

4

코델이 입을 열었다.
"콤포란 놈 때문에 마음을 놓지 못하고 있군요. 시장 각하."
시장은 코웃음을 치며 말했다.
"물론이지. 그는 자기 친구를 배신한 놈이거든."
"결국 그 일이 우리에게 유익한 결과를 가져온 것 아닙니까?"
"그래, 그때는 그런 것 같았지. 하지만 그의 다음 배반은 우리에게 결코 이롭지 않을 거야."
"그가 또 다른 배반을 할 수 있단 말입니까?"
"내 말을 잘 들어 보게, 리오노."
브라노는 조바심을 치며 말했다.
"그건 쓸데없는 질문이야. 이중첩자를 할 가능성이 보인 사람이라면 누구든지 영원히 의심을 받을 수밖에 없지."
"그렇다면 그가 다시 한 번 트레비스와 결합해서 이중첩자로서의 능력을 발휘할 수도 있겠군요. 그들이 하나로 합친다면……."
"그렇게 되진 않을 거야. 트레비스가 아무리 멍청하고 순진하다 하더라도 곧장 자기의 목표를 향해 돌진해 나갈 거야. 그는 콤포의 배반을 이해할 수 없을 것이고 어떤 경우라 하더라도 두 번 다시 그를 신뢰하지는 않을 테니까."

코델이 말했다.

"죄송합니다만 시장 각하, 제가 당신의 생각을 따라갈 수 있도록 조금만 더 설명해 주십시오. 도대체 콤포를 어디까지 신뢰하시는 겁니까? 그가 트레비스를 뒤쫓아 가면서 정직하게 보고를 하리라고 생각하시는 것은 아니겠지요? 그가 자기 아내의 안전을 걱정해서 제멋대로 행동하지 못할 것으로 계산하고 계신 건가요? 과연 그가 아내 곁으로 돌아오고 싶어 할까요?"

"두 가지 요인이 다 작용하겠지. 하지만 나는 그 점에 전적으로 의존하지는 않아. 콤포의 우주선에는 초공간추적기가 부착될 거야. 트레비스는 자신이 감시당하고 있을지도 모른다는 생각 때문에 혈안이 되어서 그 장치를 찾겠지. 하지만 반대로 추적자 위치에 있는 콤포는 자신이 추적을 당하고 있다는 것에 대해서는 추호의 의심도 하지 않을 것이고, 자신의 우주선에 그 장치가 장착되었는지 찾지 않을 거란 말이야. 물론 그가 혹시나 하고 초공간추적기를 찾을 수도 있고, 그래서 발견할 수도 있겠지. 그때는 우리가 붙잡고 있는 그의 아내에게 의존할 수밖에······."

코델이 웃음을 터뜨렸다.

"언젠가 제가 각하께 진언했던 바를 생각해 보십시오. 도대체 그 추적의 목적은 무엇입니까?"

"이중 보호막이야. 만약 콤포가 트레비스를 따라잡는다면 자신이 그 일을 계속할 것이고, 우리에게는 트레비스가 그곳을 찾지 못했다는 정보를 주겠지."

"한 가지만 더 묻겠습니다. 어떤 우연한 경로를 통해 트레비스가 제2파운데이션을 발견한다면, 그래서 우리가 그자나 콤포를 통해 그 위치를 알게 된다면, 혹은 두 사람은 죽는다 치더라도 제2파운데이션의 존재를 믿어야만 할 이유가 생긴다면, 그때는 어쩌시겠습니까?"

"나는 제2파운데이션이 실제로 존재하기를 원해, 리오노. 어떤 경우든 간에 셀던 프로젝트는 오래지 않아 우리에게 별다른 도움을 주지 못하게 될 거야. 위대한 해리 셀던은 제국이 멸망하고 있던 시기에 자신의 계획을 수립했었지. 하지만 당시는 과학기술의 진보가 실질적으로 정지되었던 때였어. 셀던 역시 그 시대의 산물에 불과할 뿐이야. 심리역사학이라는 신화적인 과학이 아무리 탁월하다 하더라도 그것이 생겨난 뿌리를 벗어나 발전할 수는 없는 거지. 그의 법칙은 빠른 속도로 전개되는 과학기술의 진보를 더 이상 수용할 수 없게 된 거야. 그런데 파운데이션은 그것을 달성해 냈어. 그것도 우리 세대에……. 우리는 이전에는 감히 꿈도 꿀 수 없었던 질량탐지기라는 놀라운 장치를 만들어 냈고, 또한 우리에게는 생각만 가지고도 제어할 수 있는 컴퓨터도 있어. 셀던의 파운데이션은 더 이상 오랫동안 우리를 지배하지 못할 거야. 비록 지금은 그들이 우리를 지배하고 있지만 말이야. 나는 내가 권력을 유지할 수 있는 마지막 기간 동안에 터미너스가 새로운 길로 다시 출발할 수 있도록 만들고 싶어."

"하지만 만약 제2파운데이션이 실제로 존재하는 것이 아니라면?"

"그렇다면 우리는 즉시라도 우리가 원하는 방향으로 일을 시작할 수 있는 것이지."

5

트레비스는 간신히 잠이 들었다. 그러나 오래가지 못했다. 누군가 어깨를 재차 건드렸기 때문이다.

"무슨…… 무슨 일로?"

페롤랫은 미안해하는 어투로 말했다.

"미안하네, 트레비스 의원. 손님이 편히 쉬게 해야 하는데, 지금 시장님이 여기를 찾아왔네."

그는 순면으로 만든 파자마 차림으로 침대 한쪽에 서서 가볍게 몸을 떨었다. 트레비스는 지친 피로감 한가운데에서 서서히 감각을 찾았다. 그리고 기억을 떠올렸다.

시장은 페롤랫의 거실에서 평소처럼 침착한 모습을 하고 있었다. 코델이 옆에서 자신의 하얀 콧수염을 가볍게 만지작거렸다.

트레비스는 전대띠를 몸에 꼭 맞도록 고쳐 매면서, 브라노와 코델 두 사람이 그동안 잠시라도 떨어져 있었던 적이 있었는지에 대해 생각해 보았다.

트레비스는 비웃듯이 말했다.

"의회가 다시 복구되었나요? 한 사람이 빠진 자리가 다시 메워졌나 보죠?"

"물론 회생할 기미를 보이고 있지. 하지만 아직 당신에게 어떤 좋은 일이 일어날 분위기는 아니야. 당신을 강제로 떠나게 만들 수 있는 힘이 아직 내게는 있지. 가장 멀리 떨어진 우주공항으로 당신이 보내지는 것은 시간문제야."

"터미너스 공항이 아니고? 그렇다면 시장, 수천 명이 눈물을 흘리며 손을 흔들어 줄 전송식마저 제게서 빼앗아 가려는 것입니까? 그건 당연히 제게 주어져야 할 권리가 아닌가요?"

"당신은 10대 시절의 유치한 취미를 다시 되살려 낸 모양이군. 물론 그런 것은 아주 기쁜 일이지. 그런 식으로라도 달래지 않으면 괴로움을 참을 수 없을 테니까. 하지만 유감스럽게도 당신과 페롤랫 교수는 외진 우주공항에서 조용히 떠나게 될 거야."

"그리고 다시는 돌아오지 못하겠지요?"

"아마도 그렇겠지. 아니, 틀림없이 그럴 거야. 안됐지만······."

이 대목에서 그녀는 잠깐 웃음을 지었다.

"하지만 만약 당신이 그토록 위대하고 중요한 무언가를 발견한다면 나도 당신과 당신이 가져올 귀중한 정보를 기꺼이 환영할 거야, 물론 그렇게 되면 당신도 돌아올 수 있겠지. 그러면 당신은 진정한 영웅이 될 것이고."

트레비스는 무심하게 고개를 끄덕였다.

"그렇겠죠······."

"어쨌든 당신은 아주 안락한 여행을 즐길 수 있을 거야. 당신에게는 최근에 완성된 소형 순양함 '파스타'호가 배정되었지. 그 이름은 호버 말로의 순양함 이름에서 따온 거야. 물론 그 순양함을 제대로 몰려면 세 사람이 필요하지만 한 사람으로도 조종은 가능하지."

트레비스는 계속 비꼬는 듯한 태도를 보이다가 갑자기 정색을 하며 이렇게 물었다.

"무장이 갖춰져 있나요?"

"아니, 무장은 전혀 하지 않았어. 하지만 다른 모든 것들을 완벽하게 갖추고 있으니 염려하지 말게. 어디에 가든 당신은 파운데이션의 시민이며, 당신이 의존할 수 있는 영사들은 어디든지 있으니까. 그러니 무기는 필요 없지. 더군다나 필요할 땐 얼마든지 돈을 인출할 수 있어. 자금은 무제한 쓸 수 있도록 내가 책임지지."

"아주 인심이 후하시군요!"

"물론이야. 의원, 하지만 내 말을 잘 들어. 당신은 페롤랫 교수의 지구 탐색을 도와줄 임무를 띠고 간다는 사실을 명심해! 당신이 무슨 생각을 갖고 있든 당신이 마음속으로는 무엇을 찾고 있든 간에 당신이 탐색해야 할 대상은 바로 '지구'야. 당신이 만나게 될 모든 사람들이 그렇게 알고 있어야 한다는 말이야. 그리고 또 한 가지, 파스타호가 아무런 무장을 갖추고 있지 않다는 사실을 항상 기억하도록 해."

"저는 지구를 탐색하는 중이지요. 그 사실은 아주 확실하게 알고 있습니다."

"그러면 이제 떠나도록 하게."

"그런데 한 가지 물어봐도 될까요? 지금 우리가 토론한 것 이외에 다른 문제가 있는 것은 아닙니까? 저도 이전에 우주선을 조종한 경험이 있기는 하지만 최신 모델인 소형 순양함에 대해서는 아무런 경험이 없어요. 만약 제가 그 우주선을 조종하지 못한다면 어떻게 합니까?"

"그 우주선이 완전히 자동화되어 있다고 내가 이미 말하지 않았던가? 그리고 당신은 최신 모델인 우주선의 컴퓨터에 대해 아무것도 알 필요가 없어. 당신이 알아야 할 것이 있으면 컴퓨터 자체가 무엇이든 이야기 해 줄 테니까. 그밖에 또 필요한 것이 있나?"

트레비스는 침울한 표정으로 자신을 내려다보았다.

"옷을 갈아입어야 할 텐데……."

"우주선에 승선하면 모든 것이 준비되어 있을 거야. 당신이 좋아하는 가지각색의 전대띠까지, 필요한 것은 무엇이든 준비되어 있어. 물론 페롤랫 교수가 필요한 물품도 무엇이든 다 있지. 합리적인 판단에 의해 필요 없다고 여겨지는 것은 싣지 않았지만 말이야. 여자 동행자 같은 것은 없다는 뜻이지."

"그리 나쁘지는 않군요. 지금 당장은 함께 동행할 마땅한 여자도 생각나지 않으니까. 하지만 은하계에는 많은 사람이 살고 있고 일단 이곳을 벗어나기만 하면 제 마음대로 즐길 수 있을 테니까 그건 별 문제는 안 된다고 생각해요."

"지금 여자 이야기를 하고 있는 건가? 그런 건 당신 마음대로 해."

시장은 무겁게 몸을 일으켰다.

"당신들을 우주공항까지 데려다 줄 생각은 없어. 하지만 그곳에는 내 부하들이 배치되어 있어서 당신이 지시된 이외의 행동을 하는 것을 절대로 허용하지 않을 거야. 만약 당신이 도망치려 든다면 그들은 틀림없이 당신을 죽일 테지. 그곳엔 내가 없으니 그들의 행동을 제지할 사람은 아무도 없는 셈이니까."

"저는 제게 부여된 공식적인 임무 이외에는 아무것도 하지 않을 겁니다, 시장 각하. 단 한 가지만 제외한다면……."

"그게 뭐지?"

트레비스는 재빨리 마음을 가다듬은 다음, 자신이 자발적으로 일에 임하는 것 같은 태도를 지으며 이렇게 말했다.

"시장 각하! 언젠가는 당신이 제게 간청할 날이 오고야 말 겁니다. 하지만 그때 당신의 요구를 들어 줄지 여부는 제 마음에 달려 있습니다. 지난 이틀 동안의 기억을 영원히 잊지 못할 겁니다!"

그러자 브라노 시장은 코웃음을 쳤다.

"그 따위 멜로드라마는 집어치워! 물론 그런 날이 올지도 모르지. 아니 반드시 오겠지. 하지만 지금은 아무런 간청도 할 생각이 없어!"

제4부
우주

1

 그 우주선은 트레비스가 예상했던 것보다 훨씬 훌륭했다. 새로운 순양함이 처음 선보였을 당시 그의 기억에 남아 있던 감동적인 모습보다 훨씬 더 훌륭한 것이었다.

 놀라운 것은 그 크기가 아니었다. 크기로 말하자면 이전 것보다 훨씬 더 작았다. 그것은 더 빠른 속도와 기동성을 갖고 있었고, 중력 엔진을 채택하고 있었다. 하지만 무엇보다 가장 중요한 것은 컴퓨터화의 정도가 놀랍게 진전되었다는 점이었다. 따라서 크기가 클 필요도 없었다. 덩치만 큰 우주선이란 오히려 그들의 목적을 좌절시킬 뿐이었다.

 그 순양함은 구식 우주선에서 수십 명 이상의 사람들이 하던 역할을 적은 사람으로도 충분히 할 수 있도록 제 역할을 했다. 한 사람 내지 두 사람의 교체 요원이 확보된다면, 이러한 우주선 한 척만으로도 대형 우주선들로 이루어진 비(非) 파운데이션측 소함대까지도 패퇴시킬 정도의 능력을 갖고 있었다. 게다가 이 우주선은 현존하는 어떤 우주선보다도 빠른 속도를 낼 수 있었고 다른 우주선의 추격을 피해 몸을 숨기기에도 알맞았다.

우주선의 외양 또한 매우 세련된 모습을 하고 있었다. 불필요한 선들은 모두 제거되었고 우주선 안팎의 지나친 곡선들도 모두 삭제되었다. 그러나 모든 공간은 철저하게 극대화되었기 때문에 우주선 안에 들어가면 불가사의할 정도로 내부 공간이 넓다는 기분이 들었다. 비록 시장이 그의 임무에 대해 아무런 말도 하지 않았지만, 그에게 주어진 우주선은 트레비스에게 백 마디의 말보다도 더 분명하게 그것을 대변해 주고 있었다.

청동 브라노는 책략을 부려 그를 가장 중요한, 그러나 가장 위험한 임무로 교묘하게 끌어들인 것이다. 그는 분한 마음을 삭이지 못하며 이렇게 중얼거렸다.

'내가 자진해서 내 능력을 과시하도록 그녀가 일을 꾸미지 않았다면 나는 그 결정을 받아들이지 않았을지도 몰라.'

한편 페롤랫은 그토록 원하던 일이 성사되었다는 기쁨에 들떠 있었다. 그는 우주선에 승선해서 선실 내부로 들어가기 전에 손가락으로 우주선의 동체를 가리키며 이렇게 말했다.

"내가 지금까지 우주선 근처에도 가 본 적이 없다면 내 말을 믿을 수 있겠나?"

"교수님이 그렇게 말씀하신다면 당연히 믿지요. 하지만 어떻게 그럴 수 있지요?"

"그건 나도 잘 모르겠네. 여보게, 솔직히 말하자면……, 내 말뜻은……, 트레비스, 그러니까 나는 지나치게 내 연구에만 몰두해 왔던 것 같아. 누구든지 자기 집에 있는 컴퓨터로 은하계 어느 곳에 위치한 컴퓨터와도 연결할 수 있다면 한 발짝도 움직이지 않을 수 있단 말일세. 내 말뜻을 알아듣겠나? 어쨌든 나는 우주선이 이것보다는 훨씬 더 크다고 생각해 왔네."

"이것은 작은 편이에요. 하지만 겉보기와는 달라서 이 정도 크기의 다른 우주선과는 비교할 수 없을 정도로 내부 공간이 넓어요."

"어떻게 그것이 가능하지? 혹시 내가 우주선에 대해 문외한이라고 놀리는 건 아닌가?"

"천만에요. 그런 게 아닙니다. 진담이에요. 이 우주선은 완전히 중력화된 최초의 우주선입니다."

"그게 무슨 말이지? 하지만 폭넓은 물리학적 지식이 필요한 문제라면 굳이 설명할 필요는 없네. 자네 말을 그대로 받아들일 테니까. 어제 무려 아홉 시간 동안 나누었던 인류라는 단일 종족과 근원이 되는 유일한 세계에 대한 이야기를 자네가 모두 받아들였듯이 말일세."

"한번 생각해 보세요. 교수님. 수천 년에 걸친 우주 비행의 역사 속에서 우리는 화학 엔진, 이온 엔진, 초원자력 엔진 등을 개발해 왔지요. 구 제국의 우주군은 길이가 무려 500미터나 되는 거대한 우주선들을 가지고 있었고, 그 우주선에는 작은 아파트 한 채에 족히 들어갈 만한 인원을 탑승시키고 있었지요. 다행스럽게도 파운데이션은 물리적인 자원이 부족했기 때문에 설립된 후 몇 세기 동안 소형화를 위해 많은 노력을 기울여 왔어요. 따라서 이 우주선은 그러한 기술의 정점인 셈입니다. 이 우주선은 반중력(反重力) 장치를 사용하기 때문에 실질적으로 거의 공간을 필요로 하지 않으며, 그 장치는 이 작게 보이는 선체 내에도 충분히 들어갈 수 있어요. 만약 그런 장치가 발명되지 않는다면 우리는 여전히 초원자력 엔진을……"

그가 여기까지 말했을 때 한 보안 요원이 그들에게 말했다.

"이제 승선하실 시간입니다!"

아직 해가 뜨려면 30분이나 남아 있었지만 서서히 하늘이 밝아 오고 있었다.

그는 보안 요원을 쳐다보며 말했다.

"내 가방은 우주선에 실어 놓았나?"

"예, 의원님. 들어가 보시면 아시겠지만 우주선에는 모든 것이 완비되어 있습니다."

"하지만 옷에 관한 내 사이즈나 취향에 맞지는 않을 것 같네."

그러자 보안 요원은 예상치 못한 그의 농담에 싱긋 미소를 지었다. 그 미소는 소년의 미소처럼 해맑았다.

"그것은 어쩔 수 없었지요. 시장님이 무려 30~40시간 동안 계속 연장 근무까지 불사하시면서 작업을 독려했기 때문에 우리는 의원님이 가까이 했던 물건들을 거의 빠짐없이 구비해 놓았습니다. 돈에는 아무런 구애를 받지 않았지요. 그리고 제 말 좀 들어 보세요."

그는 잠시 말을 멈추고 쳐다보면서 그의 갑작스러운 친근함에 대해 아무도 신경 쓰는 사람이 없는지 확인한 다음 말을 이었다.

"두 분은 정말 행운아예요. 이 우주선이야말로 세상에서 가장 훌륭한 배거든요. 이렇게 완벽한 설비까지 갖추었으니······, 물론 무장만 뺀다면 말입니다. 두 분은 그야말로 크림 속에서 헤엄치는 격이지요."

"상한 크림이겠지······. 여하튼 좋아. 교수님, 준비됐습니까?"

"난 이걸 가지고 갈 걸세."

페롤랫은 이렇게 말하면서 한쪽 면이 약 20센티미터 정도 되는 크기의 정방형 디스켓을 들어 보았다. 그것은 은색 플라스틱 외피로 덮여 있었다. 문득 트레비스는 페롤랫이 그것을 자기 집에 있을 때부터 줄곧 가지고 있었다는 사실을 깨달았다. 그는 그것을 양손에서 번갈아 옮기면서, 그들이 급하게 아침 식사를 할 때조차도 손에서 내려놓지 않았다.

"도대체 그게 뭡니까? 교수님."

"말하자면 내 개인 도서관인 셈이지. 여기에는 모든 주제와 그 출전(出典)이 색인으로 정리되어 있어. 나는 그 모든 것들을 단 한 장의 디스켓에 모두 집어넣었지. 자네가 이 우주선이 근사하다고 생각한다면 이 디스켓에 대해서는 어떻게 생각하나? 한 장의 디스켓이 하나의 도서관인 셈인데……, 여기에는 그동안 내가 수집한 모든 자료가 들어 있다네. 정말 근사하지! 근사하고말고!"

"그렇군요. 정말이지 우리는 크림 속에서 목욕하는 셈이군요."

트레비스가 맞장구쳤다.

2

트레비스는 우주선의 내부를 보고 입을 다물지 못했다. 공간을 극대화시켜 활용한 설계는 그야말로 정교함의 극치를 이루고 있었다. 내부에는 식량, 의복, 영화 필름, 그리고 게임 기구 등이 들어차 있는 창고가 있었다. 체육관, 휴게실이 각각 하나씩, 그리고 거의 똑같은 침실이 두 개 마련되어 있었다.

"이곳이 교수님의 침실인 모양입니다. FX 판독기까지 갖춰져 있는 것을 보니 틀림없어요."

트레비스가 말했다.

"훌륭하군. 지금까지 우주 비행을 꺼려 왔다니 나도 참 바보였어! 이

보게 트레비스, 이 정도면 완벽할 정도로 만족스러운 생활을 할 수 있 겠어."

페롤랫은 만족스러운 표정으로 말했다.

"생각보다는 공간이 넓은 편이군요."

트레비스도 기분이 좋은 듯했다.

"그런데 자네 말대로 정말 엔진이 선체 내에 있나?"

"엔진이라 해 봐야 고작 제어장치 정도인 걸요. 우리는 연료를 저장하거나 지금 당장 연료를 사용할 필요가 없어요. 우리는 우주에 저장되어 있는 근원적인 에너지를 사용하고 있거든요. 그러니 실제로 연료든 엔진이든 모두 바깥에 있는 셈이지요."

교수는 애매한 몸짓을 했다.

"그러다가 고장이라도 나면 어떻게 하지?"

교수의 말을 듣고 트레비스는 어깨를 으쓱했다.

"우주항법에 대해 훈련을 받기는 했지만 이런 종류의 우주선은 처음이에요. 중력 엔진에 이상이라도 생긴다면 내가 취할 수 있는 조치는 전혀 없는 셈이지요."

"하지만 이 우주선을 움직일 수는 있겠지? 조종할 줄은 아나?"

"글쎄요. 할 수 있을지 잘 모르겠군요."

페롤랫이 다시 트레비스의 말을 받았다.

"이 우주선이 자동 운행 우주선이라고 생각하는 것 같군. 그렇다면 우리는 그저 승객에 불과한 건가, 그저 가만히 앉아 있기만 하면 되는?"

"한 성계(星界) 내의 행성과 우주정거장 사이를 마치 유원지에 있는 관람차 같은 것으로 연결시켜 놓고 있다는 이야기는 들었지만 아직 자동화된 초공간 여행이라는 말은 들어 본 적이 없는데요. 아직 그런 수

준까지는 미치지 못했을 겁니다. 그 정도까지는 아닐걸요."

그는 다시 한 번 신중하게 주위를 둘러보았다. 그러자 다시 일말의 불안감이 엄습했다. 그 인정머리 없는 시장 노파가 그의 머리꼭대기에 앉아서 모든 책략을 꾸민 모양인데, 그렇다면 혹시 자동 성간 여행을 계획해 놓고 트레비스 자신의 의지와는 전혀 무관하게 우주선을 트랜터에 묶어 두려는 것은 아닐까? 이 우주선에 더 이상 다른 기구가 눈에 띄지 않는 것이야말로 그 증거일 것이다.

하지만 그는 아무렇지도 않는 듯 쾌활한 목소리로 말했다.

"교수님, 자리에 앉으세요. 시장은 이 배가 완전히 컴퓨터화되어 있다고 제게 말했습니다. 교수님 방에 FX 판독기가 있다면 제 방에는 분명히 컴퓨터가 있을 겁니다. 마음을 편안하게 가지세요. 잠깐 제 방을 둘러보고 올 테니까요."

페롤랫은 매우 걱정스러운 목소리로 말했다.

"이보게, 트레비스. 설마 자네 이 우주선을 떠나 버리진 않겠지. 그렇지?"

"절대 그럴 생각은 없습니다, 교수님, 만약 제가 그런 시도를 한다면 그땐 이미 제 목숨이 끊어진 거라고 생각하셔도 됩니다. 시장은 제가 이 배에서 떠나는 걸 원하지 않으니까요. 지금은 단지 파스타호의 조종 방법을 알아보려는 것뿐입니다. 결코 교수님을 버리고 가지는 않을 겁니다."

그는 빙그레 미소를 지어 보였다.

그는 자신의 침실이라고 생각되는 곳으로 들어갈 때까지도 계속 미소를 띠고 있었다. 하지만 부드럽게 방문을 닫고 돌아서자마자 그의 얼굴은 딱딱하게 굳어졌다. 분명히 이 우주선에는 다른 우주선이나 이웃 행성과 교신을 할 수 있는 일종의 통신장치가 있을 것이다. 우주선이 주위 환경으로부터 완전히 차단된다는 것은 상상할 수 없는 일이 아닌가? 따라서 어딘가에 분명(혹 벽 속에라도) 통신장치가 있을 것이다. 그러면 그것을 사용하여 시장의 사무실과 통화를 해서 우주선의 조종 방법에 대해 물어볼 수 있으리라.

그는 세심하게 벽과 침대의 머리판, 그리고 우아하고 말쑥한 가구들을 세심히 조사했다. 만약 그곳에서 아무것도 발견하지 못한다면 우주선의 다른 방들도 철저히 조사할 계획이다.

그가 막 돌아서려고 할 때 밝은 갈색의 매끄러운 책상 표면에서 무언가 반짝였다. 그것은 둥그스름한 원모양의 빛이었는데 그 속에는 '컴퓨터 취급 설명서'라는 깔끔한 글씨가 들어 있었다.

아!

그의 심장은 쿵쾅거리며 뛰었다. 컴퓨터, 컴퓨터가 있었던 것이다! 게다가 익숙해지려면 오랜 시간이 걸릴 프로그램들도 있을 것이다. 트레비스는 지금까지 한 번도 자신의 실력을 과소평가하는 실수를 저지른 적은 없었다. 그렇다고 그가 컴퓨터의 대가는 아니었다. 사람들 중에는 컴퓨터를 다루는 데 뛰어난 재주를 가진 사람들이 있는 반면 그렇지 못한 사람들도 있었다. 트레비스는 자신이 그중 어떤 부류에 속하는지를 잘 알고 있었다.

파운데이션 우주군에 복무하던 시절 그는 중위 계급을 달고 있었고, 때로는 일직 사관을 맡기도 했기 때문에 우주선의 컴퓨터를 사용할 기회가 종종 있었다. 물론 그가 단독으로 책임을 맡은 적은 없었기 때문에 일직 사관에게 요구되는 일상적인 조작법 이상에 대해서는 잘 알지 못했다.

그는 마치 심연으로 가라앉는 듯한 기분을 느끼면서 출력용지에 기록된 전체 프로그램의 엄청난 분량을 기억해 냈다. 또한 그는 당시 우주선 컴퓨터의 콘솔 앞에 있던 크라스네트 중사의 행동도 떠올렸다. 그는 마치 그 컴퓨터가 은하계에서 가장 복잡한 악기인 것처럼 연주했으며, 그러면서도 마치 그 단순성 때문에 지루하다는 듯 아주 태연자약하게 컴퓨터를 다루었다. 물론 그는 때로는 곤혹스러운 문제에 부딪혀 투덜거리면서 그 두터운 매뉴얼을 가끔 들여다보기는 했다.

트레비스는 주저하면서 빛으로 이루어져 있는 원 위에 손가락을 올려놓았다. 그러자 빛은 이내 책상 위를 가득 채울 만큼 넓게 퍼졌다. 책상 위에는 손의 위치를 지정하는 두 개의 윤곽이 나타나 있었다. 책상 표면은 부드럽지만 빠른 속도로 움직이면서 45도의 경사를 이루었다.

트레비스는 책상 앞에 앉았다. 아무 말도 필요치 않았다. 그가 어떻게 움직여야 하는지도 너무나 분명했다. 그 위치는 아무런 불편도 느낄 수 없는 편안한 자세를 취하기에 알맞았다.

그가 책상에 손을 대자 책상 표면은 마치 벨벳으로 된 것처럼 부드럽게 느껴졌다. 순간 그의 손은 책상 표면 아래로 가라앉았다.

그는 놀라운 감정에 휩싸인 채 자신의 손을 내려다보았다. 하지만 육안으로 볼 때 그의 손이 책상 표면 아래로 가라앉은 것은 아니었다. 손은 책상 위에 놓여 있었다. 그의 눈은 그 사실을 분명히 확인하고 있었다. 하지만 책상 표면이 사라지고 무엇인가가 부드럽고 따뜻하게 그의 손을 쥐고 있는 듯한 감각이 느껴졌다.

이게 다인가?

이제 뭐가 일어나는 거지?

그는 주위를 둘러본 다음 어떤 암시라도 기다리듯 눈을 감았다. 하지만 아무 소리도 들리지 않았다!

그러고 있으니 그의 머릿속에서 자신의 생각인 것 같기도 한 어떤 문장이 또렷한 형태로 다가왔다.

"눈을 감으세요. 긴장을 풀고 마음을 편안히 가지세요. 우리는 당신과 연결되어 있습니다."

손을 통해서?

무슨 이유인지는 모르지만 트레비스는 사람들이 만약 컴퓨터와 정신으로써 의사소통을 할 수 있게 된다면 머리에는 두건 모양의 모자를 쓰고 두개골과 눈에는 전극을 꽂아야 할 것이라고 생각해 왔다.

그런데 손이라니?

하지만 손을 통해 컴퓨터와 대화를 나눠선 안 될 이유도 없지 않은가? 트레비스는 마치 졸린 듯한 나른함 속에서 붕 떠다니는 듯한 느낌을 받았다. 그러나 정신적인 능력에는 전혀 이상이 없었다. 손이면 안 될 이유는 분명 없는 듯했다.

이제 눈은 감각 기관에 지나지 않았다. 두뇌 역시 두개골 속에서 명령을 전달하기만 하는 중추에 지나지 않았으며, 육체를 제어하는 역할에서 벗어났다. 이제 모든 것을 통제하는 기관은 손이었다. 우주를 감지하고 우주를 제어하는 바로 그 손이었다!

인간은 그들의 손을 통해 사고해 왔다. 인간의 호기심에 따라 반응하면서 사물을 느끼고 쥐고 뒤집어 보고 들어 올려도 보고 무게도 달아 보는 것은 바로 손이다. 물론 동물 중에서도 상당한 크기의 뇌를 가진 동물이 있다. 하지만 그들은 손을 갖고 있지 못하다는 점에서 인간과 가장 큰 차이를 보이는 것이다.

그가 컴퓨터와 손을 맞잡자 그들의 의식은 하나로 녹아들어 갔고, 그가 눈을 뜨고 있든 감고 있든 그런 건 아무런 문제가 되지 않았다. 눈을 뜬다고 그의 상상력이 향상되는 것도 아니었으며 눈을 감는다고 해서 그의 이야기가 흐려지는 것도 아니었다.

눈을 감든 뜨든 그는 완벽할 정도로 명료하게 그의 방을 볼 수 있었다. 그가 어느 쪽으로 고개를 돌리든 그에게는 방의 모든 곳이 한눈에 들어왔다. 그는 모든 방향, 모든 높이에서 동시에 방을 보고 있었다.

더군다나 그는 우주선의 모든 방들, 그리고 우주선 외부까지도 한눈에 볼 수 있었다. 우주선 밖에서는 해가 솟으면서 그 밝은 햇살이 어슴푸레하게 새벽 공기를 가르고 있었다. 해를 정면으로 쳐다봐도 전혀 눈이 부시지 않았다. 왜냐하면 컴퓨터가 자동적으로 빛의 파동을 여과해 주었기 때문이었다.

그는 부드러운 바람과 온도를 느낄 수 있었다. 그리고 그의 주위를 둘러싸고 있는 세계의 소리도 들었다. 그는 행성의 자장을 감지했고 우주선의 선체에서 작은 전하(電荷)를 느낄 수 있었다.

그는 우주선의 세부 구조에 대해서는 잘 알지 못했지만 우주선의 조종에 대해서 알게 되었다. 우주선을 어떻게 이륙시키고, 회전시키고, 가속시키고, 또한 우주선이 가지고 있는 다른 기능을 어떻게 사용하는지에 대해 배웠다. 그러한 과정은 그의 신체를 제어하는 과정과 유사하게 느껴졌다. 그는 단지 그의 의지만을 이용할 뿐이었다.

하지만 그 순간 그의 의지는 더 이상 독립적인 것이 아니었다. 컴퓨터 자체가 그의 의지를 압도하고 조종하고 있었다. 지금 이 순간에도 그의 머릿속에는 짜여진 문단이 들어 있었으며, 그로 인해서 그는 우주선이 언제 그리고 어떻게 이륙할 것인지에 대해 정확하게 알고 있었다. 그 문제에 관한 한 어떠한 융통성도 없었다. 그러나 우주선이 이륙한

다음에는 그 자신이 결정권을 가질 수 있으리라는 것은 분명히 알 수 있었다.

그는 컴퓨터에 의해 강화된 의식을 외부로 뻗어 상층 대기의 상태를 감지할 수 있었다. 그는 날씨의 패턴도 이해할 수 있었고 다른 우주선들이 하늘로 치솟거나 지상으로 착륙하는 것도 느낄 수 있었다. 우주선을 조종하기 위해서는 이러한 모든 것을 계산에 넣어야 했고, 컴퓨터는 분명 그 모든 것들을 계산에 포함시키고 있었다. 만약 컴퓨터가 그런 과정을 수행하지 않는 경우 트레비스는 곧바로 알아차릴 수 있었고, 그저 컴퓨터에게 그렇게 하라고 요구하기만 하면 되었다. 그러면 모든 일은 저절로 이루어졌다.

따라서 그렇게 두툼한 프로그래밍 책자 따위는 전혀 필요치 않았다. 트레비스는 크라스네트 중사의 투덜거리던 모습을 연상하고는 웃음을 지었다. 물론 그는 중력공학이 이 세상에 가져온 엄청난 혁명에 대해 많은 것을 읽었지만 컴퓨터와 정신의 융합은 여전히 베일에 싸인 영역이었다. 그동안 그것은 훨씬 더 거대한 혁명을 가져왔음이 분명하다.

그는 시간이 지나고 있음을 느꼈다. 그는 현재 시각이 터미너스 지방시각으로 몇 시이고 은하 표준시각으로는 몇 시인지를 정확하게 알고 있었다.

이제 어떻게 컴퓨터에서 벗어날 수 있을까?

이런 생각이 그의 마음을 스치자 즉시 손이 풀려났고 책상의 표면은 원래의 상태로 되돌아갔다. 이윽고 트레비스는 컴퓨터의 조력을 받지 않는 원래의 감각을 되찾았다.

잠시 동안 그는 마치 눈이 멀어 버린 듯한 느낌과 함께 아무 일도 할 수 없을 것 같은 무력감에 빠졌다. 그는 잠시 동안 초능력에 의해 보호

되었고 그로 인해 도움을 받을 수 있었지만, 이제 그로부터 버려진 듯한 기분이 들었다. 만약 그가 언제라도 다시 접촉을 시도할 수 있다는 사실을 알지 못했다면 너무 실망스러워서 눈물이라도 흘릴 것만 같은 처참한 기분이었을 것이다.

하지만 그는 단지 자신에게 주어진 한계에 적응하기 위해서, 재교육을 받기 위해서 노력하는 과정이었기 때문에 용기를 내어 벌떡 일어섰다. 그는 방을 나왔다.

페롤랫이 그를 쳐다보았다. 그도 이미 자신의 판독기 조작법을 알아낸 것이 분명했다. 그가 말했다.

"이 판독기는 대단히 훌륭해! 여기에는 아주 우수한 탐색 프로그램이 있어. 아! 자네도 제어장치를 발견했나?"

"예, 교수님, 모든 게 순조로웠어요."

"그렇다면 이제 이륙 준비를 위해서 뭔가 조치를 취해야겠지? 내 말은 자기방어를 해야 하지 않겠느냐 이 말일세. 안전띠를 매거나 아니면 다른 식으로 준비를 해야 하지 않겠나? 나는 어딘가에 설명서가 있지 않을까 둘러보았지만 아무것도 발견하지 못했네. 그래서 더 신경이 쓰인다네. 이륙에 대비해서 내 도서관을 잘 간수해야겠어. 어쨌든 내 작업에 들어가서……."

그때 트레비스가 손을 내두르며 교수의 말을 막았다. 홍수처럼 밀려드는 그의 말을 막기 위해서는 더 큰 소리를 지를 도리밖에 없었다.

"그럴 필요가 전혀 없어요, 교수님! 반중력이란 관성이 전혀 없다는 것을 의미하는 것이에요. 심지어는 속도가 변해도 가속되는 느낌을 전혀 받을 수 없을 정도지요. 왜냐하면 우주선 안의 모든 것들에서도 그런 변화가 동시에 일어나게 되어 있으니까요."

"그렇다면 우주선이 이륙해서 우주로 나간다 해도 우리는 아무것도 느끼지 못한다는 말인가?"

"바로 그렇습니다. 제가 말씀드린 대로 우리는 이미 이륙했으니까요. 이제 몇 분 후면 상층 대기를 통화할 것이고 30분 이내에 대기권 밖의 우주로 진출할 겁니다."

3

페롤랫은 조금 위축된 표정으로 트레비스를 바라보았다. 그의 장방형의 얼굴은 멍한 표정을 짓고 있어서 아무런 감정도 내비치지 않았지만, 무슨 이유에선가 상당히 심기가 불편하다는 것을 한눈에 알 수 있었다. 그는 눈알을 이리저리 굴리고 있었다.

트레비스는 자신이 대기권을 벗어나 처음으로 우주비행을 하던 기억을 떠올렸다. 그는 가능한 한 가장 솔직한 어투로 말했다.

"페롤랫 교수님(그가 이렇게 교수를 친밀하게 부른 것은 이번이 처음이었다. 하지만 이번 경우에는 경험자가 비경험자를 부르는 경우였고 이것은 연장자도 받아들일 수 있는 당연한 경우였다.), 우리는 지금 가장 안전한 상태예요. 우리는 파운데이션 우주군 전투함의 쇠로 만들어진 자궁 속에 들어 있는 셈이지요. 물론 우리에게는 아무런 무기도 없지만, 은하계 내에서 파운데이션 이름으로 보호를 받지 못할 곳은 한 군데도 없어요. 설사 어떤 우주선이 정신이 나가서 우리를 공격한다 하더라도 우리는 순식간에 그 우주선으로부터 벗어날 수 있어요. 그리고 확실히 말하지만 저는 이 우주선을 완벽하게 조종할 수 있습니다!"

"그렇다면 지금 우리가 우주공간 속으로 들어와 있단 말인가?"

"왜요? 그것이 무슨 문제겠어요? 터미너스 주변은 온통 우주공간으로 둘러싸여 있는데요. 터미너스의 표면에 있는 우리들과 바로 그 위의 허공 사이에는 아주 희박하고 얇은 공기층이 있을 뿐인걸요. 지금 우리는 그 보잘것없는 층을 통과한 것뿐이에요."

"보잘것없을지는 모르지만 우리는 그 공기로 숨 쉬고 있지 않나?"

"이곳에서도 숨을 쉬고 있잖아요? 우주선 내의 공기가 훨씬 더 깨끗하고 순수합니다. 게다가 터미너스의 자연 대기에 비한다면 항상 깨끗하고 순수하게 유지될 수 있으니 더 좋지 않아요?"

"그러면 운석은 어떻게 피하지?"

"어떤 운석 말입니까?"

"터미너스에서는 대기권이 우리를 운석으로부터 보호해 주지 않았나? 방사선으로부터도 마찬가지이고……. 그 문제를 말하는 거야."

트레비스가 교수의 말을 받았다.

"제 생각엔 인류가 우주 여행을 시작한 것은 2만 년이 넘은 것 같은데요?"

"정확하게 2만 2000년이지. 우리가 할브로키안 연표에 준거해서 계산하면 아주 간단하지. 계산 방법은……."

"됐어요, 그만하죠. 하여튼 교수님은 그동안 운석 사고나 방사능에 의한 사망에 대한 보도를 들어 본 적이 있어요? 최근의 경우, 그러니까 파운데이션의 우주선에 관한 사고에 관해서 말입니다."

"그런 문제에 대한 보도를 접하지는 못했네. 하지만 나는 역사학자야. 이보게, 자네……."

"역사적으로……, 물론 까마득한 과거에는 그런 사고가 있었지요. 하지만 그동안 과학기술은 놀라울 정도로 발전했어요. 우리가 운석을 피하기 위한 조치를 취하기 전에 우리 우주선에 손상을 입힐 만큼 큰 규모의 운석은 없어요. 가령 사면체의 각 정점에서 네 개의 운석이 동시에 우리를 향해 떨어질 확률은 우리가 10^{24}번씩이나 늙어 죽을 동안에 그런 일을 50번 정도 볼 수 있을까 말까 할 정도입니다."

"그것은 자네가 컴퓨터를 직접 조작할 경우에 해당되는 이야기 아닌가?"

"천만에요. 만약 내가 내 감각과 반사신경에만 의존해서 컴퓨터를 조작한다면, 무슨 일이 일어났는지도 모르는 사이에 운석은 이미 우리를 명중할 겁니다. 실제로 작업을 하고 있는 것은 저나 교수님보다 수백만 배 이상의 속도로 반응을 보일 수 있는 컴퓨터 그 자체입니다."

트레비스는 말을 멈추고 갑자기 두 손을 불쑥 내밀었다.

"페롤랫 교수님, 이리 와서 컴퓨터가 무엇을 할 수 있고 우주가 어떻게 생겼는지를 보세요."

페롤랫은 잠시 동안 눈이 휘둥그레져서 상대를 멀뚱히 쳐다보다가 짧게 웃었다.

"이보게 트레비스, 나는 그런 문제에 대해 전혀 알고 싶지 않네. 분명히 말해 두겠어."

"물론 그럴 테지요, 페롤랫 교수님. 그곳에서 무엇이 교수님을 기다리고 있는지에 대해 잘 모르실 테니까요. 하지만 생각을 바꾸어 보세요. 자, 이리 오세요. 내 방으로 갑시다!"

트레비스는 교수의 손을 잡고 반은 끌다시피 자신의 방으로 데리고 갔다. 그가 컴퓨터 앞에 앉자 트레비스는 말했다.

"지금까지 은하계를 보신 적이 있습니까, 페롤랫 교수님? 한 번이라도 보신 적이 있어요?"

페롤랫이 되물었다.

"하늘을 말하는 건가?"

"그렇지요. 하늘 말고 다른 은하계가 있나요?"

"그렇다면 당연히 봤지. 하늘은 누구나 보질 않나? 고개만 들면 하늘은 보이는데……."

"그러면 맑은 날 어두운 밤하늘을 바라보신 적은요? 수평선 너머로 다이아몬드들이 반짝이는 것 말입니다."

'다이아몬드'란 터미너스의 밤하늘에 온화한 빛을 뿌리며 빛나고 있는 밝고 가깝게 보이는 몇 안 되는 별들을 말하는 것이었다. 그것들은 수평선에서 20도를 넘지 않는 정도의 넓이로 퍼져 있는 작은 별들의 집단이었다. 밤하늘의 나머지 대부분은 수평선 아래에도 숨어 있었다. 그 별들의 집단을 제외하면 육안으로 거의 식별하기 어려울 정도로 가물가물한 별들이 흩어져 있을 뿐이었다. 은하계의 나선 중 외곽에서도 가장 변방에 위치한 터미너스 같은 세계에 거주하고 있는 사람들에게 그 모습은 단지 희미한 은하수 정도였다.

"아마 봤을 테지. 하지만 왜 하늘을 쳐다보라는 거지? 그것은 아주 평범한 광경이 아닌가?"

"물론 아주 평범한 광경이지요. 바로 그것이 아무도 그 모습을 제대로 보지 못하게 만드는 이유입니다. 언제든지 볼 수 있는데 왜 하늘을 바라보아야 하는가! 하지만 이제 교수님은 항상 먼지와 구름이 우리의 시야를 방해하고 있는 터미너스에서 하늘을 보는 것이 아닙니다. 지금부터 교수님은 터미너스에서라면 아무리 뚫어져라 하늘을 쳐다봐도 볼 수 없었고, 아무리 날씨가 맑아도 볼 수 없었던 모습들을 보시게 될 겁니다. 저는 지금 제가 한 번도 우주공간에 나와 본 적이 없었더라면 좋을 뻔했다는 생각을 하고 있어요. 그래서 저도 교수님처럼 은하계의 순수한 아름다움을 난생 처음 보는 것이라면 얼마나 좋을까 하고 말이죠."

트레비스는 페롤랫 쪽으로 의자를 밀어주었다.

"여기 앉으세요, 페롤랫 교수님. 얼마 걸리지 않을 테니까 잠깐만 기다리세요. 저는 지금부터 이 컴퓨터에 익숙해져야 하거든요. 이미 눈치 채셨겠지만 우리들의 눈앞에 나타나는 것은 모두 홀로그래피입니다. 따라서 어떤 종류의 스크린도 필요치 않아요. 그 홀로그래피는 제 두뇌와 직접 접촉됩니다. 하지만 그 홀로그래피를 객관적인 영상으로 만들어서 교수님께 보여 줄 수 있으리라 생각합니다. 불을 좀 꺼 주시겠습니까? 아니, 제가 어리석었군요. 제가 직접 컴퓨터에게 불을 끄도록 명령하지요. 그냥 자리에 앉아 계세요."

트레비스가 컴퓨터와 접촉을 시도하자 컴퓨터는 다시 그의 손을 따뜻하고 다정하게 잡아 주었다.

조명이 어두워지더니 마침내 완전히 꺼졌다. 완전한 어둠 속에 앉아 있게 되자 페롤랫은 몹시 불안해하는 것 같았다. 트레비스는 그를 안심시켰다.

"너무 불안해하지 마세요, 페롤랫 교수님. 컴퓨터를 제어하는 데 조금 실수를 했을 뿐이니까요. 하지만 곧 괜찮아질 거예요. 조금만 참고 기다리세요. 자! 이제 보입니까? 초승달 모양 말입니다."

그것은 어둠 속에서 그들 앞에 덩그러니 걸려 있었다. 처음에는 약간 흐릿하고 너울거렸지만 차츰 선명하고 밝아졌다.

"저것이 터미너스인가? 지금 우리가 터미너스로부터 그렇게 멀리 와 있단 말인가?"

"그래요. 이 우주선은 상당히 빠른 속도로 움직이니까요."

우주선은 터미너스의 어두운 부분을 향해 선회하고 있었다. 터미너스는 밝게 빛나는 초승달 모양을 하고 있었다. 트레비스는 터미너스의 밝은 쪽을 향해 우주선이 더 커다란 원을 그리게 만들까 하는 충동이 일었다. 페롤랫에게 터미너스의 아름다움을 보여 주고 싶었기 때문이다. 하지만 이내 그만두기로 마음을 바꾸었다.

페롤랫은 그 광경에서 새로움을 느낄 수는 있었지만 신선한 충격을 받지는 못했다. 그동안 너무나 많은 사진, 성도(星圖), 천체의(天體儀) 등을 보아 왔기 때문에 터미너스가 어떻게 생겼는지에 대해서는 아이들이라도 훤히 알 정도였다. 터미너스는 물의 행성이었다. 거의 모든 지역이 물로 뒤덮여 있었고 광물 자원은 희박했다. 따라서 농업은 발달했지만 중공업은 형편없는 수준이었다. 하지만 고도의 과학기술과 소형화라는 면에서는 은하계를 통틀어 가장 뛰어난 수준을 자랑하고 있었다.

만약 그가 컴퓨터에게 극초단파를 사용하도록 명령하고 그것을 다시 가시적인 모형으로 바꿔 준다면, 그들은 터미너스의 사람이 거주하고 있는 1만 개의 섬들을 하나하나 볼 수 있었을 것이고, 그중에서도 거의 대륙으로 보일 정도로 큰 섬에 위치한 터미너스 시(市)를…….

'방향을 바꿔라!'

이것은 한번 자신의 의지를 시험해 보기 위해 그가 내린 명령이었다. 그러자 일순간에 눈앞에 펼쳐지던 광경이 바뀌었다. 밝게 빛나던 초승달 모양의 터미너스는 시야의 끝으로 물러나고, 마침내 시야의 끝 부분으로 사라져 버렸다. 이제 별 하나 없는 어두운 우주공간이 그의 눈에 들어왔다.

페롤랫은 목소리를 가다듬은 다음 이렇게 말했다.

"이보게, 제발 터미너스로 다시 돌아갔으면 좋겠네. 내 눈이 멀어 버린 것 같아."

그의 목소리는 긴장감이 지나쳐 절박할 정도로 들렸다.

"교수님의 눈이 먼 게 아니에요. 이것을 보세요!"

다시 그의 시야에 반투명 상태의 얇은 안개막 같은 것이 들어왔다. 그것은 점차 넓게 퍼지고 밝아져서 나중에는 방 전체를 밝혔다.

'축소하라!'

그는 다시 한번 자신의 의지를 시험해 보았다. 그러자 은하계는 성큼 뒤로 물러섰다. 그것은 망원경을 통해 바라보는 풍경이 차츰 작아지는 듯한 느낌이었다. 은하계는 아주 작은 모양으로 줄어들면서 여러 가지 광도를 가진 하나의 발광체처럼 보였다.

'더 밝게!'

그러자 은하계는 크기는 변함이 없었지만 훨씬 더 밝아졌다. 터미너스가 속해 있는 성계는 은하면의 위쪽에 위치했기 때문에 은하계를 정확하게 옆에서 볼 수 없었다. 그것은 길이가 짧은 이중나선 모양이었는데, 곡선을 그리고 있는 암흑성운의 갈라진 틈으로 터미너스 쪽의 홍조를 띤 선명한 모서리 부분이 돌출하고 있었다. 그에 비하면 멀리 떨어져 있기 때문에 작게 축소되어 우윳빛 아지랑이처럼 보이는 은하계의 핵 부분은 그다지 대단치 않게 보였다.

페롤랫은 경이로운 모습에 들뜬 채로 이렇게 속삭였다.

"자네 말이 맞았네. 이런 광경은 한 번도 본 적이 없어. 이처럼 찬란한 모습일 거라고는 꿈에도 생각지 못했네!"

"어떻게 상상할 수 있었겠습니까? 터미너스의 대기가 교수님과 우주 사이를 가리고 있었기 때문에 교수님 눈에 들어오는 것은 지금 보이는 것의 채 절반도 안 됐을 텐데요. 터미너스의 지표면에서는 은하계의 핵도 볼 수 없지요."

"우리가 정면밖에 볼 수 없다는 것이 아쉽군."

"다른 곳도 볼 수 있어요. 컴퓨터는 우리에게 어떤 방향이든지 보여 줄 수 있습니다. 저는 그저 그러고 싶다는 의지만 표현하면 되지요. 일부러 소리를 낼 필요도 없답니다."

'좌표 이동!'

하지만 이번에 그가 표현한 의지는 정확한 명령이 아니었다. 그러나 은하계의 영상에는 느린 변화가 일어나기 시작했다. 비록 정확한 명령이 아니었지만 그의 정신이 컴퓨터를 이끌었기 때문에, 그가 원하는 것이 컴퓨터에 전달된 것이었다.

은하계는 아주 느린 속도로 회전하면서 은하면을 오른쪽 각도에서 보여 주었다. 그것은 마치 거대하게 빛나는 소용돌이 같았다. 그 중심에는 형체 없는 불길이 타오르고 그 주위에는 밝은 점들이 무수히 박힌 어둠의 곡선이 휘감고 있었다.

"그런데 컴퓨터는 어떻게 5만 파섹 이상이나 떨어진 곳에 있는 그것들을 관찰할 수 있지?"

그는 말을 중단하고는 감정을 억누르기 위해서인지 작은 목소리로 이렇게 속삭였다.

"내가 이런 어리석은 질문을 하는 것을 용서하게. 나는 이런 문제에 대해서는 워낙 아는 것이 없어서……."

그러자 트레비스가 곧바로 그의 말을 받았다.

"저 역시 교수님만큼이나 컴퓨터에 대해서는 거의 아는 것이 없습니다. 하지만 가장 간단한 컴퓨터라도 좌표를 수정해서 어느 위치에서라도 은하계를 보여 줄 수 있지요. 그것은 컴퓨터가 놓여 있던 원위치에서 감지한 자료를 토대로 하는 것입니다. 다시 말하자면 우주의 다른 위치에서 볼 수 있는 영상을 기초로 하는 것이지요. 따라서 컴퓨터가 그 정보를 이용해서 그것을 폭넓은 영상으로 변환시킬 경우, 대게는 여기저기에 비어 있는 공백이나 선명치 못한 부분이 있기 마련이지요. 그런데 이 영상들의 경우에는……."

"어떻다는 거지?"

"지금 보이는 영상들은 그야말로 완벽한 것 같아요. 제 생각에는 컴퓨터에 은하계 전체의 완전한 지도가 꽉 들어차 있어서 어떤 각도에서나 완벽한 모습을 보여 줄 수 있는 것 같습니다."

"완전한 지도라니 무슨 뜻이지?"

"은하계에 있는 모든 항성의 우주 좌표가 컴퓨터 기억장치에 들어 있는 게 틀림없다는 말이지요."

"모든 항성이라고?"

페롤랫은 압도당한 듯한 표정을 지었다.

"틀림없습니다. 물론 3000억 개나 되는 모든 숫자는 아니겠지요. 하지만 사람이 살고 있는 행성을 비추고 있는 모든 항성과 분광등급 K 이상 되는 모든 항성이 거기에 포함된 게 분명해요. 그 정도만 하더라도 최소한 750억 개 이상은 될 겁니다."

"사람이 살고 있는 성계의 모든 항성이라고?"

"단정적으로 그렇다고 말할 수는 없겠지요. 필경 전부 다는 아닐 겁니다. 해리 셀던 시대에는 사람이 거주하는 성계가 2500만 개 정도였습니다. 얼핏 들으면 많은 숫자인 것 같지만 전체 항성수의 약 1만

2000분의 1에 불과하지요. 그리고 셀던 사후 500년이 지나는 동안 제국의 전반적인 분열 과정으로 인해서 행성의 식민지화는 더 이상 억제할 수 없게 되었죠. 제 생각으로는 제국의 분열 과정이 식민지화를 더욱 부추겼던 것 같습니다. 은하계에는 사람이 살 수 있는 행성이 많기 때문에 식민지를 건설하기는 쉬운 편이었지요. 새로 식민지를 개척된 성계 중 일부가 파운데이션의 기록에서 누락될 가능성은 충분히 있지요."

"하지만 옛날에 개척된 곳들은 예외 없이 그 속에 들어 있겠지?"

"그럴 겁니다. 물론 장담할 수는 없겠지만, 오래전부터 사람들이 살아왔던 성계에 대한 기록이 누락된다는 것은 아주 드문 일일 겁니다. 이제 좀 더 다른 것을 보여 드리겠습니다. 물론 내가 그 정도까지 컴퓨터를 제어할 수 있어야겠지만."

트레비스는 컴퓨터와의 긴밀한 접촉을 위해 손에 힘을 주고는 컴퓨터 속으로 좀 더 깊이 들어갔다. 하지만 사실 그러한 노력은 필요가 없었다. 그는 단지 조용히 그리고 자연스럽게 '터미너스!'라는 생각만 하면 되었다.

그가 머릿속으로 터미너스를 생각하자 소용돌이의 한쪽 가장자리에 붉게 타오르는 다이아몬드가 나타났다.

"저것이 우리의 태양입니다. 터미너스의 항성이지요."

그는 열띤 어조로 말했다.

"아!"

페롤랫은 떨리는 목소리로 나지막하게 탄성을 질렀다.

은하계의 심장부에 깊숙이 위치한 일군의 항성들 속에서 밝은 황색 발광점이 나타났다. 그것은 은하계의 다른 쪽보다는 특히 터미너스 쪽의 가장자리에 가까웠다.

"그리고 저것이 트랜터의 태양입니다."

트레비스가 말했다.

페롤랫은 다시 한 번 한숨을 내쉰 다음 이렇게 말했다.

"틀림없나? 그들은 항상 트랜터가 은하계의 중심에 위치하고 있다고 말했는데……."

"어떤 의미에서는 그렇지요. 사람이 살 수 있는 행성 중에서는 가장 중심에 가까우니까요. 인구가 밀집되어 있는 성계 중에서 그보다 더 중심에 위치한 곳은 없지요. 하지만 실질적인 은하계의 중심은 블랙홀로 구성되어 있습니다. 그것은 100만 개의 항성을 모아 놓은 질량에 해당되기 때문에 그 중심의 환경은 극심한 상태입니다. 우리가 알고 있는 한 실질적인 중심부에는 아무런 생명체도 없고 실제로 어떤 생물도 살아갈 수 없어요. 트랜터는 나선팔의 가장 안쪽 보조 고리에 위치하고 있기 때문에, 그곳에서 밤하늘을 바라본다면 마치 그곳이 은하계의 중심에 위치하고 있는 듯한 기분을 느끼게 됩니다. 헤아릴 수 없는 많은 행성군에 둘러싸여 있으니까요. 제 말을 믿으세요."

"자네는 트랜터에 가 본 적이 있나, 트레비스?"

페롤랫은 부러움에 가득 찬 눈으로 이렇게 물었다.

"실제로는 가 보지 못했습니다. 하지만 그곳의 하늘을 홀로그래피로 본 적은 있지요."

트레비스는 착잡한 심정으로 은하계를 응시하고 있었다. 제2파운데이션을 찾기 위한 대탐사가 벌어졌던 뮬 시대에 얼마나 많은 사람들이 은하계 지도에 의존해서 우주를 탐험했으며, 얼마나 많은 책들이 저술되고 필름이 제작되었는가?

그것은 해리 셀던이 제2파운데이션을 '은하계의 다른 한쪽 끝'에 건설했다고 말했고 그 장소를 '성계의 끝'이라 불렀기 때문이었다.

은하계의 다른 한쪽 끝! 트레비스의 머릿속에 이런 생각이 펼쳐지자 홀로그래피 상에는 얇고 가느다란 파란 줄이 생겨났다. 그것은 터미너스에서 시작되어서 은하계의 중심인 블랙홀을 통과하여 다른 쪽 끝으로 향했다. 트레비스는 펄쩍 뛸 만큼 놀랐다. 그가 그러한 선을 그으라고 직접 명령을 내리지 않았음에도 불구하고, 그의 머릿속에 너무도 선명하게 그런 생각이 전개되자 컴퓨터가 그것을 인식하고 실행에 옮겼던 것이다!

물론 영상에 나타난 은하계의 다른 쪽 끝까지의 직선이 셸던이 이야기한 '다른 끝'을 가리키는 것은 아니었다. 모든 사람들이 인정하고 있는 '원에는 끝이 없다'는 공리를 적용해서 새로운 해석을 내린 사람은 바로 아르카디 다렐이었다(물론 그녀의 자서전을 믿는 사람에게 적용되는 이야기이지만.).

트레비스가 황급히 자기 생각을 지우려 했지만 컴퓨터는 그보다 훨씬 빨랐다. 푸른색 선이 사라진 대신 이번에는 은하계를 완벽한 모습으로 두른 푸른 원이 나타났다. 그 원은 붉은 점으로 빛나는 터미너스의 태양을 통과하는 형상을 하고 있었다.

원에는 끝이 없다. 그리고 만약 그 원이 터미너스에서 시작된다면, 그래서 다른 한쪽 끝을 찾고 있다면 그것은 분명 터미너스로 되돌아올 수밖에 없는 것이다. 그리고 실제로 그곳에서 제2파운데이션의 근거지가 발견되었다. 제2파운데이션은 제1파운데이션과 동일한 곳에 있었던 것이다. 하지만 실제로 제2파운데이션이 발견된 것은 아니었다. 세상 사람들이 떠들어 댔던 제2파운데이션의 발견은 한낱 신기루에 불과했다. 그렇다면 어떻게 된 것인가? 직선이나 원을 제외한다면 도대체 무엇이 연관성을 갖는 것인가?

그때 페롤랫이 물음을 던졌다.

"지금 자네는 환영을 그리고 있나? 이 푸른 원은 도대체 뭐지?"

"그저 컴퓨터의 능력을 시험하는 중입니다. 지구의 위치를 알고 싶으세요?"

잠시 동안 침묵이 흐른 다음 페롤랫이 입을 열었다.

"지금 한 말 농담이지?"

"천만에요. 충분히 가능한 일이에요."

그는 명령을 내렸다. 하지만 아무런 변화도 일어나지 않았다.

"죄송합니다."

트레비스가 말했다.

"그렇다면 지구는 어디에 있지? 없다는 건가?"

"아마도 명령을 잘못 내린 것 같습니다. 아니 명령을 잘못 내렸다기보다는 '지구'라는 것이 컴퓨터에 입력되어 있지 않은 것 같아요."

그러자 페롤랫이 말했다.

"필경 다른 이름으로 입력되어 있겠지."

트레비스는 그의 말에 당장 예민한 반응을 보였다.

"어떤 이름을 말씀하시는 겁니까? 페롤랫 교수님."

하지만 페롤랫은 아무 대꾸도 하지 않았다. 트레비스는 싱긋 미소를 지었다. 순간 자칫하면 일을 그르칠 수도 있겠다는 생각이 그의 머리를 스쳤기 때문이다. 조금만 더 기다리자! 기회가 무르익을 때를 노리자! 그는 조심스럽게 화제를 다른 것으로 바꾸었다.

"우리 시간을 한번 조작해 봅시다."

"시간을? 우리가 어떻게 그런 일을 할 수 있지?"

"은하계는 회전하고 있지요. 터미너스가 은하계의 거대한 원주를 한 바퀴 도는 데는 거의 5억 년이 걸립니다. 물론 은하계의 중심에 가까운 별들은 그보다 더 빨리 돌지요. 따라서 컴퓨터는 그러한 움직임을 수백만 번 거듭시켜서 회전에 의한 효과를 눈으로 볼 수 있도록 만들 수 있을 것입니다. 한번 해봅시다."

이제 그는 근육에 무리한 힘을 가하지 않으면서도 자기 의지를 행사할 수 있었다. 마치 자신이 은하계를 손에 움켜쥐고서, 그 회전을 가속시키고 방향을 바꾸고 회전을 억누르려는 엄청난 반작용을 시도하고 있는 듯한 느낌이었다.

드디어 은하계가 서서히 그리고 육중하게 움직이기 시작했다. 그것은 나선팔을 팽팽히 당기는 쪽으로 방향을 바꾸었다.

그들이 보고 있는 동안 시간이 놀라울 정도로 빨리 흘러갔고(물론 그 것은 가상의 시간이었다.) 항성들은 차차 감지할 수 없이 희미하게 사라져 버렸다.

그때 여기저기에서 비교적 큰 항성들이 붉게 타오르면서 빛을 더해가더니 적색 거성으로 변해 갔다. 은하계 중심 쪽에 몰려 있던 별무리 속에서 하나의 별이 희미하게 나타나 현란할 정도로 눈부신 빛을 말하면서 은하계 속으로 희미하게 빨려 들어갔고 그 후에는 완전히 사라져 버렸다. 그 시간은 수십 분의 1초에 불과한 짧은 순간이었다. 이어 다음 나선팔에서 또 다른 하나가 나왔고 거기에서 불과 얼마 떨어지지 않은 곳에서 또다시 하나가 출현했다.

"초신성이에요!"

트레비스가 조금 떨리는 목소리로 말했다.

컴퓨터는 어떤 항성들이 폭발을 일으킬 것이고 또한 그 시기가 언제인지를 정확하게 예측할 수 있을까? 혹시 그것은 정확도에 의한 것이 아니라 그저 일반적인 의미에서 별들의 미래를 보여 주기 위한 단순화된 모델에 지나지 않는 건 아닐까?"

"은하계가 마치 우주를 기어가는 생물체처럼 보이는군."

페롤랫은 쉰 목소리로 중얼거렸다.

"그렇군요. 그런데 몹시 피곤하군요. 신경을 덜 쓰면서 컴퓨터를 제어하는 방법을 배우지 않는 한 이런 종류의 게임을 오랫동안 하기는 어려울 것 같군요."

그가 손을 떼자 은하계는 서서히 회전을 멈추고는 그들이 처음에 은하계를 바라보던 위치로 다시 돌아갔다.

트레비스는 눈을 감고 숨을 깊게 들이쉬었다. 그는 자신들을 태운 우주선이 터미너스를 완전히 벗어나고 있다는 것을 느낄 수 있었다. 이윽고 그들 주위에서 느껴지던 마지막 대기가 사라지자 터미너스에 인접한 우주공간을 채우고 있는 모든 우주선들을 감지할 수 있었다.

하지만 트레비스에겐 그 우주선들 중 특별한 것이 있는지를 조사해 보려는 생각은 들지 않았다. 그것들 중에 과연 그의 우주선과 같은 반중력 추진 장치를 갖추고, 우연이라고 하기에는 지나칠 정도로 똑같은 궤도를 그리는 것이 있지 않았을까?

제5부
발언자

1

트랜터!

8000년 동안 트랜터는 끊임없이 확장되어 가는 거대한 행성계 연합체의 수도이자 강력한 정치적 실세였다. 이후 1만 2000년 동안 트랜터는 그 지위를 유지해 왔다. 그곳은 은하제국의 중심이자 심장부였으며, 그 자체가 은하제국의 화신이었다. 트랜터를 생각하지 않고 제국에 대해 생각한다는 것은 불가능한 일이었다.

트랜터는 제국이 쇠잔해지기 시작하고 훨씬 후에야 물질적으로 정점에 도달하게 되었다. 그리하여 제국이 쇠퇴한 이후에도 여전히 번쩍거리는 금속 문명으로 빛났다. 언뜻 보아서는 제국이 추진력을 잃고 미래에 대한 전망을 상실했다는 사실을 알아차릴 수 없을 정도였다.

트랜터 행성 전체가 띠 모양의 금속으로 둘러싼 도시가 되었을 때 그 절정에 달했다. 그곳의 인구는 법에 의해서 450억으로 한정되어 있었고, 행성 표면의 유일한 푸른 초목 지대에는 제국의 황궁과 은하 대학 그리고 도서관의 부속 건물들이 자리 잡고 있었다.

트랜터의 육지 표면은 금속으로 덮여 있었다. 사막 지대든 비옥한 토지든 간에 금속으로 덮인 모든 지역은 사람들의 거주 지역, 컴퓨터화된 정교한 행정 지역, 거대한 곡물 창고와 교환 구역 등으로 바뀌었다. 산악지대는 모두 밀려서 평지로 변했고, 반대로 협곡들은 메워졌다. 도시의 끝없는 통로들은 모두 대륙의 암반을 뚫고 만든 터널 속으로 이어졌고, 바다는 엄청난 규모의 지하 양식장 수조(水曹)로 변해 버렸다. 이곳은 이 행성이 식량이나 광석 등의 천연 자원을 얻을 수 있는 유일한 곳이 되었다. 물론 충분한 것은 아니었지만.

트랜터가 필요한 자원을 얻을 수 있는 외부 세계와의 연결통로는 수천 개에 달하는 우주공항과 수만 척의 우주전함, 수십만 척의 상업용 우주선, 그리고 100만에 달하는 우주화물선 등이었다.

지금까지 그토록 거대한 도시가 이처럼 빈틈없는 순환을 이루면서 운영된 적은 거의 없었다. 또한 은하계의 어떤 행성도 트랜터만큼 태양력을 충분히 활용하고 열의 낭비를 그 정도까지 극소화시킨 경우도 없었다. 화려한 외양으로 번쩍이는 방열기는 행성의 어두운 쪽에서 공기가 희박한 상층 대기 속으로 솟아 있었고, 그 반대쪽 끝은 햇빛을 받고 있는 지역의 금속 도시 속으로 들어가 있었다. 행성의 회전에 따라 방열기는 밤이 되면 떠올랐다가 아침이 되면 가라앉곤 했다. 따라서 트랜터는 인공적인 비대칭 모습을 하고 있었는데, 그것은 마치 트랜터의 상징처럼 되어 버렸다.

트랜터는 번영의 절정기에 이르자 제국 전체를 통치하게 되었다.

트랜터의 통치는 형편없었지만, 당시 그 누구도 트랜터만큼 제국을 더 잘 통치할 수 없었다. 제국은 아무리 위대한 황제라 할지라도 단일한 세계로 통치하기에는 너무도 광활했다. 더욱이 제국이 몰락해 가고 있던 시기에는 간교한 정치가들과 무능한 관료들에 의해 제국 황제의 왕관이 이리저리 굴러다녔고 관료 사회가 뇌물과 부패의 온상으로 변질되어 버린 마당에 트랜터가 어떻게 더 이상 제국을 통치할 수 있었겠는가?

하지만 그 같은 최악의 시기를 거치면서도 기계 문명의 발전은 계속 추진되었다. 결국 은하제국은 트랜터의 통치 없이는 제국 자체를 유지할 수 없었다.

그리하여 은하제국은 서서히 붕괴하고 있었지만 최소한 트랜터는 트랜터대로 남았다. 트랜터는 은하제국의 핵심으로서 천년왕국의 자부심과 전통, 그리고 힘을 유지했다. 그러나 이것은 지나친 자기도취에 불과할 뿐이었다.

전혀 생각지도 못한 일들이 벌어지면서 비로소 사람들은 무언가 잘못되고 있다는 것을 느끼기 시작했다. 변방 함대의 공격으로 수백만의 사람들이 살해되고 수십억의 사람들이 굶어 죽었으며, 영원한 것처럼 보였던 강고한 금속 지붕이 타격을 받아 찢어지고 여기저기에 구멍이 뚫리고 마침내 양철 조각처럼 녹아 버린 다음에야 사람들은 제국이 멸망했다는 것을 실감하기 시작했다. 한때 가장 위대한 세계에 살았던 생존자들이 파괴되고 남은 잔해 속에서 아무것도 할 수 없었던 한 세대 동안, 트랜터는 지금까지 인류가 살았던 가장 위대한 행성에서 상상할 수도 없을 정도의 폐허로 전락하게 되었다.

그것은 약 250년 전의 일이었다. 하지만 트랜터를 제외한 나머지 은하제국에서는 아직도 과거 트랜터의 영광을 기억하고 있었다. 트랜터는 모든 사람들에게 거대한 역사 소설의 사랑받는 유적지로서, 과거에 대한 사랑의 상징으로서 사람들의 기억 속에 계속 살아남아 '모든 우주선은 트랜터로 향한다.', '트랜터에서 사람 찾기', '트랜터와 견줄 만큼 훌륭하다' 등등의 속담들을 만들어 내기도 했다.

적어도 은하계의 다른 모든 곳에서는 그랬다.

하지만 정작 트랜터 자체는 전혀 그렇게 하지 못했다. 이곳에서 과거의 트랜터는 모두 잊히고 있었다. 표면을 덮고 있던 금속 지붕은 모두 사라져 버렸으며 이제 트랜터는 자급자족하는 농부들이 드문드문 거주하는 곳, 가뭄에 콩 나듯 무역선들이 찾아왔다가 특별나게 환영받지도 못하고 돌아가야 하는 곳으로 전락하고 말았다. 아직 공식적으로 사용되고 있기는 했지만, 이제 '트랜터'라는 말은 대중들의 입에서 점차 사라져가고 있었다. 오늘날까지도 트랜터인들은 트랜터를 '헤임(Hame)'이라고 부르고 있는데 이 말은 은하계 표준어로 사용되고 있는 '홈(Home)'의 방언이었다.

퀸도르 샌디스는 반쯤은 졸면서 이런 것들을 생각하고 있었다. 그는 잠에 취해 몽롱한 상태에서 자신의 생각이 제멋대로 뻗어 가도록 의식의 흐름을 방치해 두고 있었다.

그는 18년 동안이나 제2파운데이션의 제1발언자라는 지위를 차지하고 있었다. 그리고 만약 그의 정신이 활력을 유지하면서 정치 투쟁을 계속 치를 수 있기만 한다면 앞으로도 10년 내지 12년 정도는 더 그 지위를 유지할 수 있을 것이다.

그는 제1파운데이션의 시장에 해당하는 사람이었다. 하지만 그들은 여러 가지 점에서 많은 차이를 갖고 있었다. 터미너스의 시장은 전 은하계에 널리 알려진 인물이었고, 따라서 제1파운데이션은 모든 세계에서 그저 '파운데이션'으로 통했다. 하지만 제2파운데이션의 제1발언자는 불과 몇 사람의 동료들에게만 알려져 있을 뿐이었다.

제2파운데이션은 그와 그의 몇몇 전임자들이 통치해 왔고 그들이야말로 실질적인 권력을 쥐고 있는 사람들이었다. 제1파운데이션은 물리적인 힘, 고도의 과학기술, 전쟁 무기 등의 분야에서 매우 우월했다. 반면 제2파운데이션은 정신적인 능력, 심리학, 정신력에 의한 제어 등의 분야에서 우세를 유지했다. 따라서 이들 둘 사이에 일어나는 모든 분쟁에서 설사 제1파운데이션이 아무리 많은 무기와 우주선을 갖고 있다 하더라도 제2파운데이션이 우주선이나 무기를 조종하는 사람들의 마음을 제어한다면 어떻게 되겠는가? 하지만 제2파운데이션이 그렇게 신비로운 힘을 행사할 수 있다고 한들 그 비밀을 얼마나 오랫동안 유지할 수 있겠는가?

제25대 제1발언자인 그의 재임 기간은 이미 평균을 넘어서고 있었다. 이제 그로서는 젊은 후계자를 양성하는 데 신경을 써야 했다. 그중에 젠디발이라는 발언자가 있었다. 그는 '테이블 회의'에 가장 최근에 등장한 인물이자 가장 날카로운 능력의 소유자였다. 그들은 오늘 밤 만나기로 약속을 해 놓았고 그는 그 만남을 기대하고 있었다. 자신은 젠디발이 자기의 후계자가 될 것을 기대하고 있는 걸까?

그 물음에 대한 답변은 아직 자리를 내놓을 생각이 없다는 것이었다. 그는 제1발언자로서 자신의 지위를 지나치게 즐기고 있는 것 같았다.

그는 고령임에도 불구하고 여전히 자기 임무를 완벽할 정도로 훌륭하게 수행하고 있었다. 그의 머리칼은 이미 은색으로 물들어 있었지만, 항상 밝게 빛나고 있었고 더군다나 그가 항상 머리를 2센티미터 정도의 길이로 짧게 자르고 있었기 때문에 머리 색깔은 전혀 문제가 되지 않았다. 그의 눈은 푸른색이었고 의복은 담갈색 직물로 만든 트랜터의 농부 스타일이었다.

언제라도 제1발언자는 마치 헤임인들의 일원인 것처럼 그들 속으로 들어갈 수 있었다. 그렇다 하더라도 그의 숨겨진 힘은 여전할 것이다. 그는 언제든지 눈과 마음을 집중시킬 수 있었고, 그렇게 되면 헤임인들은 제1발언자의 의지에 따라 행동하게 되어 있었다. 그런 일을 겪고 난 뒤에도 사람들은 어떤 일이 일어났는지 전혀 기억하지 못한다.

그런 일은 실제로 발생하기도 했다. 물론 아주 드문 경우이기는 했지만······. 제2파운데이션의 황금률은 '절대로 필요한 경우가 아니면 아무 일도 하지 말라. 어쩔 수 없는 경우라도 다시 한 번 생각해 보라.'였다.

제1발언자는 슬며시 한숨을 쉬었다. 그곳은 은하제국 황궁의 웅장한 잔해가 늘어선 지점에서 그리 멀지 않은 대학 건물이었다. 그래서 제국의 화려한 영광에 의문을 품을 때가 많았다.

대약탈 시대에 제국은 한계 상황에 처할 정도로 약탈당했다. 당시에는 제2파운데이션을 설립하기 위한 셀던 프로젝트를 희생시키지 않고서 트랜터를 구할 방법은 없었다. 450억이라는 인구를 살리는 게 훨씬 인간적이겠지만, 제1제국의 심장부를 그대로 유지하지 않는 한 그만한 인구를 먹여 살릴 방법은 없었다. 하지만 직접 간섭해서 트랜터를 살린다 해도 그것은 최후의 심판을 얼마간 지연시키는 정도에 불과했다. 그러면 몇 세기 후에는 훨씬 거대한 파괴가 일어나고 제2제국이 생겨날 가능성은 그만큼 줄어들 수밖에 없었다.

어쨌든 선대의 제1발언자들은 그러한 약탈이 수십 년 동안 계속될 것이라는 것을 정확히 예측하고 그것을 피하기 위해 안간힘을 썼지만 아무런 해결책도 찾을 수 없었다. 결국 트랜터를 구할 수 있는 방법도, 그렇다고 제2파운데이션을 설립할 수 있는 방법도 찾을 수 없었다. 따라서 차선의 선택은 피할 수 없는 일이었고, 결국 트랜터는 파멸의 길을 걸을 수밖에 없었다.

당시 제2파운데이션은 가까스로 대학과 도서관 부속 건물 등이 파괴되지 않도록 구할 수 있었다. 하지만 그 일은 엄청난 결과를 불러오는 화근이 되었다. 그 건물들을 구한 것이, 마치 유성처럼 한순간 빛을 발하다 사라져 버린 뮬의 출현을 도운 일임을 드러내 놓고 증명한 사람은 없었지만, 두 사건 사이의 연관성은 언제나 존재했다. 그것이 얼마나 끔찍한 결과를 초래했던가!

하지만 결국 수십 년 동안의 약탈과 뮬의 시대가 지난 다음에야 제2파운데이션은 황금기를 맞았다.

그에 앞서 셀던이 죽은 지 250년이 지난 시점에서 제2파운데이션은 마치 두더지처럼 도서관 속으로 잠복해 들어갔다. 그것은 오직 제국의 손이 뻗치지 않는 곳에 머무르기 위해서였다. 그들은 점차 쇠잔해 가는 사회의 도서관 사서로 자원봉사를 한 셈이었다. 사람들은 점차 잊혀 가는 은하 도서관에 대해 아무런 주의를 기울이지 않았기 때문에 도서관은 마침내 폐쇄 상태에 이르게 되었다. 하지만 이러한 상태야말로 다른 사람들의 눈에 띄지 않는 곳을 찾으려는 제2파운데이션 사람들의 목적에는 더할 나위 없이 적합한 조건이었다.

하지만 그것은 매우 부끄러운 일이었다. 그들은 단지 셀던 프로젝트를 보전하는 데 급급했다. 하지만 은하계의 다른 쪽 끝에서는 제1파운데이션이 점점 강성해 가는 적들과 맞서 처절한 싸움을 벌이고 있었다. 제1파운데이션은 제2파운데이션으로부터 아무런 도움을 받지 못했을 뿐 아니라 제2파운데이션에 대해 정확한 사실조차 알지 못하는 상태였다.

제2파운데이션을 해방시킨 것은 바로 대약탈이었다. 제2파운데이션의 해방이야말로 대약탈의 진행을 허용했던 진정한 이유이기도 했다 (젊은 젠디발은 용기 있는 인물이었기 때문에 최근에는 그것이 주된 이유라고 밝혔다.).

대약탈 이후에 제국은 몰락했다. 그 후 트랜터의 생존자들은 초대받지 않고서는 결코 제2파운데이션의 영토를 침범할 수 없었다. 제2파운데이션 사람들은 약탈에서 유일하게 건진 대학과 도서관이 미래의 활발한 재건 속에서 살아남을 수 있도록 조치했다. 제국 황궁의 폐허 또한 그대로 보존되었다. 그러나 나머지 지역을 뒤덮고 있던 금속 지붕은 모두 사라져 버렸다. 그토록 거대하고 끝없이 이어지던 도시 간 통로들도 모두 메워지거나 뒤틀리고 파괴되어서 아예 기억 속에서 지워져 갔다. 모든 곳은 바위와 흙으로 덮이고 말았다. 단 하나, 고대의 광장을 금속으로 둘러 보호하고 있는 이곳만이 예외였다.

그곳은 마치 과거의 위대함을 간직하고 있는 거대한 기념물이거나 제국의 무덤처럼 보였다. 하지만 트랜터인들 즉 헤임인들에게는 이곳이 어떤 감동을 주기보다는 지금도 과거의 유령들이 횡행하고 있는 불길한 장소로 보였다. 오직 제2파운데이션 사람들만이 아직도 고대의 통로에 발을 들여놓고 번쩍이는 티타늄을 만질 뿐이었다.

더군다나 더욱 커다란 문제는 뮬 때문에 거의 모든 일이 수포로 돌아갈 뻔했다는 점이었다.

실제로 뮬은 트랜터에 온 적이 있었다. 만약 당시 그가 발붙이고 서 있던 세계의 특성을 올바로 파악했다면 어떻게 되었겠는가? 그가 지니고 있던 물리적 무기들은 제2파운데이션 사람들이 가지고 있던 무기와는 비교할 수도 없을 정도로 월등한 것이었으며, 그의 정신적 무기 또한 그들과 맞먹을 만큼 강력한 것이었다. 더군다나 제2파운데이션은 '절대로 필요한 일이 아니고는 하지 않는다.'는 자신들의 계율에 얽매여 있었고, 당면한 싸움에 대한 승리를 추구하는 것이 궁극적으로는 더 큰 손실을 예고하는 조짐이라 생각했기 때문에, 뮬에 맞서서 이기기는 더욱 힘들었을 것이다.

만약 베이타 다렐이 없었다면, 그녀의 재빠른 행동이 없었다면 어떻게 되었겠는가! 더욱 등골이 오싹한 일은 그녀의 활약이 제2파운데이션의 어떠한 도움도 받지 않았다는 점이었다!

여하튼 그 후에는 황금기가 찾아왔다. 당시의 제1발언자는 매우 적극적인 활약을 통해 뮬이 더 이상 정복전쟁을 계속할 수 없도록 저지했으며 마침내는 그의 마음을 제어할 수 있었다. 그리고 제1파운데이션으로 하여금 제2파운데이션의 특성과 위치에 대한 경계나 지나친 호기심을 모두 버리게 했다. 그런 다음 등장한 인물이 19대 제1발언자인 프림 팔버였다. 그는 가장 위대한 제1발언자였다. 그는 아무런 희생도 동반하지 않고 모든 위협 요인들을 제거했으며 셀던 프로젝트를 다시 구해 냈다.

그로부터 120년이 지난 지금 제2파운데이션은 한때 그러했듯이 다시 트랜터의 망령 속으로 몸을 숨기고 있었다. 이번에 그들은 제국뿐만 아니라 제1파운데이션으로부터도 몸을 피하고 있었다. 제1파운데이션은 이미 예전 은하제국 전체와 맞먹는 크기로 성장해 있었으며 과학기술이라는 면에서는 그 어느 곳도 따라올 수 없을 정도의 탁월한 수준을 유지하고 있었다.

제1발언자는 부드럽게 눈을 감고 긴장을 푼 채 환상적인 체험의 세계 속으로 미끄러져 들어갔다. 그것은 꿈도 아니고 의식적인 사고의 세계도 아닌 그 중간쯤에 위치한 어떤 영역이었다.

주위는 이런 공상을 펴기에 알맞을 정도로 어두컴컴했다. 모든 것이 훌륭하게 진행되었다. 트랜터는 여전히 은하계의 수도였고, 제2파운데이션이 이곳에 위치하고 있었기 때문에, 지금까지 어떤 황제가 통치하던 시절보다도 강성했으며 훌륭하게 통치되고 있었다.

또 제1파운데이션은 견제될 것이며 올바른 방향으로 이끌어질 것이다. 그들이 보유하고 있는 우주선과 병기들이 아무리 막강한 것이라 하더라도 그들의 핵심적인 지도자들이 정신적으로 제어되고 있는 한 그것들은 무용지물에 불과할 것이다.

그리고 결국은 제2제국이 탄생하게 될 것이다. 제2제국은 앞선 제국과는 달리 각기 독자적인 자치권을 갖는 연방제국의 모습을 갖추게 될 것이다. 따라서 통일된 중앙집권부가 갖고 있던 장점이나 약점 모두가 사라져 버릴 것이다. 새로운 제국은 훨씬 더 느슨하고 유연하게, 반대자들의 저항에 대해서도 훨씬 더 훌륭하게 대처할 수 있는 능력을 가질 것이며 항상 제2파운데이션의 숨겨진 사람들에 의해 지도될 것이다. 트랜터는 여전히 수도의 위치를 유지할 것이며 4만 명에 달하는 심리역사학자들로 인해 지금까지의 그 어느 때보다도 더 강력해질 것이다.

제1발언자는 반사적으로 환상에서 깨어났다. 이미 해가 저물고 있었다. 혹시 내가 입 밖으로 소리를 낸 것은 아닌가? 혹시 소리를 내서 무슨 이야기를 한 건 아닐까?

제2파운데이션이 많은 것을 알고 있으면서도 거의 아무것도 외부에 발설하지 않으려면, 이러한 많은 기밀을 알고 있는 지도적인 위치의 발언자들의 입이 무거워야 했다. 특히 제1발언자는 누구보다 많은 것을 알면서도 가장 적게 말해야 하는 것이다.

그는 쓴웃음을 지었다. 자신도 모르는 사이에 트랜터를 중심에 놓고 상상을 펼쳤던 것이다. 트랜터의 애국자가 되고자 하는 유혹은 거의 언제나 그들의 마음을 사로잡고 있었다. 그것은 트랜터인들이 헤게모니를 쥐도록 하는 것이 제2제국의 모든 목적인 양 바라보는 시각이었다. 셀던은 이미 그런 것에 대해 경고를 한 바 있었다. 그는 무려 500년 전에 이미 그런 일이 일어나리라는 것은 예언했던 것이다.

아직 젠디발을 만날 시간이 되진 않았지만 제1발언자는 그리 오랫동안 상상에 빠져 있지는 않았다.

제1발언자 샌디스는 그 만남을 기대하고 있었다. 젠디발은 셀던 프로젝트를 새로운 시각으로 바라볼 수 있을 만큼 젊었고 다른 사람들에게서는 찾아볼 수 없을 정도로 예리한 판단력을 가지고 있었다. 그 젊은이로부터 많은 것을 배울 수 있을 것이라는 샌디스의 기대는 그다지 무리한 것이 아니었다.

과거에 채 서른 살도 안 되는 젊은이 콜 벤조암이 프림 팔버에게 제1파운데이션을 다룰 수 있는 방법에 대해 이야기했을 때, 그 위대한 프림 팔버가 그로부터 얼마나 많은 것을 배우게 되었는지에 대해 자세히 알고 있는 사람은 아무도 없었다. 후일 벤조암은 셀던 이래 가장 훌륭한 이론가로 인정받게 되었지만 그는 그날의 알현에 대해 한 번도 이야기한 적이 없었다. 하지만 그는 결국 21대 제1발언자가 되었다. 사람들 중에는 팔버의 뛰어난 통치로 이룩한 위대한 업적 가운데, 팔버의 통치 시절 벤조암이 이룬 공적이 더 크다고 믿는 사람도 있었다.

샌디스는 젠디발이 무슨 말을 해 줄 것인가를 생각하면서 마음속으로 기쁨을 삭이고 있었다. 출중한 젊은이가 제1발언자를 독대할 경우,

항상 제일 첫마디에서 자신이 가지고 있는 생각을 총체적으로 망라하는 주제를 언급하는 것이 관례였다. 만약 자질구레한 일들에 대해 언급할 경우, 자칫하면 제1발언자가 그런 말을 하는 당사자를 하잘것없는 인물로 생각하게 만들어 결과적으로 자신들의 전체 경력을 망칠 우려도 있기 때문이었다.

네 시간 후 젠디발은 제1발언자 앞에 앉아 있었다. 그 젊은이는 전혀 긴장감을 보이지 않았다. 그는 조용히 제1발언자가 먼저 말을 꺼내기를 기다리고 있었다.

"자네가 알현을 신청했었지, 발언자. 어떤 중요한 문제 때문인가? 그 문제를 간단하게 요약해서 말해 줄 수 있겠나?"

샌디스가 말했다.

그러자 젠디발은 아주 조용한 목소리로 마치 조금 전에 한 식사에 대해 이야기하듯 잔잔한 투로 이렇게 말했다.

"제1발언자, 셀던 프로젝트는 아무런 가치도 없는 것입니다."

2

스토 젠디발은 자신이 중요한 인물이라는 것을 입증하는 데 다른 사람의 도움이 전혀 필요 없을 정도로 탁월한 인물이었다. 그는 자신이 비범하다는 것을 일찍부터 느끼고 있었다. 그는 겨우 열 살 때 그의 정신이 가진 잠재력을 알아본 제2파운데이션의 한 요원에 의해 발탁되었고 결국 제2파운데이션으로 들어오게 되었다.

그는 매우 뛰어난 성적을 보였으며, 마치 우주선이 중력장에 이끌리듯 심리역사학에 이끌려 들어갔다. 심리역사학은 그를 매료시켰고 결국 그는 심리역사학자가 되었다. 그가 셀던의 고전을 읽기 시작한 나이는 다른 아이들이 이제 겨우 미분 방정식을 풀 만한 때였다.

열다섯 살이 되자 그는 트랜터에 있는 은하 대학에(트랜터 대학은 이제 이렇게 공식적으로 명칭이 변경되었다.) 입학했다. 입학을 위한 면접에서 장래 희망이 무엇이냐는 질문을 받자 단호하게 답변했다.

"40세가 되기 전에 제1발언자가 되는 것입니다!"

그는 제1발언자의 자리를 차지할 수 있는 능력도 없으면서 헛된 꿈으로 스스로를 괴롭히는 사람은 아니었다. 어떤 방법을 취하든 그 자리를 차지한다는 것은 그에겐 확고한 기정사실이었다. 젊은 나이에 그 지위에 오른다는 것은 그다지 용이한 일이 아니었다. 저 위대한 프림 팔버마저도 42세가 되어서야 겨우 제1발언자가 되지 않았던가!

젠디발이 그 말을 서슴없이 내뱉자 면접관의 표정은 일순간 흔들렸다. 그러자 이 젊은이는 이미 심리언어의 감각을 체득하고 있었기 때문에 그의 동요를 즉각 알아차릴 수 있었다. 그는 분명히 자기 기록에 작은 표시가 생길 것이라는 것을 알아차렸다. 그 표시는 젠디발이 다루기 어려운 자라는 것을 나타내는 것이리라.

물론 그렇고말고!

젠디발은 자신이 남들과는 달리 다루기 어려운 사람이라는 것을 보여 주기로 작정했다.

이젠 그도 서른 살이 되었다. 두 달만 더 지나면 서른한 살이 될 것이고 이미 발언자 회의의 구성원이 되어 있었다. 그의 계산대로라면 제1발언자가 되기까지 고작 9년밖에 안 남은 셈이었다. 하지만 그는 자신이 반드시 꿈을 이루고야 말 것이라는 사실을 알고 있었다. 따라서 현 제1발언자와의 알현은 그의 이러한 계획 속에서 매우 중요한 의미를 지니는 일이었다. 그는 제1발언자에게 합당할 만큼 적절한 감동을 주기 위해 온갖 노력을 기울였다. 그는 자신의 심리언어를 갈고 닦기 위해서 한 방울의 정열도 남기지 않고 모두 다 소모했다.

제2파운데이션에서 두 발언자가 대화를 나누는 동안 사용하는 언어는 은하계의 여느 언어와는 다른 특이한 것이었다. 그것은 입으로 말하는 단어처럼 순간적으로 미묘한 제스처를 구사하는 언어였으며, 다른 변화와 함께 정신적인 변화의 패턴을 감지하는 언어였다.

외부인들은 그들의 대화를 극히 일부만 이해하거나 아니면 전혀 알아듣지 못했으리라. 하지만 아주 짧은 시간에 그들은 많은 생각을 교환할 수 있었고 그들이 나누는 대화는 문서의 형태로도 나타낼 수 없는 것이었다. 심지어는 같은 발언자조차도 그들 사이의 대화를 문서로 기록할 수 없었다.

따라서 발언자들의 언어는 빠른 전달 속도와 무한할 정도로 확장되는 미묘한 감정의 표시라는 면에서 이점이 있지만, 반면 발언자 자신의 본심을 숨길 수 없다는 약점이 있었다.

젠디발은 제1발언자에 대해 나름대로 평가하고 있었다. 그는 제1발언자가 이미 정신력 면에서 전성기를 지나고 있는 사람이라고 생각했다. 젠디발의 평가에 의하면 제1발언자는 그와의 만남에서 어떠한 위기 상황도 예상하지 않고 있을 뿐 아니라 그러한 상황에 대해 대비책도 준비되어 있지 않았다. 그는 급박한 상황이 벌어졌을 경우 거기에 대처할 만한 예리함이 결여되어 있었다. 선의와 호감으로 충만해 있는 샌디스와는 달리, 젠디발의 머리는 앞으로 벌어질 끔찍한 사태에 대한 구상으로 가득 차 있었다.

하지만 젠디발은 이러한 모든 생각을 철저히 감춰야만 했다. 단지 말을 조심하는 것만이 아니라 몸짓, 얼굴의 감정 표시, 심지어는 그의 사고 속에서조차 모든 생각을 철저히 지워 버려야만 했다. 하지만 그는 제1발언자가 자신의 이러한 생각을 한 자락이라도 눈치채지 못하게 만들 수 있는 방법이 무엇인지에 대해선 모르고 있었다.

더군다나 그는 제1발언자가 자신에 대해 품고 있는 감정이 느껴지는 것을 막을 수 없었다. 상냥함과 호감, 그것도 아주 두드러질 만큼 분명하고 진지한 형태로 전달되는 호의적인 감정 속에서 그는 은혜를 베푸는 듯한 호감과 흥미가 한데 어우러진, 감정의 굴곡을 분명히 느낄 수 있었다. 젠디발은 자신의 정신적 제어력을 최대한 발휘해서 자신의 마음속에 도사리고 있는 적의를 드러내지 않으려고 필사적인 노력을 기울였다. 설사 전혀 내비치지 않을 수는 없다 하더라도 최소한으로 줄이기 위해 안간힘을 쏟았다.

제1발언자는 미소를 지으며 의자에 등을 기댔다. 그는 발을 책상 위에 올려놓지는 않았지만, 마음만은 자기만족에 의한 편안함과 형식에 얽매이지 않은 우정이 어우러진 상태였다. 이러한 제1발언자의 태도 때문에 젠디발은 자신의 발언이 그에게 미친 영향을 파악하기 힘들었다.

제1발언자가 그에게 자리를 권하지 않았기 때문에 젠디발은 자신의 불안감을 최소화시킬 수 있는 행동이나 몸짓을 할 수 있는 여유도 제한당한 꼴이었다. 제1발언자가 이러한 것들을 이해하지 못할 리는 없었다.

드디어 샌디스가 입을 열었다.

"셀던 프로젝트가 아무 쓸모없는 것이라고? 아주 주목할 만한 발언이군! 최근 들어 제1발광체를 본 적이 있는가, 발언자 젠디발?"

"제1발언자. 저는 그것을 자주 연구하고 있습니다. 그것은 저의 임무이자 즐거움이기도 합니다."

"자네는 자네에게 할당된 부분만을 연구하는가? 여기에서는 방정식 시스템으로, 저기에서는 미세한 흐름 조정 방식으로? 물론 그런 식의 세부적인 관찰도 매우 중요한 일이지. 하지만 항상 나는 전체적인 과정을 총체적으로 관찰하는 일이 필요하다고 생각하고 있네. 제1발광체를 조각조각 연구하는 일도 물론 의미는 있겠지만, 그것을 하나의 전체적인 대륙인 것처럼 관찰하는 작업은 우리에게 영감을 불어넣지. 발언자, 사실 나 역시 오랜 시간 동안 그것을 총체적인 관점에서 연구하지는 못했네. 어떤가? 나와 함께 연구해 보지 않겠나?"

젠디발은 감히 오랫동안 대답을 미룰 수 없었다. 제1발언자에게는 항상 즉시 대답을 해야만 했다. 그리고 설사 그 일이 그다지 유쾌한 일이 아니라 하더라도 항상 확실하고 기꺼이 답변해야만 한다.

"대단한 영광이자 기쁨입니다, 제1발언자."

제1발언자는 그의 책상 한쪽에 달려 있는 레버를 아래로 내렸다. 발언자들의 사무실에는 모두 이러한 장치가 되어 있었고 젠디발의 사무실만 하더라도 제1발언자의 방에 비해 전혀 손색이 없을 정도였다. 제2파운데이션은 표면적으로 드러나는 부분에서는 철저하게 평등을 추구하는 사회였다. 하지만 그것은 그다지 중요한 문제가 아니었다. 실제로 제1발언자가 가지는 유일한 공식적인 특권은, '제1발언자'라는 명칭에서 나타나듯이 그가 항상 제일 먼저 발언한다는 것뿐이었다.

레버를 밑으로 내리자 방이 점차 어두워졌다. 하지만 거의 일순간에 그 어둠은 어둠침침한 진주 빛 조명으로 바뀌었다. 양쪽으로 뻗어 있는 기다란 벽은 어두운 크림색으로 바뀌었다가 좀 더 밝은 흰색으로 변했으며, 마침내 그 위에 말끔하게 프린트된 방정식들이 나타났다.

그것들은 너무 작은 글씨들이어서 쉽게 읽을 수 없을 정도였다.

"자네가 반대하지 않는다면 가능한 한 배율을 축소시켜서 우리가 한 눈에 많은 것을 볼 수 있도록 하겠네."

제1발언자는 이렇게 말했지만 그의 말 속에는 실제로 어떠한 반대도 허용하지 않겠다는 의미가 강하게 내포되어 있었다.

깨끗하게 인쇄된 방정식들은 아주 작은 깨끗한 활자체로 바뀌어 진주색 배경 위에서 마치 물결처럼 희미하게 출렁거렸다.

제1발언자는 의자의 팔걸이에 붙어 있는 작은 제어판의 키들을 눌렀다.

"지금 우리는 최초의 시기로, 그러니까 해리 셀던이 살아 있던 시기로 되돌리는 중일세. 그런 다음 거기에서부터 조금씩 앞으로 나아갈 거야. 우리는 한 번에 10년의 발전 과정을 살펴볼 수 있도록 사소한 일들까지 놓치지 않으면서, 역사의 흐름에 대해 매우 놀라운 느낌을 받게 되지. 자네도 이런 식으로 관찰해 본 경험이 있는가?"

"정확하게 이런 식으로 관찰해 본 적은 없습니다. 제1발언자."

"그럴 테지. 그건 정말 놀라운 느낌이야. 저기 시작되는 부분에 검은 그물코 무늬가 듬성듬성하게 생긴 것을 보게. 최초의 몇 십 년 동안은 선택의 기회가 전혀 없었다는 것을 알 수 있지. 하지만 시간이 지남에 따라 분기점들이 기하급수적으로 증가하지 않는가? 분기점에서 특정한 가지가 선택되는 순간 다른 가지들의 미래가 사멸되지 않는다고 가정한다면, 얼마 안 가 모든 것들이 통제 불능 상태가 될 걸세. 물론 미래에 대해 다룰 때, 우리는 우리가 어떤 소멸에 의존해야 할 것인가를 주의 깊게 살펴봐야 할 걸세."

"잘 알고 있습니다, 제1발언자."

젠디발의 대답 속에는 냉담한 분위기가 느껴졌다. 그는 이러한 느낌을 완전히 감추지는 못했던 것이다. 그러나 제1발언자는 거기에 대해 아무런 반응을 보이지 않았다.

"붉은색을 띠고 있는 기호의 곡선들을 잘 살펴보게. 그것들 안에는 일정한 패턴이 있지. 그것들은 다른 것들 속에서 가끔씩 모습을 드러내지. 마치 발언자들이 셀던이 세운 원래의 계획을 한층 더 발전시킴으로써 그 속에서 자신의 자리를 얻기나 한듯 말일세. 하지만 결국은 어느 곳에 개선 방법이 추가될지, 혹은 어떤 특정한 발언자가 어느 부분에 대해 관심을 가지고 자신의 능력을 발휘할 것인가에 대해서 정확하게 예측할 방법이 없는 것처럼 보이지 않는가? 하지만 나는 오랫동안 검은색으로 표시된 셀던의 원래 계획과 붉은색으로 표시된 발언자들의 개선점이 엄격한 법칙에 따라 계속 혼합되어 가는 것이 아닐까 하는 의문을 품어 왔네. 그 법칙은 시간을 제외한 다른 어떤 요소에 대해서도 종속되지 않지."

젠디발은 몇 년의 시간이 흘러가면서 검은색과 붉은색의 가는 선이 마치 최면술에라도 걸린 듯 서로 꼬이면서 교차하는 패턴을 나타내고 있는 것을 지켜보았다. 물론 그 패턴 자체는 아무것도 의미하지 않았다. 중요한 것은 그것을 구성하는 기호들이 무엇인가 하는 문제였다.

여기저기에서 밝은 푸른색의 실개울이 모습을 드러냈다. 그것들은 부풀었다가 이내 가지를 치고 뚜렷하게 밝아지다가 다시 원래의 모습으로 줄어들었으며 마침내는 검은색과 붉은색 속으로 사라져 버렸다.

제1발언자가 입을 열었다.

"저것이 일탈을 나타내는 푸른색이야."

그러자 두 사람 모두에게서 혐오감에 가까운 불쾌한 감정이 번지더니 그들 사이의 공간을 꽉 메웠다.

"이러한 일탈들을 끊임없이 찾아내면 궁극적으로 '일탈의 세기'에 도달하게 되네."

그 일탈들은 정말 그랬다. 제1발광체는 갑작스럽게 분기하고 있는 푸른색 실개울로 두터워졌고(마치 끝나지 않을 것 같은 화려한 출발이었다.), 선들이 두꺼워지고 벽에 점점 더 밝은 얼룩을 남기게 되자 방 전체가 푸른색으로 바뀔 지경이었기 때문에, 그때가 뮬의 파괴적 현상이 순식간에 은하계 전체를 채워 버린 시기라는 것을 누구든지 정확하게 짚어 낼 수 있었다(오염되었다는 것이 정확한 표현일 것이다.).

그러한 현상은 절정에 달한 이후에 차츰 빛을 잃고 약해지다가 마침내 오랜 시간이 지나면서 똑똑 떨어지는 정도의 흐름으로 바뀌었다. 그것이 사라지고 셀던 프로젝트가 다시 검은색과 붉은색의 흐름으로 돌아오면서 이제부터는 프림 팔버의 손이 미치고 있음을 보여 주었다.

그 이후 더 많은 시간이 흘렀다!

"지금 보이는 것이 현재라네."

제1발언자가 즐거운 표정으로 말했다.

또다시 많은 시간이 흘렀다.

"저것이 제2제국의 건설이지."

제1발언자의 말이었다.

그가 제1발광체를 끄자 방은 원래의 밝기로 되돌아왔다.

"아주 감동적인 경험이었습니다!"

젠디발이 말했다.

"그렇겠지. 하지만 자네는 그런 감정을 전혀 드러내지 않으려고 아주 신경을 쓰고 있구먼. 물론 자네의 그런 시도는 자네가 생각한 만큼 완벽한 것은 못 되었지만……. 그렇지만 그런 것은 전혀 문제가 되지 않아. 자, 내가 무엇이 중요한 것인지를 지적해 보겠네.

우선 자네는 프림 팔버 이래로 원래의 계획에서 일탈하려는 푸른색의 움직임이 완벽하게 없어진 것을 눈치 챘을 것일세. 다시 말하자면 지난 120년 동안 그런 움직임이 없었다는 것을 알 수 있지. 또한 자네는 다음 5세기 동안 5급 이상의 일탈 가능성이 없다는 것도 알 수 있을 거야. 또한 자네는 제2제국의 건설을 넘어서서 심리역사학이 더 발전되어 나갈 것이라는 점도 알아챘을 거야. 이미 자네도 확신하고 있을 테지만 해리 셀던은 비록 시대를 초월하는 천재지만 제2제국 건설 이후에 대해서는 아무것도 알 수 없었기 때문에, 그 이후에 대해서는 그를 신뢰하지 않아. 그러니까 그동안 우리가 오히려 그를 발전시켜온 셈이지. 말하자면 우리는 이제 심리역사학에 대해서는 그가 알고 있던 것보다 훨씬 더 많은 것을 알고 있어.

셀던의 계산은 제2제국에서 끝나지만 우리는 제2제국을 넘어서 심리역사학을 계속 이어 나가고 있지 않은가? 자네의 기분을 상하게 하고 싶은 생각은 없네만, 난 이렇게 말하고 싶네. 혹 이렇게 이야기하면 너무 오만하게 들릴지 모르지만, 제2제국의 수립 이후에 대한 새로운 계획은 상당 부분 내가 이루어 낸 작업이고 그 일로 인해 내가 지금의 제1발언자라는 지위를 얻게 되었지.

이제 모든 것에 대해 이야기했으니 자네에게 더 이상 불필요하게 이야기를 늘어놓을 필요는 없으리라 생각하네. 그런데 자네는 어떻게 셀던 프로젝트가 의미 없는 것이라는 결론에 도달할 수 있었나? 그의 계획에는 아무런 결함도 없어. 그의 계획이 '일탈의 세기'를 거치면서도 결국 살아남았다는 간단한 사실이 그것을 증명해 주고 있지 않은가? 설사 팔버의 천재성이 그것을 뒷받침했다 하더라도 결국은 마찬가지야. 이보게, 젊은 친구. 자네는 그의 계획이 쓸모없는 것이라는 딱지를 붙일 정도의 취약점을 어디서 발견했단 말인가?"

제1발언자는 미소를 지으며 말을 맺었다.

젠디발은 부동자세로 서서 이렇게 말했다.

"당신 말씀이 맞습니다, 제1발언자. 셀던 프로젝트에는 아무런 결함도 없습니다!"

"그렇다면 아까 이야기했던 자네의 주장을 철회하겠다는 말인가?"

"그렇지 않습니다, 제1발언자. 결함을 갖지 않겠다는 사실 자체가 바로 결함입니다. 무결함이야말로 가장 치명적인 문제점이죠."

3

제1발언자는 젠디발을 차분히 응시했다. 그는 자신의 표현을 제어할 수 있었기 때문에 젠디발의 어리석음을 지켜보며 즐기고 있었다. 젊은이는 한 순간 한 순간의 모든 감정을 숨기기 위해 최선을 다했다. 하지만 그런 노력에도 불구하고 그는 매순간마다 자신의 감정을 온전히 드러내고 있었다.

샌디스는 냉정하게 그를 관찰했다. 젠디발은 평균치를 조금 넘을까 말까 한 신장에 여윈 몸매와 얇은 입술을 하고 있었고, 뼈만 남은 앙상한 손을 잠시도 가만두지 못하고 있었다. 그의 검은 눈에 유머라고는 전혀 없었고 무언가 억압된 감정을 가슴속에 감추고 있는 듯했다. 제1발언자의 생각으론 그는 자신의 신념을 솔직히 털어놓지 않는 부류의 사람인 것 같았다.

"자네는 역설을 즐기는 것 같구먼, 발언자."

"제1발언자, 제 말이 역설처럼 들리시겠지요. 왜냐하면 우리는 셀던 프로젝트를 너무도 당연한 것으로 생각하여 아무런 의문도 제기하지 않으면서 그저 받아들이는 데에만 익숙해져 있으니까요."

"그렇다면 자네가 품고 있는 의문이란 도대체 뭔가?"

"바로 셀던 프로젝트의 토대에 대한 것입니다. 우리 모두는, 예언의 대상자에게 지나치게 많이 알려지면 제대로 작동할 수 없다는 셀던 프로젝트의 특성을 잘 알고 있습니다."

"내 생각으로는 이미 셀던 자신도 그 문제에 대해 인식하고 있었던 것 같은데. 나는 그 점을 심리역사학을 이루는 가장 기본적인 두 개의 원칙 중 하나로 삼고 있다고 믿고 있네."

"하지만 제1발언자, 그는 뮬에 대해서 예측하지 못했습니다. 따라서 그는 뮬에 의해 제1파운데이션 사람들이 제2파운데이션의 중요성을 알게 된 이후, 제1파운데이션 사람들에게 우리 즉 제2파운데이션이 얼마나 강한 강박관념으로 작용하게 될 것인지에 대해서도 전혀 예언하지 못했습니다."

"해리 셀던은……."

제1발언자는 여기까지 말한 다음 몸서리를 치고는 침묵에 빠졌다.

해리 셀던의 모습은 제1파운데이션의 모든 사람들에게 너무도 잘 알려져 있었다. 사진이나 홀로그래피 형태로 2차원이나 3차원의 얕은 양각을 이용하여 어느 각도에서나 볼 수 있도록 앉은 모습이나 서 있는 모습으로 재현시킨 것을 도처에서 발견할 수 있었다. 그러한 모습들은 그가 죽기 몇 년 전의 모습이었기 때문에 하나같이 자비로운 노인의 형상을 하고 있었다. 그의 얼굴은 연륜과 지혜를 나타내는 주름살로 가득 차 있어 원숙한 천재의 정수를 상징하고 있었다.

그러나 제1발언자는 언젠가 젊은 시절의 해리 셀던이라고 알려져 있는 사진 한 장을 본 적이 있었다. 그런데 젊은 해리 셀던이란 상상할 수 없었기 때문에 그 사진은 곧 무시했다. 그런데 이제 와서 갑자기 자신이 사진으로 본 젊은 해리 셀던의 모습이 떠올랐다. 자기 앞에 있는 스토 젠디발이라는 젊은이가 젊은 해리 셀던과 매우 닮았다는 생각이 들었던 것이다.

이상한 일이다! 그것은 아무리 제2파운데이션 사람들이 이성적이라 하더라도 가끔씩 그들을 사로잡는 미신 같은 느낌이었다. 물론 둘이 닮아 보인다는 것을 일시적인 착각이었다. 만약 그가 그 사진을 가지고 있었다면, 그래서 그의 얼굴과 사진을 직접 대조해 보았다면 그런 생각이 부질없는 환상에 불과하다는 것을 즉각 알아차렸을 것이다. 하지만 왜 그런 어리석은 생각이 그를 눈앞에 두고 있는 바로 지금 떠올랐을까?

그는 다시 자신감을 회복했다. 그것은 순간적인 흔들림이었고 일시적인 사고의 탈선이었을 뿐이었다. 그것은 발언자가 아니라면 다른 누구도 알아차릴 수 없는 짧은 순간에 벌어진 일이었다. 젠디발은 그런 사실을 느끼고는 만족스러워했다.

"해리 셀던은 자신이 예측할 수 없는 무한한 숫자의 가능성이 있다는 것을 잘 알고 있었지. 그가 제2파운데이션을 세운 이유는 바로 그 때문이야. 우리 역시 뮬을 예언하지 못했지. 하지만 우리는 그가 우리에게 다가왔을 때 그를 인식했고 곧바로 그의 행동을 제어할 수 있었어. 또 우리는 제1파운데이션 사람들이 우리에게 갖고 있는 강박관념을 알아차리지 못했지만 그러한 강박관념이 뚜렷이 나타난 다음에는 그것을 인지하고 그것 역시 없애버렸지. 그런데 이런 과정에서 자네가 주장하는 결함이란 대체 무엇인가?"

제1발언자는 확고한 어조로 말했다.

"제가 말씀드리고자 하는 것은 단 한 가지입니다. 제1파운데이션 사람들이 우리에게 품고 있는 강박관념이 아직 완전히 사라지지 않았다는 겁니다."

젠디발이 말했다.

분명 젠디발의 어투에서는 눈에 띄게 존경의 표시가 사라지고 있었다. 그는 제1발언자의 음성이 떨리고 있는 것을 감지했으며(이것은 젠디발의 판단이었다.) 그것을 제1발언자의 불안정한 감정의 반증으로 간주했다. 따라서 제1발언자는 짐짓 활발하게 말을 꺼냈다.

"내가 한번 예측해 볼까? 지난 120년 동안의 평온한 기간과 비교해 볼 때 처음 약 4세기 동안의 혼란스러운 시기를 거친 제1파운데이션에는, 만약 셀던 프로젝트가 훌륭하게 지켜지도록 제2파운데이션이 보살피지 않는다면 그 계획의 실현이 불가능하다고 생각하는 사람들이 많아. 그들은 어떤 일이 있어도 제2파운데이션은 파괴되지 않을 것이라고 생각할 거야. 물론 그 믿음도 옳지. 실제로 우리는 제1파운데이션의 수도 터미너스의 의원인 한 젊은이에 대한 보고를 받은 적도 있네. 그의 이름은 잘 생각나지 않지만 그는 이 모든 것을 확신하고 있는 사람이었어."

"그의 이름은 골란 트레비스지요. 보고서에 그 사람에 대한 이야기를 최초로 발견한 사람이 바로 접니다. 그리고 바로 제가 그 사항을 당신의 사무실로 직접 보고했던 겁니다."

젠디발이 조용히 말했다.

"오, 그래?"

그는 애써 품위 있는 태도를 유지하면서 반문했다.

"그런데 자네가 그에 대해 관심을 쏟게 된 이유는 뭔가?"

"터미너스에 상주하고 있는 우리의 정보원 중 한 명이 그곳 회의에서 새로 선출된 의원들에 대해 지루할 정도로 상세한 보고를 해 왔습니다. 그런 보고는 판에 박힌 일이었기 때문에 모든 발언자들은 그것을 무시해 버렸지요. 그런데 신임 의원들 중 한 사람에 대한 내용이 제 눈길을 끌었던 것입니다. 그가 바로 골란 트레비스였습니다. 보고서에 따르면 그는 비상할 정도로 자기 확신이 강하고 매우 호전적인 인물입니다."

"자네는 그가 자네와 흡사하다고 판단한 모양이구먼, 안 그런가?"

"절대 아닙니다. 그는 엉뚱한 일을 저지르길 좋아하는 무모한 인물임에 틀림없습니다. 이런 점에서는 저와 전혀 다르지요. 어떤 경우든지 저는 모든 문제를 철저히 연구하는 편이니까요. 하지만 만약 그가 어린 시절에 제2파운데이션으로 충원될 수 있었더라면 좋은 재목이 되었을 것이라는 판단을 내리기까지에는 그다지 많은 시간이 걸리지 않았습니다."

"물론 그랬을 테지. 하지만 자네는 우리가 터미너스에서 사람을 충원하지 않는다는 원칙을 모르지는 않을 테지?"

"잘 알고 있어요. 여하튼 설사 그가 우리의 훈련 과정을 거치지 않았다 하더라도 매우 비상한 직감력을 가지고 있는 것만은 분명합니다. 물론 그 직감력은 전혀 다듬어지지 않은 것이지만요. 그렇기 때문에 그가 제2파운데이션이 아직도 존재하고 있다는 사실을 파악한 점에 대해 더욱 놀라는 것입니다. 저는 그 점을 중요시한 것이고 따라서 당신의 사무실에 그 문제에 대한 메모를 보낸 것입니다."

"자네의 태도로 보면 뭔가 새로운 진전이 있다는 말 같은데?"

"그가 고도로 발달된 직감력으로 우리의 존재 여부를 파악했다면 필경 어설프게 자신의 능력을 사용하려고 덤빌 것이 분명하고, 그 결과 규율을 어겨 터미너스로부터 추방되는 것은 당연한 결과이겠지요."

제1발언자는 눈썹을 추켜올렸다.

"왜 갑자기 말을 중단하는가? 그런 식으로 자네가 하려는 말의 중요성을 인식시키려 드는 건가? 그렇다면 내 컴퓨터를 사용하지 말고 단지 정신적 능력만을 써서 셀던의 방정식으로 추측해 보게나. 제2파운데이션의 존재에 대한 의심을 품을 만큼 약삭빠른 시장이, 규율을 어긴 한 개인에게 은하계 전체를 향해 그 사실을 떠벌리게 해서 결국 제2파운데이션에게 위험을 경고하도록 하는 것을 좋아할 리는 없을걸. 내 생각으로는 청동 브라노는 틀림없이 트레비스를 그 행성에서 추방시키는 편이 터미너스의 입장에서는 더 안전할 것이라는 생각을 했을 것 같네."

"안전하게 처리할 생각이었다면 그녀는 트레비스를 감옥에 처넣었거나 아니면 쥐도 새도 모르게 암살해 버렸을 겁니다."

"자네도 잘 알다시피 셀던의 방정식은 개인에게 적용할 경우 신뢰성이 떨어지지. 그의 법칙은 오직 인간 집단에 대해서만 효력을 가질 뿐 개인의 행동에 대한 예상은 하지 못해. 하지만 시장이 누구를 투옥시킨다거나 죽이는 무자비한 행동은 단순히 개인적인 행동이라고 생각할 수도 있지."

젠디발은 잠시 동안 아무 말도 하지 않았다. 하지만 그것은 웅변과도 같은 침묵이었다. 그 침묵은 제1발언자가 불안감을 느낄 정도로 길었지만 그렇다고 해서 제1발언자가 방어적 분노를 일으킬 만큼 지나치게 길지도 않았다.

그는 그 침묵을 순간을 초 단위로 계산한 다음 천천히 입을 열었다.

"제 생각으로는 그렇지 않을 것 같습니다. 지금 이 순간 트레비스가 지금까지 역사상 가장 큰 위협의 칼날을 제2파운데이션에 들이대고 있다고 생각합니다. 그것은 뮬보다도 더 심각한 위협입니다!"

4

젠디발은 회심의 미소를 지었다. 그의 말이 가져온 효과는 매우 만족할 만한 것이었다. 그것은 제1발언자가 전혀 예상치 못한 사태였다. 샌디스는 자신이 평정을 잃고 있다는 것을 느꼈다. 바로 그 순간 칼자루는 젠디발에게 넘어갔다. 젠디발이 그러한 사실에 대해 확신을 갖게 된 순간 샌디스의 다음 말이 그의 자만심을 깨뜨려 버렸다.

"그러한 사실이 자네의 말과 무슨 관계가 있지?"

젠디발은 승률 100퍼센트인 도박을 하기로 했다. 그는 제1발언자를 회복 불능 상태로 몰아넣을 수 있는 교훈조로 이야기를 시작했다.

"제1발언자, '일탈의 세기'라는 궤도 일탈의 야만적인 시기가 지난 다음 셀던 프로젝트를 원래의 코스대로 복원시킨 사람이 프림 팔버라는 것은 하나의 믿음에 불과해요. 제1발광체를 잘 연구해 보세요. 그러면 팔버가 죽은 이후 20년 동안 일탈 현상이 완전히 소멸하지 않았다는 것을 발견할 수 있을 겁니다. 그렇지만 아직까지 단 하나의 일탈 행위도 발생하지는 않았지요. 따라서 계획을 원래 코스로 복원시키는 공적은 팔버 이후의 제1발언자들에게 달려 있다고 봅니다. 하지만 그것은 불가능해요."

"불가능하다고? 설사 우리들 중 아무도 팔버와 같을 수는 없다 하더라도, 그것이 불가능하다는 이유는 도대체 뭔가?"

"제가 그것을 증명해 볼까요? 제1발언자. 셀던의 방법에 따르면 전체적인 일탈 가능성이 극히 미미하기 때문에 저는 심리역사학의 다른 방법을 통해 제2파운데이션이 어떤 조치를 취할 수 없을 정도의 상태라는 것을 충분하게 증명할 수 있어요. 만약 당신이 시간이 없거나 그런 증명을 원하지 않는다면 필요 없다고 말해도 좋습니다. 그것을 증명하는 데는 30분가량의 시간 동안 집중할 필요가 있거든요. 또 다른 방법으론 전체 발언자 회의를 소집해서 그 자리에서 그것을 증명할 수도 있어요. 그러나 저로서는 그것이 시간 낭비이고 불필요한 논쟁을 벌여야 하는 피곤한 일이지요."

"그렇겠지, 더군다나 그것은 내 체면을 깎는 일일 수도 있을 테니까. 지금 당장 내 앞에서 그것을 증명해 보게. 하지만 자네에게 분명한 한 가지 경고해 두겠어. 만약 자네가 내 앞에서 하는 일이 아무 쓸모도 없는 것이라면 나는 그것을 분명히 기억해 두겠네."

제1발언자는 자신의 위엄을 회복하기 위해 안간힘을 쓰고 있었다.

"만약 그것이 전혀 가치가 없는 일이라는 것이 밝혀진다면 저는 즉시 발언자로서 제 직위를 사임하겠습니다."

젠디발은 별반 힘들이지 않고도 상대방을 압도하는 자부심을 보일 수 있었다.

실제로 그 과정에는 30분 이상의 시간이 소요되었다. 그 시간은 제1발언자에게 격분에 가까운 분노를 느끼게 만들 정도로 긴 것이었다. 더군다나 젠디발은 그의 소형발광체를 사용하느라고 더욱 시간을 잡아먹고 있었다. 그 장치는 홀로비전으로서 방대한 셀던 프로젝트 중 어느 부분이든지 나타낼 수 있도록 되어 있는 것으로 벽이나 책상 크기의 콘솔도 필요치 않는 것이었다. 그것은 약 10년 전에 실용화된 것이었는데, 제1발언자는 아직까지 그것을 사용할 정도로 탁월한 솜씨를 지닌 사람에 대해서 들어 본 적이 없었다. 물론 젠디발은 그러한 사실을 미리 알고 있었고, 그의 행동은 그것까지 고려하고 있었던 것이었다. 또한 제1발언자 역시 그의 심중을 읽고 있었다.

젠디발은 소형발광체를 엄지손가락에 걸고, 나머지 네 손가락으로 장치를 조작했다. 그 손은 마치 그것이 무슨 악기라도 되는 듯 세심하게 느릿느릿 작동시켰다(실제로 그는 기계와 악기의 유사성에 대한 논문을 쓴 적도 있다.).

젠디발이 만든 방정식은(그는 아주 쉽게 그 방정식을 이끌어 냈다.) 그의 설명을 수반하면서 이리저리 뱀처럼 구불거리면서 뻗어 나가고 있었다. 그는 필요하다면 정의도 내릴 수 있었으며 공리를 세울 수도 있었고 2차원이나 3차원의 형태로 그래픽을 만들 수도 있었다(다차원 연관성을 나타내는 투사는 말할 것도 없었다.).

젠디발의 설명이 매우 명확하고 예리했기 때문에 제1발언자는 그 게임을 포기하고 말았다. 제1발언자는 패배를 인정하고는 이렇게 말했다.

"나는 지금까지 이런 식의 분석을 본 적이 없네. 대체 누구의 작품인가?"

"제1발언자, 이것은 물론 제 작품입니다. 이것과 연관된 기본적인 수학도 이미 발표한 바 있습니다."

"매우 훌륭하군, 발언자 젠디발. 이런 정도라면 자네를 제1발언자의 지위에 올려놓을 수도 있겠어. 물론 내가 죽거나 은퇴한 다음의 일이긴 하지만."

"그런 문제에 대해서는 생각해 보지 않았습니다, 제1발언자. 아니,

당신이 이 말을 믿을 리는 없을 테니까 방금 한 말은 철회하겠습니다. 물론 저는 그 문제에 대해 생각해 왔고 아울러 제1발언자가 되기를 원합니다. 누구든지 제1발언자의 지위를 차지하는 데 성공한 사람은 오직 자신만이 분명히 알고 있는 과정을 반드시 따라가야 하기 때문이지요."

"물론 그래야지. 지나친 겸손은 오히려 실례가 되는 법이니까. 그런데 그 과정이란 무엇을 말하는 건가? 그렇다면 현재의 제1발언자도 당연히 그 과정을 따라야 할 텐데, 내가 늙어서 자네가 할 수 있는 창조적인 행동을 따라잡을 수 없을지는 모르지만 자네의 방향도 따라가지 못할 정도로 늙지는 않았을 텐데."

그것은 아주 품위 있는 항복이었다. 그의 항복 선언을 듣자 젠디발의 가슴은 따뜻해졌다. 알 수 없는 일이었다. 그는 제1발언자의 항복이 전적으로 의도적인 것이라는 사실을 알고 있으면서도 제1발언자를 향한 감정이 누그러지는 것을 스스로 느끼고 있었다.

"감사합니다, 제1발언자. 저는 당신의 도움을 절실히 필요로 하게 될 것입니다. 당신의 빛나는 지도력 없이 제가 테이블을 지도한다는 것은 상상할 수도 없는 일입니다(품위에는 품위로 답하는 법.).

그러면 저는 '일탈의 세기'가 우리들이 추진하고 있는 정책 하에서는 교정될 수 없으며, 모든 일탈 행위들이 팔버 이후로 중단된 것이 아니라는 점에 대한 제 증명을 당신이 받아들인 것으로 간주하겠습니다."

"그 점은 확실하네. 만약 자네의 수학이 정확하다면, 그래서 셀던의 계획을 복구시키기 위해서 자네의 수학이 정확하게 사용될 수 있고 완벽하게 동작할 수 있다면 말일세. 또 작은 그룹, 심지어는 개인의 반작용까지도 어느 정도 정확하게 예측하는 데 매우 필수적인 것이 될 걸세."

"바로 그것입니다. 왜냐하면 심리역사학에서 사용하는 수학으로는 그러한 작업이 불가능하기 때문입니다. 일탈 행위는 결코 뿌리 뽑히지 않았고 앞으로는 더욱 더 그럴 것입니다. 따라서 당신은 셀던 프로젝트가 갖는 결함이 바로 그 '무결함'이라는 저의 지적을 되새겨 볼 필요가 있는 것입니다."

그러자 제1발언자가 말했다.

"그렇다면 셀던 프로젝트 자체가 일탈의 가능성을 내포하고 있든지 아니면 자네의 수학에 문제가 있든지 둘 중 하나겠지. 왜냐하면 셀던 프로젝트가 지난 1세기 혹은 그 이상의 기간 동안 어떠한 일탈 행위도 보여 주지 않았기 때문이지. 나는 그 사실을 분명히 알고 있어. 따라서 그 사실을 통해 볼 때 자네의 수학에 뭔가 문제가 있는 것으로 생각할 수밖에 없네. 단 내가 잘못된 논법이나 실수를 발견해 내지 못한 경우를 제외한다면 말일세."

"당신은 제3의 가능성을 배제하는 잘못을 저지르고 있습니다. 물론 셀던 프로젝트가 아무런 일탈 가능성도 갖지 않을 수 있습니다. 하지만 그렇지 않을 수도 있다는 것을 증명한 나의 수학이 어떠한 잘못도 없다는 것 또한 분명히 가능한 일이거든요."

"나는 제3의 가능성이란 게 무엇인지 알 수 없네."

"가령 셀던 프로젝트가 작은 집단이나 심지어는 개인의 반응까지를 예언할 수 있는 고도로 발전된 심리역사학적 방법에 의해 제어된다고 가정해 보십시오. 물론 그 방법은 지금 우리 제2파운데이션이 갖고 있지 못한 것입니다……. 바로 그 이유 때문에 저의 수학은 셀던 프로젝트가 실제로 어떠한 일탈도 경험하지 못할 것이라고 예언한 것입니다."

잠깐 동안(제2파운데이션의 기준에서) 제1발언자는 아무 대꾸도 하지 않았다. 이윽고 제1발언자가 입을 열었다.

"물론 내가 알기로는 그 정도로 발전된 심리역사학적인 방법은 아직 없네. 또한 내게는 자네의 방법 역시 확실하다고 생각되질 않아. 만약 내가 그런 방법을 갖고 있지 않다면 다른 발언자나 그 밖의 발언자 집단이 그런 정도의 미시심리역사학을, 이렇게 불러도 되는지 모르지만, 하여튼 그것을 발전시킨 다음 회의 석상에서는 비밀로 했을 가능성이 있겠지. 그렇지 않은가?"

"맞습니다."

"그렇다면 자네의 분석이 잘못되었거나 아니면 미시심리역사학이 제2파운데이션 바깥의 어떤 집단의 손에 들어 있다는 말이 되겠군."

"맞습니다. 제1발언자. 후자의 가능성이 더 높을 것입니다."

"방금 자네가 한 말이 진실이라는 것을 증명할 수 있는가?"

"그것은 공식적으로는 불가능합니다. 하지만 생각해 보십시오. 이미 개인의 문제를 다룸으로써 셀던의 계획에 영향을 미쳤던 사람이 존재하지 않았습니까?"

"자네가 말하는 사람은 뮬인 것 같군."

"예, 바로 그입니다."

"뮬은 그저 파괴만 했을 뿐이지. 하지만 지금 우리의 문제는 셀던 프로젝트가 너무 지나치게 잘 작동하고 있다는 점일세. 자네가 제공할 수 있는 수학보다도 훨씬 더 완벽에 가까울 정도로 말이지. 자네는 필경 뮬과 반대가 될 만한 '반(反)뮬'을 필요로 하는 것 아닌가? 즉 뮬처럼 셀던 프로젝트를 뒤엎을 수 있지만 정반대의 동기에 의해 움직이는 어떤 사람을 말이야. 그것은 셀던 프로젝트를 파괴시키기 위한 것이 아니라 더 완성시키기 위한 것이지."

"정확합니다, 제1발언자. 제가 말하고자 한 바가 바로 그것입니다.

뮬이 누구였습니까? 그는 돌연변이였습니다. 하지만 그는 도대체 어디에서 왔습니까? 어떻게 그런 능력을 가질 수 있었습니까? 아무도 알지 못합니다. 앞으로 더 많은 뮬이 나타나지 않는다는 보장이 어디 있겠습니까?"

"아마 그렇지는 않을 것일세. 뮬에 대해 잘 알려져 있는 사실 중 하나는 그가 성불구라는 점이었네. 그래서 뮬(노새)이라는 이름이 붙은 것 아닌가? 설마 자네는 그 사실을 지어낸 이야기로 생각하고 있는 것은 아닐 테지?"

"제가 말하고자 하는 것은 뮬의 후손에 대한 것이 아닙니다. 뮬이 자신과 같은 힘을 가진 상당한 크기의 집단 중에서 비정상적인 한 구성원에 불과할 수도 있지 않느냐는 것입니다. 그 집단은 셀던 프로젝트를 파괴시키는 것이 아니라 모종의 목적 때문에 이루어지도록 지원하는 것을 임무로 삼고 있는지도 모르지요."

"아니 도대체 그들이 왜 셀던 프로젝트를 완성시키려 한단 말인가?"

"그렇다면 우리는 왜 그 일을 하고 있지요? 우리는 우리 자신, 혹은 우리들의 지적 후손들이 향후 모든 정책을 결정하는 지배자가 될 제2제국을 설계하고 있지 않습니까? 만약 다른 어떤 집단이 우리보다 더 훌륭하게 셀던 프로젝트를 지원한다면 그들은 정책 결정권을 우리에게 넘겨주지 않을 것입니다. 바로 그들 자신이 모든 것에 대한 결정권을 가지려 들겠지요. 그렇게 될 경우 우리는 앞으로 건설될 제2제국을 어떤 형태로 만들어 갈 것인지에 대해 노력할 수도 없을 것입니다."

"그렇다면 자네는 그것을 발견하기 위해 무엇을 제안하겠는가?"

"왜 터미너스의 시장이 골란 트레비스를 추방했겠습니까? 그렇게 함으로써 그 위험인물이 가능하면 자유롭게 은하계를 돌아다니도록 놔

두려는 것 아니겠습니까? 그녀가 자비로움이라는 동기 때문에 그런 일을 하지는 않았을 것입니다. 역사적으로 제1파운데이션의 지배자들은 항상 지극히 현실적으로 행동해 왔습니다. 그것은 그들의 행동이 대개 '도덕성'과는 무관하다는 것을 의미합니다. 그들의 영웅 중 한 명인 샐버 하딘은 실제로 도덕성과는 거리가 먼 조언을 해 주었습니다. 저는 시장이, 당신의 표현에 따르자면, 반뮬의 정보원으로부터 압력을 받고 그렇게 행동했다고 생각합니다. 그들이 트레비스를 자기들 편으로 끌어들였다고 생각합니다. 따라서 그는 우리에게는 뇌관처럼 위험한 존재입니다. 그야말로 치명적인 위험이지요."

이윽고 제1발언자가 입을 열었다.

"셀던에 의하면 자네 말이 맞을 수도 있어. 하지만 이 문제에 대해 어떻게……, 발언자 회의를 설득시킬 수 있겠나?"

"제1발언자, 당신은 자신의 신분을 지나치게 과소평가하고 있군요."

제6부
지구

1

 트레비스는 흥분도 되었지만 한편 짜증스럽기도 했다. 페롤랫과 그는 작은 식당에 앉아서 막 점심 식사를 끝마쳤다.
 "우주에서 이틀이나 보냈는데도 아주 편안한 기분이야. 신선한 공기와 자연, 그런 것들이 그립기는 하지만. 참 이상하군! 내 주위에 그런 것들이 있었을 때에는 한 번도 관심을 기울여 본 적이 없었는데……. 그래도 내 디스켓과 자네의 저 훌륭한 컴퓨터 사이에 내 장서가 전부, 아니 전부는 아니더라도 중요한 것은 모두 입력되어 있으니, 난 지금 우주에 나와 있다는 두려움 같은 건 조금도 느끼지 못해. 정말 놀라운 일이야!"
 트레비스의 대답은 애매한 소리뿐이었다. 그는 자신의 내부를 응시하고 있었다.
 페롤랫이 부드럽게 말했다.
 "트레비스, 귀찮게 할 생각은 없지만 내 말을 듣고 있지 않구먼. 내가 특별히 재미난 사람도 아니고, 알다시피 같이 지내기에는 좀 지루한 편이기도 하지. 하지만 자넨 다른 무언가를 생각하고 있는 것 같군. 무슨 문제라도 생겼나? 내게 말하는 걸 두려워할 필요는 없네. 내가 도울 일은 별로 없겠지만 그렇다고 가만히 앉아 있다가 놀라서 허둥대고 싶지는 않네."

"문제라고요?"

제정신을 차린 모양인지 트레비스가 가볍게 눈썹을 찌푸렸다.

"내 얘기는 우주선에 대한 것이야. 이건 새 모델이지. 그래서 내 생각엔 뭔가 잘못될 수 있지 않느냐는 거야."

페롤랫은 억지로 불안한 미소를 지어 보였다.

트레비스는 머리를 세차게 흔들었다.

"그런 걱정을 하시게 했다니, 제 잘못이군요, 페롤랫 교수님. 우주선에는 전혀 이상이 없습니다. 거의 완벽할 정도로 잘 작동하고 있어요. 다만 저는 초공간추적기를 찾고 있을 뿐입니다."

"아, 알겠네. 그런데 초공간추적기가 뭔가?"

"잘 들어 보세요, 페롤랫 교수님. 저는 지금 터미너스와 교신 중입니다. 적어도 원할 때는 언제든지 가능하지요. 반대로 터미너스도 우리와 교신이 가능합니다. 그들은 우주선의 궤도를 관측하고 있으니 우주선의 위치를 알 수 있지요. 설령 궤도를 관측하지 못하더라도 질량 가까이의 우주 공간을 스캐닝해서 우리의 위치를 알아낼 수 있거든요. 질량의 존재는 우주선만이 아니라 경우에 따라서는 유성체(流星體)가 있다는 것까지도 알려 주는데, 그들은 에너지 패턴의 추적을 통해 그것이 우주선인지 소유성인지를 구별할 수 있을 뿐 아니라 특수한 우주선의 경우에는 그 정체까지도 구별할 수 있지요. 왜냐하면 우주선은 저마다 다른 방식으로 에너지를 사용하거든요. 그러한 패턴은 우리가 어떤 장치나 기구를 켜고 있든 끄고 있든 상관없이 일정한 특성을 그대로 유지합니다. 물론 그 우주선이 알려지지 않은 것일 경우에도 우리 우주선처럼 에너지 패턴이 터미너스에 기록되어 있다면 패턴이 탐지되는 것과 동시에 바로 그 정체가 드러나게 되는 겁니다."

페롤랫이 말했다.

"트레비스, 그 말은 문명의 진보란 사적인 비밀의 한계를 실험하는 것에 불과하다는 말로 들리는군."

"교수님 말이 옳을지도 모르지요. 어쨌든 조만간 초공간을 통과해야 해요. 그렇지 않으면 여생을 터미너스에서 1~2파섹밖에 떨어지지 않은 곳에서 보내야만 할 겁니다. 그렇게 되면 우린 성간여행을 할 수 없게 되지요. 초공간을 지나면서 우린 일상적인 우주와 단절되는 불연속을 경험하게 될 겁니다. 이곳에서 저곳으로 눈 깜짝할 사이에 건너뛰는 셈이지요. 때론 이 도약은 수백 파섹의 거리가 될 수도 있어요. 우린 갑자기 예측하기도 어렵고 감지할 수도 없는 엄청나게 먼 거리에 있게 될 겁니다."

"알겠네."

"물론 계기판에 초공간추적기가 설치되지 않았을 때의 얘기입니다. 초공간추적기는 이 우주선의 특징적인 신호를 초공간을 통해서 보낼 수 있습니다. 그러면 터미너스 당국이 우리가 어디에 있는가를 알게 되는 거지요. 이만하면 질문에 대한 답이 된 것 같은데요? 결국 우리가 숨을 곳이란 이 은하계에는 없다는 얘기지요. 초공간을 아무리 여러 차례 도약한다 해도 그들의 추적장치를 피할 수는 없지요."

"하지만, 트레비스."

페롤랫이 부드럽게 말했다.

"우린 파운데이션의 보호를 필요로 하고 있지 않나?"

"천만에! 그건 단지 우리가 필요로 할 경우에만 그렇지요. 교수님은 문명의 진보란 끊임없는 사적 비밀의 제한을 의미한다고 말하셨지요. 글쎄, 전 그런 식의 진보는 원하지 않아요. 전 제가 원하는 곳이면 어디든 추적받지 않고 옮겨 다닐 수 있는 그런 자유를 필요로 해요. 제가 보호를 원치 않는 한 말이죠. 그러니까 계기판에 초공간추적기가 없다면 훨씬 기분이 좋아지겠지요."

"그걸 발견했나, 트레비스?"

"아니, 아직 발견하지 못했어요. 발견만 한다면 어떻게든 작동하지 못하게 조치할 수가 있을 텐데."

"그걸 보면 알 수 있겠나?"

"그게 어려운 문제예요. 제가 그걸 식별하지 못할 것 같다는 생각이 드는군요. 일반적인 초공간추적기라면 어떻게 생겼는지도 몰라도 의심이 가는 장치들을 시험해 보는 방법을 알고 있지요. 하지만 이건 최신 모델의 우주선인 데다 특별한 임무를 위해 설계된 것이라서 쉽지가 않아요. 초공간추적기도 이 용도에 맞게 설계되어 있을 테니 어디에 있는지 표시도 나지 않고요."

"그런데 초공간추적기가 정말 없어서 자네가 못 찾고 있는 것은 아닐까?"

"그럴 리는 없을 겁니다. 알아낼 때까지는 도약을 하지 않을 작정이에요."

페롤랫은 이제야 의문이 풀렸다는 듯 환한 표정을 지었다.

"그 때문에 우리가 우주공간을 유영하고 있었군. 왜 도약을 하지 않는지 의아해했지. 난 도약에 관해서 들었어. 사실 그 때문에 약간 신경이 쓰이는 것도 사실이야. 자네가 언제 내게 안전벨트를 매라고 하거나 알약 같은 것을 먹으라고 할지 몰라 조바심을 내고 있었다네."

트레비스는 억지로 미소를 지었다.

"그런 문제에 대해선 신경 쓰실 필요 없어요. 지금은 고대가 아니니까요. 이런 최신식 우주선에서는 모든 것들을 컴퓨터에게 맡겨 둘 수밖에 없어요. 컴퓨터에게 명령만 내리면 나머지는 모두 컴퓨터가 알아서 하니까요. 도약을 한다 해도 갑자기 우주의 풍경이 변하는 것 말고는 무슨 일이 일어나는지 알 수 없을 거예요. 슬라이드 쇼를 보신 적이 있다면 갑자기 다른 슬라이드가 비췄을 때 기분이 어떤지 기억할 수 있으시겠죠? 도약을 했을 때도 그 경우와 똑같습니다."

"맙소사. 아무것도 못 느낀다고? 어이가 없군! 정말 실망스러워."

"지금까지 어떤 느낌을 받은 적이 한 번도 없어요. 더군다나 예전에 타 봤던 우주선에 비하면 지금 우리가 올라탄 우주선은 최신식이니까 더 말할 나위도 없겠지요. 하여튼 그건 그렇고, 우리가 지금 도약을 하지 못하는 이유는 단지 초공간추적기 때문이 아니에요. 우린 터미너스에서 조금이라도 멀리 벗어나야 해요. 태양에서도 마찬가지고요. 질량이 있는 무거운 대상에서 멀어질수록 도약하기가 쉬울 뿐 아니라 예정 좌표에 정확히 도착할 가능성도 늘어나니까요. 물론 위급할 때는 행성 표면에서 거리가 200킬로미터밖에 안 돼도 도약하는 위험을 무릅써야 하는데, 그럴 때에는 운에 맡기는 도리밖에 없겠지요. 하지만 은하계에는 불안한 공간보다 안전한 공간이 더 많으니 안전에 대해서 그리 염려할 필요는 없어요. 물론 의외의 변수가 일어나 거대한 별에서 겨우 몇 백만 킬로미터 떨어진 곳이나 은하 중심부로 출현할 가능성은 언제나 있다고 봐야 합니다. 그렇게 되면 우리는 눈 깜짝할 사이도 없이 달걀 프라이 같은 꼴이 되고 말겠지요. 반면에 질량을 가진 대상에서 멀어질수록 그럴 가능성은 줄어드니까 재수 없는 일이 생길 가능성도 그만큼 줄어들겠지요."

"그렇다면 나는 자네 경고에 따르겠네. 아주 급하게 서두를 필요는 없으니까."

"맞아요. 그러니 행동을 취하기 전에 초공간추적기나 찾아보죠. 행여나 못 찾는다면 초공간추적기가 없다고 확신할 수 있는 방도를 찾거나……."

트레비스는 다시 자기 일에 몰두하기 시작했다. 페롤랫은 트레비스의 주의를 끌기 위해 약간 목소리를 높여서 말했다.

"얼마나 걸리지?"

"뭐가요?"

"초공간추적기에 대해 자네가 더 걱정하지 않게 되면 언제 도약할 거냐고 물었네, 젊은 친구."

"현재 속도와 궤도로는 4일 정도 지나면 될 거예요. 컴퓨터가 적당한 시간을 알려 주겠죠."

"그러면 자네가 그 추적기를 찾는 데는 이틀이 남아 있군그래. 내가 제안 하나 할까?"

"해 보세요."

"내 일을 하다 보면, 물론 내 작업이야 자네 작업과 아주 다른 것이기는 하지만 일반화할 수도 있을 거네, 어떤 특정한 문제에만 지나치게 골몰한다는 것이 오히려 문제를 그르칠 수 있다는 걸 가끔 발견하곤 한다네. 좀 긴장을 풀고 다른 문제에 대해 토론해 보는 것이 어떻겠나?

그러면 지나치게 집중된 사고의 무게에 눌려서 제대로 작동하지 못하는 자네의 무의식 세계가 그 문제를 풀어줄 수 있을지 누가 알겠나?"

트레비스는 잠깐 당황한 표정을 짓더니 이내 웃었다.

"글쎄, 그럴 수도 있겠군요. 그러면 말씀해 보세요, 교수님. 무엇 때문에 지구에 관심을 갖고 있지요? 우리 인류가 하나의 특별한 행성에서 탄생했다는 괴상한 이론은 도대체 어떻게 형성된 것입니까?"

"아!"

페롤랫이 생각났다는 듯이 고개를 끄덕였다.

"그 이야기를 하려면 30년 전 정도의 과거로 거슬러 올라가야지. 대학에 다니던 시절에 나는 장래에 생물학자가 되기로 마음먹었다네. 특히 서로 다른 세계에 살고 있는 여러 인종들의 변이에 관심이 있었지. 그 변이란 자네도 알다시피, 아니 자네가 모를 수도 있겠지만, 어쨌든 변이는 아주 작아. 은하계 전역을 통해서 모든 생명의 형식은, 아니 최소한 우리가 지금까지 만날 수 있었던 생명들의 형식은 물을 기본으로 하여 단백질·핵산 화학작용을 하고 있지."

트레비스가 말했다.

"저는 군사학교를 졸업했습니다. 그곳에서는 핵공학과 중력공학에 중점을 두었지만 엄밀한 의미에서 저는 좁은 분야에만 국한되는 전문가는 아니에요. 생명의 화학적 기초에 대해서도 조금은 알고 있지요. 우리는 물, 단백질, 핵산이 생명의 유일한 기본 요소라고 배웠어요."

"내 생각에 그것은 인정할 수 없는 이론이야. 다른 형태의 생명을 아직 발견하지 못했거나 인지할 수 없었다고 하는 편이 더 정확하지. 더 놀라운 것은 토착 인종이 수적으로 극히 적다는 사실이야. 토착 인종이란 유일하게 한 행성에서만 발견되고 다른 곳에서는 발견되지 않는 인종을 말하지. 은하계 모든 거주지에 분포하여 살고 있는 호모 사피엔스를 포함한 대부분의 인종들은 생화학적·생리학적·형태학적으로 서로 긴밀하게 연관되어 있지. 그런데 토착 인종들은 널리 분포해 있는 이들 인종들과 여러 가지 면에서 다른 특성들을 가지고 있어."

"그래서요?"

"결론은 은하계에 있는 모든 행성은 다른 행성과 다르다는 거지. 정확한 숫자는 잘 모르겠지만 은하계에 있는 행성 수천만 개는 각자 생명을 발생시켰어. 아주 단순한 생명, 연약한 생명, 숫자가 적은 생명, 다양하지도 않고 유지하는 자체도 어렵고 쉽게 번질 수도 없는 생명. 그런데 한 행성, 오로지 그 행성은 수백만 종에 달하는 생명을 발생시킨 거야. 그 가운데에는 고도로 발달하고 아주 전문화되고 번식력도 크고 퍼져 나가기도 쉬운 종도 있었지. 우리 인간도 그 가운데 하나이고.

우리는 지능이 높아서 문명을 만들고 초공간비행을 발전시키고 그래서 은하계에 식민지를 건설할 수 있었어. 은하계로 퍼져 나가는 과정에서 우리는 여러 가지 다른 형태의 생명들을 동반하게 된 셈이지. 서로 다른 형태는 물론이고 우리 자신하고도 관련된 형태들 말이야."

페롤랫이 말하자, 트레비스가 무관심한 어투로 대답했다.

"그렇게 생각하신다면 일리가 있는 것 같습니다. 지금 우리가 사는 은하계에서 말입니다. 모든 생명이 특정 행성에서 시작했다면 그 행성은 다른 행성과 달라야 합니다. 그렇지 않아요? 하지만 그렇게 자유분방한 형태로 생명이 발생할 가능성은 극히 희박할 수밖에 없겠지요. 아마 1억 분의 1정도? 행성 1억 개 가운데에서 생명을 잉태한 행성 역시 하나밖에 없습니다. 딱 하나요."

"하지만 그 특별한 행성을 다른 행성과 구별 짓도록 하는 것은 뭐지?

그곳을 유일한 곳으로 만드는 조건이 도대체 뭐란 말인가?"

페롤랫이 흥분한 어조로 말했다.

"단지 우연이겠지요. 결국 인간과, 인간과 연관된 생물은 지금은 수천만 개의 행성 위에 존재하고 있어요. 이들 행성 모두 생명을 유지시킬 수 있는 충분한 조건을 갖고 있는 셈입니다."

"아니야, 일단 인류가 진화하여 과학기술을 발전시키고 생존 경쟁을 통해 강인해지면 그다지 조건이 좋지 않은 행성에서도 적응하여 생활할 수 있어. 터미너스 같은 곳이 그 좋은 예이지. 하지만 그런 터미너스에서 지능을 지닌 생명이 발생한다는 걸 상상할 수 있겠나? 인간이 최초로 터미너스를 점유했던 백과사전 편집자 시대에 터미너스에서 자라고 있던 식물의 가장 발달된 형태는 바위에 자라나는 이끼 정도였어. 동물의 경우, 바다에 사는 산호나 육지에 날아다니던 곤충 같은 유기체가 고작이었지. 우린 그것들을 완전히 말살시키고 바다와 육지를 물고기와 토끼, 염소, 잔디, 곡식, 나무 등등으로 채워놓았지. 그 행성 위에 있던 토착생물들은 동물원이나 수족관에 남아 있는 것을 제외하고는 하나도 남아 있지 않아."

"흠……!"

트레비스는 낮은 신음소리를 냈다.

페롤랫은 1분 가까이 트레비스를 응시한 다음에야 한숨을 쉬고 말했다.

"자네는 그런 생각이 들지 않나? 놀라운 일이군! 난 자네같이 생각하는 사람은 한 번도 본 적이 없네. 하긴 자네가 나처럼 흥미를 갖지 못하게 만든 것은 내 잘못이야."

트레비스가 말했다.

"아뇨. 재미있어요. 그래서 어쨌다는 거지요?"

"한 행성이 은하계에서는 보기 드물게 정말로 풍부한 토착종들로 생태학적인 균형을 이루고 있다면 그 행성을 연구해 보고 싶다는 생각이 안 드나?"

"제가 생물학자였다면 그럴지도 모르지요. 하지만 교수님도 알다시피 저는 생물학자가 아니에요. 그걸 이해하셔야 할 겁니다."

"물론이지. 하긴 생물학자라도 그런 문제에 대해 관심을 갖는 사람들은 찾아보질 못했으니까. 자네에게 원래 내 전공이 생물학이라고 말했었던가? 난 이 문제를 내 지도교수에게 가지고 갔었지만 별로 관심 없어 하더군. 그는 오히려 다른 실질적인 문제에 관심을 돌리라고 충고했어. 나는 그 말에 넌덜머리가 나서 대신 역사학을 택한 거야. 역사학은 십 대부터 취미를 가졌던 분야였으니까. 그러고는 그런 각도에서 '근원에 대한 의문'에 다시 도전했지."

트레비스가 말했다.

"그렇지만 적어도 그 때문에 평생의 일을 얻은 게 아닙니까? 오히려 그 교수의 무지에 감사해야 하겠네요."

"그래, 그렇게 생각할 수도 있겠지. 그 일은 평생을 몰두해도 결코 싫증이 나지 않을 만한 일이지. 하지만 난 자네도 나처럼 흥미를 갖게 되기를 바라네. 이렇게 평생을 나 혼자하고만 얘기해야 한다는 느낌이 너무 싫거든."

트레비스는 머리를 뒤로 기대며 웃었다.

페롤랫의 얼굴에 기분이 상한 듯한 기색이 떠올랐다.

"왜 웃는 건가?"

"페롤랫 교수님을 보고 웃는 것이 아니에요. 제 자신의 어리석음이 우스워서 웃었던 거예요. 제게 관심을 보여 주신 데 대해 진심으로 고맙게 생각하고 있어요. 교수님 말이 옳아요."

"'근원에 대한 의문'에 대해 연구하는 것 말인가?"

"아니, 글쎄 그것도 해당되겠지요. 하지만 제 말은 너무 지나치게 한 가지 문제에만 파고들지 말라는 교수님의 충고가 옳았다는 말입니다. 그 방법이 효력을 발휘했어요. 생명이 어떤 식으로 진화했는가에 대한 토론을 벌이는 동안, 초공간추적기를 찾아낼 방법이 마침내 떠올랐거든요. 그게 존재한다면 말입니다."

"그래?"

"그래요. 아깐 제 편집증적인 집착 때문에 마치 과거에 훈련용 우주선에 타고 있을 때처럼, 초공간추적기를 찾기 위해 눈으로 우주선 곳곳을 샅샅이 조사하고 있었습니다. 뭔가 다른 부분들과 차이를 보이는 것이 하나 없나 하면서 말입니다. 이 우주선이 수천 년간의 기술적 진화가 빚은 산물이라는 사실을 잊고 말이죠. 내 말을 이해하시겠어요?"

"무슨 말인지 모르겠는데? 트레비스."

"우리에게 컴퓨터가 있잖아요. 내가 왜 그걸 생각지 못했을까?"

그는 페롤랫에게 따라오라고 재촉하듯 손짓을 하더니 자기 방으로 들어갔다.

"그저 교신을 시도하기만 하면 됩니다."

그는 이렇게 말하며 컴퓨터에 손을 올려놓고 수천만 킬로미터나 떨어져 있는 터미너스와의 접촉을 시도했다.

'도착! 말하라!' 마치 신경의 한 끝이 저 밖을 향해 빛의 속도로 뻗어 가고 있는 듯했다.

트레비스는 접촉한 것을 느꼈다. 하지만 실제 접촉한 것이 아니라 느낌이었다. 아니 느낌이라는 것도 정확한 표현은 아니었다. 어쨌든 그건 중요한 문제가 아니었다. 어차피 그것은 말로 표현할 수 없는 문제였기 때문에…….

그는 터미너스가 수신 거리에 있다는 것을 알고 있었다. 그와 터미너스 사이의 거리는 엄청났고 초당 20킬로미터로 더욱 멀어지고 있었지만, 접촉은 마치 행성과 우주선이 움직이지 않고 불과 수 미터 떨어져 있는 것처럼 유지되고 있었다.

그는 아무 말도 없이 그저 입을 꽉 다물고 있었다. 그는 단지 통신의 원리를 시험해 볼 뿐이었다. 그는 실제로 통신하고 있지 않았다.

저 멀리 8파섹 떨어져 있는 곳에 아나크레온이 있는데, 은하계 기준으로 볼 때에 모든 점에서 가장 가까우면서 가장 커다란 행성이었다. 터미너스에서 이제 막 서비스를 시작한 빛의 속도와 똑같은 시스템으로 전갈을 보내서 응답을 받으려면 은하 표준시간으로 52년이 걸리는 거리였다.

'아나크레온에 도달하라!' 아나크레온을 생각하자. 될 수 있는 한 선명하게 생각하자. 컴퓨터, 너는 터미너스와 은하핵의 상대적인 위치를 알고 있다. 너는 행성의 지리와 역사를 알고 있을 것이다. 너는 아나크레온을 다시 되찾는 데(적에 의해서 탈취된 경우에) 필요한 군사적인 문제들을 해결하였다.

공간! 너는 실제로 아나크레온에 가 본 적이 있다.

그것의 모습을 머릿속에 그려라! 너는 초공간추적기를 통해 그 행성 위에 있는 것 같은 느낌을 가질 수 있을 것이다.

하지만 아무것도 느낄 수 없었다! 그에게서 뻗어 나간 신경의 말단은 부르르 떨렸고 어느 곳에서도 안정을 취하지 못했다.

트레비스는 긴장을 풀었다.

"파스타호에는 초공간추적기가 없어요. 페롤랫 교수님. 잘됐어요. 교수님의 제안에 따르지 않았다면 이런 결론에 도달하기까지 굉장히 오랫동안 헤맸을 거예요."

페롤랫은 별다른 표정을 짓지는 않았지만 기쁨의 기색까지 감추지는 못했다.

"내가 도움이 되었다니 너무 기쁘군. 이제 도약을 할 수 있는 건가?"

"아니, 아직도 이틀은 기다려야 해요. 안전하려면 큰 질량으로부터 멀리 떨어져야만 하니까요. 제가 했던 말 기억하세요? 전혀 익숙하지 않은 새 우주선으로 정확한 과정들을 산출해 내려면 이틀은 족히 걸릴 겁니다. 특히 최초의 도약이니만큼 확실한 하이퍼 추력(推力)을 가지려면 말입니다. 하지만 컴퓨터가 잘 해내겠지요."

"그럼 이제 지루한 시간만 남아 있는 셈이군. 나는 더 지루할 테고."

"지루하다고요?"

트레비스가 활짝 미소를 지었다.

"절대 그런 일은 없을걸요. 페롤랫 교수님. 저와 지구에 대해 토론을 계속 한다 해도 그렇게 지루할까요?"

"진심인가? 괜히 나를 기쁘게 해 주려고 하는군. 어쨌든지 자넨 정말 친절해. 정말이야."

"천만에요! 그저 재미있을 것 같아서 그러는 겁니다. 교수님이 제게 그런 이야기들을 해 주었기 때문에 비로소 지구가 이 우주에서 가장 중요하고 엄청나게 흥미로운 대상이라는 걸 깨달았으니까요. 감사할 사람은 오히려 접니다."

2

처음 페롤랫이 지구에 대한 자신의 독자적인 시각을 피력하는 순간 트레비스는 그의 이야기에 강한 충격을 받았다. 하지만 그때는 트레비스가 초공간추적기 문제로 온통 마음을 빼앗기고 있던 때였기 때문에 그는 즉시 그 문제에 대해 반응을 보일 수 없었다. 하지만 초공간추적기에 대한 문제가 사라져 버린 순간 그의 관심은 페롤랫의 이야기로 되돌아갔다.

아마도 해리 셸던의 발언 중에서 가장 자주 반복되는 말 가운데 하나는 '터미너스로부터 은하계의 반대쪽 끝에 제2파운데이션이 있다'는 말일 것이다. 셸던은 그곳을 '성계의 끝'이라 불렀다.

그것은 가알 도닉이 제국 법정에서 재판을 받은 기록에 포함되어 있던 말이었다. '은하계의 반대쪽 끝', 이것은 셸던이 도닉에게 해 주었던 말이었는데 그 이후 그 말의 중요성은 계속 논란이 되어 왔다.

은하계 한쪽 끝과 '다른 쪽' 끝을 연결하는 건 무엇일까? 직선일까, 나선일까, 원일까, 아니면 다른 무엇일까?

그런데 지금 은하 지도에 그릴 수 있는 건(그려야 하는 건) 선도 아니고 곡선도 아니라는 사실이 트레비스의 머리에 갑자기 또렷하게 떠올랐다. 그것은 그 이상으로 애매한 형태였다.

은하계 한쪽 끝에 터미너스가 있다는 사실은 명백했다. '끝'이라는 말을 할 수 있는 곳은 말 그대로 은하계 가장자리, 우리 파운데이션 가장자리였다. 셸던이 당시에 그런 말을 할 때만 해도 파운데이션은 은하계에서 '가장 새로운' 세계, 이제 막 건설을 시작한 세계, 예전에는 단 한 순간도 존재하지 않은 세계였다.

그런 점에서 은하계 다른 쪽 끝은 어떨까? 다른 파운데이션의 가장자리는? 은하계에서 가장 오래된 세계가 아닐까? 페롤랫이 스스로도 무슨 말인지도 모르고 한 주장에 따르면 그건 지구일 가능성이 많다. 그렇다! 제2파운데이션은 지구에 있을 가능성이 많다.

그러나 셀던은 은하의 다른 한쪽 끝이 '성계의 끝'에 있다고 했다. 그가 은유적으로 말하고 있는 것이 아니라고 누가 장담할 수 있을까? 페롤랫의 말대로 인류의 역사를 거슬러 올라가 보면 그 궤적은 생물이 살고 있는 하나의 행성 위에 빛을 비추고 있는 여러 개의 행성계로부터 다른 행성계로, 그러고는 최초의 이주자들이 왔던 다른 별들로 이어진다. 그러고는 다시 다른 하나의 행성으로……. 마침내 모든 궤적은 인간이 최초로 발생한 행성으로 이어진다. 바로 그 행성 즉 지구 위에 빛을 뿌리고 있는 곳이 바로 '성계의 끝'인 것이다.

트레비스는 미소를 지으면서 부드러운 목소리로 말했다.

"지구에 대해서 좀 더 얘기해 주세요, 페롤랫 교수님."

그러나 페롤랫은 고개를 절레절레 흔들었다.

"난 남김 없이 말했네. 정말이야. 트랜터에 가게 되면 더 많은 것을 알 수 있겠지."

"아니, 그렇지 않을 겁니다. 거기서는 아무것도 발견하지 못할 게 분명해요. 왜냐고요? 지금 우린 트랜터로 가는 게 아니기 때문입니다. 이 우주선을 조종하는 건 바로 저니까 그것만은 확실하게 말할 수 있습니다!"

페롤랫은 놀라 입을 딱 벌렸다. 그는 잠시 숨을 몰아쉬다가 간신히 입을 뗴었다.

"이, 이, 이보게!"

"제 말을 들어 보세요, 페롤랫 교수님. 그런 표정 짓지 마세요. 우린 이제 지구를 찾아가는 겁니다."

"하지만 그건 트랜터에서만 알 수……!"

"아닙니다! 그곳에서는 아무것도 알아낼 수 없을 거예요. 트랜터에서는 고작해야 다 부서져 가는 필름 조각이나 먼지에 쌓인 서류들만 볼 수 있을 뿐입니다. 그곳에 있다가는 교수님까지도 부서져 버리거나 먼지로 변해 버릴 거예요."

"수십 년간 내가 꿈꾸어 오던 곳인데……."

"교수님의 꿈은 지구를 찾는 것이잖아요?"

"하지만 그건 오직……."

트레비스는 자리에서 일어나더니 페롤랫을 찍어 누를 듯 그의 웃옷을 움켜잡았다.

"다시는 그런 말을 하지 마세요! 두 번 다시 되풀이하지 말라고요! 이 우주선에 오르기 직전에 교수님은 제게 지구를 찾아간다고 말했고, 교수님은 우리가 틀림없이 그곳을 찾아내고 말 거라고 했어요. 교수님의 말을 그대로 인용한다면 '매우 가능성이 높기 때문'이죠. 이제 저는 교수님에게서 두 번 다시 '트랜터'라는 말을 듣고 싶지 않아요. 지구를 찾을 수 있는 가능성에 대해서만 말해 주셨으면 좋겠군요."

"그렇지만 그건 확인을 거쳐야만 하네. 어디까지나 그건 희망사항에 지나지 않아. 단지 실낱같은 가능성일 뿐이야."

"좋아요, 그 가능성에 관해 얘기해 봐요."

"자넨 이해를 못해. 간단하게 이해할 수 있는 문제가 아니라네. 이건 나 이외에는 어떤 사람도 연구해 보지 않은 분야야. 역사적인 어떤 근거도 없고, 확실한 것도 실제적인 것도 없어. 사람들은 지구에 대해서 실제로 존재하는 것처럼 말하기도 하고 전설적인 존재처럼 말하기도 하지만 그런 모순되는 이야기들은 수백만 가지나 된단 말일세."

"그러면 교수님의 연구는 어떻게 이루어진 것이죠?"

"나는 그런 이야기들 하나하나, 그럴 듯한 역사들을 한 조각도 빼놓지 않고 모으고 또 모든 전설이나 막연한 신화까지 모두 수집했지. 30여 년 동안 모든 허구적 사실까지 포함해서 지구라는 이름 혹은 '기원의 행성'이라는 이름이 들어가기만 하면 어떤 것이라도, 이 은하계 내에서 발견할 수 있는 모든 것들을 모았지. 이제 은하 도서관에서 좀 더 신뢰할 만한 몇 가지 사실들만 모을 수 있다면 거의 망라되는 셈이야. 하지만 자넨 내가 그 말을 하기를 원하지 않으니……."

"네, 더 이상 그 말은 하지 마세요. 대신 그 많은 것들 중에서 가장 교수님의 관심을 끌었던 자료 하나를 말해 주세요. 그리고 그것이 왜 다른 것과는 달리 주의를 끌게 되었는지에 대한 이유를 설명해 주세요."

페롤랫은 고개를 저었다.

"이보게, 트레비스. 이렇게 말하는 것을 용서하게. 자넨 지금 마치 병사나 정치가처럼 이야기하고 있어. 하지만 역사는 그런 식으로 움직이는 것이 아니라네."

트레비스는 심호흡을 하면서 간신히 화를 삭였다.

"그렇다면 역사가 어떻게 작용하는지 제게 말해 주세요, 페롤랫 교수님. 우리에게 이틀이라는 시간적 여유가 있어요. 자, 제발 가르쳐 주세요."

"하나의 신화나 하나의 집단에 의존할 수는 없네. 난 그것들을 모두 모아서 분석하고 종합해 보았네. 그리고 그 내용들의 상이한 측면들을 나타내기 위해서 기호화했지. 그 내용들은 도저히 납득이 가지 않는 날

씨에 대한 이야기, 실제로 존재하는 것과는 모순되는 행성계에 대한 천문학적 자료들, 토착민 출신이라고 볼 수 없는 문화적 영웅들의 발상지에 관한 것 등등 글자 그대로 수천 개의 주제들이었어. 지금 모든 목록을 열거할 필요는 없겠지. 그러려면 이틀 가지고는 어림도 없으니까. 난 그 일을 하느라고 30년을 보냈어.

그러고는 컴퓨터 프로그램 작업을 통해 이 신화들 속에서 공통적인 내용을 찾아내고 실제로는 불가능한 것들을 제거하는 변형 작업을 했지. 점차 난 지구의 모델이 어떠할 것이라는 결론에 다가가고 있었어. 결국 인류가 단일 행성에서 탄생했다면 그 단일 행성은 모든 기원 신화, 모든 문화 속의 영웅 이야기들이 어떤 공통점을 가지고 있다는 사실을 보여줘야 하지. 내가 더 자세하게 수학적으로 설명해 주기를 원하나?"

트레비스는 말했다.

"아니, 지금 당장은 필요 없어요. 하지만 교수님이 수학을 잘못 구사했기 때문에 잘못된 결론에 도달하지 않았다고 어떻게 장담할 수 있나요? 터미너스는 트랜터의 식민 행성으로서 불과 5세기 전에 건설되었고, 최초의 인류가 수십(수백이 아니라)에 이르는 행성 출신의 이주민이라는 사실은 잘 알려져 있지요. 하지만 그런 사실을 잘 모르는 사람들, 심지어 해리 셸던과 샐버 하딘이 터미너스 출신이 아니라는 사실도 모르는 사람들이라면, 그들이 지구에서 왔고 또한 트랜터가 지구를 나타내는 실제 이름이라고 추측할 수도 있지 않을까요? 가령 셸던 시대에 묘사된 대로의 트랜터를 찾아 나선다고 하면, 지금은 모든 육지의 표면이 금속으로 덮인 행성을 찾아낼 수는 없는 것과 마찬가지죠. 그렇게 되면 그들은 트랜터에 관한 것을 신화라고 여기겠죠."

갑자기 페롤랫의 표정에 기쁨이 흘렀다.

"내가 아까 자네를 군인이나 정치가 같다고 한 말을 취소하겠네. 자네 뛰어난 직관력을 갖고 있어. 물론 내가 조정해야 하지만 말이야. 난 내가 모아 놓은 모방 신화나 실제로 역사를 왜곡한 사실들을 토대로 백여 가지의 가능성들을 만들었네. 그래서 그것들을 하나의 모델에 꿰맞추려고 했지. 내가 만들어 놓은 것 중의 하나는 터미너스의 초기 역사에 근거하고 있네. 하지만 컴퓨터는 그것들을 모조리 거부했어. 내가 어떤 것들을 그럴 듯하게 창작해 내는 재능이 부족하다는 것을 보여 준 셈이지. 하지만 난 최선을 다했어."

"저도 교수님이 최선을 다했으리라는 것은 의심하지 않아요. 그런데 그 모델이 지구에 대해 가르쳐 준 것은 무엇이지요?"

"여러 각도의 개연성이라고나 할까? 지구에 대한 일종의 윤곽 정도지. 예를 들면 은하계 내 거주 행성의 90퍼센트가 은하표준시 22시에서 26시 사이의 자전주기를 갖고 있다는 것······"

그때 트레비스가 말을 잘랐다.

"그런 문제에 시간을 낭비하지 않는 편이 좋을 것 같은데요. 그 정도는 너무나 당연한 사실이에요. 사람이 살 수 있는 행성이라면 너무 빠른 속도로 자전해서 대기 순환 패턴이 폭풍우를 만들어 내게 해서도 안 되고 반대로 너무 느려서 기온의 변화 패턴이 지나치게 극단적이어서도 안 되는 것이죠. 그러니까 결국 그 특징은 우리 자신의 선택일 뿐이죠. 인간은 적당한 조건을 지닌 행성에 살기를 좋아하기 때문에 거주 가능한 모든 행성들이 이런 특성 면에서 서로 닮아 있으면 '이 얼마나 놀랄 만한 일치인가.' 하고 감탄하지만, 실상 그건 조금도 놀랄 만한 일도 아니고 우연의 일치도 아니죠."

페롤랫이 조용히 말했다.

"사실 그건 사회과학에서는 잘 알려진 현상이야. 물리학에서도 마찬가지일 거라고 믿네. 하지만 난 물리학자도 아니고 그에 관해서는 확실히 알지도 못해. 어쨌든 그것은 '인류학적 원리'라고 불리지. 관측자는 대상을 관측하기 위해서 단지 그곳에 있거나 그것을 바라보는 행위만으로도 관측 대상에 영향을 주지. 그러나 문제는 그런 모델로 작용하는 행성에 어디에 있는가 하는 것이야. 어떤 행성이 은하표준시간인 24시간에 맞추어서 정확하게 자전을 하고 있는가 하는 문제이지."

트레비스는 골똘히 생각에 잠긴 표정이었다. 그는 아랫입술을 삐쭉 내밀더니 이렇게 말했다.

"그게 지구일 거라고 생각하는 겁니까? 하지만 은하표준일이나 시간은 '어떤' 행성이 위치하는 국지적인 특성에 근거하고 있을 수 있잖아요."

"꼭 그렇지는 않지. 그건 인간의 방식이 아니야. 트랜터는 1만 2000년 동안이나 은하의 수도행성이었어. 2만 년 동안 가장 인구가 많은 행성이었지. 그러나 그 행성은 모든 은하계에 1.08GSD(은하표준일)이라는 자전주기를 강요하지는 않았어. 그리고 터미너스의 자전주기는 0.91GSD이지만 우리가 지배하는 행성들에 대해 우리의 자전주기를 강요하지도 않았지. 모든 행성은 자신들의 국지적인 행성일 체계에서 나름대로 계산하는 법을 이용하고 있어. 행성간의 중요한 일들이 있을 때는 컴퓨터의 도움으로 LPD(국지일)와 은하표준일 사이에서 앞뒤로 조정하게 되는 거지. 은하표준일은 지구로부터 왔음이 틀림없어."

"틀림없다는 근거가 무엇이죠?"

"한 가지 이유로는 지구가 한때 유일한 거주 행성이었기 때문에 자연히 지구의 하루와 년이 전체의 기준이 되었을 거고, 다른 행성들에 사람들이 거주하게 되면서부터는 사회적 관성으로 인해 지금껏 기준으로 남았을 확률이 높기 때문이야. 그리고 또한 내가 만들어 낸 모델은 은하표준시간인 24시간에 꼭 맞게 자전하는 지구의 모델이었어. 게다가 은하표준년에 맞추어 태양 주위를 공전하고 있었고."

"우연의 일치가 아닐까요?"

페롤랫이 웃었다.

"이제는 자네가 그 말을 쓰는군. 우연의 일치로 일어나는 그런 일에 내기를 걸어보겠나?"

"좋아요."

트레비스가 중얼거렸다.

"사실, 그 이상의 사실도 있네. 월(月)이라는 케케묵은 시간 단위가 있어."

"저도 그건 들어 보았어요."

"그건 분명히 지구 주위를 돌고 있는 위성의 공전주기와 일치했어. 하지만……."

"하지만?"

"그런데 그 모델에서 놀라운 요소는 내가 말한 그 위성이 지구 직경의 4분의 1이 될 정도로 크다는 점일세."

"그런 건 들어본 적이 없는데요, 페롤랫 교수님. 그런 위성을 지닌 거주 행성은 은하계엔 없어요."

"하지만 그건 사실이야."

페롤랫이 활기를 띠며 말했다.

"만일 지구가 다양한 생물을 탄생시켰고 지적 생물들을 진화시킨 유일한 행성이라면 물리적인 면에서도 어떤 독특함을 가지고 있었을 게 분명하지 않겠나?"

"하지만 그 거대한 위성이 다양한 생물이나 지적 능력 같은 것과 어떤 관련이 있지요?"

"글쎄, 바로 그 점이 어려운 문제야. 나도 정말 모르겠어. 하여튼 그건 조사해 볼 만한 가치가 있다는 생각이 들지 않아?"

트레비스는 일어서서 팔짱을 끼고 말했다.

"그렇다면 무슨 문제가 있다는 거지요? 거주 행성에 대한 통계들을 보고 자전주기와 공전주기가 각각 정확하게 은하표준일과 표준년이 되는 행성을 찾아보면 될 텐데. 그리고 만일 그 행성이 거대한 위성을 갖고 있다면 그게 교수님이 찾고 있는 곳 아닐까요? 저는 교수님이 했던 말씀대로, 즉 '훌륭한 가능성'이 있다는 생각에 따라 교수님이 이 일을 시작했고 그 행성을 찾았다고 추측하는데요?"

페롤랫은 당황한 표정이었다.

"음, 그건 정확한 건 아니야. 난 통계들을 살펴보았지. 적어도 천문학 분야에 대해서는 그렇게 했어. 하지만 유감스럽게도 그런 행성은 없었어."

트레비스는 다시 퉁명스럽게 자리에 앉았다.

"그럼 교수님의 주장 전부가 완전히 잘못된 것이었단 말인가요?"

"완전히는 아니지만, 그런 것 같아."

"완전히는 아니라니요? 교수님은 모든 종류의 세밀한 묘사가 담긴 모델을 만들어 냈지만 그 모델에 맞는 것을 찾지 못했다면 교수님의 모델은 소용이 없었다는 것 아닌가요? 그럼 처음부터 다시 시작해야만 한다는 말인데······."

"아니, 그 말은 인간이 거주하고 있는 행성에 대한 통계들이 불완전했다는 뜻이야. 수천만 개에 달하는 행성들 중에서 몇 개는 아주 인구가 적은 행성이었지. 예를 들면 인구가 조밀한 다른 행성의 절반 정도 되는 행성에 대한 통계들은 정확하지가 않았어. 64만의 인구가 사는 행성에 대해서는 그 행성의 이름이나 위치 외에는 거의 알려진 정보가 없었지. 몇몇 은하 지도 연구가들은 전혀 기록되지 않은 거주 행성들도 1만여 개나 된다고 추정하더군. 그 행성들은 어떤 면에서는 그 편을 좋아할지도 모르지. 제국시대 동안 과세를 면할 수 있었을 테니까."

트레비스가 냉소적으로 응수했다.

"그 뒤 몇 세기가 지나도록 달라진 게 없다면 그 행성들은 우주 해적들에게는 근거지 역할을 했을지도 모르고, 어쩌면 몇몇 행성들은 일반 무역 행성보다 더 부유했을지도 모르겠군요?"

페롤랫은 자신 없이 말했다.

"그런 것들에 관해서는 아는 바 없네."

"하지만 지구가 그런 것을 좋아했든 싫어했든 거주 행성의 목록에 올라 있을 거라고 생각되는데요. 교수님 정의에 따르자면 지구는 행성들 중에서 가장 오래된 것이고, 은하문명 초기 동안에는 간과될 수 없었던 곳일 테니까 말이에요. 일단 목록에 올라갔다면 그 기록은 그대로 유지되었을 것 아닙니까? 거기서도 우린 사회적 관성을 확실히 볼 수 있지요."

페롤랫은 머뭇거리며 고민하는 듯했다.

"실제 거주 행성의 목록에는 지구가 들어 있어."

트레비스는 페롤랫을 바라보며 말했다.

"제 기억에는 교수님이 지구라는 이름이 목록에 없다고 한 말이 선명하게 남아 있는데요?"

"지구라는 이름으로는 없지. 하지만 가이아라는 이름의 행성이 있다네."

"뭐라고요? 가이아?"

"철자는 G, A, I, A야. '지구'라는 의미지."

"왜 그 뜻이 하필 지구라는 거죠? 내겐 무의미한 철자처럼 느껴지는데……."

페롤랫의 무표정한 얼굴이 찌푸린 상으로 변했다.

"자네가 이 말을 믿으리라고는 확신할 수 없네. 하지만 내가 그 신화들을 분석해 보니까 지구에는 서로 이해할 수 없는 몇 개의 언어가 있었던 것 같네."

"뭐라고요?"

"그래, 은하계에는 수천 가지 방언들이 있지."

"은하계에는 분명 방언들이 있지요. 하지만 서로 이해할 수 없을 정도는 아니죠. 그중 몇 개는 이해하기 곤란하지만 그 정도면 우리 모두는 은하 표준어를 쓰고 있는 셈이지요."

"확실히 그래. 하지만 그건 우리가 성간 여행이라는 통로를 갖고 있기 때문이지. 만일 어떤 행성들이 오랫동안 고립되어 있었다면?"

"교수님은 지금 지구에 관해 이야기하고 있는 것 아닌가요? 지구라는 단일행성에 '고립'이란 말이 어떻게 해당되죠?"

"지구는 기원 행성이야. 그 점을 잊지 말게. 그곳에 살던 인간들은 한때 상상할 수 없을 정도로 원시적이었어. 성간 여행도 컴퓨터도 과학기술도 전혀 없는, 현재의 인간이 아닌 원시인들이 오랜 시간을 거쳐 인간으로 진화했지."

"그것 참 이상한 얘기로군요."

페롤랫은 그 말에 잠시 어리둥절한 표정을 하다가 이렇게 말했다.

"그걸 가지고 논쟁하는 건 소용이 없을 거야, 친구. 지금까지 난 그 사실을 누구한테도 납득시킨 적이 없으니까. 내가 잘못해서 그런 게 분명해."

트레비스는 곧 자신의 태도를 후회했다.

"페롤랫 교수님, 사과하겠어요. 별 생각 없이 말한 겁니다. 교수님의 이야기가 너무 생소한 것이라서요. 교수님은 30여 년 동안이나 그 이론을 발전시켜 왔지만 전 한꺼번에 모든 이야기를 듣고 있는 중이니까 이해해 주세요. 그렇다면 지구의 원시인은 서로 다르고 전혀 이해할 수 없는 두 가지 언어로 이야기하고 있던 꼴이군요."

"아마 여섯 가지 언어는 될 걸세."

페롤랫이 말했다.

"필경 지구는 몇 개의 커다란 땅덩어리로 나뉘어 있었을 거야. 그리고 처음에는 그들 사이에 전혀 교류가 없었을 테지. 각각의 땅덩어리에 사는 거주자들은 자신들 나름의 언어를 발달시켰을 거야."

트레비스는 조심스러우면서 진지한 목소리로 말했다.

"각 땅덩어리 위에 살던 그들이 일단 서로 알게 되자 그들은 '근원'에 관한 문제를 두고 논쟁하기 시작했고, 어느 대륙에서 인간이 최초로 동물로부터 벗어나게 되었는가를 알아내고자 찾아 헤맸을 거예요."

"그들이 그러는 것도 당연하지, 트레비스. 그건 그들이 취할 수 있는 아주 자연스러운 행동이었을 거야."

"그들이 사용했던 언어들 중에는 지구를 뜻하는 가이아라는 말이 있었겠지요? 게다가 '지구'라는 말 자체도 그 언어들 중 어느 한 언어에서 유래했을 것이고."

"그렇지, 그래."

"은하 표준어로 '지구'라는 말이 '지구'를 뜻하는 어떤 특정한 언어로부터 유래된 말이라면, 어떤 이유에서인지는 모르지만 지구인들이 자신의 행성을 또 다른 언어로 '가이아'라고 부를 수도 있는 것 아니겠어요?"

"정확해. 자넨 정말로 머리가 좋아, 트레비스."

"하지만 제 생각에는 그걸 그렇게 수수께끼처럼 만들어 놓을 필요가 없었던 것 같은데요? 만일 가이아가 이름은 다르지만 실제로 지구라면, 교수님이 앞서 주장한 대로 가이아는 은하표준일 자전주기와 은하표준년의 공전주기를 보여야 하고, 한 달을 주기로 거대한 위성이 그 주위를 돌고 있어야 하는데……."

"그렇지, 그렇게 되어야만 하지."

"그럼 그런 요건들을 충족시키고 있다는 건가요?"

"실은 난 대답은 할 수가 없네. 그에 관한 정보는 목록에 나와 있지 않거든."

"그래요? 그러면 가이아로 가서 주기를 측정하고 위성을 찾아볼까요?"

"난 그러고 싶네, 트레비스."

페롤랫은 머뭇거리며 대답했다.

"문제는 위치가 정확히 알려져 있지 않다는 거지."

"그러면 교수님이 알고 있는 거라고는 이름 외에는 아무것도 없고 오직 교수님의 그 뛰어난 가능성에 대한 믿음밖에 없단 말씀이세요?"

"그 때문에 내가 은하 도서관을 방문하고 싶어 했던 거지."

"기다려 보세요. 교수님은 그 목록에 정확한 위치가 나와 있지 않다고 했는데, 그러면 도서관에 가면 다른 정보가 있을까요?"

"세이셸 성구(聖區)로 분류되어 있을 거야. 물음표를 붙여 놓고……."
"그러면 풀이 죽어 있을 필요가 없어요. 세이셸 성구로 가서 어떻게든 가이아를 찾아봅시다."

제7부
농부

1

스토 젠디발은 대학 바깥으로 나 있는 시골길을 따라 터벅터벅 걸어갔다. 제2파운데이션인이 트랜터의 농경 구역에 발을 들여놓는다는 것은 위험을 수반하는 일이기 때문에 일반적인 관례가 아니었다. 물론 그곳에 들어갈 수는 있었지만 설령 들어가더라도 아주 멀리 혹은 오랫동안 그곳에 머물지는 않았다.

하지만 젠디발은 예외였다. 그는 과거에 그 관례에 관한 의문을 품었다. 의문을 품는다는 것은 자신의 마음을 조사하는 것을 의미했고, 그것은 발언자들이 특히 장려하는 일이었다. 그들의 마음은 무기가 되기도 하지만 갑자기 다른 사람의 과녁이 되는 일도 있기 때문에, 그들은 공격과 방어 모두를 철저히 연습하지 않으면 안 되었다.

젠디발은 자신이 다른 사람들과 다른 이유 중 하나는 그가 다른 평범한 거주 행성보다 훨씬 크고 추운 행성 출신이기 때문이라고 단정지어 버렸다. 그것은 상당 정도 자기만족을 위한 결론이기도 했다. 따라서 그가 소년 시절에 트랜터로 왔을 때(그는 재능 있는 인재들을 찾아내려고 은하계 전역에 걸쳐 제2파운데이션의 정보원들이 쳐 놓은 그물에 걸려 트랜터로 왔다.) 기분 좋을 정도로 따스한 기후와 훨씬 더 가벼운 중력장을 느낄 수 있었다. 자연히 그는 다른 사람에 비해 유난히 야외에 있기를 좋아했다.

트랜터에 왔던 초기에, 그는 자신의 왜소하고 보잘것없어 보이는 골격을 인식하게 되면서 온화한 기후의 행성이 주는 안락함에 안주하다가 정말로 몸이 흐늘흐늘하게 변하는 것은 아닐까 두려웠다. 그래서 자기 단련을 시작했고, 그 결과 외양으로는 여전히 왜소하지만 강인하고 훌륭한 육체를 지닐 수 있었다. 그의 단련 중 하나는 오래 걷기나 조깅이었다. 이런 방법에 대해 발언자 테이블에서 비판이 나오기도 했지만 젠디발은 그것을 아예 무시해 버렸다.

비록 그가 1대(자기 집안으로 본다면) 발언자이기는 했지만, 그는 계속 자신의 방식을 유지했다. 다른 발언자들은 모두 2대 혹은 3대로서 부모나 조부모가 제2파운데이션인들이었으며 모두 젠디발보다 연상이었다. 그러다 보니 자연 그에 대해 이러쿵저러쿵 말이 많을 수밖에 없지 않겠는가?

오랜 관습상 발언자 테이블에 참석하는 발언자들은 모두 마음을 열어 놓도록 되어 있었다(물론 어딘가 자신의 사적인 구석을 남겨 두지 않는 발언자는 드물기 때문에 결과적으로 본다면 그것은 사실 소용없는 짓이었다.). 젠디발은 그들이 느끼는 것이 질투라는 것을 잘 알고 있었다. 실제로 그들은 그를 질투했다. 한편 젠디발은 자신의 태도가 방어적이고 과잉 보상 심리에 따른 야심이라는 걸 느꼈다. 물론 그들도 그와 똑같은 야심을 가지고 있었지만……

게다가(젠디발의 정신은 자신이 위험을 무릅쓰고 토착민들의 농경지에 걸어 들어가는 이유 속으로 빠져들었다.) 그는 어린 시절을 거대하고 광대한 세계, 다채롭고 웅장한 풍경들로 가득한 행성에서 보냈다. 그 행성의 비옥한 계곡에서 그는 자신이 은하계에서 가장 아름답다고 믿고 있던 산맥들에 둘러싸여 지냈던 것이다. 그 산맥들은 혹한의 겨울에도 믿을 수 없을 정도로 장엄한 광경을 보여 주었다. 그는 그 행성과 함께 아득한 옛 어린 시절의 빛나는 기억들을 간직하고 있었다. 그는 자주 그 시절에 관한 꿈을 꾸곤 했었다. 그런데 내가 어쩌다가 이 31제곱킬로미터의 고대 건축물에 틀어박혀 있게 되었을까?

그는 터벅터벅 걸음을 옮기면서 무시하는 듯한 눈초리로 주위를 돌아보았다. 트랜터는 온화하고 쾌적한 행성이기는 했지만 그렇다고 비옥한 행성도 아니었다.

지금까지 한 번도 비옥한 적이 없었다는 것이 정확한 표현일 것이다. 다른 요소도 있었지만 아마도 이러한 점 때문에 최초로 거대한 행성연방의 행정 중심이 되었고 마침내는 은하제국의 중심이 되었던 것이다. 그 외의 다른 역할을 맡을 수 있는 강력한 추진력이나 어떠한 특징도 트랜터는 갖추고 있지 못했다.

대약탈 이후로 트랜터를 유지해 온 것은 엄청난 양의 금속이었다. 50여 개 행성들은 이 거대한 광산으로부터 값싼 합금철 · 알루미늄 · 티타늄 · 구리 · 마그네슘을 공급받을 수 있었다. 이러한 금속 공급으로 인하여 트랜터는 수백 년간 부를 축적했고 이윽고 본래의 축적된 양보다 수백 배나 빠른 속도로 물자를 방출할 수밖에 없었다.

물론 아직도 공급 가능한 금속의 양이 엄청나긴 하지만 그 금속들은 지하에 있어서 채굴이 어려웠다. 헤임인 농부들은(그들은 결코 자신들을

'트랜터인'이라 부르지 않았을 뿐 아니라 그 말 자체를 불길한 징조로 간주했다. 따라서 제2파운데이션인들은 그 명칭을 자신들을 위해 남겨 두었다.) 더 이상 금속을 다루기를 꺼리게 되었다. 의심할 바 없이 미신이었지만.

어리석은 사람들! 지하에 남아 있는 금속은 흙을 오염시키고 땅의 비옥도까지 낮추고 만다. 아직 인구는 적고 널리 퍼져 있었기 때문에 현재의 땅덩어리로도 충분히 지탱할 수 있기는 했다. 그리고 금속 판매도 다소간 행해졌다.

젠디발은 평평한 지평선을 따라 시선을 옮겼다. 트랜터는 거의 모든 거주 행성들이 그렇듯 지질학적으로는 살아 있었지만 마지막 지질학적 산맥 형성기가 있었던 이후로 1억 년이 흘렀다. 솟아올랐던 대륙들은 부드러운 언덕으로 침식되어 버려 대부분은 트랜터 역사상 저 위대한 '금속 지붕 시대'에 모두 평탄하게 되어 버렸다.

북쪽으로는 은하 대학의 탑이 솟아 있었고, 탑에 비해 상대적으로 나지막하지만 폭이 넓은 도서관(대부분은 지하였지만)이 희미하게 보였으며, 북쪽 저 멀리로는 제국 궁전의 잔해가 보였다.

바로 양쪽 측면으로는 농토가 보이고 그 위에 임시로 지은 가건물이 있었다. 그는 소 떼, 양 떼 그리고 닭들을 지나쳤다. 트랜터인들의 농장 어디에서나 이처럼 다양한 가축들을 볼 수 있었다.

은하계 어디에나 이런 동물이 있지만, 서로 다른 행성에 있는 동물이 완전히 똑같진 않을 거란 생각이 무심코 떠올랐다. 젠디발은 집에 있던 염소 떼를, 그리고 자신이 한때 우유를 받아먹던 순한 암염소를 떠올렸다. 그런 염소가 대약탈 이후 트랜터에 정착하면서 조그맣고 똑똑한 모습에서 훨씬 크고 우둔한 모습으로 변한 것이다. 인간이 거주하는 은하계 행성 가운데에는 셀 수 없을 정도로 다양한 가축 변종이 있었다. 그

가축들이 생산해 내는 고기, 우유, 달걀, 털 등에 의존하지 않는 인간은 없었다.

늘 그렇듯이 헤임인은 거의 보이지 않았다. 농부들은 '스카울러(scowler)'들이(이 말은 그들이 '학자(scholar)'라는 뜻의 말을 잘못 발음하여 생겨난 말이다.) 자기들을 지켜보는 것을 꺼려 했다. 그 역시 미신 때문이었다.

젠디발은 트랜터 태양을 힐끗 올려다보았다. 태양은 하늘에 꽤 높이 떠 있었지만 그 열기가 숨 막힐 정도는 아니었다. 이런 위치, 이런 위도에서 따뜻한 기운은 오히려 부드러운 느낌을 주었다(젠디발은 때때로 심한 추위가 그리워 상상의 나래를 펴곤 했다. 그는 이제까지 한 번도 자신의 고향 행성을 방문해 보지 못했다. 환멸을 느끼고 싶지 않았기 때문에 스스로 원하지 않았던 것이다.).

그는 날카로워지고 예민할 정도로 수축된 근육 상태에 상쾌함을 느꼈다. 충분히 오랫동안 걸었다는 생각이 들자 걸음을 멈추고 크게 심호흡을 했다.

이제는 테이블에 나가 정책의 변화를 마지막으로 강력히 요구할 때가 되었다. 즉 제1파운데이션으로부터 오는 위험이 점증하고 있음을 깨달아 셸던 프로젝트의 완벽성에 과도하게 의존하는 태도를 이제는 버려야 한다는 주장을 펼 준비가 다 된 것이다. 발언자들은 언제쯤 그 완전함이란 것이 위험을 알리는 적신호라는 사실을 깨닫게 될까?

자신이 아닌 다른 누군가가 그것을 제안했다면 별 문제없이 통과되었을 것이라는 사실을 젠디발은 잘 알았다. 물론 지금은 상황이 상황이니만큼 어려움이 있을 것이다. 하지만 어려움이 없을 때와 마찬가지로 그 주장은 통과될 것이다. 왜냐하면 늙은 샌디스가 그를 지지할 터이고 앞으로도 계속 그럴 게 분명하기 때문이다. 그는 결코 자신이 제2파운데이션을 쇠퇴하게 만든 장본인이라는 오명을 역사에 남기고 싶지는 않을 것이다.

헤임인이다!

젠디발은 깜짝 놀랐다. 그의 시야에 사람의 모습이 들어오기 전에 이미 그의 정신 촉수는 그것을 느꼈다. 그건 헤임인의 조잡하고 둔탁한 마음이었다. 젠디발은 조심스럽게 물러서서 거의 감지할 수 없을 정도로 가볍게 건드려 보았다. 제2파운데이션의 정책은 이런 점에서는 매우 확고했다. 농부들이야말로 자신들은 의식하지 못하지만 제2파운데이션의 보호막 역할을 하는 존재였다. 그들은 가능한 한 건드리지 않은 채 내버려 두어야 했다.

교역이나 관광 목적으로 트랜터에 온 사람들은 농부들 외에 다른 이들을 본 적이 없다. 과거에 살던 별로 중요하지 않은 몇몇 학자들을 제외하고는 말이다. 농부들을 제거하거나, 그들의 순진함에 작은 변화를 주는 것만으로도 학자들이 훨씬 두드러지게 될 것이지만 이는 치명적인 결과를 가져올 것이었다(그건 대학에 있는 신참자들이 자신을 과신한 나머지 저지르곤 하는 전형적인 사례 중 하나였다. 농부의 마음에 조금이라도 손을 댈 경우, 제1발광체에 나타나는 편차는 놀라운 것이었다.).

젠디발은 그를 보았다. 확실히 그는 농부, 전형적인 헤임인이었다. 트랜터 농부라면 으레 갖추고 있는 특징들을 그대로 갖추고 있었다. 큰 키에 우람한 덩치, 갈색 피부, 아무렇게나 걸친 옷, 벗은 팔, 검은 머리에 검은 눈, 그리고 보기 흉한 걸음걸이 등등……. 젠디발은 마치 헛간 냄새가 나는 것 같은 느낌을 받았다(그는 속으로 '그리 지독하지는 않군.' 하고 생각했다. 프림 팔버는 셀던 프로젝트를 지키기 위해 필요할 경우 농부 역할을 맡는 것도 개의치 않았다. 하지만 팔버는 좀 색다른 농부였다. 키도 작고 포동포동하고 연약한 농부였다. 10대의 아르카디를 속인 것은 그의 마음이었지 육체가 아니었던 것이다.).

농부는 크게 뜬 눈으로 그를 응시하면서 쿵쿵거리며 다가왔다. 젠디발은 얼굴을 찌푸렸다. 그런 식으로 자신을 바라본 농부는 이제껏 여자든 남자든 한 사람도 없었다. 어린아이들까지도 그를 보면 저 멀리서부터 도망쳐 버리곤 하지 않았던가!

젠디발은 걸음을 늦추지 않았다. 한 마디 말도 하지 않고 눈길도 주지 않고 농부를 지나칠 여유는 충분히 있을 것이다. 그게 최선일 테니까. 그는 농부의 마음에서 멀리 떨어져 있어야겠다고 마음먹었다.

젠디발은 한쪽으로 비켜섰다. 하지만 농부는 그처럼 행동하지 않았다. 농부는 멈춰 서서 발을 넓게 벌리더니 젠디발의 앞을 가로막기나 하려는 듯 그를 향해 커다란 팔을 뻗었다.

"호! 이거 스카울러 아니슈?"

젠디발은 싸움을 걸고 싶어 하는 감정이 다가오는 것을 느낄 수 있었다. 그래서 멈춰 섰다. 성가신 일이지만, 아무 말도 없이 지나친다는 것은 불가능한 것 같았다. 제2파운데이션인들 사이의 의사소통을 보충해 주는 정신이나 사고, 표정, 소리의 신속하고도 미묘한 상호작용에 익숙해 있는 그로서는 단어로만 이루어지는 대화에만 의존한다는 것은 지루한 일이었다. 그건 바로 옆에 지렛대를 놔두고 팔이나 어깨를 사용하여 직접 돌을 들어 올리는 꼴이었다.

젠디발은 조용히 그리고 조심스럽게 감정을 없애면서 말했다.

"그렇소, 나는 학자요."

"호! 스카울러라고? 지금 우린 외국어를 주고받는 게 아니야. 내가 댁이 스카울러인지 아닌지도 모르는 줄 아쇼? 댁은 스카울러답게 작고 여위고 창백하고 코도 오뚝한데…….”

"내게 원하는 것이 뭐요, 헤임인?"

젠디발은 움직이지도 않고 물었다.

"내 성은 루피런트고 이름은 캐롤이오."

그의 억양은 다른 헤임인들보다 알아듣기가 쉬웠다. 그의 r 발음은 목구멍에서 구르며 나오는 소리였다.

젠디발이 말했다.

"내게 볼일이 뭐요, 캐롤 루피런트?"

"댁의 이름은 어떻게 되쇼, 스카울러?"

"그게 중요하오? 당신은 날 계속 '스카울러'라고 하지 않소?"

"물었으면 답을 하시지, 콧대 높은 스카울러 양반!"

"정히 그렇다면……, 내 이름은 스토 젠디발이오. 난 이제 내 볼일을 보러 가야겠소."

"당신 일이 뭐요?"

순간 젠디발은 자기 목 뒤를 찌르는 무언가가 느껴졌다. 다른 마음이었다. 그는 자신의 뒤에 또 한 사람의 헤임인이 있다는 것을 돌아보지 않고도 알 수 있었다. 저 멀리 다른 헤임인들도 있었다. 농부에게서 나는 냄새가 점점 강해졌다.

"캐롤 루피런트 씨, 그건 당신과 전혀 상관없는 일이오."

"그래?"

루피런트의 목소리가 커졌다.

"친구들, 이자가 자기 일은 우리와 상관없다고 하는데?"

뒤쪽에서 웃음소리가 나더니 이윽고 다른 목소리가 들렸다.

"맞을지도 모르지. 그 사람이 하는 일이란 책을 더럽히고 책장을 닳게 하는 일일 뿐 진실한 사람에게는 무가치한 일일 테니까."

"내 일이 어떤 것이든 당장 내 길을 가야겠소!"

젠디발이 단호한 음성으로 말했다.

"그런데 어떻게 그 일을 하러 갈 거요, 스카울러 나리?"

루피런트가 비아냥거렸다.

"당신을 지나서······."

"호, 그러시겠다고? 이 팔을 막는다는 것이 무섭지 않소?"

"당신과 당신 친구들이? 아니면 당신 혼자?"

돌연 젠디발은 헤임 방언을 사용했다.

"당신 혼자 덤빈다면 겁날 것 하나 없지!"

엄밀하게 말해서 이런 식으로 농부를 자극하는 것은 옳은 일이 아니었다. 하지만 여러 명이 동시에 달려드는 것을 피하려면 그 방법 외에는 다른 도리가 없었다.

젠디발의 계략은 효력이 있었다. 루피런트의 표정이 차차 어두워졌다.

"책벌레 양반, 어디 정말 겁나지 않는지 한번 해 볼까? 친구들, 조금 자리를 넓혀 주게. 뒤로 물러서서 이 양반이 나를 겁내지 않고 지나갈 수 있는지 구경이나 하라고!"

그는 팔을 올리더니 마구 흔들어 댔다. 젠디발은 농부의 권투 실력이 두렵지는 않았지만 그래도 어쩌다 크게 휘두른 주먹에 맞을지도 모르는 일이라 조금은 염려가 되었다.

젠디발은 조심스럽게 루피런트의 마음속으로 다가갔다. 거의 느끼지 못할 정도로 살짝 닿기만 할 정도지만, 그 결정적인 매듭을 느슨하게 하여 풀어 버리기에는 충분할 정도로······. 그러고는 물러서서 주위에

까맣게 모인 다른 사람들에게로 들어갔다. 젠디발의 발언자 정신은 기교 있게 앞뒤로 움직였다. 한 사람의 마음에 흔적이 남을 정도로 오래 머물러 있지는 않았다. 그렇지만 그곳에서 뭔가 유용한 것을 감지할 수 있을 정도로는 머물러 있었다.

그는 재빠르고 주의 깊게 아무도 가세하려고 움직이지 않는다는 것을 확인한 다음에 그 농부에게로 다가갔다.

루피런트가 갑자기 주먹을 날렸다. 하지만 젠디발은 농부의 근육이 주먹을 내뻗으려고 수축하기 전에 이미 그것을 알았기 때문에 한쪽으로 비켜섰다. 그의 주먹은 아슬아슬하게 휙 소리를 내며 비껴갔다. 하지만 젠디발은 조금도 움직이지 않고 그 자리에 서 있었다.

젠디발은 손으로 그의 공격을 막거나 되받아치려고 하지는 않았다. 자신의 팔을 마비시키지 않는 한 그의 공격을 막기는 어려울 것이고 되받아 친다는 것도 소용없는 일이었다. 농부는 끄떡없이 견뎌 낼 것이 분명했다.

그는 다만 농부를 조종하여 성난 황소처럼 굴게 만들어 표적에서 빗나가게 할 뿐이었다. 직접적인 공격보다 그게 오히려 그의 사기를 꺾어 놓을 수 있는 방법이었다.

루피런트는 황소처럼 성이 나 씩씩거렸다. 젠디발은 농부가 달려들어도 잡히지 않을 정도로 비켜날 준비가 되어 있었다. 다시 씩씩거리며 덤비고 다시 피하고…….

젠디발은 자신의 숨이 점점 거칠어지며 코에서 씩씩거리는 소리가 나는 것을 느꼈다. 육체적인 노력은 거의 없었지만 제압당하지 않으면서 농부를 제어하려면 정신적인 노력이 엄청나게 들었기 때문이다. 이 상태를 오래 지속할 수는 없었다.

그는 학자에 대한 헤임인들의 미신과도 같은 공포감을 없애려는 루퍼런트의 두려움 억제 메커니즘을 가능한 한 적게 자극시키기 위해 노력하면서 조용히 말했다.

"이제 내 일을 하러 가야겠소."

루퍼런트의 얼굴이 분노로 일그러졌지만 잠시 동안 그는 움직이지 않았다. 젠디발은 그의 생각을 감지할 수 있었다. '이 왜소한 학자가 마술처럼 사라져 버린다!' 젠디발은 다른 사람들에게도 두려움이 솟아나는 것을 느낄 수 있었다.

하지만 그 헤임인의 분노는 더 높은 파고를 일으키며 솟아오르더니 마침내 두려움을 몰아내 버렸다.

루퍼런트가 소리쳤다.

"친구들! 이 스카울러 양반은 무용순가 봐. 민첩한 발끝으로 몸을 놀리면서 '주먹에는 주먹으로'라는 헤임인의 규칙을 조롱하고 있군. 세워! 붙잡아! 주먹에는 주먹으로 거래해야지, 피해 다니기만 하면 되겠나! 자, 먼저 주먹을 휘두르라고. 그다음에는 내 차례야."

젠디발은 그를 둘러싼 사람들 사이에 간격이 있다는 것을 알아챘다. 그의 유일한 기회는 이 간격을 될 수 있는 한 넓게 유지하여 그 틈새로 달아나는 것이었다. 오직 그 농부의 의지를 둔화시킬 수 있는 자신의 능력에 의지해서!

젠디발은 앞뒤로 몸을 피하면서 정신은 오직 상대방의 의지를 둔화시키는 데 집중했다. 하지만 잘 되지 않았다. 사람들이 너무 많았고, 제2파운데이션인의 행동 수칙에 어긋나지 말아야 한다는 것도 큰 장애였다.

순간 젠디발은 몸 위로 덮쳐오는 수많은 손을 느꼈다. 붙잡힌 것이다! 최소한 몇 사람의 마음에 대해서는 간섭을 하지 않을 수 없었다.

하지만 그것은 용인될 수 없는 행위다. 그런 행위는 그의 경력 자체를 무너뜨릴 것이다. 하지만 그의 생명이 위험에 처해 있다!

어떻게 이런 일이 일어난 걸까?

2

테이블에는 아직 인원이 다 차지 않았다.

발언자 중 누가 늦더라도 기다리지 않는 게 상례였다. 더군다나 지금 테이블의 분위기는 더 이상 기다릴 수 없을 것 같다고 샌디스는 생각했다. 불참자 스토 젠디발은 가장 나이가 어렸으나 그 사실을 충분히 인식하고 있지 못했다. 그는 마치 젊음 자체가 미덕이기 때문에 분별 있는 사람이라면 연령을 무시해야 하는 것인 양 행동했다. 그 때문에 젠디발은 다른 발언자들에게 인기가 없었다. 실상 샌디스 자신도 젠디발을 그다지 좋아하지는 않았다. 하지만 지금 그런 것이 중요하지 않았다.

델로라 델라미가 그의 공상을 깨뜨렸다. 그녀는 크고 푸른색 눈으로 그를 바라보고 있었다. 예의 그 순진하고 상냥한 둥근 얼굴은 날카로운 마음과 사나운 집중력(제2파운데이션에서 그녀와 같은 지위에 있는 사람을 제외한 다른 모든 사람들에게 품는)을 감추고 있었다.

그녀는 미소를 띠며 말했다.

"제1발언자, 더 기다릴 건가요?"

(엄격히 말해서 회의가 아직 공식적으로 개회된 것이 아니기 때문에 그녀는 대화를 시작할 수 있었던 것이다. 물론 다른 사람들은 샌디스가 제1발언자라는 권한으로 가장 먼저 발언하기를 기다리고 있었지만……)

그녀가 예의에 약간 어긋나는 행동을 했어도 샌디스는 그녀를 친근감 있게 바라보았다.

"일반적으로는 기다리지 않소, 발언자 델라미. 하지만 오늘 이 테이블에 모인 것은 사실 발언자 젠디발의 이야기를 들으려고 온 것이니만큼 규칙을 유연하게 적용하는 것이 옳을 것 같소."

"그는 지금 어디 있죠, 제1발언자?"

"나도 잘 모르겠소."

델라미는 참석자들의 얼굴들을 둘러보았다. 제1발언자 외에 그곳에 있어야 할 발언자는 모두 열두 명이었는데, 앉아 있는 것은 열한 명이었다. 6세기에 거쳐 제2파운데이션은 세력을 확장하면서 그 지위를 구축해 왔다. 하지만 이 테이블 구성원의 숫자를 열둘 이상으로 확장하는 데는 실패했다.

열두 명이라는 숫자는 셸던이 죽은 이후로 계속 유지되어 왔는데, 셸던이 죽던 해 2대 제1발언자가(그들은 항상 셸던 자신이 최초의 제1발언자였다고 생각했다.) 그 숫자를 확정해 놓은 뒤로 지금까지 그대로 이어져 왔던 것이다.

왜 12인가? 그 숫자는 동일한 크기의 여러 그룹으로 나뉠 수 있었다. 또한 전체적으로 협의하는 데도 충분하고 또 더 적은 그룹으로 나뉘어 일을 하는 데도 적당한 숫자였다. 그 이상은 적당하지 않고 또 그 이하는 유연성이 결여될 가능성이 있었다.

모두 그렇게들 설명했다. 하지만 사실 아무도 왜 그 숫자를 선택했는가는 알지 못했다. 그리고 왜 변하지 않았는지도……. 아무튼 그 후 제2파운데이션은 그 전통에 복종할 수밖에 없었다.

델라미는 눈 깜짝할 사이에 사람들의 얼굴과 얼굴에서, 그리고 마음과 마음에서 그들이 생각하고 있는 문제들을 자기 마음으로 읽어 냈다. 그러고는 조소의 눈빛으로 빈 좌석을 바라보았다. 그 건방진 젊은이의 자리를……!

그녀는 누구도 젠디발을 동정하지 않는다는 사실에 만족했다. 그녀는 젠디발에게는 지네처럼 징그러운 구석이 있다고, 따라서 그런 취급을 받는 건 아주 당연하다고 생각했다. 지금까지는 그의 탁월한 능력과 재주 때문에 아무도 공개적으로 그를 제명해야 한다는 주장을 펴지 못했다(제2파운데이션의 500년 역사상 오직 두 명의 발언자만이 탄핵을 당했는데 그들도 유죄를 선고받는 단계까지 가지는 않았다.). 하지만 회의에 불참했다는 명백한 모욕죄는 다른 어떤 위반 행위보다도 죄질이 나쁜 것이어서, 델라미는 그를 탄핵하려는 분위기가 한층 고조될 것이라는 생각을 하고 내심 고소해했다.

그녀가 입을 열었다.

"제1발언자, 발언자 젠디발의 소재를 모르신다면 제가 가르쳐 드릴까요?"

"좋소, 말하시오."

"우리들 중에 그 젊은이가(그녀는 그에 대해 말할 때 결코 경칭을 쓰지 않았는데 물론 모든 사람들은 그 점을 느끼고 있었다.) 끊임없이 헤임인들과 접촉하고 있다는 것을 모르는 사람은 아무도 없을 것입니다. 무슨 일로 그들과 접촉하는지는 모르겠지만 그는 지금 그들과 함께 있습니다. 그는 이 발언자 회의 테이블보다 헤임인들에게 더 깊은 관심을 갖고 있습니다."

다른 발언자가 말했다.

"난 그가 단지 신체 단련을 위해 조깅을 하거나 걷고 있을 거라고 생각하는데요?"

델라미는 다시 미소를 지었다. 그녀는 미소 짓는 것을 즐기고 있었다. 그건 어떤 비용도 들지 않는 취미니까.

"대학, 도서관, 궁전 그리고 주위의 모든 영역이 우리의 것입니다. 행성 자체와 비교하면 작은 지역이지만 신체 단련을 할 수 있는 공간은 충분하다고 생각해요. 제1발언자, 이제 시작해야 하지 않을까요?"

제1발언자는 속으로 한숨을 쉬었다. 그는 자신의 힘으로 모임이 그를 계속 기다리게 할 수 있을 만한 충분한 권력을 갖고 있기는 했다. 아니 젠디발이 나타날 때까지 이 모임을 연기할 수 있는 힘도 갖고 있었다.

하지만 어떤 제1발언자도 최소한 다른 발언자가 수동적으로라도 지지하지 않는 한 자신의 직책을 원활하게 수행할 수는 없었다. 그리고 그들을 자극하는 것은 결코 현명한 처사가 아니었다. 프림 팔버조차도 종종 자신의 뜻을 관철시키기 위해 발언자들의 환심을 사야 했을 정도였으니……. 어쨌든 젠디발의 불참은 제1발언자에게조차 성가신 일이었다. 젊은 발언자는 자신이 곧 법이 아니라는 것을 아는 게 좋을 것이다.

이제 제1발언자로서 그가 처음으로 입을 열었다.

"시작합시다. 발언자 젠디발은 제1발광체의 자료에서 유추해 낸 놀라운 몇 가지 사실들을 제출했소. 그는 셀던 프로젝트를 우리보다 훨씬 효과적으로 유지시키려는, 말하자면 그것을 자신들의 목적으로 삼고 있는 어떤 조직이 있다고 믿고 있소. 그의 견해는 우리가 자기 방어를 위해 그 조직에 관해 더 많은 것을 알아야만 한다는 것이오. 당신들 모두는 이에 관한 정보를 들었을 것이오. 오늘의 회의는 미래에 우리가 세울 정책에 대한 몇 가지 결론을 도출하기 위해 발언자 젠디발에게 우리 모두가 질문할 수 있는 기회를 갖고자 마련되었소."

사실 이 말을 그렇게 장황하게 할 필요는 없었다. 샌디스는 그의 마음을 열고 있었고 따라서 모두는 그걸 알고 있었다. 말을 하는 것은 일종의 예의에 지나지 않았다.

델라미는 재빨리 주위를 둘러보았다. 다른 열 사람은 그녀가 젠디발에 대한 반론자 역할을 한다는 사실에 만족해하는 것 같았다. 그녀는 입을 열었다.

"그러나 젠디발은(역시 경칭은 생략되었다.) 그 다른 조직이 무엇인지, 그리고 누구인지 알지도 못하고 있습니다."

그녀는 진술로서 오해의 여지가 없는 말투를 사용하려 했으나 무례한 기운을 감추지는 못했다. 마치 '난 당신의 마음을 분석할 수 있어요. 당신은 애써 설명하려고 할 필요가 없어요.'라고 하는 듯했다.

제1발언자는 그 무례함을 알아차렸다. 그러고는 재빨리 그걸 무시하기로 작정했다.

"발언자 젠디발이(그는 거북살스럽지만 경칭을 빼지 않았다. 하지만 일부러 그 경칭에 강조를 두어 그 사실을 지적하려고 하지도 않았다.) 다른 조직이 어떤 것인지도 모르고 또 말할 수도 없다고 해서 그런 조직이 존재하지 않는다는 것을 의미하는 것은 아니오. 제1파운데이션 사람들은 이제까지 우리에 대해 아무것도 몰랐고 현재도 아무것도 모르고 있소. 그렇다고 우리가 존재하지 않는 것은 아니잖소?"

"우리가 알려져 있지 않는데도 존재하고 있다는 사실만으로, 알려지지 않은 것은 모두 존재한다는 결론을 도출할 수는 없는 일이지요."

델라미가 응답했다. 그러고는 가볍게 웃었다.

"옳은 말이오. 그 때문에 발언자 젠디발의 주장을 충분히 주의 깊게 검토해 보아야만 한다는 것이오. 그 주장은 정밀한 수학적 추론에 기초하고 있는데, 나는 이미 그것을 면밀하게 검토해 보았고 이제 여러분도 그걸 검토해야 할 것이오. 그건(그는 자신의 견해를 가장 잘 표현해 주는 마음을 찾아보았다.) 상당히 설득력이 있는 주장이었소."

"그런데 당신이 이야기하지는 않았지만 당신 마음속에서 배회하고 있는 제1파운데이션 사람인 골란 트레비스는(또 다른 무례한 마음이 다가왔고 이번에는 제1발언자도 약간 얼굴이 붉어졌다.) 누구지요?"

제1발언자가 말했다.

"젠디발의 생각에 따르면, 트레비스는 적절한 표현은 아니겠지만 그 조직의 무기와 같은 존재이기 때문에 그를 무시해서는 안 된다는 것이오."

"만일……."

델라미는 의자에 다시 앉아 회색빛 머리카락을 뒤로 넘기며 눈을 크게 뜨고 말했다.

"만일 이 조직이라는 게 존재할 뿐 아니라 정신적 능력 또한 위험할 정도로 강력하고 잘 숨겨져 있다면, 추방된 제1파운데이션 의원만큼이나 눈에 띄는 사람을 통해 대놓고 책략을 꾸미려 할까요?"

제1발언자가 근엄하게 말했다.

"그렇게 생각할 수는 없겠지. 하지만 나는 심각할 정도로 불온한 사안에 대해 주목하고 있소. 이해할 수 없는 일이지만."

순간 그는 거의 무의식적으로 그 생각을 그의 마음속에 깊이 묻었다. 하지만 다른 발언자들이 그 사실을 알아차렸을지도 모를 것 같아 부끄러웠다.

모든 발언자들은 그것을 알아차렸지만 그의 부끄러워하는 마음을 존중해 주었다. 델라미 역시 그러했다. 하지만 그녀는 참을성이 없었다. 그녀는 격식을 갖추어 말했다.

"당신의 생각을 알려 달라고 요구해도 되겠습니까? 우린 당신을 이해하고 당신이 느끼는 부끄러움도 이해할 수 있으니까요."

제1발언자가 말했다.

"당신처럼 나 역시 발언자 젠디발이 무슨 이유로 트레비스 의원이 다른 조직의 무기일 거라고 추정하는지 모르겠소. 또 그가 무슨 목적으로 그런 생각을 하는지도 모르고. 하지만 발언자 젠디발은 그걸 확신하고 있는 듯하오. 발언자로서 자질을 갖춘 사람만이 갖고 있는 직관의 가치는 무시할 수 없소. 따라서 나는 셀던 프로젝트를 트레비스에게 적용하려고 해 보았소."

"한 사람에게 말입니까?"

놀란 다른 발언자가 작은 목소리로 물었다. 그러고는 즉시 그 질문 뒤에 '참으로 어리석은 일이야.' 하는 감정이 포함되면서 유감의 기색이 나타났다.

"그렇소, 한 사람에게……, 당신의 생각이 옳소. 난 참 어리석은가 보오. 난 그 계획이 개인에게 적용될 수 없다는 것을 잘 알고 있소. 심지어 몇몇 개인이 모여 있는 작은 그룹에도 적용할 수 없다는 것도 말이오. 그럼에도 불구하고 난 호기심이 생겼소. 난 적절한 한계를 훨씬 넘어서는 개인 간 교차점을 외삽(外揷)해 보았소. 또 나는 열여섯 가지의 다른 방식을 취해 보았고, 한 점이 아니라 구역을 선택하였고. 그러고는 트레비스와 파운데이션 시장에 관해 알고 있는 모든 세부적인 사항들을 이용해 보았소. 제1파운데이션 의원이 전혀 주목받지 못하는 존재는 아니니까. 그러고는 이 모든 것을 한꺼번에 뒤섞어 놓았던 것이오."

그는 잠시 말을 멈췄다.

"그 결과가 놀라운 것이었나요?"

델라미가 물었다.

"여러분 모두가 예상했지만 어떤 결과도 나오지 않았소. 한 사람의 개인으로는 아무것도 얻을 수가 없었던 것이오, 아직은……."

제1발언자가 대답했다.

"아직이라고요?"

"나는 결과를 분석하는 일에 40년의 세월을 보냈고, 그 과정에서 점차 분석하기 전에 결과에 대해 명확한 예감을 갖게 되었소. 그리고 그 예감은 거의 틀린 적이 없었지. 이번 경우 비록 결과들이 나온 것은 없었지만 나는 젠디발이 옳다는 것과 트레비스를 혼자 내버려 두어서는 안 된다는 강한 확신을 갖게 되었소."

"왜죠, 제1발언자?"

델라미는 제1발언자의 마음속에서 강한 확신을 느끼고 깜짝 놀라 물었다.

"적합하지 않은 목적에 프로젝트를 사용하려 했던 데 대해서는 부끄럽게 생각하오. 지금 현재로서는 순전히 직관적인 것들에 영향을 받도록 자신을 내버려 두고 있다는 데 대해 더 부끄럽게 생각하고 있소. 하지만 난 그래야만 한다는 느낌이 강하기 때문에 그대로 두어야 한다고 생각하오. 만일 발언자 젠디발이 옳다면, 즉 알지 못하는 방향으로부터 우리가 위협을 받고 있다면, 위기 상황이 닥쳤을 때 마지막 결정적인 역할을 할 사람은 트레비스일 것이라고 생각하오."

"어떤 근거로 그렇게 생각합니까?"

델라미가 충격을 받은 듯 물었다. 제1발언자 샌디스는 괴롭다는 듯 주위를 둘러보았다.

"난 어떤 근거도 없소. 심리역사학적 수학은 아무것도 산출해 내지 못했소. 하지만 난 연관의 상호작용을 지켜보았기 때문에 트레비스가 모든 것의 열쇠를 쥐고 있다는 생각을 하게 되었소. 이 젊은이에게 주의를 기울여야만 하오!"

3

젠디발은 시간에 맞춰 회의에 참석할 수 없다는 것을 알았다. 영원히 돌아가지 못할지도 모른다!

그는 단단히 붙잡혀 있었다. 그는 어떻게든 헤임인들로부터 벗어나는 방법을 찾기 위해 필사적인 노력을 기울였다.

루피런트는 지금 그 앞에 의기양양하게 서 있었다.

"이제 준비됐나, 스카울러? 주먹 대 주먹, 펀치 대 펀치로, 헤임 방식으로 하잔 말이야. 이리 와 봐, 어서 먼저 쳐 보라고."

젠디발이 말했다.

"그럼 나처럼 누가 저자를 잡아."

루피런트가 말했다.

"그렇다면 그를 놔줘. 아니, 팔만 자유롭게 해 주고 다리는 꽉 잡아. 춤추는 건 싫어."

잠시 후 그의 팔은 자유로웠지만 발은 땅에 박힌 듯 잡혀 있었다.

"쳐 봐, 스카울러. 어서 한 방 먹여 봐!"

루피런트가 말했다.

그때 젠디발은 뭔가 불공평하고 불쌍하다는 생각에 분개하고 있는 어떤 마음을 발견해 냈다. 달리 선택의 여지가 없었다. 위험을 무릅쓰고 그 마음으로 뻗어 가 그걸 임시로라도 이용하는 수밖에…….

그런데 그럴 필요가 없었다. 이 새로 발견한 마음은 젠디발이 건드리지도 않았는데 그가 원하는 대로 반응하였던 것이다. 그것도 정확히!

그때 조그만 형상이 눈에 들어왔다. 길고 헝클어진 검은머리를 한 사람이 팔을 밖으로 뻗은 채 그의 시야로 들어와 미친 듯이 헤임인 농부를 밀어냈다.

여자였다. 자신의 눈으로 확인하기 전까지 젠디발은 그 사실을 알아채지 못했다. 그만큼 그는 정신집중으로 인한 극도의 긴장감을 겪고 있었다.

"캐롤 루피런트!"

그 여자는 농부에게 날카롭게 소리를 질렀다.

"이 깡패, 겁쟁이! 주먹에는 주먹으로, 그게 헤임 방식이라고? 넌 저 스카울러의 몸집보다 두 배나 커. 차라리 날 공격하지그래. 저 불쌍한 사람을 친다고 무슨 자랑이라도 되는 줄 알아? 창피만 당할 뿐이야. 손가락질이나 당하면서 '루피런트, 아기나 데리고 노는 깡패!'라는 놀림만 받을 거야. 정신이 제대로 박힌 헤임 남자들은 결코 너와 술도 마시지 않을걸. 그리고 정신이 제대로 박힌 헤임 여자들은 너와 함께 있는 것조차 싫어할 거야!"

루피런트는 그 비 오듯 쏟아지는 말을 막으려고 애쓰면서 그를 향해서 날아오는 그녀의 주먹을 이리저리 피하고 있었다. 그 여자를 달래려 하면서…….

"어, 잠깐, 슈라. 잠깐만!"

순간 젠디발은 자신의 다리를 잡고 있던 손들이 사라져 버렸다는 것을 알았다. 루피런트도 그를 보고 있지 않았다. 다른 사람들의 정신들도 모두 그에게서 떠나갔다.

　슈라 역시 그에게 관심이 없었다. 그녀의 분노는 루피런트에게만 집중되어 있었다. 젠디발은 정신을 차리고 나서 루피런트의 마음에 이는 어쩔 줄 모르는 부끄러움을 연장시키기 위한 조치를 강구했다. 아주 가볍게 기술적으로, 아무 흔적도 남지 않을 정도로. 그러나 그럴 필요가 없었다.

　여자가 말했다.

　"모두 뒤로 물러나! 이걸 봐, 캐롤의 엉덩이는 저 비쩍 마른 사람에 비하면 거인 엉덩이 같지 않아? 덩달아서 한 패거리 노릇을 한 이 한심한 사람들아! 어린아이를 박살내는 용감한 장난에 가담했다는 영광스러운 꼬리표를 달아 줄까? 그래, 어디 한번 뻐겨 보시지. '난 그자의 팔을 잡고 있었어.', '거구 루피런트가 그의 얼굴에 주먹을 날렸지만 그자는 되받아치지도 못했어.', '난 발을 잡고 있었지. 나에게도 영광을 돌려줘야 해.' 하고 말이야! 루피런트, 이 짐승아! 더 뻐겨 봐, '난 그가 가겠다는데 길을 막지 못하겠더라고. 그래서 이 늙은 친구들이 그를 땅에 찍어 누르고 다른 여섯 친구들이 도와줘서 영광스럽게도 그를 이겼지.' 하고 말이야!"

　"하지만 슈라, 난 이 스카울러 양반더러 먼저 치라고 했어."

　"그랬지. 넌 이 사람이 야윈 팔을 휘둘러 한 방 먹일까 봐 두려워 떨었고……. 안 그래, 루피런트, 이 멍청이야? 자, 이 사람을 놔줘. 그리고 모두들 기어서 집으로 돌아가. 집에선 여전히 반겨 줄 테니까. 너희들은 그저 오늘의 이 영광스러운 일이 빨리 잊히기나 빌어. 만일 더 화나게 만들면 내가 온 동네방네로 소문을 내서 영원히 잊지 않게 해 놓을 테니까 명심하라고!"

그들은 무리를 지어 뒤도 돌아보지 않고 조용히 돌아갔다.

젠디발은 그들의 뒷모습을 바라보았다. 그러고는 여자를 돌아보았다. 그녀는 블라우스와 바지를 입고 있었고 아무렇게나 만든 신발을 신고 있었다. 그녀의 얼굴은 온통 땀에 젖어 있었다. 그녀는 깊이 숨을 들이마셨다. 코는 약간 큰 편이었고 가슴도 큰 편이었고(젠디발은 블라우스가 헐거운 정도로 보아 그 크기를 가늠해 볼 수 있었다.) 팔은 근육질이었다. 헤임 여자들 역시 농장에 나와 남자들 옆쪽에서 일하고 있었던 것이다.

그녀는 준엄한 얼굴로 양손을 허리에 대고 그를 바라보고 있었다.

"자, 스카울러 양반 뭘 꾸물거리고 있죠? 빨리 스카울러들의 거처로 돌아가요. 아직도 두려워요? 내가 같이 가 드릴까요?"

젠디발은 분명 세탁도 하지 않았을 그녀의 옷에서 나는 땀 냄새를 맡았다. 하지만 이런 상황에서 기분 나쁜 표정을 보인다는 것은 예의가 아닐 것이다.

"고마워요, 미스 슈라."

"내 이름은 노비예요. 슈라 노비, 노비라고 불러도 돼요. 더 이야기할 일도 없겠지만."

그녀가 쉰 목소리로 말했다.

"감사해요, 노비. 당신의 도움이 컸습니다. 나와 함께 가 준다면 정말 고맙겠어요. 두려워서 그런 건 아니고, 길동무로서 말입니다."

그는 대학에서 젊은 여성에게 인사하듯 정중하게 고개를 숙여 인사했다.

노비는 깜짝 놀라 당황하는 것 같았다. 그녀는 황망히 그가 하는 대로 따라 흉내 내었다.

"저도 기쁠 거라는 생각이 드네요."

마치 그녀는 기쁨을 적절하게 표현할 단어를 찾아내서 교양을 갖추려는 듯이 말했다.

그들은 함께 걸었다. 젠디발은 이렇게 즐기면서 걷다가는 회의에 결코 용서받지 못할 정도로 늦어 버릴 거라는 점을 알고 있었다. 하지만 지금 그는 아까 일어났던 일의 중요한 의미를 생각할 시간이 필요했다. 그는 냉담하게 '더 늦으려면 늦으라지.' 하고 중얼거렸다.

이윽고 대학 건물이 그들 앞에 어렴풋이 나타났다. 그러자 슈라 노비가 걸음을 멈추더니 머뭇거리며 물었다.

"교수님이신가요?"

젠디발은 '스카울러들의 거처'라고 얘기한 곳에 다가가자 그녀가 한층 정중해졌다는 것을 분명히 느꼈다. 그는 순간적으로 '아까 싸움을 말릴 때는 분명히 불쌍한 사람이라고 부르지 않았소?'라고 말하고 싶은 충동을 느꼈다. 하지만 그 말은 그녀를 틀림없이 당황하게 할 것이다.

"그렇습니다, 노비."

"스카울러님들의 거처는 아주 훌륭하고 풍족한 곳이지요?"

"그런 편이죠."

젠디발이 대답했다.

"언젠가 그곳에 있는 꿈을 꾼 적이 있어요. 내가 스카울러가 되어서 그곳에 있는 꿈을……."

"다음에 한번 이곳으로 초대하지요."

젠디발은 정중하게 말했다.

그녀가 그를 바라보는 눈길은 순수해 보였다. 단지 정중함 때문에 그런 눈길을 보내는 것만은 아니었다. 그녀가 말했다.

"난 글을 쓸 줄 알아요. 학교 선생한테서 배웠지요. 당신에게 편지를 부치려면 어떻게 주소를 써야 할까요?"

그녀는 애써 무관심을 가장하려 애쓰면서 말했다.

"'발언자의 집, 아파트 27'이라고 쓰면 돼요. 그러면 내게 올 겁니다. 그런데 난 이만 가야겠군요, 노비."

그가 다시 고개를 숙여 인사를 했다. 그러자 그녀도 다시 그 행동을 흉내 내었다. 그들은 서로 반대 방향으로 움직였고 젠디발은 즉시 마음속에서 그녀의 생각을 없애 버리고, 대신 회의에 대한 생각을 했다. 특히 델로라 델라미에 대한 생각을……. 하지만 도무지 차분하게 정리되지 않았다.

제8부

여자 농부

1

발언자들은 정신적인 보호막으로 자신의 마음을 닫아 놓은 채 테이블에 앉아 있었다. 그들 모두는 일제히 트레비스에 관한 제1발언자의 진술이 끝난 후 그에게 돌이킬 수 없는 모욕을 주지 않으려는 듯 자신의 마음들을 숨겼다. 그들은 슬금슬금 델라미에게 곁눈질을 보냈다. 그녀의 불손한 태도는 정평이 나 있었다. 젠디발조차도 그녀에게는 의례적으로 입에 발린 말을 해야만 했다.

델라미는 그들이 자신의 눈치를 살피고 있다는 것을 깨닫고 있었고, 이 어쩔 수 없는 상황에서는 단호한 태도를 취하는 것 이외에 다른 도리가 없다고 판단했다. 사실 그녀는 이 문제를 피하고 싶지 않았다. 제2파운데이션 역사상 어떤 제1발언자도 잘못된 분석(이 단어로 그녀가 숨기고자 했던 뜻은 '무능력'이었다.)으로 탄핵된 적은 없었다. 이제 그런 탄핵이 가능해진 것이다. 이 절호의 기회에서 뒤로 물러설 수는 없었다.

"제1발언자."

그녀가 부드럽게 불렀다. 그녀의 얇고 핏기 없는 입술은 하얀 얼굴에 묻혀 거의 보이지 않았다.

"당신은 스스로 자신의 의견이 아무런 근거도 갖고 있지 못하다고 했습니다. 그리고 심리역사학의 수학조차 아무것도 보여 주지 못한다고 했지요. 그렇다면 우리에게 단지 신비한 직관에 의존하여 엄격한 결정을 내리라고 요구하는 겁니까?"

제1발언자는 이마에 주름을 잡으면서 눈을 위로 향했다. 그는 테이블 주위로 쳐진 보호막을 느끼고 있었다. 그는 그것이 무엇을 의미하는지 알았다. 그는 차갑게 말했다.

"난 증거가 불충분하다는 사실은 숨기지 않았소. 난 당신에게 어떤 거짓된 것도 보여 주지 않았소. 내가 제출한 것은 제1발언자의 강한 직관적 느낌이오. 셀던 프로젝트에 대한 세밀한 분석에 매달려 거의 일생을 보낸 제1발언자의 직관 말이오!"

그는 좀처럼 내보이지 않던 자부심이 섞인 단호한 표정으로 주위를 둘러보았다. 차례로 정신적 보호막이 부드러워지면서 사라져 갔다. 그러나 그의 눈길이 델라미에게로 향했을 때 그녀의 보호막은 그대로 남아 있었다.

그녀는 마치 자신의 마음속에 그것 이외에는 아무것도 없다는 듯한 천진난만한 솔직함으로 이렇게 말했다.

"물론 당신의 진술을 받아들이죠. 제1발언자. 하지만 저는 당신이 그 판단을 다시 재고해 주기를 바랍니다. 방금 직관에 의존했던 사실에 대해 부끄러움을 나타냈는데, 만약 당신이 원한다면 당신의 발언을 기록에서 삭제하는 것이……."

바로 그때 젠디발의 카랑카랑한 목소리가 그녀의 말허리를 잘랐다.

"기록에서 삭제해야 한다는 발언이란 무엇이지요?"

모든 눈이 일제히 그 목소리의 주인공에게로 향했다. 그들은 그 결정적인 순간까지 보호막을 치고 있었기 때문에, 젠디발이 문에 당도하는 것도 모르고 있었다.

"방금 모든 사람들이 보호막을 치고 있었지요? 그래서 내가 들어선 사실조차 모르고 있는 것 아닙니까?"

젠디발은 빈정대며 말했다.

"이 얼마나 진부한 회의입니까! 제 출석에 대해 경계하는 사람이 있었나요? 아니면 모두들 제가 이곳에 당도하지 못할 거라고 생각했나요?"

이렇게 방약무인한 발언은 도를 넘어서는 극단적인 것이었다. 젠디발은 늦게 도착한 데 대해 충분히 비판을 받아야 할 상황이었다. 더욱이 제1발언자가 그의 출현을 알아차리기 전에 발언을 한 것은 더욱 문제가 되는 행동이었다.

제1발언자가 그에게로 돌아섰다. 그는 다른 이들 모두를 대신하여 입을 열었다.

첫 질문은 규칙에 관한 것이었다.

"발언자 젠디발, 당신은 늦었소. 또 당신은 무단으로 이 방에 들어와 규칙도 무시하고 발언했소. 당신에게 30일간 직무정지 처분을 내리는 데 대해 이의가 있소?"

제1발언자가 말했다.

"물론 있습니다. 먼저 누가, 그리고 왜 저를 지각하도록 만들었는가에 대한 사실 확인이 있기 전까지는 그런 결정을 받아들일 수 없습니다!"

젠디발은 냉정하고 신중하게 말했다. 하지만 마음속에서는 분노가 그의 생각을 뒤덮고 있었다. 그는 다른 사람들이 그것을 알아차릴 것이라는 점에 대해 전혀 개의치 않았다.

델라미는 젠디발의 마음을 분명하게 감지하고 있었다. 그녀는 강한 어조로 말했다.

"이 사람 미쳤군!"

"미쳤다고? 그렇게 말하는 당신이 미친 것 같은데! 아니면 제 발이 저리거나. 제1발언자, 저는 정식으로 개인적인 특권에 대한 동의를 제출하는 바입니다."

젠디발이 말했다.

"어떤 종류의 개인적 특권 말이오, 발언자?"

"제1발언자, 저는 이 자리에 있는 어떤 자를 살인 미수 혐의로 고발합니다!"

그러자 모든 발언자들이 일어나서 제각기 말, 표정, 정신력을 사용해서 발언을 해 대었다. 방 안은 곧 폭발할 것만 같았다.

제1발언자가 팔을 들어 제지하면서 외쳤다.

"발언자는 자신의 개인적인 특권을 표현할 기회를 가질 수 있소!"

그는 정신력을 통해 자신의 권위를 강조하지 않으면 안 되겠다는 판단을 했다. 이런 자리에서는 가장 부적절한 방식이긴 했지만 다른 선택의 여지가 없었다.

이윽고 웅성거림이 멎었다.

젠디발은 테이블이 조용해지고 정신적으로도 흥분이 가라앉을 때까지 움직이지 않고 기다렸다. 마침내 그는 입을 열었다.

"이 모임에 정시에 닿을 수 있는 속도로 헤임 구역의 도로를 따라 이곳으로 오던 도중 저는 몇몇 농부들로부터 린치를 당했습니다. 가까스로 위기를 모면할 수 있었지만 아마도 죽음을 당했을지도 모릅니다. 그 때문에 정시에 도착할 수 없었습니다. 우선 제가 강조하고 싶은 것은 대약탈 이래로 제2파운데이션인이 헤임인들로부터 도전을 받거나 불경한 소리를 들어 본 적은 없었다는 사실입니다."

"나 역시 그렇소."

제1발언자가 말했다.

그러자 델라미가 소리쳤다.

"제2파운데이션인이 헤임인 구역에 혼자서 들어가지 않는 것은 관습입니다. 그런데 당신은 혼자 들어가서 그 일을 자초했지 않았나요?"

"제가 습관적으로 헤임인 구역으로 혼자 걸어 다닌 것은 사실입니다. 수백 번이나 그곳을 걸어 다녔죠. 하지만 이전에는 한 번도 그들이 제게 말을 건 적이 없었습니다. 다른 사람들은 단지 저처럼 마음대로 걸어 다닐 자유를 원하지 않았을 뿐이죠. 하지만 우리가 이곳에 유배를 당하고 있는 것도 아니고 대학 안에 감금되어 있는 것도 아니잖습니까? 그리고 헤임인들은 아무에게도 말을 걸지 않지요. 저는 델라미 씨가······."

여기까지 말했을 때 그는 자신이 경칭을 쓰지 않았다는 것을 깨닫고는 모욕적으로 다시 경칭을 붙여 주었다.

"저는 '여성 발언자' 델라미가 헤임 구역에 몇 번인가 갔을 때조차 그들이 말을 걸어 온 적이 없다는 것을 기억하고 있습니다."

"그것은 필경 내가 먼저 그들에게 말을 하지 않았기 때문이죠. 그리고 나는 그들과 거리를 유지하고 있었어요. 존경받을 만한 태도로 행동했기 때문에 그만한 대우를 받았던 거예요."

델라미는 눈을 크게 뜨고 말했다.

"이상한 말이군요. 저는 당신이 저보다 훨씬 더 무서운 얼굴을 하고 있기 때문이라고 말할 참이었는데……. 하긴 이곳에서조차 아무도 감히 당신에게 다가가려고 하지는 않으니……, 하지만 왜 하필 그 많은 시간 중에서 이 중요한 테이블 모임에 참석하려고 하는 때를 택해서 헤임인이 제 앞을 가로막았는지를 설명해 주시겠습니까?"

"당신의 행동 때문이 아니라면 그건 우연의 일치겠지. 셀던의 수학을 총동원해도 은하계에서 우연의 역할을 없애버리지는 못할 것이라는 이야기를 들었지요. 하물며 개인에게 일어나는 일들에서야 '우연'이 제거될 리가 없겠지요. 당신도 누구처럼 직관을 요구하고 있는 건가요?"

제1발언자를 빗댄 이런 식의 무례한 공격에 대해 발언자들 몇몇은 정신적으로 가늘게 한숨을 내쉬었다.

"그건 제 행동 때문이 아니었습니다. 그렇다고 우연히 일어난 것도 아니지요. 그건 분명 계획적인 방해였습니다."

"그걸 어떻게 알 수 있소?"

제1발언자가 부드럽게 물었다. 그는 델라미의 마지막 말에 자극을 받았기 때문에 젠디발에게 유연해질 수밖에 없었다.

"제 마음은 당신에게 열려 있어요. 제1발언자. 당신과 그리고 모든 이 테이블의 참석자에게 제 모든 기억을 제공하지요."

그 전송은 불과 몇 분밖에 걸리지 않았다. 제1발언자가 말했다.

"놀랍군. 당신은 매우 어려운 상황에서 아주 훌륭하게 대처했소. 헤임인의 행동은 비정상적이었으며, 충분히 조사해 볼 만하다는 데 동의하오. 자, 우선 이 모임에 참석하시오."

"잠깐만!"

델라미가 말을 가로막았다.

"이 발언자의 설명이 정확하다고 확신할 수 있습니까?"

젠디발의 콧구멍이 모욕감에 벌름거렸다. 하지만 그는 침착함을 잃지 않았다.

"제 마음은 열려 있어요."

"난 당신의 숨겨진 마음을 알고 있어요!"

"그 점에 대해선 의심하면 안 되지요, 발언자. 언제나 의심에 가득 차 있는 당신 자신의 마음을 우리처럼 활짝 열어야만 합니다. 제가 마음을 열었다고 한다면 정말 열려 있는 겁니다."

그러자 델라미가 말을 받았다.

"개인적인 특권으로 양해를 얻어 잠시 말을 하겠어요. 말을 끊어서 미안하지만."

"어떤 종류의 개인적인 특권이오, 발언자 델라미?"

"발언자 젠디발은 우리 중 누군가를 살인 미수 혐의, 농부로 하여금 그를 공격하도록 선동한 혐의로 고발하겠다고 했지요. 그 고발이 철회되지 않는 한 난 살인 혐의를 받을 게 분명해요. 이 방 안에 있는 모든 사람들이 아마도 그렇게 여기겠죠. 제1발언자 당신도 포함해서 말입니다."

제1발언자가 말했다.

"고발을 철회하겠소, 발언자 젠디발?"

젠디발은 자리에 앉아서 손을 자신의 팔 위에 얹어 단단히 잡은 채 말했다.

"누군가 헤임 농부들을 불러 모아 이 모임에 참석하러 오던 나를 방해할 계획을 왜 세웠는가에 대해 설명해 주면 즉시 그렇게 하지요!"

"약 천여 가지나 되는 이유가 있을 것이오."

제1발언자가 말했다.

"어쨌든 이 사건에 대해서 조사할 것이라는 점을 다시 한 번 말하겠소. 발언자 젠디발, 지금 당장은 현안 문제를 논의할 수 있도록 그 고발을 철회해 주겠소?"

"그럴 수는 없습니다, 제1발언자. 전 될 수 있는 한 신중하게, 그 농부에게 어떤 해도 입히지 않고 그의 행동을 바꾸려고 여러 가지 방법으로 그의 마음을 탐색해 보았으나 결국 실패했어요. 그의 감정은 마치 외부의 어떤 마음에 의해서 조종되는 것처럼 고정되어 있었지요."

델라미가 갑자기 슬쩍 미소를 띠더니 이렇게 말했다.

"그래서 당신은 외부에서 그를 조종하던 마음이 우리 중 누구 한 사람의 것일지 모른다고 생각했군요. 그렇다면 혹시 우리와 경쟁하고 있으며 우리보다 훨씬 강력하다는 그 수수께끼 같은 조직의 것이 아닐까요?"

"그럴지도 모르지요."

젠디발이 말했다.

"그렇다면 당신만이 알고 있는 그 조직의 구성원이 아닌 우리는 죄가 없으니 당신은 고발을 철회해야겠군요. 그렇게 하지 않는다면 당신이 그 이상한 조직의 조종을 받아 여기 있는 누군가를 고발하고 있는 것이라고 의심하지 않을 수 없어요. 분명 이곳에 있는 우리들은 아니니까요."

"그럴지도 모르지……."

젠디발이 애매하게 말했다. 그는 델라미가 자신에게 올가미를 던지고 있다고 생각했다.

"당신의 그 비밀스럽고 숨겨진 수수께끼 조직에 대한 망상이란 편집증 환자의 악몽일지도 모르겠군요. 그건 헤임 농부들이 영향을 받았고 발언자들이 어떤 숨겨진 사람으로부터 조종을 받고 있다는 당신의 편집증적인 환상에도 들어맞는 거겠지요. 하지만 난 당신의 그 기괴한 생각을 좀 더 추적해 들어갈 거예요. 발언자 여러분, 이곳에 있는 우리들 중 누군가가 조종을 받고 있다고 생각해요? 혹시 그게 나일지도 모른다고?"

드디어 올가미가 젠디발의 목을 죄어 오는 듯했다.

젠디발이 말했다.

"전 그렇게 생각지는 않아요, 발언자. 만일 당신이 그렇게 직접적인 방식으로 저를 제거하고자 한다면, 저에 대한 당신의 적의를 그렇게 노골적으로 광고해서는 안 될 것이라는 점을 지적해 두지요."

"이중의 속임수를 쓰려는 수작일 뿐이야. 편집증적인 환상에서는 당연한 결론이겠지!"

델라미는 연신 목을 가르랑거리며 말했다.

"그럴지도 모르죠. 당신은 그런 점에서는 나보다 훨씬 경험이 많을 테니까."

그러자 발언자 레스킴 지아니가 화를 내며 가로막고 나섰다.

"이봐요, 발언자 젠디발. 만일 당신이 발언자 델라미를 무죄로 인정한다면 당신은 나머지 우리들에 대해 더 강한 혐의를 두고 고발해야겠군요? 우리들 중에 도대체 누가 당신이 회의에 참석하는 것을 고의로 지연시켰겠소? 도대체 그럴 이유가 어디 있으며, 또 당신이 죽기를 바랄 이유가 어디 있겠소?"

젠디발은 그 질문을 기다리고 있었다는 듯이 재빨리 대답했다.

"제가 이곳에 들어왔을 때 논의의 요점은, 기록에서 제1발언자의 발언을 삭제하자는 거였지요. 저는 그 주장을 듣지 않은 유일한 발언자입니다. 그 주장이 무엇인지 알려 주시겠습니까? 그러면 누군가 저를 고의로 지연시킨 이유를 당신에게 말해 주지요."

제1발언자가 말했다.

"나는 이렇게 말했소. 물론 발언자 델라미와 다른 이들은 아주 다른 견해를 갖고 있었지만 말이오. 나는 직관에 근거해서, 심리역사학에서 수학을 부적절하게 사용한 결과 셀던 프로젝트의 미래는 제1파운데이션인 골란 트레비스의 추방에 달려 있다고 했소."

젠디발이 말했다.

"다른 발언자들의 생각은 나름대로 자신들의 판단에 달려 있겠죠. 저는 그 가정에 동의합니다. 그렇습니다! 트레비스가 열쇠입니다. 전 제1파운데이션이 그를 갑작스럽게 추방한 것을 의심하고 있어요!"

델라미가 말했다.

"발언자 젠디발, 당신은 트레비스가 그 수수께끼 같은 조직의 손아귀에 있다고 말하려는 겁니까, 아니면 그를 추방한 사람들이 그렇다고 말하려는 겁니까? 또 당신과 제1발언자 그리고 나를 제외한 모든 사람들이 그들의 조종 하에 있다는 말입니까? 그렇다면 누가 그들의 조종을 받지 않는다고 감히 얘기할 수 있지요?"

젠디발이 말했다.

"그런 헛소리엔 대답할 필요가 없겠죠. 대신 이곳에 있는 발언자 중 제1발언자와 저의 의견에 동의를 표하고 싶어 하는 사람이 있는지 묻고 싶습니다. 추측컨대 당신들은 이미 제가 쓴 수학적 논문을 읽은 것 같고 그것은 제1발언자의 승인 하에 당신들 사이에서 회람되고 있는 거 같은데요."

좌중은 아무 말도 없었다.

"다시 한 번 더 묻겠습니다. 동의하는 사람 없어요?"

역시 아무 대답이 없었다.

젠디발은 다시 말했다.

"제1발언자, 이제 당신은 누가 왜 저를 지연시켜야만 했는지 그 동기를 알았을 겁니다."

제1발언자가 말했다.

"좀 더 자세히 말해 보시오."

"당신은 제1파운데이션의 트레비스를 처리해야 한다고 말했지요. 그건 매우 중요한 정책 발의를 의미하는 것입니다. 그리고 만일 발언자들이 제 논문을 읽었다면 모두 어떤 일이 일어나고 있는지에 대해 대강의 윤곽을 알았을 거고요. 그럼에도 불구하고 발언자들이 만장일치로, 만장일치라는 것이 중요합니다만, 당신에게 동의하지 않았다면 전통적인 규율로 인해 당신은 더 이상 정책을 추진할 수 없게 되지요. 그러나 한 사람의 발언자만이라도 당신을 지지했다면 이 새로운 정책을 실행할 수 있어요. 제 논문을 읽은 사람이면 알 수 있을 테지만 저만이 당신을 지지하는 단 한 사람의 발언자입니다. 따라서 그 정책의 실행에 반대하는 사람은 어떤 대가를 치르더라도 저를 이 석상에 나오지 못하게 할 필요가 있겠죠. 그 수법은 거의 성공할 뻔했어요. 하지만 지금 전 이곳에 있고 그리고 제1발언자를 지지합니다. 제1발언자의 의견에 동의한단 말입니다. 자, 이젠 전통에 따라 제1발언자는 다른 발언자 열 명의 반대를 무시할 수 있겠지요?"

델라미는 주먹으로 테이블을 쳤다.

"누군가 미리 제1발언자가 무엇을 이야기하리란 걸 알고 있었고, 또 한 발언자 젠디발이 그걸 지지하고 나머지 발언자들은 그렇지 않으리라는 것도 알았다는 것 아닙니까? 더 의미심장한 것은 발언자 젠디발의 편집증적인 영감에서 나온 그 조직이란 것이 그 정책의 추진을 원치 않기 때문에 막기 위해 싸우고 있고, 따라서 우리 중에 한 사람 혹은 그 이상의 사람들이 그 조직의 조종을 받고 있다는 말 아닙니까?"

"바로 그것입니다. 당신의 분석은 아주 정확하군요."

젠디발이 동의했다.

델라미가 소리쳤다.

"당신은 도대체 누구를 고발하고 있는 겁니까?"

"아무도요. 전 그 문제를 주제로 택하도록 제1발언자에게 요구하고 있습니다. 우리에 대항하여 일하고 있는 자가 우리 조직 내에 있는 것이 분명합니다. 저는 제2파운데이션을 위해서 일하고 있는 전원에 대해 철저한 정신분석을 실시해야 한다고 주장하는 바입니다. 발언자들을 포함한 모든 사람에 대해서요. 물론 저 자신과 제1발언자까지도 말입니다!"

그러자 테이블은 이제까지 한 번도 겪어 보지 못한 엄청난 혼란과 흥분의 도가니로 빠져들었다.

제1발언자가 마침내 휴회 선언을 하였을 때 젠디발은 아무에게도 말하지 않고 방으로 돌아갔다. 그는 발언자들 사이에는 한 사람의 친구도 없다는 것을 잘 알고 있었다. 그리고 제1발언자가 자신을 아무리 지지한다 해도 기껏해야 반신반의하는 정도일 것이라는 사실도 잘 알고 있었다.

그는 자신이 왜 두려워하고 있는 것인지 잘 알 수가 없었다. 무시무시한 운명의 잔의 쓴맛이 입안 가득히 느껴지는 것 같았다.

2

젠디발은 제대로 잠을 이룰 수가 없었다. 깨어 있을 때도 잠자고 있을 때도 온통 델로라 델라미와 싸우기에 여념이 없었다. 꿈속에서 그녀와 헤임 농부 루피런트가 겹쳐 나타났고, 엄청난 크기의 주먹을 흔들면서 바늘처럼 뾰족한 이빨을 드러내고 웃으며 자신에게 덤벼드는 흉측한 델라미의 얼굴에 시달려야만 했다.

결국 그는 평상시보다 늦게 자리에서 일어났다. 거의 잔 것 같지도 않았지만 침상에 있는 버저가 울려 댔기 때문에 어쩔 수 없이 일어났다. 그는 몸을 돌려 접촉부에 손을 갖다 댔다.

"예, 무슨 일입니까?"

"발언자!"

사무장이 다소 무례하게 그를 불렀다.

"손님이 와 있습니다."

"손님이라고?"

젠디발이 빈 시간이 있는지 알아보려고 스위치를 누르자 정오 이전에는 약속이 없다는 화면이 보였다. 그는 시간 버튼을 눌렀다. 오전 8시 32분이었다. 그는 짜증스럽게 말했다.

"도대체 이 이른 시간에 누구야?"

"이름을 밝히려 하지 않습니다. 발언자."

그러고는 분명히 비난조로 말했다.

"헤임인 같습니다, 발언자. 당신 초대를 받아서 왔다는데요."

마지막 문구는 불만스러움을 역력히 나타내고 있었다.

"내가 내려갈 때까지 응접실에서 기다리게 하게. 시간이 좀 걸릴 거야."

젠디발은 서두르지 않았다. 목욕을 하면서 그는 내내 생각에 잠겨 있었다. 누군가가 헤임인들을 사주하여 그의 산책을 방해한 것은 확실하다. 젠디발은 그자가 누구인지 궁금했다. 그런데 자기 숙소로 찾아온 이 새로운 헤임인 침입자는 누굴까? 혹 함정은 아닐까?

젠디발은 무장을 갖추어야 하지 않을까 하는 생각을 잠시 해 보았다. 하지만 대학 주변 구역에 있는 농부라면 상해를 입히지 않고도 충분히 마음을 조종할 수 있다는 확신이 있었기 때문에 무장은 하지 않기로 마음을 바꾸었다.

젠디발은 어저께 캐롤 루피런트와 벌였던 사건으로 인해 자신이 많은 영향을 받았다고 생각했다. 혹시 그 농부가 아닐까? 그런 영향을 받았으면 누구든지 젠디발에게 와서 자신이 저지른 행위에 대해서 사과하려 할지도 모른다. 하지만 루피런트가 이곳을 어떻게 알까? 또 이곳에 접근하는 방법을 어떻게 알았을까?

젠디발은 단호한 태도로 복도를 내려가 응접실로 들어갔다. 그는 놀라 우뚝 멈춰 서서 사무장에게로 돌아섰다. 그는 유리로 둘러싸인 자신의 작은 방에서 바쁜 체하고 있었다.

"사무장, 자넨 방문자가 여자라고는 하지 않았잖아?"

사무장이 조용히 대답했다.

"발언자, 난 헤임인이라고 했는데요? 그리고 당신은 더 이상 묻지 않았잖아요?"

"최소한의 정보만을 준 건가, 사무장? 그걸 당신 성격의 하나로서 기억해 두지(그는 사무장이 델라미가 지정한 사람이었는지 조사해야겠다고 생각했다. 그리고 이제부터는 자기 주위에 있는 관리들도 유심히 관찰해야겠다고 다짐했다. 사실 발언자라는 높은 지위에 오르게 되면서 그동안 하급관리들을 너무 쉽게 생각하고 무시해 온 것 같았다.). 이용할 만한 회의실이 없을까?"

사무장이 말했다.

"4호실이 비어 있습니다, 발언자. 세 시간 정도는 비어 있을 것입니다."

그는 힐끗 헤임 여인을 바라보고 나서는 아주 순진한 표정으로 젠디발을 쳐다보았다.

"4호실을 쓰겠어, 사무장. 하나 충고하겠는데 당신 생각이 드러나지 않도록 주의하는 게 좋을 거야."

젠디발은 조금 거칠게 그의 마음을 건드렸다. 사무장의 보호막은 너무나 천천히 닫혔다. 젠디발은 자신보다 훨씬 열등한 정신을 거칠게 다루는 것이 자신의 품위를 떨어뜨린다는 점을 잘 알고 있었다. 하지만 상급자에 대해 불쾌한 억측을 하고, 그런 생각을 상대방에게 감출 능력도 갖지 못한다면 어쩔 수 없이 벌을 받아야 한다. 사무장은 몇 시간 동안 가벼운 두통을 느끼게 될 것이다.

3

그녀의 이름이 즉시 머리에 떠오르지 않았지만 젠디발은 더 깊이 생각할 기분이 아니었다. 그녀도 그가 자신의 이름을 기억하리라고는 기대하지 않은 것 같았다.

젠디발은 퉁명스럽게 말했다.

"당신은……?"

"제 성은 노비입니다, 스카울러."

그녀는 헐떡이듯 말했다.

"제 이름은 슈라입니다만 흔히들 노비라고 부르죠."

"잘 있었어요, 노비? 우린 어제 만났었죠. 이제 기억이 나요. 그래요, 당신이 나를 보호해 주었다는 것을 잊지 않았습니다."

그는 이 대학 구내에서는 헤임 억양을 쓸 수가 없었다.

"그런데 이곳에 어떻게 들어왔죠?"

"스카울러, 당신께서는 제가 편지를 써도 된다고 하셨지요. '발언자의 집, 아파트 27'이라고만 쓰면 된다고요. 제가 직접 편지를 갖고 왔어요. 제가 직접 쓴 것을 보여 드리려고요."

그녀는 부끄러워하면서도 자랑스럽게 말했다.

"문을 지키는 사람들이 누구한테 쓴 거냐고 묻더군요. 당신이 바로 루퍼런트와 이야기할 때 당신 이름을 들었어요. 그래서 스토 젠디발에게 쓴 거라고 했지요, 스카울러."

"그러니까 통과시켜 주던가요, 노비? 그 편지를 보자고 하지는 않았고요?"

"전 정말 놀랐어요. 이곳이 점잖은 사람만 있는 곳이라고 생각했었는데……. 제가 '스카울러 젠디발이 스카울러들의 궁을 보여 주겠다고 약속하셨어요.'라고 말했더니 그들은 막 웃더군요. 그들 중 문 앞에 서 있던 한 명이 다른 사람에게 이렇게 말했어요. '이 여자에게 보여 줄 건 그게 전부가 아닐걸?' 그리고 그들은 어디로 가야 하는지 가르쳐 준 뒤 만약 다른 곳으로 갔다가는 눈 깜짝할 사이에 밖으로 내동댕이쳐질 거라고 말했어요."

젠디발은 얼굴을 붉혔다. 셀던에 맹세코, 만약 그가 헤임인을 쾌락의 대상으로 삼을 필요를 느꼈다면 이렇게 공개된 형태로는 하지 않았을 것이다. 더군다나 이런 여자를 선택하지도 않았을 것이다. 젠디발은 마음속으로 머리를 가로저으며 이 트랜터 여인을 쳐다보았다.

그녀는 아주 젊어 보였다. 자세히 보니 고된 노동으로 인해 거칠어진 외모에도 불구하고 젊음을 간직하고 있었다. 스물다섯 살은 넘지 않은 것 같았다. 그 나이의 헤임인 여자들은 대개 결혼해 버리는 게 보통인데 그녀는 검은 머리를 땋고 있었다. 이것은 그녀가 결혼을 하지 않은 처녀라는 것을 의미했다.

그러나 젠디발은 놀라지 않았다. 어제 행동으로 미루어 보아 그녀는 잔소리꾼의 자질이 다분했다. 그녀의 재빠른 주먹과 혓바닥에 감히 구속되고 싶어 할 헤임 남자들이 있을까 하는 생각이 들었다. 게다가 예쁘냐 하면 그렇지도 않았다. 그녀는 애써 예쁘게 보이려고 노력하고 있었지만 얼굴은 평평한 사각형이었으며, 손은 붉고 마디도 굵었다. 그가 그녀의 얼굴에서 발견할 수 있었던 것은 우아함이라기보다는 인내를 통해 형성된 그 무엇이었다.

젠디발이 그녀의 얼굴을 음미하듯 뜯어보자 그녀는 아랫입술을 떨기 시작했다. 그는 그녀가 당황하고 있다는 것을 알아차리고 내심 동정심이 일었다. 그녀는 어제 그에게 정말로 필요하고도 중요한 존재가 아니었던가!

그는 다정하게 그녀를 달래려고 애쓰며 말했다.

"그래서 당신은 학자의 궁정을 보러 온 거로군요."

그녀는 검은 눈을 크게 뜨고는(두 눈은 비교적 매력적이었다.) 말했다.

"스카울러, 제 말에 화내지 마세요. 전 사실 스카울러가 되고 싶어요."

젠디발은 마치 번갯불에 맞은 것 같은 충격을 받았다.

"학자가 되고 싶다고! 당신이?"

그는 잠시 말을 멈췄다. 도대체 이 단순한 여자 농부에게 트랜터인들이 '스카울러 양반'이라고 부르는 사람이 되기 위해서는 어느 정도의 지능이 필요하고 그 교육 과정이 어떠하며 정신적인 능력은 어느 정도가 되어야 하는지를 어떻게 설명해 줄 수 있단 말인가?

하지만 슈라 노비는 점점 흥분을 더해 갔다.

"전 독서가이고 또 작가예요. 전 모든 책을 처음부터 끝까지 다 읽었어요. 얼마나 오랫동안 스카울러가 되기를 원했는지 당신은 모르실 거예요. 전 농부의 아내가 되기는 싫어요! 전 농장에나 어울리는 그런 사람이 아니에요. 농사꾼과 결혼하지도 않을 거고 농사꾼의 자식도 낳지 않을 거예요!"

그녀는 머리를 들더니 거만하게 말했다.

"전 여러 번 청혼을 받았지만 그럴 때마다 이렇게 말했어요. '아니요'라고요. 정중하게 '아니요!'라고……."

젠디발은 그녀가 거짓말을 하고 있다는 사실을 쉽게 알 수 있었다. 그녀는 한 번도 청혼을 받은 적이 없었음이 분명했다. 하지만 그는 굳은 표정을 지은 채 한동안 침묵을 지키다가 입을 열었다.

"결혼을 하지 않으면 평생 동안 무얼 할 거죠?"

노비는 손바닥을 펴서 테이블 위에 올려놓더니 이렇게 말했다.

"전 스카울러가 될 거예요. 전 농부가 아니에요!"

"만일 내가 당신을 학자로 키울 수 없다고 한다면?"

"그러면 전 아무것도 하지 않고 오직 죽음만을 기다릴 거예요! 스카울러가 되지 않으면 일생 동안 아무것도 할 수 없을 거예요."

젠디발은 잠시 그녀의 마음과 접촉해서 학자가 되고자 하는 동기를 알아보고 싶은 충동이 일었다. 하지만 그것은 좋지 않은 일이었다. 발언자들은 다른 이들의 무력한 마음에 들어가 이리저리 살펴보는 것을 즐길 수 없도록 규제받고 있었다. 다른 지적인 직업과 마찬가지로 정신제어, 즉 정신학이라는 과학기술에도 윤리 규정은 있었다. 그것은 반드시 필요한 것이었다(갑자기 사무장의 마음을 건드렸던 일 때문에 후회감이 들었다.).

그는 말했다.

"왜 농부가 되지 않으려고 하죠, 노비?"

약간의 조작만으로도 그는 그녀가 농부라는 점에 만족하게 할 수 있고 어떤 헤임 시골뜨기를 움직여서 기꺼이 그녀와 결혼하게 할 수도 있었다. 그건 어떤 해도 되지 않을 것이다. 오히려 친절한 행위일 것이다. 하지만 그건 규칙을 위반하는 것이었고 따라서 생각도 하지 말아야 했다.

그녀가 말했다.

"전 농부가 되고 싶지 않아요. 농부는 차가워요. 농부는 흙덩이와 씨름하며 일을 하고 마침내는 그 자신도 흙덩이가 되어 버려요. 만일 농부가 된다면 저 역시 흙덩이가 될 거예요. 전 읽고 쓸 시간도 못 갖게 되고 전 모든 것을 잊어버릴 거예요. 제 머리는······."

그녀는 자신의 관자놀이에 손을 얹더니 이야기를 계속했다.

"머리는 썩어 가는 생선같이 되겠죠. 안 돼요! 하지만 스카울러는 달라요. 언제나 생각이 많죠. 스카울러라면 책과 함께 살 수 있을 거예요. 제가 이름조차 잊어버릴 그 많은 책들과······."

그녀는 허공에 대고 무엇인가를 묘사하는 듯한 손짓을 했다. 만약 그가 그녀의 마음에서 자신을 향해 발산되는 열기를 느끼지 못했다면 그녀가 무엇을 가리키고 있는지 알아차리지 못했을 것이다.

"마이크로필름? 그런데 마이크로필름에 대해서 어떻게 알았지요?"

"책에서요. 전 많은 것들을 읽었어요."

그녀는 자랑스럽게 대답했다.

젠디발은 더 알아내고 싶은 욕망을 떨쳐 낼 수 없었다. 이 여자는 평범한 헤임인이 아니었다. 그는 이 여자 같은 헤임인에 대해서는 들어 본 적이 없었다. 제2파운데이션은 헤임인들을 결코 받아들이지 않는다. 하지만 노비가 열 살 정도의 어린 나이라면······.

하지만 쓸데없는 생각이다. 그는 그녀의 정신을 건드리지 않으려 했다. 절대로! 그러나 평범하지 않은 정신 속으로 들어가 그것을 관찰할 수 없고 그로부터 무언가를 배울 수 없다면 발언자란 도대체 무슨 소용이 있다는 말인가?

그는 말했다.

"노비, 잠시만 가만히 앉아 있어 봐요. 아주 조용히. 아무 말도 하지 말아요. 무슨 말을 하려고 생각도 하지 말아요. 다만 잠자는 것만 생각해 봐요. 알겠죠?"

갑자기 그녀가 두려움을 느끼는 것 같았다.

"스카울러, 왜 그렇게 해야 하죠?"

"당신이 학자가 될 수 있는 방도를 생각해 보려고 그래요."

그녀가 어떤 책을 읽었는지, 그녀 생각에 '학자'가 된다는 것이 정말로 무엇을 의미하는지에 대해 알 길이 없었다. 따라서 학자에 대한 그녀의 생각을 먼저 알아낼 필요가 있었다.

그는 아주 조심스럽게, 그리고 아주 섬세하게 그녀의 마음속을 조사해 들어갔다. 연마된 금속 표면 위에 지문을 남기지 않고 손을 대는 것처럼, 실제로는 조금도 건드리지 않고 그녀의 마음을 느꼈다.

그녀에게 학자는 항상 책을 읽는 사람이었다. 그녀는 책을 읽는 이유에 대해서는 조금도 생각해 보지 않았다. 그녀의 마음속에 그려져 있는 학자에 대한 꿈은 그녀가 알고 있는 노동, 즉 물을 긷고 물건을 나르고 음식을 하고 청소하고 명령에 따르는 것과 크게 다르지 않았다. 다만 대학 구내에서는 언제나 책을 손에 넣을 수 있고, 그걸 읽을 수 있는 시간이 있을 것이며, 그럼으로써 '학식 있는 사람'이 될 수 있었다. 이에 보답하기 위해 그녀는 하녀가 되기를 원하고 있었다. 자신의 '하녀' 말이다.

젠디발은 눈썹을 찌푸렸다. 혜임인 하녀라니! 평범하지도 우아하지도 않고 교육도 받지 않은 교양 없는 하녀는 생각할 수도 없었다.

그는 그녀의 마음을 돌려놓으려 했다. 농부가 되는 데 만족하도록 그녀의 욕망을 조절하는 데는 어떤 방도가 있을 것이다. 전혀 자국도 남기지 않고 델라미조차도 시비하지 못할 어떤 방도가…….

혹시 델라미가 그녀를 보낸 건 아닐까? 이 모든 것이 그를 유혹하여 혜임인의 마음을 장난감으로 삼도록 만들어서 탄핵받도록 하려는 복잡한 계획은 아닐까?

어리석은! 그는 자신이 정말 편집증에 빠져 있는지도 모른다고 생각했다. 그녀의 단순한 마음의 촉수 어딘가에 정신적 전류의 흐름을 돌려놓으면 큰 문제는 없을 것이다. 단지 가볍게 밀기만 하면 된다. 그것은 법조문을 거스르는 것이었지만 전혀 해가 없을 것이고 눈치도 채지 못할 것이다.

그는 잠시 멈췄다.

뒤로, 뒤로, 뒤로!

허공이다! 하마터면 그는 그것을 놓칠 뻔했다!

헛것을 본 건가?

아니다. 그것은 주의를 끌 만한 것이었기 때문에 분명히 알아볼 수 있었다. 가장 미세한 촉수가 비정상적으로 엉클어져 있었다. 그것은 너무 섬세하고 복잡하게 얽혀 가지를 뻗고 있었다.

젠디발은 그녀의 마음에서 나왔다. 그는 부드럽게 말했다.

"노비!"

그녀의 눈동자가 초점을 되찾았다.

"예, 선생님?"

젠디발이 말했다.

"이제 너는 나와 함께 일하게 될 것이다. 난 너를 학자로 만들어 주겠다!"

기쁨으로 눈을 밝게 빛내며 그녀가 말했다.

"스카울러!"

그녀는 그의 발에 자기 몸을 던졌다. 그는 그녀의 어깨에 손을 얹어 꽉 움켜잡았다.

"움직이지 마, 노비. 그대로 있어. 그대로……!"

반쯤 훈련된 동물에게 이야기하고 있는 것 같았다. 명령이 그녀의 마음을 관통해 갔을 때쯤 젠디발은 그녀를 놓아주었다. 그녀의 팔에서 단단한 근육이 느껴졌다.

"학자가 되려면 지금까지와는 다른 사람처럼 행동해야 해. 이 말은, 언제나 조용히 있어야 하고 이야기도 언제나 부드럽게 해야 할 뿐 아니라 내가 하라는 대로 따라야 한다는 거야. 그리고 나처럼 말하는 것을 배우려고 노력해야 해. 또 다른 학자들도 만나야 할 것이고. 두려운가?"

"아뇨, 두렵지 않습니다, 선생님. 저와 함께 있어만 주신다면요."

"난 너와 같이 있을 거야. 하지만 지금은 네가 거처할 방을 찾아보고 세탁소, 식당, 옷 갈아입을 곳도 배정해 놓아야 해. 너도 학자에게 어울리는 옷을 입어야 하거든."

"이것들을 모두 벗어 버리라고요?"

그녀는 슬픈 어조로 말했다.

"그래, 다른 옷을 줄 거야."

우선 그는 노비에게 새 옷을 마련해 줄 여인을 구해야만 했다. 이 헤임 여인에게는 기본적인 위생을 가르쳐 줄 사람도 필요할 것이다. 지금 입고 있는 옷은 그녀에게 가장 좋은 옷이었을 테고 젠디발을 만나러 오기 위해 나름대로 한껏 모양을 낸 것이 분명했지만, 여전히 불쾌한 냄새가 희미하게 나고 있었다.

그는 그녀에게 자기들의 관계를 확실하게 이해시킬 필요가 있었다. 제2파운데이션의 남성 혹은 여성들이 쾌락을 위해 헤임인들을 이용한다는 것은 공공연한 비밀이었다. 하지만 그 과정에서 헤임인들의 마음에 간섭을 하지 않는다면 아무도 그 일을 문제 삼지 않았다. 젠디발은 한 번도 그런 일에 빠져든 적이 없었다. 젠디발은 대학 내에서 이루어지는 섹스보다 더 음탕하고 훨씬 자극적인 그런 짓에 자신이 별로 흥미가 없기 때문이라고 생각했다. 더군다나 제2파운데이션의 여성들이 헤임 여자들보다 좀 창백하지만 깨끗하고 피부도 부드러웠다.

하지만 사람들은 공연히 오해하고 헤임인을 자신의 숙소까지 끌어들인 발언자에게 킬킬대며 조소를 보낼지 모른다. 그래도 그는 참아 낼 것이다. 이 여자 농부 슈라 노비야말로 필연적으로 부딪칠 발언자 델라미와 나머지 회의 참석자들과의 일대 결투에서 승리를 보장해 줄 열쇠이기 때문이었다.

4

젠디발은 저녁 식사 때까지 노비를 다시 보지 않았다. 식사 시간이 다 되어서야, 이 상황이 결코 섹스 따위와 관련되어 있는 게 아니라는 점을 끊임없이 설명해 주는 일을 맡았던 한 여인이 노비를 데리고 왔다. 그녀는 상황을 이해하고 있었다. 아니 적어도 이해하지 못하겠다는 표정은 보이지 않았다. 그 정도도 다행한 일이었다.

지금 그 앞에서 있는 노비는 수줍어하면서도 자랑스럽고, 당황하면서도 승리에 찬 표정이었다. 모든 것들이 모순된 채 엉켜 있다는 듯한 얼굴이었다.

"매우 훌륭하군, 노비."

그녀에게 준 옷은 놀라우리만큼 잘 맞았다. 이제는 더 이상 촌뜨기처럼 보이지 않았다. 허리를 죄었나? 가슴을 들어 올린 것일까? 아니면 농부 옷을 입고 있을 때에는 그런 것들이 특별히 눈에 띄지 않았던 것일까?

둔부가 좀 두드러져 보이긴 했지만 그렇게 불쾌하게 느껴지지는 않았다. 물론 얼굴은 여전히 평범했지만, 밖에서 일하면서 탄 피부가 옅어지고 얼굴 다듬는 방법을 배우게 된다면 그녀는 결코 추하게 보이지 않을 것이다.

구 제국 시절이었다면 노비를 데려온 여자는 그녀가 젠디발의 아내 될 사람이라고 여겼을 것이다. 그래서인지 노비를 정성껏 가꾸어 준 흔적이 역력했다. 젠디발도 이렇게 생각했다. '그래서는 안 된다는 법도

없지.'

노비는 발언자 회의에 나가야만 한다. 그녀가 매력적으로 보이면 보일수록 그는 자신이 목적하는 바를 더 잘 이룰 수 있을 것이다.

제1발언자로부터 메시지가 당도했을 때 그는 이런 생각에 잠겨 있었다. 그것은 정신적인 사회에서는 일반적으로 나타나는 현상이었다. 비공식적으로는 '우연의 일치 효과'라고 불렸다. 만일 누군가 막연하게 상대방을 생각하고 있을 때 상대방도 그를 막연히 생각하면 수 초 만에 두 생각들은 예민해지면서 동시에 어떤 자극을 받게 되는 것이다.

그것을 지적으로 이해하는 사람들에게조차 그것은 놀라운 일이었다. 특히 그 막연한 생각이 너무 희미해서 양쪽 모두 의식적으로 인식하지 못하고 지나쳐 버릴 만한 경우라면 더욱 놀라운 일이었다.

"오늘 저녁에는 너와 같이 있지 못하겠다, 노비."

젠디발이 말했다.

"난 공부할 것이 있어. 네 방으로 데려다 주마. 그곳에 책이 있으니 책 읽는 연습을 할 수 있을 거야. 뭔가 도움이 필요할 때 어떻게 신호를 해야 하는지 가르쳐 줄게. 자, 내일 만나자."

5

젠디발이 정중하게 말했다.

"제1발언자!"

샌디스는 그저 고개만 끄덕였다. 그는 기분이 언짢아 보였고 그동안 훨씬 더 늙은 것 같았다. 그는 마치 술을 전혀 마시지 않는 사람이 독한 술을 한잔 마신 것 같은 모습을 하고 있었다. 마침내 그가 입을 열었다.

"내가 자네를 불렀네."

"사람을 보내지 않고 직접 부르신 것을 보니 중요한 일인가 보군요."

"그렇다네. 자네가 찾는 제1파운데이션인이 골란 트레비스지?"

"예?"

"그는 트랜터로 오고 있지 않아."

젠디발은 그다지 놀라지 않았다.

"왜 그가 트랜터로 와야만 하죠? 우리가 받은 정보는 단지 그가 지구를 찾아 헤매는 고대역사학 교수와 함께 떠났다는 건데요?"

"그래, 그렇지. 하지만 전설 속에 있는 인류가 발생했다는 그 행성 때문에 그는 트랜터로 와야만 했어. 그와 있는 교수는 지구가 어디 있는지를 모르고 있지 않은가? 자네나 나는 그것이 존재한다고, 아니면 존재했었다고 확신할 수 있을까? 확실히 그들은 필요한 정보를 얻으러 이 도서관으로 와야만 했네. 이 시각까지 나는 상황이 위기 수준은 아니라고 생각했지. 그 제1파운데이션인은 이곳으로 올 것이고 그러면 그를 통해서 우리가 필요한 정보를 얻으면 된다고 생각한 거야."

"이곳에 오지 않은 데에는 뭔가 확실한 이유가 있을 겁니다."

"그러면 어디로 갈 것 같은가?"

"아직 모르겠습니다."

제1발언자는 심기가 불편한 표정으로 말했다.

"자넨 그에 대해서 별로 동요하지 않는 것 같군."

젠디발이 말했다.

"그렇게 하는 게 더 좋지 않을까 생각합니다. 당신은 그가 안전하게 트랜터로 와서 당신의 정보원으로 활약하기를 원하고 있습니다. 하지만 우리가 놓쳐 버려서 그가 자신이 원하는 곳으로 가서 원하는 일을 한다면, 그건 다른 사람이 더 중요한 정보를 지니고 있다는 얘기입니다. 사실 그는 중요한 정보원이 아니라는 뜻이겠지요."

"아니야. 자넨 우리에게 새로운 적이 있다고 나를 설득했고 그래서 나는 안심할 수가 없었어. 게다가 난 스스로에게 트레비스를 보호해야지 그렇지 않으면 모든 것을 잃게 된다고 설득해 왔어. 그가 열쇠라는 생각을 떨쳐 버릴 수가 없거든."

젠디발은 비장한 어조로 말했다.

"어떤 일이 일어나든 우리는 패배하지 않을 겁니다, 제1발언자. 당신의 표현대로 그 '반물'들이 우리 발밑으로 우리 모르게 구멍을 계속 판다면 가능할 테지만, 우리는 그들이 그곳에 있다는 것을 이제 알고 있잖습니까? 더 이상 눈뜬장님처럼 행동해서는 안 됩니다. 다음 회의에서 우리가 협력한다면 다시 역공을 시작할 수 있을 겁니다."

제1발언자가 말했다.

"내가 자네를 호출한 것은 트레비스 문제 때문이 아니야. 그 주제가 첫 번째로 떠올랐던 것은 다만 그것이 내게는 개인적인 패배처럼 여겨졌기 때문일세. 나는 상황의 여러 측면을 잘못 해석했었네. 개인적인 감정을 일반적인 정책보다 더 상위에 놓았다는 것은 내 잘못일세. 사과하지. 그러나 그밖에 다른 게 있어."

"더 심각한 건가요, 제1발언자?"

"더 심각하네, 발언자 젠디발."

제1발언자는 한숨을 쉬더니 책상 위를 손가락으로 통통 튕겨 보았다. 젠디발은 그 앞에서 참을성 있게 서서 기다렸다.

제1발언자는 이윽고 상냥한 어조로 되돌아왔다.

"조금 전 긴급 회의가 소집되었었네. 발언자 델라미의 요구로……."

"당신의 동의도 없이 말입니까, 제1발언자?"

"긴급 회의를 소집하기 위해서는 날 포함하지 않고도 다른 세 발언자들의 동의만 구하면 되네. 그 회의에서 자네는 탄핵되었어. 발언자 젠디발, 자네는 발언자 지위를 유지할 자격이 없다고 고발되어 재판에 회부되었네. 지난 3세기 이래로 발언자에 대해 탄핵이 이루어지기는 이번이 처음일세."

젠디발은 화가 솟구치는 것을 꾹 참으려고 안간힘을 쓰며 말했다.

"분명 당신은 나의 탄핵에 대해서 찬성하지 않았겠지요?"

"난 찬성하지 않았네. 하지만 난 혼자였어. 회의에 참석한 나머지 발언자들은 만장일치로 찬성하여 탄핵에 대한 투표 결과는 10대 1이었네. 자네도 알다시피 탄핵에 필요한 정족수는 제1발언자가 포함될 경우 여덟 명이고, 제1발언자를 포함하지 않으면 열 명이라네."

"하지만 전 참석하지 않았습니다."

"자넨 투표할 권리가 없다네."

"나를 변호하는 발언을 했을 겁니다."

"그 단계에서는 불가능하게 되어 있어. 비록 그런 선례가 거의 없기는 하지만 그 점에 대해서는 분명히 기록되어 있네. 자네에 대한 변호의 기회는 재판에서나 있을 걸세."

젠디발은 머리를 숙여 생각에 잠겼다가 말했다.

"그 문제는 지금 그다지 신경 쓰이지 않는군요. 당신의 직관이 옳습니다. 트레비스 문제가 최우선입니다. 그걸 근거로 제 재판을 연기해 주시면 안 되겠습니까?"

제1발언자는 손을 드는 제스처를 썼다.

"사정을 제대로 이해하지 못한다고 자넬 책망하고 싶지는 않네. 탄핵이란 드문 일이어서 나 자신도 법적인 절차를 준수해야만 해. 그 어떤 것도 우선될 순 없어. 우린 모든 일을 미뤄 두고 곧장 재판을 열어야만 하네."

젠디발은 책상 위에 주먹을 올려놓고는 제1발언자 쪽으로 몸을 기대고 말했다.

"당신은 그 일의 심각성을 모릅니까?"

"하지만 이건 법이야."

"이처럼 분명히 현존하는 위험 속에서는 아무리 법이라고 해도 지켜질 수 없습니다."

"발언자 젠디발, '테이블'은 자네야말로 현존하는 위험이라고 보네. 아니, 내 말을 듣게. 관련된 법조문은 발언자 쪽의 잘못된 권력 사용이나 부정의 가능성보다 더 중요한 것은 없다고 되어 있네."

"하지만 전 아무 잘못도 없습니다, 제1발언자. 당신도 그걸 알고 있을 텐데요. 이건 발언자 델라미의 개인적인 복수입니다. 권력의 남용이 있었다면 그건 그녀 쪽이죠. 제 죄라면 그동안 다른 사람들이 제게 호감을 갖도록 만들지 못했다는 것 외에는 없습니다. 그건 저도 충분히 인정을 해요. 그리고 망령이 들 정도로 나이는 먹었지만 젊은이처럼 대단한 힘을 가진 저 어리석은 자들에게 주의를 기울이지 않는 것도 저의 잘못이지요."

"나처럼 말인가, 발언자?"

젠디발은 한숨을 쉬며 말했다.

"당신 앞에서 또 이런 실수를 저지르는군요. 예전에 당신의 충고를 듣지 않았기 때문이겠죠, 제1발언자. 할 수 없지요. 그러면 재판을 합시다. 내일 하도록 하죠. 오늘 밤이면 더 좋겠죠. 어쨌든 그 얘긴 그만하고 트레비스의 문제로 넘어갑시다. 더 기다릴 것도 없어요."

제1발언자가 말했다.

"발언자 젠디발, 자네는 도무지 상황의 중대함을 이해하고 있지 못하고 있구먼. 탄핵의 전례는 단 두 번 있었지. 그들 중 아무도 유죄 판결을 받지 않았네. 하지만 자넨 유죄 판결을 받을 걸세. 그러고 나면 자넨 더 이상 테이블의 구성원이 되지 못하고, 더 이상 공공 정책에 대한 발의권을 갖지 못하게 될 걸세. 사실 매년 열리는 전체 집회에서조차 투표권이 없다네."

"그러면 그걸 막기 위해 아무런 행동도 취하지 않을 겁니까?"

"난 할 수가 없네. 내 의견은 만장일치로 부결될 걸세. 그러면 나는 사임을 요구받게 되겠지. 내 생각으로는 그것이 발언자들이 바라는 바가 아닌가 하네."

"그러고는 델라미가 제1발언자가 되겠군요?"

"그럴 가능성이 높지."

"하지만 그런 일이 일어나지 못하게 해야만 합니다!"

"맞아. 그 때문에 내가 자네의 유죄에 대해 찬성표를 던질 수밖에 없는 거야."

젠디발은 깊은 한숨을 내쉬었다.

"그래도 할 수 없지요. 하여튼 저는 즉각적인 재판을 요구합니다."

"자네 자신을 변호할 준비를 하려면 시간을 가져야만 해."

"무슨 변호요? 그들은 어떤 변호도 듣지 않을 겁니다. 그들은 마음속으로부터 나의 유죄를 확정하고 있어요. 다른 어떤 것은 필요하지 않아요. 사실 그들은 모레보다는 내일, 내일보다는 오늘 밤에 유죄 판결을 내리려 할 거예요. 그렇게들 하라고 하죠."

제1발언자가 일어섰다. 그들은 서로 책상을 사이에 두고 마주 보았다. 제1발언자가 말했다.

"자넨 왜 그렇게 서두르나?"

"트레비스 문제는 우리를 기다려 주지 않을 겁니다."

"일단 자네가 유죄 판결을 받고 나서, 하나같이 똘똘 뭉쳐 내게 대항하는 발언자들 속에서 내 입지가 약해져 버린다면 어떤 일이 벌어지겠나?"

젠디발은 격한 어조로 속삭이듯 말했다.

"두려워하지 마세요. 어떤 일이 있어도 전 유죄 판결을 받지 않을 테니까요!"

제9부

초공간

1

"준비됐습니까, 페롤랫 교수님?"

페롤랫은 보고 있던 책에서 눈을 들면서 말했다.

"도약을 하려는 건가?"

"그렇습니다. 이제야 초공간 도약을 하는 거지요."

페롤랫은 흥분을 억누르느라고 우물거리는 말투로 말했다.

"그런데 자네는 분명히 도약을 하더라도 아무 일도 없을 거라고 말했지? 물론 공연히 두려워하는 건 어리석다고 생각하지만, 나 자신이 아무런 실체도 없는 타키온으로 분해된다는 생각을 하니까……. 그 타키온이라는 게 아직까지 아무도 본 일도 없고 감지한 적도 없는 것이어서 어째 좀……."

"걱정하지 마세요, 페롤랫 교수님. 도약은 완벽할 겁니다. 제 명예를 걸고 약속할 수 있어요. 교수님도 지난 2200년 동안 도약이 계속 이루어져 왔다고 설명했지만, 저 역시 지금까지 단 한 번도 초공간에서 치명적인 사고가 있었단 얘기를 들어 본 적이 없어요. 물론 우리가 초공간을 벗어났을 때 적절하지 못한 공간에 들어설 수도 있겠지요. 하지만 그럴 경우는 우리가 우주 공간에 이미 나와 있을 때지 타키온 입자로 되어 있을 때가 아니거든요."

"자네 말을 들으니 조금 위안이 되는군."

"더군다나 우리는 잘못된 위치로 빠져나올 염려도 없어요. 솔직히 말하자면 사실 교수님에게 이야기하지 않고 초공간 도약을 하려는 생각을 품기도 했습니다. 그럴 경우 교수님은 도대체 무슨 일이 일어났는지도 모른 채 그 순간을 지나쳐 버리고 말겠지요. 하지만 전체적인 관점으로 볼 때 그 과정을 의식적으로 경험하고, 전혀 문제될 만한 일이 아니라는 것을 몸으로 깨달아서 나중에 잊지 못할 순간으로 기억하시는 편이 더 나을 것이라는 판단을 했습니다."

"음, 자네 생각이 옳아. 하지만 솔직히 말하자면 서둘 필요는 없을 것 같네."

"다시 한 번 약속하지만……"

"아니 됐네. 여보게, 나는 자네의 실력을 추호도 의심하지 않아. 그건 마치……, 음……, 자네 혹시 『산터레스틸 매트』라는 책을 읽은 적 있는가?"

"물론이지요. 저도 문맹은 아니니까요."

"물론 자네가 글을 못 읽을 리야 없겠지. 그렇고말고. 내가 그런 뜻으로 한 말은 아니니 오해 말게. 그런데 그 내용이 기억나나?"

"건망증 환자가 아닌 다음에야 어떻게 잊을 수 있겠습니까."

"내가 다른 사람 화를 돋우는 데에는 타고난 재주가 있는 모양이구먼. 내가 물어보려던 건 산터레스틸과 그의 친구 밴이 행성17에서 도망쳐 나온 다음에 우주공간에서 길을 잃게 된 장면이 기억나느냐는 거였네. 나는 매우 완벽하게 묘사된 매혹적인 별들 사이의 장면을 지금 되새기고 있는 중일세. 아무것도 변화하지 않는 깊은 침묵 속에서 완만한 움직임으로 이리저리 떠다니고……. 물론 자네도 알다시피 그것을 믿을 수는 없지. 하지만 몰라. 이제는 우주공간에 나와 있다는 사실에 대해 익숙해졌기 때문에 이제야 나는 그것을 제대로 체험하고 있는 셈이네. 하긴 이런 이야기가 바보 같은 소리라는 걸 나도 알지만 그런 생각을 그만두고 싶지는 않아. 마치 나 자신이 산터레스틸이 된 느낌이야."

"저는 밴이고요."

그의 장광설을 참다못해 트레비스가 그의 말을 끊고 나섰다.

"어쨌든 저 바깥쪽에 흐릿한 별들이 흩뿌려져 있는 작은 무리는 전혀 움직임을 보이지 않고 있군그래. 물론 우리의 태양을 제외하고 말이야. 하지만 우리는 태양이 지고 있는 모습을 볼 수는 없지. 은하계는 조금도 변화하지 않는 흐릿한 모습을 언제까지 유지할 테니까. 우주는 침묵을 지키고 있고 그것을 바라보고 있노라면 모든 것이 차분해지는 느낌이야……."

"저만 제외하고 말이죠."

"그래, 자네만 제외하고. 그런데 이보게 트레비스, 자네에게 지구에 대한 이야기를 해 주고 그 약간의 전사(前史)에 대해 가르치는 일 역시 내겐 아주 즐거운 일이라네. 그런 일을 계속해도 되겠지?"

"물론 그래도 되죠. 적어도 지금은 말이에요. 혹시 우리가 도약을 시작하면 곧바로 어떤 행성의 표면에 도달할 것이라고 생각하지는 않으시겠죠? 도약을 한다 하더라도 우리는 여전히 우주공간에 있게 될 겁니다. 물론 도약에 많은 시간이 걸리는 건 아니에요. 그리고 우리가 어떤 종류의 행성이든 간에 그 근처에까지 도착하려면 적어도 1주일은 걸릴 테니 제발 긴장을 좀 푸세요."

"행성의 표면이라고? 자네 지금 가이아를 말하고 있는 건 아니겠지? 우리가 도약을 끝냈을 때 그 근처 어디에서도 가이아를 찾을 수는 없을 거야."

"저도 알아요, 페롤랫 교수님. 하지만 교수님의 정보가 맞는 것이라면 우리는 정확한 성구(星區)로 나오게 될 거예요. 그렇지 않다면 다른 문제지만……."

페롤랫은 침울한 표정으로 머리를 가로저으며 말했다.

"가이아의 좌표를 모른다면 정확한 성구에 닿는다는 것이 무슨 도움이 되겠어?"

"페롤랫 교수님, 터미너스에서 아르지로폴이라는 곳을 찾고 있다고 가정해 보죠. 그런데 그 마을이 반도(半島)의 어딘가에 위치한다는 것 이외에는 아는 것이 없는데 교수님은 한 번도 그 반도에 가 본 적이 없다면 어떻게 하겠습니까?"

페롤랫은 아주 멋진 대답을 해야 할 것 같아서 신중하게 생각해 봤지만 별다른 생각이 들지 않았다. 그는 마침내 포기하고 입을 열었다.

"아마도 누군가에게 길을 물었겠지."

"맞아요. 바로 그겁니다! 그 이외에 다른 어떤 방법이 있겠어요? 자, 이제 준비됐습니까?"

"지금 당장?"

페롤랫은 갑자기 트레비스를 향해 서둘러 걸어왔다. 상기된 그의 얼굴은 불안에 떨고 있었다.

"내가 어떻게 하면 좋겠나? 앉을까? 서 있을까? 아니면 다른 자세를 취해야 하나?"

"침착하세요, 교수님. 가만히 있기만 하면 돼요. 제가 컴퓨터를 사용할 수 있도록 제 방에 함께 있기만 하면 됩니다. 그러고는 서 있거나 앉아 있거나 또는 옆으로 재주를 넘거나 마음을 편히 할 수만 있다면 무슨 짓을 하셔도 됩니다. 하지만 뷰 스크린 앞에 앉아서 제가 하는 일을 지켜보시라고 제안하고 싶군요. 틀림없이 아주 재미있을 테니까요. 자, 어서 갑시다!"

그들은 좁은 복도를 따라 걸어서 트레비스의 방으로 갔다. 트레비스는 컴퓨터 앞에 앉아서 이렇게 말했다.

"한번 컴퓨터를 다뤄 보시겠어요? 마음속으로 무엇이든지 생각하기만 하시면 돼요. 나머지는 컴퓨터가 다 알아서 할 테니까."

"그럴 필요 없네. 아무래도 나는 컴퓨터를 잘 다루지 못할 것 같으니까. 자네는 내게 연습을 시키려고 그러는지 모르지만 난 별로 하고 싶지 않네."

"그건 어리석은 생각이에요."

"아니, 천만에! 이 컴퓨터는 자네와 아주 잘 어울리는 것 같아. 자네가 컴퓨터를 사용할 때면 자네와 컴퓨터는 마치 하나의 유기체인 것 같더군. 하지만 내가 컴퓨터와 접촉할 때는 그저 두 개의 객체가 있을 뿐이야. 야노브 페롤랫과 컴퓨터가 있을 뿐이지. 자네의 경우와는 완전히 달라."

"참 이해할 수 없는 일이군요."

트레비스가 말했다. 그는 왠지 페롤랫의 그러한 생각에 만족감이 들었다. 그는 이미 익숙해진 컴퓨터의 접촉부에 손을 올려놓았다.

"그러니까 나는 그저 지켜보는 편이 나을 거야. 내가 컴퓨터를 만질 일은 일어나지 않는 게 더 낫고, 만약 일어날 수밖에 없다면 나는 그저 지켜보는 편을 택하겠다는 말이지."

그는 이렇게 말하고는 열심히 뷰 스크린에 눈을 고정시켰다. 거기에는 전면에 어둠침침한 별들이 뿌려져 안개가 낀 듯한 은하계가 나타나고 있었다.

"언제 시작되는지 내게 알려 주게."

페롤랫은 이렇게 말하고는 천천히 벽에 몸을 기대어 대응 자세를 취했다.

그런 그의 모습을 바라보고 트레비스는 고소를 금치 못했다. 그는 손을 책상 위에 올려놓고 컴퓨터와 자신이 정신적으로 일체화되는 것을 느끼고 있었다. 페롤랫의 말을 흘려듣기는 했지만, 날이 갈수록 실제로 그는 컴퓨터와 하나가 되어 가는 것을 느끼고 있었다. 그는 점차 의식적으로 한 지점의 좌표를 생각할 필요가 없게 되었다. 컴퓨터는 그가 의식적으로 그 과정을 '이야기하지' 않더라도 그가 무슨 생각을 하고 있는지 거의 알아차리고 있는 것 같았다. 마치 컴퓨터 스스로가 그의 머릿속에서 정보를 빼내 가는 것 같은 느낌을 주었다.

그러나 트레비스는 컴퓨터에게 직접 '명령'을 내렸고 도약을 하기 전에 1~2분 정도의 간격을 둘 것을 지시했다.

"이제 모든 준비가 끝났어요, 페롤랫 교수님. 이제 2분 남았습니다. 120, 115, 110, 자, 뷰 스크린을 보고 계세요."

페롤랫은 그의 말에 따랐다. 그는 긴장으로 입술을 조금 떨면서 잠시 숨을 멈췄다. 트레비스는 부드럽게 카운트다운을 계속해나갔다.

"10……, 4, 3, 2, 1, 0!"

하지만 아무런 움직임도 일어나지 않았다. 아니, 아무것도 느껴지지 않았다. 다만 스크린 상의 화면만이 바뀌었을 뿐이었다. 즉 화면에서 은하계가 사라져 버린 대신 별들의 밀도가 두드러지게 높아졌을 뿐이었다.

페롤랫은 영문을 몰라 하며 이렇게 물었다.

"도대체 어떻게 된 거지?"

"어때요? 괜히 겁먹었지요? 전혀 그럴 필요가 없다고 제가 말씀드렸 잖아요. 아무것도 느낄 수가 없었죠?"

"맞아. 자네 말을 인정하네."

"그러면 됐어요. 저도 책에서 읽은 거지만, 초공간 여행이 비교적 최신 기술에 속했던 당시만 하더라도 도약은 상당히 기분 나쁜 체험이었고, 일부 사람들은 현기증이나 메스꺼움에 구토를 하기도 했지요. 필경 그런 증상들은 신경성이었을 겁니다. 어쨌든 초공간에 대한 경험이 차츰 늘어가고 장비도 개선되면서 그런 증상들은 차츰 사라지게 되었지요. 이 우주선에 장착되어 있는 수준의 컴퓨터라면 모든 작용들이 우리의 감각 기관에 포착되는 한계점 이하에 머물도록 하기 때문에 우리는 아무것도 느낄 수 없게 되는 것이죠. 적어도 제 생각엔 그렇습니다."

"그렇군, 나 역시 아무것도 느끼지 못하네. 자네 말이 맞아. 그런데 우리가 있는 곳이 어디지. 트레비스?"

"이제 겨우 한 발짝 나와 있는 셈인 걸요. 여기는 칼간 성구입니다. 아직도 갈 길이 멀어요. 다음 도약까지도 시간이 많이 남아 있지요. 이제 우리는 도약이 정확했는지에 대해 검사를 해야 합니다."

"그런데 궁금한 점이 한 가지 있는데……, 도대체 은하계는 어디로 가 버렸지?"

"우리 주위를 완전히 둘러싸고 있어요, 페롤랫 교수님. 우리는 그 정중앙에 있는 셈이지요. 만약 우리가 뷰 스크린의 초점을 제대로 맞춘다면 밝은 띠 모양이 은하계 훨씬 더 먼 부분까지 걸쳐 있는 것을 발견할 수 있을 겁니다."

"아! 은하수를 말하는 것이군!"

페롤랫은 환희에 들떠 소리쳤다.

"거의 모든 다른 행성에서 은하계의 모습을 그렇게 묘사했지만 우리 터미너스에서는 한 번도 그 모습을 본 적이 없지. 이보게, 그걸 보여 주지 않겠나?"

뷰 스크린은 비스듬한 경사를 이루면서 별들의 무리를 가로질러 가는듯한 효과를 보여 주었다. 그러자 스크린을 거의 가득 채울 듯 커다랗고 두터운 진주색 발광체가 나타났다. 스크린이 그 주위를 맴돌자 그 발광체는 점차 얇아지다가 다시 부풀어 올랐다.

"은하수는 은하계 중심 방향에 따라 두터워지기도 하고 얇아지기도 하지요. 하지만 실제로 두터워지거나 얇아지는 것은 물론 아닙니다. 단지 나선팔 속에 있는 암흑성운 때문에 그렇게 보일 뿐이지요. 대부분의 거주 행성에서도 대체로 이와 비슷한 모습일 것입니다."

"지구에서 보는 모습도 마찬가지겠지?"

"다른 차이가 없을 것입니다. 거기라고 해서 별다른 특색이 있지는 않겠지요."

"물론 그렇겠지. 자네는 과학사를 연구해 본 적은 없지, 그렇지?"

"없습니다. 물론 그중 일부를 훑어본 적은 있지만 말입니다. 그러니까 제게 질문을 하시더라도 저를 전문가로 생각지는 마십시오."

"도약을 하는 데 대해서 내가 항상 의문을 지울 수 없는 것은 바로 이 점 때문이야. 초공간 여행이 불가능하고 진공 속에서의 빛의 통과

속도가 최대가 되는 우주를 상정할 수 있을까?"

"물론이죠."

"그러한 조건이란 방금 우리가 했던 것과 같은 빛보다도 빠른 속도의 여행이 불가능한 기하학이 지배하고 있는 세계겠지. 따라서 우리가 빛의 속도로 여행을 한다면 그 과정에서 겪는 우리의 경험은 그러한 세계의 경험과는 다르지 않겠나? 가령 이 지점이 터미너스로부터 40파섹 떨어진 곳이고 우리가 빛의 속도로 여기까지 달려왔다면, 우리는 거의 시간이 걸리지 않은 것처럼 느끼겠지만 터미너스나 은하계 전체로 본다면 이미 130년이 흐른 셈이지. 그렇다면 우리는 빛의 속도가 아니라 무려 빛의 1000배 속도로 여기까지 달려온 셈인데 어디에서도 그에 해당하는 시간은 흐르지 않았어. 최소한 내 생각으로는 그렇게 시간이 흐른 것 같지는 않아."

"올란젠 초공간 이론의 수학에 대해 얘기드리길 기대하지는 마세요. 제가 말씀드릴 수 있는 것이라고는 만약 정상적인 우주 공간을 빛의 속도로 여행했다면, 교수님이 말씀하신 대로 1파섹당 3.26년의 비율로 시간이 흘렀을 것이라는 사실뿐이에요. 물론 우리가 선사시대로 거슬러 올라간다면 그것은 교수님 영역 아닙니까? 어쨌든 그 시대에 선조들이 발견한 소위 '상대론적인 우주'라는 개념이 바로 그것이지요. 하지만 우리가 했던 초공간 도약은 상대성 법칙이 적용되는 조건을 넘어서는 것이고 적용되는 법칙도 전혀 다르지요. 상대론을 벗어나서 초공간적 우주론에서 볼 때 은하계는 아주 미세한 객체에 불과하지요. 그것은 이상적으로 이야기하자면 아무런 차원도 없는 작은 점에 불과한 것입니다. 따라서 여기에서는 어떠한 상대론적 효과도 일어나지 않는 것입니다.

실제로 우주론을 수학 공식으로 표기할 경우 은하계를 나타내는 기호에는 두 가지가 있습니다. 하나는 '상대론적 우주'를 나타내는 G^r인데 거기에서는 빛의 속도가 최고이지요. 다른 하나는 '초공간 우주'를 나타내는 G^h인데 여기에서는 실질적으로는 속도라는 것이 아무런 의미를 갖지 않지요. 초공간적으로 말하자면 모든 속도 값은 0이고 우리는 움직이지 않아요. 우주 그 자체와 연관해서 이야기하자면 속도란 무한한 것이지요. 이 정도밖에는 더 이상 설명할 능력이 없군요.

아! 한 가지가 빠졌군요. 이론 물리학에서 빠지기 쉬운 함정들 중 하나는 G^r에서만 의미를 갖는 기호나 수치를, G^h를 다루는 방정식에 대입시키거나 그 역으로 하는 경우입니다. 그런 방정식을 학생들에게 풀라고 주면, 학생들은 곧잘 그런 덫에 걸려 진땀을 흘리면서 애를 쓰지만 결국 어떤 선배 학생이 그에게 잘못을 지적해 줄 때까지는 아무것도 제대로 진전시키지 못하게 됩니다. 저도 언젠가 그런 실수를 저지른 적이 있었지요."

페롤랫은 그의 말을 주의 깊게 듣고 있다가 이해하기 어렵다는 투로 이렇게 말했다.

"그렇다면 도대체 어떤 것이 진짜 은하계지?"

"교수님이 어떻게 하느냐에 따라 어느 것이라도 진짜 은하계가 될 수 있지요. 가령 터미너스에 있다면 멀리 떨어져 있는 곳에 가기 위해 자동차를 타거나 배를 타고 여행할 수도 있겠지요. 그럴 경우 조건이란 항상 달라질 수 있는 것입니다. 그렇다면 바다와 육지 중에서 무엇이 진짜 터미너스겠습니까?"

페롤랫은 고개를 끄덕였다.

"비유란 항상 위험을 내포하고 있지. 하지만 더 이상 초공간에 대해 생각하다가는 정신이 이상해질 것 같아. 차라리 자네 설명을 받아들이는 쪽을 택하겠네. 이제부터는 우리가 할 일에 대해 집중하기로 하세."

"자, 이제 우리는 지구를 향한 제1보를 내디뎠습니다."

하지만 그는 속으로 '이제 다음에는 어디로 가야 할까?'를 생각하고 있었다.

2

"공연히 하루를 낭비했어요."

트레비스가 말했다.

"그래? 왜 그렇게 됐지?"

페롤랫은 조심스럽게 색인 작업을 하다가 고개를 들고 말했다.

트레비스는 양팔을 벌리는 시늉을 하면서 대답했다.

"저는 컴퓨터를 신뢰하지 않았습니다. 선뜻 컴퓨터에 모든 일을 맡길 수가 없었지요. 그래서 우리가 도약을 통해 도달하려 했던 지점과 우리의 현 위치를 점검해 보았습니다. 그런데 거의 차이가 나지 않더군요. 아무런 오류도 없었다는 것이지요."

"그렇다면 컴퓨터의 성능이 괜찮은 편이군그래. 안 그런가?"

"괜찮은 정도가 아니지요. 믿을 수 없을 정도예요. 이런 일은 생전 처음입니다. 그동안 갖가지 방법으로 수많은 장비를 사용해서 도약을 해 보았는데 이런 경우는 처음입니다. 학생 시절에는 휴대용 컴퓨터를 사용해서 도약을 해야만 했고 그 결과를 점검하기 위해서는 초공간추적기를 전송해야만 했지요. 물론 저는 실제 우주선을 사용할 수는 없었어요. 비용 문제는 차치하더라도, 제가 다른 쪽 끝에 위치한 항성의 한가운데로 우주선을 끌고 갈 위험이 다분했기 때문이죠.

물론 그런 엄청난 실수는 저지르지 않았습니다. 하지만 그런 식의 도약에서는 전문가라 하더라도 항상 상당한 오차를 낼 수 있지요. 워낙 변수가 많기 때문에 언제든 그런 일이 벌어질 수 있는 것입니다. 이런 방식을 사용할 경우, 우주의 구조는 다루기가 너무 복잡하고, 초공간은 그러한 복잡함에다가 자기 자신의 복잡함을 더하고 있기 때문에 우리로서는 감히 이해할 엄두도 내지 못할 정도지요. 그것이 바로 우리가 왜 단번에 세이셸까지 큰 도약을 하지 않고 조금씩 도약을 계속해야 하는지에 대한 이유입니다."

"하지만 자네는 이 컴퓨터는 전혀 오차가 없다고 말하지 않았나?"

페롤랫이 말했다.

"그것은 컴퓨터가 아무런 오차를 내지 않는다는 말이지요. 저는 컴퓨터에게 우리의 실제적인 위치와 미리 계산된 위치를 비교하라고 지시했던 것입니다. 따라서 그것은 '현재 위치'와 '명령받은 위치' 사이의 비교에 불과한 것입니다. 그것은 그 둘이 단지 측정이라는 한계 내에서만, 그리고 제 생각의 한도 내에서만 일치한다는 것을 의미하는 것입니다. 하지만 만약 컴퓨터가 거짓말을 하고 있다면 어떻게 되겠습니까?"

그때까지도 페롤랫은 손에 프린터를 들고 있었다. 그는 프린터를 끄고는 약간 동요하는 빛을 보이면서 말했다.

"농담이겠지? 컴퓨터는 거짓말을 할 수 없어. 자네가 한 말은 컴퓨터가 고장이 날 수도 있다는 의미겠지."

"그게 아닙니다. 제가 말하고자 하는 것은 그런 뜻이 아니에요. 저는 정말 컴퓨터가 거짓말을 하고 있다고 생각하는 겁니다. 이 컴퓨터는 고도로 발전된 것이라 사람과 비슷할 수 있다고 생각해요. 그것도 초능력을 가진 인간 말이에요. 자부심도 가질 수 있고 거짓말도 할 정도로 충분한 능력을 가진 그런 인간요. 저는 컴퓨터에게 초공간을 통과해서 세이셸 연맹의 수도인 세이셸 행성으로 갈 수 있는 코스를 잡아 보라는 명령을 내렸습니다. 그러자 컴퓨터는 그렇게 명령을 실행했고 스물아홉 단계를 거치는 코스를 설정했습니다. 그런데 그것은 최악이라 할 수 있는 오만한 행동이었습니다."

"왜 오만하다는 것이지?"

"첫 번째 도약에서 발생하는 오차는 두 번째 도약의 정확성을 그만큼 떨어뜨리게 되지요. 이렇게 누적된 오차는 세 번째 도약을 아주 불안정하고 믿을 수 없게 만들고 그 이후로도 마찬가지로 계속 상황을 악화시킵니다. 스물아홉 차례에 걸친 도약을 어떻게 한꺼번에 모두 계산할 수 있겠습니까? 스물아홉 번의 도약이라면 은하계 안의 어느 곳에라도 단숨에 갈 수 있는데 말이에요. 그래서 제가 컴퓨터에게 첫 번째 도약만을 명령한 것입니다. 그렇게 되면 다음 도약을 하기 전에 점검을 해 볼 수 있을 테니까요."

"아주 조심스러운 접근 방식이구먼. 무슨 말인지 알겠네."

페롤랫이 부드럽게 말했다.

"그렇습니다. 그런데 첫 번째 도약을 거친 다음에 제가 컴퓨터를 불신한다는 걸 컴퓨터가 알아챈다면 기분이 상하지 않겠습니까? 그렇게 되면 컴퓨터는 첫 번째 도약에서 제가 컴퓨터에게 요구했던 위치와 아무런 오차도 없다는 것을 말해 줌으로써 자존심을 회복하려 들지 않겠습니까? 컴퓨터가 실수나 불완전성을 스스로 인정하지 않으려 한다면 우리는 컴퓨터를 가지지 않은 것이나 마찬가지가 되는 것이지요."

그의 말을 들은 페롤랫의 길고 점잖은 얼굴에는 당황한 빛이 역력했다.

"그런 경우에 우리는 어떻게 해야 하지? 트레비스."

"제가 하루를 소모하면서 했던 일이 바로 그것이지요. 저는 가장 원시적인 방법들을 동원해서 주변의 여러 별들의 위치를 점검했습니다. 그 방법이란 망원경을 이용한 관찰, 사진, 그 밖의 수동 측정 장치들을 사용하는 것이지요. 하여튼 우리의 실제 위치와 예상 위치 사이에 어떤 오차가 없는지 세심하게 비교해 보았고 그 일에만 하루 온종일 걸린 셈입니다."

"그래, 그래서 어떻게 되었나?"

"두 개의 터무니없는 오차를 발견했습니다. 제가 직접 계산을 해서 그것들을 발견해 낸 것입니다. 하지만 정작 실수를 저지른 것은 저 자신이었다는 사실이 곧 밝혀졌습니다. 저는 계산을 수정한 다음에 컴퓨터에게 처음부터 다시 계산을 시켜 보았지요. 컴퓨터가 저와 똑같은 답을 내는지 보려고요. 그 결과 컴퓨터가 저보다 더 많은 소수점 이하 자릿수까지 사용해서 계산한다는 것을 제외하고는 제 숫자와 정확히 일치한다는 것을 발견했습니다. 그것은 곧 컴퓨터가 아무런 오차를 내지 않았다는 것을 의미하는 것이었지요. 그놈의 컴퓨터는 분명 건방지기 짝이 없는 뮬의 자손임에 틀림없습니다. 하지만 그 정도로 거만할 자격이 충분히 있다는 사실은 밝혀진 셈이지요."

페롤랫은 안도의 한숨을 토해냈다.

"다행이야, 정말 다행이야!"

"물론이지요. 그래서 이제는 나머지 28단계를 수행할 작정입니다."

"그걸 모두 한꺼번에? 하지만……."

"물론 한꺼번에 하겠다는 것은 아닙니다. 걱정하지 마세요. 저는 그렇게 무모하게 생명을 걸지는 않으니까요. 컴퓨터는 한 단계씩 진행할 것이고 각 단계를 끝낸 다음에는 반드시 주변 환경을 점검하게 될 것입니다. 그래서 오차가 무시될 수 있는 정도일 경우에만 다음 단계로 진입하게 되지요. 언제라도 오차가 한계를 넘어서 지나치게 커질 경우에는 반드시 정지한 다음 나머지 단계들에 대해 철저하게 다시 계산을 할 것입니다. 물론 그 한계는 제가 엄격하게 설정할 테니 염려하지 마세요."

"그러면 언제 출발할 예정인가?"

"바로 지금입니다. 아니 그런데 교수님은 지금도 도서관에 대한 색인 작업을 계속하고 있군요?"

"그저 지금이 이 작업을 할 수 있는 기회라고 생각했을 뿐이네, 트레비스. 나는 몇 년 동안이나 이 일을 하려고 별러 왔다네. 하지만 언제나 무슨 일이 생겨서 하지 못하게 가로막아 왔지."

"반대할 생각은 추호도 없습니다. 계속하세요. 그리고 아무 걱정하지 마세요. 그저 색인 작업에만 집중하세요. 그 밖의 모든 일에 대해서는 제가 알아서 처리할 테니까요."

그러나 페롤랫은 머리를 가로저었다.

"괜한 말 말게. 나는 여행이 끝날 때까지는 긴장을 풀 수 없을 거야. 이 상태를 절대로 벗어날 수가 없을 것 같아."

"이런 이야기는 하지 말았어야 하는 건데……. 하지만 누군가와 대화하지 않을 수는 없고 이곳에는 교수님밖에 없으니 어쩔 수 없군요. 내친 김에 하나 더 이야기할게요. 이해하기 쉽게 설명하지요. 우리는 행성 간 공간의 정확한 위치에 놓일 가능성이 있는 반면, 빠른 속도의 유성체나 작은 블랙홀이 차지하고 있는 공간에 들어가게 될 가능성도 있습니다. 그럴 경우에 우주선은 파괴되고 우리는 죽게 되겠지요. 이론적으로는 그런 일이 벌어질 가능성이 얼마든지 있습니다.

하지만 실제로 그런 일이 발생할 가능성은 거의 희박합니다. 그렇기 때문에 편안하게 마음먹고 계셔도 돼요. 페롤랫 교수님, 연구와 필름 작업을 계속하시거나 침대에서 편안하게 잠을 청하셔도 됩니다. 교수님이 터미너스에 있었을 때에도 유성이 터미너스의 대기를 뚫고 교수님 머리에 명중될 가능성은 있었지요. 하지만 그것은 극히 희박한 가능성입니다. 그와 마찬가지예요.

실제로 우주선의 진행 경로가 치명적인 어떤 것의 경로와 교차할 가능성은 있어요. 하지만 컴퓨터가 초공간 도약을 하는 코스에서 그런 가능성이 생길 확률은 아주 적어요. 사실 그 가능성은 교수님이 터미너스의 집에 앉아서 유성에 머리를 얻어맞을 가능성보다 적지요. 저는 지금까지 초공간 여행이 시작된 이래 그 어디에서도 우주선이 길을 잃었다는 이야기를 들어 본 적이라곤 없습니다. 그 외 다른 유형의 위험, 가령 초공간 도약에서 빠져나오는 순간 항성의 한가운데에 들어가게 되었다는 식의 위험은 그보다도 더 적다고 할 수 있지요."

"그렇다면 그런 이야기를 왜 하는 건가?"

페롤랫이 물었다.

트레비스는 잠시 말을 멈추고 생각에 잠겨 머리를 떨구었다. 잠시 후 그가 입을 열었다.

"저도 모르겠어요. 아니, 이유는 분명히 있습니다. 아무리 불행한 결과가 일어날 가능성이 적다 하더라도 그토록 많은 사람들이 초공간 도약을 하다 보면 어딘가에서 사고가 일어날지도 모른다는 생각을 하지 않을 수 없거든요. 설사 저 자신이 잘못된 일은 없다 하더라도, 제 마음속 깊은 어디에선가 '이번에는 무언가 사고가 일어날 수 있어.'라는 작고 성가신 목소리가 흘러나오는 느낌이 드는 겁니다. 그래서 저는 교수님에게 뭔가 죄를 짓고 있는 듯한 느낌을 지울 수가 없었어요. 바로 그 점 때문에 이런 말씀을 드리는 거죠. 페롤랫 교수님! 만에 하나라도 뭔가 좋지 않은 일이 일어난다면 저를 용서하세요."

"하지만 이보게, 트레비스. 만약 좋지 않은 일이 일어나게 된다면 우리는 둘 다 동시에 죽게 될 텐데, 그러면 나는 자네를 용서해 줄 틈도 없을 것이고 자네 역시 용서를 받지 못할 걸세."

"저도 그 점을 압니다. 그러니까 지금 당장 저를 용서해 주세요. 그러실 수 있겠습니까?"

그의 말을 듣고 페롤랫은 미소를 띠었다.

"왜 그래야만 하는지 이유를 알 수 없구먼. 하지만 자네 말을 들으니 아주 유쾌해지는 느낌이야. 자네는 유머 감각이 뛰어난 것 같군. 물론 자네를 용서하고말고. 전 은하계에는 사후 세계에 대한 아주 다양한 형태의 신화가 있지. 만약 우리가 작은 블랙홀에 내려앉거나 그와 비슷한 사고를 당해서 죽은 다음에 실제로 그런 세계 중 어느 하나가 현실로 나타나게 된다면, 그래서 우리 둘 다 동일한 사후 세계에 들어간다면, 나는 염라대왕에게 분명히 자네가 최선을 다해 양심껏 행동했다고 증언해 주겠네. 그리고 절대로 내 죽음을 자네 탓으로 돌리지는 않겠어."

"감사합니다. 이제야 안심이 되는군요. 그러면 이제 위험을 무릅쓰고 시도해 보겠습니다. 하지만 제가 치를 위험을 교수님도 함께 지고 있다는 점에 대해 다행스럽다는 생각은 갖지 않겠습니다."

페롤랫은 트레비스의 손을 꼭 쥐며 이렇게 말했다.

"이보게, 트레비스. 자네를 알게 된 지 고작 일주일밖에 안 되었네. 따라서 나는 이런 문제에 대해서 성급한 판단을 내리고 싶지는 않아.

하지만 나는 자네가 아주 훌륭한 청년이라는 점만은 확신하게 되었네. 자, 이런 문제는 모두 잊어버리고 출발하기로 하세."

"물론이지요. 제가 해야 하는 모든 일이란 그저 컴퓨터에 살짝 접촉하는 정도일 뿐입니다. 컴퓨터는 모든 준비를 갖추어 놓은 상태이고 그저 제 입에서 '출발!'이라는 말이 떨어지기만을 기다리고 있지요. 페롤랫 교수님, 한번 해 보시겠어요?"

"천만에! 그건 모두 자네 일이야. 이것은 자네 컴퓨터란 말일세."

"좋습니다. 제 책임이지요. 제가 또 책임을 회피하려 들었군요. 그러면 화면을 잘 보세요."

트레비스는 입가에 순진해 보이는 미소를 짓더니 눈에 띄게 느릿한 동작으로 손을 컴퓨터에 접촉시켰다.

아주 짧은 시간이 지난 다음에 눈에 보이는 별들의 무리가 변화했고, 그다음부터 계속 변화가 이어졌다. 뷰 스크린 상에 나타나는 별들은 점차 두꺼워지고 밝게 빛나면서 확산되어 갔다.

페롤랫은 숨을 죽이고 그 변화의 횟수를 세어 나갔다. '15!'에서 변화가 중단되었다. 마치 장치 중 일부가 고장이 난 것처럼 보였다.

페롤랫은 큰 소리로 이야기하면 컴퓨터 전체가 복구 불능 상태로 고장 날 것만 같은 생각이 들었는지 조그만 목소리로 속삭였다.

"무슨 일이지? 뭐가 잘못된 거야?"

트레비스는 어깨를 으쓱하며 말했다.

"제 생각으로는 지금 컴퓨터가 다시 계산을 하고 있는 것 같아요. 우주공간에서 전체 중력장의 일반적인 형태에 뭔가 인지 가능한 작은 장애물이 생긴 모양인데요. 필경 목록에 들어 있지 않은 왜성이나 떠돌이 행성같이 미리 계산에 넣지 않은 물체인 것 같아요."

"위험한 것들인가?"

"아직 우리가 살아 있는 것을 보면 위험한 것 같지는 않는데요? 하나의 행성은 중력장이 1억 킬로미터까지 그 영향을 미치기 때문에, 그 어마어마한 영향력을 수정하기 위해서는 반드시 새로운 계산이 필요하지요. 왜성의 경우 무려 100억 킬로미터까지 중력장이 영향을 미치니까……."

그 순간 다시 스크린이 변화하기 시작했기 때문에 트레비스는 말을 멈추었다. 다시 도약이 이어졌다. 마침내 페롤랫은 "28!" 하고 외쳤다. 그러자 더 이상 아무런 움직임도 일어나지 않았다.

트레비스는 컴퓨터와 약간의 대화를 나눈 다음 이렇게 말했다.

"이제 목적지에 도착했습니다!"

"나는 맨 처음 도약을 미리 계산에 넣고 이번에 시작된 도약을 '2'에서부터 세어 나갔지. 총 스물여덟 번의 도약이 이루어졌어. 그런데 자네는 내게 모두 스물아홉 번으로 계획되어 있었다고 말하지 않았는가?"

"열다섯 번째 도약에서 다시 계산을 한 결과에 따라 한 번의 도약을 줄인 것 같습니다. 교수님이 원한다면 컴퓨터를 점검해 볼 수도 있어요. 하지만 꼭 그럴 필요는 없다는 생각도 드는군요. 우리는 이미 세이셸 행성에 가까이 와 있으니까요. 컴퓨터가 그렇게 이야기해 주었고 저역시 그것을 의심하지 않습니다. 만약 스크린을 정확하게 조정한다면 우리는 매우 밝고 멋진 항성을 볼 수 있게 될 거예요. 그러나 지금은 스크린에 불필요하게 무거운 부담을 줄 필요는 없을 것 같군요. 세이셸 행성은 네 번째 행성이고 우리의 현 위치에서 320만 킬로미터 떨어져 있어요. 그 거리는 한 번의 도약으로도 도달할 수 있을 만하죠. 아마 사흘이면 도착할 수 있을 겁니다. 서두르면 이틀 만에 갈 수도 있을 거고요."

트레비스는 긴장을 풀기 위해 길게 숨을 토해내면서 말했다.

"제가 한 말의 의미를 아시겠어요, 페롤랫 교수님? 지금까지 제가 타 보거나 얘기를 들었던 우주선들은 모두 이런 정도의 도약을 하려면 한 번에 하루는 족히 걸렸을 것이고, 컴퓨터를 가지고서도 계속 다시 계산을 해야만 했을 것입니다. 그러니 전체 여행에 한 달은 걸리겠지요. 물론 아무런 실수도 하지 않고 완벽한 여행을 했다면 두세 주 정도로도 가능하겠지만요. 그런데 우리는 불과 30분 만에 해치운 거예요. 만약 모든 우주선에 이런 컴퓨터가 장착되어 있다면……!"

"나는 왜 시장이 우리에게 이렇게 최첨단 우주선을 주었는지 납득이 잘 안 가. 이 정도의 컴퓨터라면 가격이 엄청나게 비쌀 텐데 말이야."

"실험용이겠죠. 보나마나 그 친절한 여인은 기꺼이 우리를 실험용으로 삼아서 어느 곳에 결함이 있는지 알아보려고 한 게 분명합니다."

트레비스는 무미건조한 목소리로 말했다.

"자네 지금 진담인가?"

"제 말에 신경 쓰지 마세요. 아무튼 걱정할 일은 하나도 없으니까요. 우리는 지금까지 아무런 결함도 발견하지 못했어요. 하지만 저는 시장이 우리를 실험 대상으로 삼는 정도의 일밖에 하지 못할 사람이라고 생각지는 않아요. 그녀의 인간성으로 미루어 볼 때 이 정도의 일은 식은 죽 먹기일 테니까요. 더군다나 그녀는 우리에게 무기 하나 주지 않을 만큼 우리를 철저히 불신하지 않았나요? 그 과정에서 무기 값도 상당히 절약했을 테고요."

그러자 페롤랫이 신중하게 말했다.

"내가 생각하고 있는 것은 바로 컴퓨터야. 그것은 자네를 위해서 아주 잘 조정되어 있는 것 같은데……, 아마 다른 사람을 위해서라면 그렇게 훌륭하게 조정되어 있지 않을 거야. 나라면 도저히 그것을 다룰 수 없을 것 같네. 그건 이 컴퓨터가 자네를 위해 특별히 조정되어 있다는 증거 아닌가?"

"컴퓨터가 우리 둘 중 한 명과 호흡이 잘 맞는다는 건 우리들을 위해서 아주 잘된 일이지요."

"그렇다면 그것이 단지 우연에 불과하다는 건가?"

"그렇지 않다면 뭐란 말입니까, 페롤랫 교수님?"

"분명히 시장은 자네를 잘 알고 있네."

"물론 그렇겠지요. 워낙 술수에 능한 사람이니까."

"이 컴퓨터가 자네를 위해 특별히 설계된 것이라는 생각이 들지 않나?"

"왜 그런 생각을 하시죠?"

"나는 이 컴퓨터가 시장이 원하는 곳으로 우리를 끌고 가는 건 아닌가 하는 의심이 들어."

트레비스는 그를 똑바로 응시하면서 말했다.

"교수님 얘기는, 컴퓨터와 접속하고 있을 때 실질적으로 항해를 책임지고 있는 것이 제가 아니라 컴퓨터라는 뜻이겠지요?"

"그런 생각이 든다는 거지."

"그것 참 우스운 일이군요. 그건 기우에 불과해요, 페롤랫 교수님."

트레비스는 컴퓨터를 향해 몸을 돌리고 화면을 세이셸 행성에 맞추었다. 그는 그곳까지 가기 위한 공간의 정상 코스를 산출했다.

'우스운 이야기로군! 하지만 왜 페롤랫 교수님이 그런 생각을 하게 되었을까?'

제10부

테이블

1

이틀이 지났다. 젠디발은 격분을 느낄 정도로 마음에 심한 상처를 입지는 않았음을 깨달았다. 즉각적인 청문회가 이루어져서는 안 될 하등의 이유도 없었다. 만약 그가 준비를 갖추고 있지 못했거나, 시간을 필요로 했다면 그들은 역시 그에게 즉각적인 청문회를 강요했을 것이다. 그는 그 점에 대해 확신했다.

그러나 제2파운데이션이 뮬 이후 가장 큰 위기를 맞게 된 상황인데도 그들은 시간을 낭비하고 있었다. 더군다나 젠디발의 화를 돋울 의도 이외에 어떤 목적도 없이.

발언자들은 실제로 셀던 프로젝트를 이용해 젠디발의 화를 돋우었고 당연히 그는 더욱 강하게 반격했다. 이에 대해 젠디발은 확고했다.

그는 자신의 모습을 살펴보았다. 대기실은 아무도 없이 텅 비어 있었다. 마치 지난 이틀 동안 아무도 없었던 듯한 느낌조차 들 정도였다. 그는 모두가 알 정도로 주목을 받던 장래가 촉망되는 발언자였다. 그런데 그런 그가 제2파운데이션 500년 역사상 전례 없이, 한 사건으로 인해 얼마 안 있어 발언자라는 지위를 잃게 될 처지에 몰렸다. 이제 그는 신분이 낮아질 것이고 평범한 제2파운데이션인으로 강등될 것이다.

하지만 한편으로는 탄핵된 이후에도 젠디발이 제2파운데이션인이라는 신분을 유지할 수 있다는 것은 상당히 다행한 일이었다. 만약 그가 지난 이틀 동안 겪었던 일을 피할 수만 있었다면 그런 불상사는 생기지 않을 수도 있었다. 젠디발은 상처입은 짐승처럼 으르렁거리면서 이렇게 생각했다. 만약 슈라 노비가 이전처럼 그를 대해 주기만 한다면……, 하지만 그녀는 상황을 파악하기에는 너무도 순진했다. 그녀에게 젠디발은 여전히 '선생님'일 뿐이었다.

그는 자신이 그런 사소한 일에서 위안을 찾고 있다는 사실을 깨닫자 화가 부글부글 끓어올랐다. 노비가 자신을 숭배하는 눈빛으로 올려다보는 것을 느낄 때면 활기를 되찾곤 했다는 것을 깨닫고는 부끄러움을 억누르지 못했다. 그처럼 작은 선물에 감지덕지하고 있었단 말인가?

서기가 회의실에서 나와 젠디발에게 테이블이 준비되었다는 말을 하기 위해 다가왔다. 젠디발은 살그머니 그에게 접근했다. 젠디발이 잘 알고 있는 서기였다. 그러나 그는 각 발언자들에게 자신이 어느 등급으로 예의를 갖추어야 하는가를 정확하게 분간할 줄 아는 사람이었다. 지금 이 순간, 젠디발에게 합당한 대우는 아주 형편없이 낮은 것이었다. 서기까지도 그가 유죄를 선고받은 죄인이나 다를 바 없다고 간주하고 있었기 때문이었다.

그들은 모두 검은 법복을 입고 엄숙한 분위기로 테이블에 앉아 있었다. 제1발언자 샌디스는 조금 어색해 보였지만 그의 얼굴에서는 단 한 줄기의 친근한 감정도 찾아볼 수 없었다. 세 명의 여성 발언자 중 한 사람인 델라미는 심지어 젠디발을 쳐다보지도 않았다.

이윽고 제1발언자가 입을 열었다.

"발언자 스토 젠디발, 당신의 발언자 자격을 박탈해야 한다는 탄핵이 있었소. 당신은 우리 모두의 앞에서 아무런 증거도 없이 터무니없는 중상모략으로 테이블을 반역죄와 살인미수로 고발했소. 당신의 말 속에는 제1발언자와 그 밖의 전 발언자들을 포함하는 모든 제2파운데이션인들, 즉 우리들 중 더 이상 신뢰할 수 없는 누군가를 가려내기 위해 철저한 정신분석을 받아야 한다는 뜻이 포함되어 있었소. 당신의 그러한 행동은 공동체의 연대를 파괴하는 것이오. 제2파운데이션에게 공동체적 연대가 없다면, 우리 조직은 더욱 복잡해질 뿐 아니라 악의 세력을 포함하고 있는 은하계 전체를 통제한다는 것은 불가능하며 더욱이 살아남아서 확고한 제2제국을 건설한다는 것도 불가능해질 거요.

우리는 당신의 그러한 범죄 행위에 대해 모두 증언했소. 때문에 당신에 대한 재판을 먼저 진행하겠소. 따라서 곧바로 다음 단계로 넘어가겠소. 스토 젠디발, 변호할 말이 있소?"

델라미는 여전히 그의 얼굴을 쳐다보지 않은 채 고양이처럼 교활한 미소를 지었다.

젠디발은 입을 열었다.

"진실을 말하는 것도 변호라고 할 수 있다면 한마디 하겠습니다. 보안 위반에 대한 혐의에는 분명한 근거가 있습니다. 그 위반 사건에는 분명히 한 명 내지는 그 이상의 제2파운데이션인의 정신적 제어가 개입되어 있습니다. 물론 이 자리에 있는 사람들은 거기에 포함되지 않습니다. 그리고 이 문제는 제2파운데이션에 심각한 위기를 불러일으키고 있습니다. 만약 진정으로 당신들이 시간을 낭비할 수 없기 때문에 이 재판을 서두르게 된다면 분명 지금 눈앞에 닥치고 있는 심각한 위험에 대해 잘못된 판단을 내리게 될 것입니다. 정말 당신들이 서둘러 판결을 내려야 한다면, 제가 즉각적인 재판을 요청했음에도 불구하고 왜 지난 이틀 동안 시간을 낭비한 겁니까? 저는 지난번 제 발언이 제2파운데이션이 당면하고 있는 심각한 위협 때문이었다는 것을 법정에서 분명히 밝히는 바입니다. 만약 제가 그런 말을 하지 않았다면 그것이야말로 발언자에 합당치 않은 행동이었을 것입니다."

"그는 여전히 모독적인 발언을 계속하고 있어요, 제1발언자."

델라미가 조용한 목소리로 일깨워 주었다.

젠디발의 좌석은 다른 사람들의 좌석보다 테이블에서 멀리 떨어져 있었다. 이것은 이미 그가 강등되었음을 의미하는 것이었다. 그는 자신이 그런 사실에 전혀 아랑곳하지 않는다는 것을 보여 주려는 듯 자신의 의자를 테이블에서 더 멀리 밀어낸 다음 자리에서 일어섰다.

"당신들은 법률을 무시하고 지금 당장 즉석에서 저에 대한 판결을 내리겠습니까, 아니면 제가 보다 상세하게 항변을 계속하도록 허용하겠습니까?"

"발언자 젠디발! 지금 이 자리는 결코 불법적인 회합이 아니오. 우리들을 인도할 판례에 굳이 의존할 필요도 없이, 우리는 지나치게 인간적인 정에 치우치게 될 경우 절대적으로 엄정한 정의를 빗겨 나갈 수도 있다는 판단 속에서 이 재판을 진행하고자 하오. 그러나 결백한 자를 죄인으로 단죄하는 것보다는 차라리 자유롭게 방면하는 실수를 저지르는 것이 낫다는 것을 우리는 인정하오. 따라서 우리가 다루고 있는 이 사건의 중대성에 비추어 가볍게 죄인을 풀어 줄 수는 없다 하더라도, 우리는 당신에게 당신이 원하는 방식으로 그리고 원하는 시간만큼 발언을 허용하겠소. 단 당신의 발언을 끝낼 시점은 나 자신을 포함해서 모든 사람이 충분한 발언이 이루어졌다는 만장일치의 표결이 나올 경우에 한해서요!"

제1발언자는 말은 맺었다.

"그러면 시작하게 해 주십시오. 골란 트레비스, 즉 터미너스를 출발한 제1파운데이션인으로서 제1발언자와 제가 모두 위기를 몰고 오는 태풍의 눈으로 간주하고 있는 그자가 전혀 예상치 못한 방향에서 접근해 오고 있다는 점에서부터 이야기를 시작하고 싶습니다."

그때 델라미가 그의 말을 끊었다.

"잠깐, 그 정보에 대해 묻고 싶은데요. 발언자는 그것을 어떻게 알아냈지요(그녀는 발언자라는 단어의 억양을 낮추어 그것이 지위를 나타내는 것이 아니라 단지 화자(話者)라는 의미임을 분명히 했다.)?"

"저는 그 이야기를 제1발언자로부터 들었습니다. 물론 저 자신도 그 사실을 알고 있었다는 점은 분명히 하겠습니다. 하지만 제가 이 회의의 보안 수준에 대해 의구심을 표명한 상태이기 때문에, 제 정보의 출처에 대해 비밀을 유지할 권리가 있다고 생각합니다."

제1발언자가 엄숙히 끼어들었다.

"나는 그 문제에 대한 판단을 중단하겠소. 지금은 그 정보의 출처에 대한 질문 없이 발언을 계속하도록 하겠소. 하지만 테이블의 판결이 있을 때에는 반드시 테이블이 그 정보를 알고 있어야만 하오. 발언자 젠디발은 그 명령에 복종해야 하오."

그러자 델라미가 반발하고 나섰다.

"만약 발언자가 출처에 대해 지금 당장 밝히지 않는다면, 그를 돕는 정보원이 있는 것으로 간주하는 것이 합당할 것입니다. 그 정보원은 그가 사적으로 고용한 것이니 테이블에 대해서 아무런 책임이 없습니다. 우리는 그러한 정보원이 모든 제2파운데이션인들에게 적용되는 복무 규율을 준수하고 있는지에 대해서도 확신할 수 없습니다."

그러자 제1발언자는 조금 언짢은 기색을 보이며 말했다.

"발언자 델라미, 나는 당신의 말 속에 포함되어 있는 모든 의미를 알아듣겠소. 하지만 그런 이야기를 굳이 입 밖에 낼 필요는 없을 것 같소만."

"저는 단지 기록을 남기기 위해 말했을 뿐입니다, 제1발언자. 왜냐하면 이 항목은 더욱 무거운 죄임에도 불구하고 그의 공소장에서 빠져 있기 때문입니다. 저는 그 점이 부족하다고 생각했기 때문에 이 죄목을 그의 공소장에 추가할 것을 발의하는 바입니다."

"서기에게 그 죄목을 추가하도록 지시하는 바이오. 그리고 공소장에 기입할 정확한 문구는 추후 적절한 시기에 논의하도록 합시다. 발언자 젠디발(제1발언자는 아직 그에 대한 호칭을 사용하고 있었다.), 당신의 항변은 오히려 역효과를 낸 것 같소. 계속하시오."

"트레비스는 예상치 못한 방향으로 움직였을 뿐 아니라 전혀 예상치 못한 빠른 속도로 움직이고 있습니다. 아직 제1발언자도 알지 못하는 제 정보에 의하면 그는 시간당 최소한 1만 파섹의 속도로 여행하고 있다고 합니다."

"한 번의 도약으로?"

발언자들은 믿을 수 없다는 표정으로 입을 모아 물었다.

"그는 20번 이상의 도약을 했는데, 각 단계의 도약 사이에 거의 시간을 지체하지 않았다고 합니다. 그것은 한 번의 도약으로 움직였다는 사실보다도 더 상상하기 어려운, 놀라운 사실입니다. 설사 그가 지금 정지해 있다 하더라도 그를 뒤쫓는 데는 많은 시간이 소요될 것이고 만약 그가 자신을 추적하는 우리의 존재를 알아차리고 따돌리려고 마음먹기만 한다면 우리는 도저히 그를 따라갈 수 없을 것입니다. 그런데 지금 당신들은 저를 탄핵하기 위한 재판 놀음에 시간을 낭비하고 있고, 그 재미를 더 만끽하기 위해 이틀이라는 소중한 시간을 더 허비하지 않았습니까?"

제1발언자는 가슴속에서 치미는 괴로운 심정을 간신히 감추고 말했다.

"발언자 젠디발, 이번 사건이 어느 정도의 중요성을 가지는 것인지에 대해 당신의 생각을 말해 보시오."

"이 일은 제1파운데이션에 의해 이루어진 놀라운 과학기술의 진보를 단적으로 말해 주는 상징입니다. 제1발언자, 그들은 프렘 팔버 시절보다도 훨씬 더 강력한 힘을 갖고 있습니다. 만약 그들이 우리를 발견하도록 마음대로 행동하게 내버려 둔다면 우리로서는 결코 그들에게 맞설 수 없을 것입니다."

그때 발언자 델라미가 벌떡 일어섰다.

"제1발언자, 지금 전혀 쓸데없는 문제 때문에 우리의 소중한 시간이 낭비되고 있습니다. 우리는 옛날 옛적 스페이스 워프 이야기에 겁먹는 어린아이들은 아니잖습니까. 제1파운데이션인들의 정신이 우리의 통제 하에 있는 한, 그들이 어떤 신기한 장난감 기계를 만들던지 그건 우리에게 별로 중요한 문제가 아닙니다!"

"그 점에 대해 할 말이 있소, 발언자 젠디발?"

제1발언자가 물었다.

"정해진 순서대로 정신에 관한 문제에 대해 이야기할 기회가 있겠지요. 지금은 그 질문에 대해 답변하지 않고, 그저 점차 강대해지고 있는 제1파운데이션의 우월한 기술적 힘에 대해 강조하는 정도로 그치겠습니다."

"그러면 다음 항목으로 넘어가기로 합시다. 발언자 젠디발, 나는 당신에게 당신의 첫 번째 죄목이 공소장에 기록된 내용과 정확히 들어맞는다는 것을 분명히 확인해 두는 바이오."

테이블은 전반적으로 제1발언자의 말에 동감을 표시했다. 그러자 젠디발이 말했다.

"저도 다음 문제로 넘어가겠습니다. 트레비스는 이번 여행에 다른 한 명을 동반했습니다. 야노브 페롤랫이라는 그다지 중요하지 않은 학자로서 전 생애를 지구와 연관된 신화와 전설을 연구하는 데 바친 사람입니다."

"당신은 그에 대해 모든 것을 알고 있겠지요? 내가 추측하건대 당신에겐 숨겨진 정보원이 있을 테니까……."

델라미, 그녀는 매우 편안한 기분으로 심문관으로서 자신의 역할을 철저히 수행하고 있었다.

"물론입니다! 그에 대한 모든 것을 알고 있지요. 몇 달 전에 터미너스의 정력적이고 수완 있는 여성 시장이, 이유는 분명치 않지만 이 학자에 대해 관심을 표명했고 따라서 당연히 저도 그에 대해 관심을 가지게 되었습니다. 이 정보를 결코 혼자 가지고 있지는 않았습니다. 제가 얻은 모든 정보는 언제나 제1발언자에게도 전달했거든요."

"나는 그 사실을 입증합니다."

제1발언자가 낮은 목소리로 말했다.

그러자 이번에는 나이가 지긋한 한 발언자가 입을 열었다.

"지구란 무엇을 말하는 것입니까? 그것은 전설에 나오는 이 세계의 근원에 대한 이야기 아닙니까? 고대 제국 시절에 그들이 한 번 공연한 소동을 일으킨 적이 있는 것으로 기억하는데요?"

젠디발이 고개를 끄덕였다.

"발언자 델라미의 말처럼 옛날 옛적 스페이스 워프에나 나오는 이야기지요. 저는 그들이 터미너스에서도 이용할 수 있는 행성 간 도서관 서비스로는 얻을 수 없는 지구에 대한 정보를 얻고 싶어 한다고 생각했습니다. 때문에 이곳 은하 도서관을 찾아 트랜터로 오지 않을까 하고 추측했죠. 그것은 그 교수의 꿈이었거든요.

트레비스와 함께 터미너스를 떠날 때, 그는 틀림없이 그 꿈을 실현하고 싶은 생각을 했을 것입니다. 따라서 우리는 그 두 사람이 이곳에 나타날 것이며, 우리의 이익을 위해 그들을 어떻게 활용할 것인지에 대해 검토할 수 있는 충분한 기회가 있을 거라 생각했습니다. 그런데 여러분들도 이제는 알고 계시겠지만, 그들은 이곳을 향해 오지 않고 있는 것으로 밝혀졌습니다. 그들은 아직 정확히 알려지지 않은 어떤 목적지를 향해 출발했습니다. 그곳이 어디인지에 대해서는 아직 몇 가지 이유 때문에 알려지지 않고 있습니다."

델라미의 둥근 얼굴은 말을 할 때면 어쩐지 귀엽게 보였다.

"그렇다고 해서 도대체 왜 이렇게 야단이죠? 그들이 오지 않는다고 해서 상황이 나빠질 이유는 하나도 없잖아요. 사실 그들이 우리를 그토록 쉽게 지나친 덕에 우리는 제1파운데이션이 트랜터의 진정한 속성에 대해 알지 못하고 있다는 결론을 내릴 수 있고, 또 프림 팔버의 작업에 대해 박수갈채를 보낼 수 있는 것 아닌가요?"

"만약 그 이상까지 생각할 수 없다면 우리는 분명 그런 류의 안이한 해결책을 갖게 되겠지요. 그들이 방향을 바꾼 이유가 트랜터의 중요성을 파악하는 데 실패했기 때문이 아니라면 어떻게 하겠습니까? 이들 두 사람 때문에 트랜터가 지구의 중요성을 알아차리지나 않을까 하는 걱정 때문에 그들이 방향을 바꾼 거면 어떻게 하겠습니까?"

그의 말이 끝나자 테이블에는 동요가 일어났다.

"누구든지 무시무시한 이야기를 꾸며 대고 그것을 그럴듯한 문장으로 치장해서 암시할 수는 있겠지요. 하지만 당신이 날조한 게 말이 되는 이야기입니까? 우리 제2파운데이션 사람들이 지구에 대해 생각하고 있다고 걱정할 사람이 과연 있을까요? 근원이 되는 행성이 있다는 말이 사실이든 신화이든, 태초에 모든 문명이 시작된 하나의 행성이 있든 없든 그런 것들은 단지 역사가나 고고학자, 민담 수집가, 즉 당신이 말하는 페롤랫과 같은 부류의 사람들에게나 흥미로운 문제들일 겁니다. 왜 우리가 그런 문제에 대해 관심을 가진단 말입니까?"

"왜냐고요? 그렇다면 은하 도서관에 지구에 대한 참고 문헌이 하나도 남아 있지 않은 이유는 무엇입니까?"

재판이 시작된 이래 처음으로 테이블 주위에는 적개심과는 다른 어떤 감정이 감돌았다. 델라미가 그의 말을 받았다.

"그 자료들이 도서관에 없다고요?"

젠디발은 아주 조용한 음성으로 말했다.

"트레비스와 페롤랫이 지구와 연관된 정보를 찾아서 이곳으로 올지도 모른다는 소식을 최초로 접하고서 저는 당연히 도서관 컴퓨터를 통해 그러한 정보를 담은 문서의 목록을 조사해 보았습니다. 그런데 아무런 자료도 없다는 사실을 알게 되면서 흥미를 느끼게 되었습니다. 조금밖에 없다든가 거의 없는 정도가 아니라 단 하나도 남아 있지 않다는 사실을 말입니다.

　제가 이 청문회가 있기 전 이틀 동안이나 기다렸다는 말을 했던 걸 기억하십니까? 제1파운데이션 사람들이 결국 이곳에 오지 않을 것이라는 소식을 듣고 제 호기심은 더욱 더 부풀어 오르게 되었습니다. 어쨌든 저도 당신들처럼 이 과정을 즐겨야 했으니까요. 따라서 당신들 모두 집이 무너지고 있는 줄도 모르고 토론을 계속하면서 와인을 홀짝이고 있는 동안, 제 역사책 몇 권을 뒤져 보았습니다. 그 책들 속에서, 특히 후기 제국시대의 '근원의 의문에 대한 연구'에 관해 언급해 놓은 부분을 찾아볼 수 있었습니다. 인쇄되었거나 필름 상태로 되어 있는 특수한 문헌들이 언급되어 있었고, 그중 일부는 인용되어 있었습니다. 저는 도서관으로 돌아가서 그 문헌들이 있는지 다시 조사했습니다. 확실히 그것들은 어느 하나도 남아 있지 않았습니다."

　델라미가 말했다.

　"설사 그것들이 남아 있지 않다 하더라도 별로 놀랄 필요는 없다고 생각하는데요? 만약 지구가 신화에 불과하다면……"

　"그렇다면 그 문헌들에 대한 기록을 신화 서적에서 찾아봤겠지요. 만약 그것이 옛날 옛적 스페이스 워프 이야기에나 나오는 이야기였다면 저는 그 문헌에 대한 이야기를 스페이스 워프 이야기 모음집에서 발견했겠고, 정신병자가 꾸며낸 가공의 이야기라면 정신병리학에 대한 문헌에서 찾을 수 있었겠지요. 하지만 분명한 사실은 지구에 대한 자료는 실제로 존재한다는 겁니다. 아니면 당신이 지구에 대해 들어 본 적이 없거나, 그 이름을 들어 봤다 하더라도 그것이 인류의 근원으로 추정되는 행성이란 사실을 알아차리지 못한 거라고 봐야죠. 그렇다면 도서관에 지구에 대한 참고 문헌이 전혀 남아 있지 않은 이유가 무엇이겠습니까?"

델라미는 그의 말에 대해 즉각 반박하지 못하고 우물거렸다. 그러자 또 다른 발언자가 끼어들었다. 그는 레오니스 쳉이라는 체구가 작은 사나이로, 셸던 프로젝트의 세부적인 부분에 이르기까지 백과사전적 지식을 갖추고 있는 사람이었다. 따라서 은하계에 대한 시각은 근시안적이었다. 그는 눈동자를 빠른 속도로 깜박거리며 이야기를 시작했다.

"제국이 멸망하기 시작하던 시기에는 제국 이전 시기에 대한 사람들의 관심이 높았기 때문에, 그에 편승해서 제국에 대한 신화가 많이 만들어졌다는 사실은 이미 잘 알려져 있지 않소?"

젠디발이 고개를 끄덕였다.

"관심에 편승했다는 것은 정확한 표현입니다, 발언자 쳉. 하지만 그 말이 근거가 파괴되었다는 것과 같은 의미는 아닙니다. 다른 누구보다도 당신이 잘 알고 있겠지만 제국의 붕괴 과정이 갖는 또 하나의 특징은 그 이전 시기에 대해 갑자스럽게 그리고 그 어느 때보다도 많은 관심이 생겨났다는 점입니다. 방금 내가 이야기한 것은 해리 셸던 시대에 '근원에 대한 의문'과 관련해 일어났던 관심에 대한 것입니다."

그러자 평상시와는 다르게 목소리를 고르면서 쳉이 젠디발의 이야기를 가로막고 나섰다.

"그 점에 대해서는 나도 잘 알고 있소, 젊은 친구. 나는 제국 붕괴 시절에 발생한 제반 사회적 문제들에 대해서 당신보다 더 많은 것을 알고 있단 말이오. '제국주의화' 과정은 지구에 관심 있는 호사가들이나 즐길 많은 게임들에 제동을 걸기 시작했소. 제국이 마지막 재기를 꾀했던 클레온 2세 시대에, 그러니까 지구의 의문에 대한 모든 연구는 마침내 종말을 맞았소. 심지어 클레온 통치 하에서는 그 문제와 연관해서

'제국 황제에 대한 신민들의 사랑을 좀먹게 만들 만한 고루하고 비생산적인 연구'라고 언급한 명령문을 발견할 수 있을 정도요."

그의 말을 듣고 있던 젠디발은 싱긋 미소를 지었다.

"그렇다면, 발언자 쳉. 지구에 대한 모든 문헌이 사라진 시기가 클레온 2세 시절이었다는 말인가요?"

"나는 아무런 결론도 내리지 않았소. 내가 말하고자 하는 것은 이미 이야기한 것이 전부요."

"결론을 말하지 않는다니, 무척 약삭빠른 짓이군요. 클레온 시절에 물론 제국이 부활하였을 수도 있었겠지요. 하지만 적어도 대학과 도서관은 어쨌든 우리들의 손에 혹은 우리들의 선조들의 손 안에 있었지요. 제2파운데이션의 발언자들 모르게 도서관에서 단 하나의 자료라도 없앤다는 것은 도저히 불가능했을 것입니다. 설사 사멸해 가고 있던 제국은 그 사실을 몰랐을지도 모르지만 그 임무를 맡았던 것은 바로 발언자들이었을 테니까요."

젠디발은 말을 중단했지만 쳉은 아무런 반박도 하지 못했고 그저 상대방의 머리만을 응시하고 있을 뿐이었다.

젠디발은 다시 말을 이었다.

"도서관에서 지구에 대한 모든 자료가 사라진 것은 셸던 시대 이후의 일입니다. 왜냐하면 그 시대까지만 해도 '근원에 대한 의문'에 관해 상당한 관심이 집중되고 있었기 때문이지요. 그 이후에도 그 자료들은 보존되어 있었을 겁니다. 제2파운데이션이 책임을 맡고 있었으니까요. 그러나 지금 모든 문헌들은 사라지고 없습니다. 어떻게 그런 일이 일어날 수 있었겠습니까?"

마침내 델라미가 참지 못하고 나섰다.

"이제 수수께끼 놀음은 그만 집어치워요! 다 알고 있어요. 그래서 결론이 뭐죠? 당신이 그 문헌들을 없애 버렸다고?"

"물론 그렇게 생각하고 싶겠죠, 델라미. 아주 그럴듯해요."

젠디발은 그녀에게 냉소적인 감정을 표출하기 위해 일부러 머리를 굽혀 인사하는 듯한 몸짓을 했다. 그러자 그녀는 보일 듯 말 듯 입술을 삐죽 내밀었다.

"내릴 수 있는 답 하나는 제2파운데이션의 한 발언자가 그 일을 했다는 것입니다. 단 하나의 메모 조각도 남기지 않고, 컴퓨터에 단 하나의 기록도 남겨 두지 않고 도서관 관리자에게 명령을 내릴 수 있는 힘을 가진 사람 말이죠."

제1발언자 샌디스의 얼굴이 분노로 붉게 물들었다.

"말도 안 되오, 발언자 젠디발. 나는 어떤 발언자가 감히 그런 일을 했다고는 상상할 수도 없소. 동기가 무엇이란 말이오? 설사 어떤 이유 때문에 지구에 관한 자료들을 모두 제거해 버리고 싶다 한들 테이블의 나머지 사람들이 그 자료를 보지 못하게 만들 수 있단 말이오? 발각될 가능성이 그렇게 높은데도 불구하고 도서관을 제멋대로 주물러서 자신의 경력과 지위를 완전히 파괴시킬 그런 위험을 감수한단 말이오? 게다가 아무리 능력 있는 발언자라 하더라도 아무런 흔적을 남기지 않고 그 일을 해낼 수 있겠소? 나는 그렇게 생각지는 않소."

"그렇다면 제1발언자, 당신은 지금, 제가 그 일을 저질렀다는 발언자 델라미의 말을 부정해 주었습니다."

"그런 셈이오. 때때로 나는 당신의 판단을 의심했지만 이젠 확실히 당신은 제정신이 아니라고 생각하오."

"그렇다면 그런 일은 절대로 일어났을 리가 없겠군요, 제1발언자. 지구에 대한 모든 자료는 여전히 도서관에 있겠지요. 왜냐하면 지금 우리는 그것들이 제거되었을 가능성을 모두 부정했으니까요. 하지만 그 자료는 분명 그곳에 없습니다!"

델라미는 짐짓 지루한 듯한 표정을 지으면서 말했다.

"됐어요. 이제 그만 좀 합시다. 제발 수수께끼 놀음은 집어치웁시다. 다시 한 번 묻겠는데 당신이 내놓은 문제의 해답은 도대체 뭐요? 당신은 분명 그 해답을 가지고 있는 것 같은데요."

"당신만 확실하게 파악했다면 우리 모두가 확신하고 있는 대로죠. 내 해답은 도서관을 깨끗하게 비운 제2파운데이션 사람은 분명 제2파운데이션 외부의 어떤 포착하기 어려운 힘에 의해 제어되고 있다는 것이죠. 문헌들이 사라져 버린 것을 파악하지 못한 건 바로 그런 힘이 그 사실이 알려지지 못하도록 작용했기 때문이에요."

그러자 델라미가 웃음을 터뜨렸다.

"당신이 그것을 발견하기 전에 말이에요? 만약 그런 불가사의한 힘이 존재한다면 어떻게 당신은 도서관에서 자료들이 없어진 것을 알아낼 수 있었지요? 왜 당신은 그 힘에 의해 조종되지 않았을까요?"

젠디발이 엄숙하게 말했다.

"웃을 문제가 아닙니다, 발언자 델라미. 우리가 그러하듯 그들도 모든 간섭은 최소화되어야 한다는 것을 알고 있습니다. 며칠 전 제가 생명의 위협을 받고 있을 때 저는 제 목숨을 구하는 문제보다는 헤임인의 정신에 간섭을 하지 않으려고 더 노력했지요. 여기에 있는 다른 사람들의 경우였다 해도 마찬가지였을 것입니다. 그들이 간섭을 중지해도 되겠다는 판단을 내렸다는 것은 위험, 아주 심각한 위험 신호입니다. 제가 어떤 일이 벌어지고 있는가를 알아차릴 수 있었다는 사실 자체가 더 이상 그들이 제 행동에 대해 관심을 기울이지 않아도 된다고 판단했음을 의미할 수도 있다는 말입니다. 더 이상 신경을 쓰지 않는다는 것은 바꾸어 말해서 이미 그들이 승리를 확신하고 있다는 증거인 셈이지요. 그런데도 우리는 지금 여전히 이런 광대 놀음이나 벌이고 있는 겁니까!"

"하지만 그들이 그런 일을 벌이는 목적은 도대체 뭐지요? 납득할 만한 이유가 없잖아요?"

그녀는 입술을 깨물고 있었다. 테이블이 점차 젠디발의 이야기에 관심을 가지게 되면서 자신의 영향력이 약해지고 있다는 것을 느꼈던 것이다.

"생각해 보세요. 어마어마한 물리적 힘이 비축된 병기창을 갖고 있는 제1파운데이션이 지구를 찾고 있어요. 더욱이 그들은 두 사람을 추방하는 것처럼 위장하여 우리를 속이려 하고 있죠. 하지만 만약 추방이 그들이 갖고 있는 의도의 전부라면 그들에게 한 시간에 1만 파섹을 달리는 엄청난 성능의 우주선을 줄 필요가 있겠습니까?

우리는 지금까지 한 번도 지구를 탐색해 본 적이 없었지요. 그런데 그들은 우리들에게 지구에 대한 어떠한 정보도 알리지 않기 위해서 '우리들의 지식 없이' 많은 단계를 진척시켜 왔어요. 따라서……."

젠디발은 잠시 말을 멈추었다. 그러자 델라미가 그의 말을 가로챘다.

"그래서? 어린애 같은 소리는 집어치워요! 도대체 뭘 제대로 알고서 하는 얘기예요, 아니면 아무것도 모르면서 그저 주워섬기는 것이에요?"

"물론 저도 모든 것을 알 수는 없죠, 발언자 델라미. 저 역시 우리를 둘러싸고 있는 이 함정의 깊이를 측량할 길은 없지요. 다만 분명 계략이 숨어 있다는 것만 알고 있을 뿐이지요. 지구를 발견한다는 것이 어떤 의미를 갖는 것인지에 대해서도 잘 모르지만 제2파운데이션이 엄청난 위험에 처해 있다는 것만은 분명합니다. 또한 그로 인해서 셀던 프로젝트와 인류의 미래 역시 위험에 처해 있다는 것도……!"

순간 델라미가 벌떡 일어섰다. 그녀의 얼굴에서는 웃음기가 완전히 사라졌고 그녀의 목소리는 극도로 억제된 긴장으로 팽팽해져 있었다.

"전부 쓸데없는 얘기예요! 제1발언자, 당장 그의 말을 중지시킵시다. 지금 우리의 쟁점은 그의 범죄 행위에 대한 것입니다. 지금 그가 우리에게 말하고 있는 것들은 유치하기 짝이 없을 뿐 아니라 터무니없는 내용입니다. 자기 머릿속에서 의미를 가질 수 있는 거미줄처럼 뒤엉킨 궤변만 늘어놓고 있을 뿐이죠. 그러나 그렇다고 자신의 범죄에 대한 처벌을 가볍게 할 수 있을까요? 나는 지금 당장 이 문제에 대해 투표할 것을 요구합니다! 그의 유죄에 대한 만장일치의 표결을……"

"잠깐!"

젠디발이 날카롭게 외쳤다.

"저는 스스로 변호할 기회를 주겠다는 말을 분명히 들었습니다. 게다가 아직도 내게 이야기할 항목이 한 가지 남아 있습니다. 그 이야기만 끝낼 수 있다면 나는 표결에 대해 아무런 반대도 하지 않을 것입니다."

제1발언자가 지친 표정으로 눈을 비비면서 말했다.

"계속하시오, 발언자 젠디발. 나는 테이블에 기소되어 있는 발언자에 대한 유죄 판결이 전례를 찾아볼 수 없는 막중한 일이기 때문에, 피고에게 충분한 변론권을 주지 않았다는 말은 듣고 싶지 않다는 점을 분명히 밝히는 바이오. 또한 설사 원고의 승소가 우리를 만족시킨다 하더라도 우리의 뒤를 이을 후손들까지 만족시키지는 않을 것이라는 사실도 분명히 해야 할 것이오. 나는 이 테이블의 발언자들은 말할 것도 없고 어떤 수준의 제2파운데이션이라도 역사적 관점의 중요성에 대해 충분한 가치를 인정하지 않을 사람은 없다고 생각하오. 따라서 우리는 다가오는 세대에 우리 뒤를 이을 발언자들도 납득할 수 있을 만한 행동을 취하도록 합시다."

델라미가 고통스러운 표정으로 말했다.

"제1발언자, 지금 우리는 너무도 명백한 사실을 매도함으로써 우리 자손들로 하여금 우리를 비웃게 만들지도 모를 일을 벌이고 있습니다. 그에게 변론을 계속하도록 허용한 것은 바로 '당신'의 결정권이라는 것을 분명히 해 두고자 합니다!"

젠디발은 크게 숨을 들이쉬었다.

"그렇다면 제1발언자. 당신의 결정에 의거해서 나는 한 사람의 증인을 신청합니다. 그 증인은 3일 전에 내가 만난 젊은 여자입니다. 만약 그녀가 없었다면 나는 이 테이블 회의에 참여할 수 없었거나 아니면 아주 늦어서야 참석할 수 있었을 것입니다."

"당신이 말하는 여인이 테이블에 대해 알고 있다는 말이오?"

제1발언자가 물었다.

"아닙니다, 제1발언자. 그녀는 이 행성의 원주민입니다."

그러자 델라미의 눈이 더욱 커졌다.

"아니! 헤임 여자라고요?"

"그렇습니다, 그는 헤임 여인이지요."

델라미가 다시 말을 이었다.

"도대체 우리가 그들과 무슨 관계가 있지요? 그들이 말하는 것 중에는 아무것도 중요한 것이 없어요. 그들은 존재하지 않는 거나 마찬가지예요!"

젠디발은 입술을 굳게 다물었다. 그것은 마치 어떤 경우에도, 행여 실수로라도 웃지 않겠다고 다짐하고 있는 듯한 모습이었다. 그는 날카롭게 대꾸했다.

"혜임인들은 분명히 존재합니다! 그들도 인간입니다. 셀던 프로젝트를 실현시키기 위해 자신들의 몫을 다하고 있는 사람들이란 말입니다. 물론 그들은 간접적으로 제2파운데이션을 보호해 주고 있지만 그들의 역할은 우리에겐 매우 중요한 것입니다. 저는 발언자 델라미의 비인간적인 발언을 용납할 수 없으며, 방금 행한 그녀의 진술을 기록에 남기길 요청합니다. 그리하여 그녀가 발언자 지위에 부적합한 인물이라는 사실의 증거로 삼을 수 있도록 해 주시기를 바랍니다. 다른 발언자 여러분들도 방금 진술한 발언자의 터무니없는 진술에 동의해서 제 증인을 신청할 권리를 박탈하겠습니까?"

"당신의 증인을 부르시오, 발언자 젠디발."

제1발언자가 말했다.

그제야 젠디발은 고통받고 있는 발언자의 긴장된 표정을 풀고는 정상적인 표정으로 되돌아 올 수 있었다. 그러나 그의 마음은 굳게 닫혀 있어서 외부의 그 누구도 들어올 수 없도록 단단한 울타리를 쳐 놓은 상태였다. 그 방어벽 뒤에서 그는 이제 위험한 고비가 지났고 자신이 승리했다는 생각을 하고 있었다.

2

슈라 노비는 긴장한 표정이 역력했다. 그녀는 눈을 크게 뜨고 있었고 아랫입술은 보일 듯 말 듯 떨렸다. 그녀는 천천히 주먹을 쥐었다 폈다

하다가 치맛자락을 만지작거렸다. 그녀는 머리칼은 모두 뒤로 넘겨 쪽을 지었고 햇볕에 검게 탄 얼굴은 연신 가벼운 경련을 일으키고 있었다. 테이블에 앉아 있는 발언자들의 얼굴을 이리저리 둘러보는 그녀의 커다란 눈매에는 공포가 가득 서려 있었다.

 발언자들은 각기 정도는 다르지만 경멸과 불만이 교차하는 눈빛을 그녀에게 쏟아 부었다. 델라미는 마치 그녀의 존재를 무시하고 있다는 듯 자신의 두 눈을 노비의 머리 꼭대기보다도 더 높은 곳에 고정시키고 있었다.

 젠디발은 조심스럽게 노비의 마음 표면을 어루만지면서 그녀를 진정시키고 긴장을 풀어 주었다. 그녀의 손을 어루만지거나 뺨을 쓰다듬어 주어도 그와 동일한 효과를 얻을 수 있었겠지만 물론 그 자리에서 그런 행동을 할 수는 없었다.

 "제1발언자, 저는 지금 이 여자의 증언이 공포로 왜곡되는 것을 막기 위해서 그녀의 의식을 마비시켜 놓고 있습니다. 제1발언자께서는 제가 그녀의 감정에 개입하는 것을 지켜봐 주시겠습니까? 원하신다면 나머지 발언자께서도 저와 같이 감정 개입에 참여하거나 제가 하는 일을 지켜봐 주셔도 좋습니다."

 노비는 젠디발의 말소리에 심한 공포감을 느끼고 뒷걸음질을 쳤다. 하지만 젠디발은 그녀의 그런 행동에 대해 놀라지 않았다. 그는 그녀가 제2파운데이션인들 사이에서만 나누는 고급 언어를 한 번도 들어 본 적이 없다는 것을 잘 알고 있었기 때문이다. 그녀는 음향, 울림, 표정, 그리고 생각이 한데 어우러진 그 기괴하고 빠른 언어의 조합을 한 번도 경험해 보지 못했다. 그러나 젠디발이 그녀의 마음을 어루만져 주었기 때문에 그녀의 공포감은 그것이 다가왔던 속도만큼이나 빠르게 사라져갔다.

마침내 그녀의 얼굴이 평온한 빛이 감돌기 시작했다.
"네 뒤에 의자가 있다. 노비, 자리에 앉아라."
젠디발이 말했다.

노비는 서투르고 수줍은 태도로 무릎을 굽혀 인사를 한 다음 자리에 앉아 꼿꼿한 자세를 취했다.

그녀는 아주 분명한 어조로 이야기를 시작했다. 하지만 젠디발은 그녀의 말에서 너무 강한 헤임 억양을 느꼈기 때문에 다시 진술을 반복하게 만들었다. 그는 테이블에 대한 경의를 나타내기 위해 때때로 그녀에게 반복해서 질문을 해야만 했다.

그 자신과 루퍼런트 사이에 벌어진 싸움에 대한 이야기는 조용히 그리고 훌륭하게 진술되었다.

"너는 그 모든 것을 직접 눈으로 보았는가, 노비?"
"아닙니다, 선생님. 저는 얼마 지난 후 그곳에 도착했기 때문에 전부 다 볼 수는 없었습니다. 루퍼런트는 아주 훌륭한 사람이었습니다. 하지만 머리는 그다지 좋은 편이 아닙니다."
"그러나 너는 모든 것을 진술했다. 그대가 모든 것을 직접 못 보았다면 어떻게 그런 진술을 할 수 있단 말인가?"
"제가 물었더니 루퍼런트가 대답했습니다. 그러면서 부끄러워했습니다."
"부끄러워했다고? 그가 이전에도 그런 식으로 행동하는 것을 본 적이 있는가?"
"루퍼런트가요? 아닙니다, 선생님. 그는 체구만 컸지 아주 점잖은 사람이었습니다. 그는 싸움꾼이 아니었기 때문에 스카울러를 만나게 되면 두려워하곤 했지요. 그는 종종 스카울러들은 힘도 아주 강하고 세력도 크다고 말하곤 했습니다."

"그가 나를 만났을 때는 왜 그런 감정을 느끼지 못했지?"

"그것은 아주 이상한 일이었어요. 이해할 수 없어요."

그녀는 머리를 흔들고는 다시 말을 이었다.

"틀림없이 그 당시 그는 제정신이 아니었던 것 같아요. 전 그에게 이렇게 말했어요. '당신은 멍청이야. 도대체 스카울러를 공격한다는 것이 말이나 돼?' 그러자 그는 이렇게 말했어요. '나도 어떻게 그런 일이 벌어졌는지 모르겠어. 마치 한쪽 편에 서서 내가 아닌 다른 사람이 그 짓을 저지르고 있는 것을 바라보고 있는 듯한 느낌이었으니까.'라고요."

그때 발언자 젠디발이 그녀의 말을 중단시켰다.

"만약 이 여자의 증언이 이 정도로 충분하다면 테이블은 보다 분명한 증인을 필요로 하게 될 것입니다. 그는 정말 필요한 증언을 해 줄 수 있겠지요. 저는 얼마 전 저를 공격했던 캐롤 루퍼런트를 증언대에 세울 용의가 있습니다. 만약 그럴 필요가 없다면 테이블은 지금 진행 중인 증언이 끝난 다음 곧바로 판결에 들어갈 수도 있을 것입니다."

"좋아, 증언을 계속하시오."

제1발언자가 말했다.

"그런데 노비, 싸움이 벌어지는 동안 너는 왜 말려야겠다는 생각을 했지?"

노비는 잠깐 동안 아무 말도 하지 않았다. 그녀의 두터운 눈썹 사이에는 희미한 주름살이 잡혔다가 이내 사라져 버렸다.

"저도 잘 모르겠어요. 저는 스카울러들에게 어떠한 해도 입히고 싶지 않았어요. 분명 저는 누군가에 의해 '조종'당했어요. 그것은 결코 저 자신의 생각이 아니었어요."

그녀는 잠깐 말을 멈추었다가 다시 이었다.

"만약 저를 조종한 누군가에게 또 그럴 필요가 생기면 또다시 그런 일을 저지르게 될지도 모르지요."

"노비, 이제 너는 잠들게 될 것이다. 너는 아무것도 생각하지 않는다. 편안하게 꿈도 없는 깊은 잠 속으로 빠져들어라."

노비는 잠깐 무언가를 중얼거리는 듯싶더니 곧 두 눈이 감기면서 의자의 머리받침에 머리를 떨구었다.

젠디발은 잠시 기다렸다가 입을 열었다.

"제1발언자. 참고가 될 테니 저와 함께 이 여자의 마음속으로 들어가 보시지요. 당신은 그녀가 놀라울 정도로 단순하고 균형 잡힌 정신의 소유자라는 것을 발견하게 될 것입니다. 당신이 보게 되는 것을 다른 방식으로는 볼 수 없다는 점이 매우 다행스럽습니다. 여기, 바로 여기를 보십시오. 만약 다른 발언자들도 모두 그녀의 마음속으로 들어와서 이 것을 관찰할 수 있다면, 그래서 한 번에 일이 끝날 수 있다면 문제는 훨씬 쉬워질 것입니다."

그러나 테이블 주변에서는 웅성거림이 일어났다.

"발언자들 중에서 이 사실에 대해 의심을 품는 분이 계십니까?"

젠디발이 물었다

"나는 의심스럽군요. 그 이유는……."

델라미는 입을 열었지만 그녀로서는 말을 꺼내기 어려운 이유 때문에 잠깐 멈추었다.

그러자 젠디발이 그녀를 대신해서 이유를 설명해 주었다.

"당신은 제가 거짓 증거를 대기 위해서 그녀의 마음을 교묘하게 조작해 놓았다고 생각하고 있었지요? 그러니까 제가 그 복잡한 구조 속에서 단 하나의 신경섬유만을 바꾸어 놓을 정도로, 그리고 아무런 흔적도 남겨 놓지 않을 정도로 능력이 있다고 생각하는 것입니까? 하지만 만약 제가 그만한 능력을 가지고 있다면 왜 당신들의 마음을 마음대로 조종하지 못한단 말입니까? 왜 이 불명예스러운 재판을 받고 있단 말입니까? 무엇 때문에 당신들을 설득시키려고 이 재판을 받고 있단 말입니까? 무엇 때문에 당신들을 설득시키려고 이토록 갖은 노력을 하고 있단 말입니까? 만약 제가 이 여자의 마음에 무언가 할 수 있다면, 당신들은 철저히 대비하고 있지 않는 한 제 앞에서 아무런 일도 할 수 없게 될 것입니다. 그러나 당신들 중 누구도 이 여자가 조종당했던 것처럼 그녀의 마음을 제어할 수 없다는 것은 분명한 사실입니다. 저 역시 마찬가지입니다. 그런데도 그녀는 분명 누군가에 의해 제어되었습니다."

그는 말을 멈추고 발언자들을 차례차례 둘러보았다. 그의 시선은 델라미에게서 멎었다. 젠디발은 느릿느릿한 어조로 말했다.

"증언이 더 필요하다면 헤임 농부 캐롤 루피런트를 출석시키겠습니다. 이미 저는 그의 정신을 조사해 보았고 그의 정신 역시 동일한 방식으로 조종되어 있음을 발견했습니다."

"그럴 필요는 없을 것 같군."

제1발언자가 말했다. 그는 끝없이 이어지는 마라톤 재판에 무척 지친 표정이었다.

"그렇다면 이 헤임 여인을 일으켜서 이 자리를 떠나게 해도 되겠습니까? 저는 이미 그녀의 회복을 지켜보도록 밖에 사람들을 대기시켜 놓았습니다."

젠디발이 점잖게 그녀의 팔꿈치를 잡고 명령을 내리자 노비는 자리를 떴다. 그녀가 떠나자 젠디발이 말했다.

"그럼 간단하게 상황을 요약해 보겠습니다. 이젠 우리들의 능력을 훨씬 뛰어넘는 방식으로 인간의 정신에 개입할 수 있는 또 다른 존재가 있다는 것이 밝혀졌습니다. 따라서 이러한 방식으로 도서관 관리자들이 도서관에서 지구에 관한 자료들을 모두 제거하도록 명령을 받았을 가능성이 큽니다. 그 과정에서 우리는 물론 그들도 자신의 행동을 몰랐을 것입니다. 우리는 왜 제가 테이블 회의에 늦을 수밖에 없도록 계획되었는가에 대해 알게 되었습니다. 저는 위협을 받았고 다행히도 그 상황을 벗어날 수 있었습니다. 그 결과는 저의 탄핵이었습니다. 이러한 모든 상황은 너무도 자연스러운 사건의 연속으로 이루어졌고, 당연히 제가 모든 지위를 상실하는 것으로 귀결될 것이 뻔합니다. 그 이유는 그들이 누구이든 제가 주도하고 있던 일련의 활동에 위협을 받았기 때문입니다. 따라서 그들은 제 활동을 무력화시키려 했던 것입니다."

델라미가 몸을 앞으로 굽혔다. 그녀는 흔들리고 있었다.

"그 비밀 집단이 그토록 영리하다면……, 당신은 그 모든 것을 어떻게 알아냈지요?"

젠디발은 이제 여유 있게 미소를 지었다.

"그것은 제 공적이 아닙니다. 저는 제 능력이 제1발언자는 물론이려니와 이곳에 있는 어떤 발언자들보다도 우월하다고 한 적이 없습니다. 하지만 반물, 이것은 제1발언자가 그들에게 붙여 준 별칭입니다만, 그들은 무한히 영리한 것도 아니고 주위 환경으로부터 면역이 되어 있는 것도 아닙니다. 필경 그들은 아주 작은 노력만으로도 그 헤임 여인을 조종할 수 있을 것이라고 판단했기 때문에 그녀를 자신들의 도구로 선택했을 것입니다. 그녀는 자신이 '학자'라고 부르는 사람들을 좋아하고 무조건 숭배하는 경향을 갖고 있었습니다.

그런데 일단 그러한 과정이 끝나게 되자 저와의 짧은 접촉은 그녀의 학자가 되겠다는 환상을 더욱 강화시킨 것입니다. 그녀는 다음 날 그러한 생각을 마음속에 품고 제게 왔습니다. 저는 그녀의 별난 야망에 흥미를 느껴 그녀의 정신을 연구하게 되었습니다. 만약 그녀에게 그런 생각이 없었다면 전 결코 그녀를 조사하지 않았을 것입니다. 따라서 거의 우연히, 정말 운이 좋아서 그녀의 정신이 제어되었다는 것을 알게 되었고, 그것이 상당히 중요한 의미를 갖는다는 것을 알게 된 것입니다. 만약 학자에 대해 그 정도의 호감을 갖고 있지 않은 다른 여인이 선택되었다면 저를 찾아오지도 않았을 것이고, 결국 그러한 책략들을 전혀 알아차리지 못했을 수도 있습니다. 반률은 계산 착오를 일으켰거나 아니면 뜻밖의 사건이 일어날 수 있는 가능성에 대해 대비하지 못한 것입니다. 그들도 실수를 저지를 수 있다는 사실이 얼마간 안도감을 주는 것은 사실입니다."

델라미가 입을 열었다.

"제1발언자와 당신은 계속 그들을 '반률'이라는 집단으로 부르고 있는데, 그 이유는 필경 그들이 뮬처럼 셀던의 계획을 방해하기 위해 움직이는 것이 아니라 은하계를 셀던 프로젝트에 따라 유지시키기 위해 활동하는 집단이라는 뜻이겠지요? 만약 그들이 그런 식으로 움직인다면 왜 그들을 위험시하는 거지요?"

"어떤 목적이 없다면 왜 그들이 힘들여 그런 일을 하겠습니까? 하지만 우리는 그들의 목적이 무엇인지 아직은 모릅니다. 냉소적인 사람들이라면 그들이 미래의 어떤 시기에 역사의 흐름을 다른 방향으로 돌리려 한다고 말할 수도 있겠지요. 그 방향이란 게 우리에게 만족스러운 것이라기보다 그들에게 더 만족스러운 것일 가능성이 높다는 것은 자명한 이치일 것입니다. 사랑과 신뢰가 가득한 성격을 지닌 것으로 우리 모두 알고 있는 발언자 델라미라면, 필경 그들이 이타주의자들이라서 자신의 행동에 대한 보상은 꿈에도 바라지 않고 오직 우리를 위해 봉사할 것이라고 생각할지 모르지만요."

그의 말이 끝나자 테이블 주위에는 잔잔한 웃음소리와 속삭임이 번졌고 젠디발은 이미 자신이 승리했음을 확신했다. 반대로 델라미는 자신이 패배했음을 알아차렸다. 왜냐하면 마치 지붕처럼 무성한 잎사귀를 뚫고 잠깐씩 햇빛 한 가닥이 흘러들어오듯이, 그녀의 단단한 정신적 통제벽을 뚫고 분노의 흐름이 파도처럼 밀려오는 것을 느꼈기 때문이었다.

"헤임 농부 사건을 처음 경험했을 때, 저는 또 다른 발언자가 그의 배후에 있지 않을까 하고 생각했습니다. 그러나 헤임인의 정신이 조종되었다는 사실에 주목하게 되면서, 그 기본적인 생각은 옳았지만 음모를 꾸민 범인에 대한 추론은 잘못되었다는 판단을 내리게 되었습니다. 제 잘못에 대해 사과를 드립니다. 그러니 판결에서 정상 참작해 주시길 간청하는 바입니다."

"본인은 이 말을 공식적인 사과로 접수하겠······"

제1발언자의 발언이 채 끝나기도 전에 델라미가 말을 자르고 나섰다. 그녀는 다시 냉정함을 되찾은 차분한 상태였다. 그녀의 얼굴은 친밀한 미소를 띠고 있었고 목소리는 솜사탕처럼 부드러웠다.

"제1발언자, 모든 점을 고려해 볼 때 가능하다면 젠디발에 대한 탄핵

건을 종결하는 것이 바람직하다고 생각합니다. 지금 이 시점에서는 저는 그의 범죄 행위에 대한 표결에 참여하고 싶은 생각이 없으며, 그러한 심정은 이 자리에 앉아 있는 모든 발언자들에게 공통된 것입니다. 나아가 나는 이 탄핵 건을 지금까지 우리의 역사에서 하나의 오점도 없었던 발언자들에 대한 기록에서 삭제할 것을 제안하는 바입니다. 발언자 젠디발은 매우 훌륭하게 자신의 무고함을 입증했습니다. 그 점에 대해, 그리고 우리들이 앞으로 끝없이 고통을 당해야만 했을지도 모를, 그 결과에 대한 계산이 불가능한 위기를 낱낱이 파헤쳐 준 점에 대해, 나는 그에게 축하와 감사를 보내는 바입니다. 발언자 젠디발에게 방금 전까지 그에게 지녔던 잘못된 적개심에 대해 진심으로 사과를 드립니다."

실제로 그녀는 젠디발을 향해 미소를 지었다. 그는 그녀가 자신의 실패를 만회하기 위해 놀라울 만큼 빠른 속도로 변신하는 모습을 보면서, 마음에 내키지는 않았지만 어쩔 수 없는 감탄을 느낄 수밖에 없었다. 또한 그는 이러한 모든 일이 새로운 방향에서의 공격을 위한 전주곡에 불과하다는 것을 느끼고 있었다.

그는 앞으로 다가올 일들이 그다지 유쾌하지 못할 것이라는 점을 확신했다.

3

발언자 델로라 델라미, 그녀는 다른 사람들에게 매력적으로 보이기 위해 노력함으로써 발언자들의 테이블을 장악할 수 있었다. 그녀의 목소리는 점차 부드러워졌고 미소는 관대해졌으며 두 눈은 반짝거렸다.

이것들은 모두 그녀가 내뿜을 수 있는 매력이었다. 아무도 그녀의 말을 가로채려 들지 않았고, 모든 사람들은 한 차례의 회오리가 몰아치기만을 기다리고 있었다.

"나는 발언자 젠디발 덕분에 우리 모두가 무슨 일을 해야 하는지에 대해 알게 되었다고 생각합니다. 우리는 반뮬을 보지 못했습니다. 우리는 그들에 대해 아무것도 알지 못합니다. 단지 그들의 보이지 않는 손길이 바로 이곳 제2파운데이션의 요새 한가운데에서 사람들의 마음을 흔들어 놓고 있다는 점을 제외하고는 말입니다. 우리는 제1파운데이션의 권력자들이 무엇을 계획하고 있는지 알지 못하고 있습니다. 우리는 아무것도 모릅니다.

하지만 우리는 골란 트레비스와 그의 동료(그의 이름을 잠깐 잊었지만)가 우리가 알지 못하는 어느 곳으로 가고 있다는 것은 알고 있습니다. 그리고 제1발언자와 발언자 젠디발은 트레비스가 이 엄청난 위기의 열쇠를 쥐고 있다고 느끼고 있습니다. 그렇다면 우리는 어떻게 해야 하겠습니까? 트레비스에 대해 알아낼 수 있는 모든 것을 찾아내야 한다는 것은 너무도 명백합니다. 그가 어디로 향하고 있는지, 그가 무슨 생각을 하고 있는지, 그의 목적이 무엇인지……. 또 그가 어떤 목적지와 어떤 생각, 어떤 목표를 가졌든지 간에, 실제로 그는 그보다 훨씬 더 큰 힘을 가진 어떤 세력의 하수인에 불과할지도 모릅니다. 우리는 이 모든 것을 알아내야만 합니다."

젠디발이 입을 열었다.

"그에 대한 조사는 지금 실시되고 있습니다."

델라미는 억지로 미소를 짓느라고 입술을 일그러뜨리며 말했다.

"누구에 의해서요? 외부 세계에 나가 있는 우리의 정보원에 의해서입니까? 그렇다면 그 정보원들은 이곳에서 우리가 발견한 것과 같은 엄청난 힘을 가진 세력에 맞서 싸울 수 있나요? 분명 그렇지는 못할 것입니다. 뮬의 시대만 하더라도, 또 이후에도 제2파운데이션은 우리 중에서 가장 우수한 지원자를 파견하는 데 주저하지 않았습니다. 설사 그를 희생하는 한이 있더라도 말입니다. 그 이상의 방책은 없었기 때문이지요. 셀던 프로젝트를 지키기 위해 프림 팔버 자신도 당시 소녀였던 아르카디를 데려오기 위해 트랜터의 상인으로 가장해서 은하계를 헤매고 다녔을 정도였으니까요. 지금, 우리가 그저 앉아서 기다리기만 할 수는 없지 않을까요? 감시자들이나 어린애들처럼 능력이 훨씬 떨어지는 요원들에게 의존하고 있을 수만은 없지 않느냐는 이야깁니다."

젠디발이 말했다.

"그렇다면 당신 주장은 지금 당장 제1발언자가 트랜터를 떠나야 한다는 말입니까?"

"천만에요. 이곳은 그를 절실히 필요로 합니다. 하지만 당신이 있잖아요? 누구보다 정확하게 사태를 파악해 냈고 위기의 정도를 가늠한 사람은 바로 당신 아닙니까? 당신은 외부에서 도서관과 헤임인들에게 교묘하게 개입한 사실을 발견했습니다. 더군다나 테이블의 한결같은 반대를 뚫고 생각을 관철시켜서 결국 승리를 거둔 것도 당신입니다. 이곳에 있는 어느 누구도 당신처럼 사태를 분명히 파악하지 못하고 있고, 또한 계속해서 분명한 관점을 유지하리라고 장담할 수도 없습니다. 따라서 내 견해로는 적과 맞서 싸우기 위해 나서야 하는 사람은 반드시 당신이어야 한다고 생각합니다. 어떻습니까, 내가 테이블 전체의 뜻을 대변한 게 틀림없겠죠?"

테이블의 의사를 타진하기 위해 공식적으로 표결을 거칠 필요는 없었다. 모든 발언자들은 다른 사람들의 생각을 느끼고 있었다. 젠디발은 델라미를 패배시키고 막 승리를 거머쥐려는 순간, 이 만만치 않은 여인이 언제까지일지도 모르는 기간의 임무를 자신에게 짊어지워 돌이킬 수 없는 유배의 길로 떠나보내려 하고 있다는 것을 느끼고는 아연실색할 수밖에 없었다. 그가 떠나면 그녀는 이곳에 그대로 남아 테이블, 즉 제2파운데이션을 지배하고 마침내 은하계를 지배하게 될 것이다. 그리고 필경 그녀는 자신과 비슷한 방식으로 모든 사람들의 운명을 파국으로 이끌 것이다.

또한 설사 유배를 떠난 젠디발이 제2파운데이션이 위기를 피할 수 있는 방법에 대한 정보를 간신히 얻어낸다 하더라도 그 공은 모두 델라미의 것이 될 터였다. 결국 그의 성공은 그녀의 권력을 공고히 해 주는 결과를 초래하게 될 것이다. 젠디발이 더 빨리 성공할수록, 그리고 보다 효율적으로 성공을 거둘수록 그만큼 그녀의 권력을 강화시켜 주는 꼴이 된다.

아주 멋진 술책이었으며 대단한 역전극이다!

더군다나 지금 이 순간에도 그녀가 테이블을 지배하고 있다는 것은 너무도 분명했다. 실제로 그녀는 제1발언자의 역할을 강탈하고 있는 셈이었다. 이러한 효과에 대한 젠디발의 생각은 그가 제1발언자로부터 느낀 분노에 의해 압도되고 말았다.

그는 돌아섰다. 제1발언자는 자신의 분노를 숨기려 들지 않았다. 얼마 지나지 않아 방금 해결된 위기를 대체할 만한 또 다른 내부 위기가 조성되고 있음은 너무나 명백했다.

4

퀸도르 샌디스, 25대 제1발언자인 그는 자신에 대해 특별한 환상을 품고 있지는 않았다. 즉 자신이 지난 5세기 동안 제2파운데이션의 역사를 빛내 온 몇 안 되는 뛰어난 제1발언자들의 대열에 오를 수 있다고는 생각지 않았다. 사실 그는 그런 눈부신 활약을 펼칠 기회도 갖지 못했다. 그는 은하계가 조용히 번영을 구가하던 시절에 취임했고, 그 기간은 역동적인 활동을 요구하는 시대가 아니었다. 그 시대는 단지 현 상태를 유지하기만 하면 되는 시대였고, 주어진 임무 또한 그 이상은 아니었다. 샌디스의 선임자가 그를 선택한 이유도 그 때문이었다.

24대 제1발언자는 그에게 이렇게 말했다.

"자네는 모험가가 아니라 학자야. 자네의 임무는 셸던 프로젝트를 지키는 것이지. 모험가라면 오히려 그런 임무를 망치기 쉬운 법이네. 계획을 수호하게! 자네가 통치하게 될 테이블에서는 이 말이 가장 중요한 지침이 될 것일세."

그는 자신의 임무를 수행하기 위해 노력했다. 하지만 그의 노력은 곧 수동적인 제1발언자가 되는 것으로 직결되었으며, 때로 그는 유약한 인물로 알려지기도 했다. 따라서 그는 사임할 것이며, 제1발언자의 직위가 이 사람에게 혹은 저 사람에게 승계될 것이라는 소문은 꼬리를 물고 계속되었다.

샌디스는 델라미가 이 싸움에서 승자가 될 것이라고 판단했다. 그녀는 테이블에서도 가장 강한 인물이었고, 심지어는 패기만만한 젠디발조차도 아직 연륜이 미치지 못하기 때문에 그녀 앞에서는 패배의 쓴잔을 마실 수밖에 없었다. 지금 벌어지고 있는 상황도 예외는 아니었다.

하지만 셀던 프로젝트에 의하면, 설사 그가 수동적이고 유약하다 하더라도 그에게는 제1발언자로서의 특권이 있었다. 그것은 지금까지 역대의 제1발언자들이 한 번도 포기한 적이 없었고, 그의 경우도 예외는 아니었다.

그는 발언을 하기 위해 자리에서 벌떡 일어섰다. 그러자 즉시 테이블은 쥐 죽은 듯 조용해졌다. 제1발언자가 자리에서 일어서서 발언하게 되면 그 누구도 그의 말을 방해할 수 없는 것이 관례였다. 델라미와 젠디발이라 하더라도 감히 그의 말을 가로챌 수 없었다.

그가 입을 열었다.

"발언자들이여! 나는 우리가 매우 중대한 위협에 직면하고 있고, 따라서 강력한 대응을 해야만 한다는 점에 동의하오. 누군가가 적과 맞서 싸우기 위해 가야 한다면 그것은 당연히 나 자신이오. 그런데 발언자 델라미는 친절하게도 내가 이 자리에 반드시 필요하다는 이유를 들어 나를 그 임무에서 면제해 주었소. 나는 점점 나이를 먹고 힘을 잃어가고 있소. 나는 오래전부터 내가 제1발언자의 직위를 사임해야 한다는 얘기들이 있어 왔다는 것을 잘 알고 있고, 또한 나 자신도 그렇게 해야 한다고 생각하오. 그래서 만약 이 위기가 제대로 극복될 수 있다면 나는 사임할 것이오.

하지만 후계자를 선임하는 것은 제1발언자의 고유 권한이오. 따라서 나는 지금 이 자리에서 후계자를 발표하려 하오. 그동안 테이블의 진행을 오랫동안 지배해 왔던 한 발언자가 있었는데, 그 발언자는 강한 개성의 힘으로 종종 나도 발휘할 수 없었던 지도력을 테이블에서 행사하곤 했었소. 발언자들은 모두 내가 말하고 있는 사람이 발언자 델라미라고 생각할 것이오."

그는 잠시 말을 중단했다가 다시 이었다.

"발언자 젠디발, 당신만이 나의 결정에 대해 동의를 품고 있지 않소. 그 이유를 물어도 되겠소?"

제1발언자는 말을 마치고 자리에 앉았다. 따라서 젠디발은 그의 물음에 대해 답변을 해야만 했다.

"저는 결코 제1발언자의 결정에 반대하지 않습니다. 후임자를 결정하는 것은 당신의 특권이니까요."

젠디발은 낮은 목소리로 말했다.

"그렇다면 이렇게 결정하겠소. 내가 사임하는 시기는 당신이 위기를 종식시키는 임무를 성공적으로 수행하고 돌아오는 때가 될 것이오. 따라서 그때 내 후계자는 그 임무를 어떻게 종결시키고, 이후 어떤 정책을 취하게 될 것인지에 대한 지휘 책임을 지게 될 것이오. 달리 할 말이 있소, 발언자 젠디발?"

"제1발언자. 당신이 발언자 델라미를 후계자로 선택했다면 부디 그녀에게 적절한 조언을 해 주기를……"

제1발언자가 거칠게 그의 말을 가로막았다.

"나는 델라미를 거론하기는 했지만 그녀를 내 후계자라고 말하지는 않았소! 그런데 방금 했던 말은 무슨 뜻이오?"

"사과드립니다, 제1발언자. 제 말뜻은 제가 임무를 마치고 돌아왔을 때, 즉 당신이 발언자 델라미를 후계자로 선임할 때 그녀에게 적절한 조언을……"

"나는 아직 그녀를 내 후계자로 선임할 생각이 없소. 다시 발언을 계속하시오."

제1발언자는 델라미에게 강타를 먹이는 쾌감 없이 발표를 할 수는 없었다. 델라미에게 이보다 더 큰 치욕은 없을 것이다.

"자, 젠디발. 하려던 말이 무엇이었소?"

제1발언자는 태연하게 말했다.

"너무 혼란스러워서 말을 계속할 수가 없습니다."

그러자 제1발언자는 다시 자리에서 일어섰다.

"발언자 델라미는 테이블을 지배하고 이끌어 왔지만 제1발언자의 지위에 필요한 것은 그것만이 아니오. 반면 발언자 젠디발은 우리가 전혀 알아차리지 못했던 것을 알아냈소. 그는 테이블 전체가 하나로 뭉쳐 그에게 모욕을 주려는 상황에 직면해서도 테이블이 그 문제에 대해 다시 사고할 수밖에 없도록 만들었소. 더군다나 테이블이 그의 생각과 같은 생각을 할 수밖에 없도록 이끌고 나가는 놀라운 능력을 보여 주었소. 나는 왜 발언자 델라미가 골란 트레비스를 추적하는 임무를 발언자 젠디발에게 뒤집어씌우려 했는지 그 동기에 대해 의심을 품게 되었소. 하지만 문제는 그의 성공이 어디에 귀속하느냐 하는 것이오. 나는 젠디발이 성공하리라는 것을 분명히 알고 있소. 이 점에 대해서 나는 내 직관을 신뢰하오. 그리고 그가 돌아왔을 때 발언자 젠디발은 제26대 제1발언자가 될 것이오!"

제1발언자는 말을 끝내고 털썩 자리에 앉았다. 그제야 모든 발언자들은 음성, 사고, 표정 등이 한데 어우러져 이루어진 그의 언어 속에서 그의 견해를 분명히 파악할 수 있었다. 제1발언자는 그저 무관심하게 앞만 응시하고 있었다. 이제 모든 일은 끝났다. 그는 다소간의 놀라움 속에서 책임감이라는 두터운 외투를 벗어 놓았다는 데서 오는 엄청난 평안함을 맛보고 있었다. 훨씬 이전에 이 일들을 모두 해치웠어야만 했다. 그러나 그는 선뜻 행동에 나서지 못했었다. 지금까지 그는 그의 후계자를 확실하게 결정하지 못하고 있었던 것이다.

그때 분명하지는 않지만, 그는 마음에서 델라미가 느껴지자 그녀를 바라보았다. 그녀는 조용하게 미소를 짓고 있었다. 하지만 그녀의 절망에 가까운 실망감이 겉으로 드러나진 않았다. 그녀는 포기한 것이 아니었기 때문이다. 샌디스는 혹시 자신이 그녀의 손바닥에서 놀아난 것이 아닌가 하는 의구심이 들었다. 그렇다면 그녀가 이 다음 취할 방법은 무엇이 남아 있는 것일까?

5

델로라 델라미는 절망감과 실망감을 표현하는 것이 어떤 식으로라도 도움이 되는 일이었다면 드러내놓고 마음껏 했을 것이다.

테이블을 제멋대로 쥐고 흔드는 망령난 멍청이나, 억세게 운이 좋은 어린 풋내기에게 마음껏 분풀이를 한다면 속이 풀리기는 하겠으나 그녀가 원하는 것은 그 정도의 것이 아니었다. 그보다 훨씬 더 많은 것을 원하고 있었다.

그녀는 바로 제1발언자의 지위를 노리고 있었고 결코 그 자리를 포기하지 않았다. 아직 카드 하나가 남아 있었다. 그녀는 그 카드를 사용하기로 했다.

그녀는 부드럽게 미소를 지으면서 손을 들어 자신이 발언하려 한다는 것을 알렸다. 한참 동안 그러한 자세를 유지하면서 자신이 말을 시작할 때면 모든 사람들이 특별한 주의를 기울여 줄 것과 기쁜 마음으로 정숙을 유지해 줄 것을 요구했다.

"제1발언자, 앞서 발언자 젠디발이 그렇게 말했듯이 나도 당신의 결정에 대해 아무런 이의가 없습니다. 후계자를 결정하는 것은 당신의 고유 권한이니까요. 따라서 지금 말하고자 하는 것은 방금 확정된 발언자 젠디발의 임무를 성공으로 이끄는 데 도움을 주기 위한 것입니다. 내 생각을 설명해도 되겠습니까, 제1발언자?"

"그렇게 하시오."

제1발언자는 짧게 대꾸했다. 그는 그녀의 지나칠 정도로 태연하고 유순한 태도가 마음에 걸렸다.

델라미는 무거운 머리를 앞으로 수그렸다. 이제 그녀는 더 이상 미소를 짓고 있지 않았다.

"우리는 우주선을 갖고 있습니다. 그 우주선들은 제1파운데이션의 우주선에 비하면 기술적으로 뒤떨어지는 것들입니다. 그런데 문제는 젠디발이 그 우주선을 사용하게 된다는 점입니다. 내가 알기로 그는 우주선을 조종할 줄 압니다. 그 점에서는 우리 모두가 마찬가지입니다. 우리는 은하계의 모든 주요한 행성에 우리의 대표를 갖고 있습니다. 따라서 그는 모든 곳에서 환영받을 수 있을 것입니다. 게다가 그는 반뮬들에 대해서도 자신을 방어할 수 있으며 모든 위험을 알아차릴 수 있는 능력을 가지고 있습니다. 또 우리 자신은 그들의 음모를 눈치 채지 못했지만 나는 그들이 낮은 등급의 사람들, 심지어는 헤임의 농부 같은 자들을 통해 음모를 꾸미는 것을 더 좋아하는 것이 아닌가라는 생각이 듭니다. 물론 우리는 철저하게 제2파운데이션인들의 정신을 검사할 것이고 그중에는 발언자들도 포함될 것입니다. 하지만 발언자들은 그들에 의해 조종되지 않았을 것으로 확신합니다. 반뮬들은 감히 우리에 대해서는 간섭을 하지 못할 것입니다.

이런 사실로 비추어 볼 때 발언자 젠디발이 그가 해야 하는 범위를 벗어나서 위험을 무릅써야 할 이유는 하등 없습니다. 그 역시 무모할 정도로 대담한 행위를 하고 싶은 생각은 없을 것입니다. 따라서 가능하다면 그의 임무를 어느 정도 가장하여 그들이 눈치 채지 못하도록 해야 할 것입니다. 예를 들면 그가 헤임의 무역상인으로 변장한다면 좋을 것 같다는 생각이 드는군요. 우리가 모두 잘 알고 있듯이 프림 팔버는 무역상인으로 가장해서 은하계를 향해 출발했었지요."

"프림 팔버는 구체적인 임무를 띠고 갔지만 발언자 젠디발은 그렇지가 않소. 만약 어떤 식으로든 변장을 할 필요가 있다면 내 생각으로는 자신이 알아서 하도록 하는 편이 좋다고 생각하오."

"하지만 제1발언자. 모든 점을 고려해 볼 때 내 생각으로는 아주 교묘한 변장 방법을 지정해 주는 것이 좋을 것 같습니다. 당신도 기억하겠지만 프림 팔버는 수년 동안이나 그의 아내와 동료들을 데리고 다녔을 정도였습니다. 만약 발언자 젠디발도 자신의 아내를 데리고 간다면 시골 상인이라는 이미지와 너무도 잘 어울리지 않겠습니까? 그렇게 한다면 아무에게도 의심을 받지 않을 것입니다."

"제게는 아내가 없어요. 게다가 함께 갈 만한 친구도 없고, 더군다나 아내 역할을 선뜻 맡아 줄 지원자도 찾기 어려울 것입니다."

젠디발이 말했다.

"물론 그 점은 잘 알고 있지요, 발언자 젠디발. 하지만 '어떤' 여인이 당신과 동행한다면 사람들은 아주 자연스럽게 볼 것이 틀림없어요. 틀림없이 지원자를 찾을 수 있을 거예요. 또한 만약 당신이 신분증명서 같은 서류를 필요로 한다면 그것도 준비할 수 있지요. 나는 반드시 한 여자가 당신과 동행해야 한다고 생각합니다."

잠시 동안 젠디발은 숨을 멈추었다.

틀림없이 그녀는……, 그렇다면 만약 성공을 거둘 경우 자기 몫을 얻어 내려는 계략이 아닌가? 그렇게 될 경우 그녀가 나와 함께 제1발언자의 지위에 오를 수 있을 것인가? 아니면 두 사람이 교대로?

젠디발은 불안한 어조로 말했다.

"제 생각에 발언자 델라미는 본인이 저와……"

그때 델라미가 큰 소리로 웃음을 터뜨렸다. 그러고는 그에게 거의 진정이라고 믿어질 만큼 애정 어린 시선을 보냈다. 젠디발은 자신이 덫에 걸렸다는 사실 때문에 어리벙벙한 모습을 보이고 있었다. 테이블은 이후에도 그 광경을 잊지 못할 것이다.

그녀가 말했다.

"발언자 젠디발, 나는 이번 임무를 당신과 함께 수행하려는 식의 주제넘은 생각은 절대로 하지 않았어요. 이 임무는 당신, 당신 혼자의 것이고 제1발언자의 직위도 당신이 독차지하게 될 것이에요. 나는 당신이 나를 필요로 할 것이라는 생각은 꿈에도 하지 않았어요. 사실 말이지 내 나이에 어떻게 매력적일 수 있겠어요?"

그러자 테이블 주위에서 여기저기 웃음이 번져 나갔고 제1발언자조차도 웃음을 감추어야만 했다.

젠디발은 자신이 한 방 맞았다는 것을 느꼈지만, 그렇다고 그녀의 경박함에 맞서려다가 오히려 손해를 본 데 대해 애써 숨기려들지 않았다. 이미 되돌릴 수 없는 망신이었다.

그는 가능하면 퉁명스럽지 않게 들리게 하려고 노력하면서 말했다.

"그렇다면 도대체 뭘 제안하려는 거죠? 저와는 동행하지 않는다고 하고……, 하긴 당신은 테이블에서는 능력을 발휘할 수 있겠지만 혼잡한 은하계에서 벌어지는 일에 대해서는 그렇지 못할 게 확실합니다만……"

"나도 알아요, 젠디발. 잘 알고 있어요. 하지만 내 제안은 당신이 헤임의 무역상인으로 변장해야 한다는 점이에요. 변장을 제대로 하려면 헤임 여인만큼이나 어울리는 동반자가 어디 있겠어요?"

"헤임 여자?"

젠디발은 아주 짧은 시간 동안에 두 번이나 경악하는 모습을 보였고, 테이블은 그 광경을 흥미롭게 지켜보고 있었다.

"바로 그 헤임 여자를 말하는 거예요. 당신을 위기에서 구해 준 여자, 당신을 숭배의 눈초리로 바라보던 여자. 당신이 그녀 마음을 증명해 보임으로써, 처음 위기보다도 훨씬 더 위험했던 두 번째 위기에서 또다시 당신을 구해 준 바로 그 여자! 나는 당신이 그녀를 데려가야 한다고 제안하는 바입니다."

순간적으로 젠디발은 그 제안을 거부하고 싶은 충동을 느꼈다. 하지만 그는 그녀가 바로 그 점을 노리고 있다는 것을 잘 알고 있었다. 만약 그가 거부한다면 테이블은 더욱 흥미롭게 그를 지켜볼 것이다. 그것은 델라미에게 타격을 입히고 싶어 하는 제1발언자가 그의 후계자로 젠디발의 이름을 거명한 것이 실수였음을 증명하는 것이나 다름없는 일이었다. 아니면 최소한 델라미가 그런 식으로 상황을 몰고 갈 것은 불을 보듯 뻔했다.

젠디발은 발언자들 중 최연소자였다. 그는 이미 테이블의 노여움을 샀고 그들에 의해 유죄 판결을 받을 위기를 간신히 넘긴 상태였다. 또 가장 중요한 것은 그가 테이블의 발언자들 모두에게 상당한 굴욕감을 주었다는 사실이었다. 따라서 그들 중 그가 공식적인 후계자가 된다는 사실에 대해 아무런 유감도 없이 받아들일 수 있는 사람은 없었다.

이제 그들은 델라미가 얼마나 손쉽게 그를 우스꽝스러운 상황으로 몰고 가서 고통을 주었는지, 그리고 그녀는 그들에게 젠디발이 제1발언자가 되기에는 얼마나 경험과 연륜이 부족한가를 설득시키기 위해 그러한 점을 철저히 이용할 것이다. 그들은 한데 뭉쳐 젠디발이 임무 수행을 위해 터미너스를 떠나 있는 동안 제1발언자가 자신의 결정을 번복하도록 온갖 압력을 넣을 것이다. 설사 제1발언자가 자신의 결심을 굳게 지킨다 하더라도, 젠디발은 자신을 반대하는 연합 세력에 둘러싸여 있는 한 제1발언자의 지위를 늘 염려할 수밖에 없게 될 것이다.

그는 한순간에 그 모든 것을 파악했으므로 주저하지 않고 즉각 답변할 수 있었다.

"발언자 델라미. 당신의 그 뛰어난 통찰력에 경의를 표합니다. 그저 당신의 모든 생각에 놀랄 따름입니다. 사실 헤임 여인을 데려가려는 생각은 저 자신도 하고 있었습니다. 하지만 그 이유는 당신의 생각과 정확히 일치하지는 않습니다. 제가 그녀를 데려가려 한 것은 그녀의 마음 때문이었습니다. 당신은 이미 그녀의 정신을 철저히 검사했습니다. 당신은 그녀의 상태가 어떠한가에 대해 이미 잘 알고 있습니다. 놀라울 정도로 지적일 뿐 아니라 단순하고 깨끗하지요. 교활한 간계 같은 것은 그야말로 눈을 씻고 봐도 찾을 수 없을 정도니까요. 그래서 그녀의 마음은 다른 사람에 의한 간섭이 쉽게 눈에 뜨일 수 있을 것이고, 그 점에 대해서는 당신도 그렇게 생각할 줄로 믿습니다.

발언자 델라미, 저는 그녀가 마치 조기 경보 시스템과 같은 역할을 해 줄 것이라고 생각합니다. 만약 그녀의 정신에 그러한 증후군이 나타난다면, 저는 제 정신에 변화가 일어난 것보다 훨씬 더 빨리 그것을 감지해낼 수 있을 것입니다."

좌중에는 경악의 침묵이 감돌았다. 그는 자연스럽게 말했다.

"당신들 중 누구도 그것을 생각해 본 적이 없는 모양이군요, 좋습니다. 하지만 그것은 그다지 중요한 문제가 아니니까요. 그러면 저는 즉시 떠나겠습니다. 허비할 시간이 없으니까요."

"잠깐 기다려요!"

델라미가 그를 제지시켰다. 그녀는 이미 주도권을 잃고 있었다.

"도대체 뭘 어떻게 하겠다는 생각이죠?"

그는 어깨를 으쓱하며 말했다.

"세부적인 사항에 대해 이야기할 필요가 있습니까? 테이블이 알고 있는 게 적을수록 반뮬들이 테이블을 교란시키기 위해 벌일 계략도 더 적어질 텐데요."

그는 마치 테이블의 안전이 그의 주된 관심사라는 듯이 말했다. 그는 그러한 생각으로 마음을 가득 채워 그들에게 자신의 마음을 내보여 주었다.

그러한 사실은 그들의 비위를 맞추었다. 그러나 젠디발에겐 자신의 행동이 가져다 준 만족감보다는 그들로 하여금 정말로 자신이 하려는 일에 대해 정확하게 알고 있는지에 대한 의문을 갖게 만든다는 점이 더 중요한 것이었다.

6

그날 저녁 젠디발은 제1발언자와 단둘이 만나게 되었다.

"자네가 옳았네. 나는 어쩔 수 없이 자네의 마음 표면층 아래쪽을 어루만져 줄 수밖에 없었네. 나는 자네가 내 후계자 발표를 실수로 간주하는 것을 알았네. 사실 나는 발언자 델라미의 얼굴에서 그 보기 싫은 미소를 영원히 지워 버리고 싶었고, 그녀가 그토록 뻔뻔스럽게 내 권한을 침범했듯이 나도 똑같은 방식으로 일격을 가하고 싶었네."

"제게 사적으로 그러한 사실을 알려 주고, 제가 행동을 취할 때까지 기다렸더라면 더 좋았을 텐데요."

젠디발이 조용하게 말했다.

"만약 그랬다면 나로서는 그녀에게 분풀이를 할 기회를 잃게 되었겠지. 물론 그런 행동이 제1발언자로서는 어울리지 않는 동기라는 사실은 잘 알고 있네."

"하지만 그런 정도로는 그녀를 단념시킬 수 없을 것입니다. 제1발언자, 그녀는 여전히 제1발언자 자리를 차지하기 위해 음모를 꾸밀 터이고 그럴듯한 명분도 제시할 겁니다. 저한테 당신의 지명을 거절해야 한다고 주장하는 사람도 일부 등장할 게 분명합니다. 발언자 델라미가 테이블에서 가장 뛰어난 정신을 가졌으며 따라서 가장 훌륭한 제1발언자가 될 수 있다는 주장이 나올 가능성이 아주 많습니다."

"테이블에서 가장 뛰어난 정신을 가졌다고? 말도 안 되는 소리!"

샌디스는 으르렁대듯 낮은 소리로 불만을 토로했다.

"그녀는 다른 발언자들 외에 어떤 적도 인식하지 못해. 절대 제1발언자가 되어선 안 될 사람은 누구보다도 바로 그 사람이야! 내 말을 들어보게. 자네가 헤임 여인을 동행하지 못하도록 내가 명령을 내려 줄까? 나는 발언자 델라미가 자네로 하여금 그 여자를 데려갈 수밖에 없도록 교묘하게 유도했다는 것을 잘 알고 있네."

"아닙니다. 전혀 그럴 필요는 없습니다. 그녀를 데려가야 한다고 말하면서 들었던 이유는 분명히 사실이었습니다. 그녀는 틀림없이 조기 경보기의 역할을 해 줄 것이고, 저는 그 사실을 더욱 확실히 이해하도록 만들어 준 발언자 델라미에게 감사를 드려야 할 판이니까요. 그 여자가 매우 유용하다는 점은 곧 밝혀질 것입니다. 확신해요!"

"그렇다면 좋아, 어쨌든 나 역시 거짓말을 한 것은 아니었으니까. 나는 자네가 이 위기를 극복하기 위해 필요한 것이면 무엇이든지 해낼 것임을 믿어 의심치 않네. 물론 자네가 내 직관을 신뢰한다면 말일세."

"물론 저는 당신의 직관을 신뢰합니다. 제1발언자. 그 이유는 제가 당신과 같은 판단을 내리고 있기 때문입니다. 저는 이미 당신에게 어떤 일이 일어날 것인가에 대해 설명해 드렸습니다. 저는 철저하게 보복할 것입니다. 반뮬이나 발언자 델라미가 무슨 짓을 한다 하더라도 반드시 돌아와서 제1발언자가 될 것입니다!"

젠디발은 자신이 말을 하고 있는 순간에도 무한한 만족감을 맛볼 수 있었다. 왜 그는 단 한 대의 우주선으로 광활한 우주공간을 향해 떠나는 자신의 모험에 대해 그토록 만족하고, 꼭 가야 한다는 것을 고집하는가? 물론 그것은 야망이다. 과거에 프림 팔버도 이와 똑같은 여행을 떠났었다. 따라서 스토 젠디발 역시 그와 마찬가지로 무엇인가를 할 수 있다는 것을 보여 주어야만 했다. 그렇게만 된다면 그 누구도 그로부터 제1발언자의 지위를 빼앗지 못할 것이다. 하지만 그것보다 더 큰 야망은 없을까? 성인이 되기까지 거의 모든 세월을 보내야 했던 이 행성의 숨겨진 좁은 구획 속에서 갑갑한 생활을 해 온 사람으로서 모험의 길에 오르기 전에 느끼는 단순한 흥분에 지나지 않는 것일까? 그는 스스로의 감정에 대해 정확하게 모든 것을 파악할 수는 없었다. 하지만 그는 자신이 임무를 위해 이곳을 떠나기를 갈망하고 있다는 사실만큼은 정확하게 알고 있었다.

제11부

세이셸

1

트레비스가 '마이크로 도약'이라고 불렀던 도약을 끝낸 후에, 야노브 페롤랫은 밝게 빛나던 별이 점차 공 모양으로 변화하는 것을 난생 처음으로 관찰했다. 사람이 살 수 있는 행성이자 그들의 잠정적 목적지인 네 번째 행성, 즉 세이셸은 며칠 동안의 여행을 통해 점차 커지면서 조금씩 뚜렷하게 눈에 들어오기 시작했다.

컴퓨터가 작성한 이 행성의 지도가 페롤랫이 무릎에 올려놓고 있는 휴대용 스크린 장치에 나타났다.

전성기에만 해도 수십 개의 행성을 돌아다녀 본 경험이 있는 사람만이 보일 수 있는 태연자약한 자세로 트레비스가 말했다.

"너무 일찍부터 열심히 화면을 들여다보지는 마세요, 페롤랫 교수님. 우선 우리는 통관 항을 거쳐야 하거든요. 이주 지루한 일이지요."

"하지만 지금은 평화로운 시기가 아닌가?"

"물론이지요. 그러니까 통과할 수 있는 것이지요. 하지만 우선 생태학적 균형의 문제가 있어요. 모든 행성의 생태는 고유의 균형을 이루고 있죠. 이 행성 사람들이라고 그것이 파괴되기를 원할 리가 있겠어요? 따라서 우주선에 바람직하지 못한 유기체나 전염병 등의 감염 물질이 있는지를 검사할 수 있는 지점을 설정하여 놓았지요. 아주 합리적인 사전 예방이에요."

"우리에게는 그런 것이 전혀 없잖은가?"

"그렇지요. 우리에게는 전혀 해당 사항이 없지요. 여기 사람들도 그걸 알겠지요. 그렇지만 세이셸이 파운데이션 연방의 구성원이 아니라는 사실을 다시 한 번 상기할 필요가 있을 것입니다. 따라서 자신의 독립성을 과시하기 위해서 얼마간 과거의 관행에 의존하지 않을 수 없을 거예요."

그때 작은 우주선 한 척이 그들을 검역하기 위해 다가왔다. 곧 세이셸 세관 직원 한 사람이 우주선에 올라탔다.

"터미너스에서 온 파스타호입니다. 여기 우주선에 대한 서류가 있어요. 무장은 전혀 하지 않았어요. 단지 개인 우주선일 뿐입니다. 이것이 내 여권이고 이 분의 여권도 여기 있습니다. 우리는 여행자들입니다."

세관 직원은 진홍색 바탕에 지나치게 자극적인 장식으로 뒤덮인 제복을 입고 있었다. 그 직원의 턱과 입술 위 인중은 깨끗하게 면도가 되어 있었지만 양쪽 뺨 위로 조그만 숲과 같은 구레나룻을 기르고 있었다.

"파운데이션 우주선?"

관리가 물었다.

사실 그 직원은 '파운데이션 우지신'이라고 잘못 발음했지만 조심성 많은 트레비스는 그런 발음을 교정하지도 않고 비웃지도 않았다. 은하계에 퍼져 있는 행성들의 숫자만큼이나 다양한 방언이 있기 때문에 사람들이 은하 표준어가 아닌 자신들의 언어를 사용하고 있었다. 그러나 의사소통에 무리가 없는 한 그것은 전혀 문제가 되지 않았다. 그래서 트레비스는 이렇게 대답했다.

"그렇습니다. 파운데이션 우주선, 개인 소유입니다."

"좋소······. 우리 화물은?"

"우리 뭐요?"

"당신 화물 말이오. 무엇을 운반하느냐고 물었소."

"아, 짐 말이군요. 여기에 목록이 있습니다. 전부 개인적인 물품이죠. 우리는 이곳에 무역을 하기 위해 온 것이 아닙니다. 아까도 말했지만 우리는 그저 여행자들일 뿐이에요."

그러나 직원은 그들을 호기심 어린 눈빛으로 바라보았다.

"이 우주선은 여행용치곤 매우 정교한데?"

"파운데이션의 기준으로는 그렇지도 않아요. 나는 돈이 많아서 이 정도는 충분히 소유할 수 있지요."

트레비스는 직원의 비위를 맞추기 위해 넉살을 부렸다.

"지금 당신은 나도 부자가 될 수 있다는 말을 하고 싶은 거요?"

직원은 잠깐 그를 쳐다보다가 다른 곳으로 눈을 돌렸다.

트레비스는 그의 말뜻을 이해하기 위해 잠깐 동안 시간을 끌었고, 그런 다음에는 어떤 행동을 취해야 할 것인지 결정하느라고 다시 시간을 끌었다.

"천만에요. 나는 당신에게 뇌물 따위를 줄 생각은 전혀 없어요. 그리고 설사 내게 그런 생각이 있다 해도 당신이 뇌물이나 받아먹을 사람처럼 보이진 않는군요. 원한다면 우주선 내부를 둘러봐도 좋습니다."

"그럴 필요는 없소."

관리는 말을 멈추고 포켓 기록기를 꺼내 들고는 말을 이었다.

"이미 당신은 밀수품 검사를 받았고 아무 문제없이 통과했소. 자, 이제 당신 우주선에 하나의 라디오 파장을 할당해 주겠소. 그것이 진입 유도 빔의 역할을 해 줄 것이오."

그는 말을 마치자 자리를 떠났다. 전 과정을 거치는 데 약 15분이 소요되었다.

페롤랫은 낮은 목소리로 속삭였다.

"우릴 골탕 먹일 속셈을 가진 건 아닐까? 혹 그자가 정말로 뇌물을 원하는 건 아닌가?"

트레비스는 어깨를 으쓱했다.

"세관 직원에게 뇌물을 주는 것은 은하계의 역사만큼이나 오래된 일이지요. 두 번째로 그런 기미를 보였다면 저도 그에게 돈을 주었을 것입니다. 그런데 파운데이션 우주선에게는 뇌물을 받기를 꺼려한 것 같았어요. 말하자면 파운데이션에 대해서는 일종의 환상을 품고 있는 것이지요. '늙은 시장, 그녀의 옹고집 같은 뻔뻔스러움에 축복이 있을지어다.' 어쨌든 그녀는 파운데이션이라는 이름이 어디를 가든 우리를 지켜 줄 것이라는 말을 했었지요. 과연 그녀의 말이 거짓은 아닌 것 같군요. 만약 그렇지 않았다면 검역에 훨씬 더 많은 시간이 걸렸을 겁니다."

"왜 그렇게 생각하지? 그는 자신이 알고자 하는 것은 모두 알아낸 것 같은데."

"물론이지요. 하지만 그는 원격 조종 라디오 스캐너로 우리를 검사할 정도로 정중한 태도를 보였어요. 만약 그가 원했다면 휴대용 장치를 가지고 우주선을 검사할 수도 있었을 것이고, 그렇게 되었다면 적어도 수 시간은 걸렸을 테지요. 우리를 야전병원에 가두어 놓고 며칠씩이나 붙들어 놓을 수도 있었을 것입니다."

"무슨 이유 때문에?"

"그렇게 흥분하지는 마세요. 실제로 그렇게 하진 않았으니까. 저는 그가 그런 행동을 하지 않을까 하는 추측을 했었지만 실제로 그러진 않았어요. 우리가 자유롭게 착륙할 수 있다는 뜻이지요. 제 생각으로는 중력을 이용해서 착륙했으면 좋겠는데요. 그러면 15분이면 충분할 테니까요. 그런데 저는 허가된 착륙 장소가 어딘지 모르겠어요. 문제를 일으키고 싶은 생각은 추호도 없지만……. 어쨌든 우리는 설령 시간이 걸린다 하더라도 대기권을 선회하강하면서 그가 지정해 준 라디오 파장을 따라가야겠군요."

페롤랫은 기분이 좋은 듯했다.

"그것도 괜찮겠는데. 트레비스, 시간이 좀 걸리더라도 그 지역을 천천히 관찰하면서 내려가는 것도 재미있지 않을까?"

페롤랫은 자신의 휴대용 뷰 스크린을 들고 그 지역의 지도를 낮은 비율로 맞추어서 들여다보았다.

"얼마 동안은 두터운 구름층을 지나야 할 것 같아요. 그러려면 초당 수 킬로미터의 속도로 이동해야만 하지요. 풍선을 타고 공기 속을 유람하는 것과는 전혀 달라요. 교수님은 행성 지도를 정확하게 관측해야만 할 겁니다."

"좋아, 아주 훌륭하구먼!"

페롤랫은 들뜬 어조로 말했다.

"하지만 우리 우주선의 시계를 지역 시간으로 조정할 만큼 오랫동안 이곳 세이셸에 머무르게 될지는 잘 모르겠군요."

트레비스가 신중하게 말했다.

"그거야 우리 계획에 달렸지. 우리가 무엇을 하게 될 것이라고 생각하나, 트레비스?"

"우리의 임무는 가이아를 찾는 것이고 그 일이 얼마나 걸릴지는 잘 모르겠습니다."

"우리 손목시계만 조정하면 될 거야. 우주선의 시계는 그대로 놔두어도 되겠지."

"좋은 생각이군요."

그들은 아래쪽에 광활하게 펼쳐져 있는 행성을 내려다보았다.

"더 이상 기다릴 필요는 없을 것 같군요. 컴퓨터를 예약된 유도 빔에 맞추어 놓겠습니다. 그러면 컴퓨터가 중력을 이용하는 재래식 비행법을 흉내 내어 그와 똑같이 우주선을 착륙시킬 테니까요. 자! 이제 내려갑시다. 이제 우리 눈앞에 무엇이 나타날지 잘 살펴보세요."

컴퓨터에 의해 조정된 우주선이 커브를 그리면서 유연하게 미끄러져 내려가자 그는 골똘히 생각에 잠기면서 그 행성을 응시했다.

트레비스는 지금까지 한 번도 세이셸 연합에 와 본 적이 없었지만, 지난 세기 동안 그곳이 파운데이션과는 계속 사이가 벌어져 왔다는 사실을 익히 알고 있었다. 그는 자신들이 그토록 빠른 시간에 세관을 통과할 수 있었다는 사실에 어지간히 놀랐고 내심으로는 조금 의아스럽기도 했다.

2

세관 직원은 이름이 요고로스 소바다르타로서 반평생을 그곳에서 근무한 경력자였다.

그는 그곳 생활을 좋아했다. 석 달에 한 달 정도 아내와 자라나는 아들한테서 떨어져, 좋아하는 책을 읽거나 음악을 들으며 시간을 보낼 수 있다는 건 퍽 괜찮은 일이었기 때문이었다.

물론 지난 2년 동안 현재의 세관장인 '몽상가' 양반은 몹시도 성가시게 굴었다. 어떤 유별난 행동을 하고도 단지 꿈속에서 그렇게 지시받았다는 한 마디 이외에 아무런 변명도 하지 않는 사람은 그밖에 없을 것이다. 따라서 그는 다른 사람들의 미움을 받고 있었다.

개인적으로는 소바다르타는 그가 실제로 그런 일은 조금도 믿지 않는다고 판단했다. 그러나 그는 그런 말을 입 밖에 낼 만큼 조심성이 없는 사람은 아니었다. 왜냐하면 세이셸의 대부분 사람들이 심령 현상을 부정하는 것에 대해 상당한 반감을 갖고 있기 때문에, 만약 유물론자라는 소문이라도 돌게 되면 장래에 받게 될 연금이 위태로워질 가능성마저 있었기 때문이다.

그는 턱까지 내려온 두 갈래의 머리타래를 하나는 오른손으로, 다른 하나는 왼손으로 잡아당기면서 조금 큰 목소리를 내기 위해 목을 가다듬은 뒤 태연함을 가장하느라 부자연스러워진 목소리로 말했다.

"도착한 것이 바로 그 배였습니까, 세관장님?"

세이셸 이름으로는 나마라스 고디시바타라는 이름을 가지고 있는 세관장은 그가 다루고 있던 컴퓨터 데이터 같은 것에 신경을 쓰고 있을 뿐 그를 쳐다보지도 않은 채 이렇게 물었다.

"무슨 배 말인가?"

"파스타호 말입니다. 파운데이션에서 온 배지요. 하나는 방금 통과시켰고 다른 하나는 지금 모든 각도에서 홀로그래피로 잡고 있습니다. 그 배가 당신이 꿈꾼 배가 맞습니까?"

그제야 고디시바타는 눈을 들어 그를 쳐다보았다. 그는 작은 체구에 검은색에 가까운 눈을 가졌는데 그 눈은 잔주름으로 완전히 둘러싸여 있어서 설령 취미로라도 미소를 짓는 따위의 일과는 전혀 무관한 듯한 인물이었다. 그는 다시 입을 열었다.

"그런데 왜 그걸 묻지?"

소바다르타는 허리를 곧게 펴더니 검고 짙은 두 눈썹을 모았다.

"그들은 자기들이 여행자라고 말했습니다. 하지만 저는 지금까지 한 번도 그런 우주선을 본 적이 없습니다. 제 생각으로는 그들이 파운데이션의 정보원인 것 같습니다."

고디시바타는 의자 등받이에 몸을 기대면서 이렇게 말했다.

"이봐, 내 말을 들어 봐. 자네가 어떻게 생각하든 내가 자네에게 의견을 구하지 않았는데, 안 그런가?"

"하지만 세관장님. 저는 그러한 사실을 보고 드리는 것이 제 애국적 임무라고 생각하……."

그는 여기에서 말을 멈출 수밖에 없었다. 고디시바타가 팔짱을 끼고 자신의 부하를 살기등등한 눈초리로 노려보고 있었기 때문이었다. 그의 눈에 비친 부하는(풍모나 행동거지 어느 편에서도 그의 상사를 능가했음에도 불구하고) 감히 상사의 눈앞에서 축 늘어진 태도를 보이는 데다가 약간 지저분한 외모를 하고 있었다.

"이봐, 무엇이 옳은 것인지 그렇게 잘 알고 있다면 잔소리 말고 맡은 일에나 충실하게. 그렇지 않으면 퇴직한 후에 연금이 나오지 않도록 조치해 버릴 거야. 만약 더 이상 자네와 상관없는 일에 나섰다는 소문이 들리는 날에는 즉시 그렇게 할 거야!"

고디시바타가 말했다.

"예, 잘 알겠습니다."

소바다르타는 낮은 목소리로 대답했다. 하지만 그의 목소리에는 그대로 복종하기에는 뭔가 미진하다는 빛이 역력했다. 결국 그는 말을 이었다.

"그런데 세관장님. 두 번째 우주선이 우리 스크린의 범위 내에 들어왔다는 것을 보고하는 것은 제 임무의 하나일 것 같은데요."

"보고된 걸로 치겠네."

세관장은 말을 마치자 다시 하던 일로 돌아갔다.

"게다가 그 모습이나 특징이 방금 통과시킨 첫 번째 우주선과 아주 흡사합니다."

소바다르타는 훨씬 더 어눌한 목소리로 말했다.

고디시바타는 두 손을 책상 위에 올려놓은 채 자리에서 일어났다.

"두 번째 우주선이라고?"

소바다르타는 속으로 웃었다. 비정규군 출신에, 피 보기를 좋아하는 이 잔인한 인간도(세관장을 두고 한 말이었다.) '두 척'의 우주선이 있다는 것은 전혀 예상치 못한 모양이었다.

"분명합니다, 세관장님. 그러면 저는 제자리로 돌아가서 명령을 기다리겠습니다. 그리고 세관장님, 저는……."

"뭐?"

소바다르타는 연금이 날아갈 수도 있는 위험이 있더라도 하고 싶은 말을 참을 수는 없었다.

"저는, 우리가 들여보내지 말아야 할 우주선을 통과시키는 잘못을 저지르지 않길 바랍니다."

3

파스타호는 빠른 속도로 세이셸 행성의 표면을 가로질러 이동했다. 페롤랫은 이 광경에 매료되고 말았다. 구름층은 터미너스보다 훨씬 더 얇고 드문드문 했으며 광활한 대륙의 상당 부분을 뒤덮고 있는 바랜 색깔로 판단해 볼 때, 더 넓은 사막을 포함하고 있는 지표면은 터미너스보다 훨씬 더 조밀하고 넓은 것 같았다. 이것은 지도가 보여 주는 것과 정확히 일치하는 모습이었다.

하지만 생명체의 흔적은 어디에서도 찾아볼 수 없었다. 그곳은 마치 산맥이나 바다 지역을 나타내는 것 같은 주름이 끝없이 이어져 있는 불모의 사막이나 회색 평원으로 이루어진 세계처럼 보였다.

"생명체가 없는 것 같은데?"

페롤랫이 투덜거렸다.

"현재 고도에서 생명의 흔적을 찾아보려는 생각은 하지 마세요. 조금 더 내려가면 띄엄띄엄 녹지를 발견할 수 있을 거예요. 하지만 그전에 교수님은 행성의 어두운 쪽에서 반짝이는 빛을 더 먼저 발견할 수 있을 겁니다. 사람이란 밤이 되면 자신이 살고 있는 세계를 밝게 밝히려 하기 마련이니까요. 다시 말해서 교수님이 보게 될 최초의 생명의 흔적은 사람이 아니라 그들이 만들어 낸 과학기술이라는 의미이지요."

페롤랫은 트레비스의 말을 듣고는 깊은 생각에 잠기면서 이렇게 말했다.

"인간도 결국 그 본성을 볼 때 야행성이 아니라 낮에 활동하는 동물이야. 내 생각으로는 인간이 과학기술을 발전시키게 된 최초의 단계는 밤을 낮으로 바꾸어 놓은 것이지. 실제로 만약 과학기술을 전혀 가지고 있지 못한 어떤 행성에서 문명이 발전하기 시작한다면, 자네는 어두운 지표면이 점차 밝은 빛으로 밝혀지는 과정을 따라 과학기술이 발전해 나가는 과정을 추적해 볼 수 있을 걸세. 자네는 아무런 빛도 없이 암흑으로 가득 찼던 세계가 완전히 빛으로 가득 차기까지 어느 정도의 세월이 걸릴 것이라고 생각하나?"

그러자 트레비스가 웃음을 터뜨렸다.

"이상한 생각을 하시는군요. 그런 생각은 필경 신화를 좋아하는 사람들한테서 나온 생각 같아요. 저는 행성 하나가 똑같은 빛으로 가득하리란 생각을 안 합니다. 밤을 밝히는 빛은 인구 조밀도에 따라 다를 것이기 때문에, 수없이 많은 점처럼 빛나는 지점도 있고 기다란 띠처럼 빛나는 지점도 있을 겁니다. 트랜터 역시 최고 전성기에 하나의 거대한 구조물을 이룰 때에도 구조물을 제외하면 여기저기에서 드문드문 빛나는 점만 보였을 겁니다."

트레비스가 예언했듯이 땅이 점차 녹색으로 바뀌어 갔다. 우주선이 세이셸 행성을 마지막으로 선회하자 트레비스는 지상의 반점들을 가리키면서 그것들이 도시라고 말했다.

"이곳은 도시로 이루어진 행성은 아닌 것 같군요. 저는 한 번도 세이셸 연합에 와 본 적이 없었지만 컴퓨터가 제게 준 정보에 따르면, 그들은 과거에 집착하는 경향을 가지고 있는 것 같습니다. 과학기술은 파운데이션과 연관을 가지고 있는 것 같고요. 물론 전쟁 무기와 관련된 것들은 예외겠지만. 세이셸이 그 점에 있어서만은 매우 현대적일 것이라고 확실하게 보장할 수 있습니다."

"이보게, 트레비스. 그것은 그리 유쾌한 일은 아니겠지? 어쨌거나 우리는 파운데이션 사람들이고, 그런 면에서는 적국에 들어와 있는 셈이니……."

"그렇다고 해서 적국은 아닙니다, 페롤랫 교수님. 그들은 완벽할 정도로 예의를 중시하는 사람들이니까 괜히 겁을 먹지는 마세요. 단지 그들에게 파운데이션이 잘 알려져 있지 않았을 뿐이죠. 그게 전부입니다. 세이셸은 파운데이션 연방의 일원이 아니에요. 따라서 그들이 자신들의 독립성에 대해 대단히 자부심을 느끼고 있지만 자신들이 파운데이션보다 힘이 약하다는 사실, 즉 단지 파운데이션이 기꺼이 자신들의 독립을 인정해 줌으로써 독립성을 유지할 수 있다는 사실을 인정하고 싶지 않기 때문에, 그들은 그저 파운데이션을 싫어할 수 있는 사치를 누리고 있는 셈이지요."

"그렇다면 더욱 유쾌하지 못하겠군."

페롤랫은 의기소침한 표정으로 말했다.

"전혀 그럴 필요가 없어요. 기운을 내세요, 페롤랫 교수님. 제가 이야기한 것은 세이셸 정부의 공식적인 입장에 대한 것이고, 이 행성의 개개인은 그저 주민들일 뿐이지요. 따라서 우리가 유쾌하게 지내려면 은하계의 왕이나 되는 것처럼 거들먹거리지만 않으면 될 겁니다. 우리는 단지 여행자일 뿐 파운데이션의 지배권을 확보하려고 이곳에 온 것은 아니잖아요? 물론 우리가 세이셸에 대해 품고 있는 의문이 여느 여행자들과는 전혀 다르겠지만 말이에요.

게다가 만약 상황이 허락한다면 우리는 적당하게 휴식을 취할 수도 있어요. 이곳에 며칠간 머무르면서 그들이 우리에게 제공하는 것을 경험하는 것도 그리 나쁜 일은 아니겠지요. 필경 그들은 아주 재미있는 문화와 자연, 그리고 음식을 가지고 있을 것이고……, 설사 다른 것은 없다 하더라도 멋진 여자는 있을 테니까요. 우리는 적어도 돈에는 부족함이 없잖아요."

페롤랫은 그의 말을 듣고는 인상을 찌푸렸다.

"맙소사!"

"안 될 게 뭐가 있어요? 교수님도 그렇게 늙지는 않았잖아요? 흥미가 없는 것은 아니겠지요?"

"나도 그런 식으로 즐기던 시절이 없었다고 말하는 것은 아닐세, 하지만 지금이 그럴 때가 아니라는 점만은 분명해. 우리에게는 사명이 있네. 우리는 가이아에 가고자 하고 있어. 즐거운 시간에 반대하는 건 아니네만 거기에 빠져들면 헤어나오는 게 쉽지가 않지."

페롤랫은 머리를 가로 젓고 나서는 부드럽게 말을 이었다.

"아마도 자네는 내가 트랜터의 은하 도서관에 처박혀서 많은 시간을 보내게 되면 헤어나오지 못하게 될까 봐 걱정하고 있었던 모양이구먼. 물론 내게 도서관은 검은 눈의 미녀 한 명, 아니 대여섯 명 정도의 가치를 갖는 것이긴 하지."

"그렇다고 저를 탕아로 취급하지는 마세요, 페롤랫 교수님. 물론 제가 금욕주의자가 아닌 것만은 분명하지만……, 좋습니다. 가이아를 찾는 임무에 전념할 것을 약속하죠. 하지만 뭔가 즐거운 일이 벌어지게 될 때엔, 은하계 누구나 그러하듯 정상적으로 반응하는 것을 막을 이유는 하등 없다는 것을 분명히 해 두죠."

"좋아! 만약 자네가 가이아를 찾는 일을 최우선 순위에 두기만 한다면……."

"그렇게 하지요. 대신 우리가 파운데이션에서 왔다는 말을 아무에게도 하지 마세요. 사람들은 우리가 파운데이션 크레디트를 지니고 있고, 강한 터미너스 악센트로 말한다는 사실을 알아차리겠지만, 출신을 밝히지만 않는다면 우리를 정처 없이 떠도는 이방인 정도로 간주하고 친절하게 대해 줄 것입니다. 만약 우리가 파운데이션인이라는 것을 스스로 강조한다면, 그들은 우리를 정중하게 대접해 주겠지만 대신 아무것도 말해 주거나 보여주지 않고 어느 곳에도 데려다 주지 않을 뿐 아니라 우리를 완전히 고립시켜 버릴 거예요."

페롤랫은 한숨을 쉬며 말했다.

"사람이란 도무지 이해할 수 없는 존재야."

"사람을 이해한다는 것은 전혀 어려운 일이 아니에요. 사람의 본성에 대해 이해하고 싶다면 그저 교수님 자신에 대해 찬찬히 살펴보기만 하면 됩니다. 그러면 다른 모든 사람들에 대해서도 이해할 수 있게 될 거예요. 우리는 절대 다른 사람들과 다르지 않아요. 만약 해리 셀던이 사람에 대해 이해할 수 없었다면 어떻게 그런 계획을 세울 수 있었겠습니까? 물론 이 말은 그의 정교한 수학을 배제하고 하는 말입니다. 그리고 만약 사람을 이해하지 못했다면 그가 어떻게 자신의 계획을 실행에 옮길 수 있었겠습니까? 사람을 이해할 수 없는 사람이라면 자기 자신에 대해 잘못된 상(像)을 가지고 있는 사람이라고 할 수 있습니다. 아! 교수님에 대해 한 말은 절대 아닙니다."

"알고 있네. 나는 내가 그동안 자기중심적이고 편협한 삶을 보내 왔다는 점을 기꺼이 인정하네. 그것은 필경 내가 시간을 들여 꼼꼼히 나 자신에 대해 들여다볼 기회를 갖지 못했다는 것을 의미하겠지. 그래서 나는 사람들에 관한 문제에 대해서는 자네에게 조언을 구하려는데, 자네 생각은 어떤가?"

"좋습니다. 그렇다면 지금 당장 제 조언을 받아들이셔서 그저 풍경이나 감상하세요. 이제 곧 착륙하게 됩니다. 하지만 아무 충격도 느끼지 못할 것입니다. 컴퓨터와 제가 모든 것을 관리할 테니까요."

"이보게 트레비스, 너무 언짢게 생각하지 말게. 만약 젊은 여자가……"

"그 문제는 잊어버리세요. 지금은 착륙에 온 신경을 집중해야 하니까요."

페롤랫은 눈 앞에 펼쳐지는 새로운 세상을 바라보기 위해 몸을 돌렸다.

우주선은 점차 그 반경이 줄어들고 있는 나선형 궤도를 마지막으로 일주하고 있었다. 세이셸은 그가 태어나서 처음 밟아 보게 될 낯선 행성이었다. 수백만에 달하는 은하계의 유인 행성들은 그곳에서 태어나지 않은 이방인들에 의해 식민지화되었지만, 그의 마음속에는 얼마간 불길한 예감이 스치고 있었다. 그는 공포와 환희가 뒤섞인 감정으로 몸을 떨면서 이런 생각을 하고 있었다.

'하지만 모든 행성이 그런 것만은 아니다. 반드시 예외는 있다!'

4

우주공항은 파운데이션의 기준으로 볼 때 그다지 크지 않았다. 하지만 훌륭하게 정비되어 있었다. 트레비스는 파스타호가 우주선 정박소로 이끌려서 지정된 장소에 고정되는 것을 지켜보았다. 관리는 그들에게 정교한 코드가 찍힌 서류를 건네주었다.

"당장 이곳을 떠날 건가?"

페롤랫이 낮은 목소리로 물었다.

트레비스는 고개를 끄덕이며 그를 안심시키기 위해 어깨에 손을 얹으며 그와 똑같이 낮은 목소리로 대꾸했다.

"걱정하지 마세요."

그들은 빌린 지상차에 올라타고서 멀리 지평선에 탑들이 보이는 도시의 지도를 조종 장치에 꽂았다.

"저곳이 세이셸 시입니다. 시, 행성, 태양 이 모두가 세이셸이라고 불리지요."

"난 우리 우주선이 걱정되는군."

페롤랫이 말했다.

"걱정하실 필요 없어요. 만약 이곳에 몇 시간 정도가 아니라 더 오래 머물러야 한다면 우주선이 우리의 숙소가 될 테니까 오늘 밤에는 다시 돌아와야 할 겁니다. 그리고 우주공항에는 '행성 간 윤리규정'이라는 것이 있어요. 적어도 제가 알기로 그 규정은 지금까지 한 번도 파기된 적이 없었습니다. 설사 전시라 하더라도 말입니다. 규정에 따르면 평화적인 목적을 위해 들어온 우주선에는 결코 공격을 가할 수 없게 되어 있어요. 만약 그렇게 보장되지 않는다면 아무도 안전할 수 없을뿐더러 무역도 불가능해지게 되지요. 그러한 규정이 파괴된 나라는 은하계 전체의 우주 조종사들이 그곳에 가는 것을 보이콧하게 됩니다. 어떤 세계도 그런 위험을 무릅쓰려 하지는 않을 것입니다. 게다가……."

"게다가?"

"우주선에 만약 우리와 같은 모습과 목소리를 갖지 않은 다른 남자나 여자가 승선하려 하면 즉시 죽이도록 명령을 내려 두었습니다. 그리고 그 사실에 대해 우주공항 사령관에게도 정중하게 알려 놓았습니다. 정중하게 말했다는 의미는, 은하계 전체에서 세이셸 공항이 가장 완벽한 관리와 보안을 유지한다는 이야기를 익히 들어왔기 때문에 그 점을 존중해서 우주선의 특별 보안장치를 꺼 놓으려고 했지만, 우주선이 너무 최신형이기 때문에 그 장치를 끄는 방법을 모른다고 말했다는 뜻입니다."

"그가 자네의 말을 믿을까?"

"물론 믿지 않겠지요. 하지만 그는 믿는 척할 수밖에 없었습니다. 그렇게 하지 않는다면 모욕을 당할 수밖에 다른 방책이 없었으니까요. 더군다나 그는 어쩔 수 없이 모욕을 당해도 그저 꾹 참고 있을 수밖에 없지 않겠습니까? 그런데 그러고 싶지는 않았을 테니까 내가 말한 것을 믿는 게 상책일 수밖에 없지요."

"그러면 그것도 자네가 말하는 사람들의 행동의 전형적인 예 중의 하나인가?"

"그렇지요. 교수님도 그런 류의 사람들에 대해 차차 익숙해지시게 될 겁니다."

"그런데 자네는 어떻게 이 지상차에 도청장치가 되어 있지 않다고 생각하는 거지?"

"단지 그럴 거라고 추측할 뿐이지요. 그들이 우리에게 차를 한 대 제공했을 때 저는 임의로 다른 차를 골라잡았으니까요. 만약 그들이 모든 차에 도청장치를 설치해 놓았다면 우리는 아주 끔찍한 이야기를 주고받은 셈이지요."

페롤랫은 안색이 그리 좋지 못했다.

"나는 어떻게 얘기해야 좋을지 모르겠네. 불평을 늘어놓는 따위의 일은 그다지 점잖은 행동이 아니겠지만, 나는 워낙 냄새가 나는 것을 싫어해서 어쩔 수가 없구먼. 악취가 심해."

"이 차에서 말입니까?"

"사실은 공항에서부터 그랬어. 나는 그저 공항에서 나는 냄새려니 했는데 지상차에도 똑같은 냄새가 나니 이거야 원……, 창문을 좀 열 수 있겠나?"

트레비스는 그의 말을 듣고 웃음을 터뜨렸다.

"글쎄요? 조종판에서 창문을 여는 장치를 발견할 수는 있겠지만 그 정도로는 도움이 안 될걸요. 이 행성 자체에서 악취가 나는 모양이군요. 아주 심해요?"

"그리 심한 편은 아닐세. 하지만 분명히 느낄 수 있는 데다가 좀 역겨워서 말이야. 이 행성 전체에서 이런 냄새가 날까?"

"교수님이 다른 행성에 한 번도 가 본 일이 없다는 사실을 또 잊었군요. 사람이 살고 있는 행성은 어느 곳이든 독특한 냄새를 가지고 있어요. 대개는 식물에서 풍기는 냄새인데 이번 경우는 동물이나 사람의 냄새가 섞인 것 같군요. 제가 알고 있는 한, 어떤 행성에 처음 착륙했을 때 그곳이 어디든 그 냄새를 좋아하는 사람은 한 사람도 없어요. 하지만 교수님도 곧 익숙해질 겁니다. 페롤랫 교수님, 불과 몇 시간만 지나면 느끼지 못하게 될 거라고 확실히 보장하지요."

"분명 자네의 말은 모든 행성들이 이런 냄새를 풍기고 있다는 의미는 아닐 테지?"

"천만에요. 제가 한 말은 모든 세계가 자신만의 독특한 냄새를 가지고 있다는 말이지요. 만약 우리가 좀 더 주의를 기울이고, 아나크레온의 개처럼 후각이 좀 더 발달해 있다면 우리가 살고 있던 행성에서도 어떤 냄새를 분명히 맡을 수 있었을 것입니다. 우주군에 막 입대했을 시절, 처음 가 보는 행성에서는 며칠 동안 전혀 음식을 먹을 수가 없었어요. 그런데 착륙이 진행되는 동안 나이 든 우주 비행사로부터 그 세계의 냄새가 배어 있는 손수건의 냄새를 코로 들이마시는 요령을 배우게 되었지요. 교수님도 차에서 내려 개방된 공간을 나갈 때에는 아무 냄새도 맡지 못하게 될 거예요. 그리고 잠시 후에는 모든 일에 대해 신경이 더 무디어져서 냄새 따위는 금방 무시할 수 있을 겁니다. 하긴 가장 고약한 일은 고향으로 다시 돌아갈 때지요."

"어째서?"

"터미너스에서는 아무런 냄새도 나지 않는다고 생각하세요?"

"터미너스에서 무슨 악취라도 난다는 말인가?"

"물론이지요. 일단 교수님이 다른 세계, 가령 세이셸의 냄새에 익숙해지게 된 다음에는 터미너스에서 아주 고약한 냄새가 난다는 것을 느끼시게 될 것입니다. 과거에는 오랜 기간 동안의 임무를 띠고 여행을 하고 돌아온 다음에 터미너스에 도착해 에어 록이 열리게 되면 승무원 전원은 이렇게 외치곤 했지요. '화장실로 돌아왔다!'"

페롤랫은 몹시 놀란 표정을 지었다.

이윽고 도시에 여기저기에 늘어선 높은 탑이 눈에 띄게 가까워졌다. 하지만 페롤랫은 주변 풍경에 시선을 고정시켰다. 양쪽 방향으로 지상차가 열심히 달리고 머리 위에서는 공중차가 지나다녔지만 페롤랫은 나무들만 열심히 바라보았다.

"식물들의 생태가 상당히 특이한 것 같군. 보이는 것들 중 몇몇은 토착종이 아닌 것 같지 않나?"

"잘 모르겠는데요."

트레비스는 대수롭지 않게 말했다. 그는 지도를 보면서 지상차의 컴퓨터를 조종하려 애쓰고 있었다.

"사람이 살고 있는 모든 행성에는 어느 곳이나 토착종들이 별로 남아 있지 않아요. 이주민들은 언제나 그들의 동식물들을 가지고 와서 그곳에 퍼뜨리기 마련이니까요. 그것은 그들이 이주하던 당시나 그로부터 많은 시간이 흐른 지금이나 매한가지입니다."

"그것 참 이상한 일이군."

"어느 행성에서나 동일한 종류의 동식물이 발견되지는 않을 겁니다. 언젠가 제가 백과사전 편집자들이 컴퓨터 디스크 87장에 달하는 생물 도감을 간행한 적이 있다는 말을 한 적이 있지요? 물론 그 도감도 불완전한 것이긴 했지만, 그것이 완성되었을 때에는 이미 시대에 뒤떨어진 것이 되어 버리고 말았지요."

지상차는 계속 달렸다. 마침내 도시 교외가 커다란 입을 벌려 그들이 탄 차를 빨아들였다. 페롤랫은 조금 몸을 떨었다.

"나는 이 도시의 대부분이 건축물로 이루어져 있다고 생각하지는 않았는데……."

"제각기 독자적인 특색을 갖추고 있는 법이니까요."

트레비스는 노숙한 우주 여행자나 쓰는 무관심한 말투로 심드렁하게 말했다.

"그런데 도대체 우리는 어디로 가고 있는 건가?"

"우선은 세관원에게 여행자라고 말해 두었으니 자연스럽게 발 닿는 대로 가는 거지요. 그렇게 하면 의심을 덜 받을 수 있을 것이고, 가능한 한 자연스럽게 행동할 수 있겠지요. 가이아에 대한 정보를 얻으러 교수님은 어디로 가실 겁니까?"

"대학이거나 아니면 인류학 협회나 박물관 같은 곳이겠지. 여행자 센터가 아니라는 점만은 분명한 것 같아."

"아니에요. 잘못 생각하고 계신 겁니다. 우리는 여행자 센터에 가서 이 도시의 모든 대학과 박물관, 그 밖의 곳들에 대한 목록을 얻기 위해 애쓰고 있는 인텔리가 되야 합니다. 거기에서 우리는 가장 먼저 갈 곳을 결정하게 될 것이고, 그곳에서 고대사·은하 지리·신화학·인류학, 그리고 생각할 수 있는 그 밖의 모든 것에 대해 자문을 구할 수 있는 사람을 만날 수 있을 것입니다. 이 모든 일들은 여행자 센터에서 시작되는 겁니다."

페롤랫은 아무 말도 하지 않았다. 지상차는 다른 차들의 흐름 속으로 섞여 들기 위해 구불구불한 곡선을 그리며 진행해 나갔다. 그들은 지하도로 진입해 들어갔고 방향과 교통 표지를 나타내는 여러 개의 신호를 지나갔다. 그런데 그 표지판들은 모두 세이셸의 문자로 되어 있었기 때문에 전혀 이해할 수가 없었다.

다행히도 지상차는 길을 잘 알고 있는 것처럼 진행했다. 차는 멈춘 다음에 자동으로 주차장을 찾아갔다. 거기에는 다음과 같은 표지판이 있었다. '세이셸 외부 행성 공간'. 그런데 그 표지는 조금 전의 표지판들과 마찬가지로 해독이 불가능한 글자로 적혀 있었다. 그리고 바로 그 밑에 '세이셸 여행자 센터'라는 글이 읽기 쉬운 은하계 표준문자로 적혀 있었다.

그들은 건물 안으로 걸어 들어갔다. 그곳은 밖에서 상상했던 것처럼 크지는 않았다. 건물 내부도 그다지 혼잡스러워 보이지는 않았다.

그곳에는 일련의 대기 칸막이가 설치되어 있었는데, 그중 한 칸막이에는 어떤 남자 한 명이 작은 공급기에서 나오는 뉴스 스트립을 읽고 있었다. 또 다른 칸막이에서는 두 명의 여자가 카드와 마작패를 동시에 사용하는 복잡한 카드 게임을 즐기고 있었다. 너무 복잡해서 다룰 수 없을 것처럼 보이는 컴퓨터 제어판이 달린 커다란 카운터 뒤편에서 다

채로운 색깔의 체크무늬 옷을 입은 한 세이셸인 직원이 지루한 표정을 짓고 있었다.

페롤랫은 그를 쳐다보면서 속삭였다.

"이곳은 틀림없이 매우 외향적인 복장을 좋아하는 세계인 것 같네."

"그런 것 같군요. 하지만 패션이란 행성에 따라 다르고 심지어는 종종 한 행성에서도 지역에 따라 많은 차이를 보이잖아요. 그리고 시대에 따라 유행이 바뀌기도 하고요. 50년 전만 하더라도 세이셸에 있는 모든 사람들이 검정색 옷만 고집했다는 것은 모두가 아는 사실이랍니다. 있는 그대로를 받아들이는 것이 좋을 겁니다, 페롤랫 교수님."

"그렇게 하는 도리밖에 없는 것 같아. 하지만 나는 우리들의 패션이 더 좋은 것 같은데. 최소한 우리 터미너스의 패션은 사람들의 눈을 피곤하게 자극하지는 않으니까 말일세."

페롤랫이 말했다.

"우리들은 대부분 회색 옷을 즐겨 입지요. 그런데 그것은 어떤 사람들에게 불쾌감을 주기도 합니다. 어떤 사람들이 우리의 패션을 가리켜 '쓰레기를 입고 있다'고 평하는 것을 들은 적이 있어요. 따라서 파운데이션의 패션과 마찬가지로 이 사람들의 일곱 가지 무지개 색을 즐겨 입는 것도 나름대로 자신들의 독립성과 개성을 강조하려는 것이지요. 그저 교수님이 우리 패션에 익숙해져 있다는 것뿐이지요. 어쨌든 이리와 보세요, 페롤랫 교수님."

두 사람은 카운터를 향해 걸어갔다. 그들이 다가가자 칸막이에 있던 남자는 보고 있던 뉴스 스트립을 던져 버리고 자리에서 일어나 그들 쪽으로 걸어왔다. 미소를 띤 그 남자의 옷 역시 그들의 옷과 똑같은 회색이었다.

트레비스는 처음에는 그를 발견하지 못했지만, 알아본 순간 그 자리에 얼어붙었다.

그는 깊이 숨을 들이마셨다.

"이런, 세상에……, 친구를 저버린 배신자!"

제12부

정보원

1

터미너스 시의회 의원 먼 리 콤포는 불안한 기색을 감추지 못한 채 트레비스에게 오른손을 내밀었다.

트레비스는 굳은 표정으로 그 손을 바라보기만 할 뿐 잡지는 않았다. 그러더니 그는 누군가에게 들으라는 듯 큰 소리로 말했다.

"저는 이 낯선 행성에서 평화를 해친 혐의로 구속되고 싶지는 않습니다. 하지만 이자가 한 발자국만 더 가까이 온다면 그런 일을 벌일지도 모르겠습니다!"

콤포는 그 자리에서 우뚝 멈춰 서서 머뭇거리며 페롤랫을 불안한 표정으로 힐끗 쳐다보더니 나지막한 목소리로 말을 꺼냈다.

"내게 이야기할 기회를 주겠나? 해명할 기회를?"

페롤랫은 기다란 얼굴을 약간 찡그린 채 두 사람을 번갈아 바라보다가 천천히 입을 열었다.

"어찌된 일이야, 골란? 이 먼 곳까지 와서 갑자기 아는 사람이라도 만난 건가?"

트레비스의 눈은 콤포의 얼굴에 고정된 채 그대로 머물러 있었다. 하지만 그는 자신이 페롤랫에게 말하고 있다는 것을 분명히 하려는 듯 몸은 그를 향해 약간 틀고 있었다. 트레비스가 대답했다.

"겉으로는 멀쩡하게 인간의 탈을 쓰고 있는 이자는 한때 제 친구였죠. 친구들에게 당연히 그러하듯 저는 그를 믿었어요. 그래서 그에게 제 생각들을 숨김없이 털어놓았죠. 다른 사람들이 알면 안 될 그런 견해들을요. 그런데 이자는 제가 해 준 이야기들을 낱낱이 당국에 고해바쳤어요. 그리고 제게는 그 사실을 숨겼죠. 그래서 저는 하마터면 덫에 걸릴 뻔했고, 보시다시피 결국은 이렇게 추방당하는 신세가 되었죠. 그런데도 지금 이자는 자기를 친구로 인정해 주길 바라고 있는 겁니다."

그는 콤포에게로 휙 돌아서더니 신경질적으로 머리칼을 손가락으로 빗어 넘겼다. 그러자 머리가 더 헝클어졌다.

"이봐, 잘 들어! 이곳에 뭐 하러 왔지? 이 넓은 은하계에서 하필이면 왜 이곳에 왔나? 그리고 지금 여기에 나타난 이유는 또 뭐야?"

트레비스가 속사포처럼 쏘아 대는 동안 콤포의 손은 계속 어색하게 뻗어 있었다. 트레비스가 말을 끝내자 콤포의 얼굴에서 미소가 사라짐과 동시에 손도 내려갔다. 언제나 그의 일부인 양 존재하던 평소의 그 자신만만한 태도는 어느덧 사라져 버렸고, 대신 약간 수심에 찬 표정이 나타났다. 그는 입을 열었다.

"내가 설명하지. 처음부터……"

트레비스는 힐끗 주의를 둘러보았다.

"여기서? 정말 이런 공공장소에서 이야기해도 되겠나? 자네의 거짓말이 끝나기가 무섭게 당장 내 주먹으로 자넬 때려눕힐 텐데?"

콤포는 양손을 마주 잡았다.

"그러니까 내겐 이곳이 가장 안전한 장소라네."

그러고는 상대방의 입을 막기라도 하듯 서둘러 이야기를 계속했다.

"자네가 믿든 그렇지 않든 그건 문제가 안 돼. 난 사실을 말하고 있는 것일세. 나는 자네보다 몇 시간 전에 이 행성에 도착했어. 오늘은 이곳 세이셸의 특별한 날이지. 이유는 잘 모르겠지만 어쨌든 오늘은 그들이 명상을 하는 날이야. 이날은 거의 모든 사람들이 집에서 하루를 보내네, 아니 집에서 보내야만 하지. 이곳이 텅 비어 있다는 사실을 보면 알겠지? 오늘이 다른 날과 다르다는 것 말이야."

페롤랫이 고개를 끄떡이며 말했다.

"그렇군, 나는 왜 이렇게 썰렁한가 하고 의아해했는데……."

그러고는 재빨리 트레비스의 귀에다 대고 속삭였다.

"저 사람이 말하도록 내버려 두지그래, 트레비스. 너무 비참해 보이지 않나? 사과하려고 하는 것 같은데 그에게 변명할 기회도 안 준다는 건 좀 너무한 것 같네."

트레비스가 말했다.

"페롤랫 박사님께서 네 얘기 듣기를 고대하시는 것 같아서 기회를 주겠네. 하지만 가급적 요점만 말해 주었으면 좋겠어. 잘못하면 오늘 내가 이성을 잃을지도 모르니까. 오늘이 명상을 하는 날이라면, 내가 어떤 소란을 부린다 해도 법률 집행관이 쫓아오는 일이 없겠지. 내일부터는 그런 기회가 없을 텐데 내가 왜 이런 기회를 놓치겠나?"

콤포가 진지한 목소리로 말했다.

"좋아, 날 때리고 싶으면 맘대로 하게. 피하진 않겠어. 자, 나를 치라고. 하지만 내 이야기는 반드시 들어야 하네!"

"좋아! 어디 한번 들어주지."

"골란, 우선……."

"트레비스라고 부르게. 이젠 자네와는 친근한 호칭을 부르고 지낼 사이가 아니야."

"좋아, 트레비스. 자넨 자네의 생각들을 너무나도 훌륭하게 내게 확신시켜 주었네."

"홍! 그런데도 그걸 잘도 숨겼군. 자네가 내 말에 흥미를 갖고 있다는 것을 벌써 알고 있었어."

세 사람은 천천히 그 큰 방을 따라 걸어갔다. 콤포는 짐짓 미소를 짓고 있긴 했지만, 트레비스로부터 팔 하나 거리만큼 떨어져 조심스레 행동하고 있었다.

그들은 각자 자리를 잡고 앉았다. 그러자 의자들은 각각의 무게에 따라 허리와 엉덩이 모양에 맞게 형태를 바꾸었다. 페롤랫은 깜짝 놀라 자리에서 일어서려고 했다.

"편안히 앉으십시오, 교수님."

콤포가 말했다.

"전에 이런 경우를 여러 번 보았습니다. 이들은 어떤 면에서 우리보다 앞서 있어요. 이곳 사람들은 사소한 안락함을 매우 좋아하지요."

그는 트레비스 쪽으로 몸을 돌려 한쪽 팔을 의자 뒤로 걸치고는 이야기를 시작했다.

"자넨 나를 혼란스럽게 했어. 자넨 나로 하여금 제2파운데이션이 실제로 존재한다고 생각하도록 만들었네. 그래서 나는 굉장히 당황했어. 그들이 실제도 존재한다면……, 그들로 인해 발생할 결과들을 생각해 보게. 당연히 그들은 자네의 정신을 조종하려 할 거야. 그래서 자네로 인해 가해지는 위협도 제거할 것이고 말이야. 만일 내가 자네의 말을 믿는 것처럼 행동한다면 나 역시 제거될 텐데……, 내 말의 요점을 이해하겠나?"

"알겠군, 이 겁쟁이야!"

"도대체 소설에나 나올 용맹함을 발휘한다는 게 무슨 소용이 있겠나?"

콤포는 푸른 눈을 크게 뜬 채 열띤 어조로 이야기를 계속했다.

"자네나 나, 우리의 감정을 떡 주무르듯 자기들 마음대로 할 수 있는 조직에 대항해서 버텨 낼 수 있겠나? 우리가 효과적으로 싸울 수 있는 유일한 방도는 우선 우리가 알고 있는 것을 숨기는 거야."

"그래서 자넨 그걸 숨겼고, 그래서 안전했다? 하지만 자네는 브라노 시장에게는 그 사실을 숨기지 않았지, 그렇지? 그건 더 엄청난 도박이군 그래."

"자네 말이 맞아. 하지만 그럴 만한 가치가 있다고 판단했지. 우리들끼리만 알고 있으면 우리들의 정신만 조종을 받거나 아니면 기억이 지워지는 결과를 초래한다는 생각이 들었어. 하지만 만일 시장에게 알려 준다면……, 그런데 시장은 나의 아버지를 잘 알고 있다네. 자네도 알다시피 아버지와 나는 스미르노에서 이민을 왔지. 그리고 시장의 할머니는……"

트레비스는 조바심이 난다는 듯 말을 막았다.

"알아, 안다고. 몇 대를 거슬러 올라가면 시리우스 성구(星區)의 선조들이 있지. 자네는 그 얘기를 모든 사람들에게 이미 몇 번이나 얘기했잖아. 그 얘긴 그만두고 본론만 얘기해, 콤포."

"좋아, 어쨌든 난 그녀의 주의를 끌었어. 만일 시장에게 자네 얘기를 해서 위험하다는 것을 확신시킨다면, 파운데이션 연방으로 하여금 모종의 행동을 취하게 할지도 모른다고 생각했지. 이제 우리는 뮬 시대처럼 무력하지도 않아. 가장 최악의 사태가 닥친다 해도 이 위험스러운 지식이 곳곳으로 널리 알려지게 되면 우리만 위험에 빠지는 것은 피할 수 있지 않겠나?"

트레비스는 빈정대듯 말했다.

"파운데이션이 어려움에 빠지더라도 우리만은 안전을 지키자? 그것 참 훌륭한 발상이군."

"그건 최악의 경우야. 하지만 나는 그게 최선의 방법이라 생각했지."

그의 이마는 식은땀으로 약간 축축해졌다. 그는 트레비스가 조금도 동요하지 않고 계속해서 자신을 모욕하자 긴장하는 것 같았다.

"그런데 자네는 왜 그 뛰어난 계획을 내게 말해 주지 않았나?"

"그 점에 미안하게 생각하네, 트레비스. 시장이 내게 그렇게 명령했어. 그녀는 자네가 알고 있는 사실 전부를 알고 싶어 했고, 만약 자네의 생각이 다른 사람한테 전해진 걸 자네가 알게 되면 당장 도망칠 거라고 말했지."

"정확하시군!"

"난 그녀가 자네를 체포해서 이 행성에 내동댕이칠 거라곤 꿈에도 생각질 못했네."

"그녀는 의원이라는 내 직위조차 나 자신을 보호해 주지 못할 그런 순간을 기다리고 있었어. 자넨 그런 예상도 못했나?"

"내가 어떻게? 자네 자신도 그건 예상하지 못했잖아."

"그녀가 내 생각을 알고 있다는 사실만 미리 눈치 챘어도……."

"흠, 그래? 나중에 그런 말을 하는 거야 쉽지."

"그래, 어쨌든 내게 원하는 건 뭐야?"

"내가 본의 아니게 자네에게 끼쳤던 모든 피해를 보상하는 거라네."
"저런, 친절하기도 하시지!"
트레비스가 비아냥거렸다.
"하지만 자넨 내 첫 번째 질문에 대답하지 않았어. 어떻게 이곳에 오게 되었지? 어떻게 내가 있는 바로 이 행성에 자네가 오게 되었느냐 이 말이야!"
콤포가 대답했다.
"거기에는 복잡한 답변이 필요 없다네. 난 자넬 쫓아왔어."
"초공간을 통과해서 말인가? 연속으로 도약한 내 배를 따라왔다고?"
"이상할 게 하나도 없네. 난 자네와 동일한 기종의 우주선을 가지고 있어. 똑같은 종류의 컴퓨터도 있고 말이야. 자네도 알다시피 나는 초공간을 통해서 배가 나갈 진로를 추측할 수 있어. 물론 그다지 정확한 추측은 아니었지. 세 번에 두 번 정도 잘못 추측했어. 하지만 이 컴퓨터 때문에 훨씬 더 정확해졌다네. 게다가 자넨 출발할 때 한참을 머뭇거렸지. 그래서 초공간으로 들어가기 전에 자네가 어느 방향으로 어느 정도 속도로 갈 건지를 계산할 수 있는 기회를 잡을 수 있었던 거야. 나는 데이터들을 내 예상과 함께 컴퓨터에 집어넣었어. 나머지 계산은 물론 컴퓨터가 했고 말이야."
"그래서 내가 가려던 도시를 알아낼 수 있었다?"
"그래. 자넨 중력 엔진을 사용하지 않았지만 난 그걸 사용했네. 난 자네가 이리로 올 것이라고 추측하고 곧장 날아왔지. 그러는 동안 자넨······."
콤포는 손가락으로 우주선이 유도 빔을 타고 하강하는 흉내를 냈다.
"세이셸 관리들과 말썽이 있었지?"

"흠……!"

콤포가 거부할 수 없을 정도로 매력적인 웃음을 지었다. 트레비스는 저도 모르게 마음이 풀어질 뻔했다.

콤포가 말했다.

"그렇다고 내가 항상 겁쟁이인 건 아니네."

트레비스는 다시 감정을 수습하고 냉정한 표정을 지어 가며 말했다.

"그런데 어떻게 나와 같은 종류의 우주선을 얻을 수 있었지?"

"자네가 우주선을 얻을 때와 똑같은 방법으로 얻었지. 그 늙은 여시장 브라노가 준 거야."

"왜?"

"솔직히 말하겠네. 내 임무는 자네를 추적하는 거였어. 시장은 자네가 어디로 가고 무엇을 하려는지 알아내고 싶어 했어."

"그래서 자넨 충직하게 그녀에게 보고했나?"

"본의 아니게 보고한 셈이지. 그녀는 내가 발견하지 못할 거라고 생각하고는 우주선에 초공간추적기를 몰래 설치해 놓았어. 하지만 나는 그걸 찾아냈지."

"그래?"

"그런데 불행히도 단단히 고정되어 있어서 우주선을 망가뜨리지 않고는 제거할 수가 없었어. 결과적으로 그녀는 현재 나의 위치를 알고 있다는 얘기지. 자연히 자네의 위치도 알고 있고."

"자네가 나를 추적해 오지 않았다면 내가 어디 있는지 그녀는 몰랐을 것 아닌가? 그런 생각은 안 해 봤나?"

"물론 해 봤지. 난 그저 자네를 놓쳐 버렸다고 보고하기만 하면 될 거라고 생각했어. 하지만 그녀가 날 믿겠나? 그랬다간 난 오랫동안 터미너스로 돌아가지 못할 거야. 난 자네와 달라, 트레비스. 난 혼자가 아니야. 임신 중인 아내가 있거든. 그녀에게로 돌아가고 싶어. 사실 나는 자네에게 경고하러 온 거야. 셀던의 이름을 걸고 지금 그러려고 하는 건데 자네 반응이 시원치 않군. 계속 다른 생각만 하고 있는 것 같은데……?"

"갑자기 내게 관심을 가져 주는 게 조금도 고맙게 느껴지지 않는군. 나에게 경고해 줄 수 있는 게 뭐기에? 결국 내가 조심해야 할 대상은 바로 자네 아닌가? 자넨 나를 배반하고, 이젠 또다시 배반하기 위해서 나를 쫓아다니고 있어. 다른 사람은 아무도 나에게 해를 끼치지 않고 있는데 말이야."

콤포가 진지하게 말했다.

"옛일은 잊어버려, 트레비스. 자넨 지금 피뢰침과 같은 존재야. 시장은 제2파운데이션을 끌어내리려고 자네를 내보낸 거야. 정말 그런 게 있다면 말이지. 내 생각으로는 초공간 미행 이외에도 음모를 꾸미고 있는 것 같아. 틀림없이 무엇인가를 획책하고 있어. 만일 자네가 제2파운데이션을 찾으려고 한다면, 제2파운데이션은 그걸 알아차리고 자네에 대해 모종의 행동을 취할 것 아닌가? 그렇게 되면 제2파운데이션은 스스로를 노출시키게 될 것이고, 그때 브라노 시장이 그들을 찾아 나서는 거지."

"브라노가 나를 잡으려고 할 때 자네의 그 훌륭한 직관은 뭘 하고 있었나?"

콤포가 얼굴을 붉히며 중얼거렸다.

"그 직관이란 게 항상 정확할 수만은 없다는 것은 자네도 잘 알고 있잖아."

"그런데 지금은 자네의 그 훌륭한 직관이 그녀가 제2파운데이션을 공격할 계획을 세우고 있다고 가르쳐 주고 있단 말인가? 하나 그녀는 감히 그렇게 하지 못할걸."

"아니, 반드시 그렇게 할 거야. 하지만 그게 중요한 건 아니야. 문제는 지금 자넬 미끼로 던져 놓고 있다는 거지."

"그래서?"

"그러니 자네는 절대로 제2파운데이션을 찾아서는 안 돼. 그녀는 자네가 그걸 찾다가 죽든 말든 상관하지 않겠지만, 난 그렇지 않아. 이번 일에 대해서 상당한 죄책감을 느끼고 있네."

트레비스가 또다시 비웃었다.

"야, 이거 정말 감동적인데! 하지만 다행스럽게도 난 지금 다른 일을 계획하고 있다네."

"다른 일이라고?"

"페롤랫 교수님과 나는 지구라는 행성을 탐색하고 있어. 최초 인류 발생의 행성이라고 불리는 그 행성 말이야. 그렇지요, 페롤랫 교수님?"

페롤랫이 고개를 끄덕였다.

"맞소. 이건 순전히 학문적인 관심이고, 오랫동안 내 개인적인 관심사였던 문제요."

콤포는 잠시 멍한 표정을 짓더니 중얼거렸다.

"지구를 찾는다고요? 하지만 무엇 때문에?"

"그걸 연구하기 위해서요. 인간이 하등 생물의 형태로부터 어엿한 인간의 모습으로까지 진화해 온 세계인 지구는 아주 매력적인 연구 대상이라오."

"그리고 제2파운데이션에 대해서 더 많은 것을 알려 줄지도 모르는 세계이기도 하지."

트레비스가 덧붙였다.

그러자 콤포가 말을 이었다.

"하지만 지구라는 건 없어. 그걸 모르겠나?"

"지구가 없다고?"

페롤랫이 흔히 고집 부릴 때 그러하듯 완전히 멍청한 표정을 지어 보였다.

"지금, 인류가 발생한 행성이 없다고 말하고 있는 거요?"

"아니요, 아닙니다. 물론 지구는 있었죠. 그건 의심할 바 없는 사실이지요. 하지만 지금 지구 같은 것은 없어요. 사람이 살고 있는 지구는 없다는 뜻이지요. 그건 이미 사라져 버렸어요."

"그런 말도 안 되는 얘기가 ……!"

"잠깐만요, 페롤랫 교수님."

트레비스가 말했다.

"콤포, 그걸 어떻게 알았는지 말해 보게."

"어떻게라니! 그게 무슨 뜻이야? 그건 우리 선조 때부터 전해지는 이야기야. 자네가 지겨워하지 않는다면, 다시 한 번 아까 했던 말을 되풀이하지. 난 시리우스 성구 명문가의 후손이야. 지구는 우리 성구 안에 있었기 때문에 지구에 대한 모든 걸 알고 있지. 그것은 그 성구가 파운데이션 연방의 일부가 아니기 때문에, 터미너스 사람이 그곳에 대해 신경 쓸 일이 없다는 뜻이기도 하지, 어쨌든 그곳이 지구가 있었던 곳이란 점은 확실해!"

"그렇소? 하지만 그건 하나의 또 다른 가정일 뿐이오."

페롤랫이 말했다.

"제국시대의 소위 '시리우스 제2가설'이라는 것이 있었는데, 사람들은 그것에 대해 굉장히 관심이 많았소."

"그건 가설이 아닙니다. 사실이죠!"

"내가 은하에는 지구라고 불리는, 아니 한때 지구하고 불렸던 곳들을 여러 곳 알고 있다고 한다면 뭐라고 하겠소? 그것도 그 별의 이웃에 거주하던 사람들이 그렇게 불렀다면?"

페롤랫이 묻자, 콤포가 대답했다.

"하지만 이건 사실이에요! 시리우스 성구는 은하계에서 사람들이 가장 오랫동안 거주한 곳이에요. 모두가 아는 사실이라고요."

"시리우스 사람들이 그렇게 주장할 뿐이오."

페롤랫이 꿈쩍도 않고 말하자 콤포는 실망한 표정을 지었다.

"제가 교수님께 말하려는 건……"

그때 트레비스가 말을 막고 나섰다.

"지구에 무슨 일이 일어났는지 말해 주게. 그곳에 이제 더 이상 사람이 살지 않는다고 했는데, 왜지?"

"방사능 때문이야! 행성 표면 전체가 원인을 잘 알 수 없는 핵반응 혹은 핵폭발로 인해 방사능으로 덮여 있어. 그래서 그곳에서는 어떤 생물도 살 수 없지."

세 사람은 한참 동안 서로를 물끄러미 바라보았다. 이윽고 콤포가 그 말을 되풀이해야겠다고 생각했는지 다시 한 번 강조했다.

"한 번 더 말하겠는데 지구는 없어. 그러니 찾을 필요도 없다고!"

2

야노브 페롤랫은 잠시 무표정한 얼굴을 했다. 흥분했다거나 감정이 불안하다거나 한 것은 아니었다. 극도의 긴장감이 얼굴 전체를 덮었던 것이다.

이윽고 그가 입을 열었다. 그러나 그의 목소리에 망설이는 기색은 전혀 없었다.

"당신은 그 모든 사실들을 어떻게 알게 되었다고 했소?"

"선친에게서 들은 이야기라고 하지 않았습니까?"

콤포가 대답했다.

"어리석게 굴지 마시오, 젊은이. 당신은 의원이오. 이 말은 당신은 파운데이션 연방 내 어떤 행성에서 태어났다는 뜻이오. 스미르노 행성이라고 얘기했었지, 아마?"

"맞아요."

"그래, 그러면 당신이 들은 이야기란 대체 무엇이오? 당신이 시리우스인의 유전자를 갖고 있어서, 자연스럽게 지구에 관한 시리우스인들의 지식을 알게 되었다는 말이오?"

콤포가 당황한 표정을 보였다.

"아닙니다. 물론 그런 건 아니지요."

"그러면 어떻게 그 이야기를 듣게 되었다는 거요?"

콤포는 잠시 침묵했다. 뭔가 자신의 생각을 정리하고 있는 듯했다. 그러더니 조용히 입을 열었다.

"저희 집안은 시리우스인들의 역사에 관한 오래된 책을 갖고 있어요. 그러니 유전자를 통해 알게 된 것이 아니라 외부적인 대상을 통해 알게 된 것이라고 할 수 있지요. 이런 이야기를 어떤 목적 때문에, 특히 어떤 정치적인 출세를 노려서 하는 것은 결코 아닙니다. 트레비스는 내가 그럴 거라고 생각할지 모르겠지만, 절 믿으세요. 전 그저 친한 친구라고 생각하고 해 주는 이야기니까요."

그의 목소리에는 괴로움이 배어 있었다.

"이론적으로는 모든 파운데이션 시민들이 다 비슷하게 생겼지만, 연방 행성들 중에서도 구행성 출신은 다른 신행성 출신들보다도 더 닮았어요. 따라서 파운데이션 연방 외부 행성 출신들은 좀 다르지요. 하지만 그런 건 개의치 마세요. 아무튼 책은 그렇다 치고 나는 한때 구행성을 방문한 적이 있었지요. 이봐, 트레비스!"

그때 트레비스는 방 한쪽 끝으로 걸어가 삼각형 창문 너머를 바라보고 있었다. 그 창문은 시야에 하늘의 전경이 들어오게 하면서도 도시 전경을 축소시켜 도시를 한층 밝고 내밀한 모습으로 만들어 보여 주고 있었다. 트레비스는 다시 황량한 방을 가로질러 되돌아왔다.

"창문 모양이 재미있군. 날 불렀나, 의원?"

트레비스가 물었다.

"그래. 내 졸업 여행, 기억나나?"

"졸업한 다음에 했던 여행 말인가? 그때 우린 한패거리였지. 영원한 단짝, 믿음직한 파운데이션, 그 세계에 대항하고 있는 한패거리! 자넨 여행을 떠났고, 난 애국심에 가득 차서 우선 군에 입대했고……, 어쨌든 난 자네와 함께 여행하고 싶지 않았어. 뭔가 본능적으로 그렇게 해서는 안 된다는 생각이 들었지. 난 앞으로도 그런 본능이 계속 남아 있기를 바란다네."

콤포는 그의 말을 개의치 않고 이야기를 계속했다.

"난 콤포렐론을 방문했지. 가문에 전해지는 이야기로는 내 선조들이 그곳에서 왔다고 하더군. 적어도 아버지 쪽은. 제국이 우리를 흡수하기 전에 옛날에는 우리 가문도 지배층이었고 내 이름도 그 행성에서 따온 것이라더군. 우리 가문에는 콤포렐론의 위성인 '입실론 에리다니'라는 꽤 시적인 이름도 있지."

"그게 무슨 뜻이오?"

페롤랫이 물었다.

콤포가 머리를 저으며 대답했다.

"그게 어떤 뜻인지는 몰라요. 다만 전해지는 이름이라는 것밖에는……. 그 밖에도 많은 이야기가 전해지지요. 그곳은 오래된 행성이었는데, 지구의 역사에 관한 오래되고 자세한 기록들이 있지요. 하지만 그것에 관해서는 아무도 이야기하지 않아요. 그곳 사람들은 지구에 관한 한 미신적으로 생각한답니다. 그 단어를 들을 때마다 그들은 불행을 물리치기 위해 두 손을 들어 올려 엄지와 검지를 겹치지요."

"그곳에서 돌아왔을 때 그런 이야기를 다른 사람에게 한 적이 있소?"

"물론 안 했지요. 누가 그런 데 관심이 있겠어요? 저도 굳이 말하고 싶지 않았어요. 전혀! 전 정치권에서 힘을 키워 나가고 싶었고, 그래서 가능한 제 외국 혈통에 대해 밝히고 싶지 않았습니다."

"위성에 대해서는 어떻소? 지구의 위성에 대해 설명해 주시오."

페롤랫이 재빨리 말했다.

콤포는 깜짝 놀라는 듯했다.

"그것에 대해서는 전 아무것도 몰라요."

"지구에는 위성이 하나 있지 않소?"

"그에 관해서는 전혀 들은 기억이 없는데요? 하지만 콤포렐론에 있는 기록들을 참고해 보면 틀림없이 그에 관한 사실들을 알게 되겠죠."

"하지만 당신은 아무것도 모른다고 하지 않았소?"

"위성에 관해서는 몰라요. 제가 기억하는 한에서는."

"흠, 그런데 지구는 어떻게 방사성 행성이 되어 버렸소?"

콤포는 머리를 가로저으며 아무 말도 하지 않았다.

페롤랫이 말했다.

"잘 생각해 보시오. 당신은 뭔가 그에 관해 들은 게 있을 거요."

"7년 전엔가 한번 들었던 적이 있었죠, 교수님. 그런데 왜 그걸 지금 제게 물어보는지 모르겠군요. 어쨌든 일종의 전설이 있어요. 그들은 그걸 역사라고 여기고 있지만……."

"전설이라니?"

"지구는 방사성 행성으로서 제국에 의해 배척당했고, 그로 인해 인구도 감소했다는 이야기였죠. 그래서 지구는 어떻게든지 제국을 파괴하려고 했다는 거예요."

트레비스가 그의 말에 끼어들었다.

"죽어 가는 행성이 제국 전체를 파괴하려 했다고?"

콤포의 말투가 방어적인 어조로 바뀌었다.

"전설이라고 했잖은가? 세세한 것은 나도 몰라. 벨 아바단이 그 이야기와 관련이 있어, 내가 알기로는."

"그게 누군데?"

트레비스가 물었다.

"역사적인 인물이지. 난 그를 존경해. 그는 제국 초기 시대에 살았던 은하에서 가장 정직한 고고학자였네. 그는 지구가 시리우스 성구에 있다고 주장했었지."

"나도 그 이름은 들어 본 적이 있소."

페롤랫이 동조했다.

"그는 콤포렐론의 전설적인 영웅이야. 자네가 그런 사실들에 대해서 알고 싶다면 콤포렐론으로 가게. 이곳에서 어슬렁거려 봐야 소용없어."

페롤랫이 물었다.

"지구가 제국을 어떻게 파괴시키려 했소?"

"모르죠."

어느새 콤포의 목소리는 무뚝뚝해졌다.

"그 방사능은 무엇과 관련이 있는 거요?"

"몰라요. 하지만 무엇인가가 지구에서 정신력을 확대시킨 것이 있다는 이야기를 들은 적은 있어요. '시냅시파이어'라든가 하는 이름이던데……?"

"그게 초정신을 만들어 냈다는 거요?"

페롤랫이 믿기지 않는다는 듯한 어조로 물었다.

"그렇게 생각하지는 않아요. 제가 주로 기억하고 있는 것은 그것이 제대로 성공하지 못했다는 것입니다. 사람들이 매우 똑똑해졌지만 젊은 나이에 죽었대요."

트레비스가 말했다.

"그건 아마 교훈적인 신화일 겁니다. 그렇게 많이 물어보면 오히려 물었던 것도 잊어버리지 않을까요, 교수님?"

페롤랫이 귀찮다는 듯 트레비스 쪽을 보았다.

"교훈적인 신화에 대해 자네가 뭘 안다고?"

트레비스가 눈썹을 추켜올렸다.

"물론 교수님이 연구하고 있는 분야에 대해서는 잘 모르지요. 하지만 그렇다고 제가 전혀 무지한 건 아니에요."

페롤랫이 다시 물었다.

"콤포 의원, 소위 시냅시파이어에 관해서 그밖에 무얼 알고 있소?"

"아무것도요, 더 이상 심문을 받고 싶지 않군요. 트레비스, 난 시장의 명을 받아서 자넬 추적해 왔네. 자네와의 개인적인 접촉을 명령받지는 않았어. 난 자네가 추적당하고 있다는 걸 경고하러 여기에 온 걸세. 그리고 어떤 일인지는 모르지만, 자넨 시장의 목적을 이루기 위해서 이곳에 보내진 거야. 이제 더 이상 자네와 토론할 일은 없어. 그런데 자넨 갑작스럽게 지구에 관한 문제를 끄집어 내서 나를 놀라게 하는군. 자, 다시 한 번 반복해 주지. 과거에 벨 아바단이든 시냅시파이어든 무엇이 존재했든지, 그것들은 지금 존재하는 것과 아무런 상관이 없네. 자네에게 다시 말해 두겠네. 지구는 죽은 행성이야. 자네에게 강력히 충고하네만 콤포렐론으로 가게. 그곳에서는 자네가 알고 싶어 하는 것들을 찾아낼 수 있을 거야. 어서 이곳을 떠나게."

"그러면 자넨 물론 시장에게 우리가 콤포렐론으로 가고 있다고 공손하게 보고하겠지? 그러고는 확인하기 위해서 우릴 쫓아올 테고……. 아니면 시장이 이미 알고 있는지도 모르지. 내 상상으로는 그녀가 이곳에서 자네가 우리에게 한 말을 미리 자네에게 되풀이시키면서 세심하게 지도했을 것 같은데? 왜냐하면 시장이 원하는 것은 우리가 콤포렐론에 있는 것일 테니 말일세. 어때, 내 말이 맞지 않나?"

콤포의 얼굴이 창백해졌다. 그는 일어서더니 목소리를 조절하려고 애쓰며 더듬더듬 말했다.

"난 자네에게 내 행동을 해명하고 싶었어. 도움이 되고자 했단 말일세. 그러지 말았어야 했는데……. 자넨 지금 자신을 블랙홀로 던지고 있는 거야, 트레비스."

그는 갑자기 휙 돌아서더니 뒤도 돌아보지 않고 나가 버렸다.

페롤랫은 약간 어리벙벙한 표정이었다.

"이건 분별없는 행동이야, 트레비스. 콤포에게서 더 많은 걸 알아낼 수 있었을 텐데……."

"아니, 그렇지 않았을 겁니다!"

트레비스가 음울한 표정으로 말했다.

"한 가지도 알아낼 수 없었을 겁니다. 콤포의 의도는 그런 게 아니었어요. 박사님은 저자가 어떤 자인지 몰라서 그래요. 저도 오늘까지 저자가 어떤 자인지 몰랐거든요."

3

페롤랫은 트레비스에게 말을 걸까 어쩔까 망설였다. 트레비스는 꼼짝 않고 앉아서 깊은 생각에 잠겨 있었다. 마침내 페롤랫이 말을 꺼냈다.

"밤새도록 이러고 앉아 있을 건가, 트레비스?"

트레비스가 흠칫하며 대답했다.

"아, 아니에요. 교수님 말대로 주위 사람들에게서 벗어나는 게 좋겠군요. 갑시다!"

페롤랫이 일어서며 말했다.

"우리 주위에 사람들은 없을 걸세. 콤포의 말에 따르면 오늘은 무슨 명상일이라고 하지 않았나?"

"그렇게 말했던가요? 우리가 지상차로 길을 따라 올 땐 차들이 있었잖아요?"

"그래, 드문드문 있었지."

"하긴 아주 적은 수였던 것 같군요. 그러면 우리가 이 도시로 들어올 때도 비어 있었나요?"

"특별히 그랬던 건 아니지만, 어쨌든 이제 이곳이 비어 있다는 것을 인정하는 건가?"

"그래요. 이곳은 비어 있어요. 그런데 배가 고프군요. 어딘가 식사할 곳이 있을 거예요. 뭔가 좋은 요깃거리를 찾아봅시다. 뭔가 세이셸식의 새로움을 즐길 수 있는 곳을 찾을 수 있을 거예요. 그런 음식이 겁난다면 은하표준식이라도 괜찮고요. 일단 주위가 안전해지면 박사님께 이곳에서 실제로 어떤 일이 벌어진 건지 얘기해 드릴게요."

4

트레비스는 뭔가 새로움이 주는 유쾌함을 즐기고 있었다. 식당은 터미너스 기준으로 볼 때 비싼 편은 아니었다. 하지만 확실히 참신한 데가 있었다. 음식을 준비하는 곳에서 나는 열기로 식당은 따뜻했다. 고기는 여러 가지 매운 소스가 곁들여져 한입에 먹을 수 있는 크기로 조리되어 나왔다. 음식들은 손가락으로 집어먹게 되어 있었는데, 손가락이 데거나 기름이 묻지 않도록 음식 조각들을 싸는 부드러운 초록색 잎사귀가 함께 나왔다. 이 잎사귀들은 차갑고 축축했는데 은은한 박하향이 났다.

고기 조각들은 잎사귀 하나씩에 싸여 나와서 몽땅 입속에 넣고 먹게 되어 있었다. 식당 종업원은 그걸 어떻게 먹는지에 대해 조심스럽게 설명해 주었다. 그는 외부 행성에서 온 손님들에게 익숙한 듯, 트레비스와 페롤랫이 조심스럽게 김이 나는 고기 조각을 집어 올리는 것을 빙그레 웃으며 바라보았다. 잎사귀들이 손가락에 열이 전달되는 것을 차단해 주고, 고기를 씹을 때 너무 뜨겁지 않도록 해 준다는 것을 발견한 외국인들이 안도의 표정을 짓는 것을 보며 그는 은근히 기뻐하는 것 같았다. 트레비스가 감탄을 했다.

"와, 맛있는데!"

결국 그는 한 접시를 더 시켰다. 페롤랫 역시 마찬가지였다.

그들은 스펀지처럼 구멍이 나 있고 달콤한 맛이 나는 후식과 캐러멜 향이 그윽한 커피를 마셨다. 커피향이 좀 이상한 것 같다고 둘은 마주 보며 고개를 저었다. 그들이 커피에 시럽을 넣는 것을 보고 종업원이 고개를 흔들었지만 이미 때는 늦었다. 페롤랫이 말했다.

"그런데 여행자 센터에서 무슨 일이 일어난 거지?"

"콤포와 같이 있을 때 말입니까?"

"그거 말고 우리가 토론할 다른 문제라도 있었나?"

트레비스는 주위를 돌아보았다. 그들은 식당 구석에 자리를 잡고 있었으므로 얼마간 은밀한 대화를 나눌 수 있었다. 게다가 식당은 사람들로 붐벼서 와글거리는 소리들로 매우 시끄러웠다. 그는 낮은 음성으로 말했다.

"세이셸까지 우리를 따라온 게 이상하지 않아요?"

"자기는 우주선 조종의 귀재라고 그가 말했잖아."

"그래요. 그는 초공간 추적에서 전 대학 챔피언이었죠. 그 점에 대해서는 오늘까지도 전혀 의심을 품지는 않아요. 전 설사 교수님이라 하더라도 숙련된 기술까지는 아니지만 일종의 반사 신경을 가지고 있다면,

다른 사람이 어떻게 도약을 준비하는지를 알고 어디로 도약할 건지를 판단할 수 있을 거라고 생각해요. 하지만 난 추적자가 어떻게 우리가 연속 도약을 하리라고 판단할 수 있었는지에 대해서도 도저히 이해가 안 가요. 우리는 다만 최초의 도약만 준비했을 뿐이고 나머지는 컴퓨터가 모두 알아서 했거든요. 추적자가 최초의 도약은 판단할 수 있었겠지만, 도대체 어떤 기술로 컴퓨터의 중추부에 있는 것까지 추측해 냈을까요?"

"하지만 그자는 해냈어, 트레비스."

"물론 그랬지요."

트레비스가 말했다.

"제가 생각할 수 있는 유일한 가능성은 우리가 어디로 가고 있는가를 알고 있었다는 것이죠. 미리 알고 있었던 것이지, 판단한 것이 아니라는 말입니다."

페롤랫은 잠시 생각에 잠기는 듯했다.

"그건 불가능해. 이보게, 그가 어떻게 알 수 있었겠는가? 우리도 파스타호에 승선한 다음에야 목적지를 정했는데 말이야."

"저도 그 점은 알고 있어요. 그러면 오늘이 명상일이라는 사실에 대해서는 어떻게 생각하세요?"

"콤포는 우리에게 거짓말을 하지 않았어. 종업원도 우리가 이곳으로 돌아와 그 사실을 물어보았을 때 명상일이라고 했잖아."

"그래요, 그도 그렇게 말했죠. 하지만 그는 식당은 문을 닫지 않는다고 했어요. 그가 했던 말은 '세이셸 시는 시골이 아니에요. 모든 곳이 다 문을 닫지는 않아요.'였죠. 다른 말로 하면 일반인들은 명상을 하지만 이런 큰 도시에서는 하지 않는다는 뜻이지요. 이곳에 사는 사람들은 이미 소박함을 잃었기 때문에 작은 도시에서 보이는 경건함이 자리할 여지가 없지요. 그래서 이곳은 차도 다니고 바쁘게 움직이죠. 물론 평상시만큼 분주하지는 않을 테지만요."

"하지만 트레비스, 우리가 그곳에 있는 동안 여행자 센터에는 한 사람도 오지 않았어. 아무도 들어온 사람이 없었단 말이야."

"저도 그건 알고 있어요. 저는 창문으로 걸어가서 밖을 내다보기까지 한 걸요. 센터 주위 거리에는 사람들이 드문드문 걸어 다니거나 차를 타고 다니고 있었어요. 하지만 아무도 그곳으로 들어오지는 않았지요. 명상일은 좋은 구실이 되었던 겁니다. 만약 내가 그 사기꾼 같은 놈의 말을 의심하지 않았다면 우린 운 좋게 다른 사람들의 눈에 띄지 않고 사적인 대화를 나눌 수 있었던 행운에 대해 감사를 할 뻔했던 겁니다."

페롤랫이 물었다.

"아니, 도대체 자네의 그런 이야기들은 무얼 의미하는 건가?"

"그런 아주 간단해요, 페롤랫 교수님. 우리가 출발하자마자 어디로 갈지를 알고 있는 사람이 이곳에 있었다는 겁니다. 비록 그자와 우리는 서로 떨어져 있는 우주선에 있었지만 말입니다. 게다가 그자는 우리가 편안하게 은밀한 이야기를 나눌 수 있도록 공공건물을 텅 비워 놓게 만들 수도 있는 능력을 가진 사람이란 말이에요."

"그런 기적을 행하는 사람이 있다는 것을 나보고 믿으란 말인가?"

"그렇습니다. 콤포가 제2파운데이션의 정보원이며 교수님과 제 정신을 조절할 수 있다고 가정할 때의 얘기지요. 그가 멀리 떨어진 우주선에서 교수님이나 제 마음을 읽을 수 있다면, 또 출입국 관리소에 영향을 행사할 수도 있다면 말이에요. 또 무선 전파를 외면해도 국경 정찰선한테 제지를 안 받고 중력비행으로 착륙할 수 있고, 게다가 필요할 때에 사람들 마음에 영향을 미쳐서 건물로 안 들어오게 만들 수 있다면 말입니다."

트레비스는 불만이 가득한 어투로 이야기를 계속했다.

"맹세컨대 전 그런 사실들을 졸업할 무렵까지로 거슬러 올라가서 확인할 수 있어요. 전 그와 함께 여행하지 않았어요. 제가 원치 않았던 걸로 기억합니다. 그것도 일종의 그의 영향이 아닐까요? 그는 혼자여야 했습니다. 그는 그때 어디로 갔던 걸까요?"

페롤랫이 앞에 있던 접시를 밀어냈다. 마치 생각하는 데 필요한 공간을 확보하려고 주위를 깨끗이 하는 것 같았다. 그건 그들의 곁에 멈춰 서서 그들이 접시와 포크를 자기 위에 놓기를 기다리고 있는 식당의 보조 로봇인 자동 이동 테이블에 신호를 보내는 몸짓 같았다.

그들만 남게 되었을 때 페롤랫이 입을 열었다.

"하지만 어리석은 생각이네. 자연스럽게 일어나지 않는 일이란 없네. 일단 누군가 사건들을 조작하고 있다는 생각이 들게 되면 모든 걸 그에 맞춰 해석하게 돼. 그렇게 되면 합리적인 판단을 할 수가 없지. 이보게, 모두 해석하기 나름이야. 그런 과대망상증에 더 이상 시달리지 말게."

"안일한 생각에 빠져 있을 수는 없어요."

"좋아, 그럼 우리 상황을 논리적으로 생각해 보세. 만일 그가 제2파운데이션의 정보원이었다면 왜 여행자 센터를 텅 비게 만들어서 우리의 의심을 샀겠나? 또 우리 주위에 몇 사람 정도 있다고 쳐도 필경 그들은 자기들 문제에 골몰해서 우리에게는 관심도 쏟지 않았을 텐데……. 설사 남들이 있다 해서 그것이 무슨 차이가 있다고?"

"그건 대답하기 쉽죠, 페롤랫 교수님. 우리의 마음을 가까이에 두고 관찰하고 싶었던 겁니다. 그리고 다른 이들로부터 어떤 간섭도 받고 싶지 않았던 거예요."

"그것 또한 아전인수식 해석일 뿐이야. 그와 나눈 대화 가운데 무엇이 그렇게 중요한 건가? 그가 스스로 주장했듯이 그는 단지 과거에 자신이 저질렀던 일을 해명하고 용서받고 우리에게 우리 앞에 기다리고 있는 위험을 경고하기 위해서 우리를 만났다고 가정해도 이치에 맞지 않은가? 그런데 우린 왜 그 이상으로 생각해야 하는가?"

저쪽 테이블 가장자리에 있는 작은 카드꽂이가 눈에 띄지 않게 반짝이더니 음식 값을 알리는 숫자들을 나타냈다. 트레비스는 전대띠 밑을 더듬어 크레디트를 꺼냈다. 그 크레디트는 파운데이션 발행으로 되어 있어서 파운데이션 시민이 가고 싶어 하는 곳이면 은하계 어디에서나 쓸 수 있는 것이었다. 그는 적당한 슬롯에 그걸 끼웠다. 처리하는 데 시간이 좀 걸렸다. 트레비스는 본능적으로 다시 주머니에 넣기 전에 나머지 잔액을 확인해 보았다.

그는 주위를 조심스럽게 둘러보며 아직도 식당에 앉아 있는 몇 명의 손님들 중에 그에게 쓸데없이 관심을 보이는 얼굴은 없는지 확인해 보았다. 그러고는 페롤랫에게 말했다

"왜 그 이상으로 생각하느냐고요? 그게 그가 이야기하고자 했던 전부가 아니니까 그렇죠. 그는 지구에 관해서 이야기했어요. 그는 지구가 죽었으니 우리에게 콤포렐론으로 가라고 강력히 권했어요. 그렇게 할까요?"

"그게 내가 생각하고 있던 바일세, 트레비스."

"그럼 당장 이곳을 떠날까요?"

"이곳은 시리우스 성구를 조사한 후에 다시 돌아올 수 있어."

"우리를 보러 온 그의 목적이 세이셸에서 우리를 쫓아내는 거라는

생각은 들지 않으세요? 그들은 우리가 트랜터로 가기를 기대했어요. 그건 교수님이 원하던 거고 아마도 그들이 바라던 바일지도 몰라요. 제가 세이셸로 가자고 해서 일이 엉망으로 되었죠. 그래서 지금은 우리를 이곳에서 몰아내려고 하고 있는 거죠."

페롤랫은 아주 언짢은 기색이었다.

"그런데 트레비스, 자넨 자꾸 새로운 얘길 만들어 내고 있구먼. 그들이 무엇 때문에 우리가 이 세이셸에 머무르는 걸 원치 않는다는 건가?"

"저도 몰라요, 페롤랫 교수님. 하지만 그들이 우리가 이곳을 떠나기를 바라고 있다는 것만으로도 저한테는 충분합니다. 그러니 이곳에 머물 겁니다. 전 떠나지 않을 거예요!"

"하지만……. 이보게, 트레비스. 만일 제2파운데이션이 우리가 떠나는 걸 바란다면 그들은 왜 우리로 하여금 떠나고 싶어 하도록 마음을 조작하지 않았을까? 왜 그 편한 방법을 두고 우리를 논리적으로 설득해야 하는 귀찮은 방법을 택했을까?"

"교수님이 그런 생각을 할지도 모르기 때문이 아닐까요?"

트레비스는 이렇게 말하면서 갑작스럽게 의심스럽다는 듯 눈을 가늘게 떴다.

"떠나고 싶지 않으세요?"

페롤랫이 놀라서 트레비스를 바라보았다.

"난 떠나는 것이 좋겠다는 생각이 드는데?"

"물론 그러시겠죠. 교수님이 그들의 영향을 받았다면……."

"하지만 난 아니야!"

"물론 교수님은 영향을 받았더라도 그렇지 않다고 맹세하겠죠."

페롤랫이 말했다.

"이런 식으로 날 몰아세우면 자네는 자네의 주장을 증명할 길이 없게 되네. 그래, 그렇다면 어떻게 할 셈인가?"

"전 이곳 세이셸에 남을 겁니다. 그리고 교수님도 이곳에 남지 않을 수 없을 겁니다. 저 없이는 항해를 하실 수 없으니까요. 만일 콤포가 교수님께 영향을 끼쳤다면 그건 실수한 거죠."

"좋아, 트레비스. 나 혼자 이곳을 떠날 이유가 생길 때까지 세이셸에 남기로 하지. 우리가 할 수 있는 최악의 일은, 즉 떠나거나 남거나 하는 일보다 더 나쁜 일은 서로 싸우는 거야. 생각해 보게, 만일 내가 영향을 받았다면 내가 마음을 바꾸어 자네와 즐겁게 지낼 수 있을 것 같은가? 지금 내가 하는 것처럼 말이야."

트레비스는 잠시 생각하는 것 같더니 진심에서 우러나오는 미소를 지으며 손을 내밀었다.

"동감입니다, 페롤랫 교수님. 자, 배로 돌아가서 내일을 위해 준비해야죠."

5

먼 리 콤포는 언제 자신이 그들에게 스카우트되었는지 기억하지 못했다. 그 이유는 당시 그가 너무 어렸기 때문이었고, 제2파운데이션이 가능한 한 철저하게 그 흔적을 말살시켜 버렸기 때문이었다.

콤포는 '정보원'이었는데, 그는 제2파운데이션의 눈에 즉각 띌 만한 자질을 갖고 있었다. 그것은 콤포가 정신학에 대해 어느 정도 알고 있었고, 어느 정도까지는 제2파운데이션들과 그들의 방식에 따른 대화가 가능했다는 것을 의미했다. 하지만 그의 등급은 최하위였다. 그는 마음을 어렴풋하게나마 읽을 수 있었지만 조절할 수는 없었다. 그는 그 이상 교육받지 못했다. 그는 다만 '정보원'이었지 '발언자'는 아니었던 것이다.

그 때문에 기껏해야 그는 계급 서열 2위에 머무를 수밖에 없었지만, 그런 사실에 그다지 개의치 않았다. 그는 이번 계획에서 자신의 역할이 갖는 중요성을 잘 알고 있었다.

제2파운데이션은 설립된 처음 몇 세기 동안에는 장래에 행하게 될 임무에 대해 상당히 과소평가하곤 했었다. 제2파운데이션의 소수 구성원들은 전 은하를 감시하면서 셀던 프로젝트를 유지하기 위해서는 이곳저곳을 아주 가볍게, 그리고 아주 가끔씩 건드리기만 하면 된다고 생각했었다.

그러나 뮬은 이런 환상을 여지없이 깨뜨렸다. 어디선지도 모르게 나타난 그는 제2파운데이션에 불의의 일격을 가해(물론 제1파운데이션도 그러했지만 그건 문제가 안 되었다.) 고립무원의 처지에 빠지게 만들어 놓았다. 반격이 조직화되기까지는 5개월이 걸렸고 그 사이에 몇 명은 목숨까지 잃어야 했다.

제2파운데이션의 지도자 프림 팔버는 상당히 고통스러운 대가를 치른 후에야 완전한 회복을 이룰 수 있었다. 마침내 그는 차후에 다시 이런 일이 벌어지지 않도록 적절한 대책을 세웠다. 제2파운데이션의 존재가 발각될 위험성을 줄이면서 동시에 그 활동 영역을 크게 확장시키기 위해 '정보원 부대'를 창설했던 것이다.

콤포는 터미너스에 얼마나 많은 정보원들이 있는지, 그리고 은하계 전체에 얼마나 널리 퍼져 있는지 알지 못했다. 그건 자신이 알아야 할 문제가 아니었다. 각각의 정보원들은 서로의 존재를 감지할 수 없도록 되어 있었다. 그래야만 한 사람의 상실이 다른 사람에게 파급되지 않을 수 있었다. 모든 정보원들은 트랜터에 있는 제2파운데이션의 높은 계급을 가진 사람들과 연결되어 있었다.

언젠가는 트랜터로 가는 것이 콤포의 야심이었다. 그것이 거의 불가능하다는 생각은 하고 있지만, 비록 드물기는 했어도 때때로 정보원도 트랜터의 고위직으로 진급하는 경우도 있기 때문에 그런 야심을 버릴 수는 없었다. 그러나 훌륭한 정보원에 걸맞은 자질은 발언자 회의인 '테이블'에 참석하는 사람들의 자질과는 전혀 다른 것이었다.

예를 들어 젠디발은 콤포보다 네 살 아래였다. 그는 콤포와 마찬가지로 소년 시절에 제2파운데이션에 스카우트되었다. 하지만 그는 곧장 트랜터로 차출되어 지금은 발언자가 되어 있다. 하지만 콤포는 어째서 자기만 그렇게 되었는지에 대해 쓸데없는 회의를 품지는 않았다. 그는 최근에 젠디발과 여러 번 접촉을 했었고 그 젊은 친구의 정신력을 경험할 수 있었다. 그는 젠디발의 정신력에 맞서서 단 1초도 버틸 수 없을 것 같았다.

콤포는 가끔 자신의 낮은 지위를 인식했다. 하지만 그런 생각을 할 기회가 많은 것은 아니었다. 다른 정보원들의 경우도 그러하지만, 그들의 지위가 낮다는 것은 트랜터의 기준에서만 그럴 것이었다. 트랜터의 행성이 아닌 곳에서, 즉 정신학의 수준이 낮은 곳에서는 오히려 정보원들이 높은 지위를 얻기가 쉬웠다.

예를 들어 콤포는 좋은 친구를 찾거나 좋은 학교에 들어가기 위해 노력할 필요가 전혀 없었다. 그는 아주 간단한 방법으로 정신학을 사용해서 그의 천성적인 직관 능력을 높일 수 있었다(그가 처음 스카우트된 이유는 바로 이러한 천성적인 직관력 때문이었을 것이라고 그는 확신하고 있다.). 이런 식으로 그는 자신의 능력을 사용하여 초공간 추적에서 명실 상부한 스타가 되었다. 그는 대학에서 영웅이 되었고, 이는 그의 최초의 정치적 경력이 되어 주었다. 지금의 위기가 자신을 얼마나 더 키워 줄지는 아무도 모를 일이었다.

위기 자체가 성공적으로 해결된다면, 트레비스를 주목한 최초의 사람이 콤포였다고 기억되지 않을까?

콤포는 대학에서 트레비스와 우연히 만났을 때, 처음에는 그를 단지 명확하고 재치 있는 친구로만 보았다. 그런데 어느 날 아침 선잠에 취한 채 의식 속을 천천히 헤쳐 나가고 있을 때, 갑자기 그 의식의 흐름 속에서 트레비스가 스카우트되지 않았다는 사실이 얼마나 안타까운 일인가 하는 생각이 떠올랐다.

트레비스는 물론 스카우트될 수 없었다. 그는 터미너스 출신이었지 콤포처럼 다른 행성의 원주민도 아니었기 때문이었다. 또한 시기적으로도 너무 늦었다. 충분한 유연성을 가진 어린아이들만이 정신학 교육을 받을 수 있었다. 과학 이상의 그 무엇을 가지고 있는 이 정신학 교육을, 어린아이가 아닌 어른의 뇌를 대상으로 실시했던 시기는 셀던 이후 처음 두 세대뿐이었다.

하지만 일차적으로 트레비스가 스카우트될 정도로 영리하였다면, 그가 나이가 많든 적든 콤포가 그 문제에 대해 관심을 가질 만한 이유도 없었을 것이다.

다음 날 만났을 때, 콤포는 트레비스의 마음을 깊숙이 뚫고 들어가 최초로 자신을 동요시킨 원인이 무엇인가를 찾아보았다. 그러나 트레비스의 마음은 콤포가 배운 규칙들에 들어맞지 않는 특성을 가지고 있었다. 몇 번이나 시도했지만 그것은 거듭 그의 손을 빠져나갔다. 그러한 움직임을 조절하는 과정에서 그는 어떤 특이한 의식의 단절을 발견했다. 아니, 실질적인 단절은 아니었다. 그것은 '비존재의 단절'이라고 할 수 있는 것이었다. 그 부분에서 트레비스의 마음은 둘로 크게 나뉘어져 더 이상 추적하기가 곤란했다.

콤포는 그것이 무엇을 의미하는지 판단할 수 없었지만 그가 이미 발견했던 바에 비추어 트레비스의 행동을 지켜보면서, 뭐라고 딱 잘라 말할 수 없는 어떤 불가사의한 능력을 그가 지니지 않았을까 의심이 들기 시작했다. 그 능력이 의식의 단절과 어떤 관련이 있는 것은 아닐까? 확실히 이것은 콤포의 능력을 넘어서는 정신학의 문제였다. 필경 발언자 회의에서 다루어질 수밖에 없는 그러한 문제였다. 그는 자신에게는 파악되지 않는 트레비스의 뛰어난 능력에 대해 불안한 생각을 떨칠 수가 없었다. 콤포의 지식은 불충분했다. 그는 트레비스가 지닌 능력이 무엇을 의미하는지 알 것도 같았지만 확실하지 않았다. 다만 본능적으로 내릴 수 있는 결론, 아니 다만 추측이 있을 뿐이었다. 트레비스가 잠재적으로 아주 중요한 인물일 거라는…….

콤포는 이러한 가능성을 포착하기 위해서 자신의 지위가 실추되는 위험도 무릅써야만 했다. 그러다가 만일 그가 옳다는 것이 확인되면…….

그러나 아무리 기억을 더듬어도 자신이 어떻게 그 일들을 계속 추진해 볼 용기가 생겼는지는 확실하지 않았다. 그는 테이블 주위에 처져 있는 행정의 장벽을 뚫으려 해 보았으나 거듭되는 실패만 반복하였다. 마침내 그는 절망적인 기분으로 테이블에서 가장 나이 어린 구성원을 상대로 접촉을 시도해 보았다. 그러자 마침내 응답이 왔다. 그의 이름은 스토 젠디발이었다.

젠디발은 참을성 있게 그의 이야기를 들어 주었고 그때부터 그와 젠디발 사이에는 특별한 관계가 성립하게 되었다. 콤포가 트레비스와의 관계를 지속할 수 있었던 것도 젠디발 덕분이었다. 젠디발의 지시에 따라 그는 트레비스를 추방당하는 상황으로 이끌었다. 콤포가 제2파운데이션에서 진급하는 꿈을 달성하는 것도 젠디발을 통해서일 것이다(그는 희망을 갖기 시작했다.).

그는 트레비스를 트랜터로 보내려는 모든 준비들을 이미 마친 상태였다. 그런데 돌연 트레비스가 트랜터로 가지 않겠다고 하니 콤포로서는 놀라지 않을 수 없었다. 이것은 젠디발도 예상치 못했던 상황이었다.

어쨌든 젠디발은 위기감을 고조시키고 있는 진원지인 콤포에게로 서둘러 가고 있었다.

콤포가 초신호를 보냈기 때문이었다.

6

젠디발은 그의 마음을 건드리는 어떤 감촉을 느끼고 잠에서 깨어났다. 효율적이고도 불쾌감을 거의 주지 않는 자극이었다. 각성 중추를 직접 자극했기 때문에 그는 즉시 깨어날 수 있었다.

그는 침대에서 일어나 앉았다. 그의 잘빠지고 고르게 근육 잡힌 상반신에서 침대 시트가 미끄러지며 흘러내렸다. 그는 자신을 자극했던 감촉을 알아냈다. 그 차이는 주로 음성으로 대화하는 사람들에게 들리는 목소리만큼이나 뚜렷한 것이었다.

젠디발은 표준 신호를 보내서 약간 지체해도 괜찮겠느냐고 물었다. 그러자 '급하지 않다'는 신호가 되돌아왔다.

그래서 젠디발은 필요 이상으로 서두를 필요가 없다는 듯이 평상시의 아침처럼 행동했다. 그는 우주선 샤워실에 있었다. 사용한 물을 사용 장치로 배출하고는 다시 접촉을 시도했다.

"콤포?"

"그렇습니다, 발언자."

"트레비스와 또 다른 한 사람과 이야기해 보았나?"

"예. 그는 페롤랫, 야노브 페롤랫입니다, 발언자."

"좋아. 내게 5분만 더 주게. 영상을 맞춰 놓겠네."

조종실로 가는 길에 그는 슈라 노비를 지나쳤다. 그녀는 의아스럽다는 듯이 그에게 뭔가 말하려다가 그가 손가락을 입술에 대는 시늉을 하자 입을 다물었다. 젠디발은 여전히 노비의 마음속에 있는 그에 대한 숭배 혹은 존경의 마음이 다소 거북스러웠지만, 이제는 어쨌든 이 역시 그를 둘러싼 환경의 일부가 되어 가고 있었다.

그는 그녀에게 마음의 촉수를 뻗었다. 이제는 그녀에게 영향을 주지 않고 마음을 건드릴 수는 없었다. 그녀의 마음은 아주 단순하여(그 순수한 균형미를 바라보고 있노라면 언제나 풍부한 심미적인 즐거움을 느낄 수 있었다.) 만일 외부에 정신 역장이 존재한다면 그들에게 감지되지 않을 수 없게 되어 있었다. 그는 그녀를 처음 만났을 때 그녀를 감동시켰던 그 친절한 충동, 즉 그녀를 가장 중요한 순간에 자신에게 정확하게 인도해 주었던 그 충동에 대해 깊이 감사하고 있었다.

"콤포?"

"그렇습니다, 발언자."

"긴장을 풀게. 자네 마음을 조사해야만 하네. 다른 뜻은 전혀 없으니 안심하고."

"좋으실 대로 하십시오, 발언자. 목적을 물어봐도 될까요?"

"자네가 영향을 받고 있지 않다는 것을 확인하기 위해서라네."

콤포가 말했다.

"테이블에 당신에게 반대하는 정치적 경쟁자가 있다는 것은 알고 있습니다. 하지만 그들 중 누구도……."

"추측하지 말게, 콤포. 긴장을 풀어. 자, 이제 됐네. 자네는 영향을 받지 않았군. 이제 자네가 내게 협력하려면 영상 접촉을 해야 할 걸세."

이윽고 일반적으로는 환영(幻影)이라고 할 만한 것이 나타났다. 즉 잘 훈련된 제2파운데이션의 정신력에 의존하지 않고서는 누구도 감지할 수 없는 환영이 나타난 것이다. 물리적인 탐지기로도, 인간의 오감으로도 감지할 수 없는 그런 환영이었다.

그건 단지 마음, 즉 정신력으로 상대의 얼굴 윤곽과 표정을 만들어 내는 것이었는데, 가장 훌륭한 정신학자조차도 희미한 그림자 같은 상(像)밖에 나타낼 수 없었다. 콤포의 얼굴이 허공 한가운데 나타났다. 그것은 얇고 하늘거리는 커튼을 통해 보이는 모습 같았다. 아마 젠디발의 모습도 똑같은 형상으로 콤포에게 나타나 있을 것이다.

물리적인 초단파로는 이미지를 통한 통신이 아주 깨끗하게 이루어져서 수천 파섹이나 떨어져 있는 대화자들 사이에서도 얼굴을 맞대고 있는 듯한 느낌을 준다. 젠디발의 우주선은 이런 용도에 맞게 장비가 갖추어져 있었다.

그에 비해 뚜렷하지는 않지만 정신적인 비전이 가지는 이점이 있었다. 그중 가장 중요한 이점은 제1파운데이션에 있는 어떠한 기구들로도 이 상을 감지하지 못한다는 것이었다. 제2파운데이션인조차도 다른 사람의 정신적 환영을 도청하지는 못했다. 마음의 움직임은 따라잡을 수는 있지만 의지를 전달하는 상세한 부분을 담고 있는 표정의 미묘한 변화까지는 알아낼 수 없었다. 하지만 노비의 순수한 마음만으로도 그는 주위에 아무도 없는 것을 확신할 수 있었다.

"정확히 말해 주게, 콤포. 자네가 트레비스, 그리고 페롤랫과 나누었던 대화에 대해서 말이야. 정확하게, 심리적 상태까지……."

"물론 그래야죠, 발언자."

그 일은 오래 걸리지 않았다. 목소리와 표정 그리고 정신력의 조화가 그 상황들을 압축시켜 전달하였다.

젠디발은 열심히 지켜보았다. 정신적 환영에는 과장이나 쓸데없는 이야기들이 없었다. 실제적인 영상, 아니 물리적인 하이퍼비전으로는 수 파섹을 넘어오면서 이해하는 데 불필요한 방식의 정보들이 엄청나게 담기기 때문에 정작 중요한 것들은 놓쳐 버리기 십상이었다.

정신적 환영의 희미한 상을 이용할 때는 정보들을 놓쳐 버리는 데서 오는 손실이 없이 안전한 정보 전달을 보장받게 된다. 여기서 받는 정보는 하나하나 중요한 것들이다.

트랜터에서 선생님들이 학생들에게 들려주는 무시무시한 이야기가 있다. 그것은 젊은이들에게 정신 집중이 얼마나 중요한가를 가르쳐주기 위한 것으로서, 뮬이 칼간을 정복하기 직전 그의 행적에 대한 내용을 담은 최초의 보고서 이야기였다. 그 보고서를 받아 본 하급 관리는 '사람의 이름'을 의미하는 단어를 알아채지 못했거나 이해하지 못했기 때문에, 그 보고서를 말 같은 동물에 관한 이야기쯤으로 이해하고는 트랜터에 알릴 만큼 중요하지 않은 것으로 치부해 버렸던 것이다. 다음 전갈이 올 때쯤에는 이미 때가 늦었고, 결국 그 대가로 5년이라는 세월 동안 쓰라림을 겪어야 했다.

젠디발은 학생 시절에 그다지 중요하지 않게 생각하던 정보를 수신하다가 실수를 저질렀던 일을 회상했다. 그의 선생이었던 늙은 켄다스트는 이렇게 놀렸다.

"말 같은 동물, 젠디발!"

이 말은 그를 부끄러워 어쩔 줄 모르게 만들기에 충분했었다.

이윽고 콤포가 보고를 마쳤다.

젠디발이 말했다.

"트레비스의 반응에 대한 자네의 평가는 훌륭해. 자네는 나보다, 아니 다른 어느 누구보다 그걸 잘 알고 있네."

콤포가 말했다.

"그건 그래요. 정신적 징후에는 착오가 없습니다. 그는 내 말과 행동으로 미루어, 트랜터나 시리우스 성구 아무튼 그가 정말로 가야 하는 곳이 아닌 다른 데로 보내려고 한다고 생각할 것입니다. 내 생각으로는 그가 현재 있는 곳에 그대로 남아 있을 것 같습니다. 내가 장소를 옮기는 게 중요하다고 덧붙인 것이 그곳에 남아 있어야겠다는 생각을 갖게 하는 데 주효했던 것이지요. 내 생각에 반대되는 행동만을 하려고 하니, 내가 원하는 것이 무엇일까 심사숙고해서 그 반대 방향으로만 나갈 것이 분명합니다."

"그걸 확신하는가?"

"예, 확신합니다."

젠디발은 잠시 생각하더니 콤포가 옳다는 판단을 내렸다. 그는 흔쾌히 말했다.

"만족스럽군. 아주 잘했어. 지구가 방사능으로 파괴되었다는 이야기는 직접 마음을 조절할 필요도 없이 즉각 반응을 이끌어 낼 수 있도록

한 적절한 것이었네. 아주 훌륭해!"

콤포는 잠시 자신의 마음과 싸우는 듯했다.

"발언자!"

이윽고 그가 입을 열었다.

"당신의 칭찬은 받아들일 수가 없군요. 그 이야기는 지어 낸 게 아니었어요. 그건 사실입니다. 시리우스 성구에는 실제로 지구라 불리는 행성이 있어요. 사람들은 그 행성을 인류의 고향으로 여기고 있지요. 원래부터 가지고 있었는지 아니면 마지막에 생겼는지 모르지만 아무튼 그 행성은 방사능을 갖고 있었어요. 그 방사능의 오염은 그 행성이 죽을 때까지 점점 심해졌죠. 그리고 이제는 소용없어져 버린 '정신 확장'이라는 발명이 있었어요. 이 모든 사실들을 우리 선조들의 고향 행성에서는 역사라고 생각하고 있지요."

"그래? 그것 재미있군!"

젠디발은 뚜렷한 확신이라고는 찾아볼 수 없는 어조로 말했다.

"진실을 판별해 낼 수 있다는 것은 존경받을 만한 일이지. 흔히 진실은 거짓과 똑같이 나타나기 때문이니까. 프림 팔버는 이렇게 말했지. '진실에 가까워지면 가까워질수록 거짓이 더 나아 보인다. 그리고 진실이 통할 수 있게 되면 그건 최상의 거짓이 된다.'"

콤포가 말했다.

"한 가지 더 말씀드릴 것이 있습니다. 당신이 도착할 때까지 트레비스를 세이셸 성구에 머무르게 하라는 지시에 따라 모든 위험을 무릅쓰고 그렇게 했습니다. 그러다 보니 노력이 지나쳐서, 내 생각에는 틀림없이 내가 제2파운데이션의 영향 아래 있다고 그 친구가 의심할 것 같습니다."

젠디발은 고개를 끄덕였다.

"그런 상황에서는 피할 수 없는 일일 걸세. 어떤 한 문제에 집착하는 그의 편집증적 태도로는 틀림없이 제2파운데이션이 아닌 것에 대해서도 전부 그렇게 생각할 거야. 그런 상황은 충분히 가능하지."

"발언자, 당신이 도착할 때까지 그곳에 그를 머무르게 해야 한다면 차라리 내 우주선으로 당신을 데리러 가는 것이 어떨까요? 그편이 훨씬 빠를 텐데요."

"아닐세, 콤포."

젠디발이 재빨리 말했다.

"그렇게 해서는 안 돼. 터미너스에 있는 사람들은 자네가 어디 있는지를 알고 있어. 자네 배에는 제거할 수도 없는 초공간추적기가 있지 않나?"

"그렇습니다, 발언자."

"자네가 세이셸에 착륙한 것을 터미너스가 알고 있으면 세이셸 대사 역시 잘 알 테고, 그러면 대사는 트레비스가 그곳에 도착했다는 것도 알고 있겠지. 그런데 자네가 이쪽으로 온다면 자네 배에 장착된 초공간추적기는 자네가 수백 파섹이나 떨어져 있는 어느 특정 지점으로 갔다 왔다고 보고할 거야. 그리고 대사는 트레비스가 아직도 그 구역에 남아 있다는 정보를 알려 줄 것이고……. 이 사실을 근거로 터미너스 사람들이 어떤 추측을 하지 않겠나? 터미너스 시장은 굉장히 영리한 여자야. 모호한 수수께끼를 던짐으로써 그녀를 자극하는 일이 있어서는 안 되네. 우리는 그녀가 함대를 끌고 나가는 것을 원치 않잖나. 그럴 가능성은 아주 높긴 하지만."

콤포가 말했다.

"존경하는 발언자, 사령관의 마음을 제어할 수 있는 우리가 함대를 두려워해야 하는 이유가 무엇입니까?"

"아무리 사소한 이유라 하더라도 함대까지 동원하는 게 좋을 것도 없지. 그냥 그 자리에 머물러 있게, 콤포 자네가 있는 곳까지 곧 가겠네. 자, 그럼 자네 우주선에서 만나세. 그리고……."

"그리고?"

"아, 다음 문제는 내가 알아서 처리하지."

7

젠디발은 콤포의 환영을 제거하고 그 자리에 앉은 채로 오랫동안 생각에 잠겨 있었다.

세이셸로 가는 오랜 여행, 제1파운데이션의 훨씬 앞선 기술로 만들어 낸 우주선에는 결코 견줄 수 없는 자신의 우주선으로는 이 여행이 정말 긴 여행이었다. 그는 트레비스에 관한 모든 보고들을 샅샅이 훑어보았다. 보고서 중에는 거의 10년 전으로 거슬러 올라가는 것도 있었다.

그러나 전체적으로는 최근의 사건들은 제2파운데이션의 관점에서 볼 때 트레비스가 놀란 만한 인재였음을 나타내 주고 있었다. 만일 프림 팔버 시대 이후 터미너스 출신은 충원하지 않는다는 정책만 제정되지 않았더라도…….

지난 수 세기 동안 훌륭한 자질을 가진 많은 인재들을 제2파운데이션이 얼마나 많이 놓쳤는지 모른다. 은하계에 살고 있는 1000조나 되는 사람들을 한 사람 한 사람 평가할 방법은 없다. 하지만 트레비스만큼 유능한 사람은 없을 것이며, 그만큼 민감한 곳에 있는 사람도 없는 게 확실했다.

젠디발은 고개를 저었다. 트레비스를 터미너스 출신이라 하여 간과하지 말았어야 했다. 정보원 콤포와 그자의 신뢰 관계는 이미 왜곡되어 버렸다.

지금으로서 트레비스는 그들에게 아무 쓸모가 없다. 그는 정신적으로 개조되기에는 너무 나이가 많이 든 것이다. 하지만 그는 여전히 타고난 직관력을 가지고 있었다. 부적절한 정보만을 가지고도 어떤 해답이라도 추론해 낼 수 있는 능력이 그에겐 있는 것이다.

제1발언자 샌디스. 비록 그의 전성기는 지나갔지만 그는 여전히 훌륭한 지도자였다. 그는 어떤 연관된 자료나, 젠디발이 여행 도중에 작업하여 얻어 낸 합리적인 결과 없이도 무언가를 알아챘다. 샌디스가 생각하기에 트레비스는 이 위기를 헤쳐 나갈 중요한 열쇠였다.

트레비스는 왜 세이셸에 있는 걸까? 계획이 무얼까? 그는 지금 무얼 하고 있는 걸까?

게다가 그에게 영향을 끼칠 수도 없다! 젠디발은 그건 확신하고 있었다. 트레비스의 역할이 무엇인지 정확히 알게 될 때까지 그에게 조금이라도 영향을 미친다면 일을 완전히 그르친다. 그들이 누구든지 간에, 반(反)뮬이 존재하는 한 트레비스에게 잘못된 조치를 취하게 되면 예기치 않은 사건이 발생할지도 모른다.

그는 자기 주위로 어떤 마음 하나가 배회하고 있는 것을 느끼고, 마치 성가신 곤충이라도 쫓아내려는 듯 손이 아니라 마음으로 그걸 털어 내 버렸다. 그러자 갑자기 어떤 아픔이 밀려오는 것을 느끼고 고개를 들었다.

슈라 노비가 잔뜩 찡그린 채 이마에 손을 짚고 있었다.

"죄송합니다. 갑자기 머리가 아파서요."

젠디발은 자신의 행동을 뉘우쳤다.

"미안해, 노비. 아무 생각 없이 무심코 한 행동이었어. 생각에 깊이 빠져 있었거든."

그는 곧 동요된 마음의 촉수를 부드럽게 진정시켰다.

노비가 활짝 웃었다.

"아프던 게 사라져 버렸어요. 선생님의 친절한 음성이 쓰다듬어 준 것 같아요."

젠디발이 말했다.

"좋아, 그런데 뭐가 잘못되었나? 왜 이곳에 있지?"

그는 그녀의 마음속으로 들어가 보고 싶은 것을 꾹 참았다. 하지만 그러면 그럴수록 들어가고 싶은 충동이 강해졌다.

노비가 머뭇거리며 그에게로 약간 몸을 굽혔다.

"전 걱정이 돼요. 선생님은 아무것도 보지도 않고 소리도 내지 않고 있었어요. 얼굴에는 경련이 일어났고요. 전 선생님이 아픈 건 아닌지, 어쩔 줄 몰라서 그러시는 건 아닌지 걱정이 되었거든요."

"아무 일도 아니었어, 노비. 걱정할 것 없어."

그는 가볍게 그녀의 머리를 건드렸다.

"걱정할 건 아무것도 없어. 알겠어?"

두려움 같은 감정이 다소간 그녀 마음의 균형을 흩어 놓았다. 그는 그녀의 마음이 조용하고 평화롭고 행복한 상태로 있는 것을 좋아했다. 하지만 지금은 외부적인 영향을 주어 원래의 상태로 되돌려 놓아야 할지 모른다. 그녀가 아까 자기에게 작용했던 것이 젠디발 자신의 말이라고 했으니 말로써 원상회복시키는 게 좋을 것 같았다.

"노비, 너를 슈라라고 부르면 어떨까?"

그녀는 갑자기 슬픈 표정으로 그를 올려다보았다.

"싫어요, 선생님. 그렇게 부르지 마세요."

"하지만 우리가 처음 만났던 날, 루피런트는 그렇게 불렀잖아. 나도 이제는 너를 잘 알게 됐는데……."

"그가 그렇게 불렀던 건 저도 알아요, 선생님. 그건 대개 사귀는 남자나 약혼자가 없는 여자에게 말을 걸 때 그렇게 불러요. 전에 선생님도 저를 그렇게 불렀지요. 하지만 선생님이 절 '노비'라고 불러 주는 것이 저로서는 더 영광이에요. 제게 지금 남자는 없지만 선생님이 계시잖아요. 그래서 전 즐거워요. 절 '노비'라고 불러 달라고 하는 게 무례한 부탁은 아니죠?"

"물론이야, 노비."

그 말에 그녀의 마음은 완전히 평온을 되찾았다. 젠디발은 왠지 좀 부끄러운 기분이 들면서도 이루 형언할 수 없는 기쁨을 느꼈다. 뮬도 이런 식으로 제1파운데이션의 베이타 다렐로부터 영향을 받았으리라.

하지만 이번 경우는 확실히 다르다. 이 헤임 여인은 외부로부터 올지도 모르는 이질적인 정신에 대한 그의 방패막이였다. 게다가 그는 그녀가 그 목적을 아주 효과적으로 달성해 주기를 바라고 있었다.

아니다! 이건 진실이 아니야. 발언자로서 자신의 마음을 정확하게 이해하려 하지 않는다면, 아니 자신의 마음을 애써 다른 식으로 해석하여 진실을 비껴 간다면, 그건 자신의 직무를 소홀히 하는 것이다. 그의 간섭 없이도 그녀가 자신을 기쁘게 했다는 것, 이것이 진실이었다. 말하자면 단지 그녀가 자신을 기쁘게 해 주었다는 것 자체가 즐거운 일이었다. 거기에는 잘못된 것이 조금도 없었다.

"의자에 앉아, 노비."

그가 말하자, 노비는 좁은 방에서 최대한 멀리 떨어져서 의자 끝에 살짝 걸치며 균형을 잡았다. 노비 마음에서는 존경심이 넘쳐흘렀다.

"내가 소리를 내는 걸 그대가 보았을 때에, 노비, 사실 나는 장거리 통신을 하는 중이었어, 학자의 방식으로."

노비는 눈을 내리깔고 슬픈 음성으로 말했다.

"알겠습니다, 선생님. 제가 이해하지 못하고 상상할 수도 없는 학자의 방식들이 많이 있지요. 아주 어렵고 고귀한 예술 말이에요. 학자가 되겠다고 선생님을 찾아온 것이 부끄러워요. 그런데 선생님, 어떻게 그런 저를 비웃지 않으셨죠?"

젠디발이 대답했다.

"도달하기 어려운 뭔가를 갈망한다는 건 결코 부끄러운 게 아니야. 나처럼 학자가 되기에는 넌 너무 나이가 들었지만, 이미 알고 있는 것 이상의 지식을 배워서 지금보다 더 많은 일을 하기에는 그렇게 늦지 않았어. 우선 이 우주선에 대해서 가르쳐 주지. 우리가 목적지에 닿을 때쯤이면 너는 이 우주선에 대해서 상당히 많은 것을 알게 될 거야."

그는 또다시 은밀하게 솟아나는 기쁨을 느꼈다. 아무려면 어떠랴! 그는 과거 헤임인들에 대해 갖고 있던 고정 관념에서 등을 돌리려 했다. 애당초 이질적인 이들이 모인 제2파운데이션에 이런 고정 관념을 만들어낼 권리가 있는 걸까? 제2파운데이션 구성원 간의 자식이 고위층에 올라갈 자격을 갖춘 경우는 드문드문 있었다. 발언자의 자녀들은 대부분 발언자의 자질을 갖고 있지 못했다. 3세기 전 링게스터 3세대가 있었지만, 그들 계열 출신의 소장 발언자가 정말로 그 집안 소속이었는지에 대해서는 의문의 여지가 있었다. 사실이 그러할진대 대학의 그 높은 주춧돌 위에 자신들의 지위를 공고히 한 인물들은 과연 누구인가?

그녀는 눈물을 글썽이며 말했다.

"선생님이 가르치는 것이라면 뭐든지 배우겠어요."

"너는 틀림없이 잘할 수 있을 거야."

그는 그렇게 말하고 나서 잠시 머뭇거렸다. 콤포와 대화하는 동안에 자신이 혼자가 아니라는 것을 어떤 식으로든 알려 주지 못했다는 사실이 생각났기 때문이었다. 그는 콤포에게 동료가 있다는 어떤 암시도 하지 않았다.

콤포에게 여성 일행이 있다고 하면 아마 그럴 수 있다고 생각할지도 모른다. 적어도 놀라지는 않을 것이다. 하지만 헤임 여인이라면?

젠디발은 콤포가 트랜터에 한 번도 간 적이 없고 따라서 노비가 헤임 여인이라는 것을 알 리 없다는 사실을 상기하고는 적이 안심이 되었다. 하지만 그는 그러한 생각을 물리쳤다. 콤포가 알든 모르든 그건 문제가 아니었다. 젠디발은 제2파운데이션의 발언자로서, 셀던 프로젝트 하에서는 누구의 간섭도 받지 않고 자기 마음대로 무슨 일이든 할 수 있었다. 노비가 말했다.

"선생님, 목적지에 도착하면 전 선생님이랑 헤어져야 하나요?"

젠디발은 그녀를 바라보며 대답했다. 어쩌면 그가 의도했던 것보다 더 강한 어조로.

"우린 떨어져 있지 않을 거야, 노비."

그러자 헤임 여인은 부끄러운 듯 미소를 지으며 마치 세상에서 가장 고귀한 여인이라도 된 듯 은하계를 바라보았다.

제13부
대학

1

다시 파스타호로 들어오자마자 페롤랫은 코를 찡그렸다. 그걸 본 트레비스가 웃으며 말했다.

"인간의 신체는 강력한 냄새 분출기죠. 순화 시스템이 완전히 효과를 발휘하지 못한다면 인공적인 향내는 단지 그 냄새를 덧씌울 뿐 결코 바꾸지는 못해요."

"그래서 난 어떤 우주선도 냄새가 같지 않을 거라고 생각했지. 서로 다른 사람들이 타고 있는 한은……."

"이제 교수님은 한동안 세이셸의 냄새를 맡지 못할 겁니다. 사실 이 배에 오래 머물게 되신다면 귀환했을 때 고향을 의미하는 냄새를 다시 느끼시게 되겠지요. 그런데 이번 항해 후에 은하계의 유랑자라도 되어 버린다면, 그땐 어떤 우주선이나 행성 위에 살고 있는 사람들에게 냄새에 관한 이야기를 한다는 것은 예의 바르지 못한 일이라는 사실을 알게 되실 겁니다. 물론 우리끼리야 괜찮지만요."

"트레비스, 사실 재미있는 것은 내가 이 파스타호를 고향으로 생각하고 있다는 거야. 파운데이션이 그렇게 만들어 놓은 거지."

페롤랫이 웃으며 계속 말했다.

"알다시피 난 스스로 한 번도 애국자라고 생각한 적이 없다네. 나는 오직 인류만이 나의 조국이라고 생각해 왔지. 그런데 파운데이션을 떠나오니 내 마음이 조국에 대한 사랑으로 가득 차는 것을 느끼네."

트레비스는 잠자리에 들면서 말했다.

"우린 파운데이션에서 그리 멀리 와 있지 않아요. 세이셸 연맹은 우리 연방의 영역이지요. 이곳에는 우리 대사가 와 있고 다른 많은 외교관들도 거주하고 있죠. 세이셸 사람들은, 말로는 우리에게 반대하길 좋아하지만, 실제로는 우리를 불쾌하게 만들 만한 일은 삼가는 편이죠. 페롤랫 교수님, 그만 자기로 하지요. 오늘은 실패했지만 내일은 잘해 봅시다."

각자 자기 방에 누워 있었어도 대화를 나누는 데는 별 지장이 없었다. 우주선이 어둠에 잠겼지만 페롤랫은 편히 잠들지 못하고 몸을 자주 뒤척이다가 마침내 크지 않은 목소리로 말을 꺼냈다.

"트레비스!"

"왜요?"

"자지 않나?"

"이야기하는 동안은요."

"우린 오늘 뭔가 얻었지, 자네 친구 콤포 말이야."

"옛날 친구죠!"

트레비스는 으르렁거리듯 말했다.

"그가 어떤 사람이든 간에 그는 지구에 대해서 이야기해 주었고, 전에 내가 연구할 때는 발견할 수 없었던 사실들을 이야기해 주었어. 방사능 말이야!"

트레비스는 한쪽 팔꿈치에 몸을 기대고 일어났다.

"이보게, 트레비스. 만일 지구가 정말로 죽어 있는 것이라면, 우리는 고향으로 되돌아갈 수 없어. 난 어떻게든 가이아를 찾아야겠어."

"저도 물론 마찬가지예요, 하지만 전 지구가 죽어 있다고는 생각하지 않아요. 콤포는 자신이 진실이라고 알고 있는 것을 이야기했겠죠. 하지만 인류의 원조가 어느 행성에 있었다는 식의 전설을 갖고 있지 않은 성구가 어디 있겠어요? 그들은 저마다 그 행성을 지구라든지, 그에 가까운 뜻을 가진 이름으로 부를 거예요."

"인류학에서는 그걸 '지구중심주의'라고 하지. 사람들은 자신들이 이웃보다 당연히 나아야 한다고 생각하는 경향이 있어. 그리고 자신들의 문화가 다른 행성의 문화보다 오래되었고 우수하다고 생각하지. 다른 행성에 있는 뛰어난 것들은 모두 자기들로부터 전래된 것이라고도 하지, 좋지 않은 것들은 전수 과정에서 왜곡되었다고 주장하기도 하고 말이네. 또 질적인 면에서의 우월성을 존속 기간의 장기성과 동일하게 보는 경향이 있어. 만일 합리적으로 자신의 행성이 지구라든지 또는 그에 준하는 인류의 발생지라든지 하는 주장을 뒷받침하지 못하면, 그들은 지구를 자신들 구역에 있는 어떤 행성으로 대체하려고 안간힘을 쓰지. 그 행성이 정확히 어디에 위치하고 있는지도 모르면서 말이야."

트레비스가 말했다.

"그러면 콤포가 그런 관습에 따라 지구가 시리우스 성구에 있다고 했단 말입니까? 하지만 시리우스 구역은 실제로 역사가 오래되어서 그곳에 있는 행성들은 모두 잘 알려져 있기 때문에, 그곳에 가지 않고도 그 말의 사실 여부를 알아보기 쉬울 텐데 말입니다."

페롤랫이 껄껄대며 웃었다.

"자네가 아무리 시리우스 성구에 있는 어떤 행성도 지구일 가능성이 없다는 걸 증명하려 해도 소용없을 걸세. 자넨 신비주의가 실제로 합리성을 얼마나 깊숙이 묻어 버리는지를 간과하고 있네, 트레비스. 적어도 은하계 내 여섯 개의 성구에서는 존경할 만한 학자들이 근엄한 표정으로 웃음기 하나 없이 이런 전설을 되풀이해 왔네. 지구 혹은 그들이 저마다 뭐라고 이름 붙인 그 행성은 초공간에 위치해 있는데, 그곳에 도달할 길은 우연 외에는 없다고 말이야."

"우연히 그곳에 도달했던 사람이 있었다고 하진 않았나요?"

"전설이란 게 믿을 만한 게 못 되고 그 이야기를 만들어 낸 행성 외에는 아무도 그걸 믿지 않는다고 하더라도, 언제나 전설은 존재하고 그걸 믿는 애국적인 사람들도 반드시 존재하고 있다네."

"그러면 페롤랫 교수님, 우리는 믿지 말기로 하죠. 자, 이만 꿈나라의 초공간으로 들어갑시다."

"하지만 트레비스, 내 흥미를 끄는 것은 방사능이라는 문제야. 어쩐지 그것이 일종의 진실을 내포하고 있는 것 같아."

"일종의 진실이란 건 무슨 뜻이죠?"

"글쎄, 방사능에 오염된 행성이란 일반적인 경우보다 훨씬 강력한 방사선이 존재하고 있는 행성을 말하는 것이겠지. 그런 행성에서는 돌연변이율도 높고 진화도 한층 빠르고 광범위하게 진행해 갈 걸세. 기억할지 모르겠지만, 전에 내가 자네에게 모든 전설들마다 일치하는 점 가운데 이런 것이 있다고 말한 적이 있지. 지구에는 믿을 수 없을 정도로 다양한 생물체들이 있다고……, 여러 생물마다 수백만이나 되는 종들을 가지고 있다고 말이야. 이런 다양한 생명체들의 폭발적인 진화야말로 지구에 지능을 지닌 생명을 탄생할 수 있게 한 것일 게야. 그리고 그것들은 지구에서 은하계로 큰 물굽이를 이루며 퍼져 간 거지. 만일 지구가 어떤 이유로 인해 방사능이 강한 행성이 되었다면, 바로 그것으로 지구의 독특한 특성들이 설명될 수 있을 거야."

트레비스는 잠시 침묵을 지키다가 입을 열었다.

"우선 콤포가 한 이야기는 사실이라고 믿을 만한 근거가 없어요. 우리들이 이곳을 떠나서 시리우스로 미친 듯이 달려가도록 하려고 거짓말을 했는지도 모르지요. 그게 그 친구의 의도라고 전 확신해요. 설사 진실을 이야기했다 하더라도 그의 말에 따르면 방사능이 너무 강해서 생명이 존재할 수도 없지요."

페롤랫이 다시 숨 가쁜 어조로 말했다.

"아마 처음부터 지구에 생물이 발달하지 않을 정도로 강한 방사능이 존재했던 건 아니었을 거야. 게다가 생명이 처음에 출현하기까지의 과정보다는 일단 출현했을 때 유지하는 게 훨씬 쉽거든. 따라서 방사능의 수준이 생명의 출현을 위협할 정도는 아니었을 거야. 시간이 가면서 떨어졌을 가능성도 많고……. 방사능 수준을 높일 요소는 아무것도 없어."

"핵폭발은요?"

"그게 무슨 관련이 있다는 건가?"

"제 말은 지구에 핵폭발이 일어났기 때문에 그런 건 아닌가 하는 것이죠."

"지구 표면에서? 그건 불가능해. 은하계의 어떤 역사에도 전쟁 무기로 핵을 이용할 정도로 어리석은 행성이 있었다는 기록은 없네. 그랬다면 우린 아무도 살아남지 못했을 거야. 양쪽 모두 기근과 절망으로 망하고 말지. 젠디프러스 코랏이 융합 반응에 착수하자고 주장하던 트리젤리언 반란 때에도……"

"그는 자기 함대 승무원들에 의해 교수형당했죠. 은하계 역사는 저도 알고 있어요. 저는 사고가 있지 않았나 생각했던 거죠."

"행성에 방사능의 강도를 높일 만큼 중대한 사고가 일어났다는 기록도 없네."

페롤랫이 한숨을 쉬었다.

"이렇게 주변만 맴돌 게 아니라 시리우스 성구를 조금이라도 답사해 보는 게 좋을 것 같은데……."

"언젠가는 그렇게 하겠죠. 하지만 지금은……."

"알았네, 알았어. 이제 그만하지."

페롤랫은 입을 다물었다. 트레비스는 어둠 속에서 꼼짝 않고 누운 채, 이미 자신은 너무 많은 사람들의 주목을 끌었기 때문에 시리우스 성구까지 갔다가 되돌아오는 것은 현명치 못한 처사가 아닌가 곰곰이 생각해 보았다.

결국 그는 잠이 들 때까지도 뚜렷한 결론은 얻지 못했고, 간신히 잠이 든 뒤 꿈속에서도 시달려야 했다.

2

그들은 오전이 다 지나도록 도시로 돌아올 수 없었다. 여행자 센터는 이 시각이면 한창 붐볐기 때문에, 도서관으로 가는 데 필요한 안내 지침서들을 간신히 얻을 수 있었다. 도서관에 도착한 후에도 그들은 차례로 데이터 수집 컴퓨터의 지역 모델을 사용하는 데 필요한 교육을 받았다.

그들은 가장 가까운 곳부터 시작하여 박물관, 대학 건물을 신중하게 통과하면서 인류학자나 고고학자, 고대 역사가들이 이용할 만한 것들을 조사했다.

페롤랫이 탄성을 질렀다.

"아!"

"왜 그러세요?"

트레비스가 퉁명스럽게 물었다.

"이 이름, 퀸테세츠 말이야. 눈에 익어."

"그 사람을 아세요?"

"당연히 모르지. 하지만 그 사람이 쓴 논문을 읽은 적이 있는 것 같아. 여보게, 우주선으로 돌아가세. 그곳에 참고할 자료가 있어."

"돌아가선 안 돼요, 페롤랫 교수님. 이름이 익숙하다는 건 여기에서 시작해야 한다는 뜻이에요. 설사 그 사람이 우리를 도울 수 없다고 해도 더 멀리 나아가도록은 안내할 수 있을 게 분명해요."

그는 일어서서 말을 이었다.

"페롤랫 교수님, 그보다는 세이셸 대학으로 가는 길을 찾아보죠. 아니, 지금 시간이라면 그다지 붐비지 않을 테니 먼저 점심부터 먹으러 가죠."

오후 늦게야 그들은 그 대학으로 가는 길을 찾을 수 있었다. 미로를 헤매다가 겨우 대기실을 발견하고는 잠시 앉아서 정보를 찾으러 간 여직원을 기다렸다. 그녀가 그들을 퀸테세츠에게 안내해 줄 것을 기대하면서……

"얼마나 기다려야 할지 모르겠군. 문 닫을 시간이 다 됐는데……."

페롤랫이 불안한 표정으로 말했다.

페롤랫의 말을 증명이라도 하듯 30분쯤 전에 보았던 그 여직원이 빠른 걸음으로 그들에게 다가왔다. 반짝거리는 붉은색 구두는 그녀가 걸음을 옮길 때마다 경쾌한 음조로 바닥을 때렸다. 그 소리는 걸음 속도를 달리하거나 걸을 때 다리에 주는 힘을 달리할 때마다 다르게 들렸다.

페롤랫은 주춤했다. 그는 각 행성마다 저마다의 냄새가 있듯이 사람들도 저마다 오감을 공격하는 독특한 방식들을 갖고 있을 거라고 생각했다. 그는 자신이 냄새에 둔감해진 것처럼 저 유행에 민감한 여성의 불협화음도 인식하지 못하게 되는 건 아닐까 염려했다.

그녀는 페롤랫에게 다가오더니 이렇게 물었다.

"교수님, 성함을 알려 주시겠어요?"

"야노브 페롤랫입니다."

"출신 행성은 어디죠?"

트레비스가 말하지 말라는 듯 한쪽 손을 들었지만 페롤랫은 그것을 못 보았는지 아니면 무시했는지 "터미너스요."라고 대답했다.

젊은 여자가 활짝 웃었다. 기쁜 표정이었다.

"페롤랫 교수님께서 요청하셨다고 퀸테세츠 교수님께 말씀드렸더니 터미너스에서 온 야노브 페롤랫 교수님이 맞다면 만나 뵙겠다고 하셨습니다. 그렇지 않다면 만나지 않겠다고 하셨거든요."

페롤랫은 눈을 깜빡거리며 되물었다.

"그분이 나를 알고 있다는 말인가요?"

"그런 것 같습니다."

그러자 페롤랫은 트레비스를 돌아보며 어색한 웃음을 지어 보였다.

"그가 나에 관한 이야기를 들었다는군. 난 정말 상상도 못했는데……, 내가 쓴 논문도 몇 개 안 되고, 그래서 아무도 날…….”

그는 머리를 가로젓다가 혼잣말로 중얼거렸다.

"그건 정말로 중요한 것들이 아닌데…….”

트레비스가 미소를 지으며 말했다.

"자기비하의 무아지경에 빠져 계시지 말고 그만 가 보죠.”

그러고는 여자에게 물었다.

"차는 어디 있지요, 아가씨?”

"걸어서 갈 만한 거리예요. 이 복잡한 건물을 빠져 나갈 필요도 없고요. 선생님들을 모시게 되어 기뻐요. 두 분 다 터미너스 출신이신가요?”

그녀가 밖으로 나서자 두 남자가 그 뒤를 따랐다. 트레비스는 약간 화가 난 듯한 음성으로 대답했다.

"그렇습니다. 그게 뭐 특별한가요?”

"아, 아뇨. 아닙니다. 세이셀에는 파운데이션인을 싫어하는 사람들도 있지만, 이곳 대학에 있는 사람들은 대부분 우주주의자들이지요. 함께 더불어 사는 삶, 이것이 저희가 주장하는 바죠. 제 말은 파운데이션인들도 역시 사람이라는 겁니다. 무슨 뜻인지 아시겠어요?”

"물론이죠. 무슨 말인지 알고말고요. 우리도 세이셀인들이 사람이라고 생각하니까요.”

"그건 정말 당연한 이야기예요. 전 한 번도 터미너스에 가 본 적이 없어요. 터미너스는 틀림없이 큰 도시겠죠?”

"별로 그렇지도 않아요.”

트레비스가 사무적으로 대꾸했다.

"아마 세이셀보다도 작을 겁니다.”

"절 놀리고 있군요. 그곳은 파운데이션 연방의 수도가 아닌가요? 제 말은 또 다른 터미너스라도 있냐는 뜻이에요."

"아니, 없어요. 제가 아는 터미너스는 하나밖에 없죠. 그곳은 우리들이 태어난 곳이며 파운데이션 연방의 수도지요."

"그렇다면 거대한 도시인 게 분명하네요. 그런데 거기에서부터 교수님을 만나시려고 이곳까지 오신 거로군요. 아시다시피 우리는 교수님을 대단히 자랑스럽게 생각해요. 전 은하계에 가장 권위 있는 학자로 존경받는 분이시죠."

트레비스가 물었다.

"정말입니까? 어떤 분야지요?"

그녀의 눈이 커졌다.

"사람을 놀리는 걸 좋아하는 분이시군요. 페롤랫 교수님은 고대사에 대해서, 제가 알고 있는 우리 가족사보다 훨씬 더 많이 알고 계시잖아요."

트레비스는 빙그레 웃으며 말했다.

"그렇다면 교수님께서도 지구에 관해서 많은 것을 알고 계시겠죠?"

"지구요?"

그녀는 사무실 문 앞에서 멈춰 서더니 멍한 얼굴로 그들을 바라보았다.

"당신도 알 텐데요……, 인류가 처음 생겨난 행성 말입니다."

"아, 그 행성요? 최초의 인류가 탄생했다는……. 그럴 거예요. 교수님께서는 그에 대해서도 많은 걸 알고 계실 겁니다. 그곳은 세이셸 성구에 위치해 있어요. 모두에게 알려진 사실이지요. 자, 다 왔어요. 여기가 교수님 방입니다. 제가 연락을 드리죠."

"아니, 아니 잠깐만. 그 전에 제게 지구에 관해 좀 말해 주겠어요?"

"실제로 전 그곳을 지구라고 부르는 걸 한 번도 들은 적은 없어요. 제 생각에는 지구라는 건 파운데이션의 말인 것 같네요. 이곳에서는 가이아라고 부르지요."

트레비스는 재빨리 페롤랫을 힐끗 쳐다보았다.

"그래요? 그런데 그건 어디에 있지요?"

"아무 데도요. 그 행성은 초공간에 있어서 그곳에 갈 수 있는 방법이 없어요. 제가 어린애였을 때 할머니께서 가이아는 한때 실제 우주공간에 있었던 적이 있다고 하셨어요. 하지만 그 행성은 너무나 혐오스러워서……."

"인간이 저지르는 범죄와 어리석음 때문에……."

페롤랫이 중얼거렸다.

"부끄럽게도 그 때문에 그 행성은 공간을 이탈하여 더 이상 인간과 관계를 맺으려 하지 않았지. 인간들을 은하계로 추방하고 말이야."

"교수님도 그 이야기를 아세요? 제 친구의 얘기로는 그건 미신이라던데……. 어쨌든 좋아요. 제가 그 친구한테 전해 주지요. 만일 파운데이션에서 온 교수님께서는……."

문의 간유리 위에 빛나는 글씨가 새겨져 있었다. 거기에는 세이셸 특유의 필체로 '소타인 퀸테세츠'라 적혀 있었고 그 아래에는 같은 필체로 '고대사학과'라고 적혀 있었다.

여자가 금속으로 된 원모양 위에 손가락을 얹자 불투명한 유리가 잠시 후 소리 없이 우윳빛으로 바뀌었다. 그러고는 부드러운 음성이 들려왔다.

"신분을 밝히시오."

"터미너스에서 온 야노브 페롤랫, 그리고 골란 트레비스입니다."

페롤랫이 대답하자 문이 열렸다.

3

선 채로 책상 주위를 왔다 갔다 하다가 그들을 맞으러 앞으로 걸어 나온 사람은 큰 키에 중년을 넘어 보이는 잘생긴 남자였다. 피부는 밝은 갈색이었고 이마 위로 흘러내린 머리카락은 곱슬곱슬했다. 그는 손을 내밀며 부드럽고 낮은 목소리로 자기를 소개했다.

"난 S.Q.입니다. 만나서 기쁘군요, 교수님들."

그러자 트레비스가 말했다.

"전 학위가 없습니다. 다만 페롤랫 교수님을 수행하고 있지요. 그냥 트레비스라고 부르십시오. 저도 만나 뵙게 되어 기쁩니다. 아브트 교수님."

퀸테세츠는 당황한 듯 한쪽 손을 들어 올리며 말했다.

"아니, 아니요. 아브트는 세이셸 밖에서는 아무 의미도 없는 하찮은 명칭일 뿐입니다. 그건 무시하고 S.Q.라고 부르시죠. 세이셸에서는 일상적인 만남에서 대개 이름 첫 자만 부르는 경향이 있지요. 한 분만 오시는 줄 알고 있었는데 이렇게 두 분을 만나게 되니 정말 기쁘군요."

그는 잠시 머뭇거리더니 슬그머니 바지 위에 자신의 손을 닦고는 손을 내밀었다.

트레비스는 그 손을 잡으며 세이셸 사람들의 정확한 인사 예절은 어떤 걸까 하고 생각했다.

퀸테세츠가 말했다.

"앉으십시오. 의자가 너무 헐겁다고 생각하실지 모르겠군요. 하지만 난 의자가 사람을 안듯이 붙들어 들러붙는 걸 좋아하지 않아요. 지금은 꼭 끼는 의자가 유행입니다만, 난 의미 있는 경우에만 끌어안는 것을 좋아하지요."

트레비스가 웃으며 말을 받았다.

"누구든지 다 그렇습니다. 교수님의 이름인 S.Q.는 세이셸식 이름이라기보다는 림 행성에서 쓰는 이름 같군요. 제 말이 당치 않았다면 용서해 주십시오."

"괜찮습니다. 내 선조는 거슬러 올라가면 아스콘에 살았었지요. 5세대 전, 그러니까 조부모의 조부모의 조부모께서는 파운데이션의 지배력이 지나치게 성장했을 때 아스콘을 떠나셨지요."

페롤랫이 말했다.

"저희들은 파운데이션 사람입니다. 죄송하게 되었군요."

퀸테세츠는 온화한 표정으로 손을 흔들며 말했다.

"5세대가 지나도록 유감을 갖고 있지는 않아요. 뭐 마실 거라도 좀 드시겠습니까? 혹시 음악을 좋아하십니까?"

페롤랫이 대답했다.

"세이셸의 예절이 허용한다면 바로 용무부터 말씀드리고 싶군요."

"그거라면 세이셸 예절에 어긋나지 않아요. 염려 마세요. 페롤랫 교수님, 당신이 얼마나 뛰어난 인물인지 본인은 별로 생각해 보지 않은 것 같군요. 바로 2주 전에《인류학 평론》에서 기원 신화에 대한 교수님의 논문을 우연히 접했는데 정말 굉장히 감동적이었습니다. 더군다나 그렇게 짧은 글 속에서 그런 내용을 다루다니……."

페롤랫은 기쁨으로 얼굴이 붉어졌다.

"그 논문을 읽으셨다니 나로서는 정말 영광입니다. 물론 그 논문은 요약한 것입니다. 그 잡지에서는 전부를 실으려고 하지 않았거든요. 전 그 주제에 관한 논문을 본격적으로 써 볼 계획입니다."

"그거 잘됐군요. 난 그 논문을 읽자마자 터미너스를 방문해서라도 교수님을 꼭 만나야겠다고 생각했습니다. 터미너스를 방문하는 데 적지 않은 난관이 있긴 하겠지만 말이죠."

"난관이라뇨?"

트레비스가 물었다.

퀸테세츠는 당황하는 표정이었다.

"유감스러운 얘기지만 세이셸은 파운데이션 연방에 가입하기는커녕, 오히려 파운데이션과의 어떠한 사회적 교류도 막으려고 하고 있습니다. 아시다시피 우리는 중립주의라는 전통을 갖고 있는데 뮬조차도 우리가 중립 성명을 내는 것만 막았지 특별히 간섭하지는 않았지요. 그래서 일반적으로 파운데이션 영토, 특히 터미너스를 방문하기 위한 허가 신청은 모두의 심의를 받기 마련입니다. 물론 나 같은 학자의 학문적인 용건에 대해서는 특별히 여권을 발행해 주지만……. 어쨌든 이젠 그런 걱정들은 불필요해졌군요. 이렇게 찾아오셨으니 말입니다. 정말 믿어지지 않는 일이군요, 혹시 교수님도 제 이름을 들어 본 적이 있습니까?"

페롤랫이 대답했다.

"교수님의 연구 성과들은 이미 알고 있었어요, S.Q. 내가 소장한 자료에 교수님의 논문 개요들이 들어 있지요. 실은 그 때문에 만나고 싶었습니다. 난 인류의 발생지 행성이라고 알려져 있는 지구와, 은하사 중에서도 탐험과 정착의 초기사를 연구하고 있습니다. 특별히 이곳에 온 것은 세이셸의 개척기에 대해서 알고 싶어서입니다."

"교수님의 논문으로 미루어 볼 때 신화나 전설에 관심을 갖고 계신 것 같습니다만?"

"역사에 더 관심이 많지요. 실제로 존재했었다면 사실(史實)들이고 그렇지 않다면 신화나 전설들이 되는 것들 말입니다."

퀸테세츠는 일어나더니 빠른 걸음으로 왔다 갔다 하다가 멈춰 서서 페롤랫을 가만히 바라보았다. 그러고는 다시 걸었다. 트레비스가 조바심이 나서 채근했다.

"자, 말씀해 주세요, 교수님."

퀸테세츠가 말했다.

"이상하군요! 정말 이상해. 바로 어제……"

"바로 어제 뭐요?"

페롤랫이 끼어들자, 퀸테세츠가 말했다.

"말씀드렸잖습니까, 페롤랫 교수님. 그런데 J.P.라고 불러도 되겠습니까? 이름을 전부 부르기가 괜히 부자연스럽군요."

"그렇게 하시죠."

"J.P., 교수님의 훌륭한 논문에 마음이 끌려 당신을 만나 보고 싶어 했다고 말했었죠. 만나고 싶었던 이유는 교수님이 세계의 기원에 관한 광범위한 전설들을 수집했다지만 아직 우리에 관한 것은 갖고 있지 않기 때문이었습니다. 그래서 나는 교수님이 찾고 있는 것을 정확하게 알려 주고 싶었던 겁니다."

"그것이 어제와 무슨 관련이 있지요, S.Q.?"

트레비스가 물었다.

"우리에겐 전설이 있습니다. 우리 사회에서는 중요한 하나의 전설이지요. 그건 이미 우리에게 가장 큰 수수께끼가 되어 버렸습니다."

"수수께끼요?"

"퍼즐이나 그런 종류는 아닙니다. 은하표준에서 그 단어는 일상적인 뜻을 지닌 말이죠. 하지만 이곳에서는 특별한 의미를 지니고 있습니다. 그건 '뭔가 비밀스러운 것'이라는 뜻이죠. 특별한 전문가들만이 그 완전한 의미를 알 수 있는 단어고요. 외부인들에게는 알려지지 않은……. 그런데 어제가 바로 그날이었습니다."

"그날이라뇨, S.Q.?"

트레비스가 자신의 인내심을 과시하기라도 하는 듯한 태도로 물었다.

"어제는 '탈출의 날'이었다는 말입니다."

"아, 명상의 날! 모두 집 안에서만 지내기로 된 날 말이죠?"

"원칙적으로는 그렇지요. 번잡스러운 구역이나 대도시를 제외하고는 말입니다. 그곳에서는 전통적인 의식을 지키는 일이 거의 없지요. 두 분 다 이에 대해서 알고 있었나요?"

페롤랫은 트레비스가 지루해하는 기색을 눈치 채고는 서둘러 대답했다.

"그에 관해서는 어제 도착하면서 조금 들었습니다."

트레비스가 끼어들었다.

"제 말을 들어보세요, S.Q., 아까 말했듯이 저는 학자는 아니지만 질문을 하나 하겠습니다. 당신은 중심이 되는 수수께끼에 대해 이야기하고 있었어요. 외부인들에게는 알려지지 않은 수수께끼에 대해서요. 그런데 우리도 외부인인데 왜 우리에게는 그 이야기를 해 주는 거죠?"

"물론 두 분은 외부인이지요. 하지만 나는 그날의 관습을 지키는 사람은 아닙니다. 그런 미신은 거의 믿지 않거든요. J.P.의 논문은 내가 오랫동안 가져 왔던 느낌을 더 강화해 주었습니다. 신화든 전설이든 그런 것은 아무것도 없는 데서 만들어진 것은 아닙니다. 아무리 왜곡된 것이라 해도 어쨌든 그 뒤에는 진실의 핵심이 있는 법이죠. 나는 '탈출의 날'이라는 우리의 전설 뒤에 숨어 있는 진실을 찾고 싶습니다."

트레비스가 다시 물었다.

"그렇다면 그것에 대해 얘기하는 것은 괜찮은가요?"

퀸테세츠가 어깨를 으쓱했다.

"전적으로 안전한 건 아니겠지요. 보수적인 사람들은 두려워할 거예요. 하지만 그들은 정부를 장악하지 못하고 있고 지난 1세기 동안 한 번도 그런 적이 없었습니다. 세속주의자들의 세력이 강하지요. 두 분께는 불편한 표현인지도 모르겠습니다만 '반(反)파운데이션'이라는 편견을 제대로 이용하지 못한다면 보수주의자들의 운명은 앞으로도 마찬가지일 겁니다. 따라서 지금은 제 학문적 관심 분야인 고대사의 관점에서 이야기하고 있으니 다른 지도적인 학자들 역시 강력하게 지지해 줄 겁니다."

"그렇다면 가장 큰 수수께끼에 대해 우리에게 알려 주시겠습니까, S.Q.?"

페롤랫이 묻자, 퀸테세츠가 대답했다.

"그러죠. 하지만 우선 누가 방해하거나 이야기를 듣지 않도록 확실히 해 둡시다. 황소 얼굴을 쳐다본다고 해서 그 주둥이를 때려야 하는 건 아니라는 말이 있듯이 말입니다."

그는 책상에 있는 기구의 스위치를 켜며 덧붙였다.

"자, 이제 외부와의 연락은 두절되었습니다."

"이제 고민거리가 없는 게 확실합니까?"

트레비스가 물었다.

"고민거리?"

"도청당한다든지, 시각이나 청각적인 감시 장치 아래 있다든지 하는 경우 말입니다."

퀸테세츠가 놀랍다는 표정을 지었다.

"세이셸에서는 그런 일은 없습니다."

트레비스가 어깨를 으쓱했다.

"그렇게 말씀하신다면야······. 자, 이제 얘기해 주시죠, S.Q."

퀸테세츠는 입술을 오므리고 의자에 몸을 기댔다(의자는 전보다 약간 더 압력을 받고 있는 것 같았다.). 그러더니 양쪽 손가락 끝을 모았다. 그는 어떻게 이야기를 시작해야 할지 생각하는 것 같았다. 이윽고 그가 입을 열었다.

"로봇이 뭔지 아십니까?"

"로봇이라고요? 글쎄요······."

페롤랫이 답했다.

퀸테세츠는 천천히 머리를 가로젓고 있는 트레비스 쪽을 보았다.

"그러면 컴퓨터는?"

"그거야 물론 알지요."

트레비스가 조바심이 나서 대답했다.

"그러면 로봇도 상상할 수는 있겠군요. 이동하는 컴퓨터······."

"로봇이 이동하는 컴퓨터란 말인가요?"

트레비스가 여전히 조바심이 나서 물었다.

"종류도 수없이 다양해서, 이동하는 컴퓨터화된 기구라는 말 외에는 설명할 말이 없군요. 인간과 아주 유사하게 닮은 그 기구를 로봇이라 하지요. 로봇의 특성은 인간의 형상을 하고 있다는 거죠."

"왜 인간의 형상을 하고 있죠?"

페롤랫이 놀랍다는 듯이 물었다.

"나도 확실히 모르겠군요. 기구로서는 확실히 비효율적인 형상이라는 점은 인정하지만 난 지금 전설을 얘기하는 것일 뿐입니다. '로봇'은 지금 우리가 알아볼 수 있는 어떤 단어에도 나오지 않는 오래된 단어예요. 학자들에 따르면 그 단어는 '노동'이라는 의미를 함축하고 있다고 하더군요."

"노동이라는 의미를 지닌 말로 '로봇'이라고 발음되는 단어는 생각나지 않는데요?"

트레비스가 의심쩍다는 듯이 말했다.

"은하계의 언어에는 확실히 없는 것 같아요, 하지만 그건 학자들의 주장이지요."

"뒤집어서 생각할 수도 있겠죠. 로봇들이 노동에 사용되어서 그 단어가 '노동'이라는 뜻을 가지게 되었을지도 모르잖아요. 어쨌든 그 이야기를 왜 하는 거죠?"

페롤랫이 물었다.

"지구만이 사람이 사는 유일한 행성이고, 은하계에 아직 사람이 살고 있지 않았을 때 로봇이 발명되었다는 이야기는 이 세이셸에서 확실히 믿을 수 있는 이야기의 하나로 전해지고 있습니다. '두 종류의 인간이 있었다. 하나는 자연적으로 생겨난 것인데 살로 이루어져 있으며 생물학적이고 복잡하며, 다른 하나는 발명된 것으로 금속으로 이루어져 있으며 기계적이고 단순한 인종이었다!'"

퀸테세츠는 잠시 말을 멈추고 슬픔이 담긴 미소를 지어 보이더니 이야기를 계속했다.

"미안합니다. 『탈출의 서(書)』에서 인용하지 않고는 로봇에 대해 말하기가 불가능해서. '지구인들은 로봇을 고안하였다.'"

"그런데 지구인들은 왜 로봇을 고안해 냈을까요?"

트레비스의 질문에 퀸테세츠는 어깨를 으쓱하더니 이렇게 말했다.

"지금 그걸 누가 알 수 있겠습니까? 아마도 그들은 소수였기 때문에 은하를 탐사하고 거주 지역으로 만드는 대사업에서 로봇들의 도움이 필요했겠지요."

트레비스가 말했다.

"그건 일리 있는 이야기 같군요. 일단 식민지가 개척된 후에는 로봇이 더 이상 필요 없었겠지요. 분명히 오늘날 은하계에는 인간의 형상을 한 컴퓨터화된 도구란 없으니 말입니다."

"여하튼 이야기를 단순화시켜서, 일반적으로 다른 사람들이 쓰는 시적인 미사여구를 모두 없애고 말한다면 다음과 같아요. 지구에 인접해 있는 항성을 회전하고 있는 식민지 행성들이 성장해 감에 따라서 이곳에는 로봇들이 지구보다 훨씬 많아졌습니다. 새로 개척되는 행성에는 로봇들이 유용했기 때문이겠지요. 사실 지구는 쇠락해 갔고 더 이상 로봇도 필요 없게 되자 결국에는 로봇에 대항하는 반란까지 있었지요."

"그래서 어떻게 되었죠?"

페롤랫이 물었다.

"외부 행성들은 점점 강해졌습니다. 자식인 식민지 행성들이 로봇의 도움을 빌어서 어머니인 지구를 패퇴시키고 지배하게 되었던 거예요. 미안하지만 다시 인용문을 사용해야겠군요. '그런데 자신들의 행성을 버리고 달아난 지구인들이 있었다. 그들은 훌륭한 우주선을 갖고 있었고, 훨씬 강력한 초공간 여행 방식을 알고 있었다. 그들의 초기에 식민지로 개척된 가까운 행성들 너머의 아주 먼 별과 행성으로 도주했다. 새로운 식민지에서 자유롭게 살 수 있었다.' 이때가 소위 탈출의 시대이고, 최초의 지구인이 세이셸 성구 즉 바로 이 행성에 도착한 이날을 '탈출의 날'이라고 하지요. 우리는 지난 수천 년간 해마다 이날을 기려 왔지요."

페롤랫이 말했다.

"존경하는 교수님, 그럼 교수님 말씀에 의하면 세이셸이 직접 지구에 의해 개척되었다는 거로군요?"

퀸테세츠는 생각에 잠겨 주춤하였다. 이윽고 그가 입을 열었다.

"그건 공식적인 믿음입니다."

"그 사실을 받아들이고 있지 않으신가요?"

트레비스가 말했다.

"음……, 나로서는 그런 편이죠."

퀸테세츠는 갑자기 감정이 폭발하는 듯 버럭 소리를 질렀다.

"아, 위대한 별과 소행성이여! 그러나 난 그것을 받아들일 수가 없습니다! 그건 정말 있을 수 없는 일입니다. 하지만 그게 공식적인 교리인데다, 정부가 아무리 세속화되었어도 그에 대한 정부의 입 발린 말만은 여전히 변함이 없거든요. J.P., 교수님의 논문에는 이 이야기를 알고 있다는 흔적이 전혀 없더군요. 로봇에 관해서도, 그리고 식민지화 과정에서 나타난 두 세력, 즉 로봇을 지닌 세력과 로봇을 지니지 않은 세력에 대한……."

페롤랫이 말했다.

"난 전혀 모르고 있었습니다. 지금 처음 들었지요. S.Q., 이 사실을 알려 준 당신을 난 영원히 잊지 못할 겁니다. 그런데 어떤 논문에도 이에 대한 조그만 암시조차 없었다는 게 놀랍군요."

"그건 우리 사회가 얼마나 효율적인가를 보여 주는 것이지요. 이건 우리 세이셸 성구의 위대한 수수께끼죠."

트레비스가 냉담하게 말했다.

"하지만 식민지화 과정에서 나타난 두 번째 세력, 즉 로봇이 없는 세력은 여기 외에라도 어디로든지 이주할 수 있었을 것입니다. 그런데 왜 하필 그 위대한 성구가 이곳 세이셸 근처에만 존재하고 있었을까요?"

퀸테세츠가 대답했다.

"다른 지역에 비밀리에 존재할지도 모르죠. 하지만 보수주의자들은 세이셸만이 지구로부터 도주해 온 사람들이 최초로 정착한 곳이며, 이곳으로부터 다른 은하들로 차례로 정착이 이루어졌다고 믿고 있습니다. 물론 그건 말도 안 되는 이야기지만."

페롤랫이 말했다.

"그런 부차적인 문제들은 시간이 가면 해결될 겁니다. 다른 행성에서 비슷한 정보들을 찾아낼 수 있을 테니까요. 중요한 것은 그 인류기원설에 대한 의문이 제기되었다는 겁니다. 물론 확실한 증거만이 그로부터 무한정으로 답을 이끌어 낼 수 있는 열쇠겠지요. 아, 나는 정말 운이 좋은 사람이야!"

트레비스가 말했다.

"그래요, 페롤랫 교수님. 하지만 S.Q.가 우리에게 전부 다 말해 준 것 같지는 않아요. 틀림없어요. 교수님! 그렇다면 구 식민지와 그들의 로봇은 어떻게 되었지요? 세이셸에서는 전통적으로 뭐라고 주장하고 있습니까?"

"자세한 이야기는 더 이상 없습니다. 기본적인 것만을 전하고 있을 뿐이지요. '인간과 인간의 형상을 한 것은 함께 살 수 없다. 로봇을 소유한 행성은 사멸했다. 그들은 생존 능력이 없었다.'"

"그리고 지구는?"

"'인간은 지구를 떠나 이곳에 정착하였고 다른 행성에도 정착했을 것이다.'(보수주의자들은 동의하지 않겠지만.)"

"틀림없이 모든 사람들이 지구를 떠난 건 아닐 거예요. 그 행성은 죽어 버린 게 아닐 수도 있어요!"

"아마 그랬을지도 모르지만 어쨌든 난 그 이상은 모르겠군요."

트레비스가 퉁명스럽게 물었다.

"방사능으로 뒤덮인 채로 버려졌나요?"

퀸테세츠는 적이 놀라는 것 같았다.

"방사능이라고요?"

"제가 묻는 말에 대답해 주십시오."

"내가 알고 있는 한은 아닙니다. 그런 이야기는 들어 본 적이 없군요."

트레비스는 주먹을 꽉 쥐며 생각에 잠겼다. 마침내 그가 입을 열었다.

"S.Q., 너무 늦었군요. 우리가 시간을 너무 많이 빼앗은 것 같습니다."

페롤랫이 그의 말을 막으려 했지만, 트레비스가 손으로 그의 무릎을 누르는 바람에 아무 말도 하지 못했다.

퀸테세츠가 말했다.

"도움이 되었다면 나로서도 기쁘군요."

"많은 도움이 되었습니다. 그 보답으로 저희가 해 드릴 일은 없을까요?"

퀸테세츠가 조용히 웃었다.

"J.P., 당신이 우리의 수수께끼에 관해서 뭐라도 쓸 때, 내 이름만 언급하지 않는다면 그걸로도 충분한 보상이 될 겁니다."

페롤랫이 열심히 말했다.

"당신이 터미너스 방문 허가를 얻어서 교환 학자로 장기간 대학에 머무를 수 있게 된다면, 지금보다 훨씬 더한 명예를 얻을 수 있을 겁니다. 우리가 도와 드리지요. 세이셸이 파운데이션 연방을 싫어할지는 모르지만, 고대사의 한 측면에 관한 세미나에 참석하거나 터미너스에 가겠다는 직접적인 요구까지 거절하지는 않겠지요?"

세이셸인은 반쯤 일어선 채 말했다.

"그런 부탁을 들어줄 수 있는 연줄이라도 있습니까?"

트레비스가 말했다.

"구체적으로 생각해 본 적 없지만 J.P.의 말은 분명 사실입니다. 우리가 하려고만 하면 못할 일도 없을 겁니다. 우리가 더 깊은 감사를 느끼게 된다면 그땐 우리가 더욱 노력을 기울이겠지요."

퀸테세츠가 잠시 말을 않더니 얼굴을 찌푸리며 물었다.

"그게 무슨 말이죠?"

"가이아에 대해서 말씀해 주신다면, 우리는 상당한 고마움을 느낄 거란 얘기입니다, S.Q."

트레비스가 대답했다. 그러자 퀸테세츠의 얼굴에서는 환한 표정이 모두 사라져 버렸다.

4

한동안 퀸테세츠는 책상을 내려다보면서 손가락으로는 짧고 단단하게 말려 올라간 머리카락을 만지작거리고 있었다. 그러더니 트레비스를 쳐다보며 입술을 단단하게 오므렸다. 마치 아무 말도 하지 않겠다고

작정한 모습 같았다.

트레비스가 눈썹을 치켜뜨고 조용히 기다리자, 마침내 퀸테세츠는 억눌린 듯한 목소리로 말했다.

"정말 시간이 많이 지났군요. 벌써 어둑어둑해졌는데……."

그때까지도 훌륭한 은하 표준어를 구사하던 그의 말투는 이제까지 그가 받았던 고전 교육을 몰아내기라도 하는 듯 세이셸 말투로 변했다.

"어두워졌다고요, S.Q.?"

"거의 밤중입니다."

트레비스가 고개를 끄덕였다.

"하긴 배가 고프군요. 우리가 살 테니 함께 식사라도 하지 않겠어요, S.Q.? 그러면 가이아에 대해서 계속 이야기를 할 수 있을 텐데요."

퀸테세츠가 무겁게 자리에서 일어났다. 그는 터미너스에서 온 두 사람보다 컸다. 하지만 나이가 더 들었고 몸집도 땅딸해서 강하다는 인상을 주기에는 역부족이었다. 그는 그들이 도착했을 때보다 더 허약해진 듯했다. 그는 그들에게 눈을 깜빡이면서 말했다.

"내가 여러분을 환대해야 한다는 사실을 잊고 있었군요. 외부 행성인들인 두 분이 날 대접하다니, 도리에 맞지 않아요. 우리 집으로 가시죠. 캠퍼스 안에 있는데 그리 멀지 않아요. 계속 대화하기를 원하신다면 여기보다는 거기서 더 편안하게 얘기하죠. 다만 유감스러운 것은……."

그는 잠시 이야기를 멈추고 불편한 기색을 보였다.

"제한된 식사밖에 대접할 수 없다는 겁니다. 나와 내 아내는 채식주의자라서. 만일 우리 집에서 식사를 하시겠다면 양해를 구할 수밖에."

트레비스가 말했다.

"J.P.와 제가 한 끼 식사를 육식으로 하지 못하는 건 그다지 큰일은 아니랍니다. 당신의 이야기가 그걸 충분히 보충하고도 남게 해 주겠지요."

"이야기야 어떻든 즐거운 식사를 약속드릴 수 있습니다. 두 분 입맛이 우리 세이셸식 양념에 빠져들기만 한다면 말이죠. 나와 내 아내는 그에 관해 진기한 연구들을 많이 했답니다."

"교수님이 보여 줄 이국적 취미가 기대되는군요, S.Q."

트레비스가 시원하게 말했다. 하지만 페롤랫은 약간 불안한 낯빛이었다.

퀸테세츠가 앞장서고 두 사람은 뒤를 따르며 방을 나서, 끝이 안 보이는 복도를 따라 내려갔다. 세이셸인은 가면서 마주치는 학생 및 동료들과 인사를 나누었지만 동행자를 소개하진 않았다. 트레비스는 회색으로 바랜 자신의 전대띠를 다른 이들이 호기심 어린 눈으로 바라본다는 사실을 알아차리고 불편하게 여겼다. 분명 캠퍼스에서 예의에 맞는 그런 색깔은 아닌 듯했다.

마침내 그들은 문을 빠져나와 광장으로 들어섰다. 밖은 깜깜했고 약간 서늘했다. 저 멀리 나무들이 울창하게 서 있는 것이 보였고 인도의 양 측면으로는 잔디들이 무성하게 자라 있었다.

페롤랫은 그들이 방금 나온 건물에서 나오는 희미한 불빛과 캠퍼스 인도를 비추고 있는 불빛들에 등을 돌린 채 잠시 멈춰 섰다. 그는 위를 올려다보았다.

"아름답군! 우리 시인들 중 한 사람이 쓴 시에 '드높은 세이셸 하늘의 반점 같은 반짝임'이라는 유명한 시 구절이 있지요."

트레비스는 감상하듯 하늘을 쳐다보고 있더니 이윽고 낮은 목소리로 말했다.

"우리는 터미너스 출신입니다, S.Q.. 적어도 제 동료는 다른 하늘을 본 적이 없지요. 터미너스 위에서는 은하의 흐릿한 안개와 겨우 보이는 별들 몇 개밖에 볼 수가 없죠. 만약 우리 행성에 와 보았다면 이곳 하늘에 감사했을 겁니다."

퀸테세츠는 침울하게 말했다.

"우리도 충분히 감사하고 있습니다, 더군다나 이곳은 은하계 중심의 복잡한 곳이 아니라서 별들의 분포가 대단히 고르지요. 은하계 어디에서도 그렇게 고르게 분포된 일등성들을 발견하지는 못할 거예요. 그리고 지나치게 많지도 않고요. 언젠가 구상(球狀) 성단의 바깥 경계 내에 있는 행성에서 하늘을 본 적이 있는데, 그곳에서는 밝은 별들이 너무 많았습니다. 그 별들은 지나치게 어둠을 헤쳐 놓아서 오히려 밤하늘의 장관을 흐려 놓았죠."

트레비스가 말했다.

"동감입니다."

퀸테세츠가 말했다.

"거의 동일한 밝기를 가진 별들로 이루어진 정오각형을 본 적이 있는지 모르겠군요. 우리는 그걸 '다섯 자매'라고 부르고 있습니다. 나무들이 나열해 서 있는 저 바로 윗방향에 있지요. 보입니까?"

트레비스가 말했다.

"네, 굉장히 매력적인데요!"

"그래요. 사랑의 성취를 상징적으로 나타내고 있는 겁니다. 사랑한다는 암시를 나타내는, 점으로 된 오각형이 그려지지 않은 연애편지는 없으니까요. 다섯 개의 각각의 별들은 사랑하는 과정에서 나타나는 단계들을 나타내는데, 이 단계들을 에로틱하게 표현하려 했던 유명한 시들도 있지요. 젊었을 때는 나도 그 주제에 관한 시를 써 보려고 했습니다. 이 '다섯 자매'에 대해 무감각해지는 날이 오리라고는 꿈에도 생각지 않았지요. 비록 그런 일상적인 문명이지만 말입니다. '다섯 자매' 별자리 한가운데쯤 있는 어두운 별이 보입니까?"

"예, 보입니다."

"그건 짝사랑을 나타내는 겁니다. 그 별이 한때는 나머지 별들처럼 밝게 빛났었다는 전설이 있죠. 하지만 슬픔으로 저렇게 희미해졌다고 합니다."

그는 이야기를 마치고 걸음을 재촉했다.

5

트레비스는 저녁 식사를 하기 전에 맛있게 여겨야 한다고 다짐했지만 다행히 실제로도 맛있었다. 굉장히 종류가 다양했고 양념과 소스는 절묘하고 적절했다.

트레비스가 물었다.

"이 맛있는 야채들은 일반적인 은하계 식물이 아닌 것 같군요, S.Q.."

"어떤 의미에선 그렇죠."

"이 행성 고유의 식물도 포함되어 있는 것 같은데요?"

"물론입니다. 최초의 정착민들이 이곳에 도착했을 때 이 세이셸 행성은 산소 세계였다고 합니다. 그러니 생명을 잉태하고 있었던 게 틀림없지요. 그리고 우린 몇 종의 고유 생물들을 보존해 왔습니다. 이곳에는 아주 큰 자연 공원이 있는데, 거기에는 세이셸 고유의 식물과 동물들이 살고 있답니다."

페롤랫이 슬픈 표정으로 말했다.

"그런 면에서는 당신들이 앞서 있군요, S.Q.. 터미너스에는 육상 생물이라고는 거의 없었어요. 게다가 바다 생물을 보존하기 위한 어떤 노력도 오랫동안 없었고요. 단지 산소를 만들어 내어 터미너스를 살기 적합한 행성으로 만들었을 뿐이지요. 그러니 이제 터미너스의 생태는 완전히 은하적인 것이 되어 버렸답니다."

"세이셸은 오랫동안 생명을 존중해 온 기록을 지니고 있습니다."

퀸테세츠가 자랑스러운 미소를 지으며 말했다. 그러자 트레비스가 기회를 잡았다는 듯이 이야기를 꺼냈다.

"사무실에서 나올 때, 우리에게 저녁을 대접하면서 가이아에 대해 이야기를 해 주시려던 게 아닌가요?"

포동포동하고 살갗이 검은 퀸테세츠의 아내가 깜짝 놀라 그들을 쳐다보더니 아무 말도 없이 방을 나갔다. 그녀는 식사하는 동안에도 거의 말이 없었다.

"내 아내는 아주 보수적이랍니다. 그 행성에 대해 이야기하는 걸 언짢게 생각할 거예요. 미안합니다. 그런데 왜 그것에 대해 관심이 많죠?"

"그건 J.P.가 하는 연구에서 아주 중요한 것이기 때문이죠."

"하지만 그걸 왜 내게 묻지요? 우리는 지구와 로봇, 그리고 세이셸 개척에 대해서 이야기하고 있었잖습니까. 당신이 묻는 것과 우리가 하던 얘기랑 무슨 관계라도 있습니까?"

"어쩌면 관계가 없을지도 모르지요. 하지만 그 문제에 대해서 이상한 점들이 너무 많아요. 아내 분께서는 가이아에 대해서 이야기하는 걸 왜 그렇게 불편하게 생각하시지요? 교수님 또한 그렇고요. 어쨌든 그에 관한 질문은 몇 가지 안 돼요. 우린 오늘에야 가이아가 지구를 말하는 것이며, 인간들이 저질러 놓은 악행으로 인해 초공간으로 사라져버렸다는 이야기를 들었습니다."

고통스러운 표정이 퀸테세츠의 얼굴을 스치고 지나갔다.

"누가 당신에게 그런 횡설수설을 늘어놓은 거죠?"

"이곳 대학에서 누군가를 만났지요."

"그건 그저 미신일 뿐입니다!"

"그러면 그건 탈출에 관한 세이셸 전설의 중심적 교리에 들어 있는 게 아니란 말입니까?"

"물론 아닙니다. 그건 일반인들, 교육받지 못한 사람들이 만들어 낸 이야기에 불과해요."

"틀림없습니까?"

트레비스가 차갑게 물었다.

퀸테세츠는 자기 앞에 놓인 남은 음식들을 응시했다.

"거실로 가시죠. 우리가 이곳에서 이렇게 계속 이야기하고 있으면 내 아내가 이 방을 치우지 못할 거예요."

"그게 지어낸 이야기라는 게 확실합니까?"

일단 그들이 거실로 들어가 자리에 앉자마자 트레비스는 되풀이하여 물었다. 트레비스가 앉아 있는 맞은편의 창은 위쪽과 안쪽으로 불룩하여 세이셸의 아름다운 밤하늘 전경을 깨끗하게 보여 주고 있었다. 방 안의 불빛은 희미하여 퀸테세츠의 어두운 안색을 그림자 속으로 녹이고 있었다. 퀸테세츠가 물었다.

"내 말을 믿지 못하겠습니까? 당신은 어떤 행성이 초공간으로 분해되어 사라질 수 있다고 생각하나요? 일반인들은 초공간에 대해서 아주 모호한 지식밖에 갖고 있지 않다는 점을 이해해야 할 겁니다."

"사실은 저 자신도 초공간에 대해 모호한 지식밖에 갖고 있지 않지만 그곳을 수백 번도 더 통과해 왔지요."

"정 그렇다면 사실을 이야기해 주죠. 지구가 어디에 있든지 그건 세이셸 연방의 경계 안에는 없어요. 그것만은 당신에게 확실히 말해 두죠. 그리고 당신이 말했던 그 행성은 지구가 아닙니다."

"지구가 어디 있는지는 모르셔도 제가 말한 행성이 어디 있는지는 알고 있는 것 같군요. 그리고 그건 확실히 이 세이셸 연방 내에 있고요. 안 그래요, 페롤랫 교수님?"

페롤랫은 무신경하게 듣고 있다가 갑자기 트레비스가 자기를 부르는 소리에 놀라면서 대답했다.

"그거라면 내가 어디 있는지 아네, 트레비스."

트레비스가 놀란 듯 돌아서서 그를 보았다.

"언제부터요, 페롤랫 교수님?"

"오늘 저녁 일찌감치⋯⋯. S.Q., 교수님께서 집으로 오는 길에 우리에게 '다섯 자매'를 보여 주었지요. 그때 오각형 중앙에 있는 희미한 별을 가리켰지요. 난 그게 바로 가이아라는 걸 알았습니다."

퀸테세츠가 머뭇거렸다. 어둠 속에 감추어진 그의 얼굴은 확실히 당황한 빛을 띠고 있었다. 마침내 그가 입을 열었다.

"글쎄, 그건 우리 천문학자들이 개인적으로 우리에게 얘기해 준 겁니다. 가이아는 그 항성을 돌고 있는 행성이지요."

트레비스는 의아해하며 천천히 페롤랫을 바라보았지만 그의 표정을 읽을 수가 없었다. 트레비스는 퀸테세츠에게 돌아서며 물었다.

"그러면 그 별에 관해서 이야기해 주세요. 혹시 좌표를 아십니까?"

"내가? 아니, 모릅니다!"

그는 거의 반항하듯 부정하였다.

"이곳에는 어떤 별에 관한 좌표도 없어요. 천문학과에서나 구할 수 있을지 모르죠. 그것을 구하기는 그리 어렵지 않겠지만 그 별로 여행하는 것은 금지되어 있습니다."

"어째서 그렇지요? 세이셸 영역 내에 있잖아요?"

"우리 지도학 상으로는 그렇죠. 하지만 정치적으로는 아닙니다."

트레비스는 그가 뭔가를 더 말해 주기를 기다렸다. 하지만 아무리 기다려도 말이 없자 그는 일어섰다.

"S.Q., 전 정치가도 군인도 외교관도 스파이도 아닙니다. 교수님을 윽박질러 정보를 캐내려는 게 아니란 말이에요. 그러나 저는 제 뜻과는 달리 우리 대사에게 가려고 합니다. 교수님은 제가 사적인 이해 때문에 이 정보를 원하는 것이 아니라는 점을 분명히 아셔야 합니다. 이건 파운데이션의 일이며, 저는 이 일로 인해 행성 간 충돌이 일어나지 않기를 바라고 있어요. 세이셸 연맹도 역시 그걸 원치는 않을 거라고 생각합니다만."

퀀테세츠는 애매한 어투로 물었다.

"파운데이션 일이라니, 그게 뭐죠?"

"그 문제는 교수님과 논의할 수 있는 게 아닙니다. 가이아가 교수님이 저와 논의할 수 있는 대상이 아니라면, 우린 이 모든 사실을 정부 고위층에 알릴 것이고, 그렇게 되면 당신네 세이셸은 최악의 상황을 맞이하겠지요. 세이셸은 파운데이션에 대해 독립을 지켰으며 저는 거기에 반대하지 않습니다. 저는 세이셸이 나쁘게 되는 걸 바랄 이유가 없거든요. 우리 대사한테 가고 싶은 생각도 없고요. 사실 그렇게 되는 건 제 경력에 오점이 될 겁니다. 왜냐하면 정부 차원으로 비화시키지 말고 일을 처리하라는 지시를 받았거든요.

자, 그러니 교수님이 가이아에 대해서 언급해서는 안 될 어떤 확실한 이유라도 있는 건지 얘기해 주세요. 그에 관해 발설하면 체포되어 감옥이라도 가는 겁니까? 내가 대사관까지 올라가야만 한다면 솔직히 그렇다고 말씀해 주세요."

"아니, 그런 건 아닙니다!"

퀸테세츠가 크게 당황한 음성으로 말했다.

"정부 차원의 일에 대해서는 아무것도 몰라요. 우린 단지 그 행성에 대해서 이야기하지 않을 뿐입니다."

"미신인가요?"

"그래요, 일종의 미신이죠. 그래도 세이셸에선, 당신들에게 가이아가 초공간에 있다고 알려 줬다는 그 어리석은 사람보다는 내가 더 나을 겁니다. 아니, 가이아에 대해 말하고 있는 이 방에 있기조차 싫어하고, 무엇엔가 혼이 날까 봐 두려워 아예 집을 나가 버릴지도 모를 내 아내보다야 나을 겁니다."

"번개라도 맞는단 말입니까?"

"저 먼 곳에서 날아오는 일격이에요. 그래서 난 그 이름을 입 밖에 내는 것도 주저하고 있습니다. 가이아! 가이아! 그 단어는 '아무도 해치지 않는다! 나는 괜찮다!' 이렇게 외쳐 봐도 꺼림칙한 이름이지요. 하지만 내가 그 좌표를 구하는 걸 돕겠다는 점만은 믿어 주세요. 어쨌든 이곳 연맹 내에서는 그 행성에 대해 이야기하면 안 됩니다. 우린 그 행성을 우리의 기억 속에서 아예 지워 버렸어요. 하지만 난 그 행성에 대해 알려져 있는, 추측이 아니라 실제로 알려져 있는 사실들을 약간은 이야기해 줄 수는 있습니다. 아마도 이 연맹 내에 있는 어떤 행성에 가더라도 그 이상은 알 수 없을 겁니다.

 가이아는 고대 행성으로 알려져 있어요. 어떤 이들은 은하에 있는 이 구역에서 가장 오래된 행성이라고도 하지만 그건 불확실합니다. 애국심은 우리에게 세이셸 행성이 가장 오래되었다고 주장하지만 두려움은 그것이 가이아라고 말하고 있지요. 그 둘을 결합하는 유일한 길은, 세이셸에 지구인들이 정착하여 살았으므로 가이아가 지구라고 가정하는 거예요. 대부분의 역사들은 그 행성이 독자적으로 개척되었다고 생각하고 있습니다. 가이아가 우리 연맹 내 어떤 행성의 식민지는 아니고, 연맹도 가이아에 의해 식민지화된 것이 아니었다고 말입니다. 가이아에 사람들이 정착한 것이 세이셸 이전의 일인지, 아니면 그 후인지에 대해서는 의견이 일치하지 않아요."

 "그렇다면 교수님이 알고 있는 거라곤 아무것도 없는 셈이군요. 두 가지 모두 이 사람들이 믿든 저 사람들이 믿든, 모두 다르게 믿고 있는 것에 불과하니까요."

 퀸테세츠가 비참한 표정으로 고개를 끄덕였다.

 "그런 셈이죠. 가이아의 존재를 알게 되었을 때는 역사적으로 상당히 늦은 시기였습니다. 우린 처음에는 연맹을 형성하느라고, 또 은하제국과 싸우느라고 정신이 없었지요. 그 뒤로는 제한된 총독의 권한 아래 황제의 관할지로서 적절한 역할을 찾는 데 힘을 쏟아 왔고.

 그 후, 제국이 허약해져서 중앙 통제가 아주 약해졌을 때, 부임해 있던 마지막 총독 중 한 사람이 가이아가 존재한다는 걸 알게 되었습니다. 그는 세이셸에 이 사실을 알리려 하지 않았고 황제에게도 비밀을 유지하려고 했어요. 그래서 그것은 베일에 싸여 있었고, 결과적으로 그에 대해서는 아무것도 알려지지 않았지요. 그 후 총독은 그 행성을 손에 넣을 결심을 했습니다. 그러나 무슨 일이 있었는지 자세한 것은 모르지만, 그의 탐험은 실패했고 우주선도 몇 척밖에 되돌아오지 못했습니다. 당시에는 우주선이라고 해 봐야 성능이 좋지 않았고, 또 유도기도 그다지 좋지 않았고…….

 어쨌든 세이셸은 총독의 패배를 기뻐했어요. 황제의 앞잡이라고 여기던 총독의 실패가 곧바로 우리의 독립을 가져오게 된 거니까요. 그래서 세이셸 연맹은 제국과의 연대를 끊어 버렸고, 그 사건을 기념하여 매년 '연맹일'을 지정하여 경축하고 있습니다. 우린 은혜의 보답으로 가이아를 거의 1세기 동안 그대로 내버려 두었습니다. 하지만 우리도 제국주의적인 팽창을 생각하게 될 정도로 강해지게 되자 왜 가이아를 접수하지 않느냐, 적어도 관세 조약 정도는 체결해야 하지 않느냐 하는 여론이 비등하기 시작했지요. 그래서 우리는 함대를 보냈지만 역시 실패하고 말았습니다.

 그 후 우리는 무역을 시도하는 정도로 우리의 행동을 제한했지만, 그 시도 역시 성공하지 못했어요. 가이아는 여전히 고립된 채로 남아 있었죠. 다른 어떤 행성과 교류하려는 시도는 조금도 하지 않은 채로 말입니다. 적대적인 움직임조차도 일체 없었고, 그러고는……."

 퀸테세츠는 의자 팔걸이에 있는 조절기를 건드려 불을 밝게 했다. 밝은 조명 속에서 보니 퀸테세츠의 얼굴에는 비웃는 표정이 역력했다. 그는 이야기를 계속했다.

 "두 분께선 파운데이션 시민이니 뮬을 기억할 겁니다."

 트레비스는 얼굴을 붉혔다. 5세기 동안 건재하던 파운데이션이 뮬 앞에서 단번에 무너져 버렸다. 하지만 그의 지배 기간은 일시적이었고, 제2제국을 향한 여정에 심각한 장애를 초래하지도 않았다. 하지만 파운데이션을 원망하여 그 자부심에 상처를 주고자 하는 사람이라면, 항상 파운데이션의 유일한 정복자였던 뮬을 언급하곤 했다. 퀸테세츠가 조명을 밝게 한 것도 바로 그 파운데이션의 자부심에 구멍이 나는 현장을 목격하고 싶어서였을지도 모른다고 트레비스는 생각했다.

"물론입니다. 파운데이션인들은 모두 뮬을 기억하지요."

"뮬은 잠시나마 제국을, 말하자면 파운데이션이 현재 지배하고 있는 연방만큼 큰 제국을 통치하였지요. 하지만 그는 우리를 통치하지는 못했어요. 그는 우리를 평화롭게 내버려 두었어요. 그런데 그가 언젠가 한 번 세이셸을 통과한 적이 있었는데, 우리는 중립임을 선언하며 우호의 말을 전했어요. 그러니까 그는 더 이상 우리를 다그치지 않더군요. 병마가 그의 정복 정책을 멈추게 하고 죽음을 기다리게 하던 시기 바로 전에, 그가 손대지 않은 유일한 행성이 바로 세이셸이었습니다. 당신도 알다시피 그는 이상적인 사람은 아니잖습니까? 그런데 그는 비합리적인 무력은 쓰지 않았고 피를 좋아하지도 않았을 뿐 아니라 오히려 인간적으로 통치하였단 말입니다."

그러자 트레비스가 성급하게 말했다.

"가이아에 대해 더 할 얘기가 있습니까?"

"뮬이 했던 이야기 한 가지를 해 주죠. 뮬과 세이셸 연맹의 대통령 칼로와의 역사적인 만남에 대해 기록한 보고서에 따르면, 뮬은 화려한 몸짓으로 서류에 서명하면서 이렇게 말했다고 하더군요. '이 서류에 따르면 당신들은 가이아에 대해서도 중립적이군요. 그건 당신들에게 천만다행한 일이오. 나도 가이아에는 가지 않을 것이오!'라고."

트레비스는 고개를 저었다.

"왜 그가 그런 말을? 세이셸은 중립을 지킬 것을 서약했고, 가이아가 다른 행성을 침공했다는 기록도 없는데……. 뮬은 당시 전 은하계를 정복할 계획을 세우고 있었는데 뚜렷한 이유도 없이 그 계획을 포기하다니요? 세이셀이나 가이아를 정복하고 돌아올 시간도 충분했을 텐데…….”

"그럴지도 모르지요. 하지만 당시 믿을 만한 목격자에 따르면, 뮬은 펜을 놓으면서 이렇게 말했다고 합니다. '나도 가이아에는 가지 않을 거요!'라고. 그때 그는 목소리를 낮추고 거의 들리지 않는 목소리로 한마디를 덧붙였다고 합니다. '다시는!'…….”

"'들리지 않게'라고 했는데, 그러면 그 목격자는 어떻게 들었지요?"

"마침 그 사람이 갖고 있던 펜이 테이블 밑으로 떨어져서, 그걸 집으려고 몸을 굽혔는데 그때 귀가 뮬 가까이로 가게 된 거지요. 그는 뮬이 죽기 전까지는 아무 말도 하지 않았습니다."

"그가 꾸며 낸 이야기가 아니라고 어떻게 증명할 수 있습니까?"

"그런 종류의 이야기를 만들고 다닐 사람이 아니었기 때문에 그 보고가 받아들여진 거지요. 뮬은 그때를 제외하곤 한 번도 이 세이셀 연맹 안에, 아니 가까이조차 오지 않았습니다. 적어도 그가 이 은하계에 모습을 나타낸 이후로는 말이죠. 그가 가이아에 간 적이 있었다면 그가 이 은하 무대에 나타나기 전일 겁니다."

"그래요?"

"그런데 뮬이 태어난 곳이 어디라고 생각하십니까?"

"누군가는 알고 있겠죠."

"세이셀 연맹에서는 그가 가이아에서 태어났다고들 믿고 있죠."

"그 말 한마디 때문에 가이아를 꺼리는 겁니까?"

"부분적으로는 그렇다고 볼 수 있습니다. 뮬은 자신이 지닌 정신적 능력으로 은하계를 정복했어요. 그러니 그의 출생지인 가이아 역시 패하지 않을 게 아닙니까."

"가이아는 아직까지 패배한 적이 없다고 했는데, 그렇다고 앞으로도 가이아가 패하지 않는다는 걸 증명해 주는 건 아니지요."

"뮬조차도 그곳에 가려고 하지 않았어요. 그가 대군주였을 때의 기록을 살펴보세요. 세이셀 외에 그가 그렇게 신중하게 다루었던 지역이 있었는지……. 평화로운 무역을 목적으로 가이아에 갔던 사람들이 지금껏 한 명도 되돌아오지 않았다는 사실을 알기나 하십니까? 당신은 왜 우리가 그에 대해서 그 정도밖에 모른다고 생각하는 겁니까?"

"교수님은 마치 미신에 사로잡힌 것 같군요."

"당신 좋을 대로 생각하시죠. 뮬 시대 이래로 우리는 뇌리 속에서 가이아라는 말은 지워 버렸습니다. 우리는 그 행성이 우리를 기억하는 것조차 원치 않아요. 그것이 아예 없다고 여기는 게 제일 안전하다고 생각하고 있지요. 어쩌면 사람들이 가이아가 초공간 속으로 사라져 버렸다는 전설을 널리 퍼뜨리고 있는지도 모르죠."

"교수님께선 가이아가 뮬이 태어난 행성이라고 믿습니까?"

"글쎄요. 어쨌든 당신의 안전을 위해서 충고하겠는데 그곳엔 가지 마세요. 당신도 결코 돌아오지 못할 거예요. 파운데이션이 가이아를 방해한다면 스스로 뮬보다 지능이 낮다는 걸 드러내는 것일 겁니다. 당신네 대사에게 이 말을 전하세요."

"좌표를 구해 주십시오. 그러면 당장 이 행성을 떠나겠습니다. 전 가이아로 갔다가 되돌아오겠어요!"

"좌표는 구해 드리리다. 천문학과는 밤에도 작업을 하니 당장 그걸 구해드리지요. 하지만 한 번만 더 되풀이하겠습니다. 가이아로 갈 생각은 않는 게 좋을 겁니다!"
"전 반드시 갈 겁니다!"
퀸테세츠는 무겁게 중얼거렸다.
"죽을 작정을 한 게로군……."

제14부

전진!

1

야노브 페롤랫은 불안함과 후회가 한꺼번에 뒤섞인 감정으로, 뿌옇게 밝아오는 새벽녘의 어슴푸레한 풍경을 내다보았다.

"너무 일찍 떠나려는 게 아닌가, 트레비스. 이곳은 유쾌하면서도 흥미로운 곳 같은데? 이 행성에 대해서 좀 더 알고 싶네."

트레비스는 비꼬는 듯한 웃음을 지으며 컴퓨터에서 눈을 들어 그를 바라보았다.

"설마 저도 그러리라고는 생각진 않으시겠죠? 이 행성에서 우린 알맞은 세 끼 식사를 했어요. 그것도 완전히 종류가 다르고 저마다 훌륭했던……, 그런 식사라면 저도 더 하고 싶어요. 게다가 우리가 본 여인들은 꽤 매혹적이었죠. 잠깐 보긴 했지만 퍽 마음을 끌던 걸요."

페롤랫이 코를 찡긋했다.

"이보게, 그들이 신발이라고 신고 있는 그 암소 가죽이며, 부조화스러운 색상으로 치렁치렁 휘감은 것하며……, 또 어떻게 했는지는 모르지만 그 속눈썹이란……, 자네 그 속눈썹 보았나?"

"모조리 보았다고 생각하셔도 좋아요. 교수님이 그렇게 좋지 않은 인상을 받은 것은 피상적인 것에 불과해요. 얼굴을 씻으라고 하면 쉽게 그렇게 할 사람들이고, 적당한 때가 되면 그 신발들과 그 치렁치렁한 옷들도 벗어 버리겠죠."

"그건 그렇겠지, 트레비스. 하지만 난 지구에 관해서 더 조사해 볼 생각이었어. 지금까지 우리가 지구에 관해서 들은 걸로는 불충분해. 너무 모순되는 것도 많고 말이야. 어떤 이는 방사능에 대해서 말하고, 또 다른 이는 로봇에 관해 말하고 있으니……."

"하지만 양쪽 다 그 행성이 죽은 상태라고 했지요."

"그건 사실이네만 한쪽이 사실이고 다른 쪽이 거짓이거나, 양쪽 다 어느 정도는 진실이거나, 또는 둘 다 거짓이거나겠지. 두터운 의혹의 안개로 뒤덮여 있는 이야기들을 자네가 안다면, 자넨 틀림없이 그걸 밝혀내고자 하는 욕망을 느낄 거야."

"그래요, 은하계에 있는 모든 왜성들이 다 그렇지요. 하지만 직접적인 문제는 가이아죠. 일단 그 문제가 정리되기만 하면 우린 지구로 갈 수 있어요. 아니면 더 머무르기 위해 세이셸로 되돌아올 수도 있고요. 하지만 지금의 문제는 가이아예요."

페롤랫이 고개를 끄덕였다.

"그래, 첫 번째 문제지. 하지만 퀸테세츠가 말한 대로라면 가이아에서는 죽음이 우릴 기다리고 있을 거야. 그래도 우리가 가야만 할까?"

"그래야만 해요. 두려우신가요?"

페롤랫은 트레비스가 자신의 감정을 정확히 집어내기라도 한 듯 멈칫했다. 그러나 곧 아주 무미건조한 어조로 한마디 했다.

"그렇다네, 상당히……."

트레비스는 의자에 다시 앉았다가 페롤랫 쪽으로 의자를 돌렸다. 그러고는 조용히, 아주 사무적으로 말했다.

"페롤랫 교수님, 교수님이 이 일에 위험을 무릅쓸 이유는 없어요. 정 두려우시다면 이곳에 두고 가지요. 교수님의 개인용품과 우리가 갖고 있는 돈의 반과 함께 말입니다. 만일 제가 돌아왔을 때 교수님이 원하신다면 다시 세이셸 성구로 데려다 드리지요. 그리고 만일 그곳이 지구가 있는 곳이라면 지구에도요. 그러나 제가 돌아오지 못하게 될 경우, 세이셸에 있는 파운데이션인에게 교수님을 터미너스로 데려다 드리도록 미리 부탁을 해 놓겠어요. 그러니 뒤에 남는 걸 너무 어렵게 생각 마세요. 페롤랫 교수님은 제 친구잖아요."

페롤랫의 눈이 잠시 멍해지는 것 같더니 잠시 후 거친 목소리가 새어나왔다.

"친구라고? 우리가 서로에 대해서 뭘 알고 있지? 함께 여행한 지 일주일밖에 안 되었잖나. 자넨 내가 배를 떠나고 싶어 하지 않는다는 걸 모르겠나? 난 두렵다네. 자네와 함께 남고 싶어."

트레비스는 손을 내저었다.

"아니, 왜요? 교수님에게 한 말은 솔직한 심정에서 우러나온 거예요."

"나도 왜 그런지는 모르겠지만, 아마 자네를 믿고 있다는 뜻이겠지. 자넨 항상 자네가 뭘 해야 하는지 알고 있는 것 같아. 나는 트랜터로 가고 싶었네. 하지만 그곳에선 아무 일도 일어나지 않았을 거야. 그리고 이제 가이아로 가자고 주장하고 있어. 가이아는 생소한 곳이지만 뭔가 우리가 찾으려는 것과 관련된 일이 일어날 것 같아. 난 자네가 퀸테세츠를 윽박질러 가이아에 관한 정보를 얻는 걸 보았네. 그건 기막힌 으름장이었어. 자네가 존경스럽네."

"그러면 절 믿으시는 건가요?"

"물론이야!"

트레비스는 페롤랫의 팔 위에 손을 얹고 잠깐 동안 할 말을 찾는 듯하더니 입을 열었다.

"페롤랫 교수님, 제 판단이 틀렸다면, 그래서 뭔가 불쾌한 일이 우리를 기다리고 있다면 저를 용서해 주시겠어요?"

"아니, 이보게. 왜 그런 말을 하나? 난 이번 결정은 자네에 의해서가 아니라 내 스스로 내린 걸세. 자, 빨리 떠나세. 나는 내 여생을 부끄럽게 만들지도 모를 내 소심함을 믿지 않기로 했네."

"교수님이 늘 주장하는 대로, 컴퓨터가 허용하는 한 최대한 빨리 떠나도록 하죠. 이번에는 상층 대기권에 다른 우주선이 없다는 것이 확인만 되면 중력공학적으로 수직상승하지요. 주위 대기가 점차 희박해지면 우리는 더 빠른 속력을 얻을 수 있을 거예요. 그러면 우리는 순식간에 우주공간에 도달할 겁니다."

"좋아!"

페롤랫이 플라스틱 커피용기 뚜껑을 열었다. 페롤랫은 김이 무럭무럭 나는 뜨거운 커피를 한 모금씩 머금고 입 속에 공기를 넣어 적당한 온도로 식혔다. 트레비스가 싱긋 웃으며 말했다.

"이제 베테랑 우주인이 다 됐군요, 페롤랫 교수님."

페롤랫이 잠시 그 플라스틱 용기를 응시하더니 입을 열었다.

"마음대로 중력장을 조절하는 배인데 일반 용기를 사용해도 되겠지?"

"물론이지요. 하지만 우주인들은 쉽사리 우주 장비들을 포기하지 않지요. 가령 '우주쥐'가 있다 쳐도 밀폐된 커피용기를 사용한다면 지상에 있는 벌레와 다를 게 뭐가 있겠어요. 벽이나 천장 위에 달린 저 고리들을 보세요. 저것들은 2만 년 동안이나 우주선에 붙어 있는 전통적인 부착물들이에요. 하지만 중력 우주선에서는 전혀 쓸모가 없지요. 그런데도 그대로 있잖아요. 우주쥐라 하더라도 중력 우주선이 출발할 때 정상 중력임에도 불구하고 마치 무중력 상태에 있는 것처럼 저 고리들에 매달려 앞뒤로 흔들릴 거예요. 제 말이 틀렸다면 교수님의 커피 한 잔과 이 우주선을 기꺼이 바꾸죠."

"농담인가?"

"글쎄요, 농담이랄 수도 있겠지만 어떤 것에든 사회적 관성이 있다는 건 틀림없는 사실이에요. 기술적인 진보에서조차도요. 벽에 있는 저런 쓸데없는 고리들도 그대로 있고, 우리가 사용하는 이 컵들도 그렇죠."

페롤랫이 생각에 잠긴 듯 고개를 끄덕이며 계속 커피를 한 모금씩 마셨다. 그러더니 입을 열었다.

"그런데 우린 언제 출발하지?"

트레비스가 크게 웃었다.

"이미 출발했지요. 벽에 달린 고리 이야기를 시작했을 때 막 출발했다는 걸 알아채지 못하셨군요. 우린 지금 1600미터 상공에 있어요."

"설마!"

"밖을 내다보세요."

페롤랫이 밖을 내다보더니 중얼거렸다.

"난 조금도 못 느꼈는데!"

"출발하리라고 생각지 않아서 그렇겠죠."

"규정을 어긴 게 아닌가? 착륙할 때 그랬던 것처럼 위로 상승을 할 때도, 그들이 보내는 무선 유도 빔을 따라 나선 방향으로 해야 하지 않는가?"

"그럴 필요는 없어요, 페롤랫 교수님. 아무도 우릴 멈추게 하지는 않을 겁니다. 아무도요."

"그럼 내려갈 때는?"

"그건 다릅니다. 그들은 우리가 도착하기를 바라지 않았어요. 그러니 떠나는 걸 보고는 좋아하겠지요."

"왜 그렇지, 트레비스? 가이아에 대해서 이야기해 준 사람은 퀸테세츠뿐이야. 그는 우리에게 가지 말라고 부탁했어."

"그 말을 믿으세요? 그건 형식적인 말입니다. 그는 우리가 가이아로 가도록 충동질을 한 거나 마찬가지예요. 교수님은 제가 퀸테세츠를 윽박질러 정보를 빼낸 게 감탄스럽다고 하셨지요. 하지만 그런 찬사는 당치 않아요. 제가 아무 짓도 안 했다 해도 그는 그 정보를 줬을 겁니다. 만일 제가 귀를 틀어막으려고 했다면 그는 소리쳐서라도 알려 주려 했을 겁니다."

"그게 무슨 말인가, 트레비스? 자네 미쳤나?"

"과대망상이라고요? 좋아요. 그건 저도 압니다."

트레비스는 컴퓨터를 향해 돌아서더니 의도적으로 감도를 높였다.

"지금 우린 아무런 방해도 받고 있지 않아요. 간섭거리에는 우주선도 경고 신호도 없어요."

그러고는 다시 페롤랫 쪽으로 돌아서며 말했다.

"말씀해 보세요, 페롤랫 교수님. 교수님은 가이아에 대해서 어떻게 알아냈죠? 우리가 터미너스에 있었을 때 교수님은 이미 가이아에 대해서 알고 있었어요. 교수님은 그것이 세이셸 성구에 있다는 것까지 알고 있었죠. 그 이름이 지구를 나타내는 이름의 한 형태라는 것도 알고 있었어요. 그런 사실들을 어디서 들었죠?"

페롤랫은 순간 당황한 듯했다.

"터미너스로 되돌아가면 내 파일들을 참고할 수 있을 거야. 그 기록들을 모두 가져오지는 않았네. 그 기록들을 최초로 접했던 날이 언제인가에 대한 기록은 확실히 여기엔 없지."

"좋아요, 그에 관해 생각해 봅시다. 세이셸인들은 그 사실에 관해서 입을 봉하고 있어요. 그들은 마치 가이아가 실재하는 것처럼 이야기하는 것을 꺼렸고, 그래서 일반인들이 그런 행성은 우주공간에 존재하지 않는다고 믿도록 미신을 조장하고 있어요. 사실 그 외에도 알려 드릴 사실들이 많아요. 이걸 보세요!"

트레비스는 컴퓨터 쪽으로 돌아서서 숙달된 동작으로 손가락을 접촉부의 손 모양 위에 올려 놓았다. 그는 예의 그 따뜻하게 감싸오는 듯한 감촉을 느꼈다.

"이건 컴퓨터 은하 지도예요. 이건 우리가 세이셸에 도착하기 전에 메모리 뱅크에 입력해 놓았던 거죠. 자, 이번에는 지난 밤 우리가 보았던 세이셸의 밤하늘을 보여 드리죠."

방이 어두워졌고 밤하늘을 나타내는 부분이 화면 위로 떠올랐다. 페롤랫이 낮은 목소리로 말했다.

"세이셸에서 보았던 것만큼이나 아름답군."

"더 아름답지요. 어떤 종류의 대기 간섭도 없어요. 구름도 없고 지평선에서 발생하는 흡수 현상도 없지요. 하지만 잠깐 제가 조정을 해 볼게요."

화면의 상이 천천히 이동해갔다. 마치 움직이고 있는 것이 자신들인 듯한 느낌을 주었다. 페롤랫은 자신을 고정시키려는 듯 본능적으로 의자 팔걸이를 끌어안았다.

"저기요! 저걸 알아보시겠어요?"

"오! 물론이야. 저건 '다섯 자매' 아닌가. 퀸테세츠가 말했던 다섯 개의 별 말일세. 그게 뭐가 잘못되었나?"

"그런 건 아니에요. 하지만 가이아가 어디에 있죠?"

페롤랫이 눈을 깜박였다. 그 다섯 자매의 한가운데에 어두운 별이라고는 없었다.

"가이아가 없잖아!"

"그래요. 없어요. 가이아의 위치가 컴퓨터 메모리 뱅크에는 없기 때문이에요. 우리를 골탕 먹이려고 일부러 메모리 뱅크를 불완전하게 만든 건 아닐 테니까 이런 결론을 내릴 수밖에 없지요. 이 메모리 뱅크를 고안하였던, 엄청난 양의 자료들을 자유자재로 취급했던 파운데이션의 은하 지도 연구가들에게는 가이아가 알려져 있지 않았다는 결론이죠."

"만일 우리가 트랜터로 갔다면……."

"가이아에 관한 어떤 자료도 발견하지 못했겠죠. 그것의 존재는 세이셸인들로 인해 비밀에 부쳐져 있었는데, 가이아인들 때문에도 그랬을 거예요. 교수님도 며칠 전에 어떤 행성들은 세금이나 외부 행성들의 간섭을 피해서 일부러 시야 밖에 머물러 있는 일이 종종 있다고 말씀하셨잖아요."

"대개는 지도 작성자나 통계학자들이 우연히 그런 행성들을 발견하는 것은 은하계에서도 인구가 희박한 구역에서지. 그런 고립되어 있는 상태가 그들의 은둔을 가능하게 해 준 거야. 하지만 가이아는 그렇지 않아."

"맞아요. 그 점이 또 한 가지 이상한 점이에요. 자, 한번 은하 지도 연구가들의 무지에 대해서 생각해 볼까요? 앞서 한번 교수님에게 여쭈어 보지요. 은하계에 대해 가장 지식이 풍부하다는 사람들조차 알지 못하는 가이아에 대해서 어떻게 알게 되었지요?"

"난 30여 년 동안이나 지구의 신화, 전설, 그리고 역사에 관한 자료들을 수집해 왔어, 트레비스. 그러다 보면 완전한 기록이 없어도……."

"그것에 관해 알게 된 것이 교수님의 연구 기간 중 처음 15년이었나요, 아니면 후반 15년이었나요?"

"그렇게 넓게 잡는다면 후반이었지."

"그것보다 더 자세하게 말할 수는 없나요? 교수님이 그걸 알게 된 건 최근 2~3년 사이의 일이 아닙니까?"

트레비스는 페롤랫 쪽을 뚫어져라 쳐다보았지만 어둠 속이라 표정을 제대로 읽을 수 없었다. 그는 방 안의 조도를 약간 높였다. 그러자 화면 위로 보이는 밤하늘의 장관이 상대적으로 희미해졌다. 페롤랫은 무표정한 얼굴이었다.

"어때요, 제 말이 맞았나요?"

트레비스가 물었다.

"생각 중이라네. 어쩌면 자네 말이 옳을지도 몰라. 하지만 확실하지는 않아. 레드벳 대학의 짐버에게 편지를 썼을 때……, 그렇게 하는 것이 적절했겠지만, 난 가이아에 대해서 말하지 않았어. 그때가 3년 전인 95년이었지. 그러고 보니 자네 말이 옳은 것 같아, 트레비스."

"그런데 어떻게 그 사실을 알아냈죠? 교신을 통해서요? 아니면 책에서? 논문에서? 고대의 노래를 통해서? 대체 어떻게 알게 됐죠?"

페롤랫은 자리에 앉으며 팔짱을 꼈다. 그는 깊은 생각에 잠겨 움직이지 않았다. 트레비스는 아무 말도 하지 않고 기다렸다. 마침내 페롤랫이 입을 열었다.

"사적인 통신으로 알았던 것 같아. 하지만 내게 누구와 통신을 했냐고 물어봤자 소용없을 거야. 기억이 가물가물하니까."

트레비스는 허리띠를 만지작거렸다. 상대를 압박하지 않으면서 정보를 끌어내려니 손에 땀이 날 지경이었다. 그는 다시 물었다.

"역사가와? 아니면 신화학자와? 그도 아니라면 은하 지도 연구가?"

"소용없네. 난 이름을 몰라."

"그건 그 누구도 아니기 때문이죠."

"아, 아니야. 그런 일은 있을 수 없어."

"왜요? 익명의 통신도 부정하는 겁니까?"

"그건 아닐 거야."

"누군가로부터 통신을 받은 적이 있나요?"

"오래전에 한 번인가 있었지. 최근에 난 어떤 학회에 독특한 형태의 신화나 전설을 수집하는 사람으로 알려지게 되었지. 그러자 친절한 몇몇 통신자들이 학문적인 근거가 있는 것은 아니지만 많은 자료들을 보내 주었어. 이 자료들 가운데는 특별히 누구라고 밝히지 않은 것들도 있었지."

"알겠어요. 하지만 학문적인 통신자들의 것이 아닌 익명의 통신을 받은 적은 없습니까?"

"그런 일도 있지. 하지만 그건 아주 드문 경우였어."

"가이아에 대한 정보 중 그런 경우가 없었다고 확신할 수 있어요?"

"그런 익명의 통신은 아주 드물기 때문에, 그런 일이 있었다면 아마도 기억했을 거야. 하지만 그 정보가 익명의 출처로부터 온 것이 아니라고 확실히 말할 수는 없네. 그렇다고 그게 익명의 출처로부터 정보를 받았다는 걸 시인하는 건 아니야."

"알겠어요. 하지만 가능성은 있지 않아요?"

페롤랫은 마지못한 듯 대꾸했다.

"그럴 수도 있지. 그런데 자네는 도대체 무슨 말을 하고 싶은 건가?"

"제 얘긴 아직 안 끝났어요."

트레비스가 단호하게 말했다.

"도대체 그 정보는 어디서 얻은 거죠? 익명의 통신으로부터? 아니면 어떤 행성에서?"

페롤랫이 어깨를 으쓱했다.

"전혀 기억이 나질 않아."

"혹 세이셸에서 온 정보는 아닐까요?"

"내가 말하지 않았나, 모른다고."

"전 세이셸에서 얻었을지도 모른다는 견해를 말하는 거예요."

"자네가 원하는 대로 대답할 수는 있지만 그게 무슨 소용이 있겠나?"

"아닌가요? 퀸테세츠가 다섯 자매 별자리 가운데 있는 어두운 별을 가리켰을 때 갑자기 교수님은 그게 가이아란 것을 알게 되었죠. 그래서 퀸테세츠보다 먼저 그 별의 정체를 확인하셨죠. 기억나세요?"

"음, 기억나."

"그게 어떻게 가능했냐 이 말이죠. 어떻게 갑자기 그 어두운 별이 가이아란 것을 알아차릴 수 있었나요?"

"내가 가지고 있는 가이아에 관한 자료들에서 가이아는 거의 그 이름으로 불리지 않았어. 완곡한 표현들이 대부분이었고 여러 가지 다른 이름들로 불렸지. 그중에는 몇 번씩 되풀이되고 있는 표현이 있었는데, 그중 하나가 '다섯 자매의 어린 남동생'이라는 것이었고 다른 하나가

'오각형의 중심'이었어. 때로는 '0 오각형'이라고도 불렸지. 퀸테세츠가 다섯 자매와 그 중심별을 가리켰을 때 내 마음에 어떤 암시가 떠올랐어."

"전에 한 번도 그런 암시에 대해서 말씀하신 적이 없었잖아요."

"나도 그게 무슨 뜻인지 몰랐네. 그리고 그 문제가 자네와 논의해야 할 정도로 중요하다고는 생각지 않았어. 특히 자네처럼……."

페롤랫이 머뭇거리자 트레비스가 낚아챘다.

"비전문가에게는?"

"그래."

"교수님은 다섯 자매가 가지고 있는 오각형이라는 형태란 단지 상대적인 모습에 불과하다는 사실을 깨달았으리라고 보는데요?"

"무슨 뜻인가?"

트레비스가 다정하게 웃으며 말했다.

"확실히 교수님은 지상에 있는 벌레로군요. 하늘이 그 자체로 어떤 객관적인 형태를 갖고 있다고 생각하세요? 혹 별들도 그곳에 고정되어 있는 걸로 생각하시는 건 아니에요? 오각형이란 세이셸 행성이 속하는 행성계 표면에서 관측되는 모양이고, 그곳에서만 그렇게 보이죠. 다른 항성을 돌고 있는 행성에서는 다섯 자매의 모양이 달리 보일 거예요. 우선 각도가 달라질 것이고 두 번째로는 다섯 자매까지의 거리가 세이셸과는 달라지지요. 따라서 다른 각도에서 관찰할 경우 다섯 자매와는 전혀 다른 모습이 되는 겁니다. 한 개 혹은 두 개의 별이 하늘의 한쪽 절반에, 다른 것들은 다른 쪽 절반에 위치할 수도 있지요. 이곳에서 보면……."

트레비스는 다시 방을 어둡게 하고 컴퓨터 쪽으로 몸을 기댔다.

"세이셸 연맹을 이루고 있는 것은 여든여섯 개의 거주 행성이지요. 가이아 아니면 가이아가 있을 만한 지점을 이곳에 고정하고(그렇게 말하자 다섯 자매 중앙에 작은 붉은색 원이 나타났다.), 임의로 여든여섯 개 행성 중 어떤 한 행성에서 관측하는 것처럼 이동시켜봅시다."

하늘이 이동하자 페롤랫은 눈을 깜박였다. 작은 붉은색 원은 화면 중앙에 그대로 남아 있었지만 다섯 자매는 사라졌다. 주위에 밝은 별들이 있었지만 오각형은 아니었다. 다시 하늘이 이동하고 또 이동해 갔다. 여전히 붉은 원은 그 자리에 그대로 있었지만 똑같은 밝기의 별들로 이루어진 작은 오각형 자리는 나타나지 않았다. 때때로 밝기가 같지 않아서 찌그러진 모양을 한 오각형별이 나타나기는 했지만 퀸테세츠가 가리켰던 그 아름다운 별자리는 아니었다.

"충분히 봤어요? 이처럼 다섯 자매 별자리는 세이셸 행성계가 아닌 다른 행성에서 보면 세이셸에서 본 것과 똑같은 모양으로 보이지 않죠?"

페롤랫이 말했다.

"세이셸인들의 관점이 다른 행성들에게도 옮아 갔을지도 모르지. 제국시대에는 격언들이 많았다네. 그중 몇몇은 지금까지 전해지고 있지. 그런데 그런 격언들은 모두 트랜터 중심적인 것이었어."

"세이셸은 가이아에 대해 어느 정도 숨기고 있는 걸까요? 세이셸 바깥에 있는 행성들은 왜 그렇게 가이아에 관심이 있었죠? 그곳에 아무것도 없다면 그들은 왜 '다섯 자매의 어린 남동생'에 관심을 가졌을까요?"

"하긴 자네 말에도 일리는 있어."

"이제 교수님은 원래 그 정보가 세이셸 자체에서 나왔다고 생각하시죠? 연맹의 수도행성이 속하는 바로 그 행성계로부터 왔다고……."

페롤랫이 고개를 저었다.

"자넨 틀림없이 그렇다는 투로 말하고 있군. 하지만 그것이 내가 기억하고 있는 것과 일치하는지는 알 수가 없어. 기억이 나질 않거든."

"그렇지만 제 주장에 일리가 있다고 하셨잖아요."

"그랬지."

"다른 걸 한번 여쭤보죠. 그 전설이 발생하게 된 시기가 언제라고 생각하세요?"

"언제라도 가능하지. 하지만 난 그것이 제국시대로 거슬러 올라간다고 추측하고 있었네. 그건 고대의 감각……."

"틀렸어요, 페롤랫 교수님. 다섯 자매는 세이셸 행성과 적당한 거리를 유지하고 있어요. 그 때문에 그렇게 밝은 겁니다. 그 별들 중에서 네 개는 고유 운동의 속도가 아주 빨라요. 따라서 어떤 별이라도 그룹을 이루고 있는 별은 없어요. 그들은 서로 다른 방향으로 움직이죠. 제가 천천히 이 지도를 뒤로 이동할 테니 어떤 일이 일어나는지 보세요."

가이아의 위치를 나타내 주는 붉은 원은 여전히 그 자리에 남아 있었지만, 오각형 별자리는 천천히 떨어져 나가 네 개의 별은 다른 방향으로 표류해 갔고 다섯 번째 별은 천천히 이동해 갔다.

"저걸 보세요, 페롤랫 교수님. 저걸 정오각형이라고 할 수 있겠어요?"

"균형이 잡히지 않았군."

"이래도 가이아가 중앙에 있다고 할 수 있어요?"

"아니, 한쪽에 있다고 하는 게 낫겠군."

"맞아요. 지금 보고 있는 것이 150년 전의 바로 그 별자리예요. 따라서 오각형의 중심에 대해서 교수님이 받았던 그 자료는, 금세기까지는 어느 곳에서도 실제적인 의미를 갖지 않아요. 세이셸에서조차도요. 교수님이 받았던 자료는 이번 세기, 아마도 최근 10년 사이에 세이셸에서 만들어진 것일 겁니다. 그래서 세이셸이 가이아에 대해서 그렇게 굳게 입을 다물고 있었는데도 교수님이 그 정보를 가질 수 있었던 거죠."

트레비스는 조명을 밝히고는 성도를 껐다. 그러고는 그곳에 앉아서 굳은 표정으로 페롤랫을 바라보았다.

"난 뭐가 뭔지 모르겠네. 이게 다 무슨 이야기인가?"

"생각해 보세요. 전 어쨌든 제2파운데이션이 존재한다는 생각을 갖게 되었어요. 그리고 선거 운동 기간 중에 연설을 했지요. 저는 '만일 제2파운데이션이 존재한다면'이라는 아주 극적인 상황을 가지고 마음을 정하지 못한 유권자들을 감정적으로 흥분시켜 그들로부터 표를 얻어 내려고 했지요. 그 후 스스로 질문해 보았지요. '만일 아직도 제2파운데이션이 존재한다면' 하고요. 그래서 역사책을 읽기 시작했어요. 1주일쯤 지나서 확신하게 되었지요. 저는 스스로 아무런 구체적인 증거가 없어도 갖가지 혼란스러운 추측들로부터 옳은 결론을 이끌어 내는 자질을 가지고 있다고 늘 생각해 왔어요. 하지만 이번에는……."

트레비스가 잠시 생각에 빠졌다가 이야기를 계속했다.

"지금까지 무슨 일이 일어났는지 보세요. 누구보다도 신뢰하고 있던 콤포가 절 배반했어요. 게다가 브라노 시장은 저를 체포하여 추방해 버렸지요. 감옥에 가두거나 침묵할 것을 강요하지 않고 왜 추방이라는 방법을 택했을까요? 은하 간 도약을 할 수 있는 막강한 추진력을 가진 최신형 우주선을 제게 준 이유는 또 뭘까요? 무엇보다도 그녀는 왜 제게 교수님이 지구를 찾는 것을 도와주라고 했을까요?

그리고 저는 또 왜 우리가 트랜터로 가서는 안 된다고 확신하였을까요? 전 교수님이 이번 조사에서 더 멋진 목표를 지니고 있다고 확신하고 있었어요. 그리고 일단 가이아라는 신비의 행성을 추적하기 시작하자 교수님은 수수께끼로 점철된 상황 아래서도 정보를 얻어 냈지요.

그리고 우린 세이셸로 갔죠. 우주에 온 후 처음으로 자연스럽게 착륙한 것이었습니다. 그곳에서 우린 콤포를 만났습니다. 그는 우리에게 지구와 그 죽음에 관한 주변 이야기를 들려주었고, 우리에게 그것이 시리우스 성구에 있다는 걸 확신시켜주면서 우리에게 그곳으로 가라고 주장하였죠."

"자넨 모든 주변 상황이 우리를 가이아로 내몰고 있다는 얘기를 하고 싶어 하는 것 같구먼. 하지만 콤포가 다른 곳으로 가라고 우리를 설득하려고 했다는 말은 맞는 것 같네."

"그에 대한 반발로, 난 그에 대한 단순한 불신에서 벗어나 원래의 우리 조사를 계속하기로 마음먹었죠. 그것도 그가 계산에 넣었다고 생각지 않으세요? 그는 일부러 우리에게 그곳으로 가라고 했던 거예요. 우리가 다른 곳으로 가지 않도록 하기 위해서요."

"그건 추측에 불과할 뿐이야."

페롤랫이 중얼거렸다.

"그럴까요? 계속해 보죠. 우리는 퀸테세츠가 가까이 있다는 이유 하나만으로 그와 접촉했어요."

"아니, 전혀 그렇지 않네. 난 그의 이름을 알고 있었어."

"그 이름이 아마도 친숙하게 여겨졌나 봅니다. 사실 교수님은 그가 쓴 것을 읽어 본 적이 한 번도 없어요. 그건 교수님도 기억하겠지요. 그런데 왜 그게 그렇게 친숙하게 여겨졌을까요? 어쨌든 그는 교수님의 논문을 읽은 적이 있었고, 그 논문에 압도당해 있었어요. 어떻게 그런 일이 있을 수 있죠? 교수님의 논문이 널리 알려지지 않았다는 건 교수님도 인정하는 것인데 말이에요. 게다가 우리를 그에게 안내한 그 젊은 여자는 별다른 이유도 없이 가이아에 관해서 꽤 많은 이야기를 했어요. 그리고 마치 우리더러 마음속에 깊이 새겨 두라는 듯이 그것은 초공간에 있다고까지 했고요. 우리가 그에 관해 퀸테세츠에게 물었을 때, 그는 마치 그것에 관해서 말하지 않겠다는 듯 행동했지만 우릴 내쫓지는 않았지요. 제가 그렇게 무례하게 굴었는데도 말입니다. 오히려 자기 집으로까지 데려갔고, 가는 길에 다섯 자매 별자리를 알려 주는 수고까지 했어요. 그리고 우리가 중앙에 있는 어두운 별에 주목하도록 하였죠. 무엇 때문에 그랬을까요? 이 모든 것들이 이상하게도 연속적인 우연의 일치를 보이고 있다고 생각지 않으세요?"

"자네가 그런 식으로 늘어놓는다면……."

"교수님도 좋으실 대로 늘어놓아 보시죠. 전 이상할 정도로 연속적인 이 우연의 일치를 믿지 않아요."

"그러면 이 일들이 다 뭐란 말인가? 우리가 무슨 계략에 빠져서 가이아로 가고 있단 말인가?"

"그렇죠."

"누구의 계략으로?"

트레비스가 말했다.

"그 점은 의문의 여지가 없어요. 사람의 마음을 조절해서 이런 방향 또는 저런 방향으로 관심을 돌리게 할 수 있는 자가 누구겠어요?"

"제2파운데이션에 대한 얘기를 하려는 건가?"

"글쎄요, 우리가 가이아에 대해서 어떤 얘기를 들었지요? '그건 누구도 건드릴 수 없다, 그곳을 정복하러 갔던 함대들도 모두 파괴되어 버렸다. 그곳에 갔던 사람들은 한 사람도 돌아오지 않았다, 뮬조차도 감히 가이아에는 대항하려 하지 않았다', 게다가 '뮬이 태어난 곳이 바로 그곳이다' 이런 것들 아니었어요? 이런 얘기들로 미루어 볼 때 틀림없이 가이아는 제2파운데이션이에요. 그걸 밝히는 것이 제 궁극적인 목적입니다."

페롤랫은 머리를 흔들었다.

"하지만 역사가들은 제2파운데이션이 뮬을 저지했다고 하지. 그런데 어떻게 뮬이 가이아 사람이라는 건가?"

"일종의 배반자라고 생각되는데요."

"그런데 우리가 왜 그 제2파운데이션에 의해 바로 그 제2파운데이션으로 냉혹하게 내몰려야 하는 건가?"

트레비스의 눈은 초점을 잃었고 눈가에 주름이 잡혔다.

"그 이유를 밝혀 보죠. 제2파운데이션으로서는 은하계에 자신들에 관한 정보가 알려지지 않는 것이 가장 중요했던 것 같습니다. 이상적으로는 자신들의 존재 자체가 알려지지 않은 채로 있기를 원했던 거지요. 그런데 우리는 그들에 관해 많은 것을 알고 있어요. 120년 동안 제2파운데이션은 절멸된 것으로 알려져 있었지요. 그건 저들이 은하 핵심부로 들어가는 데 적합한 조건이었어요. 하지만 제가 그들이 존재할지도 모른다는 의심을 하기 시작하면서부터 그들은 아무 일도 하지 않았습니다. 콤포는 알고 있었어요. 그들은 그를 이용해서 어떻게든 내 입을 막아 보려고 한 것 같습니다. 어쩌면 절 죽이려 했는지도 모르지요. 하지만 그들은 아무 짓도 하지 않았어요."

페롤랫이 말했다.

"제2파운데이션에게 그런 죄를 덮어씌우고자 한다면 그들은 자네를 얼마든지 체포할 수 있을 걸세. 자네가 말한 바에 따르면, 결과적으로 터미너스 사람들은 자네의 견해에 대해서 알지 못하게 된다는 거지. 제

2파운데이션 사람들은 그 일을 폭력 하나 사용하지 않고 아주 훌륭히 해냈어. 그들은 '폭력은 무능력한 자의 최후의 피난처이다.'라는 샐버 하딘의 말을 열렬히 신봉하고 있는지도 모르지."

"하지만 터미너스 사람들에게 계속 비밀로 하면 결국 아무것도 이루어지지 못해요. 브라노 시장은 제 견해를 알고 있고, 적어도 그녀는 제가 옳을지도 모른다고 생각하고 있어요. 그들이 우리를 해치기에는 너무 늦어 버린 거죠. 우선 저를 제거했더라도 그들은 결백한 상태로 있을 겁니다. 절 완전히 고립시켰더라도 그들은 역시 존재하지 않는 상태일 거예요. 왜냐하면 그들은 책략을 써서 터미너스 사람들로 하여금 제가 괴짜, 아니 어쩌면 정신이상자라고 믿게끔 했을 테니까요. 제 믿음을 발설한 것이 어떤 의미를 지니고 있는지를 깨닫는 순간, 저는 제 정치적 경력이 파멸될 거라는 사실을 깨닫게 되었고, 어쩔 수 없이 침묵할 수밖에 없었지요.

그러나 지금 그들이 어떤 일을 하기에는 너무 늦었어요. 브라노 시장은 현명하게도, 저를 믿지 않듯 콤포 역시 신뢰하지 않으면서도 제 뒤를 쫓게 할 만큼 이 상황을 충분히 깨닫고 있어요. 게다가 시장은 콤포의 우주선에 초공간추적기를 부착시켜 놓았죠. 우리가 세이셸에 있다는 것까지 알고 있어요. 그리고 지난밤에 교수님이 자고 있는 동안 저는 우리 컴퓨터를 이용하여 세이셸에 있는 파운데이션 대사의 컴퓨터에 어떤 정보를 넣어 놓았지요. 우리가 가이아로 가고 있다는 정보를요. 그리고 자상하게도 가이아의 좌표까지 가르쳐 주었어요. 제2파운데이션이 지금 우리에게 어떤 영향을 미치더라도, 틀림없이 브라노 시장은 그 사실을 알아챌 거예요. 그러면 파운데이션의 관심이 제게로 집중될 텐데, 제2파운데이션이 그걸 원치는 않겠죠."

"그들이 그렇게 강력하다면 파운데이션의 관심을 끄는 것을 왜 그렇게 꺼릴까?"

"그건 당연해요. 어떤 면에서는 그들이 약하거든요. 파운데이션은 셀던이 예견했던 것보다 더 많은 기술적인 진보를 이룩했어요. 우리를 자신들의 행성까지 유인했던 조용하고 비밀스러운 이러한 방식은, 주의를 끄는 일은 하지 않겠다는 그들의 절대적인 바람을 보여 주는 것일 겁니다. 정말 그렇다면 이미 부분적으로는 실패했지요. 게다가 그들은 주목을 받았기 때문에 이 상황을 반전시키기 위해서 어떤 일을 벌일지도 몰라요."

페롤랫이 말했다.

"하지만 무엇 때문에 이런 일들을 할까? 자네의 분석이 옳다면 그들은 무엇 때문에 우리를 꾀어내서 스스로를 파멸시키고 있는 거지? 우리에게 원하는 게 도대체 뭘까?"

트레비스는 페롤랫을 빤히 쳐다보며 얼굴을 붉혔다.

"페롤랫 교수님, 전 어떤 비상한 직관력을 갖고 있어요. 그건 아무런 증거도 없는 상태에서 옳은 결론을 이끌어 내는 재능이죠. 저에 대한 일종의 확신이 제가 옳다고 말해 주고 있어요. 전 지금 확신해요. 그들은 무언가를 원하고 있어요. 그들의 존재 자체가 없어질 위험까지 무릅쓰면서 원하고 있는……, 그게 뭔지 아직은 모르지만 전 그걸 밝혀내기로 결심했어요. 왜냐하면 제가 그걸 알게 되고 그것이 그렇게 중요하다면, 제 직관에 따라 그걸 사용하고 싶거든요."

그는 어깨를 으쓱하면서 덧붙였다.

"아직도 저와 함께 가기를 원하세요? 제가 얼마나 정신 나간 사람인지를 알게 되었는데도?"

"자네를 믿는다고 하지 않았나. 아직도 난 자네를 믿네!"
그러자 트레비스는 안심이 된다는 듯 큰 소리로 웃었다.
"이상하군요! 제가 가지고 있는 또 다른 느낌은 어떤 이유에서인지 교수님이 이 모든 일에 없어서는 안 될 존재라는 겁니다. 자, 그렇다면 가이아로 갑시다. 전속력으로, 전진!"

2

할라 브라노 시장은 62세의 나이에 비해 눈에 띄게 나이가 들어 보였다. 언제나 그렇게 나이가 들어 보이는 것은 아니었다. 하지만 지금은 그랬다. 그녀는 생각에 푹 빠져서 거울을 보지 말아야겠다는 결심을 잊어버렸다. 그런데 지도(地圖)실로 들어가는 길에 자기 얼굴을 보고 말았던 것이다. 그녀는 자신의 초췌한 모습을 깨닫고는 한숨을 쉬었다.
생명이 고갈되어 가는 것 같았다. 시장으로서의 5년이란 세월과 실질적으로 권력을 쥐기 전까지의 12년이란 세월……, 그녀의 삶은 조용했고 성공적이었으나 이젠 쇠잔했다. 만일 긴장과 실패, 재난만이 있었다면 어땠을까?
개인적으로는 그렇게 괴로운 것만은 아니었다고 그녀는 서둘러 결론을 내렸다. 제1파운데이션이 표류할 수밖에 없을지도 모른다는 무서운 생각은 자주 그녀를 지치게 하였다. 하지만 셀던 프로젝트는 성공하고 있었으며, 제2파운데이션의 존재는 그것이 관철될 것이라는 확신을 심어 주었다. 그녀는 파운데이션(정식으로는 제1파운데이션이지만 터미너스 사람들 중 그 누구도 이 말을 쓰지 않았다.)의 조종간을 쥐고 있는 강력한 손으로서 역사의 파도를 타고 있을 뿐이었다.

역사는 그녀에 대해서는 조금도, 아니 어쩌면 한 마디도 언급하지 않을지 모른다. 그녀는 우주선의 조종간에 앉아 있을 뿐이고, 우주선은 누군가에 의해서 조종당하고 있는 것이다.

뮬이 파운데이션에 커다란 파멸을 가져다주었을 때 인드버 3세도 무언가를 했다. 그는 적어도 항복이라도 했던 것이다. 그런데 브라노 시장에게는 아무런 할 일이 없었다.

골란 트레비스, 신중하지 못한 그 피뢰침이 없었다면……!

그녀는 성도(星圖)를 열심히 살펴보았다. 현대적인 컴퓨터로 만들어 낸 성도는 아니었다. 오히려 허공에 홀로그래피로 은하를 그리고 있는 한 다발의 3차원 불빛이었다. 이동 혹은 회전, 확대 혹은 접촉이 가능하도록 만들어지지는 않았지만 사람이 그 주위로 이동하면 어떤 각도에서나 볼 수 있었다.

접촉부에 손을 대자 은하의 큰 구역, 전체의 3분의 1 정도 되는 구역이 붉은색으로 변했다. 생명이라고는 없는 은하의 핵심은 제외되었다. 그것들은 파운데이션 연방, 즉 700만 이상의 거주 행성들로서 의회와 그녀에 의해 통치되고 있었다. 700만 개가 넘는 거주 행성들은 다양한 형태의 선거를 거쳐 그 대표를 '세계 의사당'으로 보내 대표권을 행사하고 있다. 이곳에서는 사소한 문제들에 대해 논쟁하고 표결도 하지만 결코 주요한 문제들을 다루지는 않는다.

다른 접촉부를 건드리자 희미한 분홍색이 연방의 가장자리로부터 밖으로 이곳저곳 돌출해 나왔다. 그곳은 연방의 영향을 받는 행성들이었다.

파운데이션의 영역은 아니지만 파운데이션의 어떤 결정에 대해서도 저항할 생각을 하지 않고 있다.

은하계의 어떤 세력도 파운데이션에 반기를 들 수 없다는 그녀의 생각은 확고부동한 것이었다. 심지어 제2파운데이션조차도 말이다. 파운데이션이 현대식 우주선 선단을 진출시켜 제2제국을 세울 것이라는 생각 역시도 의문의 여지가 없는 것이었다.

하지만 셀던 프로젝트가 시작된 지 이제 겨우 5세기가 지났다. 프로젝트에 의하면 제2제국이 건설되기까지는 10세기가 필요했고, 제2파운데이션은 셀던 프로젝트의 유지를 보장해 주고 있었다. 시장은 회색 머리칼로 뒤덮인 머리를 흔들었다. 만일 파운데이션이 지금 행동한다면 어쨌든 실패할 것이다. 물론 어느 우주선이라도 저항할 수 없을 테지만 어쨌든 지금 행동하면 실패할 것이다.

트레비스! 저 피뢰침이 제2파운데이션이라는 번개를 끌어내지 않는 한……. 그렇게 된다면 그 번개로 제2파운데이션의 근원을 추적할 수 있을 텐데…….

그녀는 주위를 돌아보았다. '코델은 어디 있는 거지? 늦을 리가 없는데…….' 마치 그녀의 생각이 그를 부르기라도 한 것처럼 그는 활짝 웃음을 띤 채 성큼성큼 걸어 들어왔다. 회백색의 수염과 햇볕에 탄 안색은 더욱 늙은이 같은 인상을 주었다. 하지만 그는 분명히 그녀보다 여덟 살이나 아래였다.

어떻게 그에게서 긴장된 모습이라곤 찾아볼 수가 없는 걸까? 공안국장으로 지낸 15년의 세월이 그에게 아무런 영향도 주지 않았단 말인가?

3

코델은 시장과 이야기를 시작할 때 필요한 공식적인 인사로서 천천히 고개를 끄덕였다. 그것은 고난의 인드버 시절 이후로 존재해 온 전통이었다. 거의 모든 것이 바뀌었지만 예절만은 거의 바뀌지 않았다.

"늦어서 죄송합니다, 시장님. 그런데 트레비스 의원을 체포했던 사건이 드디어 조용하던 의회를 흔들어 대기 시작했습니다."

"그래?"

시장의 반응은 냉담했다.

"궁정혁명이라도 일어날 조짐이 보인다는 말인가?"

"아닙니다. 그렇지는 않습니다. 현재는 모두 우리 통제 하에 있죠. 하지만 잡음은 좀 있을 겁니다."

"떠들든 말든 내버려 둬. 그게 그들에게는 더 나을 거야. 나는 멀찌감치 떨어져 있을 테니. 그런데 여론이 어떨 것 같은가?"

"별 상관없을 것 같습니다. 특히 터미너스 외곽 지역에서는요. 그들은 정신 나간 의원 하나가 어떻게 되든 개의치 않을 겁니다."

"나도 그렇게 생각하네."

"그래요? 시장님, 뭐 새로운 뉴스는 없습니까?"

"리오노, 난 세이셸에 대해서 알고 싶어."

"시장님, 전 걸어 다니는 역사책이 아닙니다."

리오노 코델이 웃으며 말했다.

"역사를 원하는 게 아니라 진실을 듣고 싶은 거야. 어떻게 세이셸은 독립을 유지하고 있지? 자, 이걸 보게."

그녀는 홀로그래피 성도 위에 있는 붉은 곳을 가리켰다. 그곳 안쪽 나선 안에는 작은 하얀색 점이 있었다.

"우린 이 행성을 거의 캡슐에 넣은 것처럼 싸고 있지. 하지만 이건 흰색이야. 우리 성도에는 이 행성이 충성스러운 동맹자를 의미하는 분홍빛으로 나타나 있지 않아."

코델이 어깨를 으쓱했다.

"이 행성이 공식적으로 충성스러운 동맹자는 아니지만 우릴 방해한 적은 한 번도 없어요. 그들은 중립 행성이지요."

"좋아, 그럼 이걸 보게."

그녀는 조종 장치의 다른 접촉부를 건드렸다. 붉은 색깔이 더욱 두드러지게 나타났다. 그 붉은색은 거의 은하의 절반을 덮고 있었다.

"이건 뮬이 죽었을 때 그가 지배하던 영역이지. 이 붉은색이 세이셸 연맹을 완전히 뒤덮고 있는데도 여전히 세이셸은 하얀색이지. 이곳은 뮬도 손대지 않고 내버려 두었던 유일한 지역이야."

"그때도 그곳은 중립 행성이었습니다."

"뮬은 중립을 존중해 주지 않았어!"

"이 경우에는 그랬던 것 같은데요."

"그랬던 것 같다고? 무엇 때문에?"

"어떤 이유도 없죠. 절 믿으세요, 시장님. 그 행성은 우리가 원하면 언제나 우리 것이랍니다."

"그 행성이? 그 행성은 우리 것이 아니야."

"우린 그 행성이 필요치 않을 뿐이죠."

브라노는 자리로 돌아가 앉으며 접촉부 위로 팔을 뻗었다. 은하 지도는 다시 어두워졌다.

"그러나 지금은 필요해."

"예? 뭐라고 그러셨지요, 시장님?"

"리오노, 난 그 바보 같은 의원을 피뢰침으로 삼기 위해 우주로 내보냈어. 난 제2파운데이션이 그를 실제보다 더 위험한 존재로 여긴다고 생각해. 물론 그들은 파운데이션 자체에 대해서는 그 정도로 위협을 느끼고 있지 않아. 하지만 나는 번개가 그를 때려서 우리에게 그 위치를 알려 줄 것을 기대하고 있어."

"그렇습니다, 시장님."

"내가 의도했던 바는 그가 저 폐허의 트랜터로 가서 도서관에 무엇이 남아 있는지를 찾아내어 지구에 관해 알아내게 하는 것이었어. 지구는 저 진절머리 나는 신화들이 인류의 시조가 태어난 장소라고 우리에게 말해 준 바로 그 행성이지. 제2파운데이션은 그가 정말 찾고 있는 것이 무엇인지 밝혀내려고 할 거야."

"하지만 그자는 트랜터로 가지 않았습니다."

"그래, 정말 뜻밖이지만 그자는 세이셸로 갔어. 왜일까?"

"모르겠습니다. 제 임무는 매사를 의심하는 것이라서……, 이런 질문을 드리는 늙은 탐정을 용서하십시오. 그자와 페롤랫이 세이셸에 갔다는 건 어떻게 아셨습니까? 제가 알기로는 콤포가 그렇게 보고한 것 같은데, 그 콤포라는 자를 어느 정도까지 믿을 수가 있습니까?"

"초공간추적기는 콤포의 우주선이 세이셸 행성에 도착했다고 알려 왔어."

"그렇다면 의심할 여지가 없겠군요. 하지만 트레비스와 페롤랫이 그곳에 도착했다는 건 어떻게 아셨죠? 콤포가 자신의 개인적인 일로 그곳에 갔는지도 모르잖습니까. 아니면 콤포가 그들을 신경 쓰지 않았는지도……."

"실은 세이셸에 있는 우리 대사가, 트레비스와 페롤랫이 그곳에 도착했다고 보고했어. 그게 아니었다면 그 배가 세이셸에 도착했다는 걸 믿지 않았겠지. 게다가 콤포의 보고에도 트레비스와 페롤랫에 대한 이야기가 있어. 그를 믿을 수 없다 해도 그들이 세이셸 대학에 갔었다는 다른 보고들도 받았거든. 그곳에서 그들은 별로 유명하지도 않은 역사학자의 의견을 들었지."

"그런 정보들은 금시초문인데요?"

브라노는 코를 쿵쿵거렸다.

"기분 나쁘게 생각할 것 없네. 난 이 일을 개인적으로 처리하고 있지만 이제 당신도 알게 됐으니 그렇게 늦은 건 아니지. 최신 정보는 이제 막 받았는데, 그건 대사로부터 온 거야. 우리의 피뢰침이 이동하고 있다는군. 그는 세이셸 행성에 이틀간 머문 후 10파섹 떨어진 다른 행성계를 향해서 가고 있다고 하는군. 그는 자신의 목적지와 그 좌표에 관해서 대사에게 알려 주었다네. 대사는 그걸 우리에게 알려 왔고 말이야."

"콤포로부터는 믿을 만한 전갈이 있었습니까?"

"콤포도 대사의 전갈이 도착하기 전에 트레비스와 페롤랫이 세이셸을 떠났다고 알려 왔지. 콤포는 트레비스가 어디로 가는지를 아직 모른다고 했네. 아마 곧 알아낼 거야."

"우린 지금 벌어지고 있는 상황에 대한 확실한 이유를 놓치고 있는 것 같군요."

그는 입안에 알약을 하나 넣고 묵묵히 그것을 빨았다.

"트레비스는 왜 세이셸로 갔을까요? 그리고 왜 금방 떠났을까요?"

"가장 관심을 끄는 것은 그들이 향하는 곳이 어딜까 하는 문제지. 진정 트레비스는 어디로 가려는 걸까?"

"시장님, 그자가 대사에게 자신이 가고자 하는 목적지를 알려 주었다고 하지 않았습니까? 그자가 거짓말이라도 했다는 건가요? 아니면 대사가 우리에게 거짓말을 했다는 건가요?"

"모든 사람들이 진실을 말하고 있고 누구도 어떤 실수를 하지 않았다고 가정하면, 내 관심을 끄는 이름이 하나 있어. 트레비스는 대사에게 가이아로 간다고 했어. 가, 이, 아! 트레비스는 아주 조심스럽게 그 철자 하나하나를 알려 주었지."

"가이아라고요? 처음 듣는데요."

"그래? 하긴 그럴 만도 하지……."

브라노는 성도가 투영된 공간의 한 점을 가리켰다.

"이 방에 있는 저 성도 위에 거주 행성들의 항성들과, 사람은 살지 않지만 잘 알려져 있는 항성들 모두 잠깐이면 표시할 수 있어. 3000만 개의 항성이라도 표시할 수 있지. 이 접촉부들을 적당히 조절하면 단일 행성으로든지 쌍으로든지 성단으로 말이야. 또 다섯 개의 서로 다른 색깔로 한 번에 하나씩, 아니면 한꺼번에 그 별들을 표시할 수가 있지. 그런데 가이아의 위치만은 내가 표시할 수 없네. 성도에 가이아란 존재하지 않아."

"성도에 나타나지 않는 별은 만 개나 됩니다."

"하지만 성도에 없는 항성들은 거주 행성을 갖고 있는 경우가 거의 없어. 트레비스는 무엇 때문에 사람이 살지 않는 행성으로 향하는 걸까?"

"중앙 컴퓨터로 찾아보셨나요? 거기에는 300조나 되는 별들의 목록이 들어 있어요."

"나도 그 이야기는 들었어. 하지만 그럴까? 우리가 갖고 있는 성도 어떤 것이라도, 수천 개의 거주 행성 목록이 빠져 있을 수 있다는 건 잘 알고 있잖아. 그러나 이 방에 있는 성도에는 물론이고 중앙 컴퓨터에도 그건 들어 있지 않아. 가이아는 분명히 그 행성들 중의 하나야."

코델의 목소리는 여전히 차분함을 잃지 않고 있었다.

"시장님, 이 문제에 대해서는 그렇게 신경 쓸 필요가 없을지도 몰라요. 트레비스는 여자 뒤꽁무니를 쫓아서 갔거나 아니면 우리에게 거짓말을 했는지도 몰라요. 가이아란 곳은 없습니다. 그가 우리에게 보낸 그 자료에 별이라고는 없어요. 콤포를 만나 자신이 추적당하고 있다는 걸 눈치 채고 그 흔적을 없애려고 하는 겁니다."

"그런다고 흔적이 없어지나? 콤포가 계속 추적하고 있는데. 아니야, 리오노. 난 또 다른 가능성이 있다고 생각해. 훨씬 더 큰 어려움이 따르는 일 말이야. 내 말을 잘 들어 보게."

그녀는 잠시 이야기를 멈추었다가 계속했다.

"이 방은 도청 방지 장치가 되어 있어서 어느 누구라도 우리 얘기를 엿들을 수는 없지. 그러니 자유롭게 얘기하게. 나 역시 그럴 테니까. 어쨌든 이 정보를 받아들인다고 하면 가이아는 세이셀 행성에서 10파섹 떨어진 곳에 있고 따라서 세이셀 연맹에 속해 있지. 세이셀 연맹은 은하에서도 탐사가 잘 이루어진 곳으로서 그곳의 모든 별들, 거주 행성이든 아니든 모두 기록되어 있네. 특히 거주 행성에 대해서는 아주 자세하게 기록되어 있지. 그런데 가이아만은 예외야. 거주 행성인지 아닌지 아무도 그에 관해 들어본 적이 없어. 그리고 어떤 지도에도 나와 있지 않아. 게다가 세이셀 연맹은 파운데이션 연방에 대하여 독립을 지키고 있는 특별한 상태를 지속해 오고 있어. 그리고 이전에 뮬의 지배 때도 마찬가지였어. 은하제국이 쇠퇴한 이후로 계속 독립을 유지해 오고 있는 거야."

"그게 어쨌다는 거죠?"

코델이 조심스럽게 물었다.

"틀림없이 이 두 가지는 연관이 있어. 즉 세이셸이 전혀 알려지지 않은 행성계를 자신의 구역 안에 갖고 있다는 것, 세이셸은 누구도 건드릴 수가 없다는 것. 이 두 가지 사실은 별개일 수가 없어. 즉 가이아가 어떤 행성이든 간에 그것은 스스로 자신을 보호하고 있어. 또 바로 이웃 행성 외에는 그 존재에 대해 알려진 바가 없지. 그렇다면 가이아는 자신의 존재를 다른 행성이 알지 못하도록 주변 행성들을 보호하고 있다는 말이 되지."

"그럼 가이아에 제2파운데이션이 있다는 말입니까, 시장님?"

"조사해 볼 필요가 있다는 말이야."

"시장님의 얘기 중에 논리적이지 않은 점들을 지적해 봐도 될까요?"

"그러게."

"가이아가 제2파운데이션이고, 수세기 동안 침입자에 대해 물리적으로 자신들을 보호하고 있으며 두터운 보호 장벽으로 세이셸 연맹 역시 보호해 왔다면, 또 은하계에 자신들에 관한 정보가 새어 나가지 않도록 해왔다면, 지금 왜 갑자기 그런 보호 장치들을 치워 버린 걸까요? 시장님이 트랜터로 가라고 충고하였음에도 불구하고, 트레비스와 페롤랫은 터미너스를 떠나 세이셸에서 오래 머물지도 않고 곧장 가이아로 가고 있습니다. 게다가 시장님은 가이아를 조사할 만한 곳이라고 생각하고 있고요. 어떻게 그런 일들이 제2파운데이션에 의해 방해받지 않고 있을까요?"

브라노 시장은 오랫동안 대답을 하지 못했다. 그녀가 고개를 숙이자 회색빛 머리카락이 불빛에 흐릿하게 빛났다. 이윽고 그녀는 입을 열었다.

"난 트레비스 의원이 어쨌든 일을 망쳐 놓았다고 생각하네. 그는 뭔가 일을 저질렀어. 아니면 무슨 음모를 꾸미고 있거나……. 어떤 방식으로든지 셀던 프로젝트를 위험에 빠뜨리게 할 일을……."

"그건 불가능합니다, 시장님."

"난 누구든 결점은 있다고 생각해. 해리 셀던조차도 틀림없이 완전하지는 않았어. 셀던 프로젝트가 어떤 결점을 갖고 있는데 트레비스가 그 점을 우연히 발견하게 된 거지. 설사 자신이 그랬다는 걸 모르고 있다 해도 말이야. 우린 무슨 일이 일어나고 있는지를 알아야만 해. 그래서 반드시 그곳에 가야만 하는 거야."

마침내 코델의 표정이 침울해졌다.

"시장님의 의견만 가지고 결정하지 마십시오. 심사숙고하지 않은 채 행동하는 것은 위험합니다."

"날 바보로 여기지 말게, 리오노. 난 전쟁을 하려는 게 아니야. 가이아에 토벌대를 보내려는 게 아니란 말이야. 다만 그곳에 가기를 원할 뿐이지. 아니, 정 당신이 말린다면 그 근처에라도……. 리오노, 나를 위해서 알아봐 주게. 난 120년의 평화를 추구해 왔다고 확신하는 완고한 전쟁국 사람들과 얘기하고 싶지 않아. 하지만 자네는 그렇지 않겠지. 그러니 세이셸 가까이에 얼마나 많은 우주선들이 정박해 있는지를 알아보란 말이야. 그들에게 이 일이 자연스러운 이동처럼 생각하게 할 수는 없을까?"

"이렇게 평화로운 시기에는 정박해 있는 우주선들이 그리 많지 않을 겁니다. 하지만 제가 알아보죠."

"초신성급이면 두세 대로도 충분해."

"그걸로 뭘 하시려고요?"

"별 탈 없이 가능한 한 세이셸 가까이로 접근시켜 보려는 거지. 그리고 서로 지원할 수 있도록 우주선끼리는 충분히 가까이 있도록 하고…….."

"무엇 때문이죠?"

"유연성을 기하는 거지. 여차하면 공격할 수 있도록 말이야."

"제2파운데이션을 공격한다고요? 그동안 가이아가 성공적으로 숨어 지냈고 뮬에게도 공격받지 않았다면, 우주선 몇 척 정도에는 끄덕도 안 할 겁니다."

브라노의 눈에는 전의가 담겨 있었다.

"어떤 일도, 또 누구도 완전하지는 않다고 말하지 않았는가? 해리 셀던조차도 완전하지는 않았다고 말이야. 그가 프로젝트를 입안할 때 그는 그 시대의 사람일뿐이었지. 게다가 그는 쇠락해 가는 제국에 살았던 당대의 수학자였어. 당시는 기술도 쇠퇴해 가고 있었지. 따라서 그의 프로젝트에는 기술적인 진보가 충분히 고려되지 않았어. 예를 들면 중력 공학은 그로서는 상상도 못했던 완전히 새로운 진보의 방향이었고……. 그 외에 다른 기술적 진보들은 상당한 수준으로 이루어졌지."

"가이아 역시 진보했을 겁니다."

"고립된 채로? 이보게. 파운데이션 연방에는 10경이나 되는 인간들이 살고 있어. 그 중에 기술적 진보에 공헌한 자만이 전진할 수 있지. 고립된 단일 행성은 그들과 비교해 보면 훨씬 뒤떨어져 있을 거야. 그래서 우리 우주선은 앞으로 나갈 것이고, 난 그들과 함께 있을 거야."

"죄송합니다만 시장님, 뭐라고 하셨죠?"

"내가 직접 세이셸 국경에 집결할 우주선에 타야겠어. 난 내 눈으로 이 상황을 직접 지켜보고 싶네!"

코델은 잠시 입을 벌리고 멍하니 서 있다가 마른침을 꿀꺽 삼켰다.

"시장님, 그건 현명하지 못합니다."

"현명하든 그렇지 않든 난 그렇게 할 거야. 난 터미너스에도, 그리고 이 지긋지긋한 정치적인 싸움, 내분, 그리고 제휴와 역제휴, 배반에도 싫증이 나. 터미너스 중심에서만 난 17년을 보냈는데 이제 난 뭔가 다른 걸 원해. 지금 바깥에서는……."

그녀는 손을 흔들며 이야기를 계속했다.

"은하의 전 역사가 변하고 있을지도 몰라. 난 그 과정에 참여하고 싶은 거야."

"그런 일들에 대해서 아무것도 모르고 하시는 말씀입니다, 시장님."

"나 말인가? 리오노?"

그녀는 벌떡 일어서서 말했다.

"자네가 우주선에 관한 정보를 가져오는 즉시, 그리고 이 어리석은 일을 수행할 준비가 되는 대로 난 갈 거야. 리오노, 꾀를 써서 이 결정을 파기하게 할 생각은 말아. 그렇지 않으면 우리의 오랜 친분 관계는 끝날 것이고 당신은 파멸할 거야. 난 그렇게 할 수 있어!"

코델이 고개를 끄덕였다.

"그렇게 하실 수 있다는 것은 저도 압니다, 시장님. 하지만 결심하기 전에 셀던 프로젝트의 힘을 다시 고려해 보시라고 부탁드리고 싶군요. 시장님이 하시고자 하는 일은 죽음을 자초하는 일인지도 몰라요."

"그 점에 대해서는 두렵지 않아, 리온. 프로젝트는 뮬에 대해서는 들어맞지 않았어. 한 번의 예상이 실패했다는 것은 또 다른 실패의 가능성을 의미하는 것이야."

코델이 한숨을 쉬었다.

"좋습니다. 시장님이 정말로 그런 결정을 하셨다면 전 충심을 다해서 지원하겠습니다!"

"좋아, 자네 말이 진심에서 우러나온 것이길 바라네. 자, 리오노. 가이아로 가자고!"

제15부

가이아-S

1

슈라 노비는 스토 젠디발과 자신을 태우고 더딘 도약으로 수 파섹의 우주공간을 헤쳐 나온 작은 구식 우주선의 조종실로 들어갔다.

그녀는 이제 막 자그마한 청정실에서 오일, 따뜻한 공기, 그리고 적은 양의 물로 몸을 깨끗이 씻고 나오는 중이었다. 그녀는 긴 겉옷을 걸치고 얌전하게 앞섶을 여몄다. 머리칼은 이미 말랐지만 헝클어져 있었다. 그녀가 낮은 목소리로 젠디발을 불렀다.

"선생님."

젠디발은 컴퓨터와 성도(星圖)에서 눈을 떼고 그녀를 바라보았다.

"무슨 일이지? 노비."

"죄송합니다만……."

그녀는 말을 끊었다가 다시 천천히 입을 열었다.

"선생님을 번거롭게 해 드려 죄송스럽습니다만……, 제 옷이 어디 갔는지 찾을 수가 없어요."

"옷이라고?"

젠디발은 미안하다는 표정을 지으면서 자리에서 일어났다.

"노비, 내가 잊었구나. 네 옷을 세탁해야 할 것 같아서 세탁통에 넣어두었다. 이미 세탁과 건조가 끝나서 개켜져 있을 거야. 그것들을 가져다가 욕실 한쪽에 놓아두었어야 했는데 깜빡 잊었구나."

"저는……, 저는……, 귀찮게 해 드리고 싶지 않았어요."

"아니야, 네가 성가시게 한 것은 없어. 이 일이 끝나면 네게 아주 많은 옷을 준다고 약속하지. 그것도 최신 패션의 새 옷으로 말이야. 너무 서둘러 오는 바람에 필요한 일상용품들을 챙겨 오는 것을 잊었어. 하지만 여기에는 우리 두 사람밖에 없으니까……, 그렇게 부끄러워할 필요는 없어."

그는 이 말에 매우 놀란 듯한 그녀의 눈을 들여다보면서 애매한 몸짓을 해 보였다. 그는 속으로 생각했다. '노비는 그저 시골처녀일 뿐이니까 어떤 일이 도리에 어긋난다 해도 반대는 하지 않을 거야. 하지만 옷을 입히기는 해야 할 것 같군.'

그는 그런 생각을 하는 자신에 대해 수치심을 느끼면서, 그녀가 자신의 생각을 읽을 수 있는 '학자'가 아니라는 게 천만다행이라고 생각했다.

"네 옷을 가져다주마."

"아니에요, 그러실 필요는 없어요. 저도 옷이 있는 곳은 아니까요."

잠시 후 옷을 깔끔하게 차려입고 머리를 곱게 빗은 그녀가 나타났다. 그녀는 매우 부끄러워하고 있었다.

"선생님, 죄송해요. 저는 아무래도 슬기롭게 처신하지 못하는 것 같군요. 저 자신에 관해서 좀 더 잘 알아야 할 것 같아요."

"아니야. 너는 은하 표준어를 아주 훌륭하게 구사하고 있어. 더군다나 학자들의 언어도 잘 파악할 수 있게 되었고 말이야."

노비는 미소를 지었다. 그녀의 치아는 고르지는 않았지만 밝게 빛나는 그녀의 얼굴만큼이나 반짝거렸다. 그녀가 그렇게 보이는 것은 자신이 그녀를 칭찬하고 싶어 하는 마음 때문이라고 젠디발은 생각했다.

"고향에 돌아갈 때쯤이면 헤임 사람들은 저를 기억하지도 못할 거예요. 제 말투가 바뀌었다고 놀릴 거예요. 그들은 그런 사람들을 좋아하지 않거든요."

"네가 헤임으로 돌아갈지 잘 모르겠구나, 노비. 이 일이 끝나면 학자들과 함께 일을 할 수 있는 자리를 만들어주마."

"그렇게 된다면 좋겠어요, 선생님."

"'발언자 젠디발'이라고 불러 주었으면 좋겠는데……, 아니면 그냥……. 아, 아니야. 네가 그것을 원하지 않는다는 건 나도 잘 알고 있어."

그는 당치도 않다는 그녀의 표정을 읽고 황급히 말을 거두었다.

"가당치 않아요, 선생님. 그런데 이 일이 언제쯤 끝나게 돼요?"

"글쎄, 그건 나도 잘 모르겠어. 지금 당장은 가능한 한 빨리 어떤 장소에 도착해야 한다는 것밖에는 확실한 것이 없어. 이 우주선은 딴 우주선에 비하면 속도가 느린 편이고, 내가 '가능한 한 빨리'라고 말하기는 했지만 그렇게 빨리 도착하기는 힘들 것 같아. 자, 이걸 봐."

그는 컴퓨터와 성도를 가리켰다.

"광대한 우주공간을 횡단하기 위한 길을 계산해 내야 하는데, 컴퓨터의 성능에 한계가 있어서 능력을 최대한 발휘할 수 없어."

"이번 일이 위험한 것이라서 빨리 도착해야만 하는 건가요?"

"왜 위험하다는 생각을 하게 되었지, 노비?"

"종종 선생님이 저를 보고 있지 않을 때의 표정이……. 뭐랄까, 적당한 말을 찾을 수가 없네요. 공포를 느낀다……, 뭔가 나쁜 것이 기다리고 있다……, 아니야. 둘 다 아니에요.”

"불안하다고?"

"선생님은 뭔가 걱정을 하고 있는 것 같아요. 제 말이 맞나요?"

"글쎄, 경우에 따라서는……. 그런데 왜 그런 말을 하지, 노비?"

"저는 선생님이 '이 엄청난 위기 속에서 다음에 어떻게 해야만 하지?' 하고 스스로에게 말하고 있는 듯한 느낌을 받았어요."

젠디발은 소스라치게 놀랐다.

"그렇다면 네가 '걱정스럽다'라고 한 말은 아주 정확하구나. 하지만 내 얼굴에서 그런 말을 읽어 냈단 말이야? 지난번에 학자들의 궁전에 있을 때 나는 다른 사람들이 내 얼굴에서 아무것도 읽어 낼 수 없도록 세심하게 주의를 했었지. 하지만 이제 우주공간에 너를 제외하고는 아무도 없기 때문에 긴장을 풀고 있어도, 말하자면 속옷 바람으로 앉아 있어도 되겠구나 하고 생각하고 있었는데……. 미안하다, 이런 비유를 해서. 하여튼 내가 하려는 말은, 네가 그 정도로 감수성이 예민하다면 내가 좀 더 신경을 써야겠다는 말이다. 정신학의 소양이 없는 자라 해도 예리한 추측을 하는 것이 가능하다는 교훈을 다시 되새기지 않을 수 없구나."

노비는 그의 말을 들으며 멍한 표정을 지었다.

"무슨 말인지 이해할 수가 없어요, 선생님."

"그저 혼잣말이다, 노비. 걱정하지 마. 이런! 또 걱정이란 말을 꺼냈구나."

"그러면 또 다른 위험이 있는 건가요?"

"아니, 아니. 아무런 문제도 없어, 노비. 우리가 착륙하게 될 세이셸에 도착할 때 나는 무엇을 발견하게 될까. 난 전혀 알 수 없어. 어쩌면 심각한 곤경에 처할 수도 있겠지."

"위험하다는 말인가요?"

"아니야. 나는 그 곤경을 충분히 타개해 나갈 수 있으니까."

"어떻게 그럴 수 있지요?"

"나는 학자거든. 더군다나 학자들 중에서도 가장 뛰어난 학자야. 은하계에서 내가 해결하지 못할 문제는 아무것도 없어."

노비의 얼굴은 고뇌에 가까운 표정으로 일그러졌다.

"저는 선생님을 불쾌하게 만들려는 생각은 전혀 없어요. 화나게 하려는 생각은 더더욱 없고요. 하지만 저는 선생님이 우둔한 루피런트와 함께 있을 때, 그때 엄청난 위험에 빠져 있었던 것으로 기억하고 있어요. 그는 단지 헤임 농부에 지나지 않는 자였어요. 그런데 이번에는 무엇이 선생님을 기다리고 있을까요? 선생님도 그걸 모르고 있잖아요."

젠디발은 번민에 잠겼다.

"두려우냐, 노비?"

"저 때문이 아니라 선생님께 위험한 일이 일어날까 봐 두려워요."

"이제 '저는 두려워요'라고 말할 수 있게 되었구나. 그것은 아주 훌륭한 은하 표준어지."

잠깐 그는 생각에 잠겼다가 고개를 들고 슈라 노비의 약간 거친 손을 잡으며 말했다.

"노비, 나는 네가 어떤 것에도 두려움을 느끼지 않았으면 좋겠구나. 내 설명을 잘 들어. 너는 내 얼굴에서 위험이 있다는 것을, 혹은 있을 수도 있다는 것을 알아낼 수 있었다. 그것은 네가 내 생각을 읽을 수 있게 되었다는 뜻이야, 그렇지?"

"네?"

"나는 네가 할 수 있는 것보다 더 잘 다른 사람의 생각을 읽을 수 있어. 학자들이 배우는 것이 바로 그것이고, 나 역시 뛰어난 학자야."

노비의 눈이 크게 열리더니 젠디발의 손에서 자기 손을 빼냈다. 그녀는 놀라움으로 거의 숨이 멎어 버린 듯했다.

"그럼 선생님은 제 생각을 읽을 수 있어요?"

젠디발은 황급히 손가락을 입술에 대며 그녀를 진정시키려 들었다.

"아니야, 노비. 나는 네 마음을 항상 읽지는 않아. 반드시 그래야만 할 경우를 제외하고는 말이야. 정말이야!"

그는 일상적인 감각으로 자신이 거짓말을 하고 있음을 느꼈다. 하지만 슈라 노비와 일체가 되어서 그녀 생각의 어떤 부분을 정확하게 파악한다는 것은 불가능한 일이었다. 그런 정도가 되기 위해서는 최소한 상대가 제2파운데이션 사람이어야만 했다. 그는 차츰 얼굴이 붉어지는 것을 느꼈다. 하지만 헤임 여인으로서는 이러한 태도를 보는 것이 기분 나쁜 일은 아닐 것이다. 더군다나 그것은 그녀를 안심시키는 일이 될 것이다.

"나는 사람들의 사고방식을 바꿀 수도 있지. 사람들에게 고통을 느끼게 만들 수도 있다는 말이야."

그러나 노비는 머리를 가로저었다.

"어떻게 그런 일을 할 수 있다는 거죠, 선생님? 루피런트의……!"

"루피런트는 잊어버려. 나는 그 순간에 그를 저지시킬 수도 있었어. 나는 그를 땅바닥에 쓰러뜨릴 수도 있었다고. 나는 '모든' 헤임인들에게 그런 힘을 발휘할 수 있어."

그는 엄격한 어조로 말을 계속하다가 문득 자신이 지나치게 뻐기고 있다는 생각이 들자 입을 다물었다. 이 시골 여자의 마음을 사로잡기 위해 안간힘을 쓰고 있었던 것이다. 그녀는 조용히 고개를 젓고 있었다.

"선생님은 제가 두려움을 느끼지 않도록 하려고 노력하고 있군요. 하지만 저는 아무것도 두려울 게 없어요. 선생님만 안전하다면요. 그러니 더 이상 그런 노력을 할 필요는 없어요. 저는 선생님이 위대한 학자이며 이 우주선을 우주 공간으로 비행하도록 만들 수 있는 사람이라는 것을 알고 있어요. 선생님이 아닌 다른 사람이었다면 우주공간에서 길을 잃을 수밖에 없었을 거예요. 더군다나 선생님은 저뿐만 아니라 어떤 헤임인도 이해할 수 없는 기계장치들을 사용하고 있어요. 하지만 그러한 정신력에 대해서 제게 설명해 줄 필요는 없어요. 그런 것들은 틀림없이 말해서는 안 될 것들일 테니까요. 선생님은 루피런트에게 모든 것을 할 수 있었다고 말하지만, 당시 위험에 처했을 때는 실제로 그렇게 하지 않았으니까요."

젠디발은 입을 굳게 다물었다. '그대로 내버려 두자.' 그는 속으로 이렇게 생각했다. 만약 그녀가 자신에 대해 어떤 위험이 닥치더라도 두렵지 않다고 한다면 그대로 내버려 두자. 그러나 그는 그녀가 자신을 허약하고 겁 많은 허풍쟁이라고 간주하는 것은 원치 않았다. 하지만 그러한 느낌은 막을 수 없는 어떤 것이었다.

"내가 루피런트에게 아무 짓도 하지 않은 건 내가 원치 않았기 때문이야. 우리 학자들은 헤임인들에게 아무 짓도 하지 않는 걸 원칙으로 하고 있거든. 우리는 너희 세계의 손님인 셈이지. 내 말을 이해하겠나?"

"당신들은 우리의 주인입니다. 우리는 항상 그렇게 말하고 있지요."

젠디발은 잠깐 다른 문제를 생각했다.

"그렇다면 루피런트는 왜 나를 공격했던 거지?"

"저도 모르겠어요. 저는 그가 의식적으로 그런 일을 했다고는 생각하지 않아요. 분명 그는 정신이 나갔거나 제정신이 아니었어요."

"어떤 경우든지 우리는 헤임인들을 해치지 않아. 만약 내가 그에게 상처를 입히면서까지 그의 공격을 멈추려 했다면 다른 학자들은 나를 형편없는 사람이라고 경멸했을 것이고, 필경 발언자라는 내 지위를 잃어버렸을 거야. 하지만 내가 크게 다치지 않으려면 그에게 어느 정도 개입하지 않을 수 없었어. 가능한 한 적게 말이야."

"그렇다면 제가 그렇게 허겁지겁 달려갈 필요는 없었던 거군요."

"천만에! 아주 적절한 행동을 한 거야. 방금 말했다시피 만약 네가 그렇게 해 주지 않았더라면 나는 그에게 상처를 입히는 잘못을 저질렀을 거야. 네가 그런 불행을 막아 준 거지. 그를 멈추게 한 네 행동은 아주 적절한 것이었어. 아직도 네게 감사하고 있어."

그러자 그녀는 다시 한 번 천진난만한 미소를 지었다.

"이제 선생님이 제게 왜 그처럼 친절하게 대해 주었는지 알겠어요."

"나는 진심으로 네게 고마워하고 있어."

젠디발은 약간 당황한 듯 말했다.

"하지만 중요한 문제는 앞으로는 아무런 위험도 없다는 걸 네가 이해해야 한다는 점이야. 나는 일반인이라면 어떤 적도 능히 다룰 수 있어. 능력 있는 학자라면 누구나 그런 일을 할 수 있지. 나는 그중에서도 가장 뛰어나기 때문에 이 은하계에서 나를 대적할 사람은 없어."

"선생님께서 그렇게 말씀하신다면 저도 믿겠어요."

"나는 방금 분명히 그렇게 말했어. 그런데도 나를 걱정하는 거야?"

"아니에요, 선생님. 한 가지만 제외한다면……. 다른 사람의 마음을 읽을 수 있는 사람은 오직 우리 학자들뿐인가요? 우리와 적이 될 수 있는 다른 학자들이 다른 곳에도 있지 않을까요?"

잠시 젠디발은 노비에게 압도당하는 듯한 기분을 느끼고는 몹시 당황했다. 이 여자는 경이로울 정도로 문제의 핵심을 꿰뚫어 보는 통찰력을 갖고 있었다. 그는 어쩔 수 없이 거짓말을 했다.

"그런 사람은 절대로 있을 수 없어!"

"하지만 하늘에는 저토록 많은 별들이 있잖아요. 언젠가 그 별들을 세어 보려고 했지만 도저히 다 셀 수가 없었어요. 그 별만큼이나 많은 세상에 사람들이 살고 있다면 그중에 학자들이 있을 수 있지 않겠어요? 우리 세계에 있는 학자들 말고 다른 세계의 학자들 말이에요."

"아니. 그럴 리는 없을 거야."

"만에 하나 존재한다면요?"

"설령 그렇다 하더라도 나보다 더 강하진 않을 거야."

"만약 선생님이 알아차리기 전에 갑자기 그들이 공격하면 어쩌죠?"

"절대로 그러지 못해. 만약 낯선 학자가 접근해 온다면 나는 당장 그 사실을 알 수 있거든. 내게 해를 입히기 전에 나는 먼저 그걸 알아차릴 수 있다고."

"그러면 도망칠 수 있나요?"

"도망칠 필요는 없지. 하지만······."

그는 그녀의 반대를 예상하면서 이야기를 계속했다.

"만약 꼭 그래야만 한다면, 은하계에서 가장 훌륭한 최신형 우주선을 곧 손에 넣을 수 있을 테니 그걸 타면 되지. 그들은 나를 추격할 수 없을 거야."

"만에 하나 그들이 선생님의 생각을 바꾸어서 선생님이 머물 수밖에 없도록 만들지도 모르잖아요?"

"그건 절대 불가능해."

"적은 많은 숫자일 텐데, 선생님은 겨우 혼자잖아요."

"그들이 접근해 온다면 순식간에 나는 그들을 알아차릴 수 있어. 그들은 아마 상상도 못할 거야. 그들이 나타나기만 하면 우리 학자들 모두가 뭉쳐서 공격할 거고, 그러면 그들은 감히 우리에게 대항하지 못해. 그들도 그런 사실을 알고 있지. 그러니 섣불리 우리를 공격하려 들지는 않지. 내가 자기들의 존재를 눈치 채지 못하길 바라겠지만 나는 얼마든지 알아낼 수 있어."

"선생님이 그들보다 훨씬 더 뛰어나기 때문이겠지요?"

노비가 말했다. 그녀의 얼굴은 반신반의하는 표정이었지만, 그래도 젠디발에 대한 자부심이 강하게 서려 있었다.

젠디발은 그녀에게 매료되지 않을 수 없었다. 그녀의 타고난 지성, 빠른 이해력의 탁월함은 그저 그녀와 함께 있는 것만으로도 즐거움을 느끼게 해 주었다. 부드러운 목소리를 가진 괴물 같은 여자 발언자 델로라 델라미는 강제로 이 헤임 여인을 데려가도록 했지만, 결국 그에게 큰 도움을 준 셈이었다.

"아니야, 노비. 설사 내가 그들보다 뛰어나다 하더라도 그 이유 때문만은 아니야. 가장 큰 이유는 내가 너와 함께 있기 때문이지."

"저와요?"

"그래, 바로 네 덕분이야. 그런 생각은 해 봤어?"

"아니에요, 선생님. 제가 어떻게 그런 역할을 할 수 있겠어요!"

"네 정신이 그런 일을 할 수 있어."

그는 손을 들어올렸다.

"나는 지금 네 마음을 읽고 있지 않아. 그저 네 마음의 윤곽을 바라보고 있을 따름이지. 네 마음의 윤곽은 아주 부드러워. 보기 드물게 아주 부드러운 윤곽이야."

"그것은 제가 교육을 받지 못했기 때문이겠지요. 제가 아주 바보 같지는 않은가요?"

"천만에, 귀여운 아가씨."

그는 자신이 친밀한 호칭을 사용하고 있는 것도 의식하지 못하고 있었다.

"그것은 네가 정직할 뿐만 아니라 전혀 나쁜 생각을 갖고 있지 않기 때문이야. 게다가 더할 나위 없이 충직하게 마음에 있는 말을 그대로 털어놓기 때문이지. 너는 따뜻한 마음씨뿐만 아니라 또 다른 장점을 많이 가지고 있어. 다른 학자들이 우리들의 마음에 개입하기 위해서 어떤 신호를 보낸다 하더라도, 그러한 접촉은 즉각 너의 부드러운 마음속에 흔적을 남기기 때문에 즉각 발견되거든. 나는 내 마음 속까지 그런 영향력이 미치기 전에 네 마음 속에 생긴 흔적을 먼저 알아낼 수 있을 거야. 그렇게 되면 나는 반격할 시간을 벌게 되는 셈이고, 즉각 그들을 물리칠 수 있게 되는 거야."

한동안 침묵이 흘렀다. 젠디발은 노비의 눈동자에 나타나고 있는 감정이 단지 행복감만은 아니라는 것을 알아차렸다. 거기에는 환희와 자부심이 뒤섞여 있었다. 그녀는 부드럽게 물었다.

"그 때문에 저를 데려왔나요?"

젠디발은 고개를 끄덕였다.

"아주 중요한 일이야. 바로 그 때문이었어."

그의 목소리는 속삭임으로 잦아들었다.

"조용히 해. 두려워하지 마. 그대로 가만히 있으면 돼."

"저는 늘 선생님이 시키는 대로 할 거예요. 선생님과 위험 사이를 가로막아서 언제든지 선생님을 보호하겠어요. 예전에 루퍼런트로부터 선생님을 보호했듯이……."

그녀는 방을 떠났다. 젠디발은 그녀의 뒷모습을 물끄러미 바라보았다.
그녀가 어떻게 그처럼 엄청난 가능성을 가지고 있는지 정말 불가사의한 일이었다. 어떻게 그처럼 단순한 피조물에게 그렇게 복잡한 많은 것들이 잠재하고 있을 수 있을까? 그녀의 정신 구조가 갖고 있는 부드러움은 그 뒤에 엄청난 지력과 이해력, 그리고 용기를 숨기고 있었다. 어느 누구도 그 능력을 따라가진 못하리라.

어찌 된 일인지 그는 슈라 노비의 상(像)을 머릿속에 그리고 있었다. 그녀는 발언자도 아니고 제2파운데이션 사람도 아니다. 그저 제대로 교육받지 못한 평범한 시골 여자에 불과하지 않은가! 그런데도 그녀는 앞으로 다가올 엄청난 한 편의 드라마 속에서 없어서는 안 될 중요한 조연을 맡고 있다!

하지만 그는 앞으로 다가올 일을 구체적으로 내다보지는 못했다. 아니, 그들을 기다리고 있는 것이 무엇인지도 정확하게 알지 못했다.

2

"한 번의 도약으로 그곳에 다다를 수 있을 겁니다."
트레비스가 중얼거렸다.
"가이아에 말인가?"
펠로랫은 트레비스의 어깨 너머로 스크린을 바라보면서 말했다.
"가이아의 태양에요. 혼돈을 피하기 위해 그것을 가이아-S라고 부르기로 하죠. 은하지리학자들도 때로는 그렇게 부르기도 하니까요."

"그럼 가이아는 어디에 있지? 그것은 그러면 가이아-P라고 부르면 될까?"

"그 행성은 가이아라는 이름이면 족해요. 하지만 우리는 아직 가이아를 볼 수 없어요. 행성들이란 태양만큼 쉽게 발견되지 않는 법이니까. 게다가 우리는 여전히 가이아-S로부터 100마이크로파섹이나 떨어져 있으니까요. 아무리 밝게 빛난다 하더라도 단지 하나의 항성에 불과하다는 사실을 잊지 마세요. 우리는 아직 그것이 원반만큼 크게 보이는 위치까지 가지 못했어요. 그리고 그것을 정면으로 똑바로 쳐다보지 마세요, 페롤랫 교수님. 아직도 망막에 상처를 줄 수 있을 만큼 광도가 굉장하니까요. 일단 제가 먼저 관찰을 끝낸 다음에 필터를 끼워 놓을 테니까 그다음에 가이아-S를 관찰하세요."

"100마이크로파섹이라면 신화학자가 이해할 수 있는 단위로 어느 정도의 거리가 될까?"

"약 30억 킬로미터 정도지요. 터미너스와 터미너스의 태양 사이 거리의 약 20배 정도가 되는 셈이지요. 어느 정도인지 아시겠어요?"

"엄청나군. 그런데 더 가까이 접근할 수는 없을까?"

"안 됩니다! 곧바로 접근할 수는 없어요. 가이아에 대한 이야기를 들어 본 다음에 가도 늦지 않아요. 서두를 이유가 있나요? 배짱을 부리는 게 어떤 때는 도움이 되기도 하겠지만 대부분의 경우 미친 짓이지요. 우선은 구경이나 해 둡시다."

"무엇? 자네는 우리가 가이아를 볼 수 없을 거라고 말했잖은가?"

"물론 육안으로는 볼 수가 없지만 여기에 망원경과 그 관찰 결과에 대해 신속하게 분석할 수 있는 뛰어난 컴퓨터가 있으니까요. 그러니 우리는 우선 가이아-S에 대한 관찰을 시작할 수 있을 거예요. 그런 다음에는 필경 다른 것에 대한 관찰도 할 수 있겠지요. 긴장을 푸세요, 페롤랫 교수님."

그는 팔을 뻗어 마치 아저씨가 조카를 격려해 주듯이 페롤랫의 어깨를 두들겨 주었다.

"가이아-S는 단일한 항성일 거예요. 가령 반성(伴星)이 있다 하더라도 그 반성은 우리와 가이아-S 사이의 현재 거리보다도 더 멀리 떨어져 있을 게 분명합니다. 그리고 그건 기껏해야 적색 왜성일 거고요. 그러니 우리는 그 반성에 대해 별로 신경을 쓰지 않아도 될 거예요. 가이아-S는 G4등급 항성인데, 이 항성계에 사람이 살 수 있는 행성이 있다는 것을 의미하지요. 아주 좋은 일입니다. 만약 그곳에 A나 M 등의 행성이 있다면 우리는 방향을 바꾸어서 바로 이곳을 떠날 수 있을 테니까요."

"나는 그저 신화학자에 불과해. 하지만 한마디 하지. 세이셸에서 가이아-S의 스펙트럼 등급을 판정할 수는 없었나?"

"물론 할 수 있었죠. 또 실제로 그렇게 했습니다, 페롤랫 교수님. 하지만 보다 가까운 위치에서 점검을 하는 것도 필요한 일이지요. 가이아-S는 행성계를 가지고 있어요. 그것은 그리 놀랄 만한 일도 아니지요. 눈으로 관측할 수 있는 두 개의 가스 거성이 있는데, 만약 컴퓨터에 의한 거리 판정이 정확하다면 하나는 아주 크고 훌륭하지요. 항성의 반대편에 나머지 한 개가 있을 가능성이 높지만 발견하기는 쉽지 않을 겁니다. 잘못하면 행성의 궤도면에 지나치게 접근할 수도 있기 때문이지요. 행성계 내부로 들어가게 되면 아무것도 알 수가 없게 됩니다."

"그렇게 되면 큰일 나는 것 아닌가?"

"실제로 그렇게 되는 것은 아니에요. 그럴 가능성도 있다는 것뿐이니까요. 사람이 살 수 있는 행성은 바위와 금속으로 이루어져 있을 것이고, 그곳이 사람이 살 수 있을 정도로 따뜻하다면 태양에 더 가까이 위치해 있겠지요. 그런데 이 두 가지 모두 때문에 이곳에서 그것을 관찰하기 어렵습니다. 그 지역을 조사하려면 가이아-S에서 4파섹 이내의 거리까지 접근할 수밖에 없어요."

"나는 이미 준비가 되어 있네."

"저는 아직 준비가 덜 끝났어요. 그래서 내일 도약을 할 겁니다."

"왜 내일이지?"

"내일이면 안 될 이유라도 있습니까? 그들이 다가와서 우리를 발견하도록 하루의 유예 기간을 가지도록 하죠. 그들이 접근해 오는 것을 발견하고 마음에 들지 않으면 도망칠 여유를 갖기 위해서라도 그게 좋지 않겠어요?"

3

그것은 아주 느리고 조심스러운 과정이었다. 그날 하루가 지나갈 동안 트레비스는 심각한 표정으로 컴퓨터에 몇 가지 서로 다른 접근 방식에 대한 계산을 지시하여, 그 방식들 중에서 하나를 선택하려고 시도했다. 확실한 데이터가 없었기 때문에 그는 단지 자신의 직관에 의존할 수밖에 없었다. 하지만 불행하게도 이번에는 그의 직관이 그에게 아무것도 알려 주지 못했다. 그가 때때로 경험하던 '바로 이거다!'라는 확신이 들지 않았기 때문이었다.

마침내 그는 행성 궤도면에서 멀리 이탈하는 방식의 도약으로 방향을 결정할 수밖에 없었다.

"이 방향으로 도약을 하게 되면 이 지역 전체에 대해 좀 더 넓게 조망할 수 있을 겁니다. 그 위치에서는 여러 가지 궤도상에 놓여 있는 각각의 행성들을 태양으로부터 최대한 멀리 떨어진 거리에서 볼 수 있죠. 게다가 거기에 누가 있든 간에 행성으로부터 이만큼 멀리 떨어져 있는 우리를 추적하거나 감시하기는 쉽지 않겠지요. 물론 그저 제 생각이기는 하지만요."

이제 그들은 가이아-S에서 가장 가깝고 큰 가스 거성들만큼이나 가까운 거리로 가이아-S에 접근하게 되었다. 그 가스 거성들은 가이아-S로부터 약 5억 킬로미터 떨어져 있었다. 트레비스는 페롤랫을 위해 스크린에 최대한 확대시켰다. 비록 암석 파편으로 이루어진 링 세 개가 스크린의 범위에서 벗어나기는 했지만 그 모습은 대단한 장관이었다.

"흔히 발견할 수 있는 위성의 열을 가지고 있군요. 하지만 가이아-S에서 저 정도의 거리로 떨어져 있다면, 이 행성들 중 어느 곳에서도 사람이 살 수 없다는 것은 분명하군요. 유리로 만들어진 돔이라든가 하는 철저한 인공적인 조건 하에서가 아니라면 사람은 살아남을 수가 없을 겁니다."

"어떻게 그렇게 단정하는가?"

"지성을 가진 생물이 있다는 가장 뚜렷한 특징인 전파 신호가 전혀 발견되지 않아요. 물론……."

그는 자신이 한 말에 어폐가 있음을 깨닫고는 즉시 견해를 수정했다.

"물론 과학자의 전초 기지가 전파 신호의 방출을 차단하거나 가스 거성이 제가 기대하고 있는 전파 잡음을 막고 있다면, 우리가 인지하지 못할 가능성도 있지요. 하지만 우리의 전파 수신기는 매우 예민하고 컴퓨터는 가장 뛰어난 성능을 자랑하는 것입니다. 저는 그 위성들에 사람이 살고 있을 가능성은 극히 희박하다고 생각해요."

"그 말은 이곳에 가이아가 없다는 의미인가?"

"그건 아닙니다. 하지만 설사 이곳에 가이아가 존재한다 하더라도, 이런 위성들에 식민지를 건설하려고 애쓰지는 않았을 겁니다. 필경 그들은 그럴 능력도 없었을 것이고 관심도 쏟지 않았을 거예요."

"좋아, 그럼 이곳에 가이아가 있단 말인가?"

"기다리세요, 페롤랫 교수님. 좀 기다려 보세요."

트레비스는 인내력을 무한히 시험하기라도 하듯 끝없이 하늘을 관찰했다. 그러다 마침내 어느 한 지점에서 시선을 멈추고 입을 열었다.

"솔직하게 말하자면, 그들이 우리를 급습하지 않았다는 사실이 어떤 점에서는 실망스럽군요. 만약 소문처럼 대단한 능력을 가졌다면 지금까지 우리에게 어떤 식으로든 반응을 보였을 것이 확실한데."

"내 생각으로는 그 모든 것이 환상일 수도 있다고 생각하네."

페롤랫이 침울한 목소리로 말했다.

"그래서 신화라고 부르는 겁니다, 페롤랫 교수님."

트레비스가 쓴웃음을 지으면서 이야기를 계속했다.

"그건 교수님 취미에 꼭 맞는 것 아닙니까? 하지만 생물 생존층 궤도에 있는 행성이 하나 있어요. 그것은 사람이 살고 있을 수도 있다는 걸 의미하지요. 저는 최소한 하루 동안이라도 그 행성을 연구하고 싶습니다."

"어째서?"

"첫째로는 그곳에 생물이 살 수 있는지를 알아내기 위해서지요."

"방금 자네는 그곳이 생물 생존 지역이라고 하지 않았나, 트레비스?"

"그랬죠. 그 말을 했던 순간에는 그렇게 생각했지요. 하지만 행성의 궤도가 특이하군요. 태양에서 1마이크로파섹 이내로 가까워지거나 15마이크로파섹 이상으로 멀어질 수도 있고, 혹은 둘 다일 수도 있어요. 그러니까 우리는 가이아-S로부터의 거리를 그 행성의 궤도 속도에 비교해 봐야 해요. 그렇게 되면 그 행성의 진행 방향을 알아낼 수 있어요."

4

다음 날이었다. 마침내 트레비스가 결론을 내렸다.

"궤도는 원에 가까워요. 사람이 살고 있을 가능성이 훨씬 더 높아졌다는 뜻이지요. 하지만 아직까지는 아무도 우리를 잡으러 오지 않았으니 좀 더 근접해서 관찰을 계속해야겠어요."

"그런데 도약을 준비하는 데 왜 그렇게 시간이 많이 걸리지? 지금 자네는 아주 작게 도약을 하려는 거군."

"제 말을 잘 들으세요. 작은 도약이 큰 도약보다 훨씬 더 어렵다는 사실을 아셔야 해요. 커다란 돌멩이를 집는 것과 아주 가느다란 모래 한 알을 쥐는 것 중에서 어느 쪽이 더 쉽겠어요? 게다가 가이아-S는 너무 가까이에 있기 때문에 우주공간은 아주 심하게 휘어 있지요. 그 때문에 비록 컴퓨터라 하더라도 계산하는 데 시간이 많이 걸리는 겁니다. 아무리 신화학자라지만 그 정도는 알고 계셔야죠."

그의 말을 듣고 페롤랫은 못마땅한 표정을 지었지만, 트레비스는 아랑곳 않고 이야기를 계속했다.

"지금 육안으로도 저 행성이 보이지요. 바로 저기요! 보이십니까? 저 행성의 자전주기는 22은하시간, 축의 경사는 12도, 그 숫자들은 교과

서에서 말하고 있는 사람이 살 수 있는 조건의 전형적인 예죠. 그리고 이미 그 행성에는 생명체가 있어요."

"어떻게 알 수 있는가?"

"대기 중에 상당량의 유리(遊離)산소가 포함되어 있거든요. 잘 발달된 식물들이 존재하지 않는 한 그런 정도의 산소는 볼 수 없어요."

"지성 생물은?"

"그건 전파 방출 분석 결과에 달려 있죠. 물론 과학기술을 포기한 지성 생물도 존재할 수 있겠지만 그럴 가능성은 거의 없다고 봐야겠지요."

"과거엔 그런 경우가 있었지."

"교수님 말씀을 받아들이겠어요. 그건 교수님의 전공이니까요. 하지만 뮬을 깜짝 놀라게 만들고 쫓아 버린 행성에는 전원적인 생활을 하고 있는 생존자들 외엔 아무도 없었을 겁니다."

"이 행성에 위성이 있나?"

"예, 있습니다."

트레비스는 대수롭지 않게 대꾸했다.

"얼마나 크지?"

페롤랫은 갑자기 목이 멘 듯한 목소리로 말했다.

"확실히는 말할 수는 없어요. 대략 직경이 100킬로미터 정도?"

"여보게, 내 질문에 대해 좀 더 상세한 보충 설명을 해 줄 수 없겠나? 물론 그럴 가능성은 아주 작지만……."

"무슨 말인지 알겠어요. 만약 그 행성이 거대한 위성을 가졌다면 그것이 바로 지구일 가능성이 있다는 말이지요?"

"그래, 하지만 분명치는 않아."

"좋아요, 어쨌든 콤포의 말이 맞다면 지구는 이 은하계 구역엔 없어요. 시리우스 너머에 있을 가능성이 많아요. 죄송해요, 페롤랫 교수님."

"아니야, 됐네."

"잠깐요. 좀 더 기다려 보죠. 한 번 더 소규모의 도약을 하는 위험도 무릅써야 하고요. 만약 지성 생물의 징후를 전혀 찾지 못한다면 착륙을 한다 해도 위험은 없을 거예요. 하지만 그런 경우라면 착륙할 이유가 없겠지요, 그렇죠?"

5

다음 도약을 끝내자 트레비스는 매우 격앙된 어조로 소리쳤다.

"맞았어요, 페롤랫 교수님! 이곳이 가이아예요! 틀림없어요. 이곳에는 최소한 발달된 과학기술 문명이 있어요!"

"전파가 수신되었단 말인가?"

"그 이상이지요. 이곳에는 우주정거장이 행성의 궤도를 돌고 있어요. 저게 보이세요?"

뷰 스크린 상에는 어떤 물체가 나타나 있었다. 페롤랫은 아직 뷰 스크린에서 물체를 식별할 만큼 숙달되지 못했기 때문에 대단한 물체처럼 여기지 않았다. 하지만 트레비스는 분명한 어조로 말했다.

"인공적인 물체, 금속, 그리고 전파원!"

"이제 우리는 어떻게 하지?"

"아무것도 할 필요 없어요. 잠시 동안은요. 이 정도 수준의 문명이라면 그들은 틀림없이 우리를 포착했을 겁니다. 잠시 기다려 본 다음에도 아무런 반응을 보이지 않는다면 전파로 메시지를 보내겠어요. 만약 그래도 반응이 없다면 조심스럽게 접근해 보겠습니다."

"어떤 반응을 보인다면?"

"그거야 그들이 어떤 행동을 보이느냐에 달렸죠. 만약 그들의 행동이 마음에 들지 않는다면, 그들이 이 우주선의 도약 능력에 필적할 만한 능력을 가졌는지 알아봐야겠지요."

"이곳을 떠난다는 의미인가?"

"물론! 초공간 미사일처럼요."

"하지만 그건 별로 현명한 귀환이 아닌 것 같은데?"

"천만에요! 최소한 우리는 가이아가 존재하며, 그곳이 실제로 작동하는 과학기술 문명을 가졌다는 것을, 그리고 우리를 위협하는 모종의 행동을 취했다는 것을 알아낼 수 있잖아요."

"하지만 트레비스, 너무 일찍 겁을 집어먹지는 말자고."

"페롤랫 교수님, 이제야 전 교수님이 어떤 희생을 치르고라도 지구에 대해 알아내려 한다는 사실을 믿을 수 있을 것 같군요. 하지만 제가 그러한 열정을 함께 나누고 있지 않다는 사실을 기억하셔야 합니다. 우리는 아무런 무장도 갖추고 있지 않은 우주선에 타고 있는데, 저 아래에 있는 사람들은 수 세기 동안이나 고립되어 있었어요. 그들이 파운데이션에 대해 아무것도 모르고, 따라서 아무런 경외심도 갖고 있지 않다고 상상해 보세요. 이곳이 우리가 한때 자신들의 손아귀에 잡혀 있던 제2파운데이션의 본거지라고 상상해 보세요. 그리고 그들이 우리를 귀찮게 생각한다면……, 그땐 우리는 제정신을 유지하기 어려울 거예요. 교수님은 마음이 깨끗이 청소되어 버려서, 더 이상 신화학자일 수도 없고 전설에 대해 아무것도 알지 못하는 바보가 되길 원하시나요?"

페롤랫은 심각한 표정으로 말했다.

"자네가 그렇게까지 말한다면……, 하지만 이곳을 떠난 다음에는 어떻게 하지?"

"간단하지요. 이런 소식을 안고 터미너스로 돌아가는 겁니다. 아니면 그 늙은 여자가 허용하는 한도 내에서 터미너스에 접근할 수도 있겠지요. 그런 다음에 다시 가이아로 돌아오게 될 겁니다. 그때에는 이번처럼 조금씩 가까이 접근할 필요가 없을 테니까 훨씬 더 빨리 올 수 있겠지요. 무장 우주선이나 우주선단을 이끌고 말입니다. 그때에는 상황이 많이 달라지겠지요."

6

그들은 기다렸다. 기다린다는 것은 이제 아주 일상적인 일이 되어 버렸다. 그들은 그곳에 접근하기 위해서, 터미너스에서 세이셸까지 여행하는 데 걸린 시간보다도 더 많은 시간을 허비해야 했다.

트레비스는 컴퓨터에 자동 경보장치를 설정해 놓고는 안락의자에 파묻혀 졸면서 시간을 보낼 정도로 태연자약했다. 잠시 후 그는 컴퓨터가 보내는 경보를 듣고 잠에서 깨어났다. 페롤랫도 깜짝 놀라 트레비스의 방으로 뛰어 들어왔다. 그는 막 면도를 하다가 달려 온 모습이었다.

"메시지가 왔나?"

페롤랫이 성급하게 물었다.

"아닙니다. 우리 배가 지금 움직이고 있어요."

페롤랫은 숨 가쁘게 질문을 퍼부었다.

"이동하고 있다고? 도대체 어디로?"

"우주 정거장으로!"

"대체 어떻게 그럴 수가 있지?"

"저도 모르겠어요. 엔진은 이미 가동 중이고 컴퓨터는 아무런 응답도 없어요. 그리고 우리 우주선은 저절로 움직이고 있어요. 이런 세상에! 사로잡혔나 봐요. 우리가 가이아에 너무 가까이 갔나 봅니다!"

제16부

수렴

1

스토 젠디발이 콤포의 우주선을 뷰 스크린에서 포착했을 때, 그는 믿을 수 없을 만큼 길었던 여행이 끝난 것 같은 느낌을 받았다. 하지만 물론 그것은 끝이 아니라 시작에 불과했다. 트랜터에서 세이셸에 이르는 긴 여행은 단지 서곡이었을 뿐이었다.

노비는 겁에 질린 표정이었다.

"저것이 우주의 다른 배인가요?"

"그래, 노비. 우주선이지. 우리가 찾으려고 애썼던 그 우주선이야. 저것은 우리 것보다 크고 성능도 우수해. 굉장히 빨리 비행할 수 있었기 때문에, 설사 우리가 시야로부터 멀리 벗어난다 하더라도 우리를 쉽게 발견할 수 있고 더군다나 우리를 추월할 수도 있는 것이지."

"선생님의 배보다도 더 빠른 배가 있다고요?"

노비가 소름끼치는 얼굴을 하자 젠디발은 어깨를 으쓱하며 말했다.

"네가 날 '선생님'이라고 부르지만, 그렇다고 모든 일에 대해서 다

'선생님'일 수는 없어. 우리 학자들에겐 저런 우주선이 없고 저 우주선의 주인들이 가지고 있는 물리적인 장치들도 없지."

"어떻게 훌륭한 학자들이 그런 것들을 갖지 못했지요, 선생님?"

"우린 그보다 중요한 문제에 대한 선생님이기 때문이야. 그것에 비한다면 이들의 물리적 진보는 아주 사소한 것에 불과해."

노비는 생각에 빠진 듯 눈썹을 모으면서 말했다.

"하지만 저는 선생님이 따라갈 수 없을 정도로 빠른 속도로 비행할 수 있다는 건 결코 사소한 문제가 아니라는 생각이 들어요. 그처럼 놀라운 것을 갖고 있는 사람들은 도대체 누구지요?"

젠디발은 그런 그녀의 모습이 무척 재미있었다.

"그들은 자신들을 파운데이션이라고 부르지. 파운데이션이라는 말을 들어 본 적이 있나?"

그는 헤임인들이 은하계에 대해 무엇을 알고 있고 또 모르는지 자신이 궁금해하는 걸 깨달았다. 그리고 왜 다른 발언자들은 그런 문제에 대해 자신과 같은 생각을 갖지 않는지 이상하다는 생각이 들었다. 아니 어쩌면 지금까지 그러한 문제를 한 번도 궁금해하지 않았던 사람은 자기밖에 없었을지도 모른다. 오직 자신만이 헤임인들이란 그저 땅이나 일구는 것 외엔 더 이상 다른 일에 관심을 두지 않는다고 생각했던 것은 아닐까?

노비는 신중한 태도로 머리를 흔들었다.

"한 번도 들어 본 적이 없어요. 학교 선생님이 글자 공부, 그러니까 읽는 법을 가르쳐 주실 때 수많은 다른 세상이 있다면서 그중 몇 개의 이름을 이야기해 주셨죠. 그 선생님은 우리 헤임의 원래 이름이 트랜터였고, 한때 모든 세계를 지배했다고 하셨죠. 또한 과거의 트랜터는 번쩍거리는 쇠로 덮여 있었고 모든 세계의 주인인 황제가 있었다고 말씀 하셨어요."

그녀의 눈은 부끄러운 미소를 띤 채 젠디발을 올려다보고 있었다.

"하지만 저는 그 선생님의 말을 대부분 믿지 않았어요. 밤이 길어지는 계절의 집회장에서 이야기꾼들은 굉장히 많은 이야기를 해 주었죠. 제가 아주 어렸을 때 그런 이야기를 수도 없이 들었어요. 하지만 나이를 먹게 되면서 그 이야기들 중 대부분은 사실이 아니라는 것을 알게 되었거든요. 이제는 그런 이야기들을 거의 믿지 않아요. 학교 선생님조차도 믿을 수 없는 이야기를 늘어놓는 판이니까요."

"노비, 그 선생님이 했던 이야기 중 몇몇 부분은 사실이야. 물론 아주 오래된 얘기이기는 하지만 말이야. 트랜터는 실제로 금속으로 덮여 있었고, 은하계 전체를 통치했던 황제도 있었지. 하지만 이제는 언젠가 모든 세계를 지배할 파운데이션 사람들이 있지. 그들은 점점 더 강해지고 있어."

"그들이 모든 것을 지배하게 되나요, 선생님?"

"지금 당장은 아니야. 앞으로 500년 이내에 일어나게 될 일이지."

"그러면 그들은 선생님들까지도 지배하게 될까요?"

"아니, 아니야. 그들은 세계를 지배하고 우리는 그들을 지배하게 되지. 그들과 모든 세계의 안전을 위해서!"

노비는 다시 얼굴을 찡그렸다.

"선생님, 파운데이션 사람들은 그런 배들을 아주 많이 가지고 있나요?"

"내 생각엔 그런 것 같아, 노비."

"그렇다면 지금 당장 모든 세계를 점령할 수 있지 않을까요?"

"아니야. 지금은 할 수 없어. 아직은 때가 일러."

"왜요? 선생님들이 그들을 저지시킬 건가요?"

"아니야, 노비. 우리는 그럴 생각이 없어. 그리고 설사 우리가 아무 짓도 하지 않는다 하더라도 그들은 모든 세계를 점령할 수 없어."

"그렇다면 뭐가 그들을 가로막고 있는 거죠?"

"내 말을 잘 들어 봐, 노비."

젠디발이 설명하기 시작했다.

"옛날에 어떤 현자가 계획을 하나 세웠지."

그는 설명을 하다가 이야기를 멈추고는 가볍게 미소를 지었다.

"설명하기가 어렵구나, 노비. 다음 기회에 이야기해 줄게. 사실 지금부터 벌어지게 될 일들을 네가 보게 되면 굳이 이 이야기를 할 필요가 없을 거야. 그것만으로도 모든 것을 이해할 수 있을 테니까."

"무슨 일이 일어날까요, 선생님?"

"아직은 확실히 몰라, 노비. 하지만 모든 일이 다 잘 될 거야."

그는 몸을 돌려 콤포와 만날 준비를 하기 시작했다. 그 작업을 하면서 마음속으로 '최소한 그렇게 되기를 바란다.'라고 덧붙여 말했다.

불쑥 자신에 대해 화가 치밀었다. 자신의 그렇게 약해 빠지고 어리석은 마음의 흐름이 어디에서 연유했는지를 알고 있었기 때문이었다. 그것은 콤포의 우주선이 상징하고 있는 파운데이션의 정교하고 엄청난 힘! 그 자체였던 것이다. 더군다나 그 위력에 대해 노비가 드러내 놓고 감탄을 연발하는 모습 또한 그를 자극했다.

어리석게도! 어떻게 단순한 물리력과 권력을, 세상만사를 마음대로 펼쳐 나갈 능력하고 비교할 수 있단 말인가! 역대 발언자들은 그런 것을 가리켜 '손으로 목구멍을 막는 궤변'이라고 불렀다. 그는 자신이 아직까지도 그러한 유혹에 약한 게 아닌가 생각해 보았다.

2

먼 리 콤포는 자신이 어떻게 처신해야 한다는 확신을 조금도 못 느꼈다. 생애 대부분에 걸쳐 그는 자신의 경험 밖에 있는 모든 강력한 발언자들에 대해서 그저 상상만 해 왔다. 때때로 그가 접할 수 있었던 발언자들은 그 신비스러운 손아귀 속에 인류 전체를 쥐고 있는 존재들이었다.

근년에 들어 그가 지시를 받고 있는 사람은 스토 젠디발이었다. 그와의 접촉은 대부분 육성이나 초공간추적기가 아닌 하이퍼 스피치를 통해서였다. 그러니 그것은 마음속의 존재로만 느낄 뿐이었다.

이러한 점에서 제2파운데이션은 파운데이션보다 훨씬 더 발전해 있었다. 물리적인 장치는 없었지만 고도로 훈련되고 발전된 정신력만을 이용해서 도청이 전혀 불가능한 방식으로 수 파섹 떨어진 거리를 넘나드는 원격 대화를 할 수 있었다. 따라서 눈에 보이지도 않고 탐지도 불가능한 전광석화와도 같은 네트워크는 소수의 명상을 통해서 모든 세계를 하나로 연결시키고 있었다.

콤포는 자신의 역할을 생각하며 한껏 고무된 기분이었다. 자신이 속한 집단은 얼마나 작은 것인가! 그에 비해 그 집단이 행사하고 있는 영향력은 얼마나 엄청난 것인가! 더군다나 그는 철저한 비밀에 싸여 있었다. 아내까지도 그의 숨겨진 생활에 대해서는 아무것도 알지 못했다.

그 끈을 쥐고 있는 자는 제2파운데이션의 발언자들이었고, 그의 경우엔 바로 스토 젠디발이었다. 그는 제국의 황제, 어떤 면에서 본다면 그 이상의 존재가 될 차기 제1발언자의 자리를 바라보는 사람이었다 (적어도 콤포는 그렇게 생각했다.).

그 젠디발이 지금 이곳에 있다. 콤포는 그와의 만남이 트랜터에서 이루어지지 못했다는 사실이 적이 실망스러웠지만, 그런 감정을 간신히 감추고 있었다. 저것이 트랜터의 배란 말인가! 적들이 우글거리는 은하계로 파운데이션의 상품을 운반하던 과거의 상인들도 저것보다는 더 나은 배를 가졌으리라. 발언자가 트랜터에서 세이셸까지의 먼 거리를 오느라고 그토록 많은 시간을 소모한 것도 무리는 아니었다.

그 배에는 승무원들이 두 배를 상호 이동할 경우, 두 배를 하나로 결합시켜 주는 도크 장치도 없었다. 하잘것없는 세이셸 함대에도 그 장치는 구비되어 있는데! 그래서 발언자는 제국시대처럼 두 우주선의 속도를 일치시킨 다음, 두 우주선 사이의 공간에 연결 사슬을 거는 방법을 취하고 있었다. 콤포는 감정을 억제한다는 건 불가능한 일이라고 생각하면서 우울한 기분에 빠졌다. 그 배는 제국의 구식 우주선이었다.

두 사람의 그림자가 연결 사슬을 가로질러 갔다. 그중 한 사람의 행동은 아주 서툴러서 지금까지 우주공간에서 활동해 본 경험이 전혀 없음을 나타내고 있었다.

마침내 그들은 한쪽 우주선으로 승선하여 우주복을 벗었다. 발언자 스토 젠디발은 중키에 평범한 얼굴을 하고 있었으며 몸집도 크지 않았다. 더군다나 그에게는 지식깨나 있는 사람들에게서 흔히 나타나는 고상한 모습도 없었다. 그가 뛰어난 지혜의 소유자라는 것을 나타내는 유일한 표식은 그의 검고 깊은 두 눈뿐이었다. 그러나 발언자는 상대방이 자신을 두려워하고 있다는 분명한 흔적을 느끼고 있었다.

다른 한 사람은 젠디발과 비슷한 키의 여자였다. 겉보기로는 평범해 보였다. 그녀의 입은 놀라움 때문에 벌어져 있었다.

3

 연결 사슬을 타고 우주선 사이를 건넌다는 것은 젠디발로서는 그리 유쾌한 경험이 못 되었다. 그는 우주비행사는 아니었다. 물론 제2파운데이션인 중에 우주비행사는 하나도 없었지만…… 그렇다고 그가 땅 위에서만 기어 다니는 '지상의 벌레'는 아니었다. 왜냐하면 제2파운데이션인에게는 그러한 일도 허용되지 않았기 때문이었다. 따라서 결국 우주비행을 필요로 할 가능성은 항상 잠재되어 있는 셈이었다. 모든 제2파운데이션 사람들은 그러한 가능성이 자주 일어나지 않기만을 바랐다(우주비행에서는 전설적으로 전해지고 있는 프림 팔버까지도, '발언자의 성공의 척도란 셀던 프로젝트의 성공을 확인하기 위해 수행해야 하는 우주비행의 횟수가 얼마나 적은가에 달려 있다.'는 말을 침울하게 되풀이했다 한다.).
 젠디발은 이전에도 연결 사슬을 세 번 사용한 적이 있었다. 이번이 네 번째이기도 했지만, 설사 그 문제 때문에 신경이 거슬린다 해도 그런 감정은 슈라 노비에 대한 걱정 때문에 사라져 버렸다. 그녀가 마치 아무것도 없는 허공에 발을 들여놓는 것처럼, 마음의 평정을 잃고 있다는 점은 굳이 정신력을 사용하지 않아도 분명하게 알 수 있었다.
 그가 앞으로 어떤 일을 해야 하는가를 그녀에게 설명했다.
 "무서워요, 선생님! 마치 파멸 속에 발을 딛는 느낌일 거예요!"
 다른 무엇보다도 그녀의 입에서 갑작스럽게 튀어나온 방언은 그녀가 얼마나 혼란을 겪고 있는가를 잘 보여줬다. 젠디발이 조용히 말했다.
 "너를 이대로 배 위에 남겨 놓고 갈 수는 없어, 노비. 다른 우주선으로 갈아타야 하니 반드시 나를 따라와만 해. 그렇게 위험하진 않아. 네가 입고 있는 우주복은 모든 위험으로부터 너를 지켜 줄 거야. 떨어질 만한 곳은 아무 데도 없어. 설사 네가 연결 사슬을 놓친다 하더라도 여전히 연결선 위에 있을 테니 내가 손을 뻗어서 너를 잡을 수 있어. 자, 노비, 이리 와. 네가 학자가 될 만큼 지혜로울 뿐 아니라 용감하기도 하다는 것을 보여 줘."

그녀는 순순히 따랐다. 그녀의 순수한 마음에 어떤 형태로든 손을 대고 싶지 않았지만, 그는 어쩔 수 없이 그녀의 마음 표면에 진정 효과가 나타나도록 개입할 수밖에 없었다.

"이걸 입고도 여전히 넌 내게 말을 할 수 있어. 네가 분명하게 생각하기만 한다면 나는 그걸 들을 수 있어. 네가 하려는 말을 한 마디 한 마디 분명하고 또렷하게 생각해라. 이제는 너도 내 말을 들을 수 있을 거야. 그렇지?"

"예. 들려요, 선생님."

그는 그녀의 입술이 움직이는 것을 우주복의 투명한 안면 보호막을 통해 확인할 수 있었다.

"입술을 움직이지 말고 말해 봐, 노비. 학자들이 사용하는 우주복에는 무전기 따위가 전혀 없어. 모든 대화는 오직 정신력을 통해서만 해."

'제 말이 들리세요? 선생님.'

이번에는 그녀의 입술이 움직이지 않았다. 그녀의 얼굴은 조금 상기되어 있었다. 훌륭하다! 완벽해! 젠디발은 속으로 이렇게 생각했다.

'노비, 내 말 들려?'

젠디발 또한 입을 움직이지 않았다.

'들려요, 선생님.'

'그러면 나와 함께 가자. 내가 하는 대로만 따라 하기만 하면 돼.'

그들은 함께 연결 사슬을 건넜다. 젠디발은 조작법에 대해 이론상으로는 잘 알고 있었다. 실제에서는 그다지 훌륭하지 못했지만······. 연결 사슬을 건너는 방법은 두 다리를 넓게 뻗은 다음, 어기적거리는 모양으로 중심을 일직선이 되도록 맞추어 양팔을 번갈아 흔들면서 나아가는 것이었다. 그는 그 요령을 노비에게 설명해 주었다. 그는 그녀의 동작을 살펴보기 위해 고개를 돌리는 대신 그녀의 운동 중추의 상태를 확인해 보았다.

초보자로서는 훌륭한 편이었다. 그녀는 거의 완벽하게 동작을 취하고 있었다. 그녀는 긴장을 풀고 그의 지시를 따랐다. 젠디발은 자신이 다시 한 번 그녀의 능력에 새삼 감탄하고 있는 것을 깨달았다.

또 다른 우주선에 승선하자 그녀는 안도하는 표정을 지었고 젠디발의 심정 역시 그랬다. 그는 우주복을 벗고 실내를 둘러보았다. 장비의 화려함과 그 멋진 스타일은 기가 막혀 말문이 열리지 않을 정도였다. 물론 그 장비들이 어떻게 작동하는지는 전혀 알 수 없었다. 작동법을 배울 시간이 거의 없을 것이라는 생각이 들자 가슴에 묵직한 것이 내려앉는 듯했다. 필경 그는 이미 배에 올라 있는 남자로부터 그 지식을 직접 이전받게 될 것이다. 그것은 일반적인 학습법과는 거리가 먼 방법이었다.

그는 콤포에게 주의를 집중했다. 콤포는 큰 키에 구부정했고 그보다 두세 살 연상이었다. 약간 유약한 인상을 주지만 잘생긴 얼굴이었고, 머리칼은 버터 빛이 도는 노란색으로 단정한 웨이브를 이루고 있었다.

젠디발은 그가 최초로 만난 발언자에 대해 실망했으며 심지어 경멸감까지 느끼고 있다는 것을 분명히 감지했다. 더욱 곤란한 문제는 그 남자가 그러한 감정을 숨기는 데 완전히 실패했다는 점이었다.

젠디발은 그런 일에는 대체로 신경을 쓰지 않았다. 그는 트랜터인도,

완전한 제2파운데이션에 소속된 사람도 아니었기 때문에, 발언자에 대한 환상을 갖고 있었음이 분명했다. 그의 마음의 표피만을 관찰해도 그러한 사실은 분명히 나타났다. 그의 마음속에는 권력이란 필연적으로 외양과 연관되어 있다는 식의 환상이 들어 있었다. 물론 젠디발이 원하는 일에 지장을 주지 않는 한 그러한 환상을 계속 가지고 있어도 된다. 하지만 이번 경우, 그러한 환상은 일에 지장을 초래할 수 있었다.

젠디발이 취한 조치는 경멸에 상응하는 정신적인 압력이었다. 콤포는 순간적으로 예리한 고통을 얼핏 느꼈다. 그것은 사고의 표면에 주름을 형성시킬 정도로 강한 정신 집중의 결과였다. 그것은 발언자가 언제든지 원하기만 하면 사용할 수 있는 강한 힘의 소유자라는 인상을 그의 마음에 심어 놓았다. 이제 콤포는 젠디발에게 강한 경외심을 느끼게 되었다.

"자네의 주의를 좀 끌어 봤네, 콤포. 이보게, 자네 친구인 골란 트레비스와 그의 친구인 야노브 페롤랫이 지금 어디쯤 있는지 알려 주게."

젠디발이 유쾌한 표정으로 말했다. 그러자 콤포는 주저하며 말했다.

"저 여자 앞에서 말을 해도 되겠습니까, 발언자?"

"콤포, 이 여자는 내 일부일세. 자네가 그녀 앞에서 이야기하지 못할 이유는 없어."

"그렇다면 말씀드리죠, 발언자. 트레비스와 페롤랫은 지금 가이아라고 알려져 있는 한 행성에 접근하고 있습니다."

"그것은 지난번에 연락을 취했을 때 들었던 이야기로군. 그렇다면 그들은 이미 가이아에 착륙했을 테고, 필경 다시 출발했겠지. 그리고 분명히 세이셸 행성에 오래 머물지는 않을 거야."

"제가 그들을 미행하고 있을 때만 해도 그들은 아직 착륙하지 않았습니다, 발언자. 그들은 몇 차례의 마이크로 도약을 하는 중간중간에 상당 기간 기다리면서 매우 조심스럽게 그곳에 접근했습니다. 그 행성에 대해 아무런 정보도 갖고 있지 않기 때문에 주저하는 게 틀림없습니다."

"가이아에 대한 정보는 없는가, 콤포?"

"예, 제 컴퓨터도 그에 대한 정보는 가지고 있지 않습니다."

"컴퓨터라고?"

그 말과 동시에 젠디발의 시선은 제어판 위로 떨어졌다. 그것을 보는 순간 돌연 그는 희망에 들떠 이렇게 물었다.

"이 컴퓨터가 우주선의 운행에 도움을 줄 수 있는가?"

"이 컴퓨터는 우주선을 완벽하게 운행할 수 있습니다, 발언자. 조종자는 그저 그 속에 생각을 집어넣기만 하면 되니까요."

젠디발은 갑자기 불쾌한 감정을 느꼈다.

"파운데이션이 벌써 그 정도의 수준에 도달했나?"

"그렇습니다. 하지만 아직은 불완전해요. 저는 같은 생각을 여러 번 반복해야만 했고, 그러고도 겨우 최소한의 정보밖에 얻지 못했습니다."

"나는 그것보다는 더 잘할 수 있을 것 같은데?"

젠디발이 말했다.

"물론이지요, 발언자."

콤포는 한껏 경의를 표하면서 말했다.

"하지만 지금은 그런 문제에 대해서는 신경 쓰지 말기로 하세. 그런데 이 컴퓨터에는 왜 가이아에 대한 정보가 들어 있지 않은가?"

"그건 모르겠습니다, 발언자. 하지만 컴퓨터는 은하계 내에서 인간이 거주하고 있는 모든 행성에 대한 정보를 다 가지고 있다고 주장합니다.

컴퓨터에게 '주장한다'는 말이 어울릴지는 모르지만…….”

"컴퓨터는 입력된 정보 외에는 알지 못하지. 그리고 만약 정보를 입력시킨 사람이 실제로는 모든 정보를 갖고 있지 못하면서도 자신이 모든 거주 행성에 대한 정보를 갖고 있다고 생각했다면, 그 컴퓨터 역시 똑같은 오해를 할 수 있을 거야. 내 말이 맞는가?”

"틀림없습니다, 발언자.”

"세이셸에서 조회해 보았나?”

콤포는 불안한 어조로 말했다.

"발언자, 세이셸에 가이아가 있다고 말하는 사람들이 있기는 합니다만, 그들의 말은 일고의 가치도 없는 미신이 분명합니다. 그들의 얘기는 가이아가 뮬의 접근조차 막을 만큼 아주 강력한 세계라는 겁니다.”

"정말 그들이 그렇게 말했나?”

젠디발은 흥분을 억누르면서 계속 물었다.

"그리고 자네는 그것이 미신에 불과하다고 생각했기 때문에 그에 대해 상세히 묻지 않았다는 말인가?”

"아니에요, 발언자. 저는 많은 것을 물었지만 방금 제가 말씀드린 것이 그들이 얘기해 준 모든 것이었습니다. 그들은 그 문제에 대해 아주 장황하게 떠들어 댔지만, 결국 요지는 방금 제가 말한 것에 불과했습니다.”

"그 이야기는 트레비스도 들었겠지? 그리고 그것과 연관된 이유 때문에, 즉 그 거대한 힘을 뽑아내기 위해서 가이아를 향해 갔겠지? 그가 그토록 조심스럽게 그곳에 접근하는 것은 그 역시 거대한 힘을 두려워했기 때문이겠지.”

"그럴 가능성이 많습니다, 발언자.”

"그런데 자네는 그를 뒤쫓지 않았나?"

"저는 그가 가이아를 향해 가고 있다고 확신하기에 충분한 거리까지 미행했습니다, 발언자. 하지만 가이아 성계의 외곽에서 이곳으로 되돌아왔지요."

"왜 그랬지?"

"세 가지 이유가 있습니다. 첫째로는 당신의 도착이 임박했기 때문에 당신이 지시한 대로 가능한 한 빨리 당신을 이 우주선에 탑승시키려 했던 것입니다. 물론 제 우주선에 장착되어 있는 초공간추적기 때문에 트레비스로부터 지나치게 멀리 떨어질 경우 시장에게 의심을 살 수도 있는 모험은 감수할 수밖에 없다고 판단했습니다. 두 번째, 그가 가이아를 향해 아주 느린 속도로 접근하고 있다는 사실이 분명해졌을 때, 빨리 당신에게 달려와 만남을 서두른다 해도 그동안 별다른 사건이 일어나지는 않겠다는 생각을 했던 것입니다. 당신은 그 행성을 향해 접근하고 있는 그를 미행하는 데 저보다 훨씬 유능할 테고, 만약의 경우에 발생할 수 있는 긴급 사태를 처리하는 데도 저보다 훨씬 유능할 테니까, 우리가 빨리 만나는 편이 좋지 않겠습니까?"

"그럴듯하군. 그러면 세 번째 이유는 뭐지?"

"우리가 마지막으로 연락을 가진 이후, 제가 예상치 못했을 뿐 아니라 이해할 수도 없는 사건이 발생했습니다. 그래서 가능한 한 빨리 당신을 만나는 것이 좋겠다는 생각을 하게 되었습니다."

"예상하지 못했고 이해할 수도 없는 사건이라?"

"파운데이션 함대가 세이셸 외곽으로 접근하는 중입니다. 제 컴퓨터가 이 정보를 세이셸 방송에서 찾아냈습니다. 최소한 신형 우주선 다섯 척이 포함된 소함대로, 이들은 세이셸을 압도할 화력을 충분히 지녔습니다.”

젠디발은 그 말에 곧바로 대답하지 않았다. 그런 움직임은 전혀 예상을 못했다는(도무지 이해할 수가 없다는) 입장을 밝히는 건 아무런 도움도 안 될 터이기 때문이다. 그래서 잠시 후에 관심조차 없다는 어투로 물었다.

"자네는 트레비스가 가이아 쪽으로 접근하는 일과 이번 사태가 연관되었다고 생각하는 건가?"

"함대가 움직인 건 그 직후가 분명합니다. 만약 B라는 사건이 A 다음에 일어났다면 최소한 A가 B의 원인이었을 가능성이 있는 것 아니겠습니까?"

"좋아, 어쨌든 모두가 가이아로 집결하고 있는 것 같군. 트레비스, 나, 그리고 제1파운데이션 모두 말일세. 좋아. 자네는 훌륭하게 대처했네, 콤포. 이제부터 자네가 해야 할 일이 있네. 첫째로 내게 이 컴퓨터 작동법과 이걸 사용해서 우주선을 조종하는 법을 알려 줘야 하네. 그리 많은 시간은 걸리지 않을 걸세.

그다음에 자네는 내 우주선에 옮겨 타야 하네. 물론 그 전에 나는 자네의 머릿속에 내 우주선을 조종하는 방법을 심어 주겠네. 그 우주선을 다루는 데에는 아무런 문제도 없을 거야. 하지만 나는 자네에게 그 우주선이 정말 원시적인 것이라는 점을 이야기해 줘야만 하겠네. 물론 외관상으로 보기만 해도 능히 알 수 있겠지만 말이야. 자네는 배의 조종이 가능하다는 것을 확인한 다음 거기에 계속 머무르면서 나를 기다려야만 하네."

"얼마 동안이나 말입니까?"

"내가 돌아올 때까지. 하지만 자네에게 필요한 식료품이나 그 외의 물품이 모자랄 정도로 오래 걸리지는 않을 걸세. 하지만 내가 비정상적으로 늦어질 경우에는 세이셸 연맹의 거주 행성에 가서 나를 기다릴 수도 있을 거야. 자네가 어디에 있든 간에 나를 찾아낼 수 있으니까 말이야."

"잘 알겠습니다, 발언자."

"너무 걱정하지 말게. 그 수수께끼의 가이아는 내가 처리할 수 있을 것이고, 또 필요하다면 파운데이션의 우주선도 처치할 테니까."

4

리토렐 튜빙은 7년 동안이나 세이셸 주재 파운데이션 대사로 근무해 온 사람이었다. 큰 키에 건장한 그는 한때 파운데이션과 세이셸 모두에서 널리 유행했던 두터운 갈색 콧수염을 기르고 있었다. 이제 쉰네 살밖에 안 됐지만 얼굴에 팬 심한 주름살 때문에 세상사에 초연한 인상을 주었다. 하지만 일에 대한 태도는 결코 호락호락하지 않았다.

그는 자신의 일에 대해 만족스럽게 여기고 있었다. 그 일은 터미너스 정계의 복잡함으로부터 벗어나게 해 주었기 때문이었다. 또한 대사직은 세이셸에서 방탕한 생활을 즐기면서도 아내와 딸이 나름대로 즐겁게 살아가도록 지원할 수 있어서 좋았다. 그는 가족들을 돌보는 일로 자신의 생활을 망치고 싶은 생각은 전혀 없었다.

그는 리오노 코델을 그리 탐탁지 않게 여기고 있었다. 그 이유는 필경 코델 역시 콧수염을 기르고 있었는데, 그의 것은 짧고 숱도 적고 회백색이라는 점일 것이다. 과거 유명 인사들 중 콧수염을 기른 사람들은 그들 둘밖에 없었다. 그러니 그들은 그 문제를 둘러싸고 경쟁을 벌인 셈이었는데, 이제 경쟁 상대가 없어진 셈이었다(적어도 튜빙은 그렇게 생각했다.). 왜냐하면 코델의 것은 이제 볼품이 없어져 그와는 비교할 수 없게 되었기 때문이었다.

코델이 공안국장을 역임하고 있을 무렵, 튜빙 역시 터미너스에 있으면서 시장 선거에서 할라 브라노와의 경쟁을 꿈꾸고 있었다. 하지만 대사직에 임명됨으로써 그의 꿈은 물거품이 되고 말았다. 물론 그것은 브라노가 자신의 자리를 지키기 위해서 꾸민 일이었지만, 그는 그 일로 인해 덕을 본 셈이었다.

어쨌든 코델의 덕을 본 것은 아니었다. 코델은 언제나 싱글싱글 웃는 타입이었다. 그는 항상 친근한 태도를 잃지 않는 사람이어서, 심지어 누구의 모가지를 뎅겅 날리자는 결정을 막 하고 난 다음에라도 예의 그 싱글거리는 표정을 지을 사람이었다.

지금 그가 하이퍼 영상으로 온후함이 넘치는 싱글거리는 얼굴로 튜빙 앞에 앉아 있었다. 물론 실제 그는 터미너스에 있었다. 따라서 튜빙은 코델에게 악수를 청하지 않아도 되었다.

"코델, 나는 저 우주선들이 물러가기를 바라오."

코델은 계속 싱글거렸다.

"그건 나도 동감이오. 하지만 노부인께서는 이미 결심을 굳히셨소."

"당신은 그녀를 설득시킨 경력이 많다고 들었는데……?"

"때로는 그랬소. 그녀를 설득할 수 있다고 여겨질 때는. 하지만 이번 경우는 다르오. 튜빙, 당신의 임무나 잘 수행하시오. 세이셀을 평온하게 유지시키는 데 신경을 쓰시오."

"코델, 내게 지금 세이셀 문제는 뒷전이오. 내 관심은 오로지 파운데이션에 대한 것이오."

"그건 나 역시 마찬가지요."

"코델, 둘러대지 말고 내 말을 잘 들어 보시오."

"기꺼이 듣겠소. 하지만 지금 터미너스는 흥분하고 있소. 그러니 언제까지나 당신의 이야기를 듣고 있을 수는 없다는 것을 명심하시오."

"가능한 한 요약해서 말하겠소. 파운데이션의 멸망 가능성에 대해서요. 만약 이 초공간 통신회선이 도청당하고 있지 않다는 게 확실하다면 구체적으로 이야기하겠소."

"이 통신회선은 도청되지 않소."

"그렇다면 안심하고 계속하겠소. 나는 며칠 전에 골란 트레비스라는 사람으로부터 메시지 한 통을 받았소. 내가 정계에 있던 시절의 기억으로는 트레비스라는 이름을 가진 사람이 당시 운수위원이었던 걸로 기억하는데……?"

"그건 그 젊은이의 삼촌이오."

코델이 재빨리 바로잡아 주었다.

"아! 그렇다면 당신도 내게 메시지를 보낸 트레비스를 알고 있군. 내가 이전에 수집한 정보에 따르면, 그는 의원이었는데, 셀던 위기가 성공적으로 해결된 후인 최근에 체포되어 추방된 것으로 알고 있소."

"정확하오."

"믿을 수 없군."

"믿을 수 없다니, 뭘 말이오?"

"그가 추방을 당했다는 사실 말이오."

"왜 그럴 수 없단 말이오?"

"도대체 역사상 어떤 파운데이션 시민이 추방을 당한 적이 있단 말이오? 그는 체포될 수도, 안 될 수도 있었고 체포된다면 유죄 판결을 받을 수도 있고 무죄 판결을 받을 수도 있소. 또 그가 유죄 판결을 받는다면 벌금형을 받든가, 강등되든가, 명예를 박탈당하든가, 투옥되는가, 사형에 처해지겠지. 하지만 그 어떤 경우라도 추방당한 적은 없었소."

튜빙의 주장은 강력했다.

"어떤 것이나 최초의 경우라는 것이 있는 법이오."

"말도 안 되는 소리! 최신식 우주선에 태워 추방시킨단 말이오? 바보가 아닌 한 그가 당신이 모시는 늙은 여인이 준 특수 임무를 띠고 있다는 걸 모를 사람이 누가 있겠소? 그런 식으로 해서야 누굴 속일 수 있겠소."

"그렇다면 그의 임무가 뭐라고 생각하오?"

"보나마나 가이아 행성을 찾는 일이겠지."

코델의 얼굴에서 싱글거리던 미소가 차츰 사라졌다. 대신 그의 눈에는 전에 볼 수 없던 엄격한 표정이 흘렀다.

"당신이 내 설명을 전적으로 믿을 만한 기분이 아니라는 건 잘 알고 있소, 대사. 하지만 이번 한 번은 내 말을 믿어 달라고 특별히 간청하고 싶소. 시장도 나도 트레비스가 추방을 당하게 될 때까지 가이아라는 말을 한 번도 들어 보질 못했소. 우리가 그 말을 처음 듣게 된 것은 바로 어제였소. 당신이 이 말을 믿어 준다면 계속 다음 이야기를 하겠소."

"그 말이 내가 품고 있는 회의를 억누를 수만 있다면……. 하지만 국장, 그러기는 매우 힘들 것 같소."

"대사, 내 말은 분명 진실이오. 그리고 만약 내 말투가 갑작스럽게 격식을 갖춘다고 느낀다면, 지금 이 이야기가 끝났을 때 당신이 내 심문에 답하지 않으면 안 된다는 것까지 느껴야만 할 것이고 그런 류의 일은 그리 유쾌하지는 않을 것이오. 당신은 마치 가이아가 당신에게도 낯선 곳인 것처럼 말했소. 그렇다면 도대체 우리는 모르고 있는데 당신은 알고 있는 게 무엇이란 말이오? 당신이 배속된 지역의 정치적 단위에 대한 모든 걸 우리에게 알리는 게 당신의 임무 아니오?"

튜빙이 조용히 말했다.

"가이아는 세이셸 연맹의 일부가 아니고 실제로 존재하지 않을 수도 있소. 미신을 좇는 세이셸의 하층 계급들이 주고받는 가이아에 대한 이야기까지 하나도 빠짐없이 터미너스에 보고해야 한단 말이오? 어떤 사람들은 가이아가 초공간에 있다고 말하고, 다른 사람들은 그곳이 초자연적인 힘으로 세이셸을 보호한다는 말을 퍼뜨리고 있소. 또 다른 사람들은 은하계를 집어삼킨 뮬이 태어난 곳이라고 말하기도 하오. 만약 당신이 세이셸 정부에게, 트레비스가 가이아를 찾기 위해 파견된 사람이고, 파운데이션 우주군의 최신형 전함 다섯 척도 그를 지원하기 위해 보내진 것이라고 말한다면, 그들은 결코 당신 말을 믿지 않을 것이오. 일반인들은 가이아에 대한 이야기를 믿을지 모르지만 정부는 다르오. 그들은 파운데이션과 마찬가지로 그런 이야기를 쉽게 믿지 않을 것이오. 오히려 당신이 세이셸을 파운데이션에 합병시키기 위해 압력을 가하는 것으로 받아들일 것이오."

"만약 우리가 실제로 세이셸을 합병시키려 한다면 어쩌겠소?"

"그것은 치명적인 실수요. 파운데이션의 500년 역사 속에서 언제 우리가 정복 전쟁을 일으킨 적이 있었소? 우리는 단지 우리를 정복하려는 다른 세력에 맞서 수많은 전쟁을 치렀을 뿐이오. 한 번은 패한 적이 있었지만 그 어떤 전쟁도 영토의 확장으로 귀결된 적은 없었소. 연방에 참여하는 것은 오직 평화적인 조약을 통해서만 이루어져야 하오. 누구든 참여함으로써 이익을 얻을 수 있다는 생각이 들 때 참여하는 것이지."

"연방에 참여하면 세이셸도 이익을 얻을 텐데?"

"우리 우주함대가 세이셸의 경계 지역에 머무르는 한, 이들은 결코 그렇게 생각하지 않을 것이오. 당장 함대를 철수시키오!"

"그것은 불가능하오!"

"이보시오, 코델. 세이셸은 파운데이션 연방의 자비심을 선전하는 훌륭한 도구로 활용되어 왔소. 이곳은 거의 우리 영역에 포함되어 있을 뿐 아니라 언제든지 우리의 공격을 받을 수 있는 위치에 있소. 하지만 지금까지 세이셸은 안전을 유지해 왔고, 독자적인 노선을 걸을 수 있었소. 더욱이 세이셸은 자유스럽게 반(反)파운데이션 외교 정책을 유지할 수 있었소. 우리가 어떤 경우에도 무력을 행사하지 않으며 모든 세계에 대해 평화 정책을 채택하고 있다는 것을 전 은하계에 이보다 더 잘 보여 줄 수 있는 실례가 어디 있겠소? 만약 평화적인 조약을 통해 세이셸을 합병한다면, 그것은 결국 이미 우리 손에 들어 있는 것을 취하는 모양이 될 것이오. 그렇게 하더라도 우리는 세이셸을 경제적으로 지배할 수 있소. 하지만 만약 무력으로 병합한다면 스스로 전 우주에 우리가 팽창주의자가 되었다는 것을 광고하는 꼴이 될 것이오."

"만약 우리의 관심이 오직 가이아에만 쏠려 있다고 말한다면?"

"그런 말은 내가 믿지 않는 만큼이나 세이셸 측에서도 믿지 않을 것이오. 트레비스는 내게 자신이 가이아를 향해 가고 있다는 소식을 터미너스에 전해 달라고 부탁했소. 나는 그보다는 현명한 판단을 내리고 있었지만, 내 임무 때문에 어쩔 수 없이 그의 부탁을 들어주었소. 그런데 내 보고가 막 끝나고 하이퍼 통신회선이 채 식기도 전에 파운데이션 우주군은 행동에 들어갔소. 당신들이 세이셸 연합의 공간을 통과하지 않고 어떻게 가이아에 갈 수 있단 말이오?"

"이것 보시오, 튜빙! 정말이지 당신은 스스로 했던 말을 기억하지 못하는군. 불과 몇 분 전에 당신은 내게 만약 가이아가 존재한다면 그것은 세이셸 연맹의 일부가 아니라고 말하지 않았소? 더군다나 내 생각으로는, 당신도 초공간이 모든 사람에게 자유로운 곳이고 어떤 세계의 영역에도 포함되지 않는다는 것을 잘 알고 있을 거요. 지금 우리 함대는 초공간을 통과하여 가이아의 영역으로 들어가게 될 경우 세이셸 영역은 단 1세제곱센티미터도 침범하지 않게 되는데, 어떻게 세이셸이 불평을 할 수 있단 말이오?"

"하지만 세이셸은 당신들의 행동을 그런 식으로 해석하지는 않을 것이오, 코델. 만약 가이아가 존재한다면 그곳은 세이셸 연맹에 의해 완전히 둘러싸여 있을 것이고, 설사 그곳이 정치적으로는 세이셸의 일부가 아니라 할지라도, 적의 전함에 관한 한 자국의 영역 내 고립된 지역에 대해서는 실질적으로 포위 영역의 일부로 간주한다는 전례가 있소."

"우리 우주선들은 적군의 전함이 아니잖소? 오히려 세이셸과 평화를 유지하고 있소이다."

"나는 세이셸이 전쟁을 선포할지도 모른다는 점을 지적하고 있는 것이오. 물론 그들이 무력으로써 이러한 전쟁에서 승리할 것을 기대하지 않겠지. 하지만 실제로 그런 전쟁은 은하계 전체에 반(反)파운데이션의 기운을 부채질할 것이오. 파운데이션의 새로운 팽창주의 정책은 우리에게 대항하는 세력들의 동맹을 부추길 것이오. 연방을 구성하고 있는 일부 행성들은 그간 우리와 유지하고 있던 연대에 대해 재고하게 될 거고 그렇게 되면 우리는 내부 분열로 인해 전쟁에서 패할 수도 있소. 그리고 분명 우리는 지난 500년 동안 그토록 훌륭하게 파운데이션을 이끌어온 성장 과정의 흐름을 거꾸로 돌리게 될 거요."

"잘 들어요, 튜빙. 당신은 마치 지난 500년 동안 우리가 이룩한 발전을 과소평가하면서, 아나크레온과 같은 작은 왕국과 전쟁을 벌이고 있던 샐버 하던 시절의 파운데이션이라도 되는 듯이 말하고 있소. 하지만 우리는 지금 과거 가장 번성하던 시절의 은하제국보다도 훨씬 더 강성해져 있소. 우리 함대 하나로도 은하계의 전체를 궤멸시킬 수 있고, 어떤 성구(星區)라도 점령할 수 있을 정도요. 물론 실제 전투상에서는 그보다 더 뛰어난 능력을 발휘할 수 있을 것이고……."

"지금 우리는 까마득한 옛날의 은하제국과 전투를 하고 있는 게 아니오. 우리 시대의 행성들, 성구들과 싸우는 것이란 말이오."

"그러나 그들은 우리만큼 발전하지 못했소. 우리는 지금 은하계 전체를 하나로 통일시킬 수 있는 능력을 가지고 있단 말이오!"

"셀던 프로젝트에 의하면 우리는 향후 500년 동안 그런 일을 할 수 없게 되어 있소."

"셀던은 과학기술의 진보 속도를 지나치게 과소평가했소. 하지만 우리는 지금 당장이라도 우주를 통합할 수 있소! 하나 오해하지 마시오. 그렇다고 해서 지금 당장 그렇게 하겠다거나 그럴 수밖에 없다는 뜻은 아니오. 단지 우리에게는 그럴 수 있는 힘을 가지고 있다는 얘기요."

"코델, 당신은 평생 터미너스에서만 살아왔소. 당신은 은하계에 대해 아는 것이 없소. 물론 우리의 우주군과 우리의 과학기술은 다른 세계의 군사력을 궤멸시킬 수 있을 정도로 위력적이오. 하지만 수많은 반역가들의 증오로 가득한 전 은하계를 지배한다는 것은 사실상 불가능할 일이오. 무력 지배의 말로는 멸망이오. 그러니 당장 군대를 철수시키시오!"

"그건 불가능하오, 튜빙. 잘 생각해 보시오. 만약 가이아가 신화가 아니라면 어떻게 하겠소?"

튜빙은 잠시 답변을 유보한 채 마치 상대방의 마음을 읽으려는 듯 그의 얼굴을 천천히 뜯어보았다.

"초공간에 있는 세계가 신화가 아니라고?"

"물론 초공간에 존재하는 세계란 미신이오. 하지만 설사 그것이 미신이라 하더라도 진실의 주변에 형성되는 미신일 수도 있는 것이오. 추방당한 트레비스는 그곳이 마치 우주에 존재하는 실제 세계인 것처럼 말하고 있소, 만약 그의 말이 옳다면 어쩔 거요?"

"당치 않을 소리! 나는 그런 말을 절대 믿을 수 없소!"

"못 믿는다고? 잠시만이라도 믿어 보시오. 뮬에 대항해서, 그리고 이젠 파운데이션에 대항해서 세이셸에 안전을 보장해 준다는 그 세계를!"

"하지만 지금 당신은 스스로의 말을 반박하고 있는 거나 마찬가지요. 어떻게 가이아가 파운데이션으로부터 세이셸을 안전하게 지킬 수 있단 말이오? 지금 파운데이션은 세이셸을 공격하기 위해서 함대를 파견하고 있는 게 아니오?"

"천만에, 세이셸이 아니라 가이아에 파견하는 것이오. 그곳은 신비스러운 베일에 싸여 있소. 누구의 주의도 끌지 않도록 조심스럽게 행동해 왔기 때문에, 실제로 존재하고 있으면서도 이웃 세계들에게는 마치 초공간에 위치하고 있는 듯 자신을 위장해 온 것이오. 심지어는 거의 빠짐없이 기록된 가장 훌륭한 은하계 지도를 입력한 컴퓨터 데이터에서조차 누락되어 있을 정도요."

"그렇다면 그곳은 아주 비정상적인 곳임이 틀림없겠군. 그곳은 사람들의 마음을 마음대로 조작할 수 있다는 거요?"

"당신은 세이셸 사람으로부터 가이아가 뮬을 은하계에 내보냈다는 얘기를 들었다고 했지 않소? 그렇다면 당신은 뮬이 사람들의 마음을 조작할 수 없었다고 생각했소?"

"당신은 가이아가 뮬의 세계라고 믿소?"

"그렇지 않다는 보장은 없지 않소?"

"그렇다면 왜 다시 부활한 제2파운데이션이라고 말하지 않는 거요?"

"실제로 그럴 수도 있겠지. 그러니 조사해 봐야 하지 않겠소?"

튜빙은 심각한 표정을 했다. 그는 이야기하는 동안 내내 냉소적인 미소를 띠고 있었지만, 지금은 머리를 떨어뜨리고 눈은 아래로 떨군 채 바닥을 응시하고 있었다.

"당신 말이 진실이라면……, 그러한 조사는 매우 위험할 텐데……."

"그렇겠소?"

"당신은 계속 내 질문에 대해 다른 질문으로 응수했소. 그건 적당한 답변이 없기 때문일 테지. 뮬이나 제2파운데이션을 상대하는 데 전함들이 무슨 소용이 있단 말이오? 만약 실제로 그들이 존재하고 있다면 그들은 당신을 유인해서 파괴시키려 들 거요. 내 말을 새겨들으시오. 당신은 설사 셀던 프로젝트가 아직 중간 지점까지밖에 이르지 않았다 하더라도 파운데이션은 지금 당장 제2제국을 건설할 수 있다고 말했소. 그리고 나는 이렇게 경고했소. '당신은 이 경주에서 지나치게 앞서 나가고 있기 때문에, 셀던 프로젝트가 당신의 속도를 늦출 수도 있다고…….' 만약 가이아가 존재하고 그것이 당신이 말하는 것과 같은 존재라면, 필경 이러한 모든 사건은 당신들의 과속을 늦추기 위한 장치일 것이오. 자, 그러니 얼마 후면 강제적으로 해결될 수밖에 없는 일을 당신이 스스로 처리하시오. 앞으로 엄청난 불행을 초래하면서 벌어질 일을 지금 평화적으로, 피 한 방울 흘리지 않도록 처리하란 말이오. 당장 함대를 철수시키시오!"

"그것은 불가능한 일이오. 튜빙, 사실은 브라노 시장 자신이 함대에 승선하겠다고 하오. 그리고 정찰선은 이미 가이아의 영역이라고 여겨지는 곳으로 초공간을 통과하여 날아갔소."

그의 말을 듣자 튜빙의 눈이 커졌다.

"그렇다면 이제 틀림없이 전쟁이 시작되겠군!"

"당신은 우리의 대사요. 전쟁은 막아야만 하오. 필요하다면 세이셸 측에 모든 보장을 하고 우리에겐 악의가 없다는 것을 전하시오. 경우에 따라서는 세이셸은 가만히 앉아서 가이아가 우리를 패배시키는 것을 구경하고 있어도 좋다고 말하시오. 당신이 하고 싶은 말은 무엇이든지 해도 좋소. 단, 그들을 조용히 있게만 할 수 있다면 말이오."

그는 잠깐 말을 멈추고 튜빙의 굳어 버린 얼굴 표정을 살핀 다음 다시 입을 열었다.

"이게 전부요. 내가 아는 한 파운데이션의 어떤 우주선도 세이셸 연맹의 영토에 착륙하거나 연맹의 실제 영역 중 어떤 공간도 통과하지 않을 것이오. 하지만 세이셸의 어느 우주선이라도 연맹 영역의 외부에서 우리에게 도발해서는 안 되오. 만약 파운데이션의 영역에서 우리를 공격하는 우주선은 당장 먼지가 되어 버릴 것이오. 그 점을 분명히 전달하시오. 제발 세이셸 연맹이 조용히 있게 하시오. 만약 그 일에 실패한다면 당신은 탄핵될 것이오. 튜빙, 당신은 지금까지 아주 편하게 직무를 수행해 왔겠지만 지금부터는 시련의 시기가 될 것이오. 이후 몇 주간에 모든 것이 결정지어질 것이오. 우리가 실패한다면 이 은하계 어디에도 당신이 안전하게 있을 수 있는 곳은 단 한군데도 없다는 것을 명심하시오."

코델의 얼굴에는 더 이상 싱글거리던 미소도, 친근한 빛도 사라지고 없었다. 그리고 곧 접속이 끊어지고 영상은 사라졌다.

튜빙은 그가 있던 자리에 공허만이 입을 벌리고 있는 것을 바라보고 있었다.

5

골란 트레비스는 마치 촉감으로 자신의 마음 상태를 파악하려는 듯 손으로 머리칼을 움켜쥐었다. 그러더니 페롤랫에게 불쑥 물었다.
"지금 기분이 어떠세요?"
"기분이 어떠냐고?"
"그래요. 지금 우리는 꼼짝없이 붙잡힌 상태지요. 우리 우주선은 외부 힘의 조종을 받아 전혀 알려지지 않은 미지의 세계로 끌려가고 있는 중이잖아요. 두렵지요?"
"아니, 물론 기분이 좋을 리야 없지. 좀 불안하기는 하지만 그렇다고 공포에 사로잡힐 정도는 아니야."
"저도 마찬가지예요. 이상하지 않아요? 어떻게 우리가 불안하지 않고 비교적 정상적인 느낌을 유지할 수 있을까요?"
"트레비스, 이것은 우리가 예상했던 일이잖나. 무언가 다른 종류의 일이 일어날 거라고 말이야."
트레비스는 스크린 쪽으로 몸을 돌렸다. 스크린은 여전히 우주정거장에 초점을 맞추고 있었다. 우주정거장이 더 크게 비쳐지고 있었다.

그것은 그들이 그만큼 가까이 접근했다는 것을 의미하는 것이었다.
 우주정거장의 설계는 그리 훌륭해 보이진 않았다. 주변에 초과학(超科學)의 징후로 보이는 것은 아무것도 없었다. 오히려 조금 원시적으로 보이기까지 했다. 그런데도 이 최신식 우주선을 나포하다니!
 "나는 지금 매우 분석적으로 사고하고 있어요, 페롤랫 교수님. 아주 냉철하게요. 나는 겁쟁이도 아니고, 어떤 압력을 받고 있는 상태에서라도 무슨 일이든 할 수 있다고 스스로 생각하지요. 모든 사람들이 대부분 그렇듯 자만심에 빠지는 경향이 종종 있어요. 하지만 지금 저는 하늘 높이 솟구쳤다가 떨어져서 진땀을 흘리고 있는 기분이에요. 처음에 우린 '무언가'를 기대했지요. 하지만 그건 이제 우리가 절망적인 상태에 빠져 있고 얼마 안 있어 죽음을 당할지도 모른다는 사실만을 확인한 것 같아요."
 "나는 그렇게 생각하지 않네, 트레비스. 만약 가이아 사람들이 멀리 떨어져서도 우주선을 나포할 수 있을 정도라면 우리를 죽일 수도 있었을 거야. 우리가 여전히 살아 있다는 건……."
 "하지만 어떤 식으로든 영향을 받았을 거예요. 지금 우리는 비정상적으로 침착하잖아요. 전 그들이 우리를 진정시키고 있다고 생각해요."
 "그들이 왜?"
 "우리의 정신 상태를 온전하게 유지시키기 위해서 그러겠지요. 우리에게 묻고 싶은 것도 있을 테니까요. 그걸 알아낸 다음 필경 우리를 죽일 겁니다."
 "만약 그들이 우리에게 질문을 할 만큼 이성적인 사람들이라면, 그들은 아무 합당한 이유 없이 우리를 죽이진 않을 걸세."
 트레비스는 의자 등받이에 몸을 기대고(몸을 젖히자 의자는 뒤로 젖혀졌다. 최소한 의자의 기능만큼은 빼앗지 않은 모양이었다.) 책상 위에 발을 올려놓았다. 그 책상은 그의 손이 컴퓨터와 접촉하던 것이었다.

"그들은 합당한 이유라고 간주될 만한 것을 만들어 낼 만큼 독창적인 사람들일 겁니다. 더군다나 그들이 우리의 마음에 간섭을 했다 하더라도 흔적이 남게끔 하지 않았을 거고요. 예를 들어 만약 뮬이었다면 그는 우리 스스로가 그곳에 가고 싶도록 만들었을 거라고요. 우리를 자극하고 흥분시켜서, 그곳에 도착하고 싶어 안달이 나서 신경세포 모두가 미쳐 날뛰도록 만들어 놓았을 거란 말입니다."

그는 우주 정거장을 가리키며 물었다.

"혹 지금 그런 기분은 아닌가요, 페롤랫 교수님?"

"천만에!"

"보시다시피 저도 아직 냉정한 상태이고 분석적인 추론도 가능합니다. 정말 이상한 일이지요. 그렇지 않다면 어떻게 이런 말을 할 수 있겠어요? 혹시 제가 공포에 사로잡히거나, 앞뒤가 맞지 않는 말을 늘어놓거나, 혹은 미쳐 버려서……, 그래서 냉정한 상태를 유지할 수 있고 분석적인 사고도 할 수 있다는 환상을 느끼고 있는 건 아닐까요?"

페롤랫은 머리를 가로저었다.

"내가 보기엔 지극히 정상이야. 물론 나도 비정상이라서 자네와 똑같은 환상에 빠져 있을 수도 있겠지. 하지만 이런 식의 확인은 전혀 도움이 안 돼. 인류 전체가 공통된 혼돈 속에서 살고 있다고 공통의 광기를 갖는다거나 똑같은 환상을 가질 수 있겠나? 그렇지는 않을 거야. 하지만 지금 우리는 스스로의 직감에 의존하는 길 외에는 선택의 여지가 없네."

그는 잠시 입을 다물었다가 불쑥 이렇게 말했다.

"실은 나도 속으로 똑같은 추론을 하고 있었네."

"뭐라고요?"

"우리는 가이아를 뮬의 세계이거나 혹은 다시 나타난 제2파운데이션일 수 있을 거라는 말을 했었지. 그런데 제3의 가능성도 있을 수 있다는 생각이 들지 않나? 오히려 그편이 다른 두 가지 경우보다는 합리적일 거라는 생각이 드는군."

"세 번째 가능성이란 도대체 뭐지요?"

페롤랫의 눈은 자신의 내부를 응시하는 듯 초점을 잃고 있었다. 그는 트레비스를 쳐다보지도 않았으며, 목소리는 생각에 잠긴 듯 낮게 깔렸다.

"여기에 거의 무한에 가까운 시간 동안 최선을 다해 자신을 철저히 고립시켜 온 하나의 세계, 가이아가 있다고 가정해 보세. 가이아는 그동안 외부 세계와는 어떠한 접촉도 시도하지 않았고 심지어는 가장 가까운 세이셸 연맹과도 전혀 아무런 교류가 없었지. 만약 그들이 함대를 파괴했다는 이야기가 사실이라면, 어떤 측면에서 그곳은 매우 진보된 문명을 가지고 있는 셈이야. 지금 우리를 조종하고 있는 능력은 바로 그러한 사실을 증명해 주고 있는 셈이지. 그런데도 그들은 자신의 세력을 확장시키려 하지 않았단 말일세. 그들은 오직 혼자 남아 있기만을 원했다는 얘기야."

"그래서요?"

트레비스는 눈을 가늘게 뜨고 물었다.

"그건 모두 비인간적인 행동 양식이란 말일세. 2만 년 이상 우주상에서 계속되어 온 인간의 역사에서 확장에 확장을 거듭했다는 이야기는 끊일 날이 없었지. 인간이 거주할 수 있다고 알려진 거의 모든 행성에는 이미 인간들이 발을 들여놓았어. 그 과정에서 거의 모든 세계가 싸움에 휘말렸고, 지금도 어디에선가는 전쟁이 벌어지고 있다네. 그런데도 가이아만이 초연할 수 있다면 그건 비인간적이라는 뜻이고, 그럴 수 있는 이유는 기본적으로 그들 자신이 비인간이기 때문일 거야."

트레비스는 머리를 흔들었다.

"불가능한 일이에요."

"뭐가?"

페롤랫이 부드럽게 물었다.

"내가 언젠가 자네에게 '인류라는 종족이 은하계에서 유일하게 진화한 지적 생물이라는 사실이 불가사의하다'고 말한 적이 있지. 정말 인류가 은하계에서 진화한 유일한 지적 생물일까? 어떤 행성엔가 하나 정도의 다른 종족이……, 즉 인간이 가지고 있는 팽창주의적인 충동을 가지지 않은 다른 종족이 있을 수 있지 않을까? 사실상……."

페롤랫의 목소리는 점점 더 열을 띠어 가기 시작했다.

"은하계에 혹시 수백만의 지적 종족이 있는 것은 아닐까? 그중에서 팽창주의적 충동을 갖고 있는 것이 우리밖에 없는 건 아닐까? 다른 종족들은 모두 고향에 그대로 머무르며 오직 숨어 지내는 건……."

"말도 안 되는 소리! 우리 인류의 역사는 장구해요. 만약 그런 종족이 있다면 그들은 모든 단계의 과학기술을 발전시켜 왔을 텐데 지금까지 우리를 저지하지 못했지요. 그렇다고 우리가 그들 중 어떤 종족이라도 만난 적이 있었던가요? 우리는 인간 이외의 문명이나 유품조차도 본 적이 없어요. 단 한 번도! 그렇지요? 교수님은 역사가이시니 말씀해 보세요. 그런 것들을 한 번이라도 본 적이 있나요?"

페롤랫은 머리를 흔들었다.

"본 적이 없네. 하지만 트레비스, 하나쯤은 존재할 수도 있어. 가이아가 바로 그것이야."

"믿을 수 없어요. 교수님은 이 행성의 이름을 가이아라고 했고, 또한 그것이 '지구'를 의미하는 고대어의 방언이라고 했지요. 그런데 그게 어떻게 인류가 아니라는 겁니까?"

"'가이아'라는 이름은 인간이 붙인 것이야. 그런데 그 이유를 누가 확실하게 알겠나? 고대어와 유사한 것은 우연의 일치일 수도 있는 일이지. 잘 생각해 보게. 우리가 가이아에 이끌려오게 되었다는 사실에 대해서 말이야. 그것은 일전에 자네가 내게 무척 상세하게 설명했던 문제였지. 지금 우리가 우리의 의지에 반해서 그곳에 끌려가고 있다는 사실 자체가 가이아인들이 인간이 아니라는 사실을 반증하는 좋은 증거가 아니겠어?"

"왜 이것이 그들이 인간이 아니라는 점과 관련이 있죠?"

"그들은 우리, 즉 인간에 대해 '호기심'을 느끼고 있는 거야."

"말도 안 돼요, 페롤랫 교수님. 그들은 수천 년 동안이나 인간들에게 둘러싸인 채 은하계에서 살아왔을 겁니다. 그런데 그들이 왜 지금 갑자기 인간에 대해 호기심을 느낀단 말이에요? 더군다나 왜 하필이면 '우리'에 대해서죠? 만약 그들이 인간과 인류의 문명에 대해 연구하고 싶어 한다면 세이셸인들에겐 왜 호기심을 느끼지 않나요? 왜 하필이면 터미너스에까지 손을 뻗쳐서 우리를 데리고 간단 말입니까?"

"필경 파운데이션에 대해서 흥미를 느꼈을 거야."

"말도 안 돼요!"

트레비스는 격렬하게 외쳤다.

"페롤랫 교수님, 교수님이야말로 지금 인간이 아닌 다른 지성체를 원하고 있군요. 그래요, 곧 보게 되겠지요. 그토록 인간이 아닌 지성 생물을 만나고 싶으시다면 그들에게 사로잡힌다든지 죽임을 당할 것이라는 사실에 대해 걱정할 필요는 전혀 없을 거예요. 설사 죽인다 하더라도 그들은 교수님의 호기심을 만족시킬 만한 여유는 줄 테니까.”

페롤랫은 억울한 듯 그의 말을 반박하려고 더듬거리다가 그만두고는 깊이 숨을 들이마신 다음 이렇게 말했다.

“물론 자네 말이 맞을 수도 있겠지, 트레비스. 하지만 나는 당분간은 내 생각을 바꾸지 않을 걸세. 내 생각으로는 누구 말이 맞는지 확인하기 위해 오래 기다릴 필요도 없을 것 같아. 저길 보게나!”

그는 스크린을 가리켰다. 몹시 흥분해서 스크린을 보는 것도 잊고 있던 트레비스는 황급히 고개를 돌려 스크린을 응시했다.

“뭐가 나타났어요?”

“저건 우주 정거장에서 우주선 한 척이 발진하는 모습 아닌가?”

“글쎄, 뭐가 움직이고 있는 것 같긴 한데…….”

트레비스는 못마땅한 얼굴로 시인했다.

“무엇인지 구체적으로 분간할 수는 없군요. 영상을 더 이상 확대할 수가 없어서……. 이것이 최대 배율이에요.”

잠시 후 그는 말했다.

“우리를 향해 다가오고 있는 것 같은데요? 제 생각으로는 우주선이 확실한 것 같아요. 내기라도 할까요?”

“무슨 내기를?”

트레비스는 냉소적인 어조로 말했다.

“만약 우리가 터미너스로 다시 돌아갈 수만 있다면 가장 성대한 저녁을 사는 걸로요. 원한다면 각자 네 명까지 자기 손님을 초청할 수 있기로 하고요. 지금 우리에게 접근하고 있는 우주선에 사람이 아닌 다른 종족이 타고 있다면 제가 사는 거고, 사람이 타고 있다면 교수님이 지불하는 것으로 하지요."

"좋아!"

페롤랫이 흔쾌히 승낙했다.

"자, 분명히 내기를 걸었습니다!"

트레비스는 다짐하듯 말하면서, 혹시 그 우주선에 사람이 아닌 다른 종족이 타고 있다는 구체적인 증거가 나타나지 않는지 찾아내기 위해 눈에 불을 켜고 스크린을 들여다보았다.

6

브라노의 회백색 머리칼은 한 올도 흐트러지지 않았고 그녀의 태도는 시장 관저에 있을 때와 마찬가지로 차분했다. 그녀의 모습만으로 미루어 본다면, 이토록 우주 깊숙이까지 나와 본 적이 육십 평생에 걸쳐 겨우 두 번째라는 걸 전혀 알아차릴 수 없을 터였다. 사실 첫 번째 여행은 부모와 함께 칼간으로 휴가를 떠났을 때였는데, 당시 그녀의 나이는 불과 3세였기 때문에 이번 우주 여행은 처음이나 다를 바 없었다.

그녀는 코델에게 피로감에 지친 어조로 말했다.

"어쨌든 자신의 판단에 따라 이 일에 대해 경고하는 것이 튜빙의 임무이니까. 좋아, 그는 분명히 내게 경고했지만 그렇다고 그 문제 때문에 내가 그를 나쁘게 생각하는 건 아냐."

영상을 통해 그녀를 대할 때 느껴야 하는 심리적인 곤란함을 피해서 직접 그녀와 대화를 나누기 위해 시장의 우주선에 승선했던 코델이 말했다.

"그에게 대사직을 너무 오랫동안 맡겼던 것 같습니다. 그는 이제 세이셸인과 같은 사고방식을 갖게 된 것 같아요."

"그것은 대사직을 맡다 보면 으레 생기는 직업병과 같은 것 아니겠어? 코델, 이 일이 끝난 후 그에게 충분한 휴가를 주도록 해. 그런 다음에는 다른 임지로 보내기로 하지. 그는 매우 능력 있는 사람이야. 지체 없이 트레비스의 메시지를 전달할 정도로 기지를 발휘할 수 있는 사람이지."

코델은 그녀의 말을 듣고 잠깐 미소를 지었다.

"그렇습니다. 그는 자신의 판단과는 달랐지만 그 메시지를 전달했다고 했습니다. 그는 '내 임무 때문에 어쩔 수 없이 전달했다'고 말하더군요. 시장 각하, 분명 그가 더 나은 판단을 내리고 있음에도 불구하고 그 일을 수행한 것은, 트레비스가 세이셸 연맹의 영역으로 들어가자마자 그에 관한 모든 정보를 전송하도록 하라고 제가 튜빙 대사에게 명령해 놓았기 때문입니다."

"오, 그래!"

브라노 시장은 코델을 향해 의자를 돌리면서 물었다.

"왜 그런 명령을 내려놓았지?"

"실은 기본적인 고려에서였습니다. 트레비스는 파운데이션의 최신형 우주군 함정을 타고 있기 때문에 세이셸인들의 시선을 집중시킬 게 뻔합니다. 더군다나 그는 외교에 대해서는 아무것도 알지 못하는 얼간이기 때문에, 그들이 그에게 촉각을 곤두세울 만한 겁니다. 그러니 그가 곤란한 상황에 빠질 수밖에 없다는 건 불을 보듯 빤한 일이고요. 파운데이션 사람이라면 누구나 알고 있듯 만약 누구라도 은하계 내에서 곤경에 처하게 되면 가장 가까운 파운데이션 대표부에 도움을 청하게 되지요. 저 개인적으로는 트레비스가 곤란을 당한다 해도 아무렇지 않게 생각하지만……, 그런 과정을 겪으면서 성장하는 법이고 그런 면에서는 보약과도 같은 셈이니까요. 하지만 시장님은 그에게 피뢰침 역할을 부여하여 파견하였고, 그 피뢰침을 통해 어떤 번개가 떨어지는지 그 번개의 정체를 파악하려 하고 계시니, 가장 가까운 파운데이션 대표부에게 그의 동태를 주시하도록 명령을 내려놓은 것입니다. 그게 전부입니다."

"알겠어! 이제야 튜빙이 그런 식으로 격렬한 반응을 보인 이유를 알 것 같군. 실은 나도 그에게 비슷한 경고를 해 두었거든. 두 사람이 그에게 따로따로 그런 명령을 해 두었으니 몇 안 되는 파운데이션 전함의 접근이 그에게 실제 의미보다도 훨씬 더 커다란 의미로 비친 것도 무리는 아니지. 리오노, 왜 그런 명령을 내리기 전에 내게 먼저 상의하지 않았나?"

"제가 하는 모든 일에 대해 보고한다면 시장님은 그 보고를 듣느라고 다른 일은 하실 수 없을 겁니다. 그런데 시장님이야말로 그런 의도를 왜 제게 먼저 귀띔해 주지 않았습니까?"

"만약 내 의도를 모두 자네에게 말한다면 자네는 너무 많은 일을 알게 돼. 하지만 그건 사소한 문제야. 튜빙의 경고도 그다지 중요한 문제는 아니지. 또한 세이셸이 어떤 행동을 시작한다 하더라도 별반 중요한 문제는 아니야. 나는 트레비스에게 흥미가 더 많아."

브라노는 몹시 언짢은 표정으로 말했다.

"우리 정찰선들이 콤포를 찾았군요. 그는 트레비스를 추적하고 있고, 둘 다 매우 조심스럽게 가이아를 향해 접근하고 있는 중입니다."

"나도 그 정찰선들로부터 충분히 보고받고 있어, 리오노. 트레비스와 콤포 모두 가이아를 매우 심각하게 여기고 있는 게 분명해."

"가이아에 대한 미신은 사람들의 조소거리에 불과합니다, 시장님. 그런데도 누구나 '하지만 만에 하나라도…….' 하는 식으로 생각하는 모양입니다. 심지어는 튜빙 대사까지도 그 문제에 대해서는 다소간 신경과민이 되어 있는 것 같고요. 어쩌면 세이셸 측의 교활한 정책일 수도 있습니다. 자신을 보호하기 위한 일종의 보호색이라고나 할까요. 만약 누군가가 아무도 제압할 수 없는 어떤 세계에 대해서 신비스러운 이야기를 퍼뜨린다면, 사람들은 그 세계에 대해서는 물론이고 그곳에 인접한 세계, 그러니까 세이셸에 대해서도 겁을 집어먹지 않을까요?"

"자네는 뮬이 세이셸을 피해서 통과한 이유가 그 때문이라고 생각하는 건가?"

"그럴 수도 있지요."

"하지만 자네는 파운데이션이 세이셸에 대해 손을 대지 않는 이유가 가이아 때문이라고 생각지는 않을 텐데? 우리가 지금까지 가이아에 대해 한 번도 들어 본 적이 없다는 사실을 기록에도 분명히 드러나잖아."

"저도 터미너스의 오래된 기록 속에 가이아에 대한 기술이 없다는 점은 인정합니다. 하지만 그 외 우리가 세이셸 연맹에 대해서 행동을 자제하고 있는 합당한 다른 이유가 없다는 점 또한 사실이 아닙니까?"

"그렇다면 우린 세이셸 정보가 튜빙 대사의 생각과는 정반대로, 가이아의 힘과 그것이 주는 공포를 스스로가 이해할 수 있길 바라야겠군."

"어째서요?"

"그렇게 된다면 세이셸 연맹은 우리가 가이아에 접근하는 데 대해 아무런 반대도 하지 않을 테니까 말이야. 그들은 우리의 움직임에 대해 반발을 느끼고 있는 만큼 자신들이 우리의 행동을 허용하는 것이 가이아가 우리를 삼켜 버리도록 만드는 일이라고 스스로를 설득할 테니까 말이야. 그들은 그 교훈이 매우 건전한 것이고 앞으로 있을 침략자들에 대해서도 효력을 갖게 될 것이라고 생각하겠지.”

"만약 그들의 신념이 옳다면, 정말 가이아가 공포스러운 곳이라면 어쩌시겠습니까, 시장님?”

브라노는 미소를 지었다.

"자네야말로 '하지만 만약…….'이라는 식의 공연한 걱정을 하고 있군그래, 리오노.”

"저는 모든 가능성을 고려해 봐야 한다고 생각합니다, 시장님. 그게 제 임무이기도 하고요.”

"만약 가이아가 그처럼 무시무시한 곳이라면 트레비스는 그들에게 붙잡힐 거야. 그것이야말로 내 피뢰침인 그의 역할이지. 그 점은 콤포 또한 마찬가지야. 물론 내 바람이지만.”

"바란다고요……, 왜요?”

"그렇게 되면 가이아인들은 자만감에 빠지지 않겠나? 그건 우리에게 유일한 일이지. 그들은 우리의 힘을 과소평가할 것이고 그렇게 되면 처리하기가 훨씬 쉬워질 테니까 말이야.”

"혹시 지나친 자만감에 빠진 건 우리가 아닐까요?”

"천만에!”

브라노는 단호하게 잘라 말했다.

"하지만 우리는 가이아인들에 대해 아무것도 알지 못하고 있고 또한 그들이 갖고 있는 위험에 대해서도 확실한 평가를 내리지 못하고 있습니다. 시장님, 저는 단지 그곳이 매우 위험할 수도 있다는 가능성도 충분히 고려해야 한다는 것을 말씀드리고 있는 것뿐입니다."

"그래? 그런데 왜 자네는 그런 생각을 하게 되었나, 리오노?"

"왜냐하면 저는 시장님께서 가이아를 제2파운데이션으로 판단하고 있지 않은가 하는 느낌이 들었습니다. 하지만 세이셸은 제국 시절에도 매우 흥미 있는 역사를 가지고 있습니다. 세이셸만은 어느 정도의 자치권을 가지고 있었고 지독한 세금도 면할 수 있었습니다. 간단히 요약하자면 세이셸은 제국 시절에조차 가이아의 보호를 받고 있었다는 것입니다."

"그래서?"

"하지만 제2파운데이션은 우리 파운데이션과 같은 시기에 해리 셀던에 의해 건설되었습니다. 제2파운데이션은 제국 시절에는 존재하지 않았잖아요. 하지만 가이아는 당시에도 존재했습니다. 따라서 가이아는 제2파운데이션이 아닌 게 확실해요. 그곳은 다른 어떤 곳……, 어쩌면 더 고약한 곳일 수도 있습니다."

"나는 알려지지 않았다는 이유 하나만으로 겁을 먹는 사람은 아니야, 리오노. 위험을 느끼게 하는 것에는 두 가지가 있지. 하나는 물리적인 힘이고, 다른 하나는 정신적인 힘이야. 하지만 우리는 양쪽 모두에 대해 완벽한 준비를 갖추고 있어. 자네는 자네 우주선으로 돌아가서 함대를 세이셸 외곽에 배치시키게. 이 우주선은 단독으로 가이아를 향해서 발진할 거야. 하지만 자네와의 접촉은 계속 유지할 거야. 필요하다면 한 번의 도약으로 내게 올 수 있도록 자네도 준비해 두게. 이제 가 봐, 리오노. 그리고 얼굴이나 좀 펴게."

"마지막으로 한 가지만 더 여쭤겠습니다. 시장님은 스스로 무엇을 하고 계신 건지 정말 알고 계신 겁니까?"

"물론 잘 알고 있지. 나 역시 세이셸의 역사에 대해서 연구해 보았네. 그리고 가이아가 제2파운데이션이 아니라는 것도 알고 있어. 하지만 전에도 말했듯이 나는 정찰선으로부터 충분한 보고를 받고 있어."

"어떤 보고죠?"

"좋아, 이야기해 주지. 나는 제2파운데이션의 위치를 알고 있어. 우리는 두 군데에 다 주의를 기울여야만 해, 리오노. 우선 가이아에 대해서, 그다음에는 트랜터에 대해서……."

제17부

가이아

1

우주정거장에서 발진한 우주선이 파스타호에 근접하기까지는 몇 시간이 걸렸다. 트레비스로서는 참기 힘들 정도로 긴 시간이었다.

만약 정상적인 상황이었다면, 트레비스는 신호를 보내고 응답을 기다렸을 것이고, 만약 아무런 응답도 없으면 그는 도주할 준비를 했을 것이다. 그러나 컴퓨터는 우주선 비행에 대해서 어떤 지시를 내려도 전혀 말을 듣지 않았다.

하지만 선내에 관한 한 모든 것은 정상이었다. 생명 유지 장치는 완벽하게 동작하고 있었기 때문에, 그와 페롤랫은 육체적으로는 아무런 불편이 없었다. 하지만 그게 문제가 아니었다. 기분으로 말하자면 마치 몸에서 생명력이 빠져나가는 듯하였고, 무슨 일이 벌어질지 모른다는 불안감은 트레비스를 기진맥진하게 만들었다. 그는 페롤랫이 태평한 모습을 하고 있는 것이 왠지 짜증이 났다. 트레비스가 전혀 시장기를 느끼지 않는데도 불구하고 페롤랫이 닭고기가 들어 있는 컨테이너를 연 것이 더욱 화를 돋우었다. 컨테이너가 열리자 닭고기는 자동적으로 데워졌다. 페롤랫은 아주 꼼꼼하게 닭고기를 씹기 시작했다. 트레비스는 그 모습을 바라보면서 퉁명스럽게 말했다.

"맙소사! 페롤랫 교수님, 제발 악취 좀 풍기지 마세요."

페롤랫은 깜짝 놀라 그를 쳐다본 다음 컨테이너에 코를 대고 냄새를 맡았다.

"냄새가 어때서? 괜찮은데, 트레비스."

그러자 트레비스는 머리를 흔들었다.

"아니에요. 제가 신경이 좀 날카로워졌나 봐요. 하지만 제발 포크를 좀 사용하세요. 교수님 손가락에서 하루 종일 닭고기 냄새가 나겠어요."

페롤랫은 자기 손가락을 바라보면서 말했다.

"이런, 미안해! 내가 깜박했군. 다른 생각을 하느라고 말이야."

트레비스가 빈정댔다.

"필경 지금 접근하고 있는 우주선에 인간이 아닌 다른 종족이 타고 있을 거라는 상상을 하고 있었겠죠."

그는 페롤랫보다 자신이 더 긴장하고 있다는 사실이 좀 쑥스러웠다. 사실 그는 우주군의 베테랑이었고 그의 동료는 역사학자일 뿐이었다. 페롤랫이 저렇게 태평스러운데 자기 꼴은 뭐냔 말이다.

"지구와는 다른 조건을 갖는 행성에서 어떤 형태의 문화가 발행할 것인지를 상상한다는 건 불가능해. 그렇다고 그 가능성이 그저 무한한 건 아니야. 다만 그 가능성의 폭이 매우 넓다는 말이지. 하지만 그들이 무분별할 정도로 포악하지 않을 거라는 정도는 예측할 수 있어. 그리고 그들이 우리를 문화적으로 대우해 줄 것이라는 점도……. 만약 그렇지 않다면 우리는 벌써 죽었을 거야."

"아직까지 최소한 추론을 계속하실 수 있군요, 페롤랫 교수님. 여전히 냉정하시고요. 하긴 저도 그들이 어떤 식의 진정 작용을 제게 가한다 하더라도 그걸 헤쳐 나갈 정도는 돼요. 지금 벌떡 일어서서 이리저리 걸어 다니고 싶은 기분이긴 하지만요. 그런데 참 이상한 일이군. 왜 발진한 우주선이 도착하지 않을까요?"

"나는 수동적인 사람이야, 트레비스. 나는 내 인생을 기록 속에 파묻혀서 보냈고, 또 다른 기록이 도착하기를 기다리면서 보냈지. 그저 기다리기만 하면서 살아온 셈이야. 하지만 자네는 활동적인 사람이니 활동이 불가능해지면 심한 고통을 느끼는 사람 아닌가?"

트레비스는 그의 말을 듣자 조금 긴장이 풀리는 기분이었다. 그는 작은 소리로 중얼거렸다.

"제가 교수님의 양식을 과소평가했군요."

"아니야, 그렇지는 않아. 하지만 세상사에 대해 캄캄한 책상물림도 때로는 인생에 대해 이해할 때가 있는 법이니까."

"그리고 가장 똑똑한 체하는 정치가라도 인생을 이해하지 못할 때가 있는 법이고요."

"그런 뜻은 아닐세, 트레비스."

"아닙니다. 교수님 말이 맞아요. 덕분에 제가 활력을 되찾았으니까요. 이제는 제대로 관찰을 할 수 있을 것 같군요. 이제 보이네요. 그 우주선은 아주 원시적인 것이라는 게 확인될 정도로 가까워졌어요."

"원시적이라고?"

"원시적으로 보인다는 건……, 그건 다른 종족이 만들었다는 걸 말해 주는 게 아닐까요?"

"저 우주선이 다른 종족의 것이란 말인가?"

페롤랫이 물었다. 그의 얼굴은 서서히 흥분으로 달아오르고 있었다.

"확실히 말할 수는 없어요. 하지만 아무리 문명 간의 차이가 있다 할지라도 저 우주선을 보면 유전적 차이가 없다는 생각이 드는군요."

"그거야 자네 생각이지. 우리가 알고 있는 모든 것은 전혀 다른 문화야. 우리는 다른 지성 종족에 대해서는 아무것도 모르기 때문에, 그 문명의 산물이 어느 정도까지 차이를 보일지는 판단할 수 없어."

"물고기, 돌고래, 펭귄, 오징어, 그리고 지구에서 나온 건 아니지만 앰비플랙시스까지도 점성을 가진 어떤 매체, 즉 물에서 이동할 때 생기는 저항력은 자신들의 몸을 유선형으로 만들어 해결했던 겁니다. 그렇기 때문에 그들의 유전적 구조는 상당히 다르지만 외양은 큰 차이를 보이지 않는 것입니다. 그것은 우주선의 경우에도 예외는 아니에요."

"오징어의 촉수와 앰비플랙시스의 나선형 진동판에는 많은 차이가 있지. 지느러미, 물갈퀴, 그리고 척수동물의 앞발도 서로 다르고……. 지성 종족에 의한 가공품 또한 마찬가지일 거야."

"어쨌든 좋아요. 교수님과 농담을 한 덕택에 기분이 많이 좋아졌어요. 그런데 앞으로 어떤 일이 벌어질지 모른다는 게 문제로군요. 저 우주선은 우리 우주선과 도킹을 할 수도 없을 것 같고 유니락도 사용할 수 없기 때문에, 저 안에 타고 있는 것이 무엇이든 이쪽으로 건너오려면 구식 연결 사슬을 이용할 수밖에는 없을 것 같은데요. 아니면 우리가 그쪽으로 건너가든지……. 물론 그 다른 종족이 우리와는 전혀 다른 시스템을 사용하고 있다면 얘기는 달라지겠지만요."

"저 우주선은 크기가 어느 정도인가?"

"우주선의 컴퓨터를 사용할 수 없으니 정확한 크기는 알 수 없지요."

그때 연결 사슬 하나가 파스타호를 향해 다가왔다.

"저기에 사람이 타고 있든지 안 타고 있든지 간에 우리와 비슷한 장치를 사용하는 것만은 틀림없군요. 아마도 연결 사슬 외에는 사용할 수 있는 장치가 없나 보죠?"

"튜브나 수평사다리를 사용할 수도 있겠지."

"그런 것들은 유연성이 없는 것들이에요. 그것들을 통해 접촉하려면 조종이 훨씬 더 복잡해지지요. 그래서 강도와 유연성을 결합시킨 무엇인가가 필요한 거예요."

연결 사슬이 파스타호에 결합되면서 둔탁한 소리를 냈다. 그러자 파스타호 내부의 공기도 진동을 일으켰다. 두 우주선의 속도를 일치시키기 위해 조종할 때 나는 미끄러지는 듯한 소리가 상대편 우주선으로부터 들렸다. 이윽고 연결 사슬은 두 우주선 사이에 상대적으로 정지해 있는 듯한 상태가 되었다.

다른 쪽 우주선의 동체에 하나의 검은 점이 나타났다. 그 점은 마치 눈동자처럼 점점 확대되었다.

"마치 카메라의 조리개처럼 열리는 문이군. 미닫이문이 아니고 말이야."

트레비스가 투덜거렸다.

"다른 종족인가?"

"그렇지는 않은 것 같은데요. 하지만 재미있군요."

그때 한 인물이 나타났다.

페롤랫은 잠깐 입을 다물고 있더니 실망한 듯한 목소리로 말했다.

"나쁘진 않군. 인간이라……."

"확실한 건 아니에요. 지금 우리가 확인할 수 있는 것은 다섯 개의 돌기가 보인다는 점뿐이니까. 하나는 머리일 테고, 두 개는 팔, 나머지 두 개는 다리인 것 같은데, 물론 이것도 추측이지만……. 잠깐!"

"뭐지?"

"예상했던 것보다 훨씬 빨리, 그것도 미끄러지듯 움직이는데요. 아!"

"왜 그러나?"

"뭔지는 모르지만 추진장치를 갖고 있어요. 로켓 종류는 아닌 것 같아요. 그 점은 거의 확실해요. 그런데 손을 교차하면서 이동하지 않는 것을 보니 사람이 아닌 것 같기도 해요."

그 물체는 매우 빠른 속도로 연결 사슬을 건너오고 있었지만, 그들에겐 참을 수 없을 정도로 길었다. 마침내 접촉음이 들려왔다.

"들어오고 있어요! 그것이 무엇이든지 나타나는 순간 달려들어 공격하면 어떨까요?"

트레비스는 주먹을 쥐어보였다.

"내 생각에는 긴장을 풀고 있는 편이 나을 것 같아. 저것은 분명히 우리보다 강할 거야. 또 우리의 마음을 조종할 수 있을지도 몰라. 더군다나 저 우주선 안에는 저것의 동료들이 있을 걸세. 지금 우리가 직면하고 있는 상황에 대해 좀 더 알 수 있을 때까지 기다리는 편이 낫지 않겠나?"

"교수님은 시간이 지날수록 더 분별력이 생기는 것 같군요. 반면에 저는 시시각각 더 당황하는 것 같고요."

잠시 후 에어록이 열리는 소리가 나더니 마침내 그 인물이 우주선 안으로 들어왔다.

"보통 신장이군. 저것이 입고 있는 게 우주복이라면 사람에게도 잘 맞을 것 같아."

페롤랫이 속삭였다.

"나는 저런 디자인에 대해서는 듣지도 보지도 못했는데요. 하지만 사람이 만들 수 있는 한계를 벗어난 것은 아니라는 생각이 드는군요. 하지만 그것만으로는 아무것도 알 수 없겠죠."

우주복을 입은 상대는 그들의 앞에 우뚝 섰다. 그런 다음 팔을 들어 올려 헬멧을 돌렸다. 유리로 만들어진 헬멧은 안에서 밖을 볼 수는 있었고 밖에서는 안을 들여다볼 수 없도록 되어 있었다.

상대의 팔은 무엇인가를 빠른 속도로 만졌다. 너무나 빨라서 트레비스도 그 동작이 무엇인지 잘 알아볼 수 없을 정도였다. 그러자 헬멧은 즉시 우주복에서 떨어져 나갔다.

마침내 그들 앞에 나타난 것은 뜻밖에도 젊고 아름다운 여자의 얼굴이었다!

2

페롤랫은 얼이 빠진 듯한 얼굴로 주저하며 이렇게 물었다.
"당신은 사람인가요?"

그러자 여자는 눈썹을 추켜올리더니 입술을 삐죽 내밀었다. 그러한 행동이 전혀 낯선 언어라서 이해하지 못하겠다는 뜻인지, 아니면 말을 알아듣긴 했지만 왜 그런 이상한 질문을 하느냐는 뜻인지 전혀 짐작할 수가 없었다.

그녀의 손이 빠르게 우주복의 왼쪽으로 움직였다. 그러자 경첩처럼 한쪽이 열렸다. 그녀가 밖으로 걸어 나왔는데도 우주복은 잠시 그대로 서 있었다. 이윽고 인간의 소리와 흡사한 가벼운 탄식 소리가 들리더니 우주복이 옆으로 쓰러졌다.

우주복을 벗자 그녀는 더 젊어 보였다. 그녀의 옷은 반투명한 천으로 만들어진 것으로 헐렁한 편이었다. 안에 받쳐 입은 옷은 은은하게 비치는 얇은 옷감인 것 같았다. 긴 겉옷은 그녀의 무릎까지 닿았다.

그녀는 작은 가슴에 날씬한 허리, 둥글고 풍만한 엉덩이를 가지고 있었다. 게다가 우아한 곡선미를 자랑하듯 날씬하게 뻗은 다리와 은은하게 비치는 허벅지는 상당히 육감적이었다. 어깨까지 늘어뜨린 검은 머리칼에, 갈색의 커다란 두 눈과 도톰한 입술.

그녀가 입을 열었다. 그녀의 입에서 나온 소리는, 그녀가 사람의 언어를 이해하고 있는지에 대한 궁금증을 말끔히 풀어 주었다.

"내가 사람처럼 보이지 않나요?"

그녀는 좀 긴장했는지 약간 더듬거리기는 했지만 정확한 은하 표준어를 구사하고 있었다.

페롤랫은 조금 미소를 지어 보이며 고개를 끄덕였다.

"틀림없는 사람이군요. 그것도 아주 아름다운……."

젊은 여인은 마치 자신을 더 자세히 관찰하라는 듯 양팔을 벌리면서 이렇게 말했다.

"나도 그렇게 보이기를 바라요, 신사분들. 이 몸을 위해서 수많은 남자들이 죽어 갔으니까요."

"나는 살아서 당신 몸을 차지했으면 좋겠군요……."

페롤랫은 이렇게 말하다가 자신의 말이 구애하는 것처럼 들렸다는 점을 깨닫고는 흠칫 놀랐다.

"훌륭한 선택이에요. 일단 내 몸을 차지할 수 있다면 모든 한숨 소리는 환희의 탄성으로 바뀔 거예요."

그녀는 웃었다. 페롤랫도 이끌리듯 그녀를 향해 웃음을 보냈다.

두 사람이 주고받는 수작에 이마를 찌푸리고 있던 트레비스가 끼어들었다.

"당신 나이가 몇이죠?"

여자는 조금 위축된 듯하더니 곧 대답했다.

"스물셋이에요, 신사분."

"왜 이곳에 왔습니까? 당신 목적이 뭡니까?"

"나는 당신들을 가이아까지 모셔 가려고 왔어요."

그녀가 사용하는 은하 표준어는 발음이 약간 달라서 모음이 이중모음으로 발음되는 경향이 있었다. 예를 들면 '왔다'가 '오았다'로, '가이아'가 '가이-어'로 들렸다.

"'어린 처녀'가 우리를 에스코트하러 왔다?"

그 말을 듣자 그녀는 자세를 바로잡더니, 자신이 책임자라는 듯한 태도로 말했다.

"나는 다른 사람과 마찬가지로 가이아예요. 손님을 모셔 가는 것이 우주정거장에서의 내 직분이지요."

"당신의 직분이라고? 그럼 그 우주선에는 당신 혼자란 말입니까?"

그러자 그녀는 뻐기는 듯한 어조로 말했다.

"난 혼자면 족해요."

"그렇다면 우주정거장은 지금 비어 있겠군요?"

"나는 지금 그곳에 없어요. 하지만 그곳이 비어 있는 것은 아니에요, 신사분. '그것'이 그곳에 있지요."

"'그것'이라고? 도대체 무얼 말하는 거요?"

"우주정거장요. 그것이 가이아예요. 지금은 나를 필요로 하지 않아요. 당신들을 붙잡아 놓고 있는 것도 바로 그것이지요."

"그렇다면 당신은 그 우주정거장에서 무슨 일을 하는 겁니까?"

그때 페롤랫이 트레비스의 소맷자락을 잡아당기면서 고개를 흔들었다. 그는 다시 한 번 똑같은 동작을 하고 긴박한 어조로 속삭이듯 이렇게 말했다.

"트레비스, 제발 그녀에게 소리 지르지 말게. 그녀는 평범한 처녀가 아니야. 그녀는 내가 상대하겠네."

트레비스는 거칠게 머리를 흔들었지만 페롤랫은 아랑곳하지 않고 그의 말을 가로챘다.

"젊은 아가씨, 당신 이름이 뭐지요?"

그 여자는 페롤랫이 말을 건네자 부드럽게 미소를 지으면서 대답했다.

"블리스예요."

"블리스? 아주 멋진 이름이군그래. 하지만 블리스가 이름의 전체는 아니겠지요?"

"물론 아니에요. 하지만 한 음절로만 부른다는 건 아주 훌륭한 일이에요. 그렇게 되면 동명이인이 많아져서 좋지요. 우리는 서로를 구분해서 부르지 않아요. 그래서 남자들은 상대를 구분하지 못하고 엉뚱한 사람을 위해 죽을 수도 있는 거예요. 내 원래 이름은 '블리세노비아렐라'예요."

"그건 아주 발음이 어렵군……."

"왜요? 일곱 음절(영어 음절에 적용된다 — 옮긴이)이라서요? 그건 아무것도 아니에요. 열다섯 음절의 이름을 가진 친구들도 있는걸요. 그렇다고 그들이 친구들의 이름을 이리저리 조합해서 자기 이름을 만든 건 아니에요. 내 이름이 블리스로 굳어진 것은 열다섯 살 이후의 일이거든요.

그 전까지 우리 어머니는 나를 '노비'라고 불렀어요. 이해하시겠어요?"

"은하 표준어로 '블리스'란 '환희', 또는 '최고의 행복'이란 뜻이죠."

"가이아어로도 마찬가지예요. 우리말은 은하 표준어와 별로 다르지 않아요. 그리고 내 이름이 갖는 의미는 '환희'라는 뜻이에요."

"내 이름은 야노브 페롤랫이오."

"이미 알고 있어요. 그리고 또 한 신사분, 고함 지르기 좋아하는 분은 골란 트레비스지요? 우리는 세이셸로부터 통지를 받았어요."

그녀의 말이 떨어지기 무섭게 트레비스는 눈을 가늘게 뜨고 물었다.

"어떻게 당신이 통지를 받는단 말이죠?"

블리스는 그를 쳐다보더니 가라앉는 목소리로 대꾸했다

"내가 아니에요. 가이아가 받은 것이지요."

"블리스 양. 내 동행자와 둘이만 잠시 이야기 좀 나눠도 괜찮겠습니까?"

페롤랫이 말했다.

"좋아요. 하지만 우리는 곧 떠나야 합니다. 그걸 잊지 마세요."

"오래 걸리지는 않을 겁니다."

그는 억지로 트레비스의 팔꿈치를 잡고 옆방으로 들어갔다.

트레비스가 낮게 속삭였.

"도대체 이게 무슨 짓이지요? 틀림없이 그녀는 우리가 하는 이야기를 죄다 듣고 있을 거예요. 어쩌면 우리들의 마음까지 남김없이 읽고 있을지도 모르지요, 빌어먹을!"

"그녀가 들을 수 있든 없든, 우리는 잠깐 동안이라도 심리적으로 격리될 필요가 있네. 이보게, 내 말을 듣게. 그녀를 내버려 두란 말일세. 당장 우리가 할 수 있는 일은 아무것도 없고 더군다나 그녀에게 그런 식으로 대한다고 뭔가 알아낼 수 있을 것 같은가? 그녀 역시 아무런 힘이 없는 심부름꾼에 불과해. 또 그녀가 우리 배에 올라 있는 한 우리는 안전해. 만약 그들이 우리 우주선을 파괴시킬 요량이었다면 그녀를 승선시키지도 않았을 걸세. 자네가 계속 거만하게 군다면 그들은 그녀를 데려가고선 우리 우주선을 파괴시킬지도 몰라."

"그렇다 해도 나는 아무 일도 할 수 없다는 걸 견딜 수가 없어요!"

트레비스가 퉁명스럽게 대답했다.

"누구는 좋아서 이러는 줄 아는가? 골목대장처럼 뻣뻣하게 군다고 처지가 바뀐다고 생각하나? 괜히 허세만 부리는 격이지. 이 친구야! 제발 예의를 좀 갖추게. 자네를 비난하고 싶은 생각은 없네. 내가 지나쳤다면 용서하게. 내가 지나쳤을 수도 있겠지. 하지만 그녀에게 무슨 죄가 있나."

"페롤랫 교수님, 그 여자는 당신 막내딸 또래밖에 되지 않는다고요!"

그러자 페롤랫은 진지한 표정으로 말했다.

"그보다 더한 이유가 있다고 해도 그녀에게 정중하게 대하게. 물론 자네가 무슨 말을 하는 건지 이해 못하는 건 아니야."

트레비스는 잠깐 생각에 잠겼다가 얼굴 표정을 바꾸며 말했다.

"좋습니다. 교수님 말씀이 옳아요. 제가 잘못했어요. 하지만 그들이 젊은 아가씨를 보냈다는 것이 불쾌하군요. 최소한 군 장교라도 보내서, 우리에게 상당한 비중을 두고 있다는 걸 표현할 수도 있는 일 아닙니까? 그런데 고작 아가씨 한 명이라니요! 게다가 저 아가씨가 가이아에 대한 모든 책임을 맡고 있다고요?"

"아마 그녀는 그 행성의 이름을 갖고 있는 지배자를 가리켰을 거야. 아니면 행성 의회를 지칭한 것일 수도 있고……. 곧 알게 되겠지. 하지만 단도직입적으로 물어서는 아무것도 알아낼 수 없을 거야."

"숱한 남자들이 육체를 위해 죽어 갔다고? 맙소사! 정말 형편없는 여자예요."

"아무도 자네보고 그녀를 위해 죽으라고 하진 않았어, 트레비스."
페롤랫이 점잖게 타일렀다.

"이제 가세! 그녀가 스스로 부끄러워할 수 있도록 만들어 주자고. 나는 그런 일을 하는 게 즐거워."

그들이 다시 돌아왔을 때 그녀는 컴퓨터 앞에 있었다. 그녀는 컴퓨터에 손이 닿는 것이 두렵다는 듯 두 손을 등 뒤로 돌린 채 컴퓨터를 들여다보고 있었다.

그들이 머리를 숙여 낮은 방문을 통과해서 조종실에 들어서자 그녀는 고개를 들어 그들을 바라보았다.

"이 우주선은 아주 재미있군요. 우주선은 많이 봐 왔지만 이 우주선은 반밖에 이해하지 못할 것 같아요. 하지만 당신이 나를 처음 대면한 기념으로 무언가를 주고 싶어 한다면 이것이 좋겠어요. 너무 아름다워요! 이 우주선에 비하니 내 우주선이 왠지 보기 흉한 것 같아요."

그녀의 얼굴은 격렬한 호기심으로 불타고 있었다.

"당신들은 정말 파운데이션에서 왔나요?"

"당신이 어떻게 파운데이션에 대해 알지요?"
페롤랫이 물었다.

"우리는 학교에서 배웠어요. 대부분은 뮬 때문에 배웠죠."

"뮬 때문이라고!"

"그는 우리들 중 일원이었으니까요. 아주 점잖은……. 그런데 당신을 부를 때 이름에서 어떤 음절을 사용할까요, 신사분?"

그러자 페롤랫이 말했다.

"글쎄요, 얀이나 펠이 되겠지요. 어떤 게 더 좋으십니까?"

"우리들 중에도 그런 이름이 있어요, 펠."

블리스는 아주 친밀한 미소를 지었다.

"뮬은 가이아에서 태어났어요. 하지만 아무도 그가 정확하게 어느 지방 출신인지는 알지 못하죠."

트레비스가 끼어들었다.

"내 생각엔 그가 가이아의 영웅인 것 같은데, 안 그렇습니까, 블리스?"

트레비스는 지금까지와는 전혀 다른 친밀한 어조로 말했다. 그러고는 자신이 말을 가로챈 데 대해 사과라도 하려는 듯 페롤랫 쪽으로 어색한 눈초리를 보냈다. 그러고는 이렇게 덧붙였다.

"나는 트레브라고 부르시죠."

"오! 아니에요. 그는 범죄자였어요. 그는 허락도 없이 가이아를 떠났어요. 그때까지 그런 짓을 한 사람은 아무도 없었어요. 또한 어떻게 그가 그런 일을 할 수 있었는지 아는 사람도 없고요. 하지만 어쨌든 그는 떠났어요. 그가 비참한 최후를 마칠 수밖에 없었던 이유는 그 때문인 것 같아요. 결국은 파운데이션이 그를 죽였지요."

"제2파운데이션이?"

트레비스가 물었다.

"파운데이션이 또 하나가 있나요? 물론 내가 자세히 알려고 했다면 알 수도 있었겠지요. 하지만 나는 역사에 대해서는 관심이 없어요. 역사에 대한 내 관심은 가이아가 관심을 갖는 것에 대해서만 관심을 가지는 정도지요. 나는 우주기술자로 성장해 왔어요. 그러니까 이런 임무를 맡고 있죠. 나 역시 이런 종류의 일을 좋아하는 것 같아요. 그러니 만약……."

 그녀는 거의 숨도 쉬지 않는 것처럼 재빠르게 말을 계속했기 때문에, 트레비스는 이야기 도중에 끼어들기 위해서 상당한 노력을 기울이지 않을 수 없었다.

 "대체 가이아란 누굴 말하는 겁니까?"

 블리스는 잠깐 동안 어리둥절한 표정을 지은 다음 말했다.

 "그냥 가이아지요. 자, 이제 갈 시간이에요. 행성 표면으로 내려가요."

 "이 우주선에 탄 채로 내려간단 말입니까?"

 "물론이지요. 하지만 아주 천천히요. 가이아는 당신들 우주선이 잠재력을 발휘한다면 무척 빠른 속도로 움직일 수 있다는 걸 알고 있어요."

 "맞아요, 우리는 무척 빨리 달릴 수 있지요. 만약 우리가 이 우주선 조종을 다시 맡게 돼서 반대 방향으로 도망간다면 어쩔 셈입니까?"

 블리스가 웃음을 터뜨렸다.

 "아주 재미있는 분이군요. 당신은 가이아가 허락하지 않는 한 다른 방향으로는 절대로 갈 수 없어요. 하지만 가이아가 원하는 방향으로 빨리 갈 수 있지요, 내 말을 이해하나요?"

 "알겠어요. 앞으로는 유머 감각까지 조절해야 할 것 같군요……. 그런데 행성 표면 어디에 착륙해야 하는 거죠?"

 "그건 걱정하지 말아요. 당신은 그저 내려가기만 하면 돼요. 그러면 정확한 위치에 착륙할 수 있을 거예요. 가이아가 알아서 조치할 거예요."

 그러자 페롤랫이 입을 열었다.

 "그러면 당신이 우리와 함께 있으면서, 우리가 좋은 대우를 받을 수 있도록 해 줄 수 있겠습니까?"

"그럴 수는 있을 거예요. 내 서비스에 대한 통상 요금은 내 요금 카드에 적혀 있어요."

"다른 종류의 서비스에 대한 것은?"

그러자 블리스가 깔깔대며 웃었다.

"당신은 정말 멋쟁이 노인이군요."

페롤랫은 그녀의 말에 약간 위축된 듯했다.

3

블리스는 배가 가이아를 향해 급강하하기 시작하자 흥분한 듯했다.

"가속도감을 전혀 느낄 수가 없군요."

"이건 중력비행입니다. 우리를 포함해서 모든 것이 함께 가속되는 셈이죠. 그래서 우리는 아무것도 느낄 수 없는 겁니다."

페롤랫이 설명해 주었다.

"어떻게 그럴 수 있지요, 펠?"

그러자 페롤랫은 어깨를 으쓱했다.

"그 문제라면 트레브가 잘 알 것 같은데……. 하지만 그는 지금 이 문제를 설명해 줄 기분이 아닌 것 같군요."

트레비스는 가이아의 중력우물(주위의 중력이 너무 강해서 밖으로는 넘어갈 수 없는 일종의 터널을 말함 — 옮긴이)을 통해 거침없이 하강했다. 블리스가 경고했듯이 우주선은 부분적으로만 자신의 지시를 따를 뿐이었다. 그는 주저하다가 중력장의 경계를 넘으려고 시도해 보았다. 그 정도는 받아들여졌다. 하지만 다시 상승해 보려는 시도는 완전히 무시되었다. 우주선은 확실히 그의 통제 밖에 있었다.

페롤랫이 부드럽게 말했다.

"너무 하강 속도가 빠른 게 아닌가, 트레비스?"

트레비스는 가능한 한 화가 난 기색을 보이지 않으려고 노력하면서 (무엇보다도 페롤랫의 기분을 상하지 않게 하기 위해서) 무미건조한 목소리로 말했다.

"아가씨께서 가이아가 모두 알아서 할 것이라고 말했으니까요."

"물론이에요, 펠. 가이아는 이 우주선을 아주 안전하게 보살필 거예요. 배 안에 혹시 먹을 게 있나요?"

"물론 있고말고. 어떤 음식을 좋아하십니까?"

페롤랫이 얼른 나섰다.

"고기는 싫어요, 펠. 생선이나 달걀이 있으면……. 거기다 채소를 곁들일 수 있다면 더 좋고요."

"우리가 갖고 있는 음식 중 일부는 세이셸에서 가져온 것인데……, 거기에 무엇이 들어 있는지는 모르겠습니다만 맛은 괜찮을 겁니다."

"좋아요. 조금 맛을 보죠."

블리스가 의심쩍은 듯 말했다.

"가이아 사람들은 채식주의자입니까?"

페롤랫이 물었다.

"대부분이 그렇죠."

블리스는 강하게 고개를 끄덕였다.

"육체가 어떤 영양분을 필요로 하는가에 달려 있지요. 최근에는 고기를 섭취해야 할 필요를 별로 느끼지 못했으니까 고기를 먹을 필요는 없지요. 그리고 단 음식도 별로 필요 없어요. 치즈나 작은 새우는 맛이 아주 좋지만 체중을 조금 줄여야 할 것 같아서……."

그녀는 이 대목에서 갑자기 자기의 오른쪽 엉덩이를 철썩 소리가 나게 두들기면서 이렇게 덧붙였다.

"바로 여기를 2~3킬로그램 정도 빼야겠어요."

"내가 보기에는 괜찮은 것 같은데……. 엉덩이에 살이 좀 있어야 앉아 있기가 편하지 않나요?"

"그런 건 전혀 문제가 되지 않아요. 체중이란 필요에 따라 늘이거나 줄일 수 있는 거니까요. 사실 그런 문제에 대해서는 신경 쓰지 않아요."

트레비스는 파스타호와 씨름을 하고 있었다. 그는 궤도에 진입한 후 조금 시간을 지체하고 있었고, 이제는 행성의 대기권 아래쪽의 경계를 시끄러운 소리와 함께 통과하고 있었다. 그러자 점차 우주선은 그의 제어를 벗어났다. 마치 무언가가 중력 엔진의 조종법을 배워 스스로 조종을 하고 있는 느낌이었다. 파스타호는 위쪽으로 커브를 그리면서 희박한 공기층 속으로 진입하더니 갑자기 속도를 늦췄다. 그런 다음 우주선은 스스로 경로를 선택하고 아래쪽으로 부드러운 곡선을 그리며 하강했다.

블리스는 공기 마찰로 인해 생기는 소음에 대해 전혀 신경을 쓰지 않는 듯 음식 컨테이너에서 솟아나는 증기 냄새를 맡고 있었다.

"틀림없이 맛있는 음식일 것 같아요, 펠. 그렇지 않다면 이런 냄새가 날 리 없고 내가 먹고 싶어질 리도 없지요."

그녀는 가느다란 손가락 하나를 컨테이너 속으로 집어넣은 다음 입으로 가져가 맛을 보았다.

"당신 말이 맞아요, 펠. 이것은 작은 새우거나 아니면 그와 비슷한 것이에요. 맛이 아주 좋은데요!"

트레비스는 불만에 가득 찬 표정으로 컴퓨터 앞에 물러나 앉았다.

"이봐요, 아가씨."

그는 처음으로 그녀를 똑바로 쳐다보면서 말했다.

"내 이름은 블리스예요!"

그녀는 단호하게 말했다.

"아참, 블리스라고 했지. 당신은 우리 이름을 알고 있었지요? 그런데 어떻게 알았어요?"

"내 임무를 제대로 수행하기 위해서는 당신들 이름을 아는 것이 중요했기 때문이에요. 그래서 알게 된 것이지요."

"그러면 당신은 먼 리 콤포가 누군지도 알겠군요."

"만약 그가 누구인지를 알 필요가 있다면 알게 되겠지요. 아직은 그가 누군지 모르니까요. 콤포라는 사람은 지금 이곳으로 오고 있지 않아요. 이쪽으로 누가 접근하는 것이 문제라면……."

그녀는 잠시 뜸을 들이더니 이야기를 계속했다.

"당신들 둘을 제외하고는 아무도 이쪽으로 접근하고 있지 않아요."

"음……."

그는 아래쪽을 내려다보았다. 그것은 구름으로 덮인 행성이었다. 물론 완전히 구름층으로 뒤덮인 것은 아니었지만 층이 끊어진 곳에도 구름들이 흩어져 있어서 행성 표면은 단 한 군데도 보이지 않았다.

그가 극초단파 스위치를 넣자 전파망원경이 빛을 발하기 시작했다. 하지만 그것을 통해 나타나는 행성의 표면도 하늘의 모습과 다를 바가 없었다. 그것은 마치 터미너스와 같은, 아니 그보다 더한 섬으로 이루어진 행성인 듯했다. 섬들 중에서 두드러지게 큰 것도 없었고 다른 것들로부터 동떨어져 있는 것도 없었다. 마치 행성 군도에 접근하고 있는 듯한 느낌이었다. 우주선의 궤도는 적도에 대해 경사져 있었기 때문에 만년설의 징후는 찾아볼 수 없었다.

더군다나 행성의 어두운 쪽에서 나오는 빛으로 미루어 볼 때, 흔히 나타나는 불균등한 인구 분포에 대한 징후도 발견할 수 없었다.

"수도 근처로 내려갑니까, 블리스?"

트레비스가 물었다.

블리스는 무관심하게 대꾸했다.

"가이아는 어디든 편한 곳에 당신들을 내려놓을 거예요."

"큰 도시면 더 좋겠는데……."

"그곳은 사람들이 많이 사는 곳인가요?"

"그래요. 하지만 그런 건 가이아가 결정할 테니까……."

우주선은 계속 하강했다. 트레비스는 과연 어떤 섬에 우주선이 내리게 될지를 흥미롭게 지켜보았다. 착륙은 이제 시간문제였다.

4

우주선은 변칙적인 중력 효과에도 단 한 순간의 동요도 없이 깃털처럼 사뿐히 내려앉았다. 그들은 우주선에서 걸어 나왔다. 제일 먼저 블리스, 그다음에 페롤랫, 그리고 트레비스 순으로.

날씨는 터미너스의 초여름 정도였다. 부드러운 산들바람이 불고 있었고 군데군데 구름이 떠 있는 하늘에는 늦은 아침의 햇볕이 내리쬐고 있었다. 발아래의 땅은 녹색이었고 한쪽 편으로는 과수원을 연상시키는 숲이 있었다. 반대편에는 저 멀리 해변이 보였다.

처음 입을 연 사람은 페롤랫이었다. 그는 난생 처음 보거나 듣는 것에 대해 이것저것 물었다. 그는 신경에 거슬릴 정도로 큰 소리를 내며 숨을 들이쉬더니 이렇게 말했다.

"흠, 냄새가 아주 좋군. 갓 고아 낸 사과 소스 냄새 같아."

그러자 트레비스가 냉큼 그의 말을 받았다.

"지금 우리가 보고 있는 게 틀림없이 사과 농장일 거예요. 사과 농장에서야 당연히 사과 소스를 만들겠지요."

"그런데 당신들 우주선에서는 뭐랄까……, 맞아요! 아주 지독한 악취가 나요."

"당신, 우리 우주선에 타고 있을 때에는 그런 말을 안 했잖습니까!"

트레비스가 으르렁거리듯 말했다.

"예의상 그랬죠. 나는 당신들 우주선에서는 손님이었잖아요."

"그런데 이제는 예의를 차릴 필요가 없다, 이런 겁니까?"

"이제는 우리 세계에 왔으니까요. 이번에는 당신들이 손님이지요. 그러니 이제는 당신들이 예의를 갖춰야 할 차례예요."

"우주선에서 나는 냄새에 대해서는 그녀 말이 맞을 걸세, 트레비스. 우주선을 환기시킬 방법이 없겠나?"

"있지요."

트레비스는 즉시 대답했다.

"환기를 시킬 수 있었지요. 만약 이 조그만 여자가 우주선의 기능을 정상으로 만들어 줄 수만 있다면 말입니다. 그녀는 이미 자신이 우주선에 대해 비정상적인 힘을 행사할 수 있다는 것을 보여 줬어요."

블리스는 가능한 한 몸을 곧게 펴 키가 커 보이도록 하며 이렇게 말했다.

"분명히 말해 두지만 나는 작지 않아요. 그리고 당신들 배는 그대로 내버려 두면 깨끗해질 거예요. 그냥 놔두어도 좋다는 것을 약속할게요."

"그러면 당신은, 당신이 가이아라고 부른 그 사람에게 우리를 데려다 줄 수 있겠어요?"

트레비스가 물었다.

블리스는 무척 재미있다는 표정을 지었다.

"당신이 믿을 수 있을지는 모르겠지만, 바로 내가 가이아예요."

트레비스는 멀뚱히 그녀를 바라보았다. 그는 그동안 '호랑이에게 물려가도 정신만 차리면 산다'는 속담이 그저 은유적으로 쓰이는 것으로만 생각했다. 하지만 바로 지금 자기는 문자 그대로 호랑이에게 물려온 상태에 처한 것이나 다를 바 없게 된 것이다. 하지만 그의 입에서 나온 소리는 "당신이?"라는 말뿐이었다.

"그래요. 그리고 저 풀밭도, 저 나무들도, 풀밭에 뛰노는 토끼들과 나무들 사이로 보이는 사람들까지도……. 이 행성 전체와 그 위에 있는 모든 것들이 다 가이아예요. 우리 모두는 개체들이지요. 우리 모두는 독립된 유기체예요. 하지만 우리는 모두 하나의 총체적인 의식을 공유하고 있어요. 생명이 없는 것들은 그 수준이 낮지만 다양한 형태의 생물들과 사람들 대부분 모든 것을 공유하고 있지요."

"트레비스, 내 생각에 그녀의 말은 가이아가 일종의 집단의식을 갖고 있다는 의미인 것 같아."

트레비스는 그의 말에 고개를 끄덕였다.

"무슨 말인지 알겠어요. 그럼 블리스, 이 세계를 통치하는 건 누구지요?"

"스스로 통치하지요. 저 나무들은 자발적인 의지에 따라서 종횡으로 성장하지요. 그것들은 어떤 이유로 인해서 나무들이 죽었을 경우에도 스스로를 대체시킬 필요가 있을 때에만 증식을 합니다. 인간들도 필요한 경우에만 과일이나 곡식을 수확하지요. 그 이외의 다른 동물이나 곤충들은 그들 몫을 먹고요. 단지 그들이 먹을 만큼만요."

"아니! 곤충들이 자신들의 몫이 얼마인지를 안단 말입니까?"

트레비스가 물었다.

"그래요. 그들은 알고 있어요. 또 필요할 때가 되면 비가 오는데, 때로는 필요에 따라 많은 비가 내리기도 하지요. 그리고 청명한 날씨가 계속되기도 하고요. 그것 역시 필요에 따라서……."

"그러면 비도 자신이 언제 얼마나 내려야 한다는 걸 알고?"

"그래요."

블리스는 매우 진지한 어조로 말했다.

"당신의 몸에 있는 서로 다른 수많은 세포들도 자신들이 무엇을 해야 하는지 알고 있지 않나요? 언제 성장을 해야 하고 멈추어야 하는지, 언제 어떤 종류의 물질을 생성하고 언제 멈춰야 하는지, 그리고 언제 스스로를 형성해야 하는지, 그것도 많거나 적어도 안 되고 꼭 알맞은 양을 생성해야 하는지를 말예요. 각각의 세포들은 어느 정도까지는 독자적인 화학 공장을 이루고 있지요. 하지만 모두 동일한 운송 시스템을 통해 운반되는 공통의 원료가 되는 재료들로부터 모든 것을 끌어내고, 거기에서 나오는 모든 노폐물들도 공통의 통로를 통해 내보내지요. 그리고 그들 모두는 총체적인 집단의식에 기여하고요."

페롤랫은 갑자기 열정 같은 것을 느꼈다.

"정말 놀라운 일이군! 당신은 이 행성이 하나의 초유기체라고 했습니까? 그리고 당신은 그 초유기체의 한 세포이고?"

"그런 식으로 비유를 하긴 했지만, 그렇다고 동일체는 아니에요. 우리는 세포와 유사하지만 세포 그 자체는 아녜요. 내 말뜻을 알겠어요?"

"어떤 식으로 말하든 당신도 세포로 이루어져 있단 말이잖아요?"

트레비스의 말에 블리스는 덧붙였다.

"세포로 말하자면, 우리 자신들은 세포로 구성되어 있고 우리는 집단의식을 갖고 있지요. 집단의식, 그것은 개별 유기체의 의식이지요. 내 경우는 인간의……."

"남자들이 그것을 위해 죽을 정도의 육체를 갖고 있는?"

"맞아요. 나의 의식은 어떤 개별적인 세포보다도 훨씬 더 진보되어 있지요. 믿을 수 없을 정도로요. 역으로 우리가 더 수준이 높은 위대한 집단의식의 일부라는 사실만으로, 우리를 세포의 수준으로 떨어뜨리는 것은 아니에요. 나는 여전히 인간이지요. 하지만 마치 내 의식이 내 이두박근의 근육세포 하나보다 훨씬 더 높은 수준이듯이, 집단의식은 우리가 파악할 수 없을 만큼 까마득히 높은 곳에 있어요."

"틀림없이 누군가가 우리 우주선을 나포하라는 명령을 내렸을 텐데?"

트레비스가 물었다.

"아니에요. 누군가가 아니에요! 그것을 명령한 것은 바로 가이아예요. 우리 모두가 명령한 것이지요."

"저 나무와 대지까지도 모두가 말입니까, 블리스?"

"그들이 기여한 몫은 아주 작지요. 하지만 어쨌든 그들 역시 기여한 것은 사실이에요. 내 말을 들어 보세요. 만약 어떤 음악가가 교향곡을 작곡했다고 가정해 보세요. 그러면 당신은 그의 몸속에 어떤 세포가 교향곡을 작곡하도록 명령하고 그 구성을 감독했느냐고 물을 수 있나요?"

페롤랫이 대답했다.

"그 말을 이해할 수 있어. 집단의식, 즉 집단정신은 개체의 정신보다 월등히 강한 거야. 마치 하나의 근육이 근육을 이루는 한 세포와는 비교할 수도 없이 강한 것처럼 말이지. 따라서 가이아는 그토록 멀리 떨어진 거리에서도 우리의 컴퓨터를 조종해서 우주선을 나포할 수 있었던 거야. 물론 이 행성의 어떤 한 개체가 그런 일을 할 수는 없겠지만 말이야."

"정확하게 이해하고 있군요, 펠."

"나도 이해할 수 있어요. 그다지 어려운 이야기는 아니니까. 하지만 당신이 우리에게 원하는 것이 도대체 뭡니까? 우리는 당신들을 공격하기 위해 이곳에 온 것이 아니에요. 우리는 단지 정보를 찾으려는 것뿐입니다. 그런데 당신들은 왜 우리를 체포했지요?"

트레비스가 물었다.

"당신들과 이야기를 나누기 위해서예요."

"대화를 나누는 것은 우주선에서도 가능한 일일 텐데?"

블리스는 차분하게 고개를 저었다.

"당신들과 대화를 나눌 사람은 내가 아니에요."

"당신은 집단정신의 일부라고 했잖아요?"

"그렇지요. 하지만 나는 새처럼 날 수도 없고 곤충처럼 붕붕거리는 소리를 낼 수도 없지요. 나무처럼 크게 성장할 수도 없고요. 나는 내가 가장 잘할 수 있는 일만을 해요. 그런데 당신들에게 필요한 정보를 주는 일은 내가 잘할 수 있는 일이 아니에요. 설사 그 정보가 내게 쉽게 할당된다 하더라도 말이에요."

"당신에게 그런 일을 주지 않기로 누가 결정했죠?"

"우리 모두가 하지요."

"그러면 도대체 누가 우리에게 정보를 준단 말입니까?"

"돔이에요."

"돔이라니, 그게 누구죠?"

"그의 전체 이름은 '엔돔안디오비자마론데야소……'예요. 실은 그보다도 더 길지요. 물론 다른 시기의 사람들은 그를 다른 이름으로 불렀지요. 하지만 나는 그 이름밖에 몰라요. 당신들도 '돔'이라는 음절을 이름으로 사용하세요. 필경 그는 이 행성의 어느 누구보다도 가이아에 대해 많은 몫을 가지고 있을 거예요. 그리고 그는 이 섬에 살고 있어요. 그가 당신들을 보고 싶어 하는데, 그의 요구가 받아들여졌어요."

"누가 그걸 허용했다는 거죠?"

트레비스가 물었다. 그러나 이번엔 스스로 자신의 질문에 답했다.

"아! 됐어요. 들으나마나 당신들 모두가 그랬을 테지."

블리스는 아무 말도 없이 고개를 끄덕였다.

"우리는 언제 돔을 볼 수 있습니까, 블리스?"

페롤랫이 물었다.

"지금 당장 볼 수 있어요. 나를 따라오면 그에게 갈 수 있어요, 펠. 그리고 당신도 물론이에요, 트레브."

"그런 다음에 당신은 떠날 건가요, 블리스?"

페롤랫이 물었다.

"당신은 내가 떠나지 않기를 바라나요, 펠?"

"실은 그래요."

"그렇겠지요."

블리스는 과수원에 붙은 포장도로를 걸으면서 말했다.

"남자들이란 눈 깜짝할 사이에 내게 반하는군요. 아무리 나이가 많고 위엄 있는 사람이라도 소년 같은 열정에 쉽게 빠져들고 말지요."

페롤랫은 웃음을 터뜨리면서 말했다.

"나는 그런 열정에는 사로잡히지 않아요, 블리스. 하지만 그런 열정이 있다면 당신을 위해서 사용하는 것도 나쁘지는 않을 것 같군요."

"오! 당신의 열정을 무시하지 마세요. 나는 기적을 일으킬 수 있어요."

트레비스는 인내심을 가지고 그들의 대화를 참아 냈다.

"우리가 지금 목적지에 가게 되면 그 돔이라는 사람을 얼마나 기다려야 하는 겁니까?"

"그는 당신들을 기다리고 있을 거예요. 왜냐하면 '가이아를 통한 돔'은 수년간이나 당신들을 이곳으로 데려오기 위해 노력해 왔으니까요."

트레비스는 그 자리에 우뚝 멈춰 서서 재빨리 페롤랫에게 눈길을 보냈다. 페롤랫의 입은 소리 없이 이렇게 말하고 있었다.

'자네 말이 맞았네!'

앞만 쳐다보고 걷고 있던 블리스가 조용히 말했다.

"알아요, 트레브. 나-우리-가이아가 당신들에게 흥미를 느끼고 있는 것이 아닌가 의심하고 있는 거지요?"

"'나-우리-가이아'라니?"

페롤랫이 물었다.

그녀는 페롤랫에게 미소를 보내며 말했다.

"우리는 가이아에 존재하는 모든 개체들의 다양한 음영을 표현하기 위해서 다종다양한 대명사로 이루어진 복합적인 체계를 가지고 있지요. 그것에 대해 설명해 드리죠. 하지만 그러기보다는 '나-우리-가이아'를 손으로 더듬어 찾는다는 기분을 갖는 게 더 나을 거예요. 자! 이제 갑시다, 트레브. 돔이 기다리고 있어요. 나는 당신의 의지와는 무관하게 당신의 다리를 움직이고 싶지는 않아요. 그런 것에 익숙해 있지 않기 때문에 불쾌하게 느끼실지도 모르니까요."

트레비스는 순순히 걸었다. 블리스를 쳐다보는 그의 눈초리에는 짙은 의구심이 깔려 있었다.

5

돔은 꽤나 고령인 듯했다. 그는 253음절이나 되는 자기의 이름을 음악을 연주하듯 가락과 강세를 주어 읊조렸다.

"어떤 의미에서 내 이름은 나의 간략한 자서전과 같은 것이오. 그것은 듣는 이에게, 혹은 읽는 이나 느끼는 이 모두에게 내가 누구이고 전체 속에서 어떤 역할을 하며 또 내가 이룬 일이 무엇인지를 말해 주지요. 하지만 지난 50여 년 동안 나는 돔이라는 이름으로 불리는 것에 만족해 왔소. 똑같은 이름을 가진 다른 사람이 있을 때는 '도만디오'라고 불렸고……. 물론 나의 직업으로 인한 다양한 관계 속에서는 그 외의 다양한 변형이 사용되기도 했지. 가이아년(年)에 한 번……. 그러니까 내 생일날에나 내 이름 전체가, 방금 당신들 앞에서 육성으로 한 것처럼, 마음속으로 읽힌다오. 그것은 매우 효율적이기는 하지만 개인적으로는 귀찮은 일이기도 하지."

그는 큰 키에 호리호리한 몸매를 하고 있었다. 동작은 매우 느렸지만 깊은 눈매는 젊은이보다도 더 형형한 빛을 발하고 있었다. 그의 콧날은 얇고 길었으며 콧구멍은 계속 벌렁거리고 있었다. 손등에는 큰 혈관이 불거져 있었지만 관절염으로 움직이지 못한다거나 하는 기색은 없었다. 그는 자기 머리칼처럼 갈색을 띤 긴 겉옷을 입고 있었다. 겉옷은 발목까지 내려와 있었고, 샌들을 신고 있어서 발이 그대로 드러난 채였다. 트레비스가 물었다.

"지금 연세가 어떻게 되십니까, 노인장?"

"돔이라고 불러 주시오, 트레브. 다른 호칭을 사용하게 되면 너무 딱딱해져서 당신들과 나 사이에 자유로운 의견 교환이 어려워질 것이오. 은하표준년으로 치자면 내 나이는 아흔셋이 갓 넘었소. 하지만 실제 생일은 지금부터 몇 달 안 되면 돌아올 거요. 그때가 되면 가이아 년으로 90세 생일을 맞게 되겠지."

"저는 당신이 일흔다섯을 넘지 않았을 거라고 추측했는데요, 노인장. 아니, 돔."

"가이아의 기준으로 따지자면 나이로 보나 겉모습으로 보나 대단한 것이 아니라오, 트레브. 그런데 식사는 부족하지 않았소?"

펠롯랫은 그의 앞에 놓여 있는 쟁반을 내려다보았다. 거기에는 성의 없이 차려진 식사가 대부분 손도 대지 않은 채 남아 있었다. 그는 자신 없는 목소리로 이렇게 물었다.

"돔, 조금 어려운 질문을 해도 되겠습니까? 물론 제 질문이 마음에 들지 않는다면 즉시 말씀하십시오. 그러면 즉시 질문을 철회하겠습니다."

"해 보시오."

돔은 부드러운 미소를 지으며 말을 이었다.

"나는 당신들이 호기심을 갖는 가이아에 대한 모든 것을 설명할 수 있는 기회를 기다리고 있었소."

"왜죠?"

트레비스가 즉시 물었다.

"당신들은 우리 귀빈이기 때문이오. 자, 펠 씨의 질문을 받아 볼까요?"

펠롯랫이 말했다.

"가이아에 있는 모든 것이 집단의식을 공유하고 있다면서 어떻게 당신은 이 음식들을 먹을 수 있지요? 이 음식도 그 집단의 일원이 아닙니까? 분명 그것도 집단을 이루는 한 요소일 텐데요."

"맞소! 하지만 만물은 유전하는 법이오. 우리가 이것들을 먹어야 하고 우리는 모든 것을 먹을 수 있소. 동물이나 행성, 심지어는 생명이 없는 사계절까지도 가이아의 일부분이오. 하지만 내 말을 잘 들으시오. 우리는 결코 즐기기 위해서 살생하지는 않소. 가이아인들은 꼭 필요할 때를 제외하면 무언가를 먹는 일이 없기 때문에 우리 식사 준비를 보기 좋게 보이려는 최소한의 시도조차 없을까 봐 걱정이긴 했다오. 이 식사를 그다지 즐기진 못했소, 펠? 트레브? 하지만 우리에겐 식사가 즐기는 대상일 수 없소이다.

더군다나 우리가 먹는 음식 역시 결국에는 이 행성의 의식으로 남게 된다오. 그 성분들이 우리 몸속에 남아 있는 한, 그것들은 총체적인 의식의 중요한 몫을 차지하고 있는 것이오. 내가 죽으면, 나 역시 무언가에게⋯⋯. 최소한 부패 박테리아에게라도 먹힐 것이고, 그때에는 나도 총체적인 의식의 훨씬 더 작은 몫을 차지하게 되겠지. 하지만 어느 날엔가는 나의 일부분이 다른 인간의 일부분, 많은 요소들 중의 일부를 이룰 수도 있을 것이오."

"일종의 윤회설이군요."

페롤랫이 말했다.

"무슨 설이라고 했소, 펠?"

"제가 말한 것은 몇몇 세계의 오래된 신화에 나오는 이야기입니다."

"아, 그렇소! 나는 처음 들어 보는 얘긴데⋯⋯. 언제 기회가 닿으면 그 이야기를 해 주시오."

"하지만 당신들의 개별적인 의식은⋯⋯. 그것은 돔 당신일 수도 있습니다만, 결코 완전히 재구성될 수 없는 것 아닙니까?"

"그렇소, 절대 그럴 수 없소이다. 하지만 그게 무슨 문제겠소? 나는 여전히 가이아의 일부분일 것이고 중요한 것은 바로 그 점일 것이오. 우리들 중에는 과거에 존재했던 사람들의 집단기억을 발전시킬 방도를 찾을 수 없을까 생각하는 신비주의자들도 있소이다. 하지만 '가이아의 감각'으로는 그러한 노력이 실제적으로 이루어질 수 없으며 어떠한 실용적인 목적을 위해 사용될 수도 없다는 것을 잘 알고 있소. 그것은 단지 더러운 현재의 의식일 뿐이오. 물론 상황이 변화하면 가이아의 감각도 역시 변하겠지. 하지만 나는 가까운 미래에는 그러한 일이 일어나지 않을 것이라고 생각하오."

"당신이 왜 죽어야 합니까, 돔? 당신은 지금 아흔 살인데도 이렇게 정정하지 않습니까? 집단의식을 통해……."

트레비스가 말을 채 끝내지도 않았는데, 돔이 얼굴을 찌푸리며 이렇게 말했다.

"그런 일은 절대 일어날 수 없소. 나는 단지 그 정도로만 기여할 뿐이오. 새로운 개인들은 분자와 유전자를 통해 새롭게 태어나는 법이오. 그들이야말로 가이아의 새로운 능력, 새로운 기여인 것이오. 우리는 그들을 받아들여야만 하오. 그리고 그때 우리가 할 수 있는 유일한 일은 그들을 위해 자리를 비켜 주는 것뿐이지. 나는 지금까지 최선을 다해 왔소. 하지만 내게도 한계가 있는 것이고, 그 시각은 점점 다가오고 있소. 자신의 한계를 넘어서까지 살고 싶은 욕망은 추호도 없다오."

거기까지 이야기한 그는 저녁 시간의 대화치고는 너무 심각한 주제로 흘렀다고 생각했는지 돌연 자리에서 일어나 그들에게 손을 내밀었다.

"자! 이제 내 서재로 자리를 옮깁시다. 내 개인적인 작품들을 보여 드리겠소. 이 늙은이가 주책없이 자기 자랑을 한다고 흉보지는 마시오."

 그는 다른 방으로 그들을 인도했다. 그곳에는 작고 동그란 탁자가 놓여 있었고, 그 위에는 두 개가 한 짝으로 되어 있는 흐릿한 렌즈들이 있었다.

 "이것들이 내가 설계한 '참여'(參與)요. 사실 나는 이 방면의 대가는 아니오. 하지만 나도 무생물에 관한 한 전문가이기는 하지. 그쪽에는 대가들이 별로 없으니까 말이야."

 페롤랫이 말했다.

 "하나를 집어 봐도 되겠습니까? 깨지기 쉬운 것들은 아니겠지요?"

 "그럴 리가. 의심스럽다면 그것들을 바닥에 튕겨 보시오. 그렇게 하지 않으면 제대로 사용하기 힘들 거요. 충격을 주면 예민한 감도를 줄일 수 있기 때문에 다루기가 한결 쉬워질 테니까."

 "어떻게 사용하는 거지요, 돔?"

 "그것들을 눈에 대 보시오. 그러면 그것들이 자동적으로 눈에 달라붙을 테니까. 렌즈들은 빛을 통과시키지 않소. 그와는 정반대요. 그것은 정신을 산란시킬 수 있는 빛은 억제하고 대신 감각만 신경망을 통해서 뇌에 전달하지. 그러면 당신의 의식이 맑아지기 때문에 가이아의 다른 측면에 대해 '참여'할 수가 있게 되는 거요. 가령 당신이 저 벽을 본다면, 저 벽이 스스로를 어떻게 표현하는지 경험할 수 있게 될 것이오."

 "훌륭하군요. 한번 시험해 봐도 되겠습니까?"

 "물론이오, 펠. 마음대로 사용하시오. 모든 물체들은 제각기 다른 구성을 갖고 있기 때문에, 벽이든 그 밖의 무생물이든 각각 다른 의식을 보여 줄 것이오."

 페롤랫은 한 쌍의 렌즈를 눈에 가져다 댔다. 그러자 그것들은 즉시 눈에 달라붙었다. 그는 상당히 오랜 시간 동안 렌즈를 눈에 댄 채 움직이지 않았다.

"그만 보려면 손을 '참여'의 한쪽 끝에 대고 누르시오. 그러면 즉시 떨어져 나올 것이오."

페롤랫은 그가 시키는 대로 했다. 그는 빠르게 눈을 깜빡인 다음에 눈을 문질렀다.

"어떤 게 보였소?"

돔이 물었다.

"글쎄요, 표현하기가 어렵군요. 벽은 마치 반짝거리며 빛나는 듯하고 가끔은 흐르는 듯한 느낌을 주었어요. 또 마치 갈비뼈를 갖고 있는 것 같은 생각이 들기도 하고 좌우대칭이 변화하는 것처럼 보였어요. 하지만 그다지 매력적인 모습이라고 할 수는 없을 것 같아요. 죄송합니다, 돔."

돔은 가볍게 한숨을 쉬었다.

"당신은 가이아에 '참여'하지 못하는군. 당신은 우리가 보고 있는 것들을 보지 못하고 있소. 사실 나는 그 점을 염려했소. 안타까운 일이오! 나는 당신에게 이러한 '참여'가 일차적으로는 그들의 미적 가치를 인식하고 그것을 즐기기 위한 것이지만 동시에 실용적인 이용을 위해서라는 것을 말했소. 행복한 벽은 오랫동안 살아남는 벽이며, 실용적이고 쓸모 있는 벽이기도 하오."

"'행복한' 벽이라고요?"

트레비스는 보일 듯 말 듯 미소를 지으면서 말했다.

"벽이 경험하는 둔한 감각 중에는 우리의 '행복'과 유사한 것이 있소. 벽은 잘 설계되고, 기초 위에 단단하게 서 있을 때, 그리고 벽을 이루는 모든 부분들이 좌우대칭을 이루고 무리한 장력을 받지 않을 때

행복감을 느끼게 되는 것이오. 훌륭한 설계란 역학의 수학적 원리에 의해 이루어질 수 있소. 하지만 적절한 '참여'를 사용하면 사실상 원자의 차원으로까지 미세한 조정이 가능해지는 것이오. 우리 가이아에서는 어떠한 조각가도 능숙한 '참여'를 사용하지 않고는 1등급의 예술 작품을 만들 수 없소. 내 작품에 대해 자평하자면, 내가 만든 이 특수한 종류의 작품 유형은 대단히 걸출한 것이오. '생물 참여'는 내 분야가 아니지만……."

돔은 자신의 취미에 몰두해 있는 사람에게서 흔히 발견되는 어떤 흥분 상태에서 이야기를 계속했다.

"비유해서 말하자면 생태학적 균형은 우리에게 직접적인 경험을 주고 있소. 가이아의 생태학적 균형은 다른 모든 세계와 마찬가지로 매우 단순하오. 하지만 최소한 우리는 그것을 보다 복잡하게 만들어서 총체적인 의식을 보다 풍요롭게 하고 싶다는 소망을 가지고 있지."

트레비스는 페롤랫이 말을 가로막지 못하게 하려고 그에게 손을 흔들어 보이고는 입을 열었다.

"어떻게 말입니까?"

"호!"

돔은 빈틈없는 표정으로 눈을 번뜩이며 이렇게 말했다.

"이 늙은이를 시험하고 있군. 당신은 모든 인류의 근원인 지구가 매우 풍요롭고 복잡한 생태적 균형을 갖고 있었다는 사실을 나만큼이나 잘 알고 있소. 단순한 생태적 균형을 갖고 있는 것은 오직 2차적인 세계, 즉 지구에서 파생된 세계일 뿐이지."

페롤랫은 트레비스의 제지에도 불구하고 불쑥 나섰다.

"그것이야말로 제가 평생 동안 풀지 못했던 의문입니다. 도대체 지구만이 복잡한 생태계를 가지는 이유가 무엇입니까? 지구를 다른 행성들과 구분시키는 특징이 도대체 무엇인가요? 은하계 내에 존재하는 수백만에 수백만을 곱한 다른 세계들이……. 그러니까 생명이 살 수 있는 모든 세계들이 한결같이 평범한 식물과 불과 몇 안 되는 동물만을 생장시킬 수밖에 없었던 이유가 뭘까요?"

"그 문제에 대해 우리는 하나의 이야기를 가지고 있소. 물론 그것은 지어낸 이야기니까 그 이야기의 진실성을 보증할 수는 없지. 실제로 그 이야기가 지어낸 것처럼 들릴 수도 있을 거요."

바로 그때 식사에 참여하지 않았던 블리스가 들어와서 페롤랫에게 미소를 지어 보였다. 그녀는 은색의 매우 얇은 블라우스를 입고 있었다.

그녀를 보자 페롤랫이 자리에서 벌떡 일어서면서 말했다.

"나는 당신이 우리를 놔두고 떠난 줄로만 알았습니다."

"천만에요. 보고서를 작성해야 했고 그밖에도 할 일이 있었거든요. 합석해도 될까요, 돔?"

돔 역시 자리에서 일어서서 말했다.

"물론 환영이오. 당신은 이 늙은이의 눈에도 매혹적으로 보이는군."

"제가 이 블라우스를 입은 것은 당신을 위해서예요. 펠은 이런 것에 초월해 있고 트레브는 이런 것을 싫어하니까요."

블리스의 말에 페롤랫이 대답했다.

"만약 당신이 내가 이런 일에 초월해 있다고 생각한다면……, 언젠가는 당신을 놀라게 해 주겠소, 블리스."

"당신이 나를 놀라게 해 준다면 정말 멋질 거예요."

그녀는 이렇게 말하면서 자리에 앉았다. 그러자 일어섰던 두 사람도 자리에 앉았다.

"저 때문에 하던 이야기를 중단하지 마시고 계속하세요."

그러자 돔이 그녀에게 설명해 주었다.

"방금 나는 손님들에게 '영원(永遠)'에 관해 이야기해 주던 참이었소. 그것을 이해하려면 우선 당신들은 서로 다른 무한한 숫자의 우주가 존재한다는 사실을 이해해야만 하지. 모든 개별적인 사건들은 일어날 수도, 일어나지 않을 수도 있는 것이고 또한 각기 다른 방법으로 일어날 수도 있는 것이오. 따라서 각각의 사건들이 가지는 엄청난 숫자의 선택 가능성은, 최소한 어느 정도의 각도에서 미래에 벌어질 사건들에 영향을 미치게 되는 것이오.

블리스가 방금 이곳에 들어오지 않았을 수도 있었소. 아니면 조금 일찍 우리와 자리를 함께 할 수도, 훨씬 먼저부터 함께 할 수도 있었을 것이오. 또한 지금 이곳에 들어올 수도 있소. 그녀는 다른 블라우스를 입을 수도 있었고, 이 블라우스를 입었다 하더라도 그녀의 몸에 밴 습관과는 달리 나이 든 사람에게 다정하게 미소를 짓지 않았을 수도 있소. 이처럼 하나의 사건이 가지는 수많은 선택 가능성들 중에서, 아니 한 사건의 수많은 가능성 한 가지 한 가지에서도 우주는 그 이후 전혀 다른 궤적을 가질 수 있는 것이오. 이것은 모든 사건마다, 그리고 모든 선택 가능성에도 마찬가지로 적용되는 것이오. 그것이 아무리 하찮은 사건이라 할지라도 말이오."

트레비스는 들뜬 표정으로 몸을 좌정하지 못하고 안절부절못하면서 말했다.

"제 생각엔 지금 얘기는 양자역학에서 흔하게 발견할 수 있는 추론법인 것 같은데요. 그건 사실 아주 오래된 것이지요."

"오! 당신은 그것을 들은 적이 있군. 하지만 얘기를 계속하리다. 그

무한한 숫자의 모든 우주를 인간이 동결시키고, 자기 마음대로 한 단계 진보시키고, 그리고 그중 하나를 '현실'로 만들기 위해 선택할 수 있다고 상상해 봅시다. 여기에 '현실'이 무엇인지는 어떻게 정해도 좋소."

그러자 트레비스가 대꾸했다.

"저는 당신이 말하는 개념을 상상할 수는 있지만 그러한 일이 일어날 수 있다는 것은 아무래도 믿을 수가 없습니다."

"사실은 나도 마찬가지요. 그 이야기가 모두 지어낸 이야기인 것 같다고 했던 것은 바로 그 때문이었소. 하지만 그 가공의 이야기는 실재(實在)하는 시간 밖으로 한 걸음 벗어나서 잠재적 현실의 끝없는 흐름을 지켜볼 수 있는 누군가가 '존재할 수 있다'는 것을 말하고 있소. 이 사람들을 '영원인'이라 부른다면 그들이 시간 밖으로 나왔을 때 그들은 영원 속에 있다고 할 수 있을 것이오.

그들의 임무는 인류에게 가장 바람직한 '현실'을 선택하는 일이오. 그들은 결국 고도의 과학기술을 달성한 지성 종족이 살고 있으며, 복합적인 생태계를 갖고 있는 은하계의 유일한 행성이었던 우주를 발견하게 됩니다. 물론 이야기 속에서 나오는 것이지만 말이오.

그들은 그것이야말로 인류가 가장 안전하게 살아갈 수 있는 상황이라고 판단하여 바로 그 사건의 흐름을 현실로 고정시키고 자신들의 임무를 종결했소. 따라서 지금 우리가 살고 있는 은하계에 인류가 정착하게 되었고 대부분 의식적으로든 무의식적으로든 모든 행성에서 동물, 식물, 미생물에 이르기까지 토착 생물들을 압도하게 된 것이오.

물론 그 가능성은 매우 희박하지만 은하계가 그 밖의 다른 지성 생물에 의해 지배될 수도 있었소. 하지만 그러한 가능성은 결코 실현될 수 없었지. 왜냐하면 우리의 '현실' 속에 존재하는 것은 우리뿐이었으니까……. 우리의 '현실' 속에서 벌어지는 모든 사건과 행동을 통해 새로운 가지들이 뻗어 나오지만 그중 오직 하나만이 '현실'이라는 연속된 흐름으로 통할 수가 있기 때문에, 우리들로부터 연유하는 엄청난 숫자의 잠재적인 우주가 존재할 것이오. 하지만 그러한 것들 모두는 하나의 지성 종족이 살고 있는 바로 우리의 은하계라는 공통된 토대를 갖고 있을 것이오. 아, 모두라기보다는 아주 적은 부분만 빼고 그렇다고 하는 편이 낫겠소. 가능성에 무한히 접근하고 있는 경우를 제외한다는 것은 매우 위험한 일이니까 말이오."

그는 말을 멈추고 가볍게 어깨를 으쓱이더니 덧붙였다.

"이것이 그 이야기의 줄거리요. 그때는 가이아가 생기기도 전이었소. 나는 그것이 사실인지의 여부에 대해서 자신할 수는 없소."

나머지 세 사람은 열심히 그의 말을 경청하고 있었다. 블리스는 전에도 이 이야기를 들은 적이 있었지만, 이번에 돔을 통해 다시 정확하게 확인할 수 있었기 때문에 주의 깊게 듣고 있었다.

페롤랫은 돔이 말을 끝낸 후 한동안 무거운 침묵을 지키다가 갑자기 주먹으로 자신의 의자 팔걸이를 내려치며 외쳤다.

"아닙니다!"

그의 목소리는 마치 질식해 가는 사람의 목소리처럼 잠겨 있었다.

"그런 이야기는 어떠한 영향도 미칠 수 없어요. 관찰에 의해서도 이론에 의해서도 그 이야기의 진실을 증명할 방법은 없잖습니까? 따라서 그것은 한 조각의 추론 이외에 아무것도 아닙니다. 만약 그것이 사실이라고 상상해 보세요! 우리가 살고 있는 우주에서 여전히 지구만이 풍부한 생물과 지성 생물을 갖고 있는 행성일 것이며, 그러한 우주에서는……. 그것이 모든 가능성이든 무한한 숫자의 가능성 중의 단 하나이든 간에 지구라는 행성만의 무언가 독특한 특성을 갖고 있을 겁니다. 그래서 우리는 그 특성이 무엇인지에 대해 알고 싶어 하는 것입니다."

잠시 침묵이 흘렀다. 그 침묵을 깨고 고개를 흔든 것은 트레비스였다.

"아니에요, 페롤랫 교수님. 그런 건 아닌 것 같아요. 은하계에 있는 사람이 살 수 있는 10억 개의 행성 중에서 지구만이 단순한 우연의 일치로 풍부한 생태계를 가지고 있으며, 또한 지성이 있는 생물을 탄생시킬 수 있는 확률이 10^{21}분의 1이라고 해 봐요. 만약 그렇다면 10^{21}개에 달하는 잠재적 현실의 수많은 흐름들 중에서 단 하나가 바로 우리가 살고 있는 은하계를 나타내는 것이고 '영원인'은 바로 그것을 선택한 게 되지요. 따라서 지구만이 유일하게 풍부한 생태계를 갖고 있고 지성 종족과 과학기술을 탄생시킨 우주인 것이지요. 하지만 그 이유는 지구가 특수하기 때문일 것입니다. 다만 지구에서 그러한 생태계가 우연히 발전할 수 있었기 때문이라는 것이지요. 사실 저는 이렇게 추측합니다."

트레비스는 생각에 골몰한 채로 이야기를 계속했다.

"가이아만이 지성 종족을 탄생시킬 수 있는 현실의 흐름도 있었고, 또한 세이셸이나 터미너스만이, 심지어 지금의 현실에서는 아무런 생명도 살고 있지 않은 다른 어떤 행성만이 지성 생물을 탄생시키도록 되어 있는 현실의 흐름도 있었을 거라고 말입니다. 그리고 이러한 모든 특수한 가능성들은 총체적인 현실의 가능성에 비한다면……. 그중에는 우주에 하나 이상의 지성 종족이 있을 수도 있습니다만 하여튼 아주 적을 것이라고 생각합니다. 저는 만약 '영원인'들이 이러한 흐름들을 오랫동안 관찰했다면, 그들은 모든 거주 가능한 행성들이 내포하고 있는 지성 종족을 탄생시킬 수 있는 잠재적인 흐름을 발견했으리라고 믿습니다."

"그렇다면 자네는 지구가 어떤 이유로 그 밖의 흐름들과는 다르며, 어떤 식으로 지성 생물의 탄생에 적합한 현실로 나타나게 되었는지에 대해서는 어떻게 설명하겠나? 실제로 자네의 주장은 하나의 현실이 전 은하계의 흐름과는 다른 흐름에 기반하고 있다는 데까지 발전할 수 있네. 그런 식으로 이야기하다 보면 오직 지구만이 지성 생물을 창출할 수 있다는 결론이 나오지."

"그런 식으로 주장할 수도 있겠지요. 하지만 제 방식대로 설명하는 것이 훨씬 더 의미 있을 것 같은데요."

"그건 순전히 주관적인 결론일 뿐이야. 물론……."

페롤랫이 열띤 어조로 다시 반박하자 돔이 그의 말을 가로막았다.

"이건 논리의 유희일 뿐이오. 자! 제발 나를 봐서라도 즐겁고 유쾌한 저녁을 망치지는 맙시다."

페롤랫은 애써 흥분을 가라앉혔다. 감정을 억누르는 듯 그는 미소를 지었다. 트레비스는 새침한 얼굴로 손을 무릎에 얹고 앉아 있던 블리스에게 눈길을 던지고는 입을 열었다.

"그런데 이 세계는 어떻게 형성되었습니까, 돔? 집단의식을 가진 가이아 말입니다."

돔은 머리를 뒤로 젖히면서 높은 소리로 웃음을 터뜨렸다. 그의 얼굴에는 하나 가득 주름이 잡혔다.

"그것 역시 가상의 이야기로 전해지고 있소. 나는 인간의 역사에 대해 우리가 가지고 있는 기록들을 읽을 때면 그 문제에 대해 종종 생각해 보지요. 아무리 기록들이 조심스럽게 보존되고 정리되고 컴퓨터화되었다 하더라도, 그 기록들은 많은 시간이 흐름에 따라서 점차 사라져 버렸소. 남아 있는 이야기들에도 다른 이야기들이 쌓이게 된 것이오. 더 많은 시간이 흐를수록 역사는 사라져 버리고 모두 지어낸 이야기로 변질되어 가겠지.”

“우리 역사학자들은 그러한 과정에 대해 잘 알고 있습니다, 돔. 그러한 가공의 이야기들도 참고해 볼 가치가 있지요. 약 15세기 전에 리벨 제너러트는 '인간이 지어낸 극적인 허구란 지루한 사실에서 나온 것이다.'라고 말했지요. 지금은 그것이 제너러트의 법칙이라고 불립니다만…….”

“그렇소? 나는 그런 생각이 내가 만들어 낸 냉소적인 사고라고 생각했는데……. 좋소, 제너러트의 법칙이 우리들의 과거 역사를 매력과 불확실성으로 가득 채워 줄 것이오. 당신은 로봇이 무엇인지 알고 있소?”

“우리는 세이셸에서 그것을 발견했어요.”

트레비스가 말했다.

“당신들이 실물을 눈으로 보았다고?”

“아닙니다. 그들이 우리에게 그것에 대해 질문을 했는데, 우리가 모른다고 하자 설명해 주었죠.”

“그렇소? 한때는 인간들이 로봇과 함께 생활한 적이 있었지. 당신도 그것을 알 거요. 하지만 그런 생활이 그다지 훌륭한 것은 아니었소.”

“우리도 그렇게 들었습니다.”

“로봇들은 옛날부터 전해져 오는 로봇공학의 3원칙이라 불리는 법칙으로 철저히 교육되었소. 그 3원칙에는 여러 가지 변형이 있지만, 정통적인 견해에 따르면 다음과 같소. '첫째, 로봇은 인간을 해쳐서는 안 되며 위험을 간과해서 결과적으로 인간에게 해를 입히는 행위를 해서는 안 된다. 둘째, 로봇은 인간의 명령에 절대 복종해야 하지만 그 명령이 제1법칙에 위배되지 않는 범위 내에서이다. 셋째, 로봇은 자신을 보호해야 하지만 그러한 행위가 제1, 제2법칙에 위배되지 않는 범위 내에 한한다.'

로봇들의 지능이 점차 향상되고 융통성이 늘어감에 따라 그들은 스스로 이러한 법칙들을 이해하게 되었고, 특히 모든 것에 우선하는 제1법칙을 확대 적용해서 점점 더 인류의 수호자로서의 역할을 넓혀 가게 되었소. 그런데 그러한 보호 행위가 지나치게 확대되면서 인간들을 질식시키고 더 이상 참을 수 없을 정도로까지 만들었던 것이오.

로봇들은 나무랄 데 없고 친절했고 그들의 노동은 지극히 인간적인 것이었소. 이것은 그러한 로봇의 행위가 전적으로 모든 인류의 이익을 위한 것이었음을 의미하는 것이오. 그러나 이것은 더욱더 사람들을 견디기 힘들게 만들었지.

로봇공학상의 모든 진보는 상황을 더욱 악화시켰소. 심지어 로봇들은 텔레파시를 통해 교신할 수 있는 능력까지 갖추게 되었고, 그것은 모든 인간들의 생각을 로봇이 감시할 수 있게 되었다는 것을 의미하는 것이오. 따라서 인간들의 행동은 한층 더 로봇들의 통찰력에 의존하게 되었지요.

또한 로봇들은 외관상으론 서서히 인간을 닮게 되었지만 그 행동은 의심의 여지없이 로봇이었기 때문에, 결국 인간들은 더욱 로봇을 싫어하게 되었소. 결국 이런 이유 때문에 로봇은 당연히 종말을 맞게 되었지."

"왜 그것이 '당연하다'고 생각합니까?"

심각한 표정으로 그의 말을 듣고 있던 페롤랫이 물었다.

"로봇들은 최후까지도 논리를 추종하기 때문이오. 마침내 로봇들은 인간들이 그들 자신의 이익을 위한 것이라는 명목으로 여러 가지 인간적인 것들을 자신들로부터 박탈한다는 것을 깨닫고는 반발하게 될 만큼 인간적으로 진보했소. 그러나 장기적인 안목에서 보면 인간이란 존재가 아무리 부주의하고 비효율적이라 하더라도 스스로를 돌볼 수 있다는 면에서 로봇보다 낫다고 할 수 있소. 로봇들도 이러한 결론을 스스로 내릴 수밖에 없었던 것이지.

그래서 결국 어떤 방법을 이용해서 '영원'을 설립하고 스스로 '영원인'이 된 것이 바로 로봇이라는 말이 전해지고 있는 거요. 그들은 인간이 우주에서 유일한 존재로서 가장 안전하게 살아갈 수 있다고 판단되는 '현실'을 찾아내고 그것을 동결시킨 것이오. 따라서 그들은 인간을 가장 확실하게 보호한 것이고, 진정한 의미에서 제1법칙을 가장 철저하게 완수했다고 할 수 있지. 그런 다음 로봇들은 스스로의 의지로 모든 기능을 정지시켰소. 그 이래 우리들은 고독하게 스스로를 진보시켜 왔던 거요. 하지만 우리는 스스로의 힘으로도 잘할 수가 있지."

돔은 잠깐 말을 멈추었다. 그는 트레비스와 페롤랫을 차례로 바라본 다음 다시 이야기를 계속했다.

"내 말을 믿을 수 있겠소?"

트레비스는 천천히 고개를 가로저었다.

"아뇨. 저는 지금까지 그와 비슷한 역사적 기록을 읽어 본 적이 없어요. 어때요, 페롤랫 교수님?"

"그와 비슷한 신화는 여러 가지 있지."

"제 말을 들어 보세요, 페롤랫 교수님. 상당히 교묘한 해석을 붙인다면 이보다 더 훌륭한 신화도 여럿 있을 수 있겠지요. 하지만 지금 우리는 역사에 대해 말하고 있는 것이에요."

돔이 대답을 대신했다.

"맞소. 역사적 기록 속에는 내가 아는 한 아무것도 없소. 하지만 나는 그 사실에 대해 놀라지 않소. 로봇들이 사라지기 전에 여러 인간 집단들이 스스로의 척도로 잴 수 있는 자유를 만끽하기 위해, 로봇 없는 세상에 식민지를 건설하기 위해서 깊은 우주 속으로 떠났지. 그들은 한편으로는 인구가 너무 많은 지구를 떠나고자 한 것이기도 하오. 새로운 세계는 이전과는 전혀 다른 방식으로 건설되었고, 그들은 로봇이라는 유모 밑에서 어린아이처럼 양육되었던 수치스러운 과거의 역사를 아예 기억조차 하고 싶지 않았소. 따라서 그들은 아무런 기록도 남기지 않았고 모든 과거를 망각했던 것이오."

"믿을 수 없는 얘기로군요."

트레비스가 말했다.

그러자 페롤랫이 그를 향해 몸을 돌리며 말했다.

"아니야, 트레비스. 전혀 황당한 이야기는 아닐세. 인류 사회란 자신들의 역사를 창작하고 수치스러운 과거에 대한 모든 것을 깨끗이 지워 버리고, 대신 완전히 허구적인 영웅담을 만들어 내는 법일세. 제국정부도 그 영원한 지배를 성스러운 영기(靈氣)로 치장하기 위해서 제국 이전에 대한 지식을 억압하려고 했었지. 따라서 제국의 경우에도 초공간 여행 시대 이전의 기록은 거의 남아 있지 않아. 자네도 알다시피 지구의 존재가 오늘날까지도 대부분의 사람들에게는 알려지지 않고 있는 이유가 바로 그런 이유 때문일 수 있지."

"그것만으론 설명이 안 돼요, 페롤랫 교수님. 만약 은하계가 로봇에 대해 잊었다면 가이아는 어떻게 그것을 기억할 수 있지요?"

그때 블리스가 갑작스럽게 소프라노처럼 고음의 웃음소리를 터뜨리면서 끼어들었다.

"우리는 달라요."

"뭐라고요? 어떻게 다릅니까?"

이번에는 돔이 끼어들었다.

"잠깐, 블리스. 내가 설명하지. 우리는 분명 터미너스 사람들과는 다르오. 우리는 로봇의 영역을 피해 나온 망명 집단들 중 하나였소. 우리는 세이셸에 도착한 사람들의 뒤를 이어 이곳 가이아에 도착했지. 우리는 로봇으로부터 텔레파시 기술을 배운 유일한 사람들이었소.

당신도 알다시피 그것은 하나의 기술이오. 그것은 인간의 정신에 내재되어 있는 고유한 특성이지. 하지만 그것은 매우 교묘하고 까다로운 방식을 통해서만 개발될 수 있소. 완전한 잠재력을 발휘할 수 있을 정도가 되려면 수 세대에 걸치는 노력이 필요하오. 하지만 일단 충분한 잠재력을 발현시키게 되면 그때부터는 스스로를 유지시킬 수 있게 되지요. 우리가 개발을 시작한 것이 약 2000년 정도 되지만, '가이아의 감각'은 아직도 완전한 잠재력에까지 도달하지 못했다고 느끼고 있소. 우리가 텔레파시를 개발하게 되면서 집단의식을 인식하게 된 것은 상당히 오래전의 일이오. 제일 먼저 인간들의 의식에 대해, 그다음에는 동물에 대해, 그리고 행성에 대해, 마지막으로 불과 몇 세기 전의 행성의 무생물적 구조에 대해서까지 인식하게 되었지.

로봇의 뒤를 이어 이러한 과정을 되밟았기 때문에 우리는 결코 로봇을 잊을 수 없는 것이오. 우리는 그들을 유모라기보다는 교사로 간주하오. 우리는 그들이 우리 마음의 문을 열어 주었고 그것을 통해 우리는 단 한순간이라도 닫혀 있지 않은 여러 마음들과 교류할 수 있게 된 것이오. 우리는 그 로봇들에게 감사를 느끼고 있소."

"하지만 당신들이 한때 로봇의 보호를 받는 아이들이었던 것처럼 지금은 집단의식의 아이들이 되어 있는 것 같군요. 당신들은 과거처럼 인간성을 잃고 있는 건 아니에요?"

트레비스가 물었다.

"그것은 경우가 다르오, 트레브. 우리가 지금 하고 있는 것은 우리의 선택에 따른 것이오. 바로 우리 자신의 선택이지. 그것은 외부로부터 강요된 것이 아니오. 다만 우리 내부로부터 발현된 것이지. 그것은 우리가 결코 잊을 수 없는 것이라오. 그 외의 다른 면에서도 우리는 과거와는 경우가 다르오. 우리는 은하계 내에서 매우 독특한 존재들이오. 가이아와 같은 세계는 어느 곳에도 없소."

"어떻게 그것을 자신할 수 있지요?"

"우리는 알 수 있소, 트레브. 설사 은하계의 다른 쪽 끝에 떨어져 있는 곳이라 하더라도 우리는 마치 우리 자신의 일부인 것처럼 그 세계의 의식을 감지할 수 있소. 예를 들어 우리는 제2파운데이션에서 이러한 의식이 이제 막 발현되고 있다는 사실도 감지하고 있소. 그것은 불과 200년 전부터 시작되었지."

"뮬의 시대에?"

"그렇소. 뮬은 우리들 중 일원이었지."

이 말을 하는 돔의 얼굴은 침통했다.

"그는 비정상이었소. 그래서 우리를 떠났지. 우리는 그런 일이 일어날 수 없으리라고 생각할 정도로 순진했기 때문에 제때에 그를 제지하지 못했소. 그때부터 우리는 외부 세계에 대해 관심을 기울이기 시작하게 되었고, 제2파운데이션이라 불리는 곳에 대해서도 알게 된 것이오. 그리고 우리는 그들에게 임무를 주었던 거지."

트레비스는 한참 동안이나 망연자실한 듯 허공을 응시하다가 중얼거렸다.

"그래서 우리의 역사가 이렇게 된 겁니까?"

그는 고개를 가로젓더니 계속 나지막하게 중얼거렸다.

"당신들의 행동은 비겁한 것입니다. 그렇지 않아요? 뮬의 행위는 당신들의 책임입니다."

"당신 말이 옳소. 하지만 일단 우리들이 은하계로 눈을 돌리게 되면서 우리는 그때까지 우리들 모두가 장님이었다는 사실을 깨닫게 되었소. 뮬의 비극은 결과적으로 우리의 생명을 구해 준 셈이 되었소. 왜냐하면 엄청난 위기가 우리에게 닥치고 있다는 것을 알게 된 것이 바로 그때였기 때문이오. 뮬의 사고가 없었더라면 우리는 필요한 조치를 강구할 수 없었을 것이오."

"어떤 위기 말입니까?"

"우리를 파멸시킬 만한 위험이지."

"전 믿을 수가 없어요. 당신들은 제국과 뮬, 그리고 세이셸까지 격퇴했지요. 또 당신들은 수백만 킬로미터나 떨어져 있는 우주선을 나포할 수 있는 집단의식도 있잖습니까? 그런데 뭐가 두렵다는 거죠? 블리스를 보세요. 그녀는 아무런 걱정도 하고 있지 않아요. 그녀는 위기가 다가오고 있다는 생각은 털끝만치도 품고 있지 않은 것 같던데……."

그러자 블리스는 날쌘하게 뻗은 다리 하나를 의자 팔걸이에 올려놓고는 발가락으로 트레비스를 가리키며 말했다.

"물론 나는 전혀 걱정하지 않아요, 트레브. 당신이 그것을 해결해 줄 테니까요."

"내가?"

트레비스는 깜짝 놀라 소리쳤다.

"가이아는 그동안 수백 가지의 조심스러운 조작을 통해서 당신을 이곳으로 데려왔소. 우리의 위기를 해결해 줄 사람은 바로 당신이오."

돔이 천천히 말했다.

트레비스는 그를 응시했다. 서서히 그의 얼굴에는 놀란 표정 대신 심한 분노가 내리기 시작했다.

"제가, 왜? 도대체 왜? 전 당신들과 아무런 관계도 없어요!"

"천만에, 트레브!"

돔은 마치 최면을 걸고 있는 사람처럼 냉정한 목소리로 말했다.

"당신, 당신뿐이오! 전 우주에서도 오직 당신뿐이오!"

제18부
충돌

1

　스토 젠디발은 트레비스와 마찬가지로 조심스럽게 가이아를 향해 조금씩 접근해 갔다. 이제 가이아의 태양은 완연한 원반의 형태로 눈에 들어왔고 아주 진한 필터를 사용해야만 관찰이 가능할 정도로 가까워졌다. 그는 잠깐 우주선을 멈추고는 생각에 빠졌다. 슈라 노비는 그의 옆에 앉아 겁먹은 태도로 이따금씩 그의 얼굴을 쳐다보고 있었다.
　이윽고 그녀가 작은 목소리로 입을 열었다.
　"선생님."
　"무슨 일이지, 노비?"
　그는 건성으로 대꾸했다.
　"선생님은 지금 불안하세요?"
　그는 그녀 쪽으로 얼굴을 돌렸다.
　"아니야, 그저 고민을 하고 있는 중이었지. '고민한다'는 말을 기억하겠지? 나는 지금 빠른 속도로 접근할 것인지, 아니면 여기에서 좀 더 기다려야 하는지에 대해 생각하고 있는 중이야. 나를 믿겠지, 노비?"

"선생님은 언제나 용감하시군요."

"용감하다는 건 때론 어리석다는 말과 같지."

그러자 노비가 미소를 지었다.

"학자가 어리석다니 말도 안 돼요. 저건 태양이죠, 선생님?"

그녀가 스크린 위의 한 지점을 가리키면서 말했다.

젠디발은 고개를 끄덕였다.

노비는 한참 우물쭈물하다가 물었다.

"저것이 트랜터를 비추는 태양인가요? 그러니까 헤임의 태양인가요?"

"아니야, 노비. 저것은 전혀 다른 태양이야. 은하계에는 엄청나게 많은 태양들이 있지. 그 숫자는 수십억 개에 달해."

젠디발이 말했다.

"아! 머리로는 이해할 수 있지만, 도저히 믿을 수가 없어요. 선생님, 어떻게 머리로는 이해할 수 있지만 가슴으로는 믿어지지 않지요?"

젠디발은 슬며시 미소를 지었다.

"네 머릿속에서는, 노비……."

그는 이야기를 시작했으나, 입을 열기 시작함과 동시에 그는 무의식적으로 그녀의 정신 속에 들어와 있는 자신을 발견했다. 그는 항상 그렇듯 부드럽게 그녀의 마음을 어루만져 주었다. 그가 감지한 것은 정신 언어로밖에는 표현할 수 없는 어떤 것, 굳이 비유하자면 노비의 두뇌가 '홍조'를 띠고 있다는 것이었다. 그것은 거의 알아차리지 못할 만큼 미세한 변화였다.

그것은 외부에서 주어진 정신적 역장의 존재가 아니고서는 불가능한 변화였다. 더군다나 그 정신적 역장의 강도는 너무 낮아서 젠디발의 잘 훈련된 정신의 가장 정밀한 수신 능력으로도 간신히 감지할 정도로 미세한 흔적밖에는 나타나지 않았다.

"노비, 지금 기분이 어때?"

젠디발이 날카롭게 물었다.

"좋아요, 선생님."

그녀의 눈이 크게 열렸다.

"어지러운가? 혼란스러운 기분이 들지는 않아? 두 눈을 감고, 내가 '됐어.'라고 말할 때까지 움직이지 말고 자리에 앉아 있어."

그녀는 순순히 눈을 감았다. 젠디발은 조심스럽게 그녀의 정신에서 모든 외부로부터의 감각을 제거하고 그녀의 사고를 진정시켰다. 그녀의 감정을 달래고 부드럽게 어루만졌다. 부드럽게……. 이윽고 그녀의 마음에 그 홍조 외에는 아무것도 남지 않았다. 하지만 그것은 너무나 미약한 것이어서 실제로 존재한다는 사실은 믿기 어려울 정도였다.

"됐어."

그가 말하자 노비는 눈을 떴다.

"지금은 기분이 어떻지, 노비?"

"아주 편안해요, 선생님. 푹 자고 난 느낌이에요."

그것은 분명히 그녀에게 두드러진 영향을 미치지 못할 정도로 미약한 것임에 틀림없었다.

그는 다시 몸을 돌려 컴퓨터와 씨름을 하기 시작했다. 그는 자신과 컴퓨터가 그다지 잘 어울리지 못하는 것 같다는 사실을 인정하지 않을 수 없었다. 필경 그는 어떤 매개물을 통해 작업을 하기보다는 자신의 마음을 직접적으로 사용하는 데 더 익숙해 있는 것 같았다. 하지만 그는 지금 '정신'을 찾고 있는 것이 아니라 한 척의 우주선을 찾고 있었다. 그런 탐색에는 컴퓨터의 도움을 받는 편이 훨씬 낫기 때문이었다.

그는 자신이 예상하고 있던 종류의 우주선을 발견하는 데 성공했다. 그 우주선은 약 50만 킬로미터 떨어진 곳에 위치하고 있었는데, 그가 타고 있는 것과 거의 비슷하게 설계된 것이었다. 하지만 그 우주선은 자신의 것보다 더 크고 훨씬 정교한 것이었다.

일단 컴퓨터의 도움을 받아 그 우주선의 위치를 파악하자, 젠디발은 즉시 정신적인 작업을 시작했다. 그는 강력하고 미세한 빔의 형태로 자신의 마음을 외부로 송출하여 그 우주선의 안팎을 조사했다(그것은 '조사한다'는 말에 상응하는 정신적 활동을 의미한다.).

그런 다음 자기의 마음을 가이아 행성 부근 수백만 킬로미터까지 접근시킨 다음에 다시 거두어들였다.

"선생님, 위험한 일이 있나요?"

"신경 쓸 필요 없다, 노비. 네가 안전하도록 모든 조치를 취할 테니까."

"선생님, 저는 제 안전에 대해 걱정하고 있는 것이 아니에요. 만약 위험이 있다면 어떻게든 돕겠어요."

젠디발은 마음을 누그러뜨리고 말했다.

"노비, 너는 이미 나를 많이 도와주었어. 네 덕분에 나는 아주 작은 문제를 알아차릴 수 있었지. 그건 아주 중요한 문제였어. 네가 없었다면 깊은 수렁에 빠질 수밖에 없었을 것이고, 굉장히 고생한 끝에야 그곳에서 빠져나올 수 있었을 거야."

노비는 놀라며 물었다.

"일전에 선생님이 설명해 주신 대로, 제가 정신을 사용해서 그런 일을 한 것인가요?"

"그래, 노비. 어떠한 기계장치도 그보다 더 민감할 수는 없지. 내 정신도 그것을 따라갈 수는 없었을 거야. 내 정신은 너무 복잡하거든."

그의 말에 노비의 얼굴은 환희로 빛났다.

"제가 그런 일을 할 수 있었다니, 정말 기뻐요!"

젠디발은 미소를 띠며 고개를 끄덕였다. 그러자 자신이 그 밖의 다른 도움도 필요로 할지 모르겠다는 어두운 생각이 그를 엄습해 왔다. 그러나 그의 마음속에서 어린아이와 같은 순수한 부분이 이러한 생각에 반대했다. '이 일은 나의 것이다. 나만의 것이다!'

하지만 그 혼자서는 할 수 없었다. 그가 건 도박의 확률은 점차 높아가고 있었지만…….

2

트랜터의 퀸도르 샌디스는 점점 숨 막힐 듯한 무게로 짓눌러 오는 제1발언자로서의 책임감을 느끼고 있었다. 젠디발의 우주선이 대기권 너머 암흑 속으로 사라져 버린 다음 그가 한 번도 테이블 회의를 소집한 적이 없었기 때문이었다. 지금 그는 깊은 생각에 잠겨 있었다.

젠디발이 모든 임무를 어깨에 걸머지고 홀로 떠나도록 만든 것이 과연 잘한 일일까? 젠디발은 매우 유능했다. 하지만 지나친 자신감만큼 뛰어난 인물은 아니었다. 젠디발의 가장 큰 단점이 오만함이라면, 샌디스 자신의 가장 큰 약점은 나이에 따르는 어쩔 수 없는 나약함이었다.

모든 일을 바로잡기 위해 은하계 한가운데를 휘젓고 다녔던 프림 팔버의 전례는 위험천만한 일이었다는 생각이 갑자기 그의 뇌리를 스쳤다. 프림 팔버를 제외하고 다른 누가 그런 활약을 할 수 있을 것인가? 젠디발이라 하더라도 그런 정도의 일은 무리일 것이다. 더군다나 팔버는 그의 아내까지 동행했었는데…….

분명히 그도 헤임 여인을 데리고 가기는 했다. 하지만 그녀는 결코 중요한 인물이 아니다. 팔버의 아내는 발언자였지만 말이다.

샌디스는 젠디발로부터의 연락을 기다리는 동안 하루하루 늙어 가고 있는 듯한 자신을 발견했다. 하지만 며칠이 지나도록 아무런 연락도 없었다. 그는 나날이 고조되는 긴장에 시달리고 있었다.

함대, 아니 소함대라도 보내야 했던 게 아닐까?

아니다. 테이블이 그것을 허용할 리가 만무하다. 그렇다면…….

마침내 연락이 왔을 때 그는 잠들어 있었다. 그것은 피로를 회복하는 데 아무런 도움도 주지 못하는 기진맥진한 상태의 수면이었다. 전날 밤에는 몹시 바람이 심해서 제대로 잠을 이룰 수 없었다. 어린아이처럼 그는 바람 속에서 어떤 목소리를 기대하고 있었다.

그가 탈진 상태의 수면에 떨어지기 전에 마지막으로 했던 생각은 제1발언자라는 직책을 사임하면 어떨까 하는 데 대한 고민이었다. 제1발언자라는 직책에서 벗어나는 것은 그의 소망이었다. 하지만 만약 지금 시점에서 사임한다면 델라미가 그의 직책을 승계할 것이기 때문에 그럴 수는 없었다.

바로 그때 연락이 왔다. 그는 즉시 잠에서 깨어나 침대에서 일어나 앉았다. 젠디발이었다.

"자네 무사한가?"

"아주 잘 있습니다, 제1발언자. 보다 긴밀히 접촉하기 위해서 시각 접촉을 할까요?"

젠디발이 말했다.

"나중에 그렇게 하지. 우선은 지금 상황이 어떤지 이야기해 주게."

샌디스가 말했다.

젠디발은 매우 조심스럽게 이야기를 시작했다. 왜냐하면 상대방이 방금 잠에서 깨어나서 몹시 피곤하다는 것을 알아차렸기 때문이었다.

"저는 지금 가이아라고 불리는 한 거주 행성 근처에 와 있습니다. 제가 아는 범위에서, 그 존재는 은하계의 어떠한 기록에도 암시조차 되어 있지 않습니다."

"그곳이 셀던 프로젝트를 완성시키기 위해 움직이고 있는 자들의 세계인가? 반뮬들의 세계?"

"그럴 수도 있습니다, 제1발언자. 그렇게 생각할 만한 충분한 이유가 있으니까요. 첫째는 트레비스와 페롤랫이 타고 있는 우주선이 가이아를 향해 매우 가까이 갔고 필경 그곳에 착륙했을 것으로 보입니다. 둘째는 제 위치로부터 50만 킬로미터 떨어진 우주공간에 제1파운데이션의 함대가 포진하고 있습니다."

"자네는 거기에 왜 그렇게 비상한 관심을 보이는 건가?"

"제1발언자, 이건 제 임무와 별개의 것이 절대로 아닙니다. 제가 이곳에 온 이유는 트레비스를 추적하기 위한 것입니다. 파운데이션 전함들이 이곳에 있는 것 또한 필경 같은 이유에서일 것입니다. 그렇다면 왜 트레비스가 이곳에 왔는가에 대한 의문만이 남아 있는 셈입니다."

"자네는 그를 뒤쫓아 그 행성에 들어가려는가, 발언자?"

"그럴까도 생각해 보았습니다. 하지만 조그만 문제가 발생했습니다. 저는 지금 가이아로부터 1억 킬로미터 떨어져 있는데, 우주공간에서 정신 역장을 감지했습니다. 그것은 무척 미약하고 균질한 것입니다. 저도 그것을 전혀 알아차리지 못했을 정도였으니까요. 하지만 헤임 여인의 정신에 초점 효과가 나타나서야 간신히 알아차릴 수 있었습니다. 그녀의 마음은 우리들과는 다른 매우 특이한 것이죠. 제가 그 여자를 데리고 가는 데 동의한 유일한 이유가 바로 그 점 때문이었거든요."

"잘했네. 발언자 델라미는 그럴 거라는 사실을 미리 알고 있었을까? 자네 생각은 어떤가?"

"제가 헤임 여자를 데리고 가야 한다고 그녀가 주장했을 때 말입니까? 저는 거의 그랬을 가능성은 없다고 생각합니다. 하지만 그 덕분에 도움을 받게 되었다는 사실이 통쾌하군요, 제1발언자."

"자네가 그렇다니 나도 기쁘군. 그런데 발언자 젠디발, 자네의 의견으로는 그 행성이 정신 역장의 중심이라고 보는 건가?"

"그것을 확인하려면, 그 역장이 전역에 걸쳐 대칭적인 구형(球形)을 이루고 있는지를 조사하기 위해서 광범한 우주공간의 여러 지점을 측정해 봐야만 합니다. 제가 일단 정신 탐침를 실시한 결과로는 대체적으로 그럴 것 같다는 판단을 할 수 있지만 확실하게 장담할 수 있는 수준은 아닙니다. 하지만 제1파운데이션 함대의 목전에서 더 이상의 조사를 한다는 것은 현명치 못한 일일 것 같습니다."

"그 전함들은 위협적인 존재는 아닐 거야."

"그럴 수도 있겠지요. 하지만 아직까지는 그 행성 자체가 역장의 중심이 아니라는 반증도 발견하지 못한 상태입니다, 제1발언자."

"하지만 그들이……."

"제1발언자, 말을 끊어서 죄송합니다만 우리는 제1파운데이션이 어느 정도의 과학기술적 진보를 이루었는지에 대해 전혀 알지 못하고 있습니다. 그런데 그들은 이상할 정도로 자신감에 차서 행동하고 있으며, 그동안 우리를 정말 놀라게 만들었습니다. 따라서 그들이 스스로 고안해 낸 어떤 장치를 통해 정신을 조작할 수 있는 능력을 습득하게 된 것인지의 여부에 대해 분명한 판단을 내려야만 한다고 생각합니다. 간단히 요약하자면 저는 지금 정신학 기술자의 전함과 대적하고 있거나, 혹은 그러한 자들로 이루어진 행성과 대면하고 있을지도 모른다는 것입니다.

만약 제 상대가 전함이라면 그 정신 작용은 약한 것이기 때문에 저를 움직이지 못하게 만들 정도는 아니겠지만, 적어도 제 기동력을 떨어뜨릴 정도의 힘은 가지고 있을 것입니다. 그리고 전함에 탑재되어 있는 순수한 물리적인 무기들도 제 우주선을 파괴시킬 수 있는 충분한 힘을 가지고 있습니다. 반면 만약 역장의 초점이 그 행성이라면, 이 정도의 거리에서도 감지할 수 있을 정도이니 그 행성의 표면에서는 가공할 만한 위력을 갖추고 있을 것입니다. 그 정도의 강도라면, 어쩌면 저로서도 감당하기 어려울 것입니다.

어떤 경우든 간에 통신망을 설정할 필요가 있을 것 같습니다. 그것도 총체적인 통신망을요. 그런 다음, 경우에 따라서는 트랜터의 모든 에너지를 제 의도대로 자유롭게 집중시킬 수 있어야 할 것입니다."

제1발언자는 젠디발의 말을 듣고 잠시 망설였다.

"'모든' 에너지라……. 이런 일은 지금까지 한 번도 없었고 제안된 경우도 없었는데……. 뮬의 시대가 예외이기는 했지만 말이야."

"우리가 당면하고 있는 이 위기는 뮬의 시대보다 훨씬 더 심각한 것입니다, 제1발언자."

"하지만 테이블이 동의해 줄지가 의문일세."

"제 생각으로는 당신이 테이블에 동의해 줄 것을 요청할 필요는 없다고 생각합니다. 제1발언자, 즉시 비상사태를 선언해야 할 것 같습니다."

"어떤 구실로?"

"제가 당신에게 했던 이야기를 그들에게 하십시오, 제1발언자."

"발언자 델라미는 분명 자네가 무능력한 겁쟁이라고 말할 걸세. 자네가 공연히 겁을 집어먹고 설친다고 할 거야."

"제 생각에도 그녀가 그와 비슷한 말을 하리라고 생각합니다만, 제1발언자. 하지만 그녀가 무슨 말을 하든지 그대로 놔두십시오. 그녀가 무슨 소리를 하든지 간에 저는 반드시 그 문제를 해결할 테니까요. 지금 위기에 봉착해 있는 상황에서 중요한 것은 제 자존심이 아니라 제2파운데이션의 존재 그 자체이기 때문입니다."

3

할라 브라노는 음울한 미소를 지었다. 그러자 그녀의 얼굴의 주름살들은 더욱 깊은 골을 이루었다. 그녀가 말했다.

"내 생각으로는 우리의 계획을 계속 밀고 나가도 될 것 같은데……. 나는 이미 모든 준비가 끝났다네."

"시장님은 정말 지금 본인이 무슨 일을 하고 있는지 알고 계시는 겁니까?"

코델이 말했다.

"리오노, 내가 정말 미쳤다고 생각하면서 어떻게 이 우주선에 나와 함께 남아 있겠다고 말할 수 있지?"

코델은 어깨를 으쓱하고는 이렇게 말했다.

"가능한 일이랍니다, 시장 각하. 그렇게 되면 저는 너무 깊숙이 빠져 들기 전에 당신의 행동을 중단시키거나 마음을 바꾸게 하거나, 그것도 안 된다면 사태를 늦출 수 있는 방법이라도 찾아볼 수 있지 않을까요.

물론 시장님이 미치지 않았다면…….”

“미치지 않았다면?”

“그렇다면 당연히 뒷날 역사에 시장님에 대한 기록만 남아 있지는 않겠지요. 후세의 역사가들로 하여금 제가 시장님과 함께 있었고 진정 누구의 공이 더 큰 것인가를 말하게 만드는 것도 좋은 일 아니겠습니까? 그렇지 않습니까, 시장님?”

“영리하군, 리오노. 정말 영리해. 하지만 그건 헛수고에 불과해. 나는 오랜 세월 동안 역대 시장들의 권좌를 배후에서 쥐고 있던 실력자야. 그러니 내 감독 하에서 이런 현상이 벌어질 수 있었다는 사실은 누구라도 믿지 않을 거야.”

“하지만 결과가 말해 줄 것입니다.”

“천만에! 역사의 심판이라는 것은 대개 당사자들이 죽은 다음에야 이루어지기 마련이지. 어쨌든 나는 아무런 두려움도 없어. 나의 역사상의 지위에 대해서도, 그 어떤 것에 대해서도 말이야.”

그녀는 이야기를 마치고는 스크린을 가리켰다.

“콤포의 우주선이군요.”

코델이 말했다.

“물론 콤포의 우주선이지. 하지만 콤포는 타고 있지 않아. 우리의 정찰선 한 척이 승무원이 바뀌는 것을 목격했지. 어떤 우주선이 콤포의 우주선을 정지시켰어. 그런 다음 다른 우주선에 타고 있던 두 사람이 콤포와 우주선을 바꿔 타는 걸 봤다고 보고를 하더군.”

브라노는 두 손을 비비면서 이야기를 계속했다.

“트레비스는 그의 역할을 완벽하게 해냈어! 마침내 번개를 끌어낸 거야. 콤포를 정지시킨 우주선은 틀림없이 제2파운데이션의 우주선이야."

"어떻게 그걸 확신할 수 있지요? 믿기 어렵군요."

코델은 이렇게 말하면서 파이프를 꺼내 천천히 담배를 눌러 담았다.

"나는 항상 콤포가 제2파운데이션의 조종을 받고 있는 것이 아닌가 하는 의심을 품어 왔지. 그는 살아온 과정이 너무나 순탄해. 모든 일이 마치 그를 위해 마련된 듯한 느낌이 들거든. 더군다나 그는 초공간 추격의 명수이기도 해. 그가 트레비스를 배반했다는 사실은, 쉽게 생각한다면 야심적인 남자의 정치적인 야망 때문인 듯이 보이기도 하지. 하지만 그러기에는 행동이 불필요할 정도로 완전무결해. 마치 거기에 개인적인 야망을 넘어선 무엇이 있는 듯 말이야."

"하지만 그건 모두 시장님의 추측에 지나지 않습니다."

"하지만 내 추측은 그가 트레비스를 쫓아 수차례의 도약을 하면서도 마치 한 번의 도약밖에 안 된다는 듯 거침없이 해내는 걸 보면서 끝나게 되었지."

"그는 컴퓨터의 도움을 받았습니다. 시장님."

그러나 브라노는 의자 등받이에 머리를 기대면서 웃음을 터뜨렸다.

"이봐, 리오노. 자네는 그 복잡한 음모를 꾸미느라고 정신을 빼앗겨서 단순한 조치가 갖는 효율성이라는 것을 잊었나 본데……, 내가 콤포를 보낸 것은 트레비스를 뒤쫓기 위한 것이 아니야. 그럴 필요가 있겠어? 트레비스가 아무리 자신의 움직임을 비밀에 부치고 싶어 한들 그가 방문하는 모든 비(非)파운데이션 세계에서는 사람들의 주목을 끌 수밖에 없을 텐데……. 그의 최신형 파운데이션 우주선, 강한 터미너스 억양, 그가 지니고 있는 파운데이션 크레디트, 이 모든 것들은 자동적으로 갖가지 피어오르는 소문 속에 그를 밀어 넣게 만들지. 또한 위급한 상황에 처하게 되면 그는 자동적으로 파운데이션 관리들에게 도움을 청할 수밖에 없도록 되어 있어. 세이셸에서 그랬듯이 말이야. 그렇게 되면 우리는 가만히 앉아서도 그가 무슨 일을 벌이는 즉시 훤히 알게 되는 거지. 콤포의 도움을 전혀 받지 않고도 말이야.

사실, 내가 콤포를 보낸 것은 그를 시험하기 위한 측면도 있었지. 그 시도는 성공했어. 왜냐하면 그에게 결함이 있는 컴퓨터를 주었거든. 우주선의 조종이 불가능할 정도의 큰 결함은 아니었지만, 여러 차례의 도약을 미행하기에는 불충분한 것이었지. 그런데도 콤포는 아무런 어려움도 없이 해냈어."

"시장님, 미리 제게 이야기해 주시지 않는 부분이 너무 많은 것 같군요. 말해도 좋을 정도라고 생각한 부분만 제외하고는 거의 처음 듣는 이야기들인데요."

"내가 그런 문제를 이야기하지 않은 까닭은 그저 자네가 아는 게 오히려 자네에게 해가 될 수도 있다는 생각 때문이었어. 나는 자네의 능력에 대해 늘 감탄하고 있어. 하지만 내 신임에는 분명히 한계가 있어. 나에 대한 자네의 신뢰에도 한계가 있듯이 말이야. 아니, 아니! 제발 그런 사실을 부인하려고 나를 괴롭히지는 말게나."

"그럴 생각은 없습니다. 하지만 언젠가는 당신에게 그 사실을 환기시켜 드리겠습니다. 그런데 지금 제가 알아야 할 다른 사실이 있습니까? 그들을 저지시킨 우주선은 어디 소속입니까? 만약 콤포가 제2파운데이션 사람이라면 그 우주선도 틀림없이 그렇겠지요?"

"리오노, 자네와 이야기하면 언제나 즐거워. 자네는 이해가 빠르거든. 제2파운데이션은 자기의 흔적을 감추려고 애쓰고 있지는 않아. 설사 흔적이 발견된다 하더라도 그것을 보지 못하도록 만드는 게 그들의 자기보호법이지. 설사 우리가 우주선의 에너지 사용 패턴을 통해 우주선의 출처를 확인할 수 있는 능력을 갖고 있다는 사실을 잘 알고 있다 하더라도, 그들이 다른 행성에서 제작한 우주선이라는 지식을 마음속에서 깡그리 지워 버릴 수 있는 능력을 가지고 있는데, 그들이 무엇 때문에 자신들을 숨기려고 애쓰겠나? 우리의 정찰선은 콤포에게 접근하는 우주선을 발견한 지 불과 몇 분 만에 그 출처를 알아낼 수 있었지만……."

"그렇다면 이제 제2파운데이션은 우리 마음속에 들어 있는 그들에 대한 정보를 모두 지워 버리겠군요."

"그렇게 할 수 있다면 그렇게 하겠지. 하지만 그들도 상황이 많이 변했다는 것을 깨닫게 될 거야."

브라노가 대답했다.

"일전에 제2파운데이션의 위치를 알고 있다고 하신 적이 있었지요? 가장 우선적으로는 가이아를 염두에 두셨을 것이고, 두 번째는 아마도 트랜터였겠지요. 저는 다른 한 척의 배가 트랜터 소속이라는 것을 보고 그럴 거라고 추측했습니다."

"자네의 추리는 정확해. 그래서 놀랐나?"

코델은 천천히 머리를 가로저으면서 말했다.

"지금 생각해 보니 그리 놀라운 일도 아니군요. 에블링 미스, 토란 다렐과 베이타 다렐 모두가 뮬이 무너지기 시작하던 시기에 트랜터에 있었지요. 베이타 다렐의 손녀인 아르카디 다렐도 트랜터에서 태어났고, 제2파운데이션 자체가 멸망했다고 추정되는 바로 그 시기에도 트랜터에 있었습니다. 그녀의 설명에 따르면 그 당시에 가장 핵심적인 역할을 수행했던 프림 팔버도 그곳에 있었다고 합니다. 당시 그는 트랜터의 무역상이었지요. 따라서 저는 제2파운데이션이 분명 트랜터에 있다고 생각합니다. 더군다나 해리 셀던 자신도 그가 두 개의 파운데이션을 세웠을 무렵 공교롭게도 트랜터에 머물고 있었거든요."

"그런 것 같군. 아직 아무도 그런 가능성을 시사한 사람이 없지만 말이야. 제2파운데이션은 그 사실을 알고 있어. 그들이 자신들의 흔적을 지우려고 애쓰지 않는다는 말의 의미가 바로 그것이지. 그들은 그러한 흔적을 그런 쪽으로 해석하지 못하도록 쉽게 사람들의 마음을 바꿀 수 있고, 설사 누가 그런 생각을 한다 하더라도 그런 기억을 깡그리 지워 버릴 수 있으니까 말이야."

"그렇다면 그 사실을 모르는 것처럼 행동하는 것이 어떻겠어요? 시장님 생각에 트레비스가 제2파운데이션이 존재한다는 판단을 내렸다고 보십니까? 그렇지 않다면 제2파운데이션이 그를 저지시킬 리 없지 않겠어요?"

브라노는 마디가 굵은 울퉁불퉁한 손가락을 들어 올리고는 하나씩 꼽아 나가기 시작했다.

"첫째, 트레비스는 진중(鎭重)하지는 않은 인물이지만 내가 그의 마음을 꿰뚫어 볼 수 없을 정도로 무언가 특수한 면을 갖고 있는 인물이야. 둘째, 제2파운데이션도 그러한 사실을 전혀 모르고 있지는 않아. 콤포는 한때 트레비스를 배반하고 내게 그를 밀고했지. 제2파운데이션이 공공연히 개입함으로써 위험을 감수할 필요 없이 내가 트레비스를 저지시키는 편이 더 좋았기 때문일 거야. 셋째, 내가 그들이 원하는 식의 반응을 보이지 않자……, 그러니까 그를 처형시키거나 투옥시키지도 않고, 그렇다고 그의 기억을 지우거나 두뇌에 대한 정신 탐침도 하지 않으면서 단지 그를 우주 공간으로 추방시키자, 제2파운데이션은 기다렸다는 듯이 다음 수순을 밟았던 거지. 그들은 자신들의 우주선 한 척을 동원해서 직접 그를 뒤쫓기로 한 거야."

그런 다음 그녀는 희색이 만면해서 이렇게 덧붙였다.

"아, 정말 멋진 피뢰침이야!"

"그렇다면 그 다음 단계는 무엇이지요?"

"지금 우리 앞에 있는 제2파운데이션인에게 우리는 도발을 감행할 거야. 우린 지금 그가 있는 쪽으로 조용히 이동하고 있는 중이지."

4

젠디발은 노비와 나란히 앉아 스크린을 응시하고 있었다.

노비는 겁을 먹고 있었다. 젠디발에게는 그녀가 그러한 공포와 싸워 나가기 위해 필사의 노력을 하고 있다는 것이 분명하게 느껴졌다. 하지만 젠디발로서도 그녀의 피나는 싸움을 도와줄 수가 없었다. 그 이유는 그들을 둘러싸고 있는 미약한 정신 역장에 대해서 그녀가 보이고 있는 반응을 살펴보기 위해서는, 지금 이 순간 그녀의 정신에 개입하는 것은 현명하지 못한 일이라고 생각했기 때문이었다.

파운데이션 전함들은 느린 속도로 접근하고 있었다. 그것은 의도적인 움직임이었다. 과거 파운데이션의 전함들에 대한 경험에 비추어 볼 때 그것은 한 척당 최소한 여섯 명의 승무원들이 타고 있는 대전함으로 구성된 듯했다. 그들의 우주선에 탑재된 무기는 충분히 자신들을 보호할 뿐 아니라, 필요에 따라서는 제2파운데이션이 동원할 수 있는 모든 우주선 함대들을 완전히 쓸어 버릴 수 있는 정도의 위력을 가지고 있는 것이었다. 물론 이 경우 양측 모두 순수한 물리력만을 사용한다는 가정하에서지만······.

그러나 현실적으로 제2파운데이션 사람이 탑승하고 있는 단독 우주선에 대해서 그 전함이 접근하고 있다는 점은 동일한 결론을 이끌어 내게 했다. 즉, 설사 그 우주선에 정신적인 능력자가 있다 하더라도, 이런 식으로 제2파운데이션을 향해 대담하게 접근할 수 있으리라는 생각은 들지 않았다. 그보다는 오히려 그들이 아무것도 모르기 때문에 그런 식으로 돌진해 오고 있다는 편이 합당할 것 같았다. 하지만 여러 가지 가능성은 있을 수 있다.

그것은 전함의 선장이 콤포가 우주선을 바꾸어 탔다는 사실을 모르거나, 아니면 설사 안다 하더라도 이 우주선에 제2파운데이션 사람이 타고 있다는 사실을 모르거나, 혹은 제2파운데이션 사람이 어떤 사람이라는 사실조차 모를 수도 있거나 하는 경우일 것이다.

그러나 만에 하나 전함이 정신적인 능력을 가지고 있을 수도 있지 않겠는가? 그 능력은 그들이 이같이 당돌한 행동을 보일 만큼 대단한 것일 수도 있다. 하지만 그런 경우는 그들이 과대망상증 환자의 지시를 받고 있거나, 어쩌면 젠디발의 상상의 훨씬 뛰어넘는 힘을 가지고 있다는 뜻일 것이다.

하지만 그 어떤 경우라 하더라도 젠디발이 고려하는 가능성 중에서 최소한 그 마지막 경우는 포함될 수 없었다.

그는 조심스럽게 노비의 정신을 감지했다. 노비는 정신 역장을 의식적으로 감지할 수는 없었다. 물론 젠디발은 할 수 있었지만······. 반면 젠디발의 마음은 노비처럼 매우 약한 정신 역장을 느끼지는 못한다. 이 문제는 앞으로 연구해 봐야 할 패러독스로, 현재 그들을 향해 접근해 오고 있는 전함이라는 당면의 문제보다 훨씬 중요한 성과를 가져올 수 있는 과제였다.

젠디발은 노비의 정신이 비상할 정도로 평온하고 균형이 잡혀 있다는 것을 처음 알아차린 순간 거의 본능적으로 그런 가능성을 파악했다. 그는 자신의 직관력에 대해 은근한 자부심을 느꼈다. 발언자들은 항상 자신의 직관력에 대해 자만심을 가지고 있었다. 하지만 물리적 방법으로, 즉 직접적인 역장의 존재 여부를 측정한다는 것이 불가능하다는 사실에 따른 결과가 바로 그 직관력이고 보면, 결국 그들은 실제로 자신들이 할 수 있는 일이 무엇인가를 이해하지 못하고 있다는 말과도 통할 수 있다. '직관'이라는 신비스러운 말로 무지를 포장하는 일은 쉽다. 그들의 무지 중 많은 부분이 정신력에 비해 물리력이 가지는 중요성을 과소평가한 데 따른 결과가 아닐까!

그러니 그들의 맹목적인 자만심 뒤에 얼마나 큰 무지가 숨어 있겠는가! 자신이 제1발언자가 되었을 때 이 모든 것은 다 변할 것이다. 두 파운데이션 사이의 물리적 간격은 훨씬 줄어들 것이다. 정신학에 대한 독점이 설사 아주 미약하게라도 붕괴되기 시작한다면, 제2파운데이션의 파멸은 시간문제일 수도 있다.

사실상 그 독점은 이미 붕괴하고 있었다. 필경 제1파운데이션도 많은 진보를 이룩했을 것이고, 또한 제1파운데이션과 반튤 사이에 동맹 관계가 형성되어 있을지도 모른다(그러한 생각이 그의 뇌리를 스치고 지나가자 그는 몸을 부르르 떨었다.).

그 문제에 대한 그의 사고는, 발언자들이 일반적으로 그러하듯 빠른 속도로 그의 마음 한가운데를 스쳐 지나갔다. 그가 이런 생각을 하고 있는 동안에도 그는 자신들 주변에 은은하게 퍼져 있는 정신 역장에 대해 반응하고 있는 노비의 마음을 민감하게 느끼고 있었다. 하지만 그것은 파운데이션 전함들이 가까워지고 있음에도 불구하고 더 강력해지는 않았다.

하지만 그러한 사실이 파운데이션 전함에 정신적인 장비가 장착되지 않았다는 절대적인 증거가 되는 것은 아니었다. 정신 역장이 역제곱 법칙에 종속되지 않는다는 것은 잘 알려진 사실이었다. 발신자와 수용자 사이의 거리가 줄어든다 하더라도 그 강도가, 줄어든 거리의 제곱에 비례해서 강해지는 것은 아니라는 것이다. 그것은 전파 역장과 중력장에 적용되는 방식과는 다르다. 그러나 정신 역장이 그 밖의 여러 가지 물리적인 역장과는 달리 거리에 따른 영향을 적게 받는다 하더라도, 거리에 아무런 영향을 받지 않는 것은 아니었다. 전함이 가까이 접근해 오자 노비의 정신 반응은 감지할 수 있을 정도의 증가를 보였다.

(해리 셀던 이래 5세기가 지나는 동안 제2파운데이션인 중에서 단 한 사람이라도 정신력의 강도나 거리 사이에 수학적인 상관관계가 작용한다는 사실을 생각해 본 사람이 있었을까? 이토록 심각한 물리학에 대한 경원은 반드시 없어져야 할 것이며, 또한 그렇게 될 것이다. 젠디발은 조용히 마음속으로 자기 시기에는 그러하리라고 다짐했다.)

만약 전함이 정신력을 가지고 있다면, 그래서 자신들이 제2파운데이션인에게 접근하고 있다는 사실을 분명히 알고 있다면, 접근하기 전에 자신들의 정신 역장의 강도를 최대한으로 높이지 않겠는가? 그렇게 된다면 노비의 정신은 틀림없이 어떤 종류의 증가된 반응을 보일 것이다.

그런데 실제로는 그렇지 않았다!

젠디발은 그 전함이 정신적 능력을 가지고 있을 가능성을 강하게 부인했다. 그들은 아무것도 모르기 때문에 저토록 무모하게 돌진하고 있는 게 틀림없다. 단지 위협에 그치는 것이라면 별것 아닐 것이고…….

물론 정신 역장은 여전히 존재하고 있었다. 하지만 그것은 필경 가이아에서 나오는 것이리라. 그럴 경우 문제는 심각해지지만, 당면의 문제는 저 전함이었다. 전함만 제거할 수 있다면, 그다음에는 반물들의 세계로 전력을 집중할 수 있을 텐데…….

그는 전함이 더 가까이 다가오기를 기다렸다. 그가 효율적인 방어책을 쓸 수 있을 정도의 거리까지 접근하도록…….

전함은 점점 빠른 속도로 접근해 왔다. 하지만 여전히 아무런 행동도 보이지 않았다. 마침내 젠디발은 자신이 충분하다고 판단되는 정신력의 강도를 계산했다. 아무런 불쾌감이나 통증도 느끼지 못할 것이다. 전함에 타고 있는 모든 승무원들은 단지 등뼈와 사지의 중요한 근육들이 무력화되는 것을 느낄 뿐일 것이다.

젠디발은 그의 정신력에 의해 조종되는 정신 역장을 좁게 압축시켰다. 강화된 정신 역장은 빛의 속도로 두 우주선 사이의 거리를 뛰어넘었다. 두 우주선의 거리는(그것은 불가피하게 정확도가 떨어지는 접근이었다.) 불필요할 정도로 가까워졌다.

정신 역장을 가한 직후 젠디발은 온몸이 마비될 듯한 강력한 충격을 받았다. 어떻게 이럴 수가!

파운데이션 전함은 젠디발의 역장이 갖고 있는 강도를 막아낼 만큼 밀도 있는 정신 차폐막을 가지고 있었던 것이다! 그 전함은 결코 아무것도 모르기 때문에 무작정 그를 향해 돌진해 온 것이 아니었다. 그것은 물리적인 것이긴 하지만 전혀 예상치 못했던 놀라운 무기였다!

5

"아! 그가 공격을 시도했어, 리오노. 봐!"

브라노가 소리쳤다.

사이코미터의 눈금이 불규칙하게 상승하면서 진동했다.

해리 셸던은 혼자서 심리역사학적 분석을 해냈지만, 파운데이션의 과학자들은 이 정신 차폐막의 개발을 모든 과학적 프로젝트 중 최고의 기밀 사업에 부쳐서 120년 동안이나 심혈을 기울였다. 인류는 다섯 세대를 거치는 동안 만족할 만한 이론적 뒷받침은 하지 못했지만 이 장치 하나만은 제대로 개발해 냈던 것이다.

만약 모든 단계의 발전의 총량과 방향을 지시해 주는 지침인 사이코미터가 없었다면 어떤 형태의 진보도 불가능했을 것이다. 그 작동 원리는 아무도 설명하지 못했다. 그러나 사이코미터는 도저히 측정할 수 없는 것을 측정해 주었고, 기록으로 나타낼 수 없는 것도 숫자로 표시해 주었다. 브라노는 만약 파운데이션이 사이코미터의 원리를 이론적으로 설명할 수만 있다면 정신력이라는 면에서 제2파운데이션과 동등해질 수 있으리라는 느낌을 갖고 있었다.

그러나 그것은 미래의 일이었다. 당장에는 압도적인 우위를 확보하고 있는 물리적 무기가 뒷받침되어 있기 때문에 지금은 차폐막으로도 충분했다.

브라노는 모든 감정이 제거된, 무서울 정도로 무미건조한 남자 목소리로 만든 메시지를 보냈다.

"우주선 '브라이트스타'호와 그 승무원에게 알린다! 당신들은 파운데이션 연방 우주군 소속 함선을 강제로 접수했다. 그것은 해적 행위이다. 그 우주선과 승무원에게 즉시 항복할 것을 명령한다. 복종하지 않을 시에는 공격하겠다!"

답변은 자연스러운 목소리로 돌아왔다.

"터미너스의 브라노 시장, 나는 당신이 그곳에 타고 있다는 걸 알고 있습니다. '브라이트스타'호는 해적 행위에 의해 접수된 것이 아닙니다. 나는 이 우주선의 합법적인 선장 먼 리 콤포의 초청을 받아 승선하였습니다. 쌍방 모두에게 매우 중요한 문제를 의논하기 위해 일시 휴전할 것을 제안합니다!"

그러자 코델이 브라노에게 속삭였다.

"제가 말하게 해 주십시오, 시장님."

그녀는 모욕을 당한 듯이 손을 내저으며 말했다.

"책임자는 나야. 나라고!"

그녀는 송신기를 조절해서 좀 전의 인공적인 목소리에서 건조하고 위압적인 기색을 많이 제거시킨 목소리로 말했다.

"제2파운데이션인! 지금 당신이 어떤 처지에 있는지를 생각하시오! 항복하지 않는다면 우리는 순식간에 당신 우주선을 이 우주상에서 완전히 제거시켜 버릴 것이오! 우리는 즉각 공격할 준비가 되어 있소. 물론 그렇게 한다 해도 우리로서는 아무것도 잃을 것이 없지. 왜냐하면 우리가 당신을 살려 줘야 할 만큼 당신이 아는 것은 아무것도 없기 때문이오. 우리는 당신이 트랜터에서 왔다는 것도 이미 알고 있소. 우리는 일단 당신을 처치한 다음 트랜터 또한 똑같은 방법으로 처리할 생각도 있소. 이제 당신에게 이야기할 기회를 딱 한 번 주지. 하지만 간단히 이야기하시오. 우리는 길게 이야기를 들을 만한 여유가 없소!"

"그렇다면 요점만 이야기하지요. 당신들의 차폐막은 완전하지 않아요. 당신은 지금 그것을 과대평가하고 있는 반면에 나에 대해서는 과소평가하고 있는 것 같군요. 나는 당신들의 마음을 손에 넣고 마음대로 조종할 수 있어요. 물론 차폐막이 없는 경우보다는 쉽지 않겠지. 하지만 나는 충분히 할 수 있습니다. 당신들이 어떤 무기든 사용하려 드는 순간 나는 당신에게 타격을 가할 겁니다. 그 점에 대해서는 당신들도 잘 알고 있으리라 믿지만 말입니다. 만약 차폐막이 없다면 나는 당신들의 마음을 부드럽게 다룰 수 있을 것이고, 그 경우에는 아무런 해도 입히지 않게 될 겁니다. 하지만 차폐막 때문에 강한 역장을 보낼 수밖에 없게 될 텐데, 그러면 나의 숙련된 솜씨로도 당신들을 부드럽게 다룰 수 없게 됩니다. 그렇게 되면 당신의 정신은 차폐막과 마찬가지로 강한 타격을 받을 수밖에 없습니다. 그 결과는 돌이킬 수 없을 정도일 테죠. 다시 말해서 당신들은 나를 저지할 수 없고, 나 역시 당신들을 죽이는 것보다 더한 지경으로 만들지 않는 한 당신들을 저지할 수 없습니다. 당신들은 혼이 없는 인간이 되고 말 테고요. 그런 위험을 감수하겠습니까?"

"그 말대로 할 수 없다는 건 본인이 더 잘 알 텐데?"

브라노가 말했다.

"그렇다면 방금 내가 설명한 위험을 감수하겠다는 말입니까?"

젠디발은 냉랭하고 무관심한 어조로 말했다.

그러자 코델이 몸을 기울여 브라노에게 속삭였다.

"제발, 시장님……!"

그러자 젠디발이 코델과 거의 동시에 말했다.

"나는 당신의 생각을 읽고 있습니다, 코델. 그렇게 속삭일 필요는 없어요. 물론 시장도 무슨 생각을 하고 있는지 모두 알고 있지. 그녀는 아직 결정을 내리지 못하고 있습니다. 그러니 아직 그렇게까지 공포에 떨 필요는 없어요. 내가 당신들의 생각을 알고 있다는 사실만으로도 당신들이 자랑하는 차폐막이 얼마나 약한 것인지 알았을 겁니다!"

"차폐막을 강화할 수도 있어!"

브라노는 완고하게 말했다.

"그것은 내 정신력 또한 마찬가지입니다."

젠디발이 응수했다.

"하지만 나는 가만히 앉아서 그저 물리적인 에너지만 소모시키면서도 차폐막을 유지시킬 수 있다! 게다가 나는 차폐막을 오랜 시간 유지할 수 있는 충분한 에너지를 갖고 있고. 하지만 당신은 차폐막을 뚫기 위해서는 막대한 정신력을 사용해야 할 것이고 얼마 못 가서 지치고 말 테지."

"나는 지치지 않습니다. 지금 당장 당신들 중 누구도 승무원들에게 명령할 수 없게 될 겁니다. 다른 우주선의 어느 승무원에게도 마찬가지고요. 나는 당신들에게 아무 피해를 입히지 않고도 많은 일을 할 수 있습니다. 하지만 내 조종을 피하기 위해 쓸데없는 짓은 하지 마십시오. 만약 내가 당신의 조치에 맞서기 위해 정신력을 강화한다면 당신들은 방금 내가 말했던 대로 끔찍한 꼴을 당하게 될 겁니다!"

"나는 당신이 지칠 때까지 기다리지."

브라노는 단호한 인내력을 보여 주기라도 하듯 두 손을 무릎 위에 올려놓은 채 말했다.

"당신은 곧 지치게 될 것이오. 그렇게 되면 나는 당신을 죽이라는 명령도 내릴 필요도 없게 되지. 그때에는 이미 당신이 아무런 위험도 없는 존재가 되어 있을 테니까. 내가 내릴 명령은 파운데이션의 주력 함대를 트랜터로 파견하는 것이오. 만약 당신네 세계를 살리고 싶다면 항복하시오. 이번의 공격은 당신들의 조직을 단 하나도 남겨 두지 않을 것이오. 첫 번째 공격인 대약탈 때와는 비교가 안 될 정도일 것이오!"

"시장, 당신은 내가 지치지 않을 것이라는 걸 알고 있을 텐데요? 나는 지치지 않을 겁니다. 더군다나 나는 힘이 빠지기 전에 당신을 죽여서 간단하게 우리 세계를 구할 수 있습니다."

"당신은 절대 그럴 수 없을걸! 당신의 주된 사명은 셀던 프로젝트를 지키는 것이오. 터미너스의 시장을 죽인다면, 그에 따라 제1파운데이션의 위신과 자신감에 치명적인 타격을 가하게 될 것이고, 따라서 파운데이션의 위력을 저하시키면서 모든 곳에서 적들을 강화시키게 될 것이오. 그 결과는 셀던 프로젝트의 붕괴를 의미하는 거지. 당신에게는 그것이 트랜터의 파괴보다도 더 나쁜 결과가 아니겠소? 그러니 당신이 항복하는 편이 나을 거요."

"내가 당신을 죽이지 못할 것이라는 사실에 모든 승부를 거는 겁니까?"

브라노는 크게 숨을 들이마신 다음 단호하게 말했다.

"그렇소!"

그녀의 옆에 앉아 있던 코델은 그 말을 듣는 순간 혈색을 잃었다.

6

젠디발은 방의 벽 바로 앞에 공간에 중첩된 영상으로 나타나 있는 브라노의 모습을 바라보고 있었다. 그것은 차폐막 때문에 약간은 깜박거리고 흐릿한 모습으로 보였다. 그녀 옆에 앉아 있던 남자는 흐릿한 영상 때문에 거의 모습을 알아볼 수 없었다. 젠디발로서는 그에게까지 낭비할 에너지가 없었다. 그는 시장에게 모든 힘을 집중할 수밖에 없었다.

브라노가 그의 모습을 상으로 볼 수 없다는 건 거의 틀림없었다. 단적인 예로 그녀는 젠디발에게도 동행이 있다는 사실을 전혀 알지 못했다. 그녀는 그의 표정이나 몸짓을 통해서는 아무런 판단을 내리지 못했다. 그러한 점에서 그녀는 불리한 위치에 있었다.

그가 한 모든 이야기는 사실이었다. 정신력의 상당 부분을 소모한다면 그녀에게 타격을 가할 수 있다. 하지만 그렇게 한다면 그녀의 정신을 거의 회복이 불가능할 정도로 파괴시킬 수밖에 없었다.

하지만 그녀가 한 말 또한 사실이었다. 그녀의 정신을 파괴한다면 셀던 프로젝트는 뮬에 의해서 파괴되었던 것만큼이나 심각한 타격을 입을 것이다. 실제로 새로운 타격은 훨씬 더 심각할 수 있었다. 왜냐하면 이미 게임은 후반에 접어들고 있었기 때문에 실수를 만회할 수 있는 시간적 여유는 거의 없었기 때문이었다.

더욱 심각한 문제는 아직까지 전혀 미지의 존재인 가이아에 있었다. 가이아는 여전히 감지 한계 근처를 감질나게 맴돌면서 정신 역장을 방출하고 있었다.

순간 젠디발은 정신 역장의 흐름을 아직도 노비의 마음속에서 발견할 수 있는지 알아보기 위해서 그녀의 마음에 들어가 보았다. 흐름은 여전히 아무것도 변하지 않은 채 그곳에 존재하고 있었다.

그녀는 그러한 접촉을 알 수 없어야 했다. 그런데 그녀는 그에게 몸을 돌리며 겁먹은 속삭임으로 이렇게 말했다.

"선생님, 무언가 아주 희미한 아지랑이 같은 것이 느껴져요. 지금 제게 무슨 말을 하셨나요?"

분명 그녀는 두 사람의 마음 사이의 아주 작은 연결을 통해 아지랑이 같은 느낌을 받았을 것이리라. 젠디발은 손가락을 입술에 대며 조용히 하라는 시늉을 했다. 그리고 그는 다시 목소리를 높여 이렇게 말했다.

"브라노 시장, 당신의 도박은 그 점에서는 아주 훌륭한 승부입니다. 나는 지금 당장 당신을 죽일 생각은 없습니다. 그 이유는 내가 당신에게 어떤 설명을 한다면 이성적으로 귀를 기울일 것이라고 생각하기 때문입니다. 그렇게만 된다면 굳이 서로를 해칠 필요는 없을 겁니다.

시장, 가령 내가 항복을 하고 당신이 승리를 한다고 가정해 봅시다. 그다음에는 어떻게 되겠습니까? 당신들은 지나친 자만감에 빠질 것이고, 당신들의 정신 차폐막에 대해서도 과도한 평가를 내리게 될 겁니다. 당신과 당신의 계승자들은 성급하게 스스로의 힘을 은하계 전체로 뻗치려 들 겁니다. 그렇게 된다면 실질적으로 당신은 제2은하제국의 수립을 늦추는 셈이 되겠지요. 그것은 곧 당신이 셀던 프로젝트를 파괴하는 꼴이 될 것이니까 말입니다."

"나는 당신이 지금 당장 나를 죽이고 싶어 하지 않는다는 사실에 대해 전혀 놀라지 않소. 당신은 처음부터 나를 죽일 용기가 없었다는 사실을 부인하지는 않겠지?"

"어리석은 자기만족에 빠져서 자신을 속이지 마십시오. 그건 정말 어리석은 짓이니까. 내 말에 귀를 기울여 보십시오. 은하계의 대부분은 여전히 비(非)파운데이션입니다. 그리고 그중 상당 부분은 파운데이션에 반대하는 입장이지요. 심지어는 파운데이션 연방 자체 내에도 자신들이 독립국이었던 시절을 잊지 못하고 있는 나라들이 있을 정도지요. 나를 항복시키고 파운데이션이 성급한 행동을 벌이게 된다면, 그것은 파운데이션의 나머지 부분들이 갖고 있는 가장 큰 약점, 즉 통일성의 부재와 결단의 부재라는 문제를 일거에 제거하는 꼴이 될 겁니다. 그것은 당신들 스스로 적들이 당신들에게 대항해 단결하도록 강제하는, 즉 제 손으로 자기 무덤을 파는 셈일 뿐이지요. 더군다나 당신들 내부의 반역적인 경향에 박차를 가하는 결과를 가져올 겁니다."

"지금 지푸라기로 만든 몽둥이로 나를 위협하려 드는 게요? 설사 은하계의 모든 비파운데이션 세계들이 모두 연합해서 우리에게 대항한다 하더라도, 게다가 파운데이션 연방의 절반에 달하는 행성들이 반란을 일으켜 그들을 돕는다 하더라도, 우리는 그 모두를 손쉽게 제압할 수 있는 힘을 갖고 있소. 그런 건 아무런 문제도 안 되지."

"지금 당장은 그럴 테지요, 시장. 목전의 성과에만 눈이 멀어, 궁극적인 목적을 망쳐 버리는 우를 범하지 마십시오. 제2제국은 단지 포고만으로도 건설될 수 있습니다. 하지만 당신은 제국을 유지할 수 없을 겁니다. 보나마나 10년마다 제국을 다시 평정해야 하겠죠."

"그렇다면 우리는 모든 행성들이 지쳐 버릴 때까지 평정을 계속할 것이오. 마치 당신이 지칠 때까지 기다리듯이 말이오."

"그들은 나보다도 더 끈질길 겁니다. 더군다나 그 과정은 아주 오래 지속되지도 않겠지요. 당신이 선포할 가짜 제국은 갈수록 더하는 위험을 직면할 터이니 말입니다. 그 제국은 끝없이 팽창하는 군사력에 의존해야 일시적으로 자신을 유지할 수 있을 터이니, 결국에는 파운데이션에서 장군들이 차지하는 비중은 민간 권력보다 커다랗게 되는 사태가 일어날 겁니다. 그렇게 되면 가짜 제국은 사령관 각자가 최고 권력을 행사하는 지역으로 이리저리 찢어지고 말겠지요. 그래서 무정부 상태가 일어나고 결국엔 야만적인 상태로 후퇴하여, 셀던 프로젝트가 실시

되기 이전에 셀던이 예언한 3만 년이란 무정부 상태가 지속될 겁니다."

"어린애 같은 소리로 나를 위협하려 드는군. 설사 셀던 프로젝트의 수학이 모든 것을 예언했다 하더라도 그것은 단지 가능성일 뿐이오. 불가피한 건 아니라는 뜻이지."

젠디발이 진지한 어조로 말했다.

"브라노 시장, 셀던 프로젝트에 대해서는 잊어버리십시오. 당신은 그 계획의 수학을 이해하지 못할 뿐 아니라 그 패턴을 볼 수도 없습니다. 물론 당신이 반드시 그렇게 해야 하는 것도 아니지만……. 당신은 단지 시련기의 한 정치인일 뿐이고, 당신이 누리고 있는 지위로 판단해 보건대 당신은 성공한 정치가입니다. 더군다나 지금 당신이 벌이고 있는 도박을 보면 매우 용기 있는 사람임에 틀림없고요. 그러니 당신의 정치적 통찰력을 잘 활용하십시오. 인류가 지금까지 걸어왔던 정치적·군사적 역사를 고려하고, 당신이 아는 인간의 본성, 즉 정치가들과 군 장성들이 행동하고, 반응하고, 상호작용을 이루는 갖가지 양태에 견주어서 인간의 역사를 생각해 보십시오. 그런 다음에 내 이야기가 맞는지 틀리는지 생각해 보시고요."

"제2파운데이션인, 설사 당신이 옳다 하더라도 우리는 상당한 위험을 감수해야만 하오. 뛰어난 지도력과, 그리고 물리학뿐 아니라 정신학까지를 포함한 과학기술에서의 계속되는 진보, 이런 것들을 통해 우리는 위기를 극복할 수 있소. 셀던은 이러한 과학기술의 진보를 제대로 계산에 넣지 못했소. 절대 그는 그럴 수 없었소. 셀던 프로젝트 어디에 제1파운데이션이 정신 차폐막을 개발하도록 허용하는 대목이 있단 말이오? 왜 우리가 그의 계획에만 매달려야 한단 말이오? 우리는 셀던 프로젝트 없이도 새로운 제국의 건설을 시도할 것이오. 그의 계획 없이 실패하는 편이 계획에 얽매인 승리보다 낫소. 왜냐하면 우리는 제2파운데이션의 숨겨진 조종을 받으며 꼭두각시 노릇이나 하는 제국을 원치 않기 때문이오."

"당신은 그 실패라는 것이 은하계의 모든 인류에게 어떤 결과를 초래하게 될지 이해조차 못하면서 그런 단어를 쓰고 있습니까?"

"물론이오. 이제 지치기 시작하는 거요, 제2파운데이션인?"

브라노가 날카롭게 물었다.

"천만에! 당신이 생각해 보지 않았을 대안을 제시해 볼 테니 한번 검토해 보는 것이 어떻겠습니까? 내가 당신을 공격하지 않아도 되고 당신 역시 나를 공격할 필요가 없게 되는 방법이죠. 우리는 지금 가이아라고 불리는 행성에 근접해 있어요."

"그건 나도 알고 있소."

"그렇다면 그곳이 뮬이 탄생한 곳일 확률이 높다는 점도 알고 있습니까?"

"하지만 당신 말에는 어떤 증거도 없어."

"지금 그 행성 전체가 역장으로 둘러싸여 있습니다. 그곳은 수많은 뮬들의 고향이란 말입니다. 만약 당신이 제2파운데이션을 파괴하겠다는 꿈을 이룬다면, 그것은 당신 스스로가 이 뮬의 행성의 노예가 된다는 것을 의미하는 겁니다. 지금까지 제2파운데이션이 당신들에게 어떤 해를 입혔죠? 상상 속에서나 혹은 이론적인 것을 제외하고, 어떤 구체적인 해를 입었단 말이죠? 반면에 뮬이 당신들에게 어떤 피해를 입혔는지 스스로 한 번 자문해 보시죠."

"하지만 여전히 당신 말 이외에는 어떠한 증거도 없소."

"우리가 여기에 머물러 있는 한 나는 더 이상의 근거를 제시할 수 없습니다. 따라서 나는 일시 휴전을 제안하겠습니다. 만약 나를 신뢰할 수 없다면, 차폐막을 계속 가동시키시죠. 하지만 나와 협력할 준비를 하세요. 동시에 저 행성을 향해 돌진합시다. 그래서 당신이 가이아가 위험한 존재라는 것을 알게 된다면, 내가 가이아의 정신 역장을 무력화시키겠습니다. 그러면 당신은 당신들 전함에게 그곳을 점령하도록 명령하세요."

"그런 다음에는?"

"고려할 만한 외부 세력이 없다면, 최소한 제1파운데이션과 제2파운데이션이 대치하는 상황은 벌어지지 않겠지요. 지금 두 파운데이션 모두가 궁지에 몰려 있는 상황이기 때문에 서로 싸움을 벌일 수 없지만, 그 이후에도 분명히 전쟁이 사라져 버릴 것입니다."

"왜 그런 제안을 이제야 하는 거요?"

"나는 우리가 적이 아니기 때문에 협력할 수 있다는 사실을 당신에게 설득시킬 수 있으리라고 확신했지만 그 시도가 실패했기 때문에 어떤 방식으로든지 협력을 제안하는 겁니다."

브라노는 즉시 대답을 하지 않았다. 그녀는 생각에 잠겨 머리를 떨구었다. 잠시 후 그녀는 입을 열었다.

"당신은 지금 자장가를 불러 나를 재우려 들고 있소. 어떻게 뮬들이 득실거리는 행성 전체의 정신 역장을 무력화시킬 수 있단 말이오? 그것이 가능하다는 말이 터무니없는 것이라서 당신의 제안을 진실로 받아들일 수 없는 것이오."

"나는 혼자가 아닙니다. 내 뒤에서 제2파운데이션의 모든 힘이 나를 뒷받침해 주고 있죠. 그 힘은 나를 통해 흘러나가면서 가이아를 처리할 겁니다. 그 힘은 당신들의 차폐막을 마치 얇은 안개처럼 걷어치울 수 있다는 사실도 잊지 마시죠."

"그렇다면 굳이 왜 내 도움을 구하는 것이오?"

"첫째로는 역장을 무력화시키는 것만으로는 충분하지 않기 때문입니다. 제2파운데이션이 지금부터 언제까지가 될지도 모르는 기간 동안 그들의 역장을 무력화시키는 일에만 매달릴 수는 없는 것 아닙니까? 그리고 나 역시 당신과 입씨름이나 벌이며 내 남아 있는 생을 낭비하고 싶은 마음은 없습니다. 우리는 당신들 전함의 물리적인 행동이 필요합니다. 당신들은 그렇게 할 수 있고. 게다가 두 파운데이션이 서로를 동맹자로 바라보아야 한다는 사실을 납득할 수 없더라도, 가장 중요한 공동 행동에 대해서는 납득할 수 있을 겁니다. 말로는 안 되는 일이 행동을 통해 이루어지는 경우가 종종 있으니까."

두 번째 침묵이 흘렀다. 잠시 후 브라노가 말했다.

"좋소이다. 만약 협력해서 접근할 수 있다면 함께 기꺼이 가이아에 접근하겠소. 하지만 그 이상은 어떠한 약속도 할 수 없소."

"그 정도면 충분합니다."

젠디발은 이렇게 말하면서 그의 컴퓨터를 향해 몸을 굽혔다.

그때 노비가 입을 열었다.

"안 돼요, 선생님. 지금 그게 문제가 아니에요. 제발 더 이상 접근하지 마세요. 우리는 터미너스의 트레비스 의원을 기다려야만 해요."

제19부
결단

1

야노브 페롤랫은 언짢은 목소리로 말했다.

"트레비스, 실은 이렇게 오랜 기간 살아오는 동안……, 물론 내가 살아온 기간이 그렇게까지 오래된 것은 아니겠지만, 이번이 최초의 은하 여행이라는 사실은 아무도 알지 못할 거야. 하지만 나는 어떤 행성에 접근할 때마다 매번 다시 떠나야만 했고, 그곳에 대해 연구를 할 시간적 여유도 없이 다시 우주공간으로 떠나야만 했어. 지금까지 두 번이나 그랬어."

블리스가 말을 받았다.

"맞아요. 하지만 당신이 두 번째 행성을 그렇게 재빨리 벗어나지 못했다면 결코 나를 만날 수 없었을 것입니다. 첫 번째 경우 역시 그런 식으로 설명할 수 있겠지요."

"맞아요, 당신 말이 맞아요."

"이번에는 이 행성을 떠날 수 있을 거예요. 하지만 이제는 나도 당신과 아는 사이가 되었으니……, 게다가 나는 가이아예요. 가이아의 한 입자인 동시에 그 전체이기도 하지요."

얼굴을 찡그린 채 그들의 대화를 듣고 있던 트레비스가 입을 열었다.

"메스꺼울 정도구먼. 왜 돔은 우리와 함께 오지 않은 겁니까? 맙소사! 나는 절대로 그 한 음절주의에 익숙해질 수 없을 거예요. 하나의 이름에 253개의 음절이나 있는데 그중에서 단 하나의 음절만을 사용해야 한다니! 왜 그는 253개의 음절 모두와 함께 오지 않은 거죠? 만약 그러한 모든 것들이 그토록 중요한 것이라면, 가이아라는 존재 자체가 바로 그것에 의존하고 있는 것이라면 왜 그는 우리를 지도하기 위해서 우리와 함께 가지 않는 겁니까?"

"내가 있잖아요, 트레브. 나는 그와 똑같은 가이아예요."

그녀는 검은 눈을 재빨리 좌우로 돌리고는 다시 이야기를 계속했다.

"내가 '트레브'라고 불러서 기분이 상했나요?"

"그래요! 내 이름은 트레비스예요. 두 음절이죠. 트레, 비스!"

"좋아요. 이제 그렇게 부르죠. 당신을 화나게 만들고 싶은 생각은 없으니까요, 트레비스."

"나는 화나지 않았어요. 단지 언짢을 뿐이지."

그는 갑자기 벌떡 일어서서 방의 한쪽 끝에서 다른 쪽 끝까지 걸어갔다. 그는 페롤랫의 뻗친 다리를 넘어 방 끝까지 간 다음, 다시 돌아 나와 블리스의 앞에 서서 몸을 돌렸다.

그는 손가락으로 그녀를 가리키며 이렇게 말했다.

"이봐요. 내가 왜 나 자신의 주인이 아니란 말이죠? 나는 그저 터미너스에서 이곳 가이아까지 우주선을 조종해 왔을 뿐인데. 그리고 무언가 잘못됐다 싶은 생각이 들었을 때는 이미 꼼짝달싹할 수 없이 당신들에게 붙잡힌 몸이 되어 버렸어요! 그리고 가이아에 착륙한 다음에 들은 말은, 내가 이곳에 도착한 이유가 오로지 가이아를 구해야만 한다니……. 도대체 가이아가 내게, 그리고 내가 가이아에게 무엇이란 말입니까? 은하계에 있는 100경(10^{18}) 명에 달하는 인간들 중에서 그 일을 할 사람이 나 외에 아무도 없단 말입니까?"

"제발……, 트레비스."

블리스가 그의 말을 막았다. 갑자기 그녀의 말괄량이 같던 태도가 싹 사라져 버렸다.

"화내지 말고 내 말을 들어 보세요. 이제 내가 당신의 이름을 온전히 부르고 있잖아요. 이제부터는 진지하게 당신을 대하겠어요. 돔은 당신이 인내심을 갖기를 진심으로 원하고 있어요."

"사람이 살 수 있는 곳이든 아니든 은하계에 있는 어떤 행성에서도 나는 인내심을 가질 수 없어요! 내가 그토록 중요한 인물이라면 왜 내게 설명을 해 주지 않는 거죠? 다시 묻겠는데 왜 돔은 우리와 함께 오지 않은 거죠? 이곳 파스타호에 우리와 함께 있는 것이 그에게는 그다지 중요한 일이 아닌 모양이죠?"

"그는 여기에 있어요, 트레비스. 내가 여기에 있듯이 그도 이 자리에 있어요. 뿐만 아니라 가이아의 모든 사람들, 모든 생물들, 행성의 모든 입자까지도 이곳에 함께 있어요."

"당신은 그런 식으로 만족할 수 있을지 모르지만 그것은 내 사고방식이 아닙니다. 나는 가이아인이 아니란 말입니다! 우리는 이 커다란 행성 전체를 저 우주선에다 구겨 넣을 수는 없어요. 우리는 겨우 한 사람만을 더 태울 수 있을 뿐이에요. 우리는 당신을 태우고 있죠. 그래요, 돔은 당신의 일부지요? 좋아요, 한번 들어 봅시다. 왜 우리는 돔을 태울 수 없지요? 당신이 돔의 일부가 되면 될 것 아닙니까?"

"한 가지 이유는……. 펠, 그러니까 페롤랫이 돔 대신 내가 당신과 함께 이 우주선에 타야 한다고 요구했기 때문이에요."

"그는 그저 예의상 그런 말을 했던 것이겠죠. 누가 그런 말을 진담으로 받아들인단 말입니까?"

"오! 이보게!"

페롤랫은 얼굴을 붉히면서 자리에서 일어났다.

"나는 진담이었어. 나는 이런 식으로 끝내고 싶지 않았어. 나는 가이아인 전체 중에서 누가 이 배에 타든 그것이 문제가 되지 않는다는 사실을 받아들인다네. 내게는 돔보다는 블리스와 함께 있는 것이 더 즐겁기도 하고……. 그건 자네도 마찬가지 아닌가? 이보게, 트레비스, 제발 어린애처럼 굴지 말게나."

"제가요? 교수님이 아니고?"

트레비스는 험악하게 얼굴을 찡그리면서 이어 말했다.

"좋아요, 제가 어린애처럼 굴었다고 칩시다. 그러면……."

그는 블리스를 가리켰다.

"제게 요구되는 일이 어떤 것이든 간에, 인간 대접을 받지 못하는 한 절대로 그 일을 하지 않겠다는 것을 분명히 해두겠어요. 지금 두 가지 질문을 하고 싶군요. 무엇을 해야 하는지, 그리고 왜 제가 그 일을 해야 하는 것인지……."

블리스는 눈을 크게 뜨고 뒷걸음질 쳤다.

"제발……, 더 이상 묻지 말아 줘요. 말해 줄 수가 없어요. 어떤 가이아인도 마찬가지예요. 당신은 아무것도 알지 못한 채 그 장소로 가야만 해요. 그런 다음에 당신이 해야 할 일을 해야만 하고요. 하지만 아무런 감정도 없이 냉정하게 그 일을 수행해야 해요. 지금처럼 흥분해 있으면 아무 소용이 없어요. 그렇게 되면 어떤 식으로든 가이아는 종말을 맞을 수밖에 없고요. 당신은 기분을 바꿔야만 해요. 당신 기분을 맞추기 위해서 내가 어떻게 해야 좋을지 정말 알 수가 없군요."

"만약 돔이 이 자리에 있었다면 그는 알 수 있었겠죠?"

트레비스가 냉혹한 어조로 말했다.

"돔은 이 자리에 있어요. '그-나-우리'는 어떻게 당신의 기분을 바꿔서 당신을 보다 냉정하게 만들 수 있는가를 모르고 있어요. 우리는 전체 속에서 자신의 위치를 인식하지 못하고, 또 보다 위대한 전체의 일부로 자신을 느끼지 못하는 인간에 대해서도 잘 이해하지 못해요."

"안 그런 것 같은데요? 당신은 100만 킬로미터, 아니 그 이상 떨어져 있는 내 우주선을 나포할 수 있었죠. 그렇다면 아무런 힘도 없는 우리의 기분을 냉정하게 조작하는 것쯤이야 식은 죽 먹기가 아니겠습니까? 자! 우리를 지금 냉정하게 만들어 봐요. 당신들에게 그런 능력이 없는 것처럼 위장하지 마세요!"

"하지만 그런 일을 해서는 안 돼요. 더군다나 지금은 더욱 안 되지요. 만약 우리가 당신을 변화시키고 지금 어떤 방식으로든 당신을 조종한다면 당신은 은하계에 있는 다른 모든 사람과 마찬가지로 아무 쓸모도 없게 되어 버려요. 따라서 우리는 당신에게 도움을 얻을 수 없어요. 우리가 당신을 사용할 수 있는 것은 오직 당신이 '당신'이기 때문이에요. 당신은, 지금의 당신 그대로 남아 있어야만 해요. 만약 우리가 지금 이 순간 어떤 식으로든 당신에게 영향을 미친다면 우리는 실패하고 말아요. 당신은 자발적으로 냉정을 되찾아야 해요."

"절대 그럴 수 없어요! 이봐요, 아가씨. 내가 알고 싶어 하는 것을 알려주기 전까지는 절대로 안 될 거예요!"

그때 페롤랫이 나섰다.

"블리스, 내게 맡겨 봐요. 미안하지만 다른 방에 좀 가 있겠어요?"

블리스는 순순히 그의 말에 따랐다. 그녀는 조용히 방을 빠져나갔다. 페롤랫은 그녀가 방을 나가자 문을 닫았다. 그러자 트레비스가 말했다.

"그래 봤자 그녀는 모든 것을 듣고 보고 느낄 수 있을걸요. 내보낸다고 달라질 게 뭐가 있겠어요?"

"자네한테는 다르지. 나는 자네를 혼자 내버려 두고 싶다네. 혼자 있다는 것이 환상에 불과한 것이라 하더라도 자네는 지금 두려워하고 있어."

"말도 안 됩……"

"자네는 지금 자네가 어디로 가고 있는지, 어떤 일에 직면할 것인지, 무슨 일을 하게 될지 그중 어느 것도 모르고 있으니까……. 자네가 두려움을 느끼는 것도 무리는 아니야."

"저는 두렵지 않아요!"

"물론 자네는 그렇게 말하겠지. 어쩌면 나처럼 물리적 두려움을 느끼지는 않을 거야. 나는 우주로 모험을 떠나는 것에 대해 두려워했고, 내가 새로 보게 된 새로운 세계에 대해서도 두려움을 느끼지. 마주치는 모든 새로운 것에 대해서도 두려움을 느꼈을 정도니까……. 결국 나는 반세기 동안을 밀폐되고 버려진 제한된 세계 속에서 생활을 한 셈이지. 하지만 자네는 우주군에 있었고, 정계에서도 활동했고, 고향에서나 우주에서나 무척 바쁘게 지내 왔지. 내가 두려움을 느끼지 않으려고 애쓸 때 자네는 나를 여러 모로 도와주었네. 우리가 함께 여행을 하는 동안 자네는 나를 잘 참아 주었고, 친절하게 대해 주었고, 이해해 주었네.

자네 덕분에 나는 공포를 억누를 수 있었고 모든 일을 잘 해낼 수 있었지. 이번에는 내가 자네를 돕겠네."

"아까도 말했지만 나는 두렵지 않아요."

"그럴 수도 있지. 하지만 다른 건 몰라도 자네는 자네가 직면해야 하는 일에 대한 책임감을 두려워하고 있는 거야. 모든 세계가 자네 책임에 달려 있다는 건 너무도 분명하니까 말이야. 만약 자네가 실패한다면 전 세계는 자네와 함께 몰락할 수밖에 없지 않은가? 왜 자네가 자네와는 아무런 관계도 없는 세계를 위해서 그런 상황에 직면해야 한단 말인가? 그들은 도대체 무슨 권리로 자네에게 그처럼 엄청난 짐을 지운단 말인가? 자네는 실패에 대해 두려워할 뿐 아니라, 그들이 두려움을 느낄 수밖에 없는 위치에 자네를 세우려 든다는 사실 그 자체에 대해 화가 나 있지?"

"모두 틀렸어요."

"나는 그렇게 생각하지 않네. 내가 자네 입장이었다 하더라도 똑같이 행동했을 거야. 그들이 자네에게 원하는 것이 무엇이든 간에 내가 그 일을 맡으면 어떨까? 내 생각으로는 그 일이 육체적으로 큰 힘이나 활력을 요하는 것 같지는 않아. 단순한 기계적 장치쯤이라면 자네보다는 내가 더 잘할 수 있을지도 몰라. 내 생각으로는 그것이 정신력을 요구하는 일은 아닐 것 같아. 그런 일이라면 그들 자신이 우리를 훨씬 능가하지 않나? 그러니까, 음……, 잘 모르겠어. 하지만 그 일이 근육도 두뇌도 필요로 하지 않는 것이라면, 나도 자네만큼 할 수 있을 것이라는 점은 분명히 말해 두지. 나는 모든 책임을 떠맡을 준비가 되어 있네."

그러자 트레비스가 날카롭게 물었다.

"왜 그런 짐을 스스로 떠맡으시려는 거죠?"

페롤랫은 눈을 내리깔고 바닥을 내려다보았다. 그는 상대의 눈과 마주치는 것을 두려워하는 표정이었다. 이윽고 그가 입을 열었다.

"내게는 아내가 있었어, 트레비스. 나는 여자에 대해 잘 알고 있지. 하지만 그런 여자들은 내게 하등 중요하지 않아. 그저 흥미롭고, 함께 지내면 즐거운 정도지. 진실로 중요한 것은 아니었어. 그런데 이번 경우에는……."

"누구, 블리스 말씀이세요?"

"그녀는 달라, 어쨌든 내게는……."

"페롤랫 교수님, 이미 그녀는 터미너스에 있을 때부터 교수님이 한 말을 모두 알고 있었어요."

"그렇다고 해서 달라지지는 않아. 하여간 그녀는 내가 자기를 사랑한다는 걸 알고 있어. 나는 그 일이 무엇이든 간에 그 임무를 맡겠네. 어떠한 위험이라도 감수하고 모든 책임을 지겠어. 그 덕에 그녀가 나에 대해 호감을 갖게 된다면 말일세."

"페롤랫 교수님, 그녀는 어린애에 불과해요."

"그녀는 어린애가 아니야. 그리고 그녀는 내가 늙은이라고 해서 전혀 다르게 대하지 않는다는 사실을 못 느끼겠나?"

"교수님은 스스로가 그녀에게 어떤 모습으로 비치는지에 대해 전혀 알지 못하시는군요."

"노인으로? 그게 무슨 상관인가. 그녀는 위대한 전체의 일부이고 나는 그렇지 않은데, 그리고 내가 늙었다는 사실이 넘지 못할 벽은 아냐. 하지만 아직 나는 그녀에게 아무것도 묻지 않았어. 분명히 그녀는……."

"교수님에게 호감을 가지고 있다고요?"

"그렇다네. 그럴 수밖에 없지 않겠는가?"

"그래서 제 임무를 대신 떠맡겠다는 겁니까? 하지만 페롤랫 교수님, 듣지 못했습니까? 그들은 교수님을 원하지 않아요. 그들은 제가 이해할 수 없는 불가사의한 이유 때문에 '저'를 원하고 있어요."

"만약 그들이 자네에게 그 일을 시킬 수 없게 되고 다른 사람을 필요로 하게 된다면, 그다음에는 내가 적격일 거야. 틀림없어!"

트레비스는 머리를 가로저었다.

"정말 믿을 수 없군요. 다시 젊음을 되찾으셨나 봅니다. 페롤랫 교수님, 교수님은 지금 영웅이 되려고 하고 있어요. 그녀의 육체를 위해 기꺼이 죽을 수도 있다는 식이로군요."

"그런 식으로 말하지 말게, 트레비스. 이건 농담거리가 아니야!"

트레비스는 웃으려 했지만 자신의 눈에 페롤랫의 비장한 얼굴이 들어오자 억지로 웃음을 참으면서 대신 목소릴 가다듬었다.

"교수님 말이 옳아요. 죄송합니다. 블리스에게 들어오라고 하세요, 페롤랫 교수님. 그녀를 불러 주세요."

그러자 블리스가 몸을 조금 움츠리고 들어왔다.

"미안해요, 펠. 당신은 그를 대신할 수 없어요. 트레비스가 아니면 아무도 할 수 없어요."

"좋아요! 그 일에 냉정하게 대처하지요. 무슨 일이든 할게요. 페롤랫 교수님이 그 나이에 낭만적인 영웅 노릇하는 것을 막기 위해서라면 무슨 짓이라도 할 겁니다."

"나도 내 나이를 잘 알고 있네……."

페롤랫이 힘없이 중얼거렸다.

블리스는 천천히 그에게 다가가 손을 그의 어깨에 올려놓았다.

"펠, 나는…… 나는 당신이 좋은 사람이라고 생각해요."

페롤랫은 애써 그녀의 눈길을 피했다.

"괜찮아요, 블리스. 이렇게까지 친절하게 굴 필요는 없어요."

"나는 지금 친절을 베푸는 것이 아니에요, 펠. 나는 당신에게 호감을 갖고 있어요."

2

어렴풋이, 그러다가 차츰 분명하게 슈라 노비는 자신의 이름이 '슈라 노-비렘브라스티란'이었으며, 그녀가 어린아이였을 때 부모에게는 '슈'로, 친구들에게는 '비'로 불렸다는 사실을 기억하게 되었다.

물론 그녀가 그런 사실들을 잊은 것은 절대로 아니었다. 하지만 그것들은 그녀의 뇌리 깊숙이 묻혀 있었다. 하지만 지난달처럼 그토록 깊이, 그리고 오랫동안 기억 속에 묻혀 있었던 때는 없었다. 왜냐하면 그녀는 오랫동안 그토록 강력한 정신에 근접할 기회가 없었기 때문이었다.

이제 시간이 되었다. 하지만 그녀 스스로 그런 의지를 가질 필요는 없었다. 그녀 이외의 엄청나게 많은 다른 부분들이 행성의 필요에 부응해서 그녀 자신의 몫을 행성 표면으로 분출시키고 있었기 때문이었다.

그와 더불어서 막연한 불쾌감이 그녀를 휘감았다. 그것은 일종의 가려움증과도 같은 것이었는데, 그동안의 가면을 벗어 버린다는 안락함이 그 불쾌감을 압도해 버렸다. 최근 수년 동안 그녀가 가이아 행성에 이렇게 근접해 보기는 처음이었다.

그녀는 자신이 가이아에 살던 어린아이였을 때 좋아했던 하나의 생명 형태를 기억해 냈다. 그때 그녀는 그것을 자신의 일부로 어렴풋하게 느꼈었지만, 이제는 보다 예리하게 느낄 수 있었다. 그녀는 마치 고치에서 빠져나오는 나방과도 같았다.

3

스토 젠디발은 예리하게 노비를 꿰뚫어보고 있었다. 순간 그는 자신이 브라노 시장에 대해 유지하고 있던 통제력을 풀 뻔했다는 것을 깨닫고는 소스라쳤다. 다행스럽게 그런 일은 벌어지지 않았다. 그것은 필경 그를 안정시켜 준 갑작스러운 도움에 의한 것이었지만, 당시 그는 그것을 무시했던 것이다.

"당신이 어떻게 트레비스 의원에 대해 알고 있지. 노비?"

그때 그는 그녀의 마음에서 차가운 동요와 함께 복잡한 변화가 일어나고 있는 것을 느낄 수 있었다. 그가 갑자기 소리쳤다.

"아니! 도대체 당신은 누구야?"

그는 그녀의 마음을 파악해 보려 했지만 그 속으로 들어갈 수 없다는 것을 알아차렸다. 순간 그는 자신이 브라노에 대한 통제를 유지하고 있는 것이 자신의 힘보다 더 큰 힘의 도움을 받았기 때문이라는 것을 알아차렸다. 그는 거듭 외쳤다.

"대체 당신은 누구야?"

그러자 그녀의 얼굴에 비극적인 암시가 떠올랐다.

"발언자 젠디발, 내 본명은 '슈라노비렘브라스티란'이에요. 나는 가이아입니다."

그녀가 말로 표현한 것은 이것뿐이었지만, 젠디발은 갑자기 격한 분노로 자신의 정신적 영기(靈氣)를 강화시켰다. 그는 뛰어난 기술로 혈압을 높이지 않으면서도 자신의 혈액 순환 속도를 높여 지금까지보다 훨씬 더 강한 힘을 발휘했다. 그는 한편으로는 자신의 힘만으로 브라노에 대한 통제력을 유지하면서, 동시에 노비에 마음을 파악하기 위해서 힘을 쏟았다. 침묵 속에서 치열한 접전이 벌어졌다.

그녀는 똑같은 기술을 사용해서 그에게 응수했다. 하지만 그녀는 자신의 마음을 닫아 둘 수 없었다. 아니 그것을 원하지 않았다. 그는 다른 발언자에게 하듯이 그녀에게 말했다.

"당신은 나를 속여서 이곳까지 나를 유혹했군. 게다가 당신도 뮬과 같은 종족이야!"

"뮬은 비정상이었어요, 발언자. '나-우리'는 뮬과 달라요. '나-우리'는 가이아예요."

가이아의 본질에 대한 모든 사실이 그녀의 복합적인 의지 전달을 통해 순식간에 전해졌다. 그것은 아무리 많은 말을 통해서도 충분히 전달될 수 없는 내용이었다.

"행성 전체가 살아 있다고?"

"그 전체가 갖는 정신 역장은 개인으로서 당신이 가지는 것보다 훨씬 커요. 제발 그런 식으로 내게 저항하지 마세요. 나는 당신에게 해를 입히지나 않을까 두려워요. 그건 내가 원치 않는 일이니까요."

"살아 있는 행성이라 하더라도, 당신들은 트랜터에 있는 내 동료들의 힘을 합한 것보다는 강하진 않을 거야. 어떤 의미에서는 우리 역시 하나의 살아 있는 행성이니까."

"겨우 수천 명의 정신적 협력을 통해서 말이에요, 발언자? 더군다나 당신은 그들의 도움을 받을 수 없어요. 왜냐하면 내가 그것을 가로막고 있으니까요. 시험해 보면 곧 알 수 있을 거예요."

"도대체 무엇을 하려는 건가, 가이아?"

"나는 당신이 나를 노비라 불러 주기를 원해요. 지금 내가 하려는 것은 가이아가 하려는 일이에요. 하지만 나는 노비이기도 해요. 당신에 대해서 나는 오직 노비일 뿐이에요."

순간적으로 한숨을 쉬는 것과 같은 정신적인 흔들림이 스치고 지나갔다. 그런 다음 노비가 다시 입을 열었다.

"우리는 지금의 삼각대치 상태를 당분간 유지하게 될 거예요. 당신은 브라노의 차폐막을 뚫고 그녀에 대한 통제력을 유지하게 되고, 내가 그것을 도울 거예요. 우리는 결코 지치지 않아요. 또한 필경 당신은 나에 대한 감시를 늦추지 않을 것이고 나 역시 마찬가지겠지요. 그렇다고 해도 우리들 중 누구도 지치지 않을 거예요. 오랫동안 그 상태가 유지되겠지요."

"도대체 무슨 목적을 위해서 그러는 거지?"

"내가 이미 말했듯이 우리는 트레비스 의원을 기다리고 있어요. 이러한 대치 상태를 깰 사람은 바로 트레비스지요. 만약 그가 스스로 그런 역할을 선택한다면……."

4

파스타호의 컴퓨터에 두 척의 우주선이 포착되었다. 골란 트레비스는 컴퓨터 화면을 둘로 분할해서 두 우주선을 한꺼번에 관찰했다.

그것들은 모두 파운데이션 우주선이었다. 하나는 분명히 브라이트스타호 같았지만 콤포의 우주선인지도 몰랐다. 반면 다른 하나는 그보다 훨씬 컸고 더 강력해 보였다.

그는 블리스에게 몸을 돌리며 말했다.

"자, 이제 어떻게 해야 하는 겁니까? 이제는 내게 말해 줄 수 있겠죠?"

"있어요. 너무 긴장하지 말아요. 그들이 당신을 해치지 않을 거예요."

"왜 모두들 내가 공포에 부들부들 떨면서 이 자리에 앉아 있는 줄로 착각하는 거지!"

트레비스는 발끈 화를 냈다.

그러자 페롤랫이 서둘러 그를 제지했다.

"트레비스, 그녀의 말을 가로채지 마. 제발 그녀에게 고함치지 말게."

트레비스는 양팔을 들어 올려 항복했다는 몸짓을 한 다음에 이렇게 말했다.

"고함지르지 않겠습니다. 말씀하시지요, 아가씨."

"큰 우주선에는 당신네 파운데이션의 지도자가 타고 있어요. 그녀와 함께……."

순간 트레비스는 소스라치게 놀라며 물었다.

"지도자? 그 늙은 여자 브라노를 말하는 겁니까?"

"그녀의 공식 직함은 그게 아닐 텐데요?"

블리스는 조금 입술을 실룩거리면서 재미있다는 투로 말했다.

"하긴 그녀가 여자인 것은 틀림없군요. 맞아요. 바로 그 사람이에요."

그녀는 말을 멈추더니, 자신이 그 일부인 전 유기체의 나머지 부분들의 반응에 열심히 귀를 기울이는 듯 잠시 뜸을 들였다.

"그녀의 이름은 할라 브라노, 그녀가 당신네 세계에서 그토록 중요한 인물인데도 이름이 겨우 네 음절밖에 안 된다는 것은 좀 이상한 일이군요. 비(非)가이아인들에게는 그들 나름대로의 방식이 있는 모양이지요?"

그러자 트레비스가 건조한 어조로 응수했다.

"당신이라면 그녀를 '브란'이라고 부르겠군그래. 그런데 도대체 그녀는 이곳에서 무엇을 하고 있는 겁니까? 아니, 그녀까지 이곳으로 데려온 이유가 도대체 뭐냐고요?"

블리스는 그의 물음에 대답하지 않았다. 대신 그녀는 이렇게 말했다.

"그녀와 함께 있는 사람은 리오노 코델, 그녀 밑에서 일하고 있는 사람인데도 다섯 음절이에요. 존경심이 부족한 모양이죠? 그는 당신의 세계에서는 아주 중요한 관리로군요. 그들과 함께 우주선의 무기를 조작하는 다른 네 사람이 있어요. 그들의 이름도 알고 싶은가요?"

"필요 없어요. 나는 다른 한 우주선에 먼 리 콤포라는 한 사람이 타고 있다는 것을 알고 있어요. 그리고 그가 제2파운데이션을 대표하고 있다는 것도……. 당신은 두 파운데이션을 모두 불러 모았군요. 내 말이 틀림없겠죠. 대체 그 이유가 뭡니까?"

"틀렸어요, 트레브……. 아니 트레비스."

"오! 계속해요. 블리스. 트레브에게 계속 이야기를 해요. 그를 너무 우쭐하게 만들 필요는 없으니까."

페롤랫이 말했다.

"틀렸어요, 트레브. 콤포는 그 배에서 내렸어요. 그리고 다른 두 사람이 그 배에 올랐지요. 한 사람은 제2파운데이션의 중요한 관리인 스토 젠디발이지요. 그는 발언자라고 불리는 사람이에요."

"중요한 관리라고? 그렇다면 그가 정신학적 힘을 가진 인물이란 말입니까?"

"그래요. 상당히 강력한 힘을 가졌죠."

"당신들이 그를 다룰 수 있어요?"

"물론이지요. 그와 함께 배에 탑승한 다른 한 사람은 가이아예요."

"당신네 사람이라고요?"

"네. 그녀의 이름은 '슈라노비렘브라스티란'이에요. 이름이 그것보다 훨씬 더 길어질 수도 있었지만 그녀는 '나-우리-나머지'로부터 너무 오랫동안 떨어져 있었거든요."

"그녀에게 제2파운데이션의 관리를 억제할 힘이 있단 말입니까?"

"그녀가 아니에요. 그를 붙잡고 있는 것은 가이아예요. 그녀-나-우리-모두는 그를 능히 분쇄할 수 있어요."

"그런데 그녀는 뭘 하려는 거요? 젠디발과 브라노를 죽이려는 겁니까? 이게 도대체 무슨 짓이오? 이제 가이아가 파운데이션을 파멸시키고, 자신의 은하제국을 건설하려는 것이오? 다시 뮬이 되겠다는 말이오? 훨씬 더 강대한 뮬이……!"

"아니, 아니에요, 트레브. 흥분하지 말아요. 그래서는 안 돼요. 그들 셋은 지금 아무도 움직일 수 없는, 마치 장기(將棋)의 빗장과도 같은 형국에 처해 있지요. 지금 그들은 우리를 기다리고 있어요."

"우리를? 왜 우리를?"

"당신의 결단을요."

"또 시작이군. 무슨 결단을? 내가 왜?"

"제발, 트레브. 곧 모든 것을 소상히 알 수 있게 될 거예요. 나-우리-그녀는 나-우리-그녀가 지금 할 수 있는 말만을 할 뿐이에요."

5

브라노는 지친 표정으로 말했다.
"내가 실수를 저지른 게 분명해. 그것도 아주 치명적인 실수를……!"
"무슨 실수 말입니까?"
코델은 입술도 움직이지 않고 중얼거렸다.
"그들은 내가 무엇을 생각하고 있는지 이미 알고 있어. 나처럼 드러내놓고 이야기해도 더 이상 나빠질 일이 없다고. 자네가 우물우물한다고 그들이 못 알아듣지는 않을 테니까 제대로 얘기하게. 차폐막이 더 강해질 때까지 우리가 좀 더 기다려야 했는데……."
"이렇게 될 줄 누가 알았겠습니까, 시장님. 만약 우리의 보호막이 두 배, 세 배, 네 배……. 이런 식으로 끝없이 강해지기를 기다렸다면 아마도 영원히 기다려야만 했을 겁니다. 우리가 직접 나서지 말았어야 했어요. 누군가 다른 사람을 앞세워서 차폐막을 미리 시험해 보는 게 좋았을 텐데. 가령 시장님이 피뢰침으로 내세운 트레비스 같은 사람을……."
브라노는 한숨을 쉬었다.
"나는 그들에게 아무런 사전 경고도 주고 싶지 않았어, 리오노. 자네가 내 실수의 핵심을 찔렀군. 차폐막이 상당히 강한 역장에도 견딜 수 있게 될 때까지 우린 기다렸어야 했어. 완전무결할 수는 없겠지만 최소한 어느 정도까지는 말이야. 지금 이 차폐막은 우리가 지각할 수 있을 정도의 누출이 있거든. 하지만 도저히 기다릴 수가 없었어. 그런 누출을 모두 없앤다는 것은 내 임기가 끝난다는 걸 의미했거든. 그래서 나는 내 임기 동안에 그 일을 하고 싶었어. 그리고 나는 바로 그 현장에 있고 싶었지. 그래서 바보처럼 차폐막이 안전하다고 스스로에게 확신을 강요한 거야. 나는 누구의 경고도 듣지 않으려 했어. 자네의 의구심에 대해서조차 귀를 막아 버렸지."

"우리가 인내심을 발휘할 수 있다면 여전히 승리할 기회는 있습니다."

"다른 우주선에 발포 명령을 내릴 수 있겠나?"

"불가능합니다, 시장님. 그 생각을 하니 참을 수가 없군요."

"나도 마찬가지 생각이야. 설사 자네와 내가 간신히 명령을 내릴 수 있게 된다 하더라도, 그들은 우리의 명령에 따르지 않을 거야. 그렇게 할 수도 없을 것이고……."

"현재 상황에서는 불가능하지요, 시장님. 하지만 상황은 변화할 수 있는 겁니다. 새로운 인물이 무대에 나타났으니까요."

그는 화면상의 한 지점을 가리켰다. 새로운 우주선이 나타나자 우주선의 컴퓨터는 자동적으로 화면을 분할했다. 두 번째 우주선은 화면의 오른쪽에 나타났다.

"저 우주선의 영상을 확대할 수 있겠나, 리오노?"

"문제없습니다. 제2파운데이션인은 영리합니다. 그에게 문제를 일으킬 일이 아니라면 우리는 무슨 일이든 자유롭게 할 수 있어요."

"좋아."

브라노는 이렇게 말하면서 화면을 응시했다.

"저건 분명히 파스타호야. 틀림없어. 내 생각이 틀림없다면 저기에는 트레비스와 페롤랫이 타고 있을 거야."

그녀는 여기까지 말한 다음에 고통스러운 표정을 지으며 이야기를 계속했다.

"그들 역시 제2파운데이션에 의해 바뀌지 않았다면 말이야. 내 피뢰침은 정말 유용했어. 아! 내 차폐막이 좀 더 강하기만 했다면…….”

"제발 그만하세요!"

코델이 말했다.

그때 어떤 목소리가 우주선의 좁은 조종실에 울렸다. 브라노는 그것이 음파가 아니라는 것을 깨달았다. 그녀는 마음속에서 직접 그 목소리를 들었고 코델 역시 그 소리를 듣고 있는 것 같았다.

목소리가 들렸다.

"내 소리가 들려요, 브라노 시장? 들린다면 굳이 말을 하려 들지는 말아요. 나는 당신이 생각하는 것만으로도 충분히 알아들을 수 있으니까."

브라노가 침착한 어조로 물었다.

"당신은 누구요?"

"나는 가이아예요."

6

세 척의 우주선은 상대적으로 다른 두 척의 우주선에 대해 정지해 있는 듯한 모습이었다. 세 척 모두 마치 가이아 행성에서 멀리 떨어진 서로 다른 세 위성처럼 매우 느린 속도로 돌고 있었다. 세 우주선은 가이아와 함께 가이아의 태양 주위를 돌며 끝없는 여행을 계속했다.

트레비스는 스크린을 응시하면서 앉아 있었다. 이제는 그의 역할이 무엇인지, 1000파섹이나 되는 거리를 가로질러 그를 끌어들인 것이 무엇을 위한 것인지에 대해 상상을 펴는 것도 지루했다.

그때 그의 마음속에서 어떤 목소리가 그를 흔들어 깨웠다. 그것은 마치 그가 기다리고 있던 어떤 것 같은 느낌을 주었다.

"내 말이 들려요, 트레비스? 들을 수 있다면 굳이 말을 하려 들지는 말아요. 당신이 생각하는 것만으로도 충분히 알아들을 수 있으니까."

트레비스는 주위를 둘러보았다. 페롤랫 역시 놀란 표정을 짓고 소리가 난 곳을 찾으려는 듯 여기저기 두리번거리고 있었다. 블리스는 두 손을 무릎 위에 늘어뜨린 채 조용히 앉아 있었다. 하지만 트레비스는 순간적으로 그녀 역시 소리를 듣고 있으리라는 것을 의심치 않았다.

그는 생각을 사용하라는 명령을 무시하고 고의적으로 또렷한 발음으로 말했다.

"만약 지금 벌어지고 있는 일이 무엇인지 알 수 없다면, 나는 내게 요구되는 일을 결코 하지 않을 겁니다!"

그러자 목소리가 다시 들려왔다.

"이제 당신은 모든 것을 알게 될 거예요."

7

노비가 말했다.

"당신들은 지금 마음속으로 모든 것을 듣고 있을 거예요. 당신들은 사고를 통해 모든 것을 말할 수 있어요. 내가 당신들의 생각을 다른 모든 사람들이 들을 수 있도록 조치하겠어요. 당신들도 잘 알다시피 우리 모두는 매우 가깝게 근접해 있기 때문에 정신 역장을 정상적인 광속으로 낼 수 있어요. 따라서 의사소통이 지연되는 불편을 겪을 필요가 없지요. 우리가 모두 이 자리에 모이게 된 것은 미리 준비된 것이에요."

"어떻게?"

브라노의 목소리가 들렸다.

"정신 간섭을 통한 것은 아니에요. 가이아는 어떤 사람의 정신에도 개입하지 않아요. 그것은 우리 방식이 아니에요. 우리는 단지 사람들의 야심을 이용할 뿐이지요.

브라노 시장은 지금 당장 제2제국을 건설하고 싶어 하고, 발언자 젠디발은 제1발언자가 되기를 원하지요. 가이아는 엄밀하고 적절한 판단으로 사람들의 야망을 북돋우고 거기에 편승하는 정도만으로도 충분하지요."

"이제야 내가 어떻게 이곳까지 오게 되었는지 알겠군······."

젠디발이 돌처럼 굳은 목소리로 말했다. 실제로 그의 말 그대로였다. 그는 왜 자신이 그토록 우주로 나가고 싶어 했고 왜 트레비스를 미행하고 싶어 했는지, 어째서 모든 일을 자신이 처리할 수 있다는 확신이 들게 되었는지 그 수수께끼가 풀린 것이다.

그것은 바로 노비였다! 오, 노비!

"당신은 특별한 경우예요, 발언자 젠디발. 당신의 야망은 매우 강했어요. 하지만 당신에게는 일종의 우아함이 있었고, 그것이 지름길을 열어 주었지요. 당신은 어떤 종류의 사람에 대해서는 당신 이하의 인간이라고 생각하도록 훈련되었기 때문에, 그런 사람에 대해서는 친절하게 대할 수 있지요. 당신의 경우 바로 그 점을 역으로 이용했지요. 나-우리는 그 점에 대해 매우 부끄럽게 생각하고 있어요. 변명을 하자면 은하계의 미래가 위태로운 지경에 빠져 있기 때문에 어쩔 수 없었어요."

노비는 잠시 이야기를 멈추었다. 그녀의 목소리는(물론 그녀가 육성으로 말한 것은 아니었지만) 점점 더 우울해졌고 얼굴 표정은 찌푸려졌다.

"이제 시간이 되었습니다. 가이아는 더 이상 기다릴 수가 없었어요. 지난 한 세기 동안 터미너스인들은 정신 차폐막을 개발했습니다. 만약 그들을 다음 세대까지 내버려 둔다면 더 이상 가이아로서도 어쩔 수 없는 형국이 되어 버리고, 그들은 마음대로 자기들의 물리적 무기들을 휘두르게 될 것입니다. 은하계는 그들에게 저항할 수 없을 것이고 제2은하제국은 터미너스 방식대로 즉시 건설될 것입니다. 셸던 프로젝트에 반해서, 트랜터인들에 반해서, 그리고 가이아의 뜻에도 반해서……. 따라서 브라노 시장으로 하여금 차폐막이 아직 완전해지기 전에 움직이도록 만들 수밖에 없었지요.

그리고 트랜터의 경우를 봅시다. 셸던 프로젝트는 완벽하게 작동하고 있었습니다. 왜냐하면 가이아가 그 계획이 정확하게 실행되도록 노력하고 있었기 때문이지요. 지난 한 세기 동안 매우 온건한 제1발언자가 통치했기 때문에 트랜터는 식물과도 같은 상태를 유지했습니다. 하지만 이제 스토 젠디발이 빠른 속도로 성장하고 있습니다. 그는 틀림없이 제1발언자가 될 것이고, 그의 통치하에서 트랜터는 적극적인 행동주의 노선을 취할 게 분명합니다. 그는 필히 물리적인 힘에 주의를 집중하게 될 것이고, 그러다 보면 터미너스의 위험을 인식하게 됨에 따라 그들에게 적대적인 행동을 취하게 될 것입니다. 만약 그가 터미너스의 차폐막이 완전하게 되기 전에 터미너스에 공격을 가한다면, 셸던 프로젝트는 결국 트랜터의 방식에 따라 제2은하제국이 건설되는 것으로 결론을 맺게 될 것입니다. 하지만 그것은 터미너스와 가이아의 뜻과는 배치되는 것이지요. 따라서 젠디발이 제1발언자가 되기 전에 움직이게 해야만 했습니다.

다행스럽게도 수십 년 전부터 가이아가 조심스럽게 작업을 진척시켜 왔기 때문에, 우리는 두 파운데이션을 모두 적절한 시간과 장소에 데려올 수 있었습니다. 내가 이 모든 것을 설명하는 이유는, 무엇보다도 터미너스의 골란 트레비스 의원의 이해를 돕기 위한 것입니다."

트레비스는 즉시 그녀의 말을 잘랐다. 이번에도 그는 생각 대신 말을 사용했다. 그의 어조는 단호했다.

"이해하지 못하겠군요! 두 가지 방식대로 제2은하제국이 건설되는 게 뭐가 잘못이라는 겁니까?"

"제2은하제국이 터미너스의 방식으로 건설된다면 군사 제국이 될 것입니다. 그것은 전쟁을 통해 수립되고, 무수한 전쟁으로만 유지될 것이며, 종국에는 전쟁에 의해 패망하고 말 것입니다. 그것은 제1은하제국의 재등장과 하등 다를 바가 없지요. 이것은 가이아의 견해죠.

반면 트랜터의 방식으로 건설된 제2은하제국은 계산에 의해 수립되고, 계산에 의해 유지되며, 모든 것을 계산에 의존하는 영원한 산송장이 될 것입니다. 그것은 죽은 제국이나 다름없는 것이지요. 이것 또한 가이아의 견해입니다."

"그렇다면 가이아가 생각하는 대안은 도대체 무엇이죠?"

"위대한 가이아! 인간이 살고 있는 모든 행성은 가이아처럼 될 것입니다. 생명을 가진 모든 행성은 훨씬 더 거대한 초우주 생명 속으로 통합될 겁니다. 생명이 없는 모든 행성들도 여기에 참여할 것이고 모든 항성도, 성간의 모든 가스도, 은하계 중앙의 거대한 블랙홀까지도……. 이 모두가 살아 있는 은하계, 지금까지 우리 중 누구도 꿈꾸어 보지 못한 방식으로 모든 생명들이 행복을 누릴 수 있는 곳이 될 것입니다."

"새로운 생명이 탄생한다는 뜻인가요?"

젠디발이 빈정대며 중얼거렸다.

"우리는 그것을 가이아년으로 수천 년 동안이나 준비해 왔지요."

"하지만 그것은 전 은하계를 포괄할 수 있는 규모는 아니었잖습니까?"

트레비스는 다른 사람들은 무시하고 곧장 자기의 관심사에 대해 질문을 던졌다.

"그렇다면 도대체 내가 해야 할 역할이란 무엇이죠?"

그러자 노비의 정신을 통해 전달되는 가이아의 목소리가 천둥처럼 울려 퍼졌다.

"선택하세요! 무엇이 진정한 대안인가를!"

엄숙한 침묵이 흘렀다. 얼마간의 시간이 지난 다음 마침내 트레비스가 침묵을 깼다. 이번에는 육성이 아닌 정신을 통해서였다. 그는 충격으로 입을 벌릴 수도 없을 지경이었다. 그의 목소리는 좀 작아졌지만 도전적인 어조는 여전했다.

"그게 왜 나입니까?"

"우리는 터미너스든 트랜터든 모두 너무 강대해져서 그들을 저지시킨다는 것이 불가능할 때가 올 것이라는 것을……. 그리고 두 파운데이션이 은하계를 황폐화시킬 정도로 너무 강대해져서 치명적인 대립을 이룰 때가 올 것이라는 것도 인식하고 있었습니다. 하지만 우리는 여전히 행동을 취할 수가 없었지요. 우리의 목적을 위해서 우리는 누군가 특수한 사람을, 공정한 판단을 내릴 수 있는 사람을 필요로 하고 있었어요. 그러던 중 우리는 당신을 발견한 것입니다, 의원. 아니, 사실 그것은 우리의 공이 아니지요. 트랜터인과 콤포라는 사람을 통해서이지요. 하지만 그들은 자신이 무엇을 하고 있는지도 몰랐어요. 당신을 발견하는 행위 자체가 우리의 주의를 끌게 되었다는 편이 더 정확하겠지요. 골란 트레비스, 당신은 무엇이 올바른 일인지를 판단할 수 있는 재능을 가지고 있습니다."

"아닙니다!"

트레비스는 단호히 부정했다.

"부정하지 마세요. 틀림없이 당신입니다. 우리는 지금 이 순간 당신이 전 은하계를 대표하고 있다는 것을 확신하길 바랍니다. 물론 당신은 그걸 원하지 않을 것이고 그런 선택을 강요받지 않기 위해 최선을 다하겠지요. 하지만 당신은 그 일이 옳은 것이라는 사실을 깨닫게 될 것입니다. 틀림없이! 그렇게 되면 당신은 선택을 할 것입니다. 우리는 당신을 발견하면서 오랜 탐색이 끝났다는 것을 깨달았고, 그 후 수년간 직접적인 정신적 개입 없이 당신들 세 사람 모두가 동시에 가이아로 접근할 수 있도록 만들어 줄 여러 가지 상황을 조성하기 위해 노력해왔지요. 마침내 이제야 우리는 그 일을 해낸 것입니다!"

"우주의 이 지점, 그리고 현재의 상황에서 당신이 시장이나 발언자에 대해 얼마든지 압력을 가할 수 있는 게 현실 아닙니까? 또한 내 어떤 도움도 필요 없이 당신은, 소위 살아 있는 은하계를 건설할 수 있다는 것 역시 사실일 테고……. 그렇다면 왜 그렇게 하지 않지요?"

"내 설명이 당신의 의문을 만족시켜 줄지 모르겠군요. 가이아는 수천 년 전에 로봇의 도움으로 건설되었지요. 로봇은 아주 짧은 시기 동안 인류를 위해 봉사했지만, 지금은 그렇지 않습니다. 그들은 우리가 모든 생명에 대해서 로봇공학의 3원칙을 엄격히 적용할 때에만 살아남을 수 있다는 것을 분명히 가르쳐 주었지요. 그 표현을 그대로 빌자면, 첫 번째 원칙은 '가이아는 생명을 해치거나 위험을 간과함으로써 생명에 위해를 끼쳐서는 안 된다'는 것이었지요. 그래서 우리는 모든 역사를 통해 이 법칙을 지켜 왔고, 그것을 벗어나는 일은 어떤 것도 할 수 없었습니다.

그 결과로 이제 우리는 아무것도 할 수 없는 무력한 상태에 빠져 있는 겁니다. 우리는 우리가 갖고 있는 '살아 있는 은하계'에 대한 비전을 100경(10^{18})에 달하는 은하계의 인류와 셀 수조차 없는 다른 형태의 생물들에게 강요할 수도 없고, 그 방대한 숫자에게 해를 입힐 수도 없어요. 그렇다고 해서 우리가 피비린내 나는 전쟁 속에 은하계가 스스로 파멸하는 모습을 팔짱 끼고 보고만 있을 수만 없는 노릇이었지요. 우리가 행동을 취하는 것과 그렇게 하지 않는 것 중 어느 것이 은하계의 손실을 줄이는 것인지 우리는 도저히 알 수가 없었습니다. 또한 우리가 선택한다 하더라도 터미너스와 트랜터 중 어느 곳을 지원하는 것이 더 은하계를 위한 것인지도 알 수 없었지요. 그래서 트레비스 의원에게 결정을 맡기고자 한 것입니다. 어떤 결정이 내려지든지 가이아는 그것을 따를 것입니다."

"어떻게 내가 결단을 내릴 수 있다고 생각하는 거죠? 내가 어떻게 그것을 결정한단 말입니까?"

트레비스가 말했다.

"당신에게는 컴퓨터가 있잖습니까? 터미너스 사람들은 자신들이 알고 있는 것보다 훨씬 더 뛰어난 것을 만들었지요. 당신의 우주선에 장착된 컴퓨터는 가이아의 일부분과 합체된 것입니다. 손을 접촉부에 올려놓고 브라노 시장의 차폐막이 무엇으로도 뚫을 수 없는 것이라고 생각한다고 가정해 보세요. 그러면 그녀는 즉시 자신의 무기를 사용해서 나머지 두 우주선을 움직이지 못하게 만들거나 파괴시키겠지요. 그런 다음 가이아를 물리적으로 지배할 것입니다. 그런 식으로 트랜터도 정복하겠지요."

"그렇다면 당신이 그런 행위를 저지하면 되지 않습니까?"

트레비스가 놀란 어조로 물었다.

"절대로 그러지 않을 겁니다. 만약 당신이 터미너스의 지배가 다른 대안보다 은하계에 손실을 덜 입힐 것이라고 판단한다면 우리는 기꺼이 그들의 지배를 도울 것입니다. 설사 우리 자신이 파멸할 수밖에 없다 하더라도……. 반대로 당신이 발언자 젠디발의 정신 역장에 컴퓨터를 연결해서 그의 역장을 확대시켜 준다면, 그는 틀림없이 내가 가하고 있는 통제에서 벗어나게 될 거예요. 그런 다음 그는 시장의 정신을 조절해서 그녀의 함대로 가이아를 물리력으로 지배하고, 셀던 프로젝트의 보존을 지상의 목표로 삼겠지요. 가이아는 그것 역시 저지하지 않을 것입니다.

만약 당신이 나의 정신 역장과 결합하게 된다면 살아 있는 은하계가 만개하게 될 것입니다. 물론 지금 세대는 아니고 다음 세대도 아니지요. 하지만 셀던 프로젝트가 계속되는 한 반드시 그런 때가 올 것입니다. 그 선택은 당신에게 달렸어요."

그러자 브라노 시장이 말했다.

"기다리시오! 지금 당장 결정하지 마시오. 내가 말해도 좋겠소?"

"당신은 자유롭게 발언할 수 있습니다. 발언자 젠디발도 마찬가지고요."

"트레비스 의원, 우리가 터미너스에서 마지막으로 만났을 때 당신은 이렇게 말했소. '시장 각하! 언젠가는 당신이 제게 간청을 할 날이 오고야 말 겁니다. 하지만 그때 당신의 요구를 들어 줄지 여부는 제 마음에 달려 있습니다. 지난 이틀 동안의 기억을 영원히 잊지 못할 겁니다.'라고……. 그때 당신이 이런 일이 벌어질 것을 직감적으로 느꼈는지, 아니면 살아 있는 은하계를 운운하는 이 여자가 말했듯이 공정함을 아는 탁월한 재주를 지녔기 때문인지는 잘 모르겠소. 하지만 어떤 경우이든 당신 말은 적중했소. 나는 당신이 파운데이션 연방을 대표해서 한 가지 일을 해 줄 것을 요청하겠소.

물론 당신을 체포하고 추방시킨 나에게 복수하고 싶은 생각을 가지고 있을 것이오. 하지만 당시 나의 행동이 개인을 위한 것이 아니라 연방의 이익을 고려한 것이었다는 점을 기억해 주시오. 또한 설사 내가 잘못했다 하더라도. 만에 하나 사리사욕을 위해서 그런 짓을 저질렀다 하더라도, 그 일을 한 것은 파운데이션 연방이 아니라 바로 나였다는 것을 기억해 주시오. 나 개인이 당신에게 저지른 일을 앙갚음하기 위해서 파운데이션 전체를 파멸시키는 짓은 하지 마시오. 당신은 파운데이션인이고 한 사람의 인간이라는 것을, 그리고 피도 눈물도 없는 트랜터의 수학자들의 계획 속에 한 부호로 녹아들고 싶어 하지 않는다는 것을! 더군다나 생명과 비생명이 뒤범벅된 은하계 속에 아무런 의미도 없는 한 조각이 되고 싶어 하지 않는다는 것도 명심하시오. 당신은 당신 자신을 원하고 있소. 당신들의 자손, 자유의지를 가진 독립적인 유기체인 당신의 동포들을 원하는 것이오. 그것이 없다면 아무것도 아니오.

이 다른 세계의 사람들은 당신에게 우리 제국이 유혈과 비참함을 불러올 것이라고 말하고 있지만 반드시 그렇지는 않소. 그렇게 될지 안 될지는 우리들의 자유의지에 달려 있는 것이오. 우리는 다른 길을 선택할 수도 있소. 어쨌든 자유의지를 가지고 파멸하는 편이, 기계의 톱니바퀴가 되어 무의미한 안전을 보장받으며 사는 것보다 훨씬 나을 것이오. 당신에게 요구되는 일은 다름 아닌 자유의지를 가진 인간의 선택이라는 점을 잘 생각하시오. 이들 가이아의 생물들은 가이아의 기계들이 선택을 허용하지 않기 때문에 스스로 선택할 수 없는 것이오. 그 때문에 그들을 당신에게 의존하고 있는 것이오. 만약 당신이 파멸시키라는 명령을 내린다면 그들은 스스로를 파멸시킬 것이오. 은하계 모두를 위해 당신이 원하는 건 바로 그것 아니오?"

"저는 제가 자유의지를 가졌는지조차 잘 모르겠습니다, 시장님. 제 정신은 저들이 원하는 대답을 할 수 있도록 교묘하게 조작되었는지도 모르죠."

"당신의 정신에는 손끝 하나 대지 않았어요. 만약 우리가 당신을 우리의 목적에 맞게 조절할 수 있다면 이런 식의 회합을 만들기 위해 이 정도의 노력을 기울일 필요가 없었겠지요. 우리가 그런 정도로 무원칙한 이들이라면, 인류 전체의 필요와 복지를 고려하는 대신 우리 자신의 즐거움을 누리기 위해 모든 노력을 기울였을 겁니다."

이번에는 젠디발이 끼어들었다.

"이제 내가 말을 해야 할 차례인 것 같군요. 트레비스 의원, 편협한 애향심에 빠지지 마십시오. 당신이 터미너스에서 태어났다는 사실이 터미너스가 은하계보다 우선한다는 것을 의미하는 것은 아닙니다. 지난 5세기 동안 은하계는 셀던 프로젝트에 따라 움직여 왔습니다. 파운데이션 연방 내에서든 밖에서든 그 계획은 계속 진행되어 온 겁니다.

따라서 당신은 셀던 프로젝트의 일부분이며 그것은 파운데이션으로서의 역할을 뛰어넘는 겁니다. 그 계획을 붕괴시키는 일은 어떤 것이든 허용될 수 없습니다. 그것이 편협한 애국심이든 혹은 새로운 것에 대한 낭만적 동경이든 간에 말입니다. 제2파운데이션인들은 결코 인간의 자유의지를 간섭하지 않을 것입니다. 우리는 지도자이지 독재자가 아닙니다.

그리고 우리는 제1제국과는 근본적으로 다른 제2제국을 건설할 것입니다. 전 인류의 역사를 통해, 초공간 여행이 가능해진 이래 수만 년의 세월 동안 은하계 전역에서 유혈과 학살이 완전히 사라진 때가 단 10년이라도 있었습니까? 파운데이션이 평화를 유지하고 있던 시절도 마찬가지였습니다. 브라노 시장을 선택한다면 그러한 역사는 인류의 미래에도 그치지 않을 것입니다. 똑같은 공포와 학살이 반복될 뿐일 것입니다. 셀던 프로젝트는 그러한 상태에서 궁극적으로 해방될 수 있는 길을 제시하고 있습니다. 그것은 가이아가 말하는 것처럼 식물, 박테리아, 먼지와 같은 동등한 존재로 퇴락해서 은하계의 수많은 원자들 중 하나로 전락하는 식의 엄청난 대가를 치러야 하는 것이 절대 아닙니다!"

노비가 말했다.

"발언자 젠디발이 이야기한 제1파운데이션의 제2은하제국에 대해서는 나도 같은 생각입니다. 하지만 제2파운데이션이 만들 제2은하제국에 대해서는 달리 생각하지요. 트랜터의 발언자들 역시 결국 독립적인 자유의지를 가진 인간들이고 지금까지 그래 왔던 것과 같을 수밖에 없어요. 과연 그들이 파괴적인 경쟁, 정치적 암투, 모든 희생을 치르더라도 높은 지위를 차지하겠다는 욕심으로부터 해방될 수 있을까요? 발언자들의 회의 기구인 테이블에는 아무런 반목과 증오가 없을까요? 과연 그들이 언제까지나 기꺼이 추종할 만한 지도자로 남아 있을 수 있을까요. 발언자 젠디발은 명예를 걸고 이 문제에 답해야 할 겁니다."

"명예를 걸 필요까지도 없습니다."

젠디발이 바로 그녀의 말을 받았다.

"나는 우리의 테이블에도 경쟁과 증오, 배신이 있다는 것을 떳떳하게 인정할 수 있습니다. 하지만 일단 결정이 내려지면 우리 모두는 그에 복종합니다. 이 원칙에는 단 한 번의 예외도 없었습니다."

"내가 선택을 할 수 없다면 어쩌겠습니까?"

트레비스가 무겁게 입을 열었다.

"반드시 해야만 해요. 당신은 결단을 내리는 것이 옳은 일이라는 것을 확신하게 될 것입니다. 그렇게 되면 선택을 할 수 있을 겁니다."

"선택을 하려고 노력했는데도 할 수 없다면?"

"해야 합니다!"

"시간이 얼마나 허용됩니까?"

"당신이 확신을 가지게 될 때까지요. 시간이 한없이 걸린다 하더라도……."

노비가 대답했다.

트레비스는 조용히 앉아 있었다.

다른 사람들도 모두 침묵을 지키고 있었기 때문에 트레비스는 자신의 맥박이 뛰는 소리까지도 들리는 듯한 착각을 느꼈다.

그는 침묵 속에서 브라노 시장의 단호한 목소리를 들을 수 있었다.

"자유의지!"

젠디발의 목소리도 강압적으로 울렸다.

"지도와 평화!"

노비의 목소리는 신중하게 들렸다.

"생명!"

트레비스는 몸을 돌려 자신을 주시하고 있는 페롤랫을 바라보았다.

"페롤랫 교수님, 이야기 다 들으셨나요?"

"들었네, 트레비스."

"어떻게 생각합니까?"

"결정은 내가 내리는 것이 아니야."

"알아요. 그래도 교수님의 생각을 듣고 싶어요."

"모르겠네. 나는 세 가지 선택 모두가 다 두렵구먼. 그런데 나는 좀 특이한 생각을 갖고 있다네."

"그게 뭐지요?"

"우리가 처음 우주로 나왔을 때 자네가 내게 은하계를 보여 주었지. 기억하나?"

"물론이지요."

"그때 자네는 시간을 빨리 돌려서 은하계가 시각적으로 회전하도록 만들었지. 그래서 내가 그때 지금 이 순간을 예비하기라도 하듯 이렇게 말하지 않았나? '은하계가 마치 기어가는 생물체처럼 보이는군.'이라고 말이야. 자네는 어떤 의미에서 이미 은하계가 살아 있는 것이라는 생각이 들지 않나?"

순간 트레비스는 당시의 기억을 떠올리면서 갑작스럽게 모든 것에 대한 '확신'을 가지게 되었다. 순간적으로 그는 당시 자신이 페롤랫 역시 매우 중요한 역할을 할 것이라는 생각을 했었다는 기억을 떠올렸다. 그는 황급히 몸을 돌렸다. 다른 생각이 들거나, 자신의 결정에 대해 회의를 품거나, 다시 모호한 생각에 빠지지 않기 위해서……

그는 컴퓨터 접촉부에 손을 올려놓고 이전에는 한 번도 느껴 보지 못한 강렬함으로 사고했다.

그는 결단을 내렸다. 은하계의 운명이 달려 있는 중대한 결단을!

제20부

결말

1

할라 브라노 시장은 충분히 만족할 만한 이유를 갖고 있었다. 공식 방문이 오래 걸리지는 않았지만 상당한 실익을 확보할 수 있었다. 그녀는 오만한 느낌을 주지 않으려고 신중한 노력을 기울이면서 말했다.

"물론 우리는 그들을 전적으로 신뢰할 수 없어."

그녀는 스크린을 바라보고 있었다. 함대의 우주선들은 하나둘씩 초공간으로 들어가면서 원래의 자리로 돌아가고 있었다.

파운데이션 함대의 내방으로 세이셸이 상당한 감명을 받았다는 점에는 의심의 여지가 없었다. 또한 그들이 두 가지 사실을 결코 간과할 수 없다는 점도 분명했다. 하나는 우주선들이 항상 파운데이션의 영역에 남아 있었다는 점이었고, 다른 하나는 브라노 시장이 함대가 떠날 것임을 암시하고 나자 실제로 신속하게 사라져 버렸다는 점이었다.

반면 세이셸에게는 그 우주선들이 하루 전의, 혹은 그보다 더 짧은 예고 기간 후 경계 지역으로 소집될 수 있다는 사실도 결코 잊을 수 없었다. 그것은 힘의 과시와 선의의 표시가 함께 뒤섞인 기동 작전이었다.
　코델이 말했다.
"맞습니다. 우리는 결코 그들을 완전히 신뢰할 수는 없습니다. 하지만 은하계의 그 누구라도 완전히 믿을 수는 없는 법이고, 협정의 조항을 준수하는 것은 세이셸의 이익에 합치하느냐의 여부에 달린 것이지요. 우리는 관대하게 그들을 대했습니다."

"중요한 것은 많은 세세한 조항들이 실현될 수 있느냐에 달려 있네. 나는 그렇게 되기까지 몇 달은 걸릴 것이라고 생각해. 개략적인 윤곽을 받아들이는 데에는 한 달이면 족하겠지. 하지만 그런 다음에는 그 윤곽에 구체적인 명암을 입혀야 하거든. 수출입의 검역 방법이라든지, 그들의 곡물과 가축을 우리의 것과 비교해서 값을 매기는 작업 등 많은 일이 남아 있는 것이지."

"알고 있습니다. 하지만 그런 일들도 결국은 이루어질 것이고 돈은 시장님의 수중에 떨어지게 되는 거죠. 시장님, 그건 아주 대담한 결단이었습니다. 진심으로 인정합니다. 놀랄 정도의 수완이었어요."

"잘 듣게, 리오노. 그것은 단지 파운데이션이 세이셸인들의 긍지를 인정해 주는 문제였어. 그들은 과거 제국 시절부터 어느 정도의 독립을 인정받고 있었고 실제로 그것에 대해 상당한 자부심을 가지고 있었지."

"그렇습니다. 그렇다면 이제 그것은 더 이상 우리에게 거추장스러운 문제가 아니겠군요."

"정확한 지적이야. 그러니 우리가 할 일은 단지 그들의 자존심에 대해서 일종의 제스처를 취하는 정도로만 우리의 태도를 누그러뜨리면 되는 거야. 물론 나는 은하계 규모의 연방 시장으로서 허리를 굽혀 변방의 한 성군(星群)을 방문하는 게 옳은 일인지 결정을 내리기 어려웠다는 것을 인정해. 하지만 일단 그 결정은 그다지 해롭지 않았다는 게 밝혀졌어. 더군다나 그들도 나의 방문에 동의하도록 만든 것은 일종의 도박이었어. 말하자면 그것은 겸손하고 아량이 넓은 미소 작전이기도 했지."

코델이 고개를 끄덕였다.

"우리는 힘이라는 외양을 버리고 그 대신 실익을 얻은 것이지요."

"대단히 훌륭한 표현이야. 누가 그 말을 처음 썼지?"

"에리든의 희곡에 나오는 대사의 한 부분으로 알고 있는데, 확실하지는 않습니다. 터미너스로 돌아가면 문학의 대가에게 물어보겠습니다."

"내가 그때까지 기억한다면……. 세이셸인들의 터미너스 답례 방문이 조속한 시일에 이루어지도록 하게. 그래서 그들이 우리와 동등한 대우를 받고 있다는 점을 분명히 해 주어야만 해. 그런데 걱정거리가 있네. 리오노. 그들을 위해서 엄중한 호위 태세를 갖추어 주게. 혈기왕성한 터미너스인들 중에는 필히 그들에게 무례하게 굴 사람들이 있을 거야. 그들에 대한 항의 시위가 벌어져, 만에 하나라도 그들에게 모욕감을 준다면 그건 현명한 일이 아닐 거야."

"그런 일은 절대 일어나지 않을 것입니다. 그리고 트레비스를 세이셸에 보낸 것은 아주 훌륭한 처사였습니다."

코델이 말했다.

"내 피뢰침? 그는 내가 예상했던 것보다 더 훌륭하게 해냈어. 아주 정직하게 말이야. 그는 세이셸에서 헤매고 돌아다니면서 믿을 수 없을 정도로 빨리 '항의'라는 형태의 벼락을 끌어냈지. 그는 내 방문을 위한 아주 좋은 구실을 만들어 주었지. 파운데이션의 한 관계자가 어떤 식으로든 그들을 괴롭혔지만 우리는 그를 관대하게 처분해 준 데 대해 감사를 표시한다는 건 그럴듯한 대의명분이었지."

"대단히 현명한 방법이었지요. 그런데 트레비스를 우리와 함께 데려오는 편이 더 낫지 않았을까요?"

"아니야. 보다 대국적인 견지에서 그가 터미너스에 있는 것보다는 다른 곳에 있는 편이 더 낫지. 그가 터미너스에 오면 골칫거리밖에 안돼. 물론 제2파운데이션에 대한 그의 터무니없는 생각이 그를 터미너스 밖으로 내보낼 수 있는 좋은 구실이 된 건 사실이지. 우리는 페롤랫이 그를 세이셸로 인도할 것이라는 사실을 계산에 넣고 있었지. 하지만 그가 다시 고향에 돌아와서 또 터무니없는 소리를 늘어놓게 하고 싶지는 않아. 그렇게 될 경우에 또다시 무슨 일이 벌어질지 아무도 장담할 수 없거든."

그러자 코델이 싱긋 웃으며 말했다.

"그렇군요, 그리고 페롤랫 말인데요. 이 세상에 학자 양반들만큼 음흉한 생각을 품고 있는 사람들이 또 있을까요? 만약 우리가 또다시 그의 기세를 살려 준다면 얼마나 많은 페롤랫이 우글거릴지 걱정이 되는군요."

"세이셸의 신화 속에서 나오는 가이아가 실제 문헌으로 존재할 수 있다는 믿음은 가질 만한 것이지. 하지만 이제 그런 것은 모두 잊어버리게. 우리는 돌아가면 의회와 직면해야 하고, 세이셸 협정의 승인을 얻어 내려면 그들의 표가 필요해. 다행스럽게도 우리에겐 트레비스가 자발적으로 터미너스를 떠났다는 것을 실질적으로 인정한 진술이 있어. 거기에는 그의 성문(聲紋)을 포함해서 본인의 말이라는 것을 증명할 수 있는 모든 것이 들어 있지. 나는 트레비스를 짧은 기간이나마 체포했었던 점에 대해 공식적으로 유감을 표명할 예정이야. 의회는 그 정도로도 만족할 거야."

"맞습니다. 빈말로라도 그렇게 해 주어야 할 겁니다."

코델은 무미건조하게 말했다.

"그런데 트레비스가 제2파운데이션을 계속 찾아 나설 수도 있다는 생각을 해보셨습니까?"

"그자는 내버려 두게."

브라노는 어깨를 으쓱하면서 말했다.

"터미너스에서는 아무것도 찾아낼 수 없을 테니까. 그렇게 되면 그는 무척 바빠지겠지만 아무것도 얻지는 못할 거야. 가이아가 세이셸의 신화이듯이 제2파운데이션의 존재는 우리 시대의 신화야."

그녀는 머리를 뒤로 기대고 상냥한 표정을 지으면서 말했다.

"그리고 이제 우리는 세이셸을 손아귀에 넣었어. 세이셸이 그것을 알아차렸을 때에는 이미 벗어나기에 늦은 시기가 되겠지. 따라서 파운데이션의 성장은 계속될 것이고, 프로젝트의 법칙에 의해 번창할 거야."

"모든 공로는 당신에게 돌아올 것이고요, 시장님."

"그 점을 계산에 넣지 않았을 리가 있겠나?"

브라노가 말했다. 그들을 태운 우주선은 초공간으로 미끄러져 들어갔다가 터미너스에 인접한 우주공간으로 빠져나왔다.

2

다시 자신의 우주선에 오른 스토 젠디발은 만족할 만한 충분한 이유를 갖고 있었다. 제1파운데이션과의 조우는 짧았지만 상당한 실익을 확보할 수 있었다.

그는 승리에 대한 자만심이 드러나지 않도록 조심스레 배려하면서 메시지를 보냈다. 모든 일이 잘 되었다는 내용만 제1발언자에게 짤막하게 전달하면 되었다(실제로 제1발언자는 제2파운데이션의 모든 힘을 총동원할 필요가 없었다는 사실만으로도 젠디발의 승리를 추측했을 것이다.). 상세한 내용은 나중에 만나서 이야기해도 늦지 않을 것이다.

자신이 테이블에서 보고할 것을 생각해 보았다. 브라노 시장의 마음을 매우 조심스럽게 조절해서……, 아주 조금만……, 그녀의 생각을 제국주의적인 과대망상증에 무역 협정이라는 실익 쪽으로 돌려놓기 위해서 어떤 노력을 기울였는가에 대해 말하게 되리라. 그리고 세이셸 연맹의 지도자들에게도 조심스럽게…… 조금은 오랜 시간을 들여 접촉해서, 교섭을 위해 시장을 초대하게 만든 과정도 그의 이야기에 포함될 것이다. 또한 그 후 협정이 지켜지는지를 감시하기 위해 콤포가 자신의 우주선을 타고 터미너스로 돌아갔기 때문에 더 이상의 조절 없이도 친선 관계를 유지할 수 있을 것이다. 젠디발은 이 모든 일들이 주도면밀한 정신학적 기교에 의한 엄청난 성과이며, 한 권의 소설로 엮일 만한 대단한 사건이라는 생각에 가슴이 부풀었다.

젠디발은 이것으로 발언자 델라미의 코를 납작하게 만들 수 있을 것이며, 테이블의 공식적인 회의에서 자신은 제1발언자의 지위에 오를 수 있을 것을 믿어 의심치 않았다.

그는 슈라 노비의 등장이 가지는 중요성을 부인하지 않았다. 물론 그 사실이 발언자들 모두에게 강조될 필요는 없겠지만……. 그녀는 그의 승리에서 결정적인 역할을 해 주었을 뿐 아니라, 그가 확실한 추대를 얻어내기 전까지는 어린아이처럼(발언자라 하더라도 그가 인간인 한 어린아이 같은 면을 갖고 있는 것만은 틀림없으므로) 자신의 성공을 뽐내는 일에 몰두하고 싶은 구실이 되어 주었다.

그는 그녀가 그동안 벌어진 모든 일에 대해 아무것도 알지 못한다고 생각했다. 하지만 그녀는 그가 원하는 대로 모든 일을 처리해 주었고, 그는 그 점에 대해 상당한 자부심을 느끼고 있었다. 그는 그녀의 마음속을 부드럽게 만져 주었다.

"네가 없었다면 나는 결코 임무를 수행할 수 없었을 것이다, 노비. 내가 제1파운데이션인과 이야기할 수 있었던 것은 순전히 네 덕분이지. 제1파운데이션인이란……, 그러니까 큰 우주선에 타고 있던 사람…….."

"예, 선생님. 누구를 말하는지 알겠어요."

"네 덕분에 나는 그들이 차폐막과 함께 미약한 정신력을 갖고 있다는 것을 알게 되었지. 네 마음속에 나타난 영향력을 보고서야 나는 그 두 가지 특성을 깨달을 수 있었어. 너의 조기 경보 덕분에 나는 그들을 효율적으로 제어할 수 있었던 거야."

그러자 노비는 망설이면서 이렇게 말했다.

"선생님 말이 정확하게 무엇을 의미하는지는 잘 모르겠어요. 하지만 만약 할 수만 있었다면 더 많은 도움을 드릴 수도 있었을 거예요."

"나도 알고 있다, 노비. 하지만 네가 해 준 것만으로도 충분해. 만약 그들을 그대로 놔두었다면 얼마나 위험천만한 일이었는지 생각만 해도 끔찍한 일이지. 하지만 그들의 차폐막과 정신 역장이 더 강력해지기 전에 그들을 붙잡았기 때문에 그들을 저지시킬 수 있었어. 시장은 지금 차폐막이나 정신 역장에 대해서는 모두 잊은 채 세이셸과 무역 협정을 맺었다는 사실에 만족하면서 돌아가고 있어. 그 협정으로 인해 세이셸은 파운데이션 연방의 일부로 활동하게 되었지. 물론 나는 한동안 그들이 정신 역장과 차폐막에 대해 쏟아부었던 연구 성과를 모두 부수기 위해 많은 노력을 기울여야 한다는 걸 부인하지 않아. 그것은 그간 우리가 태만했던 결과이기도 하지. 하지만 반드시 성공할 수 있을 거야."

젠디발은 그 문제에 대해 곰곰이 생각하다가 더 낮은 목소리로 이렇게 말했다.

"우리는 제1파운데이션에 대해서 너무 많은 것을 허용해 왔던 것 같아. 우리는 그들을 좀 더 엄중한 감시 하에 두었어야만 했어. 어떤 방식으로든지 은하계 전체를 좀 더 긴밀하게 편성하지 않으면 안 돼. 우리는 보다 긴밀한 의식의 협력 체계를 구축하기 위해서 정신학을 사용해야만 해. 그것이야말로 셀던 프로젝트에 부합되는 일이지. 나는 그 점에 대해 확신을 갖고 있고 반드시 그렇게 되도록 만들겠어!"

그러자 그의 이야기를 듣고 있던 노비가 걱정스러운 표정으로 그를 불렀다.

"선생님!"

젠디발은 자기도취에서 깨어나 그녀를 쳐다보고 미소를 지었다.

"미안하다. 혼잣말을 하고 있었구나. 노비, 루퍼런트를 기억하나?"

"당신을 공격한 그 멍청한 농부 말인가요? 물론 기억하고말고요."

"이제 생각해 보니 그때의 일은 개인용 차폐막으로 무장한 제1파운데이션의 정보원이 다른 정신이상자들과 함께 꾸민 음모였다는 확신이 드는구나. 만약 그런 음모를 알아차리지 못하고 그냥 넘겼다면 어떤 결과가 발생했을지 상상해 봐라. 그런데 당시 나는 이 수수께끼 같은 세계의 신화, 즉 가이아에 대한 세이셸의 미신에 사로잡혀서 제1파운데이션을 간과해 버리는 정신 나간 짓을 하고 있었으니! 그런데 네 마음이 내게 많은 도움을 준 거야. 그 덕분에 나는 정신 역장의 근원이 다른 어느 것도 아닌 바로 파운데이션의 전함이라는 판단을 내릴 수 있었지."

그는 두 손을 비벼 댔다.

노비가 자신 없는 태도로 그를 불렀다.

"선생님."

"왜 그래, 노비?"

"선생님이 얻어 낸 성과는 선생님에게 충분한 보상을 가져다주겠지요?"

"물론이지. 샌디스는 곧 은퇴할 것이고 내가 제1발언자가 될 거야. 그렇게 되면 우리가 은하 혁명을 이끌 중심 세력이 될 수 있는 거지."

"제1발언자라고요?"

"그래, 노비. 내가 모든 학자들 중에서 가장 중요하고 강력한 학자가 된다는 뜻이야."

"가장 중요하다고요?"

그녀는 수심에 가득 찬 표정으로 말했다.

"왜 그런 표정을 짓지, 노비? 내가 보상을 받는 것을 원하지 않나?"

"그래요, 선생님. 진심으로……. 만약 당신이 학자들 중에서 가장 중요한 사람이 된다면 헤임 여자 따위는 가까이 두지도 않겠지요. 그건 전혀 어울리지 않는 일일 테니까요."

"내가? 그럴 리가 있나! 누가 나를 막을 수 있단 말이냐?"

그는 그녀에 대한 애정이 끓어오르는 것을 느꼈다.

"노비, 너는 내가 어디를 가든 무엇을 하든 항상 내 곁에 머물게 될 거야. 내가 테이블을 소집할 때마다 네가 내 곁에 없다면, 나를 향해 달려드는 늑대들이 어떤 감정을 품고 있는지를 네 순진하고 깨끗한 마음을 통해 내게 미리 알려 줄 수도 없을 것이고, 그렇게 된다면 나는 늘 위험한 상태에서 벗어나지 못해. 게다가……!"

그는 자신의 갑작스러운 고백에 스스로 놀랐다.

"그런 사실 말고라도 나는……, 나는 네가 내 곁에 있는 것이 좋아. 너를 내 곁에 두고 싶어. 네가 원하기만 한다면 말이야."

"오, 선생님!"

노비가 속삭였다. 어느새 그의 팔이 그녀의 허리를 감싸 안았고 그녀는 그의 어깨에 머리를 묻었다.

노비의 마음 깊은 곳, 노비의 겉마음은 결코 알아차릴 수 없는 곳에는 가이아의 정수가 남아 있었고 그것이 모든 일을 이끌어 가고 있었지만, 그 위대한 일을 가능하게 만드는 것은 결코 무엇으로도 뚫을 수 없는 그녀의 가면이었다.

헤임 여인의 얼굴을 하고 있는 그 가면은 지극히 행복했다. 그런 행복을 느끼는 이유는 노비가 '그녀 자신-그들-모두'로부터 그토록 멀리 떨어져 있음에도 불구하고 그 모두와 조화되고 있음을 느끼기 때문이었다. 그녀는 무한한 미래의 자신의 모습에 대해 만족하고 있었다.

3

페롤랫은 흥분을 억제하느라고 손을 비벼대면서 이렇게 말했다.

"가이아로 다시 돌아가게 되어서 얼마나 기쁜지 모르겠네!"

"음……."

트레비스는 애매한 소리를 냈다.

"블리스가 내게 뭐라고 했는지 아나? 시장은 세이셸과의 무역협정을 맺고 터미너스로 돌아갔고, 제2파운데이션에서 온 발언자 젠디발은 자신이 모든 일을 해결했다고 믿으면서 트랜터로 돌아갔다는 거야. 그리고 그 노비라는 여자는 '갤럭시아'의 실현을 향한 변화를 일으키기 위해서 그와 함께 갔어. 그리고 어떤 파운데이션도 가이아의 존재에 대해 알지 못해. 이 얼마나 굉장한 일인가!"

"알아요. 저 역시 그 이야기를 들었어요. 하지만 우리는 가이아가 존재하고 있다는 것을 알고 있고, 누구에게라도 말할 수 있어요."

"블리스는 그렇게 생각하지 않아. 그녀는 아무도 우리 말을 믿지 않을 거라고 했네. 그리고 우리도 곧 그 점을 깨닫게 될 거라고 했어. 게다가 나, 나만은 영원히 가이아를 떠날 의향이 없네."

트레비스는 그 말에 놀란 듯 그를 똑바로 응시했다.

"뭐라고요?"

"나는 이곳에 머무를 거야. 자네도 그렇겠지만 나 역시 믿을 수가 없을 정도야. 불과 몇 주일 전만 하더라도 나는 터미너스에서 고독한 삶을 살고 있었지. 수십 년 동안이나 똑같은 생활을 반복하면서 내 기록과 생각 속에 파묻혀서 내가 죽어 가고 있다는 사실 말고는 아무것도 몰랐어. 설사 죽어서 다시 태어난다 하더라도 난 또다시 내 기록과 생각에 파묻혀서 식물과도 같은 고독한 생활을 계속했을 거야. 그런데 갑자기 전혀 예상치도 못하게 나는 은하 여행자가 된 걸세. 나는 은하계의 위기에 개입했고, 그리고……. 웃지 말게, 트레비스. 나는 블리스를 만난 거야."

"웃지 않아요, 페롤랫 교수님. 그런데 지금 교수님이 무엇을 하고 있는지 알기나 하세요?"

"물론이지. 이제 지구에 대한 문제는 내겐 하등 중요하지 않아. 그곳이 다양한 생태계와 지적인 생물을 갖고 있는 유일한 세계였다는 사실은, 그만하면 충분히 해명되었어. 자네도 알다시피 그 '영원인'이……."

"알아요, 알아. 이제 가이아에 정착하시겠다는 말이군요?"

"맞았어. 지구는 과거의 일이야. 이제 나는 과거의 문제에 대해서는 질렸어. 하지만 가이아는 미래야."

"교수님은 가이아의 일부가 아니에요. 혹시 그 일부가 될 수 있다고 생각하는 건 아니겠지요?"

"블리스는……, 어쩌면 내가 그 일부가 될 수도 있을 것이라고 말했네. 생물학적으로는 아닐지라도 지적으로는 말이야. 물론 그녀가 나를 도와주겠지."

"하지만 그녀는 가이아의 일부인데, 어떻게 공통의 생활, 공통의 관점, 공통의 관심을 가질 수 있죠?"

두 사람은 열린 공간으로 나왔다. 트레비스는 심각한 표정으로 침묵 속에 빠져 있는 풍요로운 섬을 바라보았다. 바다 너머 멀리 보라색으로 아롱진 수평선 위로 또 하나의 섬이 보였다. 그곳은 모든 것이 평화롭고 문명화되어 있고 살아 있으며 하나로 통합되어 있는 곳이었다.

트레비스가 입을 열었다.

"페롤랫 교수님, 그녀는 하나의 세계지만 교수님은 작은 개체에 불과해요. 그녀가 교수님에게 싫증이라도 느끼게 되면 어떻게 하지요? 그녀는 젊고……."

"트레비스, 나도 그 점에 대해서 생각해 보았네. 나는 그 문제에 대해서만 며칠 동안 몰두하기도 했지. 내 생각으로도 그녀는 내게 싫증을 느끼게 될 것 같아. 나는 로맨티스트가 되기는 어려운 사람이니까. 하지만 그때까지 그녀가 내게 베풀어 주는 사랑만으로도 내게는 충분해. 꿈꿀 수 있었던 것보다 더 많은 것을 그녀로부터 받았어. 내가 더 이상 그녀를 볼 수 없다면 내 꿈은 그 순간부터 끝이라네."

트레비스가 조용히 말했다.

"믿을 수 없는 일이군요. 교수님이야말로 진정한 로맨티스트라는 생각이 드는군요. 너무 기분 나쁘게 듣지는 마세요. 잘 생각해 보세요. 그렇다고 교수님에게 다른 선택을 강요할 뜻은 없어요. 페롤랫 교수님, 우리가 서로 알고 지낸 지 오래되지는 않았지만 지난 수주일 동안 한시도 떨어지지 않았지요. 제 말이 어리석게 들린다면 용서하세요. 저는 교수님을 굉장히 좋아해요."

"그건 나 역시 마찬가질세, 트레비스."

"그래서 교수님에게 상처를 주기 싫어요. 아무래도 블리스에게 얘기를 해야겠어요."

"아니야, 그건 안 돼! 제발 그러지 말게. 자넨 그녀에게 설교를 늘어놓을 참인가?"

"설교를 할 생각은 없어요. 이 문제는 교수님에게만 해당되는 건 아니니까요. 그녀와 차분히 이야기를 나누고 싶을 뿐입니다. 하지만 교수님 뜻을 어기고 그녀와 이야기하고 싶은 생각은 없어요. 그러니 제발 그녀와 만나 몇 가지 문제에 대해 터놓고 이야기하는 것을 허락해 주세요. 만약 그녀와의 대화가 제게 확신을 심어 준다면, 저는 진심에서 우러난 축복과 선의로써 교수님이 가이아에 정착하는 것을 받아들일 겁니다. 그리고 이후에 무슨 일이 있더라도 마음의 평화를 유지할 수도 있을 거고요."

그러나 페롤랫은 고개를 저었다.

"아니야. 자네는 모든 일을 망쳐 버리고 말 거야."
"약속하겠어요! 절대로 그렇게 하지 않겠다고……. 부탁드려요."
"좋아, 하지만 제발 조심하게. 이보게, 내 말 뜻을 알겠지?"
"물론이에요. 맹세하죠!"

4

블리스가 말했다.
"펠이 그러던데 당신이 나를 만나고 싶어 했다면서요?"
"그래요."
트레비스가 대답했다.
그들은 그에게 배당된 작은 아파트 안에 있었다.
그녀는 우아한 동작으로 자리에 앉아 다리를 꼬고는 빈틈없는 눈초리로 그를 응시했다. 그녀의 아름다운 갈색 눈동자가 반짝였으며 길고 검은 머리칼에는 윤기가 흘렀다.
그녀가 먼저 입을 열었다.
"당신은 내게 불만이 많지요, 그렇죠? 당신은 처음부터 나를 좋아하지 않았어요……."
트레비스는 그 자리에 그대로 서 있었다.
"당신은 사람의 마음을 읽을 수 있고 그 속에 들어 있는 내용까지 훤히 알 수 있잖습니까? 그러니 내가 당신에 대해 어떻게 생각하고 있는지 그리고 그 이유가 무엇인지 잘 알지 않아요?"
블리스가 천천히 고개를 저었다.
"당신의 마음은 가이아의 경계를 벗어나 있어요. 당신도 그것을 잘 알고 있을 거예요. 왜 당신의 결단이 필요했고 그 결단이 아무런 간섭도 받지 않은 명료한 정신의 결정이어야 했는가를. 당신의 우주선이 처음 나포되었을 때 나는 당신과 펠의 마음이 안정할 수 있도록 진정(鎭靜) 역장 안에 집어넣었어요. 그것은 필수적인 과정이었죠. 그렇게 하지 않았다면 당신은 틀림없이 손상을 입었을 것이고……, 필경 무서운 공포나 분노 때문에 결정적인 순간에 아무 소용이 없는 존재가 됐을 테니까요. 하지만 그뿐이었어요. 나는 그 이상을 넘을 수 없었고 그렇게 하지도 않았어요……. 따라서 나는 당신이 어떤 생각을 가지고 있는지 알 수 없어요."

"내게 요구되었던 결단은 이미 내려졌습니다. 나는 가이아와 갤럭시아를 선택했지요. 그렇다면 이제 또다시 간섭받지 않은 명료한 정신이 필요할 일은 없지 않아요? 당신은 원하던 것을 얻었고 이제 마음대로 나를 들여다볼 수 있지 않겠어요?"

"그렇지 않아요, 트레브. 앞으로 다가올 미래에 다른 결단이 요구될 수도 있는 일이지요. 당신은 살아 있는 한, 당신 그대로 남아 있게 될 거예요. 그리고 당신은 은하계의 귀중한 천연자원이 될 겁니다. 당신 외에도 은하계에 당신과 같은 사람들이 존재하고 미래에 당신처럼 또 누군가가 등장하리라는 것은 의심의 여지가 없는 일이지요. 하지만 지금 이 순간에 우리는 당신을, 오직 당신만을 알고 있을 뿐이에요. 우리는 여전히 당신에게 어떠한 간섭도 할 수 없어요."

"좋아요, 그 문제는……. 어쨌든 당신은 가이아예요. 그런데 나는 가이아에게 말을 할 수 없어요……. 이게 의미가 있는 일인지는 모르겠지만 나는 당신이라는 개인에게 얘기하고 싶군요."

"분명 의미가 있어요. 우린 전체가 융합되어 있는 상태에서 멀리 떨어져 있어요. 일정한 기간 동안은 가이아로부터 나를 분리시킬 수 있지요."

"좋아요. 나도 그러리라 생각했지요. 자, 이제 시작할까요?"

"그러시죠."

"그러면 우선 당신이 벌였던 게임에 대해서 얘기하지요. 필경 당신은 내 결단에 영향을 주기 위해 내 마음속으로 들어오지는 않았을 겁니다. 하지만 틀림없이 페롤랫 교수님의 마음속으로는 들어갔을 거예요. 그렇지요?"

"내가 그랬다고 생각하나요?"

"그래요. 결정적인 순간에 페롤랫은 내게 은하계가 살아 있다는 자신의 상상을 일깨워 주었지요. 그리고 그 생각이 바로 그 순간에 결단을 내리게 만든 것이죠. 그 생각은 분명 그의 것이었죠. 하지만 방아쇠를 당긴 것은 바로 당신이었어요. 내 말이 틀렸습니까?"

"그 생각은 그의 마음속에 있었어요. 하지만 그 밖의 많은 다른 생각들도 함께 있었지요. 나는 단지 그가 다른 기억을 떠올리기 전에, 살아 있는 은하계에 대한 기억을 쉽게 떠올릴 수 있도록 만들어 주었을 뿐이에요. 그래서 그 생각이 쉽사리 그의 의식 표면으로 떠올라 말의 형태로 표현될 수 있었던 것이지요. 하지만 나는 그 생각을 만들어 낸 것은 아니에요. 그것은 분명 그의 마음속에 들어 있었어요."

"설사 그렇다 하더라도 그것은 결국 내 결단의 완전한 독립성에 간접적으로나마 간섭을 한 것이 아닙니까?"

"가이아는 그것이 필요하다고 느꼈어요."

"그래요? 좋아요. 설사 페롤랫 교수님의 말이 그 순간에 내가 결단을 내리도록 설득했다 하더라도, 혹은 그가 아무 말도 하지 않았어도, 혹은 그가 다른 방식의 결정을 하라고 주장했다 하더라도 나는 틀림없이 똑같은 결단을 내렸을 것이라고 믿는 편이 당신에게는 더 편할 것이고, 고상한 기분을 느끼게 하겠지요. 내 생각으로도 당신이 그렇게 믿고 있는 편이 나을 것 같군요."

"그 정도로 끝나니 다행이군요!"

블리스가 차가운 어조로 말을 이었다.

"그런데 나를 보자고 했던 용건이 그것이었나요?"

"또 있습니다."

"그러면 다른 문제는 무엇이지요?"

그러자 트레비스는 의자를 끌어당겨 그녀의 바로 맞은편에 자리를 잡고 앉았다. 그들의 무릎이 거의 맞닿을 정도였다. 그는 그녀 쪽으로 몸을 기울이며 말했다.

"우리가 가이아에 접근했을 때 당신은 우주정거장에 있었죠. 우리를 호송한 것은 바로 당신이었고 그리고 돔과 식사할 때를 제외하고는 지금까지 줄곧 우리와 함께 지낸 것도 당신이었어요. 특히 파스타호에서 내가 결단을 내릴 때에도 당신이 있었지요. 항상 당신이 함께 있었지요."

"나는 가이아예요!"

"그것으로는 해명이 되지 않아요. 토끼도 가이아이고, 돌멩이도 가이아지. 이 행성에 있는 모든 것은 가이아예요. 하지만 그것들이 모두 동등한 가이아는 아니지요. 하지만 누군가 당신과 비슷한 사람들이 더 있을 텐데, 그런데 왜 항상 당신이 나타났죠?"

"도대체 당신은 왜 그런 식으로 생각하는 거죠?"

트레비스는 대담하게 도박을 걸었다. 그가 입을 열었다.

"왜냐하면 나는 당신이 가이아가 아니라고 생각하기 때문입니다. 나는 당신이 가이아 이상의 존재라고 생각하고 있습니다!"

그러자 블리스의 입술에 조소가 스쳤다.

트레비스는 계속 밀고 나갔다.

"내가 결단을 내리던 순간, 발언자와 함께 있던 여자……."

"그녀의 이름은 노비예요."

"그때 노비는 가이아가 이제 더 이상 존재하지 않는 로봇에 의해서 건설되었고, 가이아는 일종의 수정된 로봇공학의 3원칙에 따르도록 되어 있다고 말했어요."

"그건 분명한 사실이에요."

"그러면 그 로봇들은 더 이상 존재하지 않는 건가요?"

"노비가 말한 그대로지요."

"하지만 노비는 그렇게 말하지 않았어요. 나는 당시 그녀가 했던 정확한 표현을 기억하고 있습니다. '가이아는 수천 년 전에 로봇의 도움으로 건설되었지요. 로봇은 아주 짧은 시기 동안 인류를 위해 봉사했지만, 지금은 그렇지 않습니다.' 그녀는 이렇게 말했지요."

"트레브, 그 말은 로봇이 더 이상 존재하지 않는다는 뜻 아닌가요?"

"절대로! 그녀는 분명 그들이 더 이상 인간을 위해 봉사하지 않는다고 말했을 뿐입니다. 그렇다면 이제 그들이 봉사 대신 인간을 지배하고 있다는 뜻이 아닙니까?"

"어리석은 소리!"

"아니면 인간을 감독하고 있거나……. 그리고 내가 결단을 내리는 순간에 왜 당신이 그곳에 있었습니까? 당신이 반드시 그 자리에 있어야 할 필요가 없었는데도 말입니다. 모든 것을 진행시킨 사람은 노비였고 그녀가 바로 가이아였는데요? 그런데 당신이 왜 그 자리에 있어야 했는지, 혹시……?"

"뭐죠? 혹시 어쨌다는 거지요?"

"혹시 당신은 가이아가 3원칙을 잊지 않도록 감시하기 위한 감독관이 아닙니까? 내 생각엔 당신은 인간과 구별이 불가능할 정도로 정교하게 만들어진 로봇임이 틀림없어요!"

"내가 인간과 똑같다면, 어떻게 그렇게 장담할 수 있지요?"

블리스는 빈정거리면서 말했다.

트레비스는 뒤로 물러앉으며 말했다.

"당신은 내가 '확신'을 가질 수 있는 능력이 있고, 결정을 내릴 수 있으며 올바른 선택을 할 수 있는 능력을 가지고 있다고 장담했지요. 나는 분명 그렇지 않다고 했지만. 그리고 난 그 말을 한 당신을 처음 본 순간부터 마음이 편치 않았습니다. 당신에게 무언가 문제가 있는 것처럼 보였기 때문이었죠. 나는 페롤랫만큼이나 여성의 매력에 대해서는 약한 사람입니다. 그리고 당신은 매우 매력적인 외모를 가진 여성이죠. 그런데 단 한순간도 나는 당신에게서 어떤 성적 매력도 느끼지 못했어요."

"당신은 지금 나를 모욕하고 있군요."

그는 그녀의 항변을 무시하고 말을 이었다.

"당신이 처음 우리 우주선에 모습을 나타냈을 때, 페롤랫 교수님과 나는 가이아에 인간이 아닌 다른 종족의 문명이 존재할 가능성에 대해 토론을 벌이고 있었지요. 그런데 페롤랫 교수님은 처음 당신을 본 순간 아주 순박하게 이렇게 물었어요. '당신은 사람인가요?' 로봇이라면 반드시 진실을 이야기해야 할 테지만 얼버무릴 수도 있을 것입니다. 그런데 당신은 그저 '내가 사람처럼 보이지 않나요?'라고만 대답했을 뿐이죠.

그래요. 당신은 분명 사람처럼 보이지요, 블리스. 하지만 다시 한 번 묻겠습니다. 당신은 사람인가요?"

블리스가 아무 말도 하지 않자 트레비스가 다시 말을 이었다.

"나는 처음 당신을 본 순간부터 당신이 여자라는 느낌을 받지 못했어요. 그래서 난 당신이 로봇이라고 분명하게 말할 수 있어요. 그러한 점에서 판단해 볼 때 이제야 그 후에 일어난 일들이 납득이 되는군요. 특히 당신이 왜 저녁 식사에 돔과 함께 참여하지 않았는지도."

그러자 블리스가 말했다.

"내가 음식을 먹을 수 없다고 생각해요? 내가 우주선에서 작은 새우를 조금 먹었던 일을 잊었나요? 분명하게 말하지만 나는 먹을 수 있을 뿐 아니라 그 밖의 모든 생물적 기능을 가지고 있어요. 섹스까지 포함해서. 하지만 그 사실만으로는 내가 로봇이 아니라는 것을 증명할 수 없겠지요. 로봇은 이미 수천 년 전에 인간과 구별이 불가능할 정도로 완전한 수준에 도달했어요. 두뇌를 통해서만, 그리고 정신 역장을 다룰 수 있는 사람에 의해서만 구별이 가능할 뿐이에요. 만약 젠디발이 한 번만이라도 나의 존재에 대해 고려해 볼 수 있었다면 그는 당장 내가 로봇인지 아닌지 판별할 수 있었겠지요. 하지만 물론 그는 그럴 기회가 없었어요."

"나는 정신학에 대해서는 아무것도 모르지만 당신이 로봇이라는 것은 확신할 수 있어요!"

"그래서 어쨌다는 것이지요? 나는 아무것도 인정하지 않았어요. 하지만 재미있군요. 내가 로봇이라면 어쩌겠어요?"

"당신은 아무것도 인정할 필요가 없어요. 나는 당신이 로봇이라는 것을 알고 있으니까. 마지막 한 조각의 증거라도 필요하다면 그것은 당신이 가이아로부터 자신을 분리시킬 수 있고 나와 한 개인으로서 대화할 수 있다고 분명하게 인정했다는 점이죠. 나는 만약 당신이 가이아의 일부라면 그렇게 할 수 없을 것이라고 생각해요. 그런데 당신은 그럴 수 있었죠. 따라서 당신은 가이아의 외부에 존재하는 로봇 감독관인 겁니다. 이제는 얼마나 많은 로봇 감독관들이 가이아를 위해 필요하고 실제로 어느 정도의 숫자가 존재하고 있는지 궁금하군요."

"다시 반복하겠어요. 나는 아무것도 인정하지 않았어요. 하지만 흥미가 있군요. 만약 내가 로봇이라면 어쩌려는 것이지요?"

"그럴 경우 내가 알고 싶은 것이 있어요. 우선 당신이 야노브 페롤랫에게서 원하는 것이 무엇이죠? 그는 내 친구이고, 어떤 면에서는 어린 아이나 마찬가지입니다. 그는 당신을 사랑하고 있다고 생각하고 있어요. 그는 당신이 기꺼이 줄 수 있는 것만으로도 만족하고 이미 많은 것을 충분히 주었다고 생각하고 있습니다. 그는 실연의 고통에 대해서는 아무것도 모르지요. 당신이 사람이 아니라는 것을 알게 되었을 때 느끼게 될 그 엄청난 고통에 대해서······."

"그러면 당신은 실연의 고통을 아시나요?"

"나는 경험이 많죠. 나는 페롤랫 교수님처럼 온실 속에서 살아오지는 않았으니까. 처자식까지 포함해서 모든 것을 희생해 가면서 지적 탐구를 위해 자신의 생명을 소모하고 고갈시키지는 않았어요. 하지만 그는 그런 식으로 살아왔어요. 그런 그가 이제 와서 갑자기 당신을 위해 모든 것을 헌신짝처럼 던져 버리려 하고 있어요. 나는 그에게 상처를 주고 싶지 않아요. 그리고 그렇게 하지도 않을 것이고. 내가 바라는 보상이란 야노브 페롤랫의 행복을 보장하라는 것입니다."

"내가 로봇이라고 가정하고 당신의 물음에 답해도 되겠어요?"

"좋아요. 하지만 지금 당장 말해보세요."

"좋아요. 내가 로봇이라고 가정한다면, 트레브. 감독관이라는 임무를 갖고 있다고 가정한다면, 그리고 나와 같은 임무를 가지고 있는 적은 숫자, 아주 적은 숫자의 로봇이 있다고 가정한다면 우리는 가끔씩 서로 만날 수 있겠지요. 우리를 이끄는 추진력이 인류의 안전을 돌보는 것이라고 할 때, 가이아에는 행성의 일부일 뿐 진정한 인간은 한 사람도 없을 수 있겠지요.

그런데 우리가 가이아를 돌볼 수는 있어도 전적으로 그렇게 할 수는 없어요. 우리들 중에는 로봇이 처음 설계하고 만들어지던 시절에 존재하던 그런 의미에서의 인간을 그리워하는 원시적인 부분이 존재할 수도 있어요. 하지만 오해하지는 말아요. 그렇다고 해서 내가 그 정도로 나이가 많다는 뜻은 (내가 로봇이라고 가정했을 때) 아니니까. 내 나이는 전에 말했던 것과 같아요. 최소한 (내가 로봇이라고 가정했을 때) 내가 존재했던 기간은 그 정도예요. 하지만 (내가 로봇이라고 가정했을 때) 그 기본적인 설계는 과거와 똑같겠지요. 그리고 나는 진정으로 인간을 돌보고 싶다는 갈망을 가지고 있을 수 있겠지요.

펠은 인간이에요. 그리고 그는 가이아의 일부가 아니에요. 그는 가이아의 진정한 일부가 되기에는 너무 늙었어요. 그런데 그가 나와 함께 가이아에 머물러 있고 싶어 해요. 그 이유는 그가 나에 대해 당신과 같은 느낌을 갖지 않기 때문이지요. 그는 내가 로봇이라고 생각하지 않아요. 그래요, 나 역시 그를 원해요. 내가 로봇이라고 가정한다면 당신도 나를 이해할 수 있을 거예요. 나는 모든 종류의 인간적인 반응을 보일 수 있고 그를 사랑할 수도 있어요. 당신이 나를 로봇이라고 주장할 때 당신은 내가 신비스러운 인간적 감정으로 사랑할 능력이 없다고 생각했겠지만, 설사 당신이라 하더라도 당신이 사랑이라 부르는 것과 내가 보일 반응을 구분할 수는 없을 거예요……. 그렇다면 도대체 무슨 차이가 있는 것이지요?"

그녀는 말을 멈추고 아무런 타협도 하지 않겠다는 듯 자신만만한 표정으로 그를 쳐다보았다.

"당신 말은 그를 버리지 않겠다는 뜻인가요?"

"만약 당신이 나를 로봇이라고 가정한다면 당신 자신도 로봇공학의 제1법칙에 의해 내가 결코 그를 버릴 수 없다는 것을 잘 알고 있을 거예요. 설사 그가 내게 그렇게 하라고 명령한다 하더라도 나는 우선 그것이 그의 본심인지, 그리고 그를 떠나게 하는 것보다 머물게 하는 것이 그에게 더 큰 상처를 주는 것인지 판단한 다음에 결정할 겁니다."

"더 젊은 남자가 있다면……."

"어떤 젊은 남자를 말하는 거죠? 물론 당신도 젊지요. 하지만 나는 당신이 펠과 같은 의미에서 나를 필요로 하지 않는다고 생각해요. 또 실제로 당신은 나를 원하지도 않잖아요? 따라서 제1법칙은 내가 당신에게 매달리는 것을 금지할 것입니다."

"내가 아니라, 다른 젊은 남자라면……."

"다른 사람은 없어요. 펠과 당신 자신을 제외하고 비(非)가이아적 의미에서 인간이라 할 수 있는 사람이 가이아에 누가 있단 말이죠?"

그러자 트레비스는 더 부드러운 목소리로 말했다.

"만약 당신이 로봇이 아니라면?"

"지금 뭐라고 했죠?"

블리스가 되물었다.

"당신이 로봇이 아니라면 어떻게 하겠냐고 물었습니다."

"그렇다면 당신이 내게 아무 말도 할 권리가 없다고 말하겠어요. 그것은 나와 페롤랫이 알아서 결정할 문제니까요."

"그렇다면 다시 원래의 관점으로 돌아가죠. 나는 보상을 원하고 그 보상은 당신이 그를 잘 대해 주는 것입니다. 당신의 정체에 대해서 다 그칠 생각은 없습니다. 지성을 가진 존재로서 당신이 내게 그저 그를 잘 대해 주겠다고 다짐만 하면 되는 것입니다."

그러자 블리스가 조용히 말했다.

"그를 잘 대해 주겠어요. 하지만 그건 당신에 대한 보상으로서가 아니라 내가 원하기 때문이에요. 그것은 저의 진정한 갈망이에요. 그를 잘 대해 주겠어요."

그런 다음 그녀는 페롤랫을 불렀다.

"펠!"

다시 한 번······.

"펠!"

페롤랫이 문을 열고 들어왔다.

"블리스, 왜?"

블리스는 그에게 손을 내밀며 말했다.

"트레브가 당신에게 할 말이 있을 거예요."

페롤랫이 그녀의 손을 잡았고 트레비스가 그 위에 자신의 손을 겹쳐 올려놓았다.

"페롤랫 교수님, 저는 두 분의 관계를 아주 기쁘게 생각해요."

그러자 페롤랫이 말했다.

"오! 여보게."

"저는 가이아를 떠날 생각입니다. 저는 그 문제를 돔과 의논하러 가려고 해요. 우리가 언제 다시 만날 수 있을지, 아니 만날 수 있을지조차 모르지만. 하여튼 그동안 정말 고마웠습니다."

"정말 고마웠네."

"잘 있어요, 블리스."

"안녕히 가세요, 트레브."

트레비스는 손을 흔들면서 집을 떠났다.

5

돔이 말했다.

"정말 잘했소, 트레브……. 내가 생각했던 그대로 해 줬군."

그들은 다시 한 번 식탁을 마주 보고 앉았다. 첫 번째와 다름없이 형편없는 식사였지만 트레비스는 괘념치 않았다. 다시는 가이아에서 식사를 할 기회가 없을 테니까.

"설사 내가 당신이 생각했던 그대로 했다 하더라도 그것이 당신이 그렇게 생각했기 때문은 아닙니다."

"틀림없이 당신은 자신이 내린 결단이 옳았다는 것을 확신할 것이오."

"그렇습니다. 하지만 그것이 옳은 것을 파악할 수 있는 신비스러운 힘에 의한 것은 아니었습니다. 제가 갤럭시아를 선택했다면 그것은 지극히 정상적인 사유, 즉 다른 누구라도 그런 결정에 다다를 수 있었을, 그런 종류의 논리적 사고에 의한 것이었습니다. 설명을 해도 될까요?"

"물론이오, 트레브."

"당시 제게는 세 가지 가능성이 놓여 있었습니다. 저는 제1파운데이션과 결합할 수도, 제2파운데이션과 결합할 수도, 그리고 가이아와 결합할 수도 있었지요.

만약 제가 제1파운데이션을 선택했다면 브라노 시장은 제2파운데이션과 가이아를 지배하기 위해 즉각적인 행동을 취했을 것입니다. 또한 제2파운데이션과 결합했다면 발언자 젠디발 역시 제1파운데이션과 가이아를 지배하기 위해 즉각적인 행동을 취했을 것입니다. 두 가지 경우 모두에서 발생할 수 있는 사태는 도저히 회복이 불가능한 것입니다. 만약 두 가지 경우 모두가 잘못된 것이었다면 돌이킬 수 없는 대참사를 불러일으키는 결과를 가져올 것입니다.

하지만 가이아를 선택한다면 제1파운데이션과 제2파운데이션은 각기 상대적으로 작은 승리를 얻었다는 확신을 가지고 떠났을 것입니다. 갤럭시아가 건설되기까지 수세대, 혹은 수세기가 걸릴 것이라는 말을 들었기 때문에, 갤럭시아가 건설되기 전까지는 모든 것이 종전대로 지속될 것은 분명한 이치였습니다.

따라서 가이아를 선택한다는 것은, 설사 내 선택이 잘못된 것이었다 하더라도, 사태를 수습할 수 있는, 혹은 상황을 역전시킬 수 있는 시간을 벌기 위한 임기응변이었습니다."

돔은 눈썹을 추켜올렸다. 그것 이외에는 그의 늙은 얼굴에서 마치 죽은 사람의 얼굴처럼 아무런 표정도 찾아볼 수 없었다. 그가 마치 피리 소리처럼 들리는 목소리로 말했다.

"그렇다면 당신은 당신의 결정이 잘못이었다고 판정될 수도 있다고 생각한다는 말이오?"

트레비스는 고개를 저었다.

"그렇게 생각하지는 않습니다. 하지만 그것을 확인하기 위해 한 가지 분명히 알아야 할 일이 있습니다. 저는 지구를 방문하고 싶습니다.

만약 그런 세계가 존재한다면 말입니다."

"당신이 굳이 떠나겠다면 말리지는 않겠소, 트레브……."

"저는 이곳과는 어울리지 않습니다."

"그것은 펠도 마찬가지겠지. 당신이든 펠이든 이곳에 머물겠다면 대환영이오. 하지만 당신을 붙잡지는 않겠소……. 그런데 왜 지구를 찾고 싶어 하는지 그 이유를 말해 줄 수 있겠소?"

"당신도 이해할 줄 아는데요."

"난 잘 모르겠소."

"당신들이 제게 알려 주지 않은 정보가 조금 있습니다. 돔, 필경 당신들에게도 말 못할 이유가 있겠지만 저는 당신이 그것을 이야기해 주기를 바랍니다."

"무슨 말인지 모르겠소만?"

"들어 보세요, 돔. 결단을 내리기 위해서 저는 컴퓨터를 사용했고, 아주 짧은 순간이었지만 저를 둘러싸고 있는 사람들……. 브라노 시장, 발언자 젠디발, 노비의 마음을 접촉할 수 있었습니다. 따라서 저는 가이아가 노비를 통해 트랜터에 가하던 여러 가지 영향력, 그러니깐 어떤 발언자를 조종해서 가이아까지 오도록 만드는 등의 영향력을 흘깃 들여다볼 수 있었습니다. 물론 저는 당시 혼자 고립되어 있었기 때문에 그것이 어떤 의미를 가지는지에 대해서는 잘 몰랐습니다."

"그래서?"

"그런데 그중 하나가 트랜터의 도서관에 있는 지구에 대한 모든 문헌을 소멸시키라는 것이었습니다."

"지구에 관한 모든 문헌을 소멸한다고?"

"분명했습니다. 따라서 지구는 제2파운데이션이 그것에 관해 아무것도 알아서는 안 될 뿐 아니라 역시 아무것도 알아서는 안 될 정도로 중요한 곳이 틀림없습니다. 그리고 제가 은하계의 발전 방향에 대해 책임을 져야 한다면, 무지를 받아들이고 싶은 생각은 추호도 없습니다. 왜 지구에 대한 지식을 숨겨야 할 만큼 그곳이 중요한 곳인지에 대해 설명해 주지 않겠습니까?"

돔은 엄숙한 표정으로 말했다.

"트레브, 무엇이 소멸되었는지 가이아는 아무것도 알지 못하오. 정말 아무것도."

"그렇다면 가이아는 아무런 책임도 없다는 말입니까?"

"아무런 책임도 없소."

트레비스는 잠깐 생각에 잠겼다. 그의 혀끝이 천천히 움직이며 한참 동안 망설이다가 입술을 넘었다.

"그렇다면 누구의 책임이란 말입니까?"

"나는 모르오. 거기에 무슨 목적이 있는지도 모르겠소."

두 사람은 한참 동안 서로를 응시하다가 마침내 돔이 입을 열었다.

"당신 말이 맞소. 우리는 가장 만족스러운 결론에 도달했다고 생각했지만 이 문제가 해결되지 않는 한 편안하게 쉴 수는 없을 것이오……. 잠시 우리와 함께 머물러 주시오. 그리고 우리가 어떤 추론을 할 수 있을지 생각해 봅시다. 그런 다음 당신은 우리의 충분한 도움을 받으며 떠날 수 있을 것이오."

"감사합니다."

트레비스가 말했다.

옮긴이 | 김옥수

서울에서 태어나 한국외국어대학교 영어과를 졸업하고 임프리마 코리아 영미권 부장을 지냈다. 도서출판 사람과책에서 편집부장을 지내다가 현재는 전문 번역가로 활동하고 있다. 역서로는 「파운데이션 시리즈」, 「돼지가 한 마리도 죽지 않던 날」, 「푸른 돌고래섬」, 「천상의 예언」, 「레모네이드 마마」, 「행운을 부르는 아이」, 「뱀파이어 다이어리 시리즈」, 「셉티무스 힙 시리즈」 외 다수가 있다.

파운데이션의 끝

1판 1쇄 펴냄 2013년 10월 4일
1판 20쇄 펴냄 2024년 1월 9일

지은이 | 아이작 아시모프
옮긴이 | 김옥수
발행인 | 박근섭
책임편집 | 김준혁 · 장은진
펴낸곳 | 황금가지

출판등록 | 2009. 10. 8 (제2009-000273호)
주소 | 06027 서울 강남구 도산대로 1길 62 강남출판문화센터 5층
전화 | 영업부 515-2000 편집부 3446-8774 팩시밀리 515-2007
홈페이지 | www.goldenbough.co.kr

도서 파본 등의 이유로 반송이 필요할 경우에는 구매처에서 교환하시고
출판사 교환이 필요할 경우에는 아래 주소로 반송 사유를 적어 도서와 함께 보내주세요.
06027 서울 강남구 도산대로 1길 62 강남출판문화센터 6층 민음인 마케팅부

한국어판 © ㈜민음인, 2012. Printed in Seoul, Korea

ISBN 978-89-6017-759-8 04840 (4권)
ISBN 978-89-6017-763-5 04840 (set)

㈜민음인은 민음사 출판 그룹의 자회사입니다.
황금가지는 ㈜민음인의 픽션 전문 출간 브랜드입니다.